DESTRUIDOR DE MUNDOS

Também de Victoria Aveyard:

SÉRIE A RAINHA VERMELHA

vol. 1: *A rainha vermelha*
vol. 2: *Espada de vidro*
vol. 3: *A prisão do rei*
vol. 4: *Tempestade de guerra*
extra: *Trono destruído*

VICTORIA AVEYARD

DESTRUIDOR DE MUNDOS

Tradução
GUILHERME MIRANDA
LÍGIA AZEVEDO

2ª reimpressão

O selo jovem da Companhia das Letras

Copyright © 2021 by Victoria Aveyard

O selo Seguinte pertence à Editora Schwarcz s.a.

Grafia atualizada segundo o Acordo Ortográfico da Língua Portuguesa de 1990, que entrou em vigor no Brasil em 2009.

título original Realm Breaker
capa Sasha Vinogradova
mapa Francesca Baraldi © & ™ 2021 Victoria Aveyard. Todos os direitos reservados.
preparação Sofia Soter
revisão Adriana Bairrada, Marise Leal e Renata Lopes del Nero

Dados Internacionais de Catalogação na Publicação (cip)
(Câmara Brasileira do Livro, sp, Brasil)

Aveyard, Victoria
 Destruidor de mundos / Victoria Aveyard ; tradução Guilherme Miranda, Lígia Azevedo. — 1ª ed. —
São Paulo : Seguinte, 2021.

 Título original: Realm Breaker.
 isbn 978-85-5534-149-6

 1. Ficção norte-americana i. Título.

21-61965　　　　　　　　　　　　　　　　CDD-813

Índice para catálogo sistemático:
1. Ficção : Literatura norte-americana   813

Maria Alice Ferreira - Bibliotecária – crb-8/7964

[2022]
Todos os direitos desta edição reservados à
editora schwarcz s.a.
Rua Bandeira Paulista, 702, cj. 32
04532-002 — São Paulo — sp
Telefone: (11) 3707-3500
www.seguinte.com.br
contato@seguinte.com.br

Àqueles que procuram e nunca acham

PRÓLOGO

A canção não cantada

Nenhum mortal vivo tinha visto um Fuso.

Ainda existiam ecos, em lugares lembrados ou esquecidos, em pessoas tocadas pela magia, criaturas descendentes de outras esferas. Mas fazia uma era que nenhum Fuso era queimado. O último fora mil anos antes. As passagens se fecharam, os portais se trancaram. A era da travessia chegara ao fim.

Todala era uma esfera solitária.

E assim deve ser, Andry Trelland pensou. *Pelo bem de todos.*

O escudeiro arrumava a armadura de seu senhor, ignorando as primeiras gotas de chuva enquanto apertava os cintos e afivelava o corpo robusto de Sir Grandel Tyr. Os dedos marrons de Andry trabalhavam habilmente no couro e no aço dourado que conhecia tão bem. A armadura do cavaleiro cintilava, recém-polida, as ombreiras e o peitoral no formato do leão do reino de Galland.

O singelo raiar do dia lutava contra as nuvens de chuva da primavera, acumuladas contra as encostas da colina e das montanhas que se desenhavam no horizonte. Era como estar em um salão de pé-direito baixo. Andry inspirou, sentindo o sabor do ar úmido. O mundo pesava em volta dele.

Os cavalos relinchavam ali perto, treze amarrados em uma fila, aconchegados uns aos outros para se esquentar. Andry queria poder estar com eles.

Os Companheiros da Esfera esperavam na clareira ao pé da colina. Alguns vigiavam a estrada de peregrinos que cortava o bosque, à espera do inimigo. Outros patrulhavam o templo coberto de heras, suas colunas brancas como os ossos de um esqueleto esquecido por anos. Os entalhes no templo eram familiares, escritos de Anciões — as mesmas letras que Andry tinha visto na mítica Iona. A estrutura era antiga, mais velha que o velho Império Cór, construída para um Fuso morto havia muito tempo. Seu campanário se erguia silencioso. Aonde o Fuso lá dentro levava, Andry não sabia. Ninguém havia lhe contado, e ele não tinha coragem de perguntar. Ainda assim, sentia a energia do portal como um aroma prestes a se dissipar, a reverberação de um poder perdido.

Sir Grandel contorceu o lábio. O cavaleiro de pele pálida olhou soturno para o céu, o templo e os guerreiros lá embaixo.

— Não acredito que tenho de estar acordado a uma hora desta. Pela maldição do Fuso! — ele soltou, sem controlar a voz.

Andry ignorou a queixa do mentor.

— Tudo pronto, milorde — disse, dando um passo para trás.

Examinou o cavaleiro, buscando qualquer falha ou imperfeição em Sir Grandel, qualquer coisa que pudesse atrapalhá-lo na batalha iminente.

O cavaleiro estufou o peito. Fazia três anos que Andry servia a Sir Grandel, um homem arrogante, mas o escudeiro não conhecia nenhum guerreiro de tamanha habilidade que não pecasse pelo orgulho. Era esperado. E estava tudo em ordem, da ponta das botas de aço de Sir Grandel aos dedos de suas manoplas. O veterano era um retrato de força e bravura, o ápice da Guarda do Leão da Rainha. Uma imagem terrível e ao mesmo tempo emocionante.

Como sempre, Andry se imaginou na mesma armadura, o leão no peito, o manto verde sobre os ombros, o escudo de seu pai em seu braço, e não pendurado na parede da sala de sua mãe. *Abandonado há anos, coberto de pó, quase rachado ao meio.*

O escudeiro baixou a cabeça, expulsando o pensamento.

— O senhor está pronto.

— Pois me sinto pronto — o cavaleiro respondeu, levando os dedos enluvados ao cabo da espada. — Estou velho demais para passar tantos dias me arrastando pela Ala. Há quanto tempo saímos de casa, Trelland?

Andry respondeu sem pensar:

— Dois meses, senhor. Hoje faz quase dois meses.

Ele sabia a contagem exata. Todo dia na estrada era uma aventura, passando por vales, montanhas e florestas, por reinos que ele nunca tinha imaginado ver. Ao lado de guerreiros de grande renome e talentos inacreditáveis, todos heróis. Sua jornada estava quase no fim, a batalha, aproximando-se. Andry não tinha medo do combate, mas do que viria depois.

A estrada tranquila e rápida para casa. O pátio de treinamento, o palácio, minha mãe doente e meu pai morto. Sem nada de empolgante além de mais quatro anos seguindo Sir Grandel da sala do trono até a adega.

Sir Grandel, sem notar o desconsolo de seu escudeiro, voltou a tagarelar:

— Fusos abertos e o retorno de esferas perdidas. Quanta ladainha. Sair em busca de histórias infantis — o cavaleiro resmungou, testando as luvas. — Fantasmas correndo atrás de fantasmas.

Ele balançou a cabeça enquanto olhava para seus Companheiros prontos para o combate, de vestimentas e cores tão variadas quanto as joias de uma coroa. Seu olhar azul como a água fitou alguns por mais tempo.

Andry fez o mesmo. Observou as figuras de postura tensa e rígida, suas armaduras estranhas, trejeitos mais ainda. Embora estivessem na estrada com os Companheiros da Esfera havia muitos dias, alguns ainda lhe pareciam desconhecidos. Imperscrutáveis como o enigma de um feiticeiro, distantes e inacreditáveis como um mito. *E parados bem na minha frente.*

— Não são fantasmas — Andry murmurou, vendo um deles rondar o perímetro do templo. Seu cabelo era loiro e trançado, seu corpo, largo e monstruosamente alto. A espada longa em seu quadril precisaria de dois homens para empunhar. *Dom*, Andry pensou, embora seu verdadeiro nome fosse muito mais comprido e difícil de pronunciar. *Um príncipe de Iona.* — Os Anciões são de carne e osso, assim como nós.

Era fácil distingui-los dos outros guerreiros. Os Anciões eram seres à parte, seis ao todo, belos como estátuas, diferindo em aparência, mas de certo modo todos iguais. Tão distantes dos mortais como as aves são dos peixes. Filhos de outras estrelas, diziam as lendas. Seres de outra esfera, contavam as poucas histórias.

Imortais, Andry sabia.

Perpétuos, belos, eternos, distantes — e perdidos. Mesmo depois de tanto tempo, ele não conseguia deixar de encará-los.

Eles se referiam a si mesmos como vederes, mas, para o resto da Ala, para os mortais que os conheciam apenas pelas histórias antigas e lendas remanescentes, eles eram os Anciões. Embora fossem poucos, aos olhos de Andry Trelland ainda eram poderosos.

O príncipe ancião ergueu os olhos intensos cor de esmeralda ao dar a volta pelo templo, encontrando o olhar do escudeiro. Andry baixou o rosto rapidamente, sabendo que o imortal podia ouvir sua conversa. Suas bochechas coraram.

Sir Grandel não hesitou, os olhos faiscantes sob o elmo.

— Os imortais sangram, escudeiro?

— Não sei, milorde — Andry respondeu.

O olhar do cavaleiro perpassou o restante. Os Anciões vinham de todos os cantos da Ala, surgindo de enclaves quase esquecidos. Andry os havia memorizado como fazia com os cortesãos, tanto para que Sir Grandel não passasse vergonha, quanto por curiosidade.

As duas Anciãs eram visões à parte, tão guerreiras quanto os outros. A presença delas tinha sido um choque para os mortais, especialmente para os cavaleiros de Galland. Andry ainda as achava intrigantes, para não dizer majestosas. Rowanna e Marigon eram de Sirandel, nas profundezas da floresta Castelã, assim como Arberin. Andry imaginava que fossem parentes próximos, com seus cabelos ruivos, rostos de raposa pálidos e cotas de malha roxas, iridescentes como peles de cobra. Pareciam uma floresta no outono, alternando entre sol e sombra. Nour vinha de Hizir, o enclave desértico nos Areais de Ibal, e parecia ser tanto homem como mulher aos olhos de Andry. Não usava armadura alguma, mas metros de seda rosa como o crepúsculo envoltos com firmeza no corpo, cobertos por uma variedade de pedras preciosas. Sua pele era dourada, seus olhos, cor de bronze, delineados de preto e um tom luminoso de roxo, enquanto seu cabelo preto fora penteado em tranças intricadas. Também havia Surim, que tinha vindo do lugar mais distante de todos, entre mortais ou imortais. Com sua pele cor de bronze e seus olhos fundos, ele ainda exibia os sinais de cansaço da jornada de Tariba, tendo sido carregado por seu pônei robusto através da estepe vasta de Temurijon.

Dom era, mais que tudo, carvalho e galhada. Vestia couro sob um manto verde-acinzentado, bordado com o grande veado de seu enclave e sua monarca. Não usava luvas ou manoplas. Um anel de prata forjada cintilava em seu dedo. Seu lar era Iona, escondida nos vales da montanhosa Calidon, onde os companheiros se reuniram pela primeira vez. Andry se recordava perfeitamente do lugar: uma cidade imortal de névoa e pedra, governada por uma dama imortal de vestido cinza.

A voz de Sir Grandel interrompeu sua memória.

— E os príncipes herdeiros do Cór, descendentes do velho império? — ele murmurou, as palavras assumindo um tom cortante. — Amaldiçoados pelo Fuso, talvez, mas mortais como o resto de nós.

Andry Trelland fora criado em um palácio. Conhecia bem o tom de ciúme.

Cortael do Velho Cór estava sozinho, suas botas firmes sobre a rocha rachada da estrada de peregrinos. Ele olhava fixamente para as sombras da floresta, à espera como um lobo no covil. Também usava um manto de Iona e tinha galhadas gravadas na armadura do peito. O cabelo ruivo-escuro caía nos ombros, como sangue ao anoitecer. Ele não servia a nenhum reino mortal, mas havia leves rugas em seu rosto, em sua testa severa e nos cantos de seus lábios finos. Andry imaginava que o homem estava perto dos trinta e cinco. Como os Anciões, tinha sangue de Fuso, um filho mestiço, seus ancestrais mortais nascidos sob as estrelas de outra esfera.

Sua arma também. *Uma espada de Fuso.* Desembainhada, refletia o céu com sua luz cinza e marcas gravadas que nenhum ser vivo sabia ler. A presença dela era como a vibração de um raio.

— Eles também sangram? — perguntou o cavaleiro, estreitando os olhos.

— Não sei — Andry murmurou, desviando os olhos da espada.

Sir Grandel apertou o ombro do escudeiro.

— Talvez descubramos — ele disse, descendo o morro a passos duros, sua armadura pesada tinindo.

Espero mesmo que não, Andry pensou enquanto seu senhor encontrava os outros companheiros mortais. Sir Grandel se juntou às fileiras de seus primos North: dois outros cavaleiros de Galland. Edgar e Raymon North estavam tão cansados dessa jornada errante quanto Sir Grandel, seus rostos exaustos refletindo o dele.

Bress, o Montador de Touros, se aproximou, seu sorriso largo sob o elmo de chifres. O mercenário alfinetava os cavaleiros sempre que podia, para desgosto deles e deleite de Andry.

— Ainda que não pegue na espada, você deve orar aos deuses antes da batalha — disse uma voz grave, suave como um trovão.

Ao se virar, Andry viu outro cavaleiro sair do bosque. Okran de Kasa, o reino brilhante do sul, aproximou-se, assentindo para os outros em cumprimento, o elmo embaixo de um braço, a lança, de outro. A águia kasana grasnava em sua armadura cor de pérola, asas e garras abertas, prontas para matar. O sorriso de Okran era uma estrela cadente, um lampejo contra sua pele preta-azeviche.

— Milorde — Andry respondeu, fazendo reverência. — Duvido que os deuses escutem as palavras de um reles escudeiro.

Okran ergueu a sobrancelha.

— É isso que Sir Grandel Tyr lhe diz?

— Devo pedir desculpas por ele. Está cansado depois de uma jornada tão longa, cruzando metade do reino em semanas escaldantes. — Era dever de um escudeiro arrumar a confusão deixada por seu senhor, tanto em pertences quanto em palavras. — Ele não tem a intenção de ofender o senhor nem ninguém.

— Não se aflija, escudeiro Trelland. Não costumo me incomodar com o zumbido de moscas — o cavaleiro sulista respondeu, acenando a mão de dedos ágeis. — Não hoje, ao menos.

Andry resistiu ao impulso indelicado de sorrir.

— O senhor está chamando Sir Grandel de mosca?

— Você lhe contaria se eu tivesse chamado?

O escudeiro não respondeu, o que foi resposta suficiente.

— Bom garoto — o kasano riu, prendendo o elmo na cabeça, fixando o protetor de nariz de ametista no lugar. Um cavaleiro da Águia tomou forma, como um herói saindo de um sonho.

— O senhor está com medo? — As palavras escaparam antes que Andry conseguisse se conter. A expressão de Okran se suavizou, o que lhe deu mais coragem. — O senhor tem medo do ladrão e seu feiticeiro?

O kasano ficou em silêncio por um longo momento, com um ar lento e pensativo. Olhou para o templo, a clareira, e Cortael na ponta, um sentinela à estrada. A floresta crepitava com gotas de chuva, as sombras clareando. Tudo estava silencioso, com ar inocente.

— O Fuso é o perigo, não os homens que o buscam — ele disse, em tom suave.

Por mais que tentasse, Andry não conseguia imaginá-los. *O ladrão da espada, o feiticeiro renegado*. Dois homens contra os Companheiros: uma dúzia de guerreiros, metade deles Anciões. *Será um massacre, uma vitória fácil*, ele disse a si mesmo, assentindo.

O kasano ergueu o queixo.

— Os Anciões fizeram um apelo às coroas mortais e fui enviado para atender a esse apelo, assim como seus cavaleiros. Sei pouco sobre os herdeiros do Cór ou a magia de Fuso, e no pouco que sei não acredito. Uma espada roubada, uma passagem aberta? Tudo isso me parece mais um conflito entre dois irmãos do que uma preocupação dos grandes reinos da Ala. — Ele bufou, balançando a cabeça. — Mas não cabe a mim acreditar no que o monarca ancião disse ou no alerta de Cortael, apenas defender o que pode vir. Dar as costas é arriscado demais. Na pior das hipóteses, nada acontece. Ninguém vem. — Seus olhos escuros e calorosos vacilaram. — Na melhor, salvamos a esfera antes mesmo que ela soubesse que estava em perigo.

— *Kore-garay-sida*.

A língua do povo de sua mãe era de fácil compreensão; Andry havia aprendido bem na infância. As palavras eram como mel em seus lábios.

Assim queiram os deuses.

Okran pestanejou, pego de surpresa. Então abriu um sorriso, cujo brilho era avassalador.

— *Ambara-garay* — ele respondeu, completando a oração com um aceno de cabeça. *Tenha fé nos deuses*. — Você não comentou que falava kasano, escudeiro.

— Minha mãe me ensinou, milorde — Andry respondeu, empertigando-se. Estava com quase um metro e oitenta, mas ainda se sentia pequeno à sombra esguia de Okran. Tendo crescido em Ascal, Andry estava acostumado a ser notado por sua pele mais escura, e tinha orgulho por isso ser um símbolo de sua ascendência. — Ela nasceu em Nkonabo, filha de Kin Kiane. — A família de sua mãe, uma linhagem, era conhecida até no norte.

— Ascendência nobre — Okran disse, ainda sorrindo. — Você deveria me visitar em Benai, quando tudo isso acabar e nossas vidas voltarem.

Benai, Andry pensou. *Uma cidade de ouro forjado e ametista às margens verdes do Nkon.*

A terra natal que ele nunca tinha visto ganhou forma, as histórias de sua mãe como uma canção em sua mente. Mas isso não poderia durar. A chuva caía fria, a realidade impossível de ignorar. Ainda faltavam três ou quatro anos para ele se tornar um cavaleiro. *Uma vida*, Andry pensou. *E ainda há tanto a considerar. Minha posição em Ascal, meu futuro, minha honra.* Seu coração se apertou. *Os cavaleiros não são livres para vagar como bem quiserem. Eles devem proteger os fracos, ajudar os oprimidos e, acima de tudo, servir o país e a rainha. Não passear por aí.*

E ainda devo pensar em minha mãe, agora debilitada.

Andry forçou um sorriso.

— Quando tudo isso acabar — repetiu, acenando para Okran, que descia o morro, os passos leves na grama úmida.

Tenha fé nos deuses.

Nos sopés das grandes montanhas de Todala, cercado por heróis e imortais, Andry certamente sentia os deuses ao seu redor. Quem mais poderia ter colocado um escudeiro nesse caminho, o filho de uma nobre estrangeira com um cavaleiro humilde? Sem ser herdeiro de nenhum castelo, sem sangue de nenhum rei.

Não serei mais esse menino amanhã. Quando tudo isso acabar.

Na ponta da clareira, o príncipe imortal de Iona se juntou a Cortael. Seus sentidos aguçados de ancião estavam concentrados na floresta. Mesmo do morro, Andry via a tensão em seu maxilar cerrado.

— Consigo ouvi-los — ele disse, as palavras como um açoite. — A quase um quilômetro. Apenas dois, como esperado.

— Devemos tomar precauções contra o feiticeiro! — Bress exclamou, e o machado sobre seu ombro reluzia um sorriso contra o céu.

Os imortais de Sirandel se voltaram para encará-lo como se olhassem para uma criança.

— As precauções somos nós, Montador de Touros — Arberin disse suavemente, a voz com o sotaque de sua língua incompreensível.

O mercenário sugou os lábios.

— O Vermelho não passa de um farsante intrometido — Cortael disse, sem se voltar. — Cerquem o templo; mantenham a formação. — O herdeiro do Cór era um líder nato, acostumado a comandar. — Taristan tentará passar por nós e abrir uma passagem antes que possamos detê-lo.

— Ele vai fracassar — Dom bradou, sacando sua espada longa da bainha.

Okran bateu o cabo de sua lança no chão em sinal de concordância, enquanto os primos North sacudiam seus escudos. Sir Grandel se empertigou, trincando a mandíbula, abrindo o peito. Os imortais se enfileiraram, arcos e espadas em punho. Os Companheiros estavam prontos.

Os céus se abriram finalmente, a garoa fria e constante se transformando em um aguaceiro. Andry estremeceu quando as gotas começaram a escorrer por suas costas, entrando pelas aberturas na roupa.

Cortael ergueu a espada de Fuso para a estrada. A chuva pingava na lâmina, turvando o desenho antigo gravado no aço. Água escorria por seu rosto, mas ele estava firme como pedra, suportando a tempestade. Andry sabia que Cortael era mortal, mas ele pareceu perpétuo naquele instante. Um pedaço de uma esfera perdida, vislumbrado apenas por um momento, como se através de uma fresta entreaberta da porta.

— Companheiros da Esfera — Cortael disse, a voz potente.

Um trovão ribombou no alto das montanhas. *Os deuses da Ala estão vendo*, Andry pensou. Sentia os olhos deles.

A chuva começou a atacar com mais força, caindo torrencialmente, transformando grama em barro.

Cortael não vacilou.

— Esse sino não é tocado há mil anos — ele disse. — Ninguém pisou nesse templo ou passou pelo Fuso desde então. Meu irmão pretende ser o primeiro. Ele não há de conseguir. Fracassará. Qualquer que seja a intenção perversa que o trouxe *termina* aqui.

A espada cintilou, refletindo um relâmpago. Cortael apertou o cabo.

— Há poder nos herdeiros do Cór e na espada de Fuso, o suficiente para cortar os Fusos. É nosso dever impedir meu irmão de praticar essa desgraça, é nosso dever salvar a esfera, salvar a Ala. — Cortael passou os olhos pelos Companheiros. Andry estremeceu quando foi perpassado pelo olhar dele. — Hoje, lutamos pelo amanhã.

A determinação de Cortael não acalmou o medo crescente em Andry Trelland, mas lhe deu forças. Ainda que seu dever fosse apenas observar e lavar o sangue, ele não hesitaria. Serviria os Companheiros e a Ala de todas as formas que pudesse. Até um escudeiro poderia ser forte.

— Esse sino não é tocado há mil anos — Cortael repetiu. Parecia um soldado, não um príncipe. Um homem mortal sem linhagem, apenas dever. — Ele não será tocado por mais mil.

Outro trovão rugiu, mais perto agora.

E o sino tocou.

Os Companheiros se sobressaltaram ao mesmo tempo.

— Não saiam de seus lugares — Dom disse. O vento soprava os fios dourados de seu cabelo. — Isso é obra do Vermelho. Uma ilusão!

O som do sino era ao mesmo tempo oco e cheio, um chamado e um alerta. Andry sentiu o gosto de sua fúria e seu lamento. Parecia um eco de séculos do passado e do futuro, cortando as esferas. Parte de Andry lhe dizia para se distanciar o máximo possível do sino. Mas seus pés se mantiveram firmes, os punhos cerrados. *Não hesitarei.*

Sir Grandel rangeu os dentes e bateu a mão no peito, aço reverberando em aço.

— Comigo! — ele gritou, o velho grito de guerra da Guarda do Leão.

Os North responderam com a mesma palavra.

Andry sentiu o grito em seu peito.

Do morro, avistou duas figuras subindo a trilha devagar, turvas sob as gotas de chuva. O que era chamado de Vermelho honrava o nome, vestindo um manto da cor de sangue recém-derramado. Ele estava encapuzado, mas Andry conseguia ver seu rosto. *O feiticeiro.* Era jovem, barbeado, com a pele branca e o cabelo como trigo. Seus olhos eram vermelhos, mesmo de longe. Eles estremeceram ao observar os Companheiros, avaliando todos dos pés à cabeça. Sua boca se moveu sem emitir som, os lábios formando palavras que ninguém conseguia ouvir.

O outro homem não usava armadura, mas uma roupa de couro desgastado e um manto cor de lama. Era um pária, uma sombra para o sol de seu irmão. Seu elmo obscurecia seu rosto, mas não escondia os cachos ruivo-escuros.

Sua espada, igual à de Cortael, ainda estava embainhada, cravejada de joias vermelhas e roxas, um pôr do sol entre os dedos. *O ladrão da espada.*

Então são eles a tal ameaça à esfera, Andry pensou, atônito.

Cortael manteve a espada erguida.

— Você é um tolo, Taristan.

O sino badalou outra vez, ressoando na torre.

O outro filho do Velho Cór permaneceu em silêncio, ouvindo o ressoar do templo. Então, sorriu, seus dentes brancos evidentes mesmo sob o elmo.

— Quanto tempo faz, irmão?

Cortael continuou impassível.

— Desde que nascemos — Taristan disse finalmente, respondendo à própria pergunta. — Aposto que você se divertiu, crescendo em Iona. Abençoado pelo Fuso desde seu primeiro suspiro. — Embora a postura de Taristan fosse leve, seu tom quase jovial, o escudeiro via seu vigor incisivo. Era como um cachorro selvagem enfrentando um cão treinado. — Até o último.

— Queria poder dizer que é um prazer conhecê-lo, irmão — Cortael disse.

Ao seu lado, a expressão de Dom ficou sombria.

— Devolva o que roubou, ladrão.

Com os dedos rápidos, Taristan fez menção de sacar a lâmina ao lado do corpo, revelando centímetros da espada. Mesmo sob a chuva, o aço cintilou, as linhas gravadas como uma teia de aranha.

Ele abriu um sorriso enviesado.

— Fique à vontade para tentar tomá-la de mim se quiser, Domacridhan. — O nome completo do Ancião saiu de seus lábios com dificuldade, sem compensar o esforço. Ele balançou a espada na bainha, provocando todos. — Se você for como o resto da sua linhagem, vai fracassar. E quem são vocês para me tirarem meu direito de nascença? Ainda que eu seja o caçula, o dispensável, é justo que cada um de nós tenha uma espada de nossos ancestrais, de nossa esfera perdida.

— Isso vai acabar em desgraça — Cortael resmungou. — Renda-se e não o matarei.

Taristan deslizou o pé, movendo-se com a elegância de um bailarino, não de um guerreiro. Cortael refletiu sua postura, apontando a lâmina para a garganta do irmão.

— Os Anciões criaram você assim, Cortael — ele disse. — Um guerreiro, um erudito, um lorde entre os homens e os imortais. O herdeiro para reconstruir um império há muito perdido. Tudo para fazer exatamente o que eu fiz: trazer de volta as travessias dos Fusos. Reintegrar as esferas. Permitir que o povo delas retorne a um lar que não vê há séculos. — Ele olhou de esguelha para Dom. — Estou errado, Ancião?

— Abrir um Fuso é colocar todas as esferas em perigo. Você destruiria o mundo para alimentar sua ganância — Dom rosnou, perdendo a calma.

Taristan deu um passo, pisando na lama.

— Destruição para alguns. Glória para outros.

O Ancião abandonou sua tranquilidade como quem despe um manto.

— *Monstro* — Dom se enfureceu, sua espada subitamente erguida.

Taristan sorriu de novo, sarcástico.

Ele está gostando disso, Andry percebeu com repulsa.

Dom vociferou:

— Você não pode abrir um Fuso. As consequências...

— Poupe o fôlego — Cortael disse. — O destino dele está traçado.

Taristan parou de repente.

— *Meu* destino está traçado? — sibilou, furioso, sua voz ficando suave e perigosa, uma lâmina por trás da seda.

A fúria se formava dentro dele como a tempestade se formava no céu.

No morro, Andry sentiu o coração bater mais forte e a respiração mais rápida.

— Eles te *roubaram* e te *treinaram* e te *convenceram* de que era especial, um imperador retornado, um herdeiro do Cór nascido no Fuso — Taristan vociferou. — O último de uma linhagem antiga, destinada à grandeza. O Velho Cór era seu para conquistar, para dominar. Que destino glorioso para o primogênito dos pais que não conhecemos.

Com um rosnado, ele levou as duas mãos ao elmo e o tirou, revelando seu rosto.

Andry abriu a boca, espantado.

Os dois irmãos se encararam, imagens refletidas um do outro.

Gêmeos.

Embora Taristan fosse esfarrapado enquanto Cortael era majestoso, Andry mal consiga diferenciá-los. Eles tinham os mesmos traços delicados, olhos penetrantes, queixo austero, lábios finos, sobrancelhas altas, e aquele ar estranho e distante de todos com sangue de Fuso. Diferentes dos mortais, semelhantes apenas entre si.

Cortael se encolheu, surpreso.

— Taristan — ele disse, a voz quase abafada pela chuva.

O ladrão sacou sua espada de Fuso, desembainhando-a em um movimento longo e lento. Ela cantou em harmonia com o sino, um sopro agudo para um bramido grave.

— Todos os sonhos que você teve. Todos os caminhos que trilhou já estavam traçados — Taristan bradou. A chuva açoitava a lâmina. — O *seu* destino foi traçado no dia em que nascemos, Cortael. O meu, não.

— Então que destino escolhe agora, irmão?

Taristan ergueu o queixo.

— Escolho a vida que deveria ter levado.

O sino infernal tocou de novo, mais grave dessa vez.

— Você me deu a chance de me render. — O lábio de Taristan se curvou. — Infelizmente, não posso fazer o mesmo. Ronin?

O feiticeiro ergueu as mãos, brancas como neve, as palmas estendidas. Os sirandelos se moveram mais rápido do que Andry julgava possível, três flechas lançadas de arcos. Foram miradas com perfeição, no coração, na garganta, no olho. Mas, a centímetros do rosto de Ronin, as flechas se desfizeram em chamas. Outras flechas foram disparadas, mais rápido do que Andry julgava possível. De novo as flechas foram queimadas sob o olhar vermelho, pouco mais do que fumaça na chuva.

Cortael ergueu a espada, querendo cortar Ronin ao meio.

Taristan foi mais rápido, aparando o golpe com o clangor de aço contra aço.

— O que você aprendeu em um palácio — ele disse, furioso, seus rostos idênticos próximos um do outro —, eu aprendi melhor na lama.

As palmas do feiticeiro se uniram, e houve o ranger de rochas, mais um estrondo de trovão, e o chiado de um líquido em contato com algo quente, como óleo silvando em uma panela. Andry foi tomado de pavor ao olhar para o templo, antes vazio. As portas se abriram, empurradas para fora por uma dezena de mãos cobertas de cinza e fuligem. Suas peles eram rachadas e fendidas, exibindo os ossos por baixo, ou feridas vermelhas abertas. Andry não conseguia ver seus rostos e ficou grato por isso. Ele mal conseguia imaginar o horror. Uma luz quente pulsou dentro do templo, tão brilhante que chegava a ofuscar, enquanto as sombras se derramavam do batente e corriam pela clareira.

Os Companheiros se voltaram para a comoção, embasbacados de pavor.

— As Terracinzas! — Rowanna de Sirandel exclamou.

Seus olhos dourados se arregalaram com o mesmo medo que Andry sentia, embora ele não fizesse ideia do que aquilo queria dizer. Por um momento, ela se voltou do templo para os cavalos no alto da montanha. Não era difícil adivinhar em que estava pensando.

Ela queria fugir.

Lá embaixo, Cortael vociferava cara a cara com Taristan, suas lâminas coladas uma à outra.

— O *Fuso*?

O outro gêmeo encarou.

— Já está aberto, a travessia já foi feita. — Ele avançou, rápido como um raio, acertando o cotovelo no rosto de Cortael com um estalo. O grande lorde girou, caindo, sangue escarlate jorrando do nariz quebrado. — Que tipo de *idiota* você pensa que sou?

Dom deu um salto, soltando um grito de batalha ancião. Moveu-se em um arco gracioso, até o feiticeiro erguer a mão e empurrá-lo para o lado com um toque levíssimo, atirando-o a alguns metros de distância na lama.

Dezenas de cadáveres vivos e podres do Fuso desceram do templo, trombando uns nos outros. Alguns já estavam fraturados, arrastando-se com seus membros estilhaçados que se sacudiam em armaduras pretas e encardidas. Eram como mortais, mas retorcidos de dentro para fora. A maioria segurava armas desgastadas: espadas de ferro enferrujado e machados empenados, adagas rachadas, lanças lascadas. Quebradas, mas ainda afiadas, ainda letais. Flechas voaram sobre a horda, os sirandelos derrubando a primeira onda como trigo sob a ceifa. Eles podiam ser mortos, mas só aumentavam em quantidade. Tinham um cheiro inconfundível de fumaça e carne chamuscada, e um vento quente soprava de dentro do templo, do Fuso, trazendo nuvens de cinza.

Andry não conseguia se mover, não conseguia respirar. Conseguia apenas olhar a investida dos cadáveres contra os Companheiros, um exército cheio de sangue e cicatrizes de uma esfera perdida. Estavam vivos? Estavam mortos? Andry não sabia. Mas mantiveram um círculo estranho em volta de Taristan e Cortael. Como se comandados a deixarem os irmãos lutar.

A lança de Okran dançava, cortando gargantas enquanto ele se movia em arcos ágeis. Os cavaleiros gallandeses formaram um triângulo bem ensaiado, lutando arduamente, suas espadas manchadas de preto e vermelho. Surim e Nour eram praticamente borrões de tão velozes na batalha, espadas curtas e adagas dançando. Deixavam um rastro de destruição, abrindo espaço entre os corpos por onde passavam. As criaturas gritavam e se debatiam, suas vozes inumanas, agudas e desgastadas, suas cordas vocais diláceradas. Andry mal conseguia distinguir rostos — eram desbotados e irreconhecíveis, cabeças carecas e peles da cor de ossos, vermelhas de cicatrizes ou pintadas por óleo gotejante. Descamando cinzas, pareciam madeira queimada.

O plano era dois contra doze, Andry pensou, paralisado. *Mas não, são doze contra dezenas. Centenas.*

Os cavalos relincharam e puxaram suas cordas. Farejaram o perigo, o sangue e, sobretudo, o Fuso chiando dentro do templo e enchendo seus ossos de um terror flamejante.

Taristan e Cortael se encararam, a armadura de Cortael suja de lama. Sangue escorria por seu queixo e sobre a galhada do peito. Suas espadas se chocaram, golpeando com firmeza. Cortael era pura habilidade e força, enquanto Taristan era um gato de beco, sempre se movendo, os pés ágeis, a espada em uma das mãos, a adaga na outra, usando as duas em igual medida. Atacava, desviava, usava a lama e a chuva a seu favor. Sorria e bufava, cuspindo sangue no rosto do irmão. Bateu a lâmina no ombro dele, em sua armadura de metal e sua cota de malha. Cortael fez uma careta de dor, mas pegou o irmão pela cintura. Os gêmeos tombaram juntos, rolando no lodo.

Andry assistiu sem piscar, paralisado. *O que posso fazer? O que posso fazer?* Suas mãos tremiam; seu corpo tremia. *Saque uma espada, seu inútil. Lute. É seu dever. Você quer ser cavaleiro, e os cavaleiros não sentem medo. Um cavaleiro não ficaria assistindo sem fazer nada. Um cavaleiro desceria essa montanha e entraria naquele caos, com o escudo e a espada em punho.*

Ao pé da colina, a lama ficava vermelha.

E um cavaleiro morreria fazendo isso.

Arberin foi o primeiro a gritar.

Um cadáver apanhou sua trança ruiva, subindo em suas costas. Outro veio em seguida. E outro, e mais outro, até o peso dos corpos derrubar o Ancião. Suas lâminas eram muitas. Aço branco, ferro preto, corroídas e antigas. Mas afiadas o suficiente.

A carne dele cedeu com facilidade.

Rowanna e Marigon abriram caminho até seu parente. Elas chegaram a um corpo ainda sangrando, sua vida imortal encontrando um fim.

Sir Grandel e os North estavam perdendo terreno, seu triângulo se apertando a cada segundo. Espadas dançavam; escudos batiam; manoplas perfuravam carne. Corpos se espalhavam ao redor deles, braços e pernas brancas e cabeças decapitadas. Edgar foi o primeiro a tropeçar, como se caísse na água, lentamente, o fim prestes a se concretizar. Até Sir Grandel o apanhar pelo manto, puxando-o para que ele se mantivesse em pé.

— Comigo! — ele gritou em meio ao tumulto.

Nos pátios de treinamento do palácio, isso significava *aguentem firme, sejam fortes, esforcem-se mais*. Nesse momento significava apenas *fiquem vivos*.

O Montador de Touros urrava, girando o machado, cortando gargantas por onde passava. Vermelho e preto manchavam sua armadura, sangue e óleo. Mas o mercenário não conseguia manter seu ritmo. Andry quis gritar quando o elmo chifrudo de Bress desapareceu sob a maré de corpos.

Os segundos pareciam horas, e cada morte durava o tempo de uma vida.

Rowanna foi a próxima a cair, quase submersa em uma poça, um machado cravado na coluna.

Um golpe de martelo abaulou o peito de Raymon North. Seu último suspiro, rouco e aquoso, fez sacudir o campo de batalha. Edgar se debruçou sobre ele, abandonando a espada para embalar a cabeça do primo. Apesar dos grandes esforços de Sir Grandel, as criaturas partiram para cima do cavaleiro ajoelhado com facas e dentes.

Andry conhecia os North desde garoto. Nunca pensara que os veria morrer — e com tão pouca glória.

Sir Grandel era parrudo, difícil de derrubar, por mais que as criaturas tentassem. Ele ergueu os olhos da clareira, localizando Andry, ainda na encosta. Andry moveu as mãos, gesticulando sem pensar, fazendo sinal para seu senhor abandonar a batalha. *Comigo. Fique vivo.* Em outra circunstância, Sir Grandel o repreenderia por sua covardia.

Naquele momento, obedeceu e correu.

Andry fez o mesmo, sua espada subitamente em punho. Seu corpo se moveu mais rápido do que sua mente, os pés deslizando na lama. *Eu sou o escudeiro de Sir Grandel Tyr, um cavaleiro da Guarda do Leão. Esse é meu dever. Preciso ajudá-lo.* Todos os outros pensamentos ficaram para trás, todo o medo foi esquecido. *Preciso ser valente.*

— Comigo! — Andry gritou.

Sir Grandel subiu, mas as criaturas foram atrás, agarrando suas pernas, puxando-o. Ele ergueu a mão, os dedos da manopla estendidos. Não pedindo, nem suplicando. Não buscava ajuda ou proteção. Seus olhos se arregalaram.

— FUJA, TRELLAND! — o cavaleiro berrou. — FUJA!

O último comando de Sir Grandel Tyr apertou o coração de Andry. O escudeiro ficou paralisado, olhando fixamente a carnificina lá embaixo, vermelha como vísceras abertas.

Um cadáver arrancou a espada do cavaleiro. Sir Grandel continuou lutando, mas suas botas se afundaram na lama e ele escorregou, caindo para a frente na encosta, os dedos agarrando a grama úmida.

Lágrimas encheram os olhos de Andry.

— Comigo — sussurrou, sua voz como uma flor morrendo na geada.

Ele não conseguia continuar olhando enquanto uma espada caía, e depois mais outra. O mundo foi se turvando diante de seus olhos, manchas escuras se espalhando em sua visão. O cheiro de sangue, podridão e cinzas consumia tudo. *Preciso fugir*, pensou, com as pernas bambas.

— Ande — Andry sussurrou consigo mesmo, obrigando-se a dar um passo para trás.

Ele sentiu seu pai observando, e Sir Grandel também. Cavaleiros mortos em batalha, cavaleiros que haviam cumprido seu dever e não renunciado à honra. O tipo de cavaleiro que ele nunca viria a ser. Andry embainhou a espada, os dedos encontrando as rédeas de seu cavalo.

Nour havia morrido nos degraus do templo, seu corpo comprido e esguio estatelado sobre o mármore. Mesmo na morte, sua beleza era inegável. Marigon derramava lágrimas diante do corpo de Rowanna, mas continuava a lutar com um ritmo mortal. Ela uivou, jogando o cabelo, não como uma raposa, mas como uma loba de pelo ruivo. Surim e Dom ainda estavam vivos, lutando para chegar até Cortael.

A lança de Okran se partiu aos seus pés, mas ele ainda tinha seu escudo e sua espada. A armadura branca de Kasa ficou carmesim, a Águia tingida pelas mortes recentes.

Andry desamarrou suas rédeas, as mãos trêmulas. Então voltou-se para o cavalo de Okran. O escudeiro trincou a mandíbula, obrigando seus dedos a se mexerem: estavam dormentes de medo, desajeitados, enquanto ele soltava o cavalo do kasano. *Ao menos isso eu posso fazer.*

Cortael e Taristan lutavam no olho de um furacão sangrento. A lama se agitava aos seus pés, revirada como a arena de um torneio. Cortael estava igual ao irmão, esfarrapado e exaurido, muito diferente de um príncipe ou imperador. Ambos ofegantes de exaustão, perdendo o equilíbrio, cada golpe um pouco mais lento que o anterior, um pouco mais fraco.

Ronin estava diante das portas do templo, o ar, um redemoinho de cinzas. De braços abertos, as palmas das mãos erguidas, louvava algum deus que Andry desconhecia. O feiticeiro ergueu a cabeça e sorriu para o campanário, que badalou em resposta, como se um sino pudesse fazer tal coisa.

As espadas de Fuso se chocaram quando caiu um relâmpago, ambas as lâminas iluminadas por um momento, arroxeadas e fulgurantes.

Um dos cavalos relinchou e empinou, rompendo a corda. Todos desataram a correr, e Andry praguejou. Couro escapou de seus dedos. Andry apertou e se preparou para o pior, achando que seria arrastado montanha abaixo. Em vez disso, o garanhão branco de Dom relinchou, apanhado em suas mãos.

Um grito, em kasano, partiu o coração de Andry novamente. Okran caiu, o corpo perfurado por lâminas. Morreu olhando para o céu, em busca da águia, as asas que o levariam para casa.

Do outro lado da clareira, Marigon perdeu a mão para um machado, depois a cabeça.

Surim e Dom bradaram, sem conseguir chegar até ela, ilhas no mar de sangue. As ondas foram se fechando em volta de Surim primeiro. Ele assobiou para chamar sua égua, mas a pônei da estepe já estava em combate, lutando para chegar até ele, e foi despedaçada antes de alcançá-lo. Esse também foi o fim de Surim.

Andry não tinha mais voz, nem sequer conseguia pensar em orar.

No círculo, Cortael gritou de fúria, seus golpes voltando a ser ferozes. Com um giro da espada, derrubou a adaga de Taristan, a lâmina se afundando no barro. Com outro, desmontou a guarda de Taristan e cravou a espada de Fuso no fundo do peito do irmão.

Andry ficou paralisado, um pé no estribo, sem se atrever a ter esperança.

O exército de cadáveres também parou, as bocas sangrentas abertas. Na escada, Ronin baixou as mãos, seus olhos escarlates arregalados.

Taristan caiu de joelhos, a lâmina cravada em seu corpo. Abriu a boca de espanto. Sobre ele, Cortael observava sem alegria ou triunfo, o rosto imóvel exceto pelo açoite da chuva.

— Você é o responsável por isso, irmão — ele disse devagar. — Mas ainda assim peço seu perdão.

Seu irmão se engasgou, com dificuldade de formular as palavras.

— Não é... não é culpa sua ter nascido primeiro. Não é... não é culpa sua ter sido escolhido — Taristan balbuciou, fitando a ferida. Quando ergueu a cabeça, seus olhos pretos eram severos, resolutos. — Mas você continua me subestimando, e isso, sim, é culpa sua.

Com um riso de escárnio, ele tirou a espada do peito, a lâmina úmida e vermelha.

Andry não conseguia acreditar no que via.

— Fazia milhares de anos que esses sinos não tocavam em homenagem aos deuses — Taristan disse, voltando a se levantar, uma espada de Fuso em cada mão. Em volta dele, as criaturas soltavam ruídos estranhos, como risos de insetos estridentes. — E não é pelos seus deuses que eles tocam hoje. É pelo meu. Por Ele. Pelo Porvir.

Cortael cambaleou para trás, horrorizado. Ergueu a mão entre eles, indefeso, diante da misericórdia inexistente de um irmão esquecido.

— Você destruirá a Ala por uma coroa!

— Um rei das cinzas ainda é rei! — Taristan gritou.

No lamaçal de corpos, Dom se debatia, abrindo caminho até o amigo.

Ele não vai conseguir, Andry sabia, sua visão se turvando. *Está longe, muito longe.*

Taristan cravou a espada de Fuso de Cortael na lama ao seu lado, preferindo a sua. Cortael não tinha o que fazer para impedi-lo. Não havia para onde se voltar, para onde correr. O rosto franzido, um príncipe reduzido a um pedinte.

— Irmão...

A lâmina o atingiu em cheio, trespassando a armadura de metal e a cota de malha para acertar o coração de Cortael. O herdeiro do Velho Cór caiu de joelhos, a cabeça pendendo sobre os ombros.

Taristan, apoiando o pé no peito de Cortael, puxou a espada e deixou que o corpo do irmão tombasse.

— E um homem morto ainda é morto — concluiu, rindo diante do cadáver.

Voltou a erguer a arma, pronto para cortar em pedaços os restos mortais do irmão.

Mas sua espada encontrou outra, uma lâmina de Iona nas mãos do último Companheiro vivo.

— Deixe-o — Dom rosnou, furioso como um tigre.

Empurrou Taristan com facilidade.

O Ancião parou entre Taristan e o corpo do amigo, os pés preparados para mais um combate, mesmo estando destroçado, cercado e surrado. A espada de Cortael, ensanguentada e inútil, continuava fincada na lama, uma lápide à espera dos dois.

Taristan riu da cara dele.

— As histórias contam que seu povo é valente, nobre, a grandeza encarnada. Deveriam contar também que vocês são idiotas.

Os lábios de Dom se contorceram, revelando seu sorriso. Seus olhos, olhos de um ancião de uma esfera imortal, eram espantosamente verdes. Erguendo-os, ele fitou a colina, o escudeiro montado com firmeza na sela de um garanhão branco.

O coração de Andry bateu mais forte, trincando os dentes com uma determinação fria. Assentiu, apenas uma vez.

O Ancião assobiou, alto e firme. O cavalo desatou a correr, colina abaixo. Não para a batalha, mas ao redor do terreno, passando pelas criaturas, pelos corpos, pelos Companheiros mortos e feridos.

Movendo-se com velocidade que apenas um imortal poderia ter, Dom mergulhou em direção à espada de Cortael, arrancando a lâmina do chão. Ao se levantar, ele a puxou, usando o impulso para lançá-la como se fosse um dardo, por cima das cabeças chamuscadas do exército de Fuso. A espada voou, como uma flecha disparada. Um último suspiro de vitória contra a derrota absoluta.

Taristan urrou enquanto a lâmina e o garanhão seguiam para o mesmo destino.

O mundo de Andry se reduziu ao lampejo do aço quando a espada pousou na grama escorregadia à sua frente. Ele sentiu seu cavalo, apenas músculos e medo. O escudeiro, que era treinado para cavalgar, treinado para lutar na sela, virou-se para o lado, as coxas apertando com firmeza, dedos marrons tentando alcançar.

Ele sentiu a espada de Fuso fria em sua mão.

O exército gritava, mas o garanhão não diminuiu o passo. O coração de Andry batia no ritmo dos cascos, um terremoto que fazia seu peito tremer. Sua mente se turvava, uma névoa enquanto pensava em cada Companheiro caído, aquelas mortes gravadas para sempre em sua memória. Nenhuma canção seria cantada sobre eles. Nenhuma grande história seria contada.

Era avassalador. Todos os seus pensamentos se fragmentavam e se reformulavam, formando uma palavra.

Fracassamos.

1

A FILHA DE CONTRABANDISTA

Corayne

A PAISAGEM VAZIA SE ESTENDIA POR QUILÔMETROS. Um bom dia para terminar uma viagem.

E um bom dia para começar outra.

Corayne adorava a costa de Siscaria naquela época do ano, as manhãs do início do verão. Nenhuma tempestade de primavera, nenhum trovão crepitante, nenhuma névoa de inverno. Nenhum esplendor colorido, nenhuma beleza. Nenhuma ilusão. Nada além do horizonte azul e limpo do mar Longo.

A bolsa de couro, que guardava o livro de registros, batia em seu quadril. Aquele livro cheio de tabelas e listas valia seu peso em ouro, ainda mais nesse momento. Ansiosa, ela caminhou pela antiga estrada do Cór ao longo das falésias, seguindo o pavimento de pedras lisas rumo a Lemarta. Conhecia o caminho como conhecia o rosto de sua mãe. Cor de areia e esculpido pelo vento, imune ao desgaste do sol, mas dourado pela sua luz. O mar Longo se agitava quinze metros abaixo, respingando água no ritmo da maré. Oliveiras e ciprestes cresciam sobre as colinas, e o vento soprava leve, cheirando a sal e laranjas.

Um bom dia, ela pensou novamente, voltando o rosto para o sol.

Seu guardião, Kastio, caminhava ao lado, o corpo abatido pelas décadas vividas sobre as ondas. Grisalho e com sobrancelhas intensamente pretas, o velho marujo siscariano tinha um bronzeado escuro dos pés à cabeça. Caminhava em um ritmo esquisito, sofrendo com os joelhos gastos e as pernas bambas de quem passou muito tempo no mar.

— Mais algum sonho? — ele perguntou, olhando de soslaio para sua protegida.

Seus olhos azuis vívidos percorreram o rosto dela com a atenção de uma águia.

Corayne fez que não, piscando os olhos cansados.

— Só estou animada. — Ela abriu um sorrisinho forçado para o acalmar. — Você sabe que quase não durmo quando o navio está para voltar.

O velho marujo se deixava convencer facilmente.

Ele não precisa saber sobre meus sonhos, nem ele nem ninguém. Com certeza contaria para a minha mãe, e sua preocupação tornaria tudo ainda mais insuportável. Mas eles ainda vêm toda noite. E não sei por quê, mas estão ficando piores.

Mãos brancas, rostos cobertos de sombras. Algo se movendo na escuridão.

A lembrança do sonho arrepiava mesmo em plena luz do dia, e ela apertou o passo, como se pudesse escapar da própria mente.

Os navios seguiam ao longo da costa da Imperatriz em direção ao porto lemartano. As embarcações precisavam velejar até a garganta do ancoradouro natural da cidade, à vista da estrada e das torres de vigia de Siscaria. A maior parte das torres, que estavam mais para ruínas de pedra deterioradas pelas intempéries, era relíquia do Velho Cór batizada em homenagem a imperadores e imperatrizes mortos havia muito tempo. Erguiam-se como dentes em uma mandíbula quase vazia. As torres que ainda estavam de pé eram ocupadas por soldados velhos ou marinheiros obrigados a ficar em terra firme, homens próximos do fim.

— Qual é a contagem desta manhã, Reo? — Corayne perguntou ao passar pela torre de Balliscor.

O único guardião, um homem velho decadente, estava na janela. Ele balançou dois dedos enrugados, a pele gasta como couro velho.

— Só dois entraram depois desse ponto. Velas verde-azuladas.

Velas água-marinha, ela corrigiu em sua cabeça, *marcadas pela sereia dourada de Tyriot.*

— Você não deixa escapar nada, não é? — ela comentou, sem diminuir o passo.

Ele riu baixinho.

— Minha audição pode não ser mais a mesma, mas minha visão continua aguçada como sempre.

— Aguçada como sempre! — Corayne repetiu, contendo um sorrisinho.

De fato, duas galés tyresas haviam passado pelo cabo Antero, mas um terceiro navio atravessou os baixios, escondido pelas falésias. Dificilmente seria visto por alguém que não soubesse para onde olhar. Ou por alguém que fora pago para olhar para o outro lado.

Corayne não deixou nenhuma moeda para o vigia quase cego de Balliscor, mas pagou os subornos habituais nas torres de Macorras e Alcora. *Mesmo uma aliança comprada é uma aliança selada*, ela pensou, ouvindo a voz da mãe em sua cabeça.

Deu o mesmo para o guardião das muralhas de Lemarta, embora a cidade portuária fosse pequena, o portão já estivesse aberto e Corayne e Kastio fossem conhecidos. *Ou pelo menos minha mãe é conhecida, admirada e temida na mesma proporção.*

O guardião pegou a moeda, fazendo sinal para que eles entrassem nas ruas já conhecidas, cobertas de flores cor de laranja e lilás que perfumavam o ar, disfarçando os cheiros do porto cheio de gente, um meio-termo entre uma cidade pequena e uma vila alvoroçada. Lemarta era um lugar iluminado, os prédios de pedra pintados nas cores da alvorada e do entardecer. Naquela manhã de verão, as ruas do mercado se enchiam de comerciantes e aldeões.

Corayne oferecia sorrisos como oferecia moedas: um item de troca. Como sempre, sentia uma barreira entre ela e a multidão, como se observasse as pessoas através de um vidro. Os fazendeiros traziam mulas pelas falésias, carregando verduras, frutas e grãos. Os vendedores anunciavam suas mercadorias em todas as línguas do mar Longo. Sacerdotes dedicados caminhavam em filas, seus mantos tingidos em várias cores para marcar a que ordem pertenciam. Os de manto azul, vindos de Meira, eram sempre os mais numerosos, devotos da deusa das águas. Os marinheiros à espera de uma maré ou de um vento favorável já relaxavam nos pátios dos sedens, bebendo vinho sob o sol.

Uma cidade portuária era muitas coisas, mas, acima de tudo, um cruzamento. Embora Lemarta fosse insignificante diante do resto do mundo, estava longe de ser uma cidade desprezível. Era um bom lugar para ancorar.

Mas não para mim, Corayne pensou, apertando o passo. *Nem um segundo a mais.*

Corayne e Kastio desceram um labirinto de escadas até as docas, chegando à passarela de pedra à beira da água. O brilho do sol matinal se refletia nas águas azul-turquesa. Lemarta contemplava o porto lá de cima, encurvada sobre as falésias como a plateia em um anfiteatro.

Os navios de Tyriot haviam acabado de aportar, ladeando um píer comprido que se projetava sobre a água mais funda. Uma confusão de tripulantes enchia as galés e o píer, espalhando-se pelas tábuas. Corayne identificou fragmentos de tyrês e kasano falados entre o convés e a doca, mas a maioria falava primordial, a língua usada para o comércio nos dois lados do mar Longo. Os membros da tripulação descarregavam caixas e animais vivos enquanto uma dupla de oficiais portuários fazia seus registros fiscais e aduaneiros com grande alarde. Meia dúzia de soldados os acompanhavam, vestindo túnicas roxas vibrantes.

Nada de boa qualidade ou especialmente interessante, Corayne notou, observando a carga.

Kastio seguiu seu olhar, estreitando os olhos sob as sobrancelhas.

— De onde? — ele perguntou.

O sorriso dela veio tão rápido quanto a resposta.

— Sal das minas de Aegir — Corayne disse, confiante. — E aposto uma taça de vinho com você que o azeite de oliva vem dos bosques de Orisi.

O velho marinheiro riu.

— Nada de apostas. Cansei de aprender essa lição. Você leva jeito para os negócios, isso ninguém pode negar.

Os passos dela hesitaram, a voz ficou mais cortante.

— Vamos torcer que sim.

Outro oficial portuário esperava na ponta do píer seguinte, embora o ancoradouro estivesse vazio. Os soldados que o acompanhavam pareciam meio sonolentos, completamente desinteressados. Corayne abriu seu melhor sorriso, a mão na bolsa segurando o último e mais cheio saquinho de moedas. Aquele peso trazia segurança, como o escudo de um cavaleiro.

Embora ela já tivesse feito aquilo uma dezena de vezes, seus dedos ainda tremiam. *Um bom dia para começar uma viagem*, ela repetiu a si mesma. *Um bom dia para começar.*

Atrás do oficial, um navio entrou no porto, saindo da sombra da falésia. Não havia como confundir a galé, com sua bandeira roxo-escura chamativa. O coração de Corayne bateu mais forte.

— Oficial Galeri — chamou, com Kastio ao lado. Os guardas vestiam túnicas leves de verão, calças de couro e botas, e, embora não fossem roupas elegantes, caminhavam pelo píer como se pertencessem à realeza. — Sempre um prazer vê-lo.

Galeri inclinou a cabeça. O guarda tinha quase três vezes a idade dela — beirando os cinquenta anos — e era de uma feiura espetacular. No entanto, fazia muito sucesso entre as mulheres de Lemarta, sobretudo porque seus bolsos estavam bem recheados de propina.

— *Domiana* Corayne, você sabe que o prazer é meu. — Ele pegou a mão estendida dela com um floreio. O saquinho passou dos dedos de Corayne para os dele, desaparecendo no casaco do homem. — E um bom-dia para você, *Domo* Kastio — ele acrescentou, acenando para o velho, que fechou a cara em resposta. — O mesmo de sempre nesta manhã? Como vai a *Filha da Tempestade*?

— Vai bem. — Corayne abriu um sorriso sincero, olhando para a galé.

A *Filha da Tempestade* era maior do que as galés tyresas, um tanto mais comprida e duas vezes mais elegante, com um rostro, logo abaixo da linha da água, mais adequado para a batalha do que para o comércio. Era um navio lindo, seu casco pintado em tons escuros para viagens em mares gelados. Com a virada da estação, viria também a camuflagem em água morna: verde-água e listras cor de areia. Mas, por enquanto, era como uma sombra, velejando no tom roxo-escuro de um navio siscariano voltando para casa. A tripulação estava bem, Corayne sabia, observando seus remos se moverem em uma sincronia perfeita ao manobrar a longa embarcação chata para a doca.

Uma silhueta estava na popa, e um calor se espalhou no peito de Corayne.

Ela se voltou para Galeri abruptamente, tirando um papel do seu livro de registros, já estampado com o selo de uma família nobre.

— A listagem da carga, o de sempre. — *Para cargas ainda não descarregadas.* — As quantidades são exatas. Sal e mel, embarcados em Aegironos.

Galeri olhou para o papel sem interesse.

— Com destino a? — perguntou, abrindo o próprio caderno. Atrás dele, um dos soldados começou a urinar no mar.

Corayne teve o bom senso de ignorá-lo.

— Lecorra — ela disse. A capital siscariana. Antes o centro da esfera conhecida, agora uma sombra de sua glória imperial. — Para sua excelência, o duque Reccio...

— Isso basta — Galeri murmurou.

Carregamentos nobres não podiam ser taxados, e seus selos eram fáceis de reproduzir ou roubar, para aqueles com a predisposição, o talento e a ousadia.

Ao fim do píer, cordas foram lançadas, homens saltando com elas. Suas vozes eram um emaranhado de línguas: primordial, kasano, trequiano e até o melodioso rhashirano. A miscelânea de vozes se misturou ao silvo de cordas na madeira, o mergulho de uma âncora, o bater de uma vela. Corayne mal conseguia se aguentar de tanta euforia.

Galeri fez uma leve reverência, abrindo um sorriso largo. Dois de seus dentes eram mais brilhantes que os demais. *Marfim, comprado ou subornado.*

— Muito bem, assunto resolvido. Vamos ficar de guarda, claro, para observar a remessa para sua excelência.

Corayne não precisou ouvir mais. Passou pelo oficial e seus soldados, fazendo o possível para não desatar a correr. Quando mais nova, teria corrido mesmo, indo o mais rápido possível para a *Filha da Tempestade* com os braços abertos. *Mas tenho dezessete anos, sou quase uma mulher, e a agente do navio, ainda por cima*, disse a si mesma. *Devo agir como parte da tripulação, e não como uma criança agarrada às saias da mãe.*

Não que já tenha visto minha mãe usar saias.

— Bem-vindos de volta! — Corayne gritou, primeiro em primordial, depois na meia dúzia de outras línguas que conhecia, e nas outras duas que arranhava. Rhashirano ainda estava além da capacidade dela, ao passo que o idioma jydês era considerado impossível para estrangeiros.

— Você andou treinando — disse Ehjer, o primeiro membro da tripulação a cumprimentá-la.

Tinha quase dois metros e quinze de altura, a pele branca coberta de tatuagens e cicatrizes conquistadas a duras penas nas neves de Jyd. Ela conhecia as piores histórias: um urso, uma batalha, uma amante, um alce particularmente furioso. *Ou talvez a história do alce e da amante fosse a mesma?*, ela se perguntou antes de receber seu abraço.

— Não puxe meu saco, Ehjer; eu falo como uma *haarbløb*. — Ela mal conseguiu respirar em seus braços.

Ele riu alto.

O píer se encheu de gente, uma confusão de tripulantes e caixotes sobre as tábuas. Corayne foi passando, atenta a novos recrutas apanhados na viagem. Sempre havia alguns, fáceis de identificar. A maioria tinha bolhas nas mãos e queimaduras de sol, não acostumados à vida no convés. A *Filha da Tempestade* gostava de treinar os seus do zero.

Uma regra da minha mãe, como tantas outras.

Corayne a encontrou onde sempre a encontrava, quase sentada na amurada.

Meliz an-Amarat não era nem alta nem baixa, mas tinha uma presença imponente, chamava a atenção. Uma boa qualidade para qualquer capitã de navio. Ela observava a doca com olhar de águia e orgulho de dragão, sua tarefa ainda incompleta embora o navio estivesse seguramente aportado. Não era do tipo que vadiava na cabine ou fugia para o seden mais próximo para beber enquanto a tripulação fazia todo o trabalho árduo. Todos os caixotes e sacos de juta passavam por seu olhar, para serem ticados em uma contagem mental.

— Como estão os ventos? — Corayne perguntou, observando a mãe governar seu reino de galé.

Do convés, Meliz sorriu, radiante, o cabelo solto sobre os ombros, pretos como uma nuvem de tormenta. Cada linha de expressão ao redor da boca tinha valido a pena.

— Ótimos, pois me trouxeram para casa. — Sua voz saiu doce como mel.

Eram palavras ditas desde a infância de Corayne, quando nem sequer tinha idade suficiente para saber aonde a mãe estava indo e tudo que podia fazer era acenar com uma das mãos e se agarrar a Kastio com a outra. *Não sou mais assim.*

Corayne sentiu o sorriso vacilar, ficar pesado. Sua felicidade estava se desfazendo, desgastada pelo nervosismo. *Espere seu momento*, ela disse a si mesma. Prometeu. *Não aqui, não agora.*

O oficial do porto ignorou a carga, a maioria sem identificação. Ele não arrombaria os caixotes nas docas; os deixaria quietos, imperturbados até não estarem mais sob os cuidados da capitã an-Amarat e da *Filha da Tempestade*. Corayne sabia o que havia lá dentro, óbvio, pois era sua função encontrar lugares para vender ou trocar a carga. Estava tudo em seu livro de registros, escondido entre listas falsas e cartas náuticas verdadeiras.

— Mantenha esses no fim do píer — ela disse subitamente, apontando para uma série de caixotes. — Um navio ibalete vai aportar ao nosso lado antes do fim da manhã, e eles precisam levar a carga rapidamente.

— Precisam?

Meliz desceu do convés respingado de água do mar e coberto de lona que era seu trono, um sorriso repuxando seus lábios. Ela estava sempre prestes a sorrir ou gargalhar. Hoje parecia forjada em bronze, a pele escurecida pelo sol enquanto o rubor de uma viagem bem-sucedida coloria suas bochechas. Seus olhos de mogno faíscavam, tornados mais impressionantes por uma linha preta ao longo das pálpebras.

— Responda direito, filha.

Corayne empertigou-se. Havia crescido no último ano e conseguia olhar a mãe nos olhos agora.

— As peles irão para Qaliram.

Meliz pestanejou, suas sobrancelhas escuras e cheias se curvando em linhas esplêndidas. Havia três cicatrizes minúsculas sobre seu olho esquerdo, os cortes de sorte de um oponente de mira ruim.

Ela pegou a filha pelo braço e a levou para uma caminhada.

— Não sabia que os ibaletes precisavam de pele de raposa e zibelina nos Areais.

Corayne não podia julgar o ceticismo da mãe. Ibal era praticamente um deserto. A pele do norte definitivamente não valeria um preço favorável. Mas a jovem tinha seus motivos.

— A corte real deles pegou gosto pelas montanhas — disse tranquilamente, satisfeita consigo mesma. — E, com todo aquele sangue de deserto, bom, eles não devem conseguir se aquecer sem a nossa ajuda. Andei fazendo minhas perguntas por aí; está tudo providenciado.

— Acho que ter contatos com a realeza de Ibal vem a calhar. — Meliz baixou a voz. — Especialmente depois daquele *mal-entendido* no estreito no inverno passado.

Um mal-entendido que deixou três marujos mortos e quase fez a Filha da Tempestade *afundar.* Corayne engoliu em seco o gosto amargo de medo e fracasso.

— Foi o que pensei.

Meliz puxou a filha para si. Depois de quase dois meses deixada para trás, Corayne sentia falta desse carinho. Encostou a cabeça no ombro da mãe, desejando poder abraçá-la de verdade. Mas a tripulação estava toda ali, trabalhando, dedicada ao navio e às necessidades da capitã, com Galeri à espreita, observando, mais curioso do que profissional.

— Você sabe que tem um pouco daquele sangue do deserto — Meliz disse. — Da minha parte, claro.

Apesar do calor do braço da mãe, Corayne sentiu um frio desagradável no estômago.

— Entre outros — murmurou ela.

Havia muitos assuntos que queria discutir com a mãe. *Minha ascendência está longe de ser um deles.*

Meliz voltou a olhar para a filha. Não era um bom assunto para marcar sua volta à cidade, então fugiu dele.

— Muito bem, o que mais você preparou para mim?

Corayne inspirou fundo, aliviada e ao mesmo tempo querendo impressionar. Ergueu o livro aberto para mostrar as páginas cheias de uma caligrafia delicada e caprichada.

— Os madrentinos logo entrarão em guerra com Galland e vão pagar mais por armas. — Ela se permitiu um leve sorriso. — Especialmente por aço trequiano sem *complicações*.

O metal era valioso, tanto por sua durabilidade quanto pelo controle rigoroso que Trec mantinha sobre a exportação. Meliz compartilhou de sua alegria.

— Você descobriu tudo isso em Lemarta? — perguntou, erguendo a sobrancelha.

— Onde mais eu descobriria? — Corayne retrucou, a pele esquentando. — Estamos em uma cidade portuária como qualquer outra. Marinheiros falam.

Marinheiros falam; viajantes falam; mercadores, guardas e vigias de torres falam. Falam alto e o tempo todo — mentiras, quase sempre. Vangloriando-se de terras que nunca viram ou grandes façanhas que nunca vão realizar. Mas a verdade está sempre em algum lugar lá no fundo, esperando ser garimpada, partículas de ouro em meio à areia.

A capitã an-Amarat riu em seu ouvido, seu hálito fresco. Sua mãe tinha cheiro de mar; sempre tinha cheiro de mar.

— Algum deles fala com *você*? — ela alfinetou, a intenção óbvia. Lançou os olhos para o velho marujo que passava os dias protegendo sua filha. — Kastio, como minha filha se sai com os rapazes?

Uma onda de vergonha percorreu a espinha de Corayne. Ela fechou o livro de registro com as duas mãos e recuou, ficando vermelha.

— Mãe — sussurrou, escandalizada.

Meliz apenas riu, impassível e acostumada com o incômodo da filha.

— Ora essa. Eu tinha a sua idade quando conheci seu pai — ela disse, apoiando a mão no quadril largo, os dedos abertos sobre o cinto da espada. — Bom, um ano a mais. Eu tinha a sua idade quando conheci a garota que veio *antes* do seu pai...

Corayne guardou o livro de registro, devolvendo as páginas preciosas à bolsa.

— Certo, já basta. Tenho muitas informações para lembrar e isso definitivamente não merece ocupar espaço na minha memória.

Rindo de novo, Meliz tomou o rosto da filha em suas mãos. Deu um passo ritmado, o coração ainda a bordo do convés de um navio.

Embora amasse Meliz, Corayne se sentia pequena e jovem em suas mãos. Odiava isso.

— Você fica radiante quando cora — Meliz disse, com toda a sinceridade que era capaz de transmitir em palavras.

Assim são as mães, veem o sol e a lua em seus filhos. Como o mar Longo em uma manhã clara, Corayne não tinha ilusões. Meliz an-Amarat era a radiante, bela e magnífica da família. Linda como qualquer rainha, Meliz teve uma origem humilde na Ala, filha de contrabandista, nascida do mar, do estreito e de todos os países banhados por eles. Era feita para as ondas, a única coisa nesse mundo tão feroz e audaciosa quanto ela própria.

Ao contrário de mim. Corayne se conhecia e, embora fosse filha de quem era, não era igual à sua mãe. A não ser pela cor. Pele dourada que ficava bronzeada no verão, cabelo preto que brilhava em um tom vermelho-escuro sob o sol. Mas Corayne tinha lábios finos, nariz pequeno, um rosto mais sério que o da mãe, que sorria como um raio de sol. Seus olhos eram desinteressantes, completamente pretos, monótonos e vazios como uma noite sem estrelas. Inescrutáveis, distantes. Seus olhos demonstravam como Corayne se sentia apartada do mundo.

Não a incomodava pensar essas coisas. *É bom reconhecer seu próprio valor.* Especialmente num mundo onde a aparência das mulheres valia tanto quanto suas habilidades. Corayne nunca convenceria um guarda de frota com uma jogada de cabelo. Mas a moeda certa nas mãos certas, mexer os palitinhos certos na hora certa... isso Corayne sabia fazer, e fazia bem.

— Você mente muito bem — a menina disse, afastando-se um pouco.

— Tenho muita prática — Meliz respondeu. — Claro que para você eu nunca minto.

— Eu e você sabemos que isso está a esferas da verdade — Corayne disse, sem nenhuma acusação no tom. Precisava de toda a sua determinação para manter o rosto imóvel e comedido, não afetado pela vida de sua mãe, ou pela confiança que elas nunca poderiam ter uma na outra. — Mas sei que você tem seus motivos.

Meliz sabia que era melhor não discutir. Havia certa verdade em admitir suas mentiras.

— Tenho mesmo — ela murmurou. — E sempre, *sempre*, envolvem manter você a salvo, minha querida.

Embora as palavras estivessem presas em sua garganta, Corayne se forçou a dizer, as bochechas enrubescendo.

— Preciso te perguntar...

Os passos duros de Galeri a interromperam.

Mãe e filha se viraram com a aproximação dele, sorrisos falsos surgindo com facilidade.

— Oficial Galeri, o senhor nos honra com sua atenção — a capitã disse, inclinando a cabeça com gentileza. O acordo deles era agradável, e homens mesquinhos não levavam bem insultos de mulheres, ainda que imaginados.

Galeri admirou a beleza da capitã an-Amarat. Aproximou-se, mais do que havia se aproximado de Corayne. Meliz não recuou, acostumada às investidas dos homens. Mesmo recém-chegada de viagem, vestindo roupas carcomidas pelo sal, atraía muitos olhares.

Corayne engoliu em seco sua repulsa.

— Você veio de Aegironos, sua filha me contou. — Galeri apontou o polegar para as pilhas de engradados na doca. Runas estavam gravadas na madeira. — Estranho, os aegiros normalmente não marcam seus engradados com os riscos do jydês.

Suspirando mentalmente, Corayne começou a contar as moedas restantes na bolsa e se perguntou se seriam suficientes para saciar a curiosidade de Galeri.

O sorriso de sua mãe aumentou ainda mais.

— Também achei estranho.

Corayne já tinha visto a mãe flertar muitas vezes. *Mas aquilo não era flerte.*

O rosto de Galeri se fechou, as engrenagens de sua mente fáceis de decifrar. Seus soldados eram poucos, despreparados e praticamente inúteis. A capitã an-Amarat tinha toda a tripulação ali ao seu lado, além de uma espada no quadril. Ela poderia matá-lo e partir com a correnteza antes que os oficiais na outra doca notassem que ele estava morto. Ou ele poderia apenas seguir em frente com o dinheiro que já ganhara, e mais a ser ganho na próxima viagem. Seus olhos estremeceram, apenas por um segundo, passando por

Corayne. A única coisa no mundo que ele poderia usar contra Meliz an-Amarat, caso algo desse errado.

Corayne cerrou o punho, embora não fizesse ideia do que fazer com isso.

— Bom ter você de volta ao porto, Mel Infernal — Galeri se obrigou a dizer, imitando o sorriso dela.

Uma gota de suor escorria pela testa enquanto ele dava um passo para o lado, fazendo uma reverência para as duas.

Meliz o observou partir, os dentes à mostra e os lábios curvados em um sorriso aterrador. Quem ela era sobre as ondas nunca se mantinha em terra firme, não por muito tempo. Corayne raramente via essa mulher, a capitã terrível de uma tripulação ainda mais terrível. Essa mulher não era sua mãe, não era Meliz an-Amarat. Era Mel Infernal.

O nome tinha pouco significado ali, no porto de origem da *Filha da Tempestade*, onde a galé deslizava em ventos suaves com poucos problemas além de oficiais curiosos. Mas nas águas, em toda a Ala, o navio honrava seu nome, assim como sua capitã.

Corayne também ouvira essas histórias.

Marinheiros falam.

E sua mãe mente.

2

UMA VOZ INVERNAL

Andry

Ele havia trocado a cota de malha por comida uma semana antes. Sua túnica verde e dourada era pouco mais do que um farrapo, rasgada e coberta de sangue, terra e poeira da longa jornada para casa. Andry Trelland fez o possível para se ajoelhar sem se jogar no chão, todo o corpo tremendo de cansaço. Já passava da meia-noite na capital, e as semanas de cavalgada haviam sido um sacrifício. Um piso de pedra nunca parecera tão acolhedor.

Apenas o medo mantinha seus olhos abertos.

Os pesadelos esperam por mim, pensou. *Os pesadelos e os sussurros.* Eles o assombravam desde o templo, desde o massacre que o deixara vivo e matara tantos heróis. *Mãos vermelhas, rostos brancos, o cheiro de carne queimada.* Ele piscou, tentando afugentar a memória. *E agora uma voz invernal me apunhalando.*

Dois cavaleiros da Guarda do Leão cercavam o trono vazio, suas armaduras douradas reluzindo à luz de velas. Andry conhecia os dois. Sir Eiros Edverg e Sir Hyle de Monte Dourado. Eram compatriotas dos cavaleiros mortos, cujos cadáveres ficaram em algum lugar dos sopés da montanha, perdidos na lama. Eles o encaravam, mas não falaram nada, embora Andry visse a preocupação estampada em seus rostos. O escudeiro olhou para o chão de pedra, traçando os desenhos no ladrilho enquanto esperava no silêncio cruel.

Andry conhecia o barulho de homens de armadura. O estrépito e os passos duros do metal, marchando no caminho da residência particular da rainha para a sala do trono. Quando a porta dos aposentos dela se abriu, despejando cavaleiros em uma formação de diamante, Andry cerrou a mandíbula com tanta firmeza que quase quebrou os dentes. Seus olhos se encheram de lágrimas; seu coração se apertou. Ele se preparou para mais uma pontada de dor.

Os outros morreram e morreram sem glória. O mínimo que você pode fazer é se manter firme.

Não era de surpreender que tantos disputavam a mão da rainha de Galland em casamento. Ela era jovem e bela, com seus dezenove anos, ossos delicados, pele de porcelana, o cabelo castanho-acinzentado, e os mesmos olhos azul-prateados de seu finado pai, Konrad III. Ela também tinha o punho de aço dele. Embora parecesse pequena de manto e camisola, sem coroa ou joias majestosas, sua presença era dominadora. Ela manteve o olhar aguçado em Andry por entre os espaços deixados por sua Guarda do Leão até se sentar no trono.

O manto verde aveludado se amontoou em volta dela, assentando-se como um belo vestido de gala. A rainha se inclinou à frente, apoiada nos cotovelos, os dedos entrelaçados. Usava apenas o anel de Estado, uma rústica esmeralda escura centenária, incrustada em ouro. Sob a luz fraca, a pedra parecia tão escura quanto os olhos das criaturas, enorme como um abismo.

— Majestade — Andry murmurou, abaixando a cabeça.

A rainha Erida o examinou de cima a baixo, o olhar penetrante. Seus olhos se focaram em sua túnica, lendo as manchas como se lesse um livro.

— Escudeiro Trelland, por favor, levante-se — ela disse, a voz gentil, mas ecoando na sala comprida e decorada. Seus olhos azuis se suavizaram quando Andry se levantou com as pernas trêmulas.

— A estrada não lhe fez bem. Precisa de um tempo? Um prato de comida, um banho? Meu médico pode ser chamado.

— Não, majestade. — Andry baixou o olhar. Ele se sentia sujo da cabeça aos pés, indigno de estar diante da rainha de seu país. — O sangue não é meu.

Os cavaleiros se agitaram, trocando olhares receosos. Andry conseguia adivinhar seus pensamentos. O sangue era de seus companheiros, cavaleiros da Guarda do Leão que jamais voltariam para casa.

Erida não vacilou.

— Você já viu sua mãe? — ela perguntou, ainda encarando.

O escudeiro fez que não. Olhou para suas botas, manchadas de lama e fedendo a cavalo.

— Está tarde, ela deve estar dormindo e precisa de todo o repouso que puder ter. — Ele se lembrava da tosse seca que costumava acordá-la no meio da noite. — Posso esperar até o amanhecer.

A rainha assentiu.

— Consegue me dizer o que aconteceu com você?

Andry sentiu a pergunta como o corte de uma faca.

— E com nossos queridos amigos? — continuou ela.

Rostos brancos, mãos vermelhas, armadura preta, facas gotejando sangue, cinzas, fumaça e podridão...

Ele mexeu a boca, mas não formulou palavra alguma, seus lábios se entreabrindo e se fechando. Andry quis virar e sair correndo. Escondeu os dedos trêmulos, cruzando as mãos às costas na pose típica de um cortesão. Ergueu a cabeça e trincou os dentes, tentando reunir forças.

O mínimo que você pode fazer é se manter firme, ele pensou novamente, a repreensão lancinante.

— Deixem-nos — Erida disse de repente, olhando ao redor para sua escolta de cavaleiros. A jovem era feroz como o leão em sua bandeira, as duas mãos segurando os braços do trono. Usava o anel de Estado como um escudo.

Os soldados da Guarda do Leão não se moveram, pasmos.

Andry se sentia da mesma forma. A rainha ia a pouquíssimos lugares sem os cavaleiros que juraram protegê-la até a morte. Ele olhou de um lado para o outro, comparando a determinação da rainha com a de seus guerreiros.

Sir Hyle balbuciou, o rosto ainda mais rosado do que já era:
— Majestade...

— O menino está traumatizado. Não precisa de nove soldados pairando ao seu redor — respondeu a rainha rapidamente, sem pestanejar. Então voltou-se para o escudeiro, focando nele sua atenção. Um toque de tristeza surgiu em seu rosto pálido. — Conheço Andry Trelland desde que me entendo por gente. Ele será um cavaleiro como vocês dentro de poucos anos. Estar com ele é o mesmo que estar com qualquer um de vocês.

Apesar de tudo que ele tinha visto e sofrido, Andry não pôde conter o orgulho em seu peito, mesmo efêmero. *Cavaleiros não falham, e eu definitivamente falhei*, pensou. A Guarda do Leão devia pensar o mesmo. Eles hesitaram, imóveis em suas armaduras douradas e seus mantos verdes.

Erida era determinada e não aceitava "não" como resposta. Cerrou o punho da mão do anel.

— Obedeçam à sua rainha — ela disse, o semblante pétreo.

Dessa vez, Sir Hyle não discutiu. Apenas fez uma reverência tensa, breve, e, com um movimento dos dedos enluvados, chamou os outros cavaleiros confusos para acompanhá-lo. Eles atravessaram o salão, uma cacofonia de aço, ferro e tecido sibilante.

Apenas quando a porta de seus aposentos estava seguramente fechada, a rainha relaxou os ombros, curvando-se para a frente. Esperou mais um momento, depois soltou uma expiração longa e lenta. Parecia estar voltando a ser ela mesma, tornando-se uma mulher que mal saíra da infância, não uma rainha com quatro anos de reinado nas costas.

Por uma fração de segundo, Andry a viu como era na juventude: herdeira do trono, mas ainda sem o peso de uma coroa. *Ela adorava velejar*, recordou. Todas as crianças do palácio, primos nobres, pajens e jovens donzelas, a acompanhavam até a baía do Espelho. Fingiam comandar o barco, treinando nós e passando velas. Mas Erida não. Ela se sentava diante do leme e apontava para a tripulação real, guiando-a sobre a água.

Agora ela guiava o país, e era para ele que apontava.

— Eu atendi ao chamado dos Anciões — ela disse com a voz baixa, rouca.

Seus olhos tinham um brilho estranho, cintilando sob as velas. Ela mergulhou uma das mãos dentro dos mantos e tirou um rolo de pergaminho.

Andry engoliu em seco. Queria queimar aquela folha infernal.

Ela o desenrolou com as mãos trêmulas, os olhos ardendo sobre a mensagem em nanquim. No canto da página, o selo antigo de Iona, gravado em cera verde rachada. Agora, bastava essa imagem para seu estômago se revirar, e a lembrança que o selo trazia era ainda pior.

Sir Grandel e os North se ajoelharam diante da rainha em seu trono. Ela estava resplandecente, com seus ornamentos de corte e a coroa deslumbrante. Andry se ajoelhou com eles, alguns metros atrás, o único escudeiro a acompanhar os cavaleiros na sala de audiência. Com que fim, ele não sabia, mas desconfiava. Os North sempre foram um pouco mais... autossuficientes do que Sir Grandel, que parecia querer o auxílio de um escudeiro para todas as tarefas, grandes ou pequenas. Se a rainha tinha um comando para Sir Grandel Tyr, certamente Andry Trelland seria ordenado a segui-los.

O escudeiro manteve a cabeça baixa, avistando a rainha apenas pelo canto do olho. Ela usava os mesmos tons de verde e dourado que seus cavaleiros, com um pergaminho estranho nas mãos.

Em um instante, Andry viu o selo, a imagem rústica de um cervo carimbada com força. Ele vasculhou a memória, repassando os lordes e as grandes famílias, seus brasões conhecidos até para um pajem. Mas nenhum era igual.

— Esta é uma convocação — a rainha disse, virando a carta.

De joelhos, Sir Edgar empalideceu.

— Quem ousaria convocar a rainha de Galland, a maior coroa da Ala? A glória do Velho Cór renascida?

A rainha Erida inclinou a cabeça.

— O que vocês sabem sobre os Anciões?

Os cavaleiros balbuciaram, trocando olhares perplexos.

Sir Grandel gargalhou descaradamente, sacudindo o cabelo castanho riscado de fios grisalhos.

— Uma história para crianças, majestade. Um conto de fadas.

Andry não se atreveu a erguer os olhos. A rainha não sorriu; seus lábios se fecharam em uma expressão grave.

Não era uma piada.

— Imortais, milady — *Andry se viu respondendo. Sua voz falhava.* — Nascidos nos Fusos, tendo vindo a Todala de outra esfera. Mas ficaram presos, o portal para sua casa tendo se fechado pouco depois que eles chegaram. Os Anciões são como náufragos em nossa esfera, se é que ainda existem por aqui. — *Seres impossíveis, raros como unicórnios, que nunca verei com meus próprios olhos.*

— Um conto de fadas — *Sir Grandel repetiu, disparando um olhar para o escudeiro.*

As bochechas de Andry coraram e ele baixou a cabeça de novo. Não era de seu feitio falar sem ser chamado, e ele pensou que ouviria uma repreensão viperina de seu senhor e da rainha.

Mas não ouviu.

— *Todos os contos e histórias têm raízes na verdade, Sir Grandel —* a rainha respondeu com frieza. *— E eu gostaria de saber a verdade nesse caso. — A carta iluminada pela luz de velas da sala do trono resplandecia. — Aquela que se refere a si mesma como monarca de Iona nos saúda e humildemente pede nosso auxílio.*

Sir Grandel bufou.

— *Auxílio? Quem aquela bruxa velha e decrépita julga ser para lhe pedir coisas?*

Andry conseguia ouvir o sorriso na voz da rainha Erida.

— *Não quer descobrir?*

— Se eu tivesse ignorado o chamado deles, bem como a minha curiosidade... — ela murmurou, ainda encarando a página. Se a rainha tivesse alguma magia de Fuso, já teria rebentado a carta em chamas havia muito tempo.

— Como alguém poderia saber? — Andry sussurrou. *Eu com certeza não sabia. Mesmo quando alertaram do perigo e da desgraça para a esfera.* Parecia uma vida antes, embora poucos meses tivessem se passado.

Os dias voavam em sua mente, turvos. A estrada para Iona, os grandes salões da cidade antiga, os conselhos de Anciões e mortais. Depois a trilha de heróis marchando naquele fim de mundo, todos condenados.

Andry piscou furiosamente para secar os olhos e limpar a mente.

A rainha baixou a cabeça, passando o polegar no anel de esmeralda.

— Enviei vocês a eles e ao perigo — ela sussurrou. — A culpa pelo que quer que tenha acontecido a Sir Grandel e aos North é minha. Não carregue esse fardo nas costas, Andry. — Sua voz embargou. — Deixe esse peso para mim.

Os momentos deslizavam como folhas em um golpe de ar, mas Erida esperou com a paciência de uma pedra. Andry se esforçou para falar, as palavras lentas e relutantes em sua garganta.

— Em Iona, os Anciões... a monarca... ela nos contou que uma espada tinha sido roubada de seus cofres. — Ele enfim conseguiu soltar seu relato de uma vez só. Tentou não se deixar abater. — Uma espada de Fuso, forjada em uma esfera fora da Ala, imbuída pelo poder dos próprios Fusos. Aquele que a pegou, um homem chamado Taristan, é descendente do Velho Cór, com sangue de Fuso nas veias. Com o sangue e a espada juntos, ele poderia abrir um Fuso há muito fechado, rasgando um portal entre nossa esfera e a outra, para o que quer que houvesse do outro lado.

A rainha Erida arregalou os olhos, o branco como uma lua eclipsada pelo azul.

— Ele estava a caminho de um antigo templo dos Anciões nas montanhas, alguns quilômetros ao sul dos Portões de Trec. O último local conhecido de travessia de Fuso. — Andry rangeu os dentes. — Nós treze avançamos para impedi-lo. — A primeira lágrima caiu, quente e furiosa em sua bochecha. — E doze morreram.

O salão do trono ecoou com sua voz, sua fúria e sua tristeza. Seu luto subiu pelas colunas até os candelabros de ferro fundido e as velas bruxuleantes. Andry cerrou os punhos ao lado do corpo, sua determinação prestes a ruir. Mas ele se forçou a continuar e narrou o massacre dos Companheiros, o fracasso de Cortael, o cheiro do sangue imortal e uma esfera calcinada libertando um exército cadavérico. O feiticeiro vermelho, a espada no peito de Taristan, seu sorriso branco maléfico. Como Sir Grandel tombou para nunca mais se levantar. Como só restou ao escudeiro assistir e fugir com pouco mais do que a própria pele.

Andry pensou que os sussurros frios se ergueriam junto com as suas memórias, mas apenas a própria voz preenchia sua cabeça.

— Eu deveria ter lutado — ele murmurou, furioso, olhando fundo para as botas destruídas. — Era meu dever.

Erida bateu a palma da mão no trono, o barulho estridente e rápido como um açoite. Andry ergueu o rosto e encontrou o olhar da rainha, as narinas infladas.

— Você veio para casa. Você sobreviveu — ela disse com firmeza. — E, além disso, entregou uma mensagem importantíssima. — Determinada, ela se levantou, o manto ondulando em volta. Deu passos leves, descendo da plataforma para se juntar a Andry nas pedras. — Passei mais tempo estudando diplomacia e línguas do que lendas de Fuso. Mas conheço as histórias. Todala já foi uma esfera de travessia no passado, submetida a grandes magias e monstros terríveis, e nós, mortais, enfrentávamos perigos que nunca devemos voltar a ver. Isso não pode acontecer. Se o que você diz é verdade, se esse Taristan consegue abrir os Fusos sepultados há tanto tempo, ele é realmente muito perigoso, e tem um exército ao seu lado.

— Diferente de tudo que já vimos — Andry admitiu, sentindo o puxão das criaturas novamente. Os seres do exército de Taristan gritavam em sua mente, suas vozes como metal arranhando metal e osso se quebrando. — Sei que parece impossível.

— Nunca tomei você por um mentiroso, Andry Trelland. Nem mesmo quando éramos crianças, contando lorotas para os cozinheiros para conseguirmos mais sobremesa. — Ela respirou fundo e baixou a cabeça. — Sinto muito pela sua perda.

Embora dois anos mais jovem do que ela, Andry era muito mais alto. Mas, de algum modo, ela ainda assim conseguia olhar para ele sem parecer pequena.

— Eles eram seus cavaleiros, não meus — ele disse.

— Não foi isso que eu quis dizer — a rainha murmurou suavemente, olhando-o de cima a baixo novamente.

Andry viu a mesma menina nos olhos dela novamente, diferente do resto das crianças. Querendo sorrir e gargalhar e brincar, mas isolada também. Sempre marcada como princesa, sem as liberdades de um pajem, uma donzela ou mesmo uma criada.

A menina desapareceu quando ela fechou o cenho.

— Você não contará isso a ninguém, escudeiro — ela acrescentou, voltando-se para o trono.

Sem pensar, Andry a seguiu rapidamente, seu estômago se revirando. *Fomos pegos desprevenidos. Isso não pode acontecer outra vez.*

— As pessoas precisam ser alertadas...

Erida não vacilou, sua voz severa e inflexível. Ela sabia como se impor.

— Os Fusos são mitos para a maioria, lendas e contos de fadas, tão extintos quanto os Anciões, os unicórnios, ou qualquer outra grande magia vinda de outras esferas. Falar de um Fuso recuperado, *aberto*, e de um homem que o usaria como uma lança contra nossos corações? Um homem imbatível liderando um exército de cadáveres? — De costas, ela espiou Andry, seus olhos como duas safiras. — Sou a governante de Galland, mas sou uma rainha, não um rei. Devo ter cuidado com o que digo e que armas dou aos meus inimigos. Não darei motivo para pensarem que sou imaginativa ou louca — retrucou, claramente aborrecida. — Não posso agir sem provas. Além do mais, isso causaria pânico na minha capital. E pânico em uma cidade de meio milhão de pessoas mataria mais do que qualquer exército que marcha pela Ala. Devo agir com cautela.

Ascal era uma metrópole cheia que se estendia por muitas ilhas no delta do Leão Grandioso. As ruas eram apinhadas de gente, os mercados, lotados, os canais, sujos, e as pontes, prestes a desmoronar. Houve revoltas depois da morte do rei Konrad: oposição a uma garota assumindo o trono. Incêndios nos bairros pobres, inundações nos portos. Doenças. Colheitas ruins. Turbulências religiosas entre as ordens dedicadas. Facções criminosas densas como fumaça. *Nada comparado ao que está por vir*, Andry sabia. *Nada comparado ao que Taristan pode fazer.*

Ele cerrou os dentes.

— Não entendo — foi tudo que conseguiu dizer, ao dar de cara com a muralha de determinação da rainha.

Não conseguiria convencê-la.

— Não cabe a você entender, Andry — ela concluiu, batendo na porta de seus aposentos, que se abriu revelando os cavaleiros da Guarda do Leão à espera no corredor, rígidos e enfileirados em suas armaduras. — Você deve apenas obedecer.

Não havia discussão com a rainha de Galland.

Andry fez uma reverência até a cintura, segurando todas as respostas na ponta da língua.

— Muito bem, majestade.

Ela parou, os cavaleiros entrando em formação, e lançou um último olhar para o escudeiro.

— Obrigada por voltar para casa. — A expressão dela era dura e doce ao mesmo tempo. — Ao menos sua mãe não terá mais um cavaleiro para enterrar.

Não sou um cavaleiro. E nunca serei.

Seu coração se apertou no peito.

— Uma pequena misericórdia.

— Que os deuses nos protejam do que está por vir — Erida murmurou, afastando-se.

A porta se fechou com força, e Andry saiu praticamente correndo da sala do trono, louco para tirar a roupa e lavar o corpo das últimas semanas. A raiva superou sua tristeza por tempo suficiente para fazer com que ele atravessasse os corredores do Palácio Novo, seus pés traçando o caminho pelos salões que ele conhecia tão bem.

Os deuses já tiveram a chance deles.

Dormindo, Lady Valeri Trelland não parecia doente. Estava deitada confortavelmente, a cabeça coberta por uma touca fina de seda. Não demonstrava qualquer preocupação no rosto, a pele em volta da boca e os olhos relaxados. Parecia décadas mais jovem, ainda bela apesar da doença espalhada em seu corpo. Eles tinham rostos parecidos, Andry e a mãe. A pele dela era mais escura, como ébano polido, mas eles tinham as mesmas maçãs do rosto altas e lábios carnudos, e o mesmo cabelo cheio, preto e cacheado. Era estranho para o escudeiro olhar no espelho e ver a mãe. Mais estranho ainda ver o que ela era antes da chegada da doença, que com suas mãos úmidas apagou a vela que ardia em seu coração.

A respiração dela chiou, e ele se encolheu, sentindo a dor rouca em sua própria garganta.

Durma, mãe, desejou, contando os segundos enquanto o peito dela subia e descia. Ele se preparou para um ataque de tosse que não veio.

O aposento dela estava quente, o ar, parado, com uma pilha alta de lenha na lareira. Andry suou em suas roupas limpas, mas não se afastou da parede entre uma tapeçaria e uma janela estreita.

Apesar do fogo, ele sentia o calafrio gelado de pavor nas costas.

Ela deve ser escondida.

Os sussurros falavam em uma voz invernal, fria e quebradiça. Eram de uma mulher, um homem, uma criança, uma velha. Impossível identificar. Ele estremeceu quando a voz retornou, crescendo como um uivo em sua cabeça.

Está escondida!, ele queria gritar, a mandíbula cerrada. O frio percorria suas costelas.

Não fale dela.

Seus dentes rangeram. *Eu não disse nada. Para ninguém. Nem mesmo para a rainha.* Parecia loucura. Poderia *ser* loucura, provocada pelo massacre e sofrimento.

As vozes tinham começado na estrada para casa, montado no garanhão do Ancião e a espada de Fuso amarrada à sela. Ele quase caíra do cavalo, mas se forçara a continuar, tentando fugir do que já estava em sua mente. Por mais e mais rápido que cavalgasse, as vozes não o abandonavam.

Havia riso e tristeza nos sussurros, em igual medida. *É uma ordem*, elas sussurravam, deixando que as palavras o banhassem. *Mantenha-a escondida!*

Andry queria mandar as vozes embora, mas continuou encostado à parede. Não interromperia a vigília silenciosa da mãe doente.

E a espada de Fuso escondida embaixo da cama dela, um segredo guardado apenas por Andry Trelland.

3

ENTRE O DRAGÃO E O UNICÓRNIO

Corayne

Depois de duas taças de vinho, Corayne estava zonza. Sua cabeça girava, já sonhando com terras além de Lemarta. As cidades fortificadas de Jyd, o país saqueador. Nkona e a baía das Maravilhas. Almasad, o grande porto de Ibal, lar da maior frota da esfera. Ela balançou a cabeça e empurrou a taça, deslizando-a sobre sua mesa engordurada cativa no canto da Rainha do Mar. O bar seden tinha sido batizado muito antes do tempo da capitã an-Amarat, mas todos gostavam de fingir que era em homenagem a ela.

Meliz honrava a alcunha, relaxada no canto, encostada na parede e o sorriso voltado para o salão. A luz de velas brilhava em seu cabelo, coroando-a de rubis. Kastio estava sentado perto da porta, cercado por marinheiros e aldeões. Com a capitã de volta, ele não tinha motivo para ser babá de Corayne. Balançava-se, os olhos azul relâmpago cerrados, um copo pela metade na mão. A tripulação já havia virado várias taças de vinho e canecas de cerveja. Suas vozes enchiam o salão, seus corpos bronzeados e vermelhos de sol abarrotavam o espaço estreito. A maioria precisava de um banho. Corayne não se importava. Marujos fedidos eram melhores do que mais uma noite solitária.

Ela os observou. A *Filha da Tempestade* acolhera dois recrutas novos na viagem. Gêmeos de rostos brancos vindos de Jyd, pouco mais velhos que ela, altos e largos, de sangue saqueador.

Dois a mais, quatro a menos, Corayne pensou. Os rostos passaram diante de seus olhos, membros da tripulação que ela jamais voltaria a ver.

Quatro mortos.

Ela inspirou fundo, o vinho em sua barriga se transformando em coragem.

— Mãe...

— Espalhe por aí que estou em busca de remadores — Meliz interrompeu, girando a taça.

O pedido pegou Corayne de surpresa. Ela piscou, confusa.

— Ainda faltam pelo menos duas semanas para precisarmos nos preparar para outra jornada, e podemos fazer essa com menos gente se necessário.

Velas curtas em águas tranquilas, percorrendo rotas leves e velozes ao longo da costa. Corayne conhecia as viagens da *Filha da Tempestade* como a palma de sua mão e tentou se planejar com base nelas. *As jornadas de verão não oferecem muito perigo. São boas para quem quer aprender.*

O sorriso de Meliz se fechou, uma máscara caindo.

— Costas fortes, bom ritmo, sem frescura.

— Para onde? Para quando? — Mudanças na programação significavam erros, riscos maiores. E atrapalhavam os planos dela.

— Você virou *minha* mãe agora? — Meliz ironizou, mas sua voz era ácida. — Apenas cuide para que sejam bons recrutas. Não preciso de imbecis ingênuos em busca de aventura, correndo atrás de uma história de Fuso, um conto de fadas ou a boa e velha glória no mar Longo.

Corayne enrubesceu e baixou a voz.

— Aonde você vai, mãe?

— Eles tendem a morrer, e morrer decepcionados — Meliz murmurou, tomando seu vinho.

— Desde quando você se importa em perder membros da tripulação? — Corayne retrucou, meio consigo mesma. As palavras tinham um gosto amargo, injustas e imprudentes. Ela quis voltar atrás assim que a frase saiu de seus lábios.

— Eu sempre me importo, Corayne — Meliz disse com frieza.

— *Aonde* você vai?

— Os ventos parecem favoráveis.

— Os ventos ainda vão estar favoráveis daqui a um mês.

Meliz olhou para as janelas, na direção do mar, e Corayne se sentiu perdida.

— O *Jaiah* de Rhashir finalmente morreu, deixando dezesseis filhos em guerra pelo trono. Alguns dizem que a causa foi velhice ou doença. Outros acreditam em assassinato. Seja como for, o conflito facilita as coisas para nós. É uma boa oportunidade — Meliz disse rapidamente e com firmeza. Como se as palavras só precisassem ser ditas para se tornarem verdade.

Um mapa consumiu a visão de Corayne em um turbilhão de azul, verde e amarelo. Ela visualizou claramente as rotas marítimas e costas, os rios e montanhas, os reinos e fronteiras conhecidas. Todos os lugares que conhecia sem nunca ter visitado, de que tinha ouvido falar sem nunca ter colocado os pés lá. Os quilômetros passavam voando, de Lemarta ao golfo do Tigre, à Todafloresta, à Coroa de Neve — as grandes maravilhas de terras distantes. Ela tentou imaginar Jirhali, a grandiosa capital de Rhashir, uma cidade de arenito verde-claro e cobre polido. Sua imaginação não era capaz.

— São cerca de seis mil quilômetros até as costas deles, em linha reta — ela murmurou, abrindo os olhos. Havia apenas o mapa. Sua mãe já estava longe, fora de seu alcance. — Com um vento bom, corrente favorável, sem tempestades, sem *adversidades*... você ficará meses longe. — Sua voz embargou. — Se é que vai voltar.

Uma viagem perigosa, muito diferente do que planejamos.

Meliz não se moveu.

— É uma boa oportunidade. Prepare o navio. Partimos em três dias.

Tão cedo, Corayne praguejou, os dedos apertando o tampo da mesa.

— Preciso perguntar...

— Não — Meliz disse, sem pestanejar, levando a taça aos lábios novamente.

Uma centelha furiosa se acendeu no peito de Corayne, afugentando seu medo.

— No inverno você disse...

— Não fiz nenhuma promessa no inverno.

Suas palavras eram terrivelmente definitivas, como uma porta se fechando.

Corayne fechou o cenho, usando toda a sua determinação para manter as mãos na mesa e não virar a taça da mãe. Algo bradou em seus ouvidos, abafando todos os sons além da sua mãe e da rejeição.

Você sabia o que ela diria, pensou. *Sabia e se preparou. Você está pronta para fazer por merecer.*

— Eu sou um ano mais velha do que você era quando partiu para o mar. — Corayne buscou agir como parte da tripulação. Determinada, confiante, capaz. Todas as coisas que muitas pessoas enxergavam nela. *Muitas pessoas menos a minha mãe.*

Meliz cerrou o maxilar.

— Não era minha escolha na época.

A resposta de Corayne foi rápida, a flecha já encaixada e mirada.

— Sou mais útil na água. Vou ouvir mais; posso negociar; posso guiar. Pense no que a *Filha da Tempestade* era antes de eu começar a ajudar. Sem rumo, desorganizada, sobrevivendo por um triz, desperdiçando metade da carga por falta de comprador. — Corayne usava todas as suas forças para não assumir um tom de súplica. Sua mãe não se mexeu, não piscou, nem mesmo parecia escutar. — Conheço as cartas quase tão bem quanto Kireem ou Scirilla. Eu posso *ajudar*, especialmente em uma viagem tão longa e tão distante.

Você parece idiota. Parece uma criança implorando pelo brinquedo preferido. Seja racional. Seja lógica. Ela sabe seu valor; sabe e não tem como negar. Corayne inspirou fundo, silenciando seus pensamentos enquanto dizia em voz alta:

— Comigo a bordo, seus lucros vão triplicar, no mínimo. — Corayne cerrou o punho no tampo da mesa. — Eu garanto. E nem vou receber por isso.

Havia mais a dizer: mais listas para desfiar, mais verdades duras que sua mãe não teria como menosprezar. Mas Meliz continuava firme.

— Minha decisão está tomada, Corayne. Nem mesmo os deuses podem mudá-la — a capitã disse, com uma voz diferente. Corayne ouviu um tom de súplica nela também. — Meu bem, você não sabe o que está pedindo.

Corayne estreitou os olhos escuros.

— Ah, acho que sei, sim.

Algo se desfez em Meliz, como uma muralha desmoronando.

— Sou boa no meu trabalho, mãe — Corayne disse, dura. — E meu trabalho é escutar, pensar, fazer conexões e prever. Você pensa que as pessoas aqui não falam de você e de sua tripulação? — Ela apontou o queixo para o resto do salão, que continuava ruidoso. — Sobre o que vocês fazem em mar aberto?

Meliz se inclinou para a frente tão rápido que Corayne quase caiu da cadeira.

— Sim, somos criminosos — a capitã sussurrou, furiosa. — Contornamos as leis da coroa. Transportamos o que os outros não querem ou não podem transportar. Isso é contrabando. É perigoso. Você sempre soube. — A explicação também era esperada, mais uma mentira de Meliz an-Amarat. — Meu trabalho é perigoso, isso é verdade — a mulher continuou. — Corro riscos toda vez que zarpamos, assim como todos neste salão. E não vou incluir você nisso.

— Os recrutas jydeses. Eles sobreviveram, não? — Corayne perguntou, seu tom inexpressivo e distante.

No balcão, os gêmeos pálidos pareciam assustadiços como coelhos em uma arapuca.

Meliz fechou a cara.

— Eles se juntaram a nós em Gidastern. Fugiram de alguma guerra miserável de clãs.

Mais mentiras. Ela lançou um olhar feroz e sombrio para a mãe, na esperança de ver a verdade por trás. Na esperança de que Meliz soubesse que a filha via a verdade por trás.

— Eles sobreviveram a algum navio que você encontrou no mar Vigilante, um navio que vocês atacaram, saquearam e afundaram.

— Desta vez, isso não é verdade — Meliz retrucou, quase vociferando. — Você, com essas cartas e listas. Isso não quer dizer que sabe como o mundo realmente funciona. Os jydeses não são saqueadores. Algo está *errado* no Vigilante. Aqueles meninos estavam fugindo, e lhes dei um lugar para ir.

MENTIRAS, Corayne pensou, sentindo cada uma como uma facada.

— Você é uma contrabandista — ela respondeu, batendo a mão na mesa. — Quebrou as leis de todos os reinos daqui até a foz de Rhashira. E você é uma *pirata*, capitã an-Amarat. Temida em toda a Ala pelo que faz com os navios que caça e devora. — Corayne avançou para que elas ficassem cara a cara sobre a mesa. A máscara de Meliz havia caído, havia perdido o sorriso tranquilo. — Não me venha fingir vergonha. Sei o que você é, mãe, o que precisa ser. Sei há muito tempo. E sou parte disso, acredite ou não, *desde sempre.*

Do outro lado do seden, um copo se estilhaçou, seguido por um estrondo de gargalhadas. Nem mãe nem filha vacilaram. Um canyon se abriu entre elas, preenchido apenas por silêncio e ímpeto.

— Eu preciso disso. — A voz de Corayne embargou, cedendo sob o peso do desespero. — Preciso ir embora. Não aguento mais ficar aqui. Parece que o mundo está crescendo em cima de mim. — Ela buscou as mãos da mãe, mas Meliz recuou. — É como ser enterrada viva, mamãe.

A capitã se levantou, o vinho na mão. Seu silêncio era incomum. E um mau sinal. Águas calmas antes de uma tempestade. Corayne trincou os dentes, preparando-se para mais mentiras e desculpas.

A capitã nem se deu ao trabalho.

— Minha resposta sempre será não.

Seja racional, Corayne se repreendeu, mesmo ao dar um salto da cadeira, os punhos cerrados. A capitã dos piratas não se moveu, o olhar firme e descontente.

O desespero arrepiou a pele de Corayne. Ela se sentia como uma onda se quebrando, se desfazendo em espuma ao chegar à costa. *Seja racional*, pensou de novo, embora a voz estivesse mais fraca, mais distante. Cravou as unhas na palma das mãos, usando a dor para se sentir ancorada.

— Você não pode tomar decisões por mim — ela disse, controlando-se. — Não estou pedindo permissão. Se você não me contratar, vou encontrar um capitão que me contrate. Que enxergue meu *valor*.

— Não ouse fazer isso. — Meliz atirou a taça de vinho no chão. Seus olhos se iluminaram, ameaçando botar aquele lugar abaixo.

Ela pegou a filha pelo colarinho, sem nenhum carinho. A tripulação mal deu atenção.

— Olhe ao redor — rosnou em seu ouvido.

Corayne ficou imóvel, sem conseguir se mexer, chocada.

— Essa é minha tripulação. São assassinos, todos eles. *Olhe* para nós, Corayne.

Engolindo o nó na garganta, ela obedeceu.

A tripulação da *Filha da Tempestade* era uma família, de certo modo. Semelhante em suas mãos cobertas de cicatrizes, peles maltratadas pelo sol, cabelos descoloridos, músculos salientes. Semelhantes como irmãos e irmãs, apesar de suas origens diversas. Bebiam, brigavam e tramavam em conjunto, sob uma única bandeira, unidos diante do mastro e do comando de sua mãe. Corayne os viu como sempre os tinha visto: barulhentos, bêbados, leais. Mas o alerta ecoava. *São assassinos, todos eles.*

Nada mudou e, porém, nada foi como antes.

Sua visão se embaralhou, e ela os viu como o mundo os via, como eles eram na água. Não uma família, não amigos. Ela se sentiu presa em um covil de predadores. Uma faca cintilou no quadril de Ehjer, tão comprida quanto seu antebraço. *Quantas gargantas ela já cortou?* O grande brutamontes jydês estava de mãos dadas com o navegador, Kireem, dourado e sem um olho, que perdera sabem os deuses como. Em qualquer lugar que olhasse, Corayne via rostos conhecidos, que, porém, eram um mistério para ela, distantes e perigosos. Symeon, jovem e belo, a pele como uma pedra negra lisa, um machado equilibrado aos pés. Brigitt, um leão rugindo tatuado no pescoço de porcelana. Gharira, a pele e a cabeleira cor de bronze, que usava uma cota de malha por toda parte, até no mar. E assim por diante. Eles transbordavam cicatrizes e armas, endurecidos pela Ala e pelas águas. Ela não os conhecia, não para valer.

Quantos navios, quantas tripulações, quantos mortos foram deixados na esteira de minha mãe?, teve vontade de perguntar. Queria nunca saber. *Mas você sabia — você sabia o que eles eram*, Corayne disse a si mesma. *É isso que sua mãe quer, afugentar você, manter você em terra firme, sozinha em um lugar parado às margens do mundo. Uma boneca em uma prateleira, cujo único medo é juntar poeira.* Ela mordeu o lábio, obrigando-se a se manter firme e encarar a situação. O salão estava cheio de feras em pele humana, suas garras feitas de aço. Se Corayne olhasse com atenção, poderia ver o sangue que todos tinham nas mãos. Inclusive ela própria.

— Assassinos, todos eles — Meliz repetiu, o punho firme. — Eu também sou. Você, *não.*

Corayne inspirou, trêmula, os olhos se enchendo de lágrimas. Ela culpou o ar esfumaçado.

— Você pensa que não tem ilusões, Corayne, mas continua cega por várias. Livre-se delas. Veja o que somos e o que você não pode ser. — Meliz a encarou fixamente, seu olhar intensificado pela maquiagem escura traçada em volta dos olhos. Seu tom se suavizou. — Você não tem coragem para isso, minha filha querida. Você vai ficar.

Corayne nunca havia se sentido tão sozinha, tão distante da única família que conheceu. *Você não tem coragem. Você não é uma de nós.* Quando Meliz soltou sua gola, Corayne sentiu como se estivesse caindo, arrastada por uma maré invisível. Era fria e cruel, e tão injusta. Seu sangue se inflamou.

— Pelo menos meu pai teve a bondade de só me abandonar uma vez — Corayne disse com frieza, os dentes à mostra. Com determinação, afastou-se de Meliz. — Você fez isso mil vezes.

Só quando chegou às falésias Corayne se permitiu ser tomada pela tristeza. Ela girou, observando o horizonte em todas as direções. Sobre a água. Atrás dos morros, deformado por bosques de ciprestes e pela velha estrada do Cór. Ela só queria ir além das fronteiras do mundo que conhecia, da gaiola de onde sua mãe jamais a deixaria fugir. O mar Longo, normalmente um amigo, se tornou um tormento, com suas ondas infinitas sob a luz das estrelas.

Mesmo agora, ela me deixa de lado. Mesmo sabendo que me sinto péssima. Pensei que ao menos ela entenderia.

Mas Meliz não conseguia entender, não queria entender, não entendia.

Corayne sabia o porquê, no fundo — ela era diferente, não era igual, era apartada do resto. Indigna, indesejada.

À deriva.

E havia um motivo. Algo que ela não conseguia mudar.

— Covarde — Corayne resmungou, chutando a estrada de terra sob as botas.

As estrelas piscaram no céu, confiáveis e seguras. As constelações eram velhas companheiras nas muitas noites solitárias. Corayne era a filha de uma contrabandista, filha de uma *pirata*. Conhecia as estrelas melhor do que ninguém e repetiu seus nomes sem dificuldade. Isso a tranquilizava.

O Grande Dragão olhava do alto da costa siscariana, suas presas ameaçando devorar a brilhante Estrela do Norte. Descendo as falésias, Lemarta cintilava como se também fosse uma constelação, amontoada em volta do porto, chamando Corayne de volta. Mas ela continuou andando, até a velha cabana branca surgir na encosta.

Foi idiotice mencionar meu pai. Agora, além de tudo, minha mãe vai querer falar e falar e falar sobre o homem que mal conhecemos, me contando coisas inúteis que só vão nos chatear.

Corayne gostava de ter um plano, um programa, uma lista de objetivos. E não tinha nenhum agora. Isso a deixava nervosa.

Lemarta não é terrível, ela pensou, listando verdades absolutas. *Minha sina não é horrível. Minha mãe me ama* — ela sabia disso, no fundo. *Tenho sorte. Todala é grande, cheia de perigos e riscos. Fome, guerra, doença, todo tipo de dificuldades. Nada disso me atinge aqui.*

Este é um bom lugar, ela disse a si mesma, voltando a olhar para o porto. *Eu deveria estar satisfeita.*

Mas não estou. Algo em mim se recusa a fincar raízes.

No horizonte, o Unicórnio surgiu, cintilando de estrelas. Ele batalhava contra o Dragão todo ano, um seguindo o outro através dos séculos. Os dragões estavam mortos havia muito tempo, mas se ouvia relatos de unicórnios ainda escondidos pela Ala, no fundo dos enclaves protegidos dos Anciões lendários ou correndo pelas estepes e dunas de areia distantes. Corayne não acreditava nessas histórias, mas era bom imaginar. *E se eu ficar aqui, como vou ter certeza?*

Duas sombras na estrada a tiraram de sua angústia. Com um sobressalto, Corayne se deu conta de que não estava sozinha na falésia.

Os viajantes estavam quase perto dela, seus passos impossivelmente silenciosos, mais delicados do que o vento na grama. Ambos usavam manto e capuz pretos contra a noite. Um era pequeno e esguio, com passos tortos. O outro, muito maior, não fazia barulho algum, o que era estranho para alguém do seu tamanho.

Corayne firmou os pés. Eles já estavam perto demais para ela fugir, mesmo se quisesse. Não ajudaria em nada virar as costas naquele momento. Pensou na faca em sua bota. Nunca tinha sido usada, mas era uma pequena segurança.

— Boa noite — ela murmurou, dando um passo para o lado para que eles pudessem passar.

Mas eles pararam, lado a lado. O ombro de um batia na altura do peito do outro, que deveria ter pelo menos dois metros de altura. Daquela distância, Corayne conseguia ver que se tratava de um homem, largo e corpulento. Ele se portava como um guerreiro, a postura rígida. O contorno de uma espada se projetava por baixo de seu manto. O capuz mantinha a maior parte de seu rosto obscurecida, mas havia uma cicatriz visível mesmo na escuridão azul. Cortava a lateral de sua mandíbula pálida, irregular, úmida e... *ainda cicatrizando.*

O estômago de Corayne se revirou. *Covarde* ecoou em sua cabeça.

— O porto é atrás de vocês, meus amigos — ela disse. — Por aqui é a estrada para Tyriot.

— Não busco nada em Lemarta — o homem respondeu embaixo do capuz.

O medo arranhou suas entranhas. Ela se moveu antes do homem, dando um passo para trás, mas ele avançou, os movimentos suaves demais, rápidos demais. O outro vulto permaneceu parado, como uma cobra à beira da estrada, prestes a dar o bote.

— Fique longe! — Corayne vociferou, sacando a adaga da bota e apontando para os viajantes.

Para sua angústia, o homem continuou avançando, e Corayne apertou sua arma com mais firmeza, querendo lutar. Mas não conseguia se mover nem por um centímetro. *Covarde* se repetiu em sua mente, e ela se preparou para um golpe.

O homem, no entanto, se ajoelhou diante dela, a espada subitamente na mão, a ponta da lâmina dourada apontada para a terra. Corayne observou o cabo prateado e o aço de boa qualidade. Ele baixou a cabeça e tirou o gorro, revelando uma cabeleira loira e um rosto belo, parcialmente arruinado pela cicatriz. Uma estampa estranha margeava seu manto, galhadas bordadas em fios prateados.

— Peço seu perdão e sua misericórdia, Corayne an-Amarat — ele disse, baixinho. Seus olhos brilhavam verdes, mas ele não conseguia encará-la.

Corayne pestanejou, o olhar alternando entre os viajantes. Estava dividida entre medo e perplexidade.

Finalmente, o viajante menor riu, revelando a parte de baixo do rosto: era uma mulher. Ela cruzou os braços. Cada dedo estava tatuado com uma linha preta que se estendia da articulação até a unha. Corayne conhecia o traçado, mas não conseguia se lembrar de onde.

— Você pretendia matar a menina de susto ou simplesmente não sabe interagir direito com mortais? — a mulher perguntou com a voz arrastada, o olhar fixo nas costas do homem.

Mortais. A cabeça de Corayne começou a girar.

Ele rangeu os dentes.

— Peço seu perdão novamente. Não é minha intenção matar a senhorita.

— Ah, que bom — Corayne balbuciou. Ela baixou a mão, a adaga inútil ao lado do corpo. — Quem é você?

Enquanto ela falava, sua mente já oferecia a resposta, lembrando fragmentos de uma história infantil ou do relato de um marinheiro. *Imortal. Ele é um ancião. Nascido nos Fusos mortos, perpétuo e sem defeitos. Filho de uma esfera perdida.*

Ela nunca tinha visto um imortal antes. Nem sua *mãe* tinha visto.

O imortal ergueu a cabeça, e as estrelas o iluminaram por completo. Algo havia cortado — ou melhor, *dilacerado* — sua face, talhos abertos da bochecha até o pescoço. Ela não conseguia desviar o olhar, e ele se encolheu diante disso.

Está com vergonha, Corayne percebeu. Por algum motivo, isso a deixou com menos medo.

— Quem *é* você? — ela repetiu a pergunta.

O Ancião inspirou fundo.

— Meu nome é Domacridhan de Iona, sobrinho da monarca, sangue da Glorian Perdida. Sou o último dos Companheiros de seu pai, e vim atrás de seu auxílio.

Corayne ficou boquiaberta, o corpo tomado pelo choque.

— Como é que é?

— Tenho uma história para contar, milady — ele murmurou. — Se puder me ouvir.

4

COVARDE IMORTAL

Domacridhan

A ÉGUA QUE O CARREGAVA ESTAVA MORRENDO, espuma escorrendo pela boca. O ombro dela estava vermelho, empapado de sangue. *Meu sangue*, ele sabia. As feridas mal haviam se fechado apesar dos dias longos. Ele tentou não pensar em seu rosto, arranhado e dilacerado por aqueles *seres*, aquelas abominações. Um exército de *coisas*, de uma esfera que ele mal conseguia conceber. Ele ainda sentia os dedos, as unhas rachadas e os ossos expostos sob as armaduras enferrujadas. Eles haviam ficado para trás àquela altura, a centenas de quilômetros de distância. Mas Domacridhan ainda se virava para olhar, os olhos cor de esmeralda arregalados.

Como ele havia escapado, encontrando uma das éguas dos Companheiros, não sabia dizer. Era uma névoa de barulho, cor e cheiro, uma memória maldita. Então os dias se passaram e ele continou correndo, um reino dando lugar a outro, colinas se transformando em fazendas e florestas e colinas de novo, até o terreno se tornar conhecido. Atravessou as montanhas do Monadhrion e da Monadhrian, a Estrela e o Sol, até o vale escondido. O lugar se estendia, cheio de bruma e teixos, cortado pela linha prateada e sinuosa do rio Avanar. Ele conhecia essa terra como filho e príncipe dela.

Calidon.
Iona.
Lar.

Não por muito tempo, disse a si mesmo, desejando que sua égua aguentasse. *Não por muito tempo.*

Ele conseguia ouvir as batidas do coração do animal, estrondosas e fracas. Ele a esporou novamente.

É o coração dela ou o seu.

A névoa se desfez, revelando a cidade vederana de Iona em uma cordilheira de pedra, situada onde o Avanar encontrava o Lochlara, o Lago da Aurora. Chuva e neve tingiam a cidade fortificada em tons de cinza e marrom, mas ela continuou magnífica ao longo das eras. Era o lar de milhares de imortais, centenas de nascidos em Glorian, mais velhos do que a própria Iona. Tíarma, o palácio, se erguia orgulhoso à beira da cordilheira, diante dos penhascos.

As muralhas musgosas da cidade eram bem defendidas. Arqueiros estoicos rondavam os baluartes, quase indistinguíveis em seus uniformes verdes como a floresta. Eles o reconheceram imediatamente, a visão perfeita mesmo de longe.

Um príncipe de Iona voltando ao lar, ensanguentado e sozinho.

A égua o transportou cordilheira acima e através dos portões, galopando até o palácio da monarca. Dom saltou no momento em que ela tombou no chão. A respiração dela estava pesada e lenta, até parar. Ele se encolheu quando o coração dela bateu pela última vez.

Os guardas cercaram o príncipe sem dizer uma palavra. A maioria tinha o cabelo dourado e os olhos verdes, os rostos de um branco seco sob a névoa, a armadura de couro gravada com o brasão de Iona. O grande cervo estava por toda parte — nos entalhes das paredes, nas estátuas, nas túnicas e armaduras de seus compatriotas ionianos. Pairava sobre todas as coisas, orgulhoso e distante, os olhos oniscientes.

Meu fracasso exposto diante dele, ele pensou.

Envergonhado, Dom entrou no palácio de Tíarma, passando pelas portas enormes de carvalho. Alguém entregou um pano em sua mão, e ele aceitou, esfregando o sangue seco do rosto. Suas feridas ardiam e queimavam, algumas se reabrindo. Ele ignorou a dor como é o hábito dos imortais.

Mas não podia ignorar a sensação de sua carne dilacerada.

Devo estar parecendo um monstro.

Depois de quinhentos anos morando em Tíarma, Dom conhecia bem o palácio. Caminhou rapidamente pelos salões e arcos que davam em diferentes alas do palácio e da fortaleza. O salão de banquetes, o jardim de rosas no centro do palácio, as ameias e os aposentos particulares. Todos se turvaram diante de sua mente.

Apenas uma vez ele havia chorado sobre essas pedras. O dia em que tinha se tornado um órfão e pupilo da monarca.

Ele fez o possível para não chorar uma segunda vez.

Cortael, meu amigo, falhei com você. Falhei com Todala, falhei com Iona. E falhei com Glorian também. Falhei com tudo aquilo que me é caro.

Ele chegou à sala do trono cedo demais. As portas tinham duas vezes o seu tamanho, entalhadas das cinzas e do carvalhos, com detalhes intrincados, por mãos imortais. Os símbolos dos muitos enclaves se entrelaçavam através da madeira, fluidos como água. Havia o tigre estoico de Ghishan; a pantera-negra de Barasa; o falcão sobrevoando de Tarima; o garanhão ágil de Hizir com a raposa ardilosa de Sirandel aos seus pés; um carneiro de Syrene coroado por chifres espiralados; o grande urso de Kovalinn apoiado nas patas traseiras; o lobo das areias de Salahae; e o tubarão de Tirakrion mostrando fileiras de dentes afiados. Dois cervos se empinavam sobre todos eles, peitos estufados, galhadas maiores que o normal. Dom tinha saído daquelas portas semanas antes, com Cortael ao lado, o rosto severo resoluto, o coração ainda bàtendo.

Queria poder voltar atrás. Queria poder alertá-los. Seus dentes rangiam, osso contra osso. *Queria acreditar como os mortais e sentir seus espíritos comigo.*

Mas os vederes imortais não acreditavam em fantasmas, e Dom não era uma exceção. Quando os guardas abriram as portas, ele entrou sozinho no salão grandioso, sem nada nem ninguém além de seu luto.

Era uma caminhada longa até o trono, sobre mármore verde perfeitamente polido. Colunas se erguiam dos dois lados do piso, emoldurando as alcovas e estátuas dos deuses de Glorian. Mas suas divindades estavam distantes agora, longe do alcance de qualquer imortal da Ala. Nenhuma oração pronunciada nessa esfera era atendida, e isso já fazia mil anos.

Mesmo assim, Dom orava.

Sua tia e seu conselho esperavam no fim do corredor, sentados em uma plataforma elevada. Os dois homens, Cieran e Toracal, serviam como a voz da monarca e o punho da monarca. Erudito e guerreiro. Enquanto o cabelo de Cieran era longo e prateado como cinzas, o de Toracal era curto, trançado desde as têmporas em redemoinhos cor de bronze e cinza. Eles usavam mantos verde-escuros e prateados sobre roupas finas de seda. Nem mesmo Toracal se dava ao trabalho de usar armadura.

A última conselheira era sangue do sangue de Dom: sua prima, a princesa Ridha, que se tornaria a sucessora da monarca. Era o oposto da mãe, cabelos e olhos escuros, com ombros largos e ossos fortes. Como sempre, tinha uma espada ao seu lado.

A monarca estava sentada em silêncio, usando um vestido cinza e largo, as barras bordadas por flores cravejadas de joias. Apesar do frio na sala do trono, ela não usava peles nem manto. A maioria dos monarcas de enclaves tinha coroa, e a dela era simples, pouco mais do que grampos de quartzo no cabelo loiro. Seus olhos eram luminosos, quase cor de pérola, e muito distantes. Ela tinha visto a luz de estrelas longínquas e relembrava a Glorian Perdida.

Um ramo vivo de freixo estava pousado em seus joelhos, as folhas verdes banhadas de prata pela luz branca da manhã. Essa era a tradição.

Seu olhar inescrutável acompanhou Dom enquanto ele se aproximava, a cabeça baixa, sem conseguir encará-la. *Não consigo esconder nada dela,* ele pensou, *nunca consegui.*

Ele se ajoelhou diante do trono, embora seus músculos doessem com o movimento. Nem mesmo um veder era imune à dor, no corpo ou no coração.

— Não perguntarei como morreram. Posso ver que isso é um peso para você, sobrinho — disse Isibel, monarca de Iona.

A voz de Dom embargou.

— Eu fracassei, milady.

— Você *viveu* — Ridha disse, entre dentes, tristeza estampada no rosto.

Vivi enquanto os outros morreram, por motivos que não consigo conceber. Os Companheiros da Esfera passaram diante de seus olhos, alguns já desaparecendo de sua memória. Mas não os vederes, muito menos Cortael, que ele conhecia desde a infância mortal.

Grandes heróis perdidos para o massacre, enquanto Domacridhan ainda caminha.

Toracal se inclinou de seu assento, os olhos azuis examinando o príncipe. Ele havia treinado Dom na espada e no arco, séculos antes, desde sempre um soldado bruto. Dom se preparou para o interrogatório.

— E o Fuso? — Sua voz ecoou.

Era como ser esfaqueado e surrado novamente. Dom encarou a vergonha.

— Aberto antes de chegarmos, o portal escancarado. Era uma armadilha.

Toracal inspirou fundo.

— E o que atravessou?

— Um exército como nunca vi. — *Queimados e quebrados, mas ainda vivos. Se é que podiam ser chamados de vivos.* Ele sentiu as mãos deles o puxando novamente, dilacerando-o, mutilando os Companheiros ao seu redor. — Eles eram carne e osso, quase gente, mas...

— Não eram desta esfera — Cieran completou, os olhos graves.

Estava buscando uma lembrança ou um fragmento de conhecimento esquecido. Seu olhar se obscureceu. O que quer que tenha encontrado não o agradou.

A monarca ergueu os olhos cinzentos.

— O Fuso se abriu para as Terracinzas: uma esfera queimada e rachada, cheia de dor e fúria — ela disse. Atrás dela, Cieran e Toracal trocaram olhares frios, suas bochechas pálidas embranquecendo. — Essa travessia se fechou antes dos outros Fusos, quando a esfera do outro lado se quebrou, seus Fusos destroçados. O que ainda existe lá são seres semivivos, enlouquecidos pelo tormento. Pouco mais do que monstros, mortais desfeitos, fragmentados e queimados até os ossos.

— É o que temíamos — Dom murmurou, rangendo os dentes contra uma verdade ainda mais terrível. — Isso não é obra de Taristan do Velho Cór. Ele é apenas um servo, um instrumento de outra pessoa. — Sua respiração se prendeu. — É Asunder. É Ele. É o Porvir.

Até os nomes deixavam um gosto ruim na boca, corrompidos e venenosos, indignos de serem pronunciados em voz alta. Os outros reagiram com choque, Cieran e Toracal arregalaram os olhos e Ridha ficou boquiaberta de espanto. *Eles pensam que enlouqueci.*

— O Porvir não pode atravessar para uma esfera não destruída — a monarca respondeu suavemente, a voz apaziguadora. Mas seus olhos brilhavam de medo.

— Então Ele vai tentar destruí-la — Dom retrucou. — Ele quer nos conquistar.

A monarca se recostou no trono. O ramo de freixo tremeu em suas mãos agitadas.

— O Porvir, o Rei Destruído de Asunder, o Demônio do Abismo, o Deus Entre as Estrelas, a Escuridão Vermelha. — Ela inspirou, trêmula. Cada um desses nomes fez um calafrio percorrer a sala do trono. — Ele é um demônio que ama apenas a destruição, sem nenhum caráter além do abismo.

Determinado, Dom se obrigou a se levantar. Sua mente girava, imaginando mais Fusos abertos, mais exércitos, mais sangue e massacre se espalhando por Todala. Mas ele se sentia resoluto também.

— Os guerreiros desta esfera, da Vedera, ainda podem rechaçar as criaturas terracinzanas e também Asunder e o que mais vier — ele disse, erguendo o queixo. — Mas devemos agir agora. Cieran, avise os outros enclaves. Toracal, Ridha, seus guerreiros...

Isibel franziu os lábios.

Dom ficou em silêncio.

— O Exército de Asunder pouco importa — ela disse, olhando para a filha. — O Porvir pretende *devorar*. — Seus olhos se suavizaram, o mundo se reduzindo à sua única filha. — Os Fusos são travessias, mas também grandes muralhas entre as esferas. Encontrando e abrindo o número certo, tudo *desmorona* junto. Foi assim que ele conquistou as Terracinzas. Destruiu suas fronteiras, extirpou as fundações da esfera propriamente. — O punho dela apertou o galho, os dedos brancos como ossos. — Parem para pensar. A Ala e as Terracinzas, destruídas e escravizadas sob a vontade do Porvir.

Ridha levou a mão à espada.

— Isso não vai acontecer.

— Temo que aconteça — sua mãe respondeu.

Um calor se acendeu dentro de Dom apesar do frio do salão.

— Solte o galho e tome a espada — ele exigiu. — A senhora deve alertar os enclaves, os reinos mortais. Convocar todos.

Cieran respirou fundo.

— E fazer o quê?

Desesperado, Dom sentiu seus dentes rangerem quase em um rosnado.

— Destruir o exército de cadáveres. Fechar o Fuso. Enterrar Taristan. Enviar o Porvir de volta ao Seu inferno. Pôr um *fim* a isso.

Isibel se levantou graciosamente do trono, seu olhar pairando sobre as feridas de Dom. Ele ficou paralisado enquanto ela cruzava o salão na direção dele, a mão estendida. O dedo dela traçou um corte da testa até a mandíbula; atravessava um lado da boca e dividia uma sobrancelha em duas. Era um milagre que ele não tivesse perdido o olho.

— Não é do nosso feitio sangrar — ela sussurrou, impressionada.

Domacridhan de Iona ficou gelado. Pela primeira vez na vida, sentiu ódio de sua família. Era muito pior do que ele imaginava.

— A senhora tem medo — ele disse, categórico. — A senhora está aterrorizada.

Ela não pestanejou.

— Já estamos derrotados, meu querido. E não mandarei meu povo à morte. Nenhum monarca mandaria.

Maldita seja, ele pensou. Cerrou os dois punhos.

— Morreremos se não fizermos nada. Somos da Ala tanto quanto qualquer outro.

— Você sabe que não somos — Isibel disse com tristeza, balançando a cabeça. — Glorian nos aguarda.

Dom se pegou invejando os mortais, que, por sua natureza, se enfureciam, retrucavam e amaldiçoavam, perdiam o controle e se entregavam às emoções. Ele queria poder fazer o mesmo.

— Glorian está *perdida* para nós — ele se obrigou a dizer.

Sua tia estendeu a mão novamente, mas Dom recuou diante de seu toque como uma criança petulante.

Ele empertigou o corpo como a estátua alada de Baleir. O deus guerreiro conferia coragem. *Confira um pouco a esses covardes imortais*, praguejou.

— O equilíbrio dos Fusos é delicado. Nosso caminho de volta se perdeu para nós, sua localização foi destruída e, por isso, estamos condenados a permanecer aqui por nossa longa eternidade. — Ela continuou, sem se abater. — Mas, à medida que Taristan for buscando os Fusos, abrindo os que conseguir, as fronteiras se enfraquecerão. Os Fusos voltarão a existir, tanto os novos quanto os antigos. Gostaria que não fosse assim, mas Todala ruirá, e seus Fusos queimarão. Se conseguirmos encontrar a esfera da Encruzilhada, ou quem sabe de Glorian, podemos voltar para *casa*.

Dom se virou com espanto.

— E abandonar a Ala.

— Todala já está perdida. — Seu rosto se endureceu, inflexível como rocha. — Você não viu Glorian. Não espero que entenda — ela disse, com a voz pesada, voltando para o trono.

Dom viu sua própria frustração nos olhos de Ridha, mas a princesa continuou em silêncio, as mãos entrelaçadas. Meneou a cabeça devagar, alguns centímetros para cada lado. A mensagem era clara.

Não.

Ele a ignorou. Já havia perdido o controle.

— O que entendo é que os Companheiros foram massacrados em vão. — Ele passou a mão no rosto, derramando seu sangue na pedra, espalhando estrelas carmesins no mármore verde. — E entendo que a senhora é uma covarde, milady.

Toracal se levantou, rangendo os dentes, mas a monarca fez sinal para que ele se sentasse. Ela não precisava que ninguém a defendesse em seu próprio salão.

— Sinto muito que pense assim — disse, gentilmente.

Vozes e memórias bradaram pela mente de Dom, lutando para serem ouvidas. O último suspiro de Cortael, seus olhos vazios. Os vederes já mortos. O rosto de Taristan, o feiticeiro vermelho, o Exército de Asunder. O gosto de seu próprio sangue. E, então, além disso: histórias de Glorian, os heróis lendários que percorreram a Ala, aqueles homens e mulheres nobres e corajosos. Sua grandeza, suas vitórias. Sua força superior a todos os outros da esfera. *Tudo mentira. Tudo em vão. Tudo perdido.*

O chão pareceu se mover, o mármore ondulando como um mar verde enquanto ele se afastava do trono, da monarca, de todas as esperanças que tinha para o mundo e para si mesmo. Seus únicos pensamentos eram o irmão gêmeo de Cortael e em arrancar o sorriso perverso do rosto dele. *Eu deveria ter acabado com isso no templo. Dado um fim a ele ou a mim mesmo. Ao menos teria me poupado deste desastre e desta decepção.*

Isibel o chamou, mil anos de reinado na voz. E um pouco de desespero também.

— O que você vai fazer, Domacridhan, filho da minha querida irmã? Você tem sangue do Cór em suas veias? Tem a espada de Fuso?

Dom continuou em silêncio, exceto pelas batidas das botas na pedra.

— Então você já está derrotado! — ela gritou. — Todos estamos. Devemos deixar que esta esfera se arruíne.

O príncipe de Iona não vacilou nem olhou para trás.

— Homens e mulheres melhores do que eu morreram em vão — ele disse. — É justo que eu faça o mesmo.

Mais tarde, a princesa Ridha o encontrou nos estábulos de Tíarma. Ele continuou seus trabalhos furiosamente, limpando baias e espalhando feno, um forcado no punho.

Era fácil se entregar a uma atividade tão mundana, mesmo aquela que tinha um cheiro tão horrível. Ele não havia se dado ao trabalho de trocar de roupa, ainda usando a túnica e a calça de couro destruídas. Até suas botas carregavam lama do templo e, talvez, um pouco de sangue também. Seu cabelo tinha se despenteado, fios loiros grudando na metade ensanguentada do rosto. Um odre de vinho estava pendurado em seu cinto, vazio. Por dentro Dom estava tão deplorável quanto por fora, e por fora estava muito deplorável.

Ele sentiu o julgamento de Ridha mesmo sem olhar para ela, então nem se deu ao trabalho. Com um grunhido, espetou um fardo de feno e o atirou com facilidade para a baia à sua frente. O fardo estourou contra a parede de pedra. No canto, um garanhão pestanejou, desgostoso.

— Você sempre soube o momento de manter a boca fechada, prima — ele zombou, enfiando o forcado de novo.

Imaginou que o fardo era o corpo de Taristan, os dentes o trespassando.

— Creio que você tenha perdido essa aula — ela respondeu. — Assim como aquela sobre tato.

Dom mordeu o lábio, sentindo gosto de sangue de novo.

— Sou um soldado, Ridha. Não tenho o luxo do tato.

— E o que lhe pareço?

Suspirando, ele se virou para encarar a pessoa mais próxima que tinha de uma irmã.

Ela não estava mais de vestido. A espada ainda pendurada ao lado do corpo, mas o restante da princesa estava diferente, aço no lugar da seda, e tranças firmes no lugar dos cachos cravejados de joias. Ela pousou as mãos no cinto da espada, deixando que ele visse. Um manto verde de Iona cobria-lhe o ombro, sombreando a cota de malha, o peitoral e as grevas. Ridha era a herdeira do enclave, a sucessora da monarca, e tinha sido ensinada a lutar como todos os outros. Muitas vezes, melhor. Sua armadura era feita com precisão, encaixando-se perfeitamente à silhueta, brasonada pelas galhadas, o aço tingido de verde. Cintilava sob a luz empoeirada dos estábulos.

Uma pequena centelha de esperança se acendeu no peito de Dom. Seu primeiro impulso foi apagá-la.

— Aonde você vai? — perguntou, desconfiado.

— Você ouviu minha mãe: ela não vai enviar seu povo à morte, e nenhum outro monarca faria isso — ela disse, ajustando as manoplas. Seu sorriso fino assumiu um ar travesso. — Pensei que era melhor confirmar se ela está certa.

A faísca disparou em Dom. O forcado caiu de suas mãos, e ele foi abraçar a prima.

— Ridha...

Ela desviou de seu braço, os passos leves e ágeis mesmo de armadura.

— Não encoste em mim. Você está fedendo.

Dom não se importou nem um pouco com a farpa. Ela poderia ter dito qualquer coisa, pedido qualquer coisa, uma informação perigosa. *Eu dançaria nu pelas ruas de Iona ou me casaria com uma mortal em troca da ajuda dela.* Mas Ridha não pediu nada. Em seu coração, Dom sabia que ela jamais pediria.

— Vou cavalgar primeiro até Sirandel — a princesa disse. Apertou o passo rapidamente pelo corredor, e Dom foi obrigado a seguir. Com um olho treinado, ela observou os cavalos, avaliando cada baia em busca de um corcel rápido o bastante para atender às suas necessidades. — Eles perderam três dos seus para aqueles monstros. E aquelas raposas têm a cabeça quente. Deve ter a ver com o cabelo ruivo.

Ansioso, o príncipe foi até a parede de acessórios e puxou uma sela, que carregou no ombro. O couro fino lubrificado cintilava.

— Vou começar por Salahae. Os lobos da areia não fogem da luta.

Ridha tomou a sela dele.

— Deixe os enclaves comigo. Não confio nos seus poderes de persuasão.

— Você está louca se pensa que vou ficar aqui — ele disse, bloqueando o caminho dela. Mais uma vez, ela desviou.

Na ponta do corredor, os auxiliares do estábulo se reuniram para ver a discussão. Dom conseguia ouvir os cochichos deles, mas não deu importância.

— Não foi isso que eu disse — Ridha respondeu em um tom de repreensão. — Levantar um exército para lutar contra os Fusos é uma coisa... ainda que talvez impossível. Fechá-los é outra completamente diferente, mas é o que devemos fazer se tivermos alguma esperança de salvar Todala.

Sua busca terminou em uma baia bem conhecida, onde o cavalo da mãe dela esperava. O cavalo era negro como carvão, criado para ter velocidade sobre os desertos de Ibal. Uma égua do deserto. Um lampejo raro de ganância cintilou nos olhos de Ridha antes de se voltar para o primo. Ela segurou a mão dele.

— Você precisa de um herdeiro do Cór e uma espada de Fuso.

Um rosto jovem surgiu diante dele, os olhos gentis e calorosos, uma túnica verde e dourada sobre a cota de malha. *O escudeiro. Andry Trelland. Um filho de Ascal.*

— A espada, consigo encontrar — Dom disse, a voz cavernosa. *Assim espero.*

A sobrancelha escura de Ridha se franziu.

— Como? Havia apenas duas no cofre, e Taristan está com ambas. Os outros enclaves não têm nenhuma...

— A espada, consigo encontrar — ele repetiu, a voz carregada de determinação.

Ridha o examinou por um momento, depois assentiu em silêncio. Só restava a Dom rezar para que ela estivesse certa em confiar nele.

— Mas o sangue — ele suspirou, recostando-se na parede. O veder passou a mão no rosto, esquecendo-se de suas feridas pela primeira vez desde que saiu do templo. Mas não por muito tempo.

Seu rosto ardeu e ele praguejou baixinho. — Cortael foi o último da linhagem. Os outros, *se é que* há outros... não temos como rastrear. Levará meses, *anos*, para encontrar outro galho dessa árvore. Os filhos e filhas do Velho Cór estão todos mortos.

— Filhos e filhas — Ridha repetiu, a sombra de um sorriso irônico nos lábios. Ela entrou na baia da égua do deserto, passando a mão no lombo do animal, que relinchou para cumprimentá-la. — São poucos, isso é fato. Mas a linhagem de Cortael acabou? Há coisas que ele não contou nem a você, primo.

Apesar das circunstâncias, Dom abriu um raro sorriso.

— Ah, acredite em mim, eu sei sobre seus encontros com o mortal. Assim como metade de Iona.

— Pois não fui a única mulher, veder ou mortal, a se deitar com Cortael do Velho Cór. — Ela riu, embora o som fosse vazio. A morte de Cortael não era um fardo apenas para Dom. Ele conseguia ver isso com clareza: o peso da perda sobre os ombros dela, como uma armadura mal ajustada. Peso que ela não estava acostumada a carregar. Quase nenhum dos vederes estava. A maioria não sabia o que era morrer ou perder aqueles que amavam para a morte.

Ele se sobressaltou quando ela encostou a mão no lado de seu rosto não marcado pela cicatriz. Os dedos de Ridha eram frios e suaves, apesar dos calos nascidos ao longo dos séculos. Ele sentiu outra pontada de tristeza, não por sua situação, mas pela prima, que cavalgaria pela Ala sozinha.

— Acorde, Domacridhan — ela disse, interpretando mal sua angústia. — Os vederes não são os únicos que perseguem as linhagens do Velho Cór.

Ridha sempre tinha sido mais rápida do que ele na biblioteca, sob a tutela de eruditos e diplomatas. Ele olhou no fundo dos olhos escuros dela por longos segundos antes de finalmente se dar conta.

Franziu o nariz em repulsa, sentindo o estômago se revirar com o que ela estava querendo dizer.

— Isso é burrice — resmungou.

Ela continuou firme, de costas para a égua.

— Ora, que bom que não somos burros. Pelo menos, eu não sou.

— Não vou fazer isso. — Ele balançou a cabeça loira. — Não confio neles.

Ela revirou os olhos, exasperada.

— Não sabíamos sobre Taristan, e olhe o que isso nos causou — ela murmurou, entre dentes. — Você pode pesquisar todos os pergaminhos da biblioteca, pode abrir a cabeça de Cieran e revirar tudo que há dentro, mas não vai encontrar outro herdeiro do Cór a tempo. E não vai encontrar a criança de Cortael. Ele se certificou disso.

O estômago de Dom se revirou de novo.

— Uma criança — ele disse, incrédulo. *Uma bastarda*, ele se deu conta. *Cortael era solteiro, não era? Havia mais que eu não sabia sobre meu amigo? Mais que ele achou melhor não me contar, seja por excesso de vergonha ou falta de confiança?* Embora o mortal estivesse falecido, o corpo já putrefato, ele sentiu uma nova onda de tristeza, e uma raiva amargurada também.

— Pare com isso, não temos tempo para o seu drama — Ridha disse, cortante.

Ele fez uma careta dolorosa.

— Não faço drama.

— Você faz drama por *anos*. Cortael tinha tomado metade da adega quando me contou. E aconteceu quando ele mesmo era pouco mais do que uma criança.

— Queria que ele tivesse me contado.

De novo, Dom quis acreditar em fantasmas.

Ridha mordeu o lábio.

— Você se lembra de como ele... era — ela disse, sofrendo ao falar no passado. — Um homem que se via como um veder e fazia de tudo para nos convencer de que era um. Não era do feitio dele admitir esses erros mortais. Ele queria muito ser como nós.

Realmente, Dom lembrava. Mesmo quando era garoto, Cortael se voltara contra a própria natureza. Tentava ignorar feridas, frio ou fome. Recusava-se a dormir porque os vederes muitas vezes não precisavam. Falava vederiano tão bem como em qualquer enclave. Tanto que havia contado certa vez a Dom que sonhava na língua deles em vez da sua própria. *Éramos irmãos, mortalidade à parte. Exceto pelo seu sangue, seu maldito sangue, que foi seu fim.*

— Isso é tudo que sei. — Ridha tocou seu braço, tirando-o de suas memórias. — Mas fique tranquilo: *eles* saberão mais.

Como uma criança obrigada a comer algo que faz bem, Dom aquiesceu.

— Muito bem. Eu irei. — *Já estou cansado com a perspectiva dessa missão.*

Ela ergueu a sobrancelha, examinando-o como examinaria um adolescente de um século entrando pela primeira vez nos pátios de treinamento.

— Você tem alguma ideia de por onde começar?

Dom se empertigou até assumir toda a sua altura ameaçadora. Seu volume preenchia a porta da baia.

— Acho que consigo rastrear um único assassino e arrancar uma resposta dele muito bem, obrigado.

— Ótimo, mas talvez seja bom visitar um curandeiro antes — ela disse, beliscando a camisa dele com repulsa. Depois fungou para completar. — E tomar um banho.

Ele respondeu com um sorriso enviesado, deixando que ela aprontasse sua égua do deserto. Ridha a selou e preparou em um piscar de olhos. Rápido demais para o gosto de Dom, mesmo naquele momento. Ele observou a prima durante todo o tempo, e ela retribuiu o olhar, mais do que determinada. Ele não perguntou se ela estava partindo sob as ordens secretas da mãe, apesar da declaração na sala do trono. Ou se era uma desobediência, para não dizer traição. Preferia não saber.

— Boa viagem, prima — ele disse.

Todos os horrores do mundo, tudo que ele tinha visto poucos dias antes, surgiram em sua mente, aquelas mãos e bocas atacando sua prima Ridha. *Ela não cairá como os outros caíram. Não perderei mais uma*, ele prometeu a si mesmo.

Mas você não estará com ela, sua própria voz respondeu. Ele sentiu um calafrio por todo o corpo.

Ou Ridha não percebeu, ou preferiu ignorar seu medo. Ela subiu na sela com a galhada estampada, a égua do deserto se agitando, ansiosa para correr.

— Eu sempre viajo bem — ela respondeu, os olhos escuros brilhando com a perspectiva da jornada. E seu objetivo grandioso.

Mais uma vez, Dom desejou ser capaz de se expressar como os mortais. Abraçar a prima, dizer o quanto a confiança e a atitude dela significavam. As emoções subiram por sua garganta, ameaçando sufocá-lo.

— Obrigado — foi tudo que conseguiu dizer.

A resposta dela foi cortante como sua espada. Ele não esperava menos.

— Não me agradeça por fazer o que é certo. Ainda que seja uma estupidez.

Dom baixou a cabeça e saiu da baia, abrindo caminho para ela.

Mas Ridha parou, um pé no estribo, os olhos no pescoço do cavalo. Seu olhar vacilou.

— Eu não sabia que ele tinha um irmão gêmeo — ela murmurou, quase inaudível. — Não sabia... que minha mãe os tinha separado.

— Eu também não — Domacridhan respondeu. Assim como Ridha, ele buscava algum sentido, mas não encontrava. — E nem ele, até aquele monstro sair da névoa.

— Tenho certeza de que ela pensou que era a coisa certa a fazer. Educar um, proteger um. Criar apenas um herdeiro do Velho Cór. Não deixar espaço para o conflito. Pelo bem da Ala.

Dom assentiu, embora não conseguisse concordar. Não em seu coração. Ela fez isso por si mesma, por Glorian. Por mais ninguém.

Com uma determinação ferrenha, Ridha saltou na sela. E baixou os olhos para ele, o retrato de uma guerreira feroz, orgulhosa e leal.

— Que Ecthaid esteja com você. — O deus da estrada, das jornadas, dos achados e perdidos.

Ele assentiu.

— E Baleir com você.

Nas asas de Baleir, ela cavalgou para o oeste.

Depois de trocar de roupas e esfregar o corpo para tirar toda a lama, Domacridhan de Iona cavalgou para o sul. Ninguém o deteve, e ninguém se despediu.

5

O PACTO DA TORMENTA

Sorasa

A ESPADA DELA HAVIA FICADO NA ESTALAGEM às margens do porto, escondida embaixo de uma tábua frouxa do assoalho junto com o resto de seus equipamentos. Ela precisava apenas da adaga, a ponta de bronze indistinta no quarto escuro do rei mercador. Parou pacientemente diante dele, contando as respirações do homem. Ele tinha um sono espasmódico, babando como um cachorro gordo, respirando ruidosamente por entre os dentes amarelados. Sua esposa cochilava ao seu lado na cama, uma moça bonita de cabelos escuros, quase uma criança. Sorasa imaginava que ela devia ter uns dezesseis anos. Provavelmente a terceira ou quarta esposa do mercador.

Estou lhe fazendo um favor, menina.

Então, ela cortou a garganta dele, a lâmina afiada deslizando com facilidade.

Pela boca, ele gorgolejou, e ela a cobriu com a mão, virando-o de lado para que o sangue não jorrasse sobre a esposa e a acordasse. Quando acabou seu ritual de deixar que o homem sangrasse até a morte, ela decepou a orelha e o indicador esquerdo dele, jogando os dois no chão. Era a marca de Sorasa Sarn, para aqueles que soubessem procurar. Essa morte era dela e de mais ninguém.

A jovem esposa do mercador continuou a dormir, tranquilamente.

O gotejar constante de sangue era mais ruidoso do que os passos de Sorasa enquanto ela saía para a sacada, lançava o chicote e deslizava até a parede do outro lado do pátio.

Ela se agachou contra a rocha rosa-clara, estendendo as mãos para se equilibrar. As árvores frutíferas do jardim a escondiam bem, e ela deu tempo para seus olhos se ajustarem à luz do meio-dia. Os guardas do mercador estavam lentos no calor, fazendo suas rondas do outro lado do pátio. Ela aproveitou a oportunidade para pular para o beco vazio embaixo, onde as sombras eram escassas.

O sol estava alto e inclemente. Era um verão excepcionalmente seco no mar Longo, e a poeira formava nuvens mesmo nas ruas mais abastadas de Byllskos. A capital de Tyriot, normalmente refrescada pelas brisas marítimas, ardia no calor. Mas o clima não incomodava Sorasa. Sua vida havia começado nos desertos de Ibal, e sua mãe era da Todafloresta, uma mulher de Rhashir. O sangue de Sorasa vinha da crueldade seca do deserto ou do ar quente e saturado de uma floresta. *Esses homens não sabem o que é sol de verdade*, ela pensou enquanto caminhava pelos becos, serpenteando em direção às docas.

Ela manteve os passos comedidos e controlados. As águas azuis dos estreitos tyrês cintilavam por entre as frestas nos muros, todas as casas voltadas para o porto famoso. Apenas o palácio do Príncipe do Mar se erguia mais alto, suas torres rosadas e seus telhados vermelhos como um rebentamento de rosas do Cór.

Sorasa olhou de relance para o grande porto de Tyriot, as docas famosas se estendendo para o estreito como tentáculos de um polvo. Uma galé comercial a levaria adiante, sem deixar nenhum vestígio de Sorasa Sarn.

Nenhum vestígio que eu não quisesse deixar, ela pensou, os lábios se curvando de satisfação.

Como uma sombra, ela desceu para o distrito do templo, cortando caminho pelos santuários abobadados e pelas torres religiosas. Sacerdotes dedicados faziam suas rondas de meio-dia, seguidos por camponeses e marinheiros, as mãos estendidas pedindo as bênçãos dos deuses de Todala.

Ela já estava bem longe da mansão quando o alarme soou, um grito sufocado de guardas chamando os vigias da cidade. Em algum lugar em meio às mansões, o grito de um trompete. Sorasa sorriu quando o som foi abafado pelas badaladas do sino da Mão de Meira, uma torre enorme dominada pela deusa das águas. Marinheiros pediam sua misericórdia; pescadores, sua abundância.

Sorasa não pedia nada além do sino e da multidão. Ambos continuaram, servindo como uma muralha entre ela e o cadáver na cama.

A multidão se moveu como correnteza, a maioria seguindo os sacerdotes azuis de Meira pela avenida principal que cortava Byllskos em duas. Chegariam ao porto em breve, bem em um dia de mercado.

É fácil se perder neste caos, Sorasa pensou. *Tudo planejado com perfeição.*

Ela percorria o caminho a passos firmes, sem se afetar pela multidão e seu fedor. Byllskos era uma cidade agitada, mas uma aldeia comparada a Almasad e Qaliram em Ibal, local da Ala onde Sorasa havia passado a maior parte dos seus trinta anos. Ela sentia falta das ruas de pedra banhadas pelo sol e dos mercados vibrantes a perder de vista, de sedas estampadas, do céu azul-turquesa, do cheiro de flores perfumadas e bazares de especiarias, do grandioso templo de Lasreen sagrado, e das sombras da via das Palmeiras. Mas tudo isso não era nada perto da lembrança da cidadela de arenito sobre as falésias, com o portão escondido e a maresia cortante, o único lar que ela já conhecera, seu lugar desde a infância.

Ela sentiu o ar se mover uma fração de segundo antes da mão segurá-la com firmeza. Dois dedos apertaram e espremeram o músculo entre o pescoço e o ombro, fazendo uma fisgada de dor percorrer seu corpo.

Sorasa se contorceu e desviou com uma manobra que dominava bem, de anos antes. Dentes à mostra, ela ergueu os olhos para seu suposto agressor.

Ele não atacou.

— Garion — ela soltou. Ao redor deles, o desfile de seguidores religiosos se dispersou.

Assim como ela, o homem estava encapuzado, mas Sorasa não precisava ver seu rosto com clareza para reconhecê-lo. Garion era mais alto do que ela, a pele branca mesmo à sombra. No entanto, um cacho de cabelo castanho cor de lama caía sobre seus olhos escuros, o mesmo de quando ele era garoto. Enquanto as roupas dela eram simples, tingidas de tons terrosos para passarem despercebidas, a túnica e o manto dele eram espalhafatosos. Escarlate e bordado prateado eram impossíveis de ignorar. Ele zombou dela com frieza:

— Não tomava você por ladra, Sarn — sussurrou em ibalete. Embora ele tivesse aprendido jovem, não era sua língua materna, e ainda soava estranha em sua boca.

Sorasa fez um gesto desdenhoso. As tatuagens pretas nos dedos dela eram iguais às dele.

— Talvez você precise rever essa sua moralidade — ela respondeu. — Roubei de você a vida de um homem, e é o roubo que o incomoda?

Garion contorceu os lábios.

— Pelos Fusos, Sorasa! — ele praguejou. — Existem regras. A Guilda concede apenas uma encomenda por pessoa.

Esses princípios estavam gravados nela mais profundamente do que qualquer tatuagem ou cicatriz. Sorasa quis revirar os olhos, mas havia muito tinha aprendido a controlar as expressões e esconder emoções.

Então apenas deu meia-volta e apertou o passo.

— A inveja não lhe cai bem.

Ele a seguiu rapidamente, como imaginado. Isso a lembrou de outros tempos. Tempos que tinham ficado para trás. Ela cerrou o punho, e a outra mão foi para perto da adaga em seu quadril. Caso ele sacasse, ela estaria preparada.

— Inveja? Longe disso — Garion disse, entre dentes. Os dois ziguezaguearam habilidosamente ao alcançarem a multidão de fiéis de Meira aglomerada. — Você foi batizada e tatuada. Não há sangue que reescreva o que já foi escrito.

A tatuagem longa em suas costelas ardeu de repente, a última marca feita menos de um ano antes. Ao contrário das muitas outras, bênçãos e troféus, aquela tinha sido contra a sua vontade.

— Obrigada por me contar o que já sei — ela disse, com um olhar fulminante para Garion. — Volte para a cidadela. Ande de um lado para o outro de sua gaiola até outra morte fácil cair em seu colo. E eu também a roubarei de você.

Embora seu rosto continuasse inexpressivo, Sorasa riu por dentro. Não mencionaria que já sabia da próxima encomenda e exatamente como a tiraria dele.

— Tenha cautela, Sarn. — Ela ouviu um tremor de arrependimento nas palavras dele. *Sempre foi péssimo em esconder suas intenções. Assim são os homens.* — Lord Mercury...

Sorasa continuou andando, as bochechas coradas. Ela temia poucos na Ala. Lord Mercury estava no topo de uma lista curtíssima.

— Vá para casa, Garion — ela retrucou, a voz cortante o suficiente para tirar sangue.

Ela queria muito se livrar do seu antigo amigo e aliado. Esse caminho era mais fácil de percorrer sozinha.

Ele passou a mão na cabeça, tirando o gorro com frustração. Suor pingava de sua testa pálida, e havia uma sarda nova em suas bochechas. *Um menino nortenho, ainda há pouco*, Sorasa pensou. Décadas no deserto não podiam mudar sua pele.

— Este é um alerta — ele disse, funesto, abrindo o manto de lado.

Em seu cinto, uma adaga como a dela cintilou, com um cabo de couro preto sobre o bronze desgastado. Ele também tinha uma espada, perto demais da mão para o gosto dela. Sorasa sentiu falta da sua, escondida em um quarto sujo.

Menos de um quilômetro até a estalagem, ela pensou. *Você é mais rápida do que ele.*

A mão dela vagou, os dedos se fechando em volta do couro familiar. Parecia uma extensão do corpo dela.

— Gostaria de fazer isso aqui? — Ela inclinou a cabeça para a multidão de sacerdotes e fiéis. — Sei que não se importa, mas prefiro não ter plateia.

O olhar de Garion desceu do rosto dela para a adaga, avaliando ambos. Ela observou o corpo dele com atenção. Ele continuava tão esguio quanto antes. A espada em seu quadril era fina, uma lâmina leve de aço de boa qualidade. Ele não era um arruaceiro como muitos com quem eles treinaram. Não, Garion era um espadachim elegante, o assassino para exibição, para duelar na rua. Para mandar uma mensagem. Sorasa era diferente: uma faca nas sombras, veneno na borda de um copo. Os músculos dela se tensionaram enquanto sua mente considerava as opções, rápida como um raio. *Golpear atrás do joelho. Cortar o músculo, depois a garganta enquanto ele cai. Fugir antes que chegue ao chão.*

Ela sabia que Garion a avaliava da mesma maneira. Eles se encararam por mais um momento, preparados para o bote, duas cobras com as presas à mostra.

Garion foi o primeiro a piscar. Deu um passo para trás, as palmas das mãos abertas. A nuvem de tensão entre eles se desfez.

— É melhor desaparecer, Sarn.

Ela ergueu o queixo, apontando a cabeça para o sol quente sobre eles. O capuz caiu para trás, revelando seu rosto. Seus olhos maquiados de preto refletiam a luz do sol e brilhavam como cobre líquido. *Olhos de tigre*, diziam quando ela era jovem. Ela sentiu o olhar de Garion como dedos em sua pele. Ela deixou que ele visse o longo ano estampado em seu corpo. Olheiras que mais pareciam hematomas, maçãs do rosto encovadas, a sobrancelha escura franzida. A mandíbula cerrada, imóvel. Sorasa era uma predadora nata. No momento aparentava isso mais do que nunca.

Ele engoliu em seco enquanto dava um passo para trás.

— Poucos dentre nós têm a oportunidade de virar as costas e ir embora.

— Poucos querem essa oportunidade, Garion — ela disse, erguendo a mão para se despedir.

E sumiu na multidão.

Nunca vou conseguir tirar o cheiro deste lugar das minhas roupas, pensou com tristeza enquanto deixava a estalagem encharcada de mijo para trás, com a bolsa a tiracolo, no quadril, a espada de um lado e o chicote de outro, ambos bem escondidos sob o velho manto de viajante. Naquele dia, a roupa carregava um cheiro estranho, de sal, gado e frutas de jardim, tudo dominado pelo fedor de peixe. Ela sentia falta dos dias em que podia contar com um quarto pequeno, silencioso e limpo na cidadela, com paredes frias de pedra, uma janela alta, e o silêncio de eras para lhe fazer companhia. Ao contrário desse lugar.

Tanto melhor, ela sabia. *Discórdia é um escudo tão bom quanto aço.*

Marinheiros, mercadores, pedintes e viajantes se aglomeravam nas ruas do porto, desacelerando o ritmo dela. O zurro de animais e o estampido de cascos duplicavam o caos habitual. Era a temporada das manadas de países vizinhos, e os pátios do mercado em volta do porto tinham sido convertidos em pastos para milhares de touros e vacas que bufavam, se agitavam e suavam, todos prontos para serem comprados e vendidos pelo mar Longo inteiro.

Ela pensou nos guardas e vigias do alto da colina, ainda vasculhando as ruas atrás de um assassino. Olhando o rosto de todos os homens e meninos que entravam no distrito.

Com um sorriso, ela tirou o manto, revelando um conjunto de quatro tranças pretas entrelaçadas. Sentia um calafrio na espinha ao andar pelas ruas tão exposta, mas adorava a sensação do sol em seu rosto.

Pela segunda vez naquele dia, alguém apertou seu ombro.

Mais uma vez ela se contorceu para desviar, achando que era Garion, algum marujo tolo ou um guarda de olhar atento. Mas a manobra não a livrou da mão do homem, e um belo soco no estômago dele também não. Seu golpe encontrou uma carne dura, e não devido a alguma armadura ou cota de malha. Seu agressor se assomava sobre ela, parecendo ter duas vezes seu tamanho, com o porte de alguém que sabia lutar.

Você definitivamente não é Garion.

Sorasa reagiu como tinha sido treinada para reagir: com uma das mãos segurou a dele em seu ombro e com a outra a bolsa na própria cintura. Com um giro, uma nuvem de fumaça azul pungente explodiu aos seus pés, e o manto caiu de seus ombros.

Ela manteve os olhos fechados e prendeu a respiração enquanto desatava a correr pela rua. O homem tossiu violentamente atrás dela, segurando o manto caído.

Ele gritou algo em uma língua que ela não conhecia, uma raridade.

O sangue disparou conforme o coração dela batia mais forte. Seus instintos lhe foram úteis, assim como seus dias estudando Byllskos para pegar a encomenda. A cidade se desdobrou em sua mente, e ela entrou correndo em um beco que levava para fora do porto principal, virando com tudo na próxima rua movimentada. Sorasa controlou a respiração, mantendo-a no ritmo de seus passos. Depois de olhar adiante, vendo por onde seguiria, ela se atreveu a olhar para trás.

Por um momento, pensou que um touro havia escapado de um cercado.

Uma nuvem de poeira e resquícios da fumaça azul seguiam o homem correndo, os braços balançando no ar, um manto verde-
-escuro voando atrás dele como uma bandeira. O sol brilhava em seu cabelo dourado. Ele não era nenhum vigia de Byllskos nem nenhum guarda da mansão. Mesmo de longe ela via isso.

Mais um na lista de pessoas que Sorasa temia.

Homens e mulheres cambaleavam para longe enquanto ela abria caminho, derrubando alguns no chão. Ela corria, o punho direito doendo por causa do golpe em seu perseguidor. Ela olhou para trás novamente e um choque de espanto percorreu suas costas. Embora ela estivesse em vantagem e mantendo uma ótima velocidade, ele se aproximava rapidamente.

Uma ideia se formou em sua mente. Pela primeira vez desde que tinha posto os pés em Byllskos, uma gota de suor escorreu por seu pescoço.

Este é um alerta, Garion dissera. O primeiro trovão antes de uma tempestade.

Esse homem seria o raio? O castigo final de Lord Mercury?

Não se eu puder evitar.

Sorasa virou de novo, com uma agilidade abrupta enquanto entrava em outro beco cheio de vendedores menos respeitáveis, com mercadorias roubadas ou inúteis. Ela desviou, como uma bailarina na confusão, saltando por tigelas de frutas meio podres, por faixas de tecido penduradas, em torno de homens e mulheres que pechinchavam. Todos eles voltavam a se amontoar depois que ela passava, imperturbados por seus passos rápidos e habilidosos. Sorasa tinha certa esperança de que a multidão, se não diminuísse a velocidade de seu perseguidor, ao menos a esconderia.

Mas não escondeu.

Ele atravessou tudo, deixando um rastro de barracas caídas. Algumas mulheres o estapearam, mas seus golpes mal resvalavam no peito e nos ombros largos do homem. Para a surpresa de Sorasa, ele chegou a ficar um pouco atordoado pelas mulheres. Sua confusão não durou muito.

Do outro lado do beco cheio, seus olhos encontraram os dela, que viu um ligeiro esgar enquanto ele cerrava a mandíbula.

A adrenalina disparou pelo seu corpo, uma sensação deliciosa. Apesar do medo, Sorasa sentiu seu coração se alegrar com expectativa. Fazia um ano desde sua última luta de verdade.

Ela escalou uma pilha de caixotes, pulando de barraca em barraca, equilibrando-se em varas e tábuas, ignorando os gritos dos comerciantes lá embaixo. Seu tamanho era uma vantagem que ela usava bem.

Mas ele avançou sobre os caixotes feito um animal, seguindo o rastro dela com perfeição.

— Merda — ela praguejou.

Uma pessoa daquele tamanho não deveria conseguir saltar tão facilmente.

Sorasa deu outro pulo, pousando com dificuldade em um mastro que balançou sob seu peso. Embaixo, um homem vendendo frutas estragadas gritou e sacudiu o punho. Ela o ignorou, amaldiçoando Lord Mercury e quem quer que ele tivesse mandado para garantir que Sorasa Sarn tivesse uma morte dolorosa.

A essa altura o outro assassino estava apenas a uma baia de distância, apoiando um pé sobre uma tábua estreita e o outro na parede do beco. Em outro lugar, ele pareceria cômico. No momento era apenas aterrorizante. Ele a encarou, os olhos verdes de fúria. A essa distância, Sorasa conseguia ver que sua barba curta era dourada, assim como seu cabelo solto. Ele não parecia ter mais de trinta anos.

Mas um lado de seu rosto estava coberto por cicatrizes, como se tivesse sido retalhado. *Pelo quê?*, ela se perguntou, com o estômago revirado.

A espada e a adaga pendiam uma de cada lado de sua cintura, pedindo sua atenção como crianças puxando as mãos da mãe. Mas os dedos dela foram em direção ao chicote enrolado, puro couro e fúria.

— Gostaria de falar com você — seu perseguidor disse em primordial, a língua comum empolada e estranhamente formal para as circunstâncias.

Ela tentou identificar o sotaque, mas não conseguiu.

Embora o coração dela ainda batesse forte, ele não demonstrava sinais de exaustão. Nem um fio de cabelo fora do lugar.

— Já está falando — ela respondeu, ajustando o equilíbrio, os dois pés firmes no mastro. Seus dedos se contorceram de expectativa. O chicote solto, serpenteando como uma cobra venenosa.

Abaixo deles, o vendedor de frutas continuou a gritar em tyrês, mas ninguém parou para assistir. Os becos de Byllskos eram cheios de tolos. Dois a mais não tinham importância.

O homem não pestanejou, observando todas as contrações dos músculos dela.

— Prefiro conversar em outro lugar.

Ela encolheu os ombros e apertou a mão no cabo trançado do chicote, enrolando o laço no punho.

— Que pena.

O homem estendeu a mão, cuja palma era do tamanho de um prato de jantar, a pele pálida cruzada por calos e cicatrizes de treinamento. *Adquiridas na cidadela, embora eu nunca o tenha visto antes. Será que é algum animal de estimação que Mercury treinou em isolamento, um dragão para mandar contra qualquer um de nós que contrariasse sua vontade?*

— Não estou aqui para machucá-la — ele disse.

Sorasa soltou uma risada gutural de desdém.

— Já ouvi isso antes.

Ele cerrou o punho.

— Mas machucarei se necessário for.

O vento balançou o manto dele, revelando a espada longa em sua cintura. Não era um espadachim como Garion. A lâmina terrível não era feita para exibição.

Também seria difícil sacá-la em uma posição tão precária, praticamente inútil até para os espadachins mais habilidosos da Ala.

Sorasa mostrou os dentes em um sorriso nefasto.

— Pois tente.

— Muito bem, então.

Mesmo com as décadas de treinamento dela, aprimorando seu corpo até os limites, o cão de Mercury conseguia ser mais rápido. Seus reflexos, suas reações, seus instintos. Ele era uma tempestade. O único recurso dela era antecipar e prever, para se mover primeiro.

Ela enroscou o chicote em um varal para saltar antes que os pés dele deixassem a tábua. Ele saltou para a frente, pretendendo agarrá-la pela barriga. Mas, em vez de passar por cima dele, ela girou, usando o chicote e seu próprio impulso para rebater na parede do beco. A mudança de ângulo foi o suficiente para escapar dele por alguns centímetros, fazendo com que ele caísse com tudo no mastro onde ela estava.

A vara se quebrou no meio, rachando sob o peso dele. O vendedor de frutas gritou quando o assassino de dois metros caiu sobre sua barraca e esmagou uma pilha de laranjas manchadas.

Sorasa cortou o varal, agarrando o chicote ao cair no beco. Com uma cambalhota habilidosa, ela absorveu o choque da queda e com um salto já estava de pé novamente, com uma pilha de roupas voando ao redor. Pegou um manto azul-marinho remendado do monte e o jogou sobre os ombros.

Quando olhou para trás, espiando de trás do novo capuz, viu uma cabeça loira se sobressair na multidão, tentando abrir caminho às cotoveladas. A multidão o empurrava de volta, protestando. O vendedor chegou a lançar laranjas estragadas nele, que mal se importou, observando o beco como um cão farejador.

Sorasa não lhe deu essa chance e voltou para a rua principal, o passo tranquilo e uniforme. Apenas mais um corpo nas ruas de Byllskos.

Os leilões de gado continuavam fervorosos, atraindo uma grande multidão de pessoas e animais enquanto os comerciantes paravam para observar. Ela trocou o manto roubado por um colete comprido e manchado e um chapéu do carrinho de um feirante. Os acessórios escondiam bem seu rosto e suas armas, embora ela ficasse mais feia do que uma camponesa. *E mais fedida também*, pensou com os lábios franzidos.

Uma de suas primeiras e mais importantes lições na Guilda não tinha a ver com nenhuma arma. Nenhuma lâmina ou veneno. Nenhum disfarce. Nenhum idioma. Ela era excelente em todos, sem dúvida. Eram tão necessários quanto a chuva e o sol para um campo de trigo. Mas o elemento mais importante, o mais vital para cumprir uma encomenda, era a oportunidade.

Não foi por sorte que Sorasa encontrou o rei mercador adormecido, seus guardas distantes e lentos. Ela escolheu o momento. E escolheria de novo. O assassino de Mercury não seria tão fácil de deixar para trás. Ele estaria em cima dela em questão de minutos, se é que já não estava. Ela não soltou nenhum suspiro de alívio enquanto andava. Não relaxou ou baixou a guarda. Sorasa Sarn não era ingênua.

Seu coração bateu mais devagar, seus músculos se recuperaram e suas ideias ficaram mais claras.

A oportunidade estava logo à frente.

Com um sorriso, ela se aproximou de um cercado de touros pretos. Eles brilhavam de suor, aglomerados como barris no porão de uma galé comercial. Nem sequer conseguiam se mover para espantar as moscas. Estavam ao lado do cercado de leilão, prontos para desfilar para os comerciantes. Devagar, ela se recostou no portão deles voltado para a praça de terra batida. O fecho era simples, um ferrolho de madeira. Ela olhou e tirou o chapéu, exibindo o rosto para todos na rua verem.

A arapuca está montada.

Levou a mão à bolsa e tirou um pêssego, dando uma mordida voraz na polpa excessivamente doce.

Não era difícil avistar o assassino. Era mais alto do que a maioria das pessoas no mercado. Mais alto até do que Garion, e mais pálido também. Ela imaginou que ele fosse do extremo norte — Calidon ou, talvez, Jyd. Tinha ar de pirata das neves, com seu rosto branco, sua constituição gigantesca e o cabelo dourado.

Ele avançou com um foco único, passadas largas cortando a distância entre eles.

Com o gosto da fruta na boca, ela jogou o pêssego fora e soltou a trava, abrindo a porta do cercado de touros. Um homem ali perto agarrou seu braço, mas ela quebrou o dele sem pensar duas vezes, fazendo-o cair com a boca desdentada no chão.

A três metros, os olhos do assassino se arregalaram.

Sorasa estalou o chicote sobre o cercado.

A manada estourou, pesada como uma nuvem de tempestade, com cascos e chifres feito relâmpagos. Eles foram saindo sem parar, os corpos largos colidindo com a cerca, ameaçando quebrá-la. Avançaram na direção dele como uma maré negra, dando marradas e espumando de fúria a cada chicotada. *Oportunidade*, ela pensou, satisfeita.

Achou que ele fugiria. Ou desviaria. Ou simplesmente seria pisoteado, os ossos estilhaçados sob uma centena de cascos.

Em vez disso, o assassino firmou os pés e estendeu as mãos. Era uma imagem verdadeiramente ridícula, mas Sorasa prendeu a respiração, os dentes trincados.

As mãos dele se cerraram em volta dos chifres do primeiro touro, seus dedos ficando brancos, os tornozelos se cravando na terra. Ele atirou o animal com um grunhido, fazendo-o cair estatelado.

A cabeça do touro pendeu, o pescoço quebrado. Sorasa ficou embasbacada enquanto o restante da manada estourava ao redor dele, uma onda contornando uma estaca no mar. Ele se manteve firme, sem medo. Seus olhos não abandonaram os dela em momento nenhum, acesos com uma chama verde.

Ancião!, o cérebro dela exclamou ao se dar conta.

Imortal.

Ela correu como nunca havia corrido antes. Por becos, sobre telhados e no espaço tão estreito entre dois muros que os raios de sol nem conseguiam chegar ao chão. Diversos mantos foram caindo de seus ombros, em todas as cores. Tudo para confundi-lo, para atrasá-lo, tirar um segundo que fosse de suas mãos.

Ela andou em círculos, tentando chegar às docas, mas sempre o encontrava lá, impedindo-a de tomar seu navio, de tomar *qualquer* navio. A bolsa de truques dela estava quase vazia, deixando rastros de fumaça azul, branca e verde pelas ruas de Byllskos. Ela não se atrevia a tentar a preta.

Inflexível, imbatível. As poucas coisas que ela sabia sobre os Anciões vieram à mente, de uma lição aprendida muito antes. *Seres incríveis nascidos em uma esfera perdida.*

Seu corpo ardia de exaustão. Suas unhas arranhavam tijolo e madeira; seus dedos estavam cheios de farpas. Parte da dor que sentia, ela havia sido treinada a ignorar. E o restante era consumido pela adrenalina e o medo. Escalava, saltava; caía, rolava. Carrinhos de frutas e barris de vinho tombaram atrás dela. Sacerdotes dedicados a amaldiçoaram por ter entrado no meio de suas procissões. Ela até considerou correr de volta para a mansão do mercador assassinado, para os guardas e vigias, que serviriam de escudo entre ela e o monstro imortal.

Ninguém na Guilda havia matado um imortal. Ninguém tinha sido tolo a ponto de tentar. Poucos nem sequer tinham visto. *Como Lord Mercury conseguiu os serviços de um deles?*

Ela vasculhou a memória em busca de algo útil. Cochichos que pudesse ter ouvido sobre o povo ancião, suas forças, suas fraquezas. Na Guilda, os mestres e mestras não se preocupavam muito com povos lendários nem criaturas de Fusos perdidos. Ninguém nunca encomendou a morte de um dragão. Os assassinos da Guilda não cruzavam o caminho de fantasmas imortais que ainda assombravam a Ala.

Até Mercury conseguir enviar um deles para me matar, ela riu consigo mesma.

Era mais rápida, menor; conhecia a cidade. Mas essas coisas só lhe garantiram alguns minutos.

E esses minutos se passavam rápido.

Ele logo a alcançou, imbatível como um deslizamento de rochas. Ela desembainhou a espada antes que ele pudesse fazer o mesmo, atacando na transversal. O golpe seguinte foi de encontro ao aço, a espada longa dele aparando a dela.

Mais uma vez ela sentiu falta de Garion, ao menos para jogá-lo na boca do perigo.

Mas estou sozinha. É o caminho que escolhi.

O assassino estava impassível, sua espada bloqueando a dela na altura do cabo. Era tudo que ela conseguia fazer para mantê-lo longe, braços e pernas ardendo sob a pressão. Ela não tinha esperança lógica de dominá-lo e não tentou. Quando ele abriu a boca para falar, ela cuspiu na cara dele.

— Pelos Fusos! — ele praguejou, recuando com repulsa.

Teve os modos e a estupidez de secar o cuspe.

Ela chutou um punhado de areia nos olhos dele e deu o bote, enroscando-se em volta do tronco, até estar montada nas costas dele. Ergueu a adaga, apontando para um ponto entre pescoço e ombro onde poderia perfurar músculo e veia. *Para matar e matar rápido.* Envolveu o pescoço dele, apertando com firmeza. Sorasa perdera a conta de quantos homens havia estrangulado dessa forma.

Para sua alegria, ela conseguiu senti-lo sufocando. *Até os imortais precisam respirar.*

Ele se moveu na hora que ela atacou, o golpe passando de raspão. Tirou sangue do ombro, mas não o suficiente.

O imortal a puxou pela gola e se soltou, jogando-a para o lado com facilidade. Ela colidiu com força na parede de um beco. Também sangrava, seu rosto ralado pelo tijolo. Nas ruas, os assobios e trompetes de vigias ecoavam. Entre uma debandada e um homem morto, eles estavam mais do que ocupados.

— Causamos um bocado de confusão, eu e você — Sorasa arfou, os olhos voltados para a rua. Seu corpo inteiro ardia.

O beco ecoava em volta deles. O Ancião bufou e olhou o sangue em seu ombro.

— Quanta tolice — disse, rangendo os dentes.

Havia sangue em sua boca também.

O orgulho de Sorasa se inflamou. Ela tentou tomar fôlego.

— Prometo que não lhe farei mal. — Mais uma vez, o Ancião estendeu a mão. — Venha, mortal.

Para Sorasa Sarn, a morte era uma amiga bem-vinda. Ela e a deusa Lasreen haviam passado muitos anos de mãos dadas. Uma seguia a outra como a noite segue o crepúsculo. Sorasa nunca a havia sentido tão perto antes.

Lord Mercury surgiu em sua mente, branco e terrível, os dentes afiados, os olhos distantes. Era a cara dele, lhe dar uma morte como essa. Uma morte de que ela não conseguisse fugir ou se esquivar.

Que bom que Sorasa não acreditava em verdades absolutas. Havia apenas oportunidades, e oportunidades sempre poderiam ser encontradas.

— Venha, mortal — o Ancião repetiu. Os dedos dele se contorceram.

— Não — ela disse, rindo enquanto desatava a correr pela última vez.

Sua espada ficou esquecida na terra.

Ela desabou na cadeira, um pé apoiado na mesa da taverna. O outro se agitava no chão, tomado por uma energia nervosa. *Estou um caco*, ela pensou, notando a hesitação da garçonete. Estava coberta de terra e sangue, uma das tranças desfeita, o cabelo caindo pelo ombro como uma cortina preta. Um corte aberto no lábio. Ela lambeu o sangue. Com um sorriso maníaco, Sorasa ergueu dois dedos e a garçonete correu para servir.

Ela não era a única freguesa na taverna do porto que parecia ter sido atropelada. Havia alguns homens surrados que, ela pensou, talvez tivessem esbarrado com seus touros. O restante eram marinheiros derrubados pela cerveja. Ela reconheceu marujos ibaletes da Frota da Tormenta, desalinhados em suas sedas azul-escuras de navegação. Eles também a notaram e ergueram dedos em cumprimento, saudando uma compatriota de Ibal.

Ela não retribuiu o gesto.

Dois canecos foram deixados na frente dela um momento antes da porta se abrir, espalhando luz pelo salão escuro do bar. Os marinheiros se encolheram ou praguejaram, mas o imortal os ignorou. Parou por um momento, envolto pela luz do sol, que prolongava sua sombra diante dela.

Sorasa não se moveu enquanto ele atravessava a taverna e se sentava.

Sem dizer uma palavra, ela empurrou o caneco de estanho sobre a mesa esburacada. Ele fitou o caneco cheio, perplexo. Então, com movimentos estranhamente pomposos, tomou um gole.

Ela continuou imóvel, inexpressiva. O sangue latejando em seus ouvidos.

O Ancião baixou os olhos para o caneco, olhando para suas profundezas douradas. Franziu as sobrancelhas. Então tomou de novo, virando tudo. Por um segundo, Sorasa sentiu uma rajada de triunfo invisível. A sensação passou quando ele a encarou, sem piscar. Suas pupilas se arregalando sob a luz fraca, o preto consumindo o verde.

— Você sabia que os vederes são imunes a quase todos os venenos? — ele perguntou devagar.

Os vederes. Ela guardou o mundo estranho em sua mente e soltou sua última esperança.

— Que desperdício de arsênio.

Parte dela a mandava pegar a adaga, o chicote, os últimos pós de sua bolsa. Mais um veneno, mais um corte, mais uma oportunidade. Qualquer coisa que pudesse salvá-la, mesmo a essa altura. Ela sentiu como se um buraco tivesse se aberto aos seus pés.

Devo escolher pular ou cair.

Seu corpo doía. Ela deu um longo gole na cerveja aguada com gosto de mijo e desejou que fosse um licor *ibari*. Morrer com o sabor agridoce de sua terra natal nos lábios. *Pois morrerei aqui, nas mãos dele e de Mercury*, ela pensou. Admitir era quase um alívio.

O Ancião examinou seu rosto, um instante a mais nas tatuagens que subiam por seu pescoço. Sorasa deixou que ele olhasse. Ele não conhecia cada tatuagem como ela, seu sentido e seu peso dentro da Guilda.

— Três vezes você tentou me matar hoje — ele murmurou, impressionado.

Ela bebeu de novo.

— Eu diria que todas contaram como uma única tentativa.

— Então você chegou perto de um sucesso tríplice.

— *Tríplice* — ela repetiu, zombando de seu tom. *Como se estivéssemos em uma corte real, não em uma espelunca.* — Bom, e agora, Ancião? Como vai fazer?

Ele pestanejou, digerindo as palavras, por mais simples que fossem. Ele lembrava uma criança na Guilda, sofrendo com uma lição que não entendia. Cerrou a mandíbula e se recostou na cadeira. Sorasa achou que ela se quebraria sob o peso dele. Devagar, ele espalmou as mãos na mesa, uma oferta de paz. *Ele me trata como um animal assustado*, ela pensou, sentindo o sabor da fúria.

— Já lhe disse: meu objetivo não é ferir você.

Ele jogou o manto para o lado. Ela se preparou para o silvo de uma espada sendo desembainhada. Mas ele sacou uma espada que ela conhecia bem.

A dela.

Era fina e bem equilibrada, um faixa de aço de dois gumes com bronze forjado no cabo. Tinha sido feita no arsenal da cidadela, nascida na Guilda, assim como ela. Não havia insígnia, nem selo, nem joias, nem palavras gravadas. Estava longe de ser um tesouro. Mas para ela bastava.

Ela a tomou com as mãos firmes, com cuidado para não desviar os olhos do Ancião diante dela.

— Pouco me importa seu bem-estar, para o bem ou para o mal — ele disse.

Com a espada de volta em suas mãos, Sorasa se sentia estranhamente leve.

— Você fala isso para todas as garotas mortais, ou só para mim?

Algo perpassou o rosto dele, como uma sombra ou uma escuridão.

— Não falo com muitos mortais — ele disse com dificuldade.

— Dá para notar.

A garçonete trouxe mais um caneco para cada um, quase derramando a cerveja choca. Alternou o olhar entre a assassina e o imortal, uma ovelha entre lobos. Sorasa a dispensou com uma moeda de prata.

Ele assustou-se ao ver a imagem da moeda e sacou a própria bolsa, batendo-a na mesa. Sorasa olhou aquilo, todos os pensamentos em cerveja e morte deixados de lado. Embora fosse pequena, a bolsa estava cheia de ouro, que brilhava amarelo dentro do couro. A luz fraca do bar reluzia sobre as moedas.

— Quero informações. Estou disposto a pagar — o Ancião disse abruptamente, tirando uma moeda de ouro forjado. Era perfeitamente redonda, gravada com um cervo. Não era dinheiro de nenhum reino que Sorasa conhecesse, mas ouro era ouro. — Isso basta?

Para seu espanto, Sorasa ouviu apreensão na voz do Ancião. Ela quase riu quando se deu conta. *Ele não tem ideia do que está fazendo. Não é um assassino, nem a mando de Lord Mercury nem de ninguém. Por mais forte que possa parecer. Esse tolo com sangue de Fuso tem sorte de ainda não ter sido tapeado por um pedinte de rua.*

A oportunidade cantou no sangue dela, mais familiar do que a mãe que ela nunca teve. Com as mãos na mesa, Sorasa refletiu a postura dele, inclinando-se para a frente. E pegou a moeda.

— Como posso estabelecer um preço se não sei o que vai pedir?

O ouro é bruto, mas de boa qualidade, de uma mina pura. Amarelo brilhante. Um tipo raro.

O Ancião não hesitou.

— Estou procurando por mortais de sangue do Cór, descendentes do velho império. Disseram-me que os amharas os conhecem ou têm como encontrá-los.

Com o rosto neutro ela começava a contar as moedas da bolsa. Ele observou, mas não impediu quando uma, duas, três moedas caíram na mesa. Tampouco se deu ao trabalho de esconder o dinheiro. Os dois eram os mais perigosos da taberna — da cidade, talvez.

Os amharas. Ela sentiu um nó na garganta, mas seu rosto permaneceu impassível. Mordeu uma das moedas, julgando a textura do metal. Ele franziu o nariz.

— Os filhos e filhas do Velho Cór são raros e esparsos — ela disse com a moeda entre os dentes. — Nem os amharas sabem mais onde eles estão.

— Busco um em particular.

Sorasa tirou mais três moedas da bolsa.

— Uma criança.

Outra moeda.

— O bastardo do príncipe Cortael com uma desconhecida.

Mais uma.

— Ele não é príncipe de nenhum reino na memória dos vivos — ela respondeu.

Mas o nome me é familiar. Outro mortal descendente do velho império, dos Fusos e de uma esfera perdida. Um príncipe apenas em título, e para muito poucos. No entanto, houve encomendas aceitas antes. Todas fracassaram. Ela observou o guerreiro ancião outra vez. *E agora entendo por quê.*

Sorrindo, ela montou duas pilhas de moedas.

— Na memória dos mortais vivos, claro.

Uma raiva rara se inflamou no Ancião.

— Não me importo com sua ignorância das eras. Você pode me ajudar ou não?

Dessa vez, ela enfiou a mão na bolsa para apanhar as moedas.

O Ancião fez uma careta.

Não é com o ouro que ele se preocupa, ela pensou, observando seu rosto. *Outra coisa alimenta sua fúria.*

— O pai está morto — ele revelou. Sua voz era estranhamente embargada. *Ah*, ela pensou. *Ele gostava do falecido.* — Você não enfrentará problemas com ele.

— Não é com o pai da garota que você deve se preocupar — ela murmurou.

É com a pirata.

— Uma filha — o Ancião murmurou. Como se tivesse conseguido algo tirando essa pequena informação dela. Ele levou a mão à bolsa. — Muito bem, assassina. Esse pagamento é mais do que suficiente.

— Você nem faz ideia — ela zombou. — Posso encontrar a garota para você. E estabeleci um preço.

— Ótimo — ele disse, com um sorriso ansioso, desesperado.

Mortal ou imortal, não importava. Sorasa o lia perfeitamente. O sorriso dele era ingênuo, apesar dos séculos que tinha vivido. Ele era um caso perdido.

Ao menos, seria útil.

O sorriso desapareceu quando ela deu seu preço.

Mesmo assim, ele concordou.

6

NO SANGUE

Corayne

A HISTÓRIA DO ANCIÃO E DA ASSASSINA a alagou como uma onda inacreditável.

Corayne foi separando em partes o que ele dizia, como fazia com suas listas e cálculos. Para avaliar o que ouvia sem se deslumbrar ou se intimidar pela menção de enclaves e cidades distantes, façanhas absurdas e magia de Fuso. Até tudo fazer algum sentido em sua cabeça. Suas conclusões se encaixaram, uma mais ilógica do que a outra.

Meu pai que não conheço está morto. Um portal está aberto para outra esfera. A Ala está em grave perigo. E, por algum motivo, esses dois lunáticos acham que posso fazer algo a respeito.

Metade dela sentiu medo. A outra metade deu risada.

Corayne olhou para a dupla estranha, a mandíbula cerrada. Domacridhan continuava ajoelhado, a cabeça loira abaixada, enquanto Sorasa andava de um lado para o outro, bloqueando a estrada de volta para o porto. Corayne desejou intensamente que Kastio a tivesse acompanhado para casa. Ou, ainda melhor, sua mãe. *Ela não toleraria essa palhaçada, de ninguém.* Nem mesmo de um ancião, atemporal e insondável. Nem mesmo de uma assassina amhara, com habilidades quase lendárias.

Mas Kastio não está aqui. Minha mãe não está aqui. Sou apenas eu.

Seu coração batia violentamente no peito, mas Corayne mantinha o corpo imóvel e o rosto inexpressivo.

— Chegamos a um acordo, Sorasa e eu — Domacridhan disse, ao fim de sua história. Ele ergueu a cabeça e encarou Corayne, com tanto desespero que a pele dela ardia. — E ela me guiou até aqui, até Lemarta. Até *você*, a única pessoa que pode nos ajudar, e salvar o mundo todo.

Corayne alternou o olhar espantado entre os dois. O imortal e a assassina corresponderam.

— Boa noite para vocês. Tenham uma boa viagem — ela disse, simpática.

Seus dedos tremiam enquanto ela dava meia-volta, dirigindo-se à cabana.

Mas o Ancião já estava avançando, seguindo Corayne pela trilha coberta de mato. Não fez barulho algum ao alcançá-la no degrau da entrada.

Ela ergueu os olhos para ele, obstinada, usando a raiva para esconder seu mal-estar. *Melhor demonstrar raiva do que medo ou insegurança.*

A metade machucada de seu rosto se destacava fortemente, iluminada pela lua que nascia sobre as colinas.

O Ancião sentiu a luz e virou o rosto, escondendo as cicatrizes.

— Talvez você não entenda...

Ela engrossou a voz.

— Sou mortal, não burra.

— Não disse que era burra — ele respondeu rapidamente.

A mão dela encontrou o trinco da porta da cabana e o abriu.

— Minha resposta para qualquer que seja a pergunta idiota que você quer fazer é *não*.

Com dois dedos e pouco esforço, ele voltou a fechar a porta. Tanto as cicatrizes quanto seus olhos foram iluminados pelo luar.

— A Ala será destruída se você não a salvar.

O tom da voz dele não lhe era estranho. Corayne o ouvia o tempo todo em Lemarta. Mercadores falidos barganhando por suas mercadorias escassas. Bêbados desamparados implorando por mais uma cerveja na taberna. Aprendizes de marinheiro suplicando um lugar no navio para encontrar fortunas em outro horizonte. Não era vontade, mas necessidade. Uma ânsia movida pelo medo.

— A Ala será destruída — ela murmurou, a mão ainda no trinco — por causa de um homem com uma espada mágica e um vilão de história infantil? "O Porvir"? — Corayne balançou a cabeça, soltando uma gargalhada. — É melhor vocês voltarem a Lemarta e arranjarem um tolo que acredite nesse tipo de coisa.

Da estrada, a assassina riu.

— Só para constar: também não acredito.

Com os dentes à mostra, Dom virou-se para ela.

— Não espero que mortais acreditem no que os vederes sabem que é verdade, nos perigos antigos de uma história que é longa demais para vocês se lembrarem. O Rei Destruído consumirá essa esfera se tiver oportunidade. O Porvir não será mais apenas uma ameaça. — Ele levou a mão branca e larga ao peito, apertando o coração. Um anel fino de prata cintilou em seu dedo. — Juro por Iona, milady.

Corayne apertou o trinco com mais firmeza, mas continuou sem abri-lo. Outra coisa mexeu com ela, um puxão mais profundo que a manteve parada no lugar.

— Não sou uma lady — ela retrucou.

Para seu espanto, os olhos de Dom se encheram de uma tristeza esmeralda. O Ancião olhou para ela com pena, com pesar. Corayne quis dar um tapa na cara dele.

— Não sei o que sua mãe lhe contou, minha jovem — ele começou, hesitante. O sangue dela se inflamou com a menção à mãe. — Mas você é. Seu pai era...

Uma névoa vermelha perpassou a visão de Corayne e o metal liso do trinco da porta escapou de sua mão, que se ergueu, o dedo em riste, até ela se ver cravando-o no peito do Ancião, apertando-o firme contra a dureza pétrea de seus músculos. Os olhos dele se arregalaram, desnorteado como um filhote de gato.

— Sei exatamente quem era meu pai — ela retrucou, perdendo todo o medo e a paciência. — Era Cortael, um filho do Velho Cór, um membro da linhagem antiga. Seus ancestrais nasceram no Fuso, filhos de uma esfera perdida. Havia sangue de Fuso em suas veias, sangue do Cór, assim como nas minhas.

Sangue de Fuso, nascidos no Fuso. Ela nunca dissera essas palavras em voz alta, apenas as ouvira da mãe, as carregava lá no fundo do peito e no desejo distante que habitava dentro de si. Pronunciar essas palavras naquele momento, o nome e a herança dele, o que ele era e o que isso a tornava — soava errado. Uma traição contra ela própria e, especialmente, contra a mãe. A única pessoa que a criou, a única que tinha direito de dizer o que ela se tornaria. *Mas isso faz parte de mim, quer eu queira, quer não.* Ela perdeu o fôlego e suas bochechas se inflamaram, um forte contraste com o ar fresco.

— *Nada* disso me torna filha dele. — Ela se enfureceu. — Muito menos uma lady.

Ou uma princesa ou uma rainha das fadas ou qualquer heroína de uma historinha para crianças ou para tolos.

— Não imaginava que você soubesse tanto sobre ele. — A tristeza nos olhos de Dom só se igualava à sua frustração crescente.

Mais uma vez, Corayne quis arrancar essas emoções da cara dele. Não queria nada desse estranho à sua porta.

Sei desde que me entendo por gente. Ao menos sobre ele minha mãe teve a bondade de não mentir, pensou, e acreditava mesmo nisso.

— Não preciso de ilusões e falsas esperanças. Seu amigo representava essas duas coisas — ela disse. Era verdade, uma verdade amarga com a qual ela tinha convivido desde o nascimento. — Enfim, vamos lá. Dê o ouro e saia da minha porta.

Dom franziu a testa.

— Ouro? — Ele olhou para Sorasa, dessa vez confuso. — Vocês mortais estão sempre pedindo dinheiro.

A assassina soltou uma risada gutural, desdenhosa.

— Nós, mortais, vivemos no mundo real. — Ela não saiu de seu lugar na trilha, mantendo-se a longos metros de distância deles. — Obviamente o homem deve ter mandado dinheiro para a bastarda. — Sorasa explicou devagar.

O Ancião corou e fechou a cara na mesma medida.

— Não tenho nada dele para lhe dar, milady.

Corayne apenas encolheu os ombros.

Mas hesitou por causa da assassina. Estremeceu quando a mulher estreitou os olhos, já escuros pelo pó negro. Sorasa lançou um olhar para Lemarta, na direção das luzes da cidade e do porto que reluziam douradas na água, destacando as silhuetas escuras dos barcos ancorados. Entre eles, a *Filha da Tempestade*, um leviatã rodeado de barcos de pesca.

— Não me surpreende que a capitã an-Amarat tenha o melhor caça do mar Longo — a assassina refletiu. — Tinha ouro do Cór para bancá-lo.

O medo voltou a se infiltrar em Corayne.

— Você conhece minha mãe?

— Conheço a reputação dela. É bastante terrível.

— Então posso levar vocês dois até ela — Corayne disse rapidamente, ao mesmo tempo uma oferta e uma ameaça. — Ela conheceu seu príncipe melhor do que eu. Quer dizer, ela o conheceu, ao contrário de mim. Pode ajudá-los mais do que eu.

— *Ajudar a mandar vocês embora para nunca mais voltarem.*

Dom balançou a cabeça.

— É de você que nós precisamos.

— "Nós"? — Sorasa murmurou.

O Ancião a ignorou.

— Está no seu sangue, Corayne, quer você saiba, quer não.

Talvez a cabeça dele seja tão dura quanto seus músculos, Corayne pensou, irritada.

— Não estou interessada em você, sua missão ou o fracasso do meu pai. Não quero ter nada a ver com isso — ela sussurrou.

Finalmente ele ficou em silêncio, e não houve nenhum barulho além das ondas no mar e do vento nas colinas. Dom baixou o rosto. Talvez fosse um truque do luar, mas seus olhos luminosos pareceram úmidos.

Apesar da frustração, Corayne amoleceu. Quase conseguia sentir a tristeza que emanava dele.

— Sinto muito pela sua perda — ela acrescentou com delicadeza.

Relutante, tocou no braço dele.

Ele cedeu sob seus dedos, desabando. *Os imortais sabem passar pelo luto?,* Corayne se perguntou. Ela olhou para Dom novamente, um homem montanhoso, o pescoço arqueado em uma rendição dolorosa. *Acho que não.*

— Sinto muito — ela repetiu, voltando os olhos para Sorasa.

A mulher balançou a mão, o rosto inexpressivo enquanto vigiava a estrada.

— Eu não estou envolvida nesse drama aí, não.

Dessa vez, Dom não impediu Corayne de destrancar a porta. Ela a abriu, e a escuridão se derramou da cabana. Ele ficou parado, resoluto e pensativo, observando enquanto ela dava um passo à frente.

— Você fala que não quer ter nada a ver conosco, com seu pai — ele disse com a voz rouca, grave. — Mas não aja como se fosse *isso* o que quer.

Involuntariamente, Corayne ficou paralisada no batente. Continuou olhando para a frente, para as sombras da velha cabana. Pelo canto dos olhos, viu Dom erguer o capuz, seu rosto marcado e seus olhos cor de esmeralda voltando para a sombra.

— Seu sangue vem dos Fusos, de esferas distantes e estrelas perdidas. Você quer o horizonte, Corayne do Velho Cór. Quer do fundo de seu coração — ele concluiu, voltando-se para a trilha ao encontro da assassina na estrada. — E sua mãe nunca vai permitir que você o conquiste.

Corayne inspirou fundo, uma dezena de respostas se erguendo dentro de si. Mas logo morreram, abafadas por uma verdade difícil.

— Seu pai era igual.

Covarde.

A palavra a apanhou como uma onda quebrando, derrubando-a.

Mas Corayne se recusou a se afogar. E se recusava a ficar engaiolada um segundo a mais, era uma ave feita para voar, não para apodrecer em uma falésia sem nada além do vento como companhia.

Virou-se para eles, apenas por um momento. Dom encontrou o olhar dela, o rosto dele tomado por uma esperança luminosa, dolorosa. Corayne sentia o mesmo, a esperança que ela pensava que havia morrido com a recusa da mãe. Essa esperança brotou de novo, forte e em carne viva, sangrando, mas insistindo em viver.

— Me deem três dias — ela disse, batendo a porta.

O terceiro dia havia chegado.

À mesa da cozinha, Corayne se ocupava com os preparativos, o rosto impassível. Olheiras escuras revelavam mais uma noite sem sono. Entre os sonhos de que mal se lembrava e os preparativos apressados da viagem de sua mãe, Corayne mal tinha dormido.

Ela encarou seu mapa amassado e rabiscado do território explorado da Ala, usando seu caderno e sua bússola como apoio. O mar Longo dividia a esfera ao meio, com uma faixa sinuosa de água azul que se estendia entre os continentes setentrional e meridional. A oeste, desaguava no oceano Nocturano; ao sudeste, no Aurorano. Noite e aurora, cercando as margens do mundo conhecido.

Seus dedos manchados de tinta seguiram as montanhas da Ala, a linha de defesa que dividia os campos verdes de Galland das terras setentrionais e da estepe. Seus olhos encontraram um conjunto de colinas perto do Leão Verde, o rio praticamente um rabisco. Quase não havia marcação, mas ela sabia — tinha *ouvido* — sobre um templo esquecido ali. *Um templo e um Fuso, ambos destruídos. Uma coisa impossível de acreditar.* Apertou o local com o dedo, encarando a marca no mapa onde seu pai morreu.

Onde, talvez, a esfera tinha começado a ruir.

Como se eu realmente acreditasse nessas coisas.

Meliz acordou fazendo barulho, andando de um lado para o outro do quarto, com pernas bambas de quem vivia no mar, até chegar à sala central da cabana. Ela vagou pela cozinha sem muito propósito, olhando dentro dos armários, arrumando as cortinas, cutucando a panela de cobre na lareira.

Feito criança querendo chamar atenção, Corayne pensou.

A filha se recusou a lhe dar essa satisfação e voltou a verificar seus papéis.

— Kastio está atrasado — Meliz disse abruptamente, pegando a chaleira do fogo.

Balançou a água e limões fatiados, ainda quentes pelos carvões em chamas. Serviu uma xícara antes de acrescentar uma pitada de pó de raiz de laranja-viva. Uma importação rara de Rhashir que valia o peso dela em ouro.

Deve ter se superado mesmo ontem à noite para precisar de uma cura dessas hoje de manhã.

Corayne observou a xícara enquanto a mãe tomava tudo.

— Ele ainda tem alguns minutos — respondeu, espiando pela janela o barracão minúsculo construído ao lado da cabana. Era a casa de Kastio havia mais de uma década.

— Não saia de perto dele enquanto eu estiver longe. — Meliz terminou a bebida. — As estradas andam perigosas hoje em dia, mesmo aqui — continuou, estalando os lábios. — Escaleres jydeses desaparecendo, tempestades de verão chegando da baía Safira. — Ela balançou a cabeça — A esfera está maluca.

Até em nosso canto de mundo esquecido. Havia relatos de acontecimentos estranhos por toda parte, bons e ruins para os negócios. *Coincidência... ou o caos se formando?*

— Está tudo pronto — Corayne se obrigou a dizer, guardando os papéis. Depois de três dias de trabalho árduo e muito dinheiro gasto, a *Filha da Tempestade* estava abastecida com água e provisões, pronta para a longa viagem até Rhashir. Ela arranjou documentos de trânsito para passar pelo estreito e pela armada ibalete que o protegia. Mandou cartas para os aliados de Mel Infernal mar Longo afora e prometeu ouro aos que poderiam ser um obstáculo. Seu trabalho havia sido feito.

Só faltava uma coisa.

— Leve-me com você — Corayne disse de repente, agarrando-se a uma última esperança.

Leve-me com você ou me perca, era o que queria dizer. *Perca-me para esse caminho qualquer em que me meti.*

Quase sempre, Meliz an-Amarat tinha olhos de verão, olhos calorosos. Mogno pintado de âmbar e bronze. Mas ali seus olhos estavam frios e escuros, como água parada sob a neve caindo.

E sua voz era fria como aço.

— Não.

A estrada para Lemarta se estendia diante dela. A aurora tinha acabado de raiar, tingindo as águas do mar Longo de rosa e dourado. Meliz caminhava um pouco à frente, deixando Kastio e Corayne para trás. O velho bocejava para afastar os últimos resquícios de sono, os joelhos rangendo. Corayne vestia sua calça e sua camisa larga de sempre com botas de couro suave, desgastadas pelos anos. Estava quente, e ela não precisava de agasalho, mas tinha um manto pendurado nos ombros mesmo assim. As luvas já estavam em seus bolsos fundos, escondidas, sem uso desde o inverno.

Ela se obrigou a comer enquanto caminhavam, mordendo furiosamente um pão ázimo com manteiga, alho e compota de tomate. Sua trança preta comprida pendia sobre um ombro, grossa como uma corda de navegação. Seus olhos estavam arregalados, focados. Ela queria se lembrar desse dia.

Será meu último dia na única terra que conheci.

A luz do sol se erguia sobre o porto, rápido demais para o gosto de Corayne. Era mais um dia claro, com vento e correntes firmes. *Um bom dia para começar uma viagem.* O céu azul sem nuvens partia o coração de Corayne.

A capitã an-Amarat atravessou o píer até a *Filha da Tempestade*, as mãos abertas e vazias, de costas para o porto, o rosto voltado para as ondas. Seu casaco comprido e surrado sobre o corpo farto, com fendas laterais exibindo as calças justas e as botas. Suas roupas eram cobertas de sal, veteranas de uma centena de jornadas sobre as águas da Ala. Nas têmporas, cabelos grisalhos, apenas alguns fios, cintilavam como prata forjada. Ela não estava de chapéu e estreitou os olhos para o nascer do sol. Era assim que sempre ficava antes de uma viagem. Completamente livre, sem nenhum peso. Sem responsabilidade. Sem dever nada a ninguém além do mar.

Algo difícil de ver em uma mãe, mas, para Corayne, uma visão comum.

Ela chegou ao lado da mãe antes do que desejava. Em parte, queria pular da doca para o mar. Mas se controlou.

Meliz olhou de canto de olho para a filha. Seu rosto era suave, sua pele, dourada, bronzeada pelo sol.

— Voltarei em poucos meses, como você disse. Com dinheiro e tesouros suficientes para nos sustentar por uns cem anos.

— Já temos isso agora — Corayne retrucou.

Ela sabia a quantia de ouro enterrada no jardim da cabana, escondida nos cofres de um banco da capital e espalhada em outros lugares por todo o mar Longo. Dinheiro dos saques de sua mãe, dinheiro da vergonha de seu pai. Não era dinheiro que fazia a *Filha da Tempestade* levantar âncora, não mais.

— Não há fim ao que você quer, ao que você faz. Você gosta da vida que escolheu, e não a abandonará por nada. Nem mesmo por mim.

Não era uma acusação, mas um fato.

Meliz fechou o cenho.

— Isso não quer dizer que é a vida que quero para você.

— Você não pode decidir aonde vou ou o que quero. — Todas as listas de Corayne, todos os seus motivos se evaporaram, deixando para trás uma única verdade. Ela prendeu o fôlego. — Sei que não sou como você. — *Você não tem coragem.* — E você tem razão, mas não como pensa. Em meu coração, em meu sangue... há algo em mim que não pode ficar parado. — *Sangue de Fuso, sangue do Cór. Queira eu ou não.* — Você sabe o que é.

Os olhos de sua mãe brilharam e ela soltou um longo suspiro frustrado.

— *Agora* você quer falar sobre seu pai? — ela zombou, erguendo as mãos.

Sua mãe não era como ela. Não havia sangue de Fuso nas veias. Não tinha como entender. Mas também era uma pessoa inquieta.

Sabia como era ansiar pela mudança e pela distância, olhar para a frente e nunca para trás.

— São apenas alguns meses. Prometo — Meliz disse finalmente, e uma porta se fechou dentro de Corayne. Uma ponte veio abaixo. Uma tempestade desabou. Uma costura se desfez.

E outra porta se abriu.

— *Adeus* — Corayne se obrigou a dizer entre dentes, os olhos ardendo de lágrimas.

Meliz já estava puxando a filha junto ao peito. Na gaiola de seus braços.

— Adeus, minha menina — ela disse, dando um beijo em sua testa. — Mantenha os pés na costa e o rosto voltado para o mar.

Corayne inspirou fundo, sentindo o cheiro da mãe pela última vez.

— Como estão os ventos? — sussurrou junto ao casaco dela.

Sua mãe soltou um leve suspiro.

— Ótimos, pois me trazem para casa.

A *Filha da Tempestade* desapareceu no horizonte, as velas consumidas pelo sol. Corayne continuou a observar, a mão cobrindo os olhos. O calor aumentava com o passar do dia, e uma gota de suor escorreu pelo seu pescoço, desaparecendo sob a gola do manto comprido. Ela mordeu o lábio.

— Kastio — ela disse subitamente.

— Quê?

Apontou para as ruas da cidade colina acima. Lemarta já estava ruidosa.

— Soube que Doma Martia acabou de receber alguns bons barris de vinho tyrês.

— Parece um pouco cedo para saborear o vinho de Martia — Kastio respondeu. — Até mesmo para mim.

A moeda era fria na mão dela, um brilho prateado entre seus dedos. O suficiente para comprar algumas taças fortes. Corayne entregou-a para o guardião.

— Você deve me dizer se é bom.

Kastio olhou feio para o dinheiro, mas estendeu a mão mesmo assim.

— Isso é suborno.

Ela abriu um sorriso fraco.

— Só algumas horas, por favor. Preciso ficar sozinha.

O velho já tinha sido um oficial da armada siscariana, um remador antes disso, e um grumete ainda antes, embora Corayne mal conseguisse imaginá-lo sem seu cabelo grisalho e as rugas. Ela lembrava de suas histórias. Grandes batalhas no mar, as guerras com Galland e Tyriot. Como as estrelas pareciam brilhar no meio da água. Como o mundo parecia infinito quando a terra estava longe. Todas as coisas que ela queria e mais.

Ele a observou por um longo instante, o suficiente para deixar Corayne nervosa. Por mais velho ou bêbado que pudesse ser, Kastio não era nenhum tolo. Ele foi encarregado de protegê-la por um motivo.

— Ela errou em não levar você, Corrie — ele murmurou, apertando o ombro dela.

Em silêncio, Corayne observou o velho se afastar com seu passo manco. Ele cortou a multidão crescente à beira da doca, subiu as ruas sinuosas até a Rainha do Mar e a adega de vinhos de Martia. Só quando ele desapareceu em uma esquina, ela soltou o ar, observando o porto.

Nenhum navio me levaria, nenhum capitão gostaria de contrariar minha mãe, que é teimosa feito uma mula. As tábuas da doca passaram sob seus pés, ecoando com seus passos pesados. O manto parecia pesar sobre seus ombros, fora da estação. Perfeito para viajar.

Ela não me deixa nenhuma escolha além desta.

As tábuas de madeira deram lugar a pedras enquanto ela saía das docas para a praça comprida que margeava o cais. Corayne ergueu os olhos para procurar, observando rostos vivendo normalmente em Lemarta. No peito, seu coração assumiu um ritmo desvairado.

Corayne an-Amarat gostava de planos. E seu primeiro havia velejado para longe sem olhar para trás. Por sorte, ela tinha outro.

A voz súbita em seu ouvido era um silvo belo e suave.

— Três dias — uma mulher sussurrou.

Sem nem piscar, Corayne virou-se para Sorasa Sarn. Atrás dela, em uma alcova sombreada na beira da praça, teve um vislumbre verde e dourado.

— Três dias — Corayne respondeu.

A assassina não estava encapuzada. Pela primeira vez, Corayne a viu por completo. Passou os olhos pelo corpo esguio de Sorasa, ágil mesmo sob o manto leve cor de areia. A amhara não deveria ter mais do que trinta anos, com o cabelo da cor de azeviche e a pele como topázio brilhante, dourada e matizada. Embora estivesse vestida do pescoço ao punho, Corayne conseguia ver tatuagens — as linhas sobre os dedos, a serpente atrás da orelha, a asa inconfundível de uma águia e a cauda de um escorpião subindo pelo pescoço. Todas uma obra-prima de tinta, uma prova de sua habilidade e seu treinamento amhara. Elas atraíam mais seu olhar do que a adaga ou a espada.

Sorasa fungou.

— Haverá tempo para examinar depois, cria de Fuso. Não queremos manter a irritação imortal esperando, queremos? — Ela apontou o polegar para trás de si.

Na alcova, o vulto corpulento de Dom se inquietava.

— Com certeza não. Você vai me chamar de cria de Fuso para sempre ou só hoje?

— Ainda estou decidindo.

A assassina se encaminhou para o outro lado da praça com um passo rápido, e Corayne seguiu logo atrás. Tentou manter passos tranquilos, não correr. Mesmo assim, seu coração latejava, ao mesmo tempo de nervosismo e alegria. *Kastio vai saber que fugi. Minha mãe ficará longe por meses. E, mesmo se descobrir, ela nunca vai voltar. Não por mim.*

— Que bom que ela deixou você para trás — Sorasa murmurou, pegando-a de surpresa. — É melhor para você.

Corayne sentiu um arrepio.

— Por quê?

— As guerras civis rhashiranas são um tédio — Sorasa disse, com a voz arrastada.

Corayne empalideceu, seguindo-a para os cantos escurecidos do mercado.

As sombras não ajudavam muito a camuflar Dom na ensolarada e bronzeada Siscaria, o imortal parecia muito deslocado. Ele fez uma reverência, afastando o manto verde bordado com galhadas. A espada em seu quadril era um detalhe ainda mais constrangedor. Grande demais, difícil de manejar, nada semelhante aos sabres leves ou facas que a maioria dos marinheiros preferia.

— Milady Corayne — ele disse, franzindo o cenho logo em seguida. — Peço desculpas — acrescentou rapidamente.

— Encontrei você duas vezes e já perdi a conta de quantas vezes me pediu desculpas, Domacridhan de Iona — Corayne disse, cruzando os braços. Pelo canto do olho, ela viu os lábios de Sorasa se curvarem.

Dom ficou em silêncio, o impulso de pedir desculpas de novo estampado no rosto magnífico dele.

— Então... — Corayne suspirou. — Você disse que precisa de mim para salvar a esfera.

Ele ergueu os olhos para ela.

— Sim.

Metade de Corayne achava isso uma estupidez; a outra metade, impossível. Mas os dois lados também concordavam. *Esta é a melhor forma de dar o fora daqui. Rumo ao horizonte e além. A quem quer que eu seja de verdade.*

— Então como vamos... salvar a esfera? — Era ridículo dizer isso em voz alta.

Dom sorriu com sinceridade. Seu sorriso era uma força da natureza, branco e grande, os dentes alinhados até demais. Corayne se perguntou se todos os Anciões tinham essa beleza tão intensa que chegava a ofender. Não era natural.

— Duas coisas são necessárias para abrir um Fuso, e também para fechá-lo — ele disse, erguendo dois dedos compridos. — Sangue de Fuso... e uma espada de Fuso.

— Acho que o sangue eu tenho. — Corayne baixou os olhos para si mesma, do seu manto surrado às botas velhas. Ela não sabia bem *qual* era seu papel nessa história, mas certamente não parecia pronta para ele. — Cadê a espada?

Dom não hesitou.

— Na Corte Real de Ascal.

7

A RAINHA DOS LEÕES

Erida

NÃO PARAVAM DE APARECER NOMES. Erida queria poder rasgar ou botar fogo na lista, mas continuou em silêncio, amaldiçoando todos os pretendentes que pediam sua mão. *É de esperar*, ela disse a si mesma. Tinha dezenove anos, era rica, bela, bem-criada, educada e habilidosa em todos os talentos de uma nobre. *Não que qualquer uma das minhas qualidades importe alguma coisa. É a coroa que eles querem, a coroa que atrai os pedidos esperançosos. Não meus lindos olhos azuis ou minha fina perspicácia. Eu poderia ser um tronco de árvore que eles não veriam mal.*

Fazia quatro anos que era a rainha de Galland, desde sua coroação aos quinze. Estava acostumada aos deveres e às expectativas que acompanhavam o trono. *Não que isso facilite as coisas*, ela pensou, ajeitando-se no assento.

Embora fizesse apenas uma hora que estava na sala de conselho, já se sentia dolorida, as costas eretas, impossibilitadas de relaxar graças à cadeira de ornamentos entalhados e aos laços apertados de seu vestido de veludo verde. O pé-direito baixo da sala redonda da torre não ajudava muito, aumentando o calor opressivo da tarde. Ao menos naquele dia não usava adereço na cabeça; não tinha de sofrer com o peso do ouro ou da prata. Seu cabelo castanho-cinza estava solto, caindo em ondas sobre os ombros brancos. Atrás dela estavam dois cavaleiros da Guarda do Leão em suas armaduras douradas cerimoniais e nas capas verdes brilhantes. Como eles suportavam o calor, ela não fazia ideia.

Erida sempre presidia o Conselho da Coroa em uma das torres altas de menagem, a fortaleza no centro do Palácio Novo, mesmo no auge do verão. Era uma sala redonda, austera e cinza como um velho guarda grisalho. As janelas da câmara estavam escancaradas para receber a brisa que vinha da água. O palácio era uma ilha no delta do Leão Grandioso, rodeado de leitos e canais fluviais. Os portões mantinham o trecho em torno do palácio vazio, mas o restante do delta era cheio de galés, cocas comerciais, navios mercantis, barcaças e navios da frota, indo e vindo por toda a capital espraiada.

Seus conselheiros ouviam com atenção, sentados ao redor da mesa com Erida na cabeceira. Lord Ardath se levantou, bruscamente curvado ao ler mais uma carta com um chiado laborioso. Ele parava de tempos em tempos para tossir violentamente em um lenço. O velho vivia à beira da morte, e era assim havia uma década. Erida nem se dava mais ao trabalho de temer pela saúde dele.

— E, portanto, humildemente... — Ele arfou e tossiu mais uma vez. Erida se encolheu, sentindo uma pontada na garganta. — Ofereço a vossa majestade minha mão em casamento, para unirmos nossa vida e nosso futuro um ao outro. Oro para que aceite meu pedido. Que cantem sobre nós desde os Portões do Jardim. Seu até a morte, Oscovko Trecovik, Senhor das Fronteiras, Príncipe do Sangue de Trec... e assim por diante com todos os títulos que aquele troll da lama gosta de ostentar — Ardath completou, largando a carta na mesa do conselho.

Descrição fiel, Erida pensou. Ela havia encontrado o príncipe Oscovko apenas uma vez, e foi mais do que suficiente. *Coberto de merda depois de desmaiar em um fosso de latrina do acampamento militar.* Se era bonito, ela não soube dizer pelas camadas de imundície fétida e o odor de vinho que o cobriam.

Lord Thornwall apanhou a carta rapidamente. Era um homem pequeno, magro e mais baixo até do que Erida, com o cabelo grisalho e a barba ruiva tão ardente quanto os exércitos que comandava. Mesmo na câmara do conselho, insistia em vestir armadura, como se uma batalha pudesse irromper à mesa a qualquer momento. Ele estreitou os olhos para o garrancho desleixado da carta, depois para o selo e a assinatura.

De sua cadeira, Erida conseguia ver facilmente a marca do lobo branco coroado, o selo da família real trequiana. Via também os vários erros de ortografia e rasuras poluindo a página, bem como diversas manchas de tinta.

— Escrito pela própria mão do príncipe — Erida supôs, contorcendo os lábios.

— Com certeza — Thornwall disse, ríspido.

Ele passou a carta para Lady Harrsing, uma veterana de muitos anos na corte real. Ela riu, franzindo as rugas do rosto. Bella Harrsing era tão velha quanto Ardath, embora muito mais conservada.

Ao menos ela consegue respirar sem sacrificar um pulmão.

— Nem se dê ao trabalho de incluir o nome dele na lista — ela disse, recusando-se a encostar no papel.

Do outro lado da mesa, Lord Derrick, um homem que lembrava uma fortaleza, zombou:

— A senhora defende aquele *infante* que ainda está aprendendo a ler lá na baía Safira, mas não considera o filho de um rei vizinho?

Lady Harrsing olhou com repulsa para o cavaleiro e aquelas bochechas coradas e redondas dele.

— Eu apostaria que Andaliz an-Amsir sabe ler melhor do que esse parvo inoportuno ou do que o *senhor*, milorde. Além do mais, ele é um príncipe, de uma nação muito mais *útil*.

Suas discussões eram infinitas e habituais. Embora a sensação fosse a de uma estaca se cravando em seu crânio, Erida deixou que

Harrsing e Derrick continuassem como irmãos rivais. *Quanto mais eles discutem, mais consigo protelar esse processo odioso de me vender como uma vaca premiada*, ela pensou. *E mais tempo tenho para pensar.*

Fazia semanas que Andry Trelland havia voltado sozinho para Ascal, falando da destruição de Fuso e de um conquistador vindo de lugar algum. *Taristan do Velho Cór. O sangue e a espada de Fuso, com um exército raivoso escondido nas montanhas, criaturas horrendas sob a vontade dele.*

Ela continuou em silêncio, o rosto pacífico e indecifrável. Como uma balança, pesou as palavras do escudeiro, não só ali mas em todas as manhãs e noites desde então. *Trelland falou a verdade? Há um demônio no horizonte que pretende nos devorar?*

Ela não tinha como saber.

A mentira é a escolha certa, a melhor opção. Para mim e meu reino.

Harrsing e Derrick continuaram sua discussão, avaliando os candidatos escolhidos para o casamento. Para falar a verdade, Oscovko causava em Erida o mesmo desespero que o principezinho ibalete, assim como todos os outros nomes daquela lista maldita.

Lord Konegin continuou tão silencioso quanto a rainha, recostado em sua cadeira à direita dela. Era primo do pai de Erida, e tinha os olhos azuis penetrantes e o ar pensativo da linhagem real. *A ambição também*, Erida pensou. Enquanto o restante se reunia no Conselho da Coroa para aconselhar a rainha, selecionados cuidadosamente por seu valor, ela havia escolhido Konegin para ficar de olho em um potencial usurpador do trono.

Ele observava Harrsing e Derrick como se assistisse a um jogo de raquetes no jardim. Seus olhos alternavam entre eles enquanto farpas eram trocadas de um lado para o outro. Com seu cabelo loiro, olhar penetrante, e queixo forte e barbudo, Konegin se parecia demais com o pai de Erida. Até se vestia como ele, com sedas verdes simples mas elegantes, com uma corrente de ouro e prata pendurada de ombro a ombro, leões rugindo forjados ao longo dela. Fazia o coração de Erida sentir falta de um homem morto quatro anos antes.

— Inclua o nome na lista — Konegin disse depois de um tempo, a voz categórica e definitiva.

Derrick calou a boca imediatamente, uma atitude que Erida não deixou escapar. Mas Harrsing se empertigou para discutir, um esforço em vão quando se tratava de Konegin.

Relutante, Erida a interrompeu:

— Faça como meu primo diz.

Obediente, Ardath mergulhou a pena em um pote de tinta e rabiscou o nome do príncipe de Trec no longo pergaminho que selaria seu destino. Ela sentiu cada letra gravada em sua pele.

— Mas devemos ter cuidado com a posição dele — acrescentou, séria.

— Ele é um segundo filho, sim, mas isso protegeria nossa fronteira ao norte — Thornwall começou. Ele estava sempre acompanhado por seus mapas de batalha e rapidamente apontou para os Portões de Trec, uma abertura nas montanhas da Ala que cortava o continente setentrional em dois.

Erida resistiu ao impulso de dizer ao comandante militar que entendia de geografia melhor do que ele. Então apenas se levantou e caminhou devagar até o enorme mapa magnífico e meticuloso de Todala pendurado na parede. O mapa encheu sua visão, e ela chegou tão perto que tudo que enxergava era Galland, sua herança e seu destino. Olhou para os rios e cidades conhecidos, seus detalhes primorosos na pintura curva. Ascal se destacava no centro, sua muralha amarela realçada em folhas de ouro real de verdade e lascas de âmbar. Até as árvores das grandes florestas da Ala eram traçadas. Era a obra de um cartógrafo e artista magistral, usando pinceladas de tinta e pedras cravejadas para criar a esfera de Todala.

— Nosso exército é cinco vezes maior do que o deles, no mínimo. Se os carniceiros de Trec quiserem colocar os Portões à prova, pois que tentem. Mas não vou desposar um reino que precisa mais de mim do que eu dele. E vocês devem observar — ela ergueu o braço para traçar os dedos ao longo do mapa — que Trec tem uma fronteira bastante infeliz. Encravada entre a glória de Galland e os lobos de Jyd, sem mencionar o imperador temurano. — Ela apontou para cada nação, desde os desertos congelados até a estepe ocidental.

Thornwall se recostou na cadeira, pensativo.

— Bhur não conquista nada há duas décadas. O temurano está tranquilo e próspero. Seus exércitos mantêm as fronteiras já traçadas, nada além disso.

Por ora. A paz mantida a oeste pela potência de Temurijon era quase lendária, estendendo-se por décadas. *Paga em sangue*, Erida sabia. *Mas esse é o preço da paz e da prosperidade.*

— O imperador não viverá para sempre, e sou muito mais jovem do que ele — ela respondeu, voltando à sua cadeira. — Não estou disposta a me arriscar com os filhos dele, que podem ter a mesma fome de conquista que o pai teve na juventude. E não formarei uma aliança que mandaria meus soldados para o outro lado das montanhas para combater e morrer por outro trono, para salvar gargantas trequianas de espadas temuranas.

Harrsing ergueu o queixo. A esmeralda do tamanho de uma maçã em seu pescoço cintilou. Além de ser uma conselheira sagaz, Lady Harrsing era a mulher mais rica de Galland. Depois da rainha, obviamente.

— Bem observado, majestade.

— De fato, você vê melhor do que a maioria dos meus generais — Thornwall disse, olhando ainda por um tempo para o mapa menor em sua mão. — Embora eu admita que gostaria de testar os cavaleiros de Galland contra os Incontáveis de Temurijon. Que guerra seria essa. — Seu tom era melancólico, quase sonhador.

— Que guerra... — Erida ecoou.

Ela conseguia imaginar perfeitamente. Os Incontáveis, o grande exército das estepes de Temurijon e do imperador Bhur, nunca tinham sido derrotados em batalha. Ninguém havia tentado em décadas. Ela se questionava se os arqueiros montados ainda eram formidáveis, se aço e castelo gallandeses suportariam tamanha tempestade se ela estourasse. E que tipo de império poderia nascer desse embate. *Tendo a mim como líder, sozinha e sem nenhum semelhante. E sem precisar de semelhante algum.*

— Nossos exércitos estão preparados para lutar e defender qualquer reino da Ala — Konegin disse abruptamente. — E qualquer conflito com o Temurijon tardará a vir. Não nos adianta tratar disso agora. Temos uma tarefa diferente à mão.

— Você é bom em nos manter na linha, primo — Erida murmurou, sentindo o oposto. Ele abriu um sorriso falso em resposta. — Mantenham Oscovko na disputa. Há mais algum nome para acrescentar? Ou remover? — Ela fez o possível para não soar esperançosa.

— O duque Reccio de Siscaria ofereceu o filho e enviou um retrato dele — Ardath respondeu com um chiado. — Sei que prefere não se casar com um primo tão próximo, mas mandei colocar o retrato junto aos demais. A líder de um clã jydês também enviou uma pele de urso e uma carta de intenções. — Ele tirou uma página surrada de sua pasta e a passou para a rainha.

— *A* líder? — Lord Thornwall questionou.

Erida não se abalou. Embora os plebeus da maioria dos reinos fossem livres para se casar com quem quisessem, homem ou mulher, gênero fluido ou neutro, uma rainha no poder era presa à perspectiva de filhos.

— Ela não seria a primeira. E as jydesas não dão à luz os seus filhos, elas os escolhem. Não posso fazer o mesmo. — A carta não era em pergaminho, mas pele curtida. *Animal, espero eu*. Havia apenas três palavras riscadas. *Você, eu, juntas*.

— Vejo que estamos usando a palavra *carta* em um sentido amplo — ela murmurou antes de deixá-la de lado. Um riso baixo percorreu a mesa. — Mande a pele para minha residência na floresta Castelã, e uma carta de agradecimento aos jydeses.

— O príncipe herdeiro de Madrence, ao menos, abandonou suas esperanças — Harrsing disse. Ela levou a mão ao colar. Sua pele era fina como papel, quase translúcida, exibindo as veias azuis por baixo. — Orleon se casará com uma princesa siscariana na virada do mês. Podemos riscá-lo da lista.

A pequena vitória tinha um gosto ambíguo. Erida rangeu os dentes, odiando dizer o que deveria.

— Não temos como manter mais a isca? Gostaria de dar mais tempo aos nossos soldados para avançar ao longo da fronteira madrentina. Assim que a farsa do casamento acabar, começamos nosso avanço rumo ao oceano. E prefiro não lutar contra Madrence e Siscaria ao mesmo tempo se puder evitar.

— Posso tentar. — Harrsing baixou a cabeça. — Vou enviar notícias do seu... interesse renovado à corte de Partepalas.

Thornwall coçou a barba.

— Vou fazer o mesmo e alertar nossos acampamentos perto de Rouleine.

— Ótimo — Erida disse. A Terceira Legião já estava na região, posicionada entre os fortes e castelos da fronteira tumultuosa. *Vinte mil homens estarão prontos para lutar antes do começo do outono.* — De quanto tempo mais eles vão precisar?

— A Primeira Legião partiu dos fortes da capital há duas semanas. — O velho soldado se recostou na cadeira e bufou, contando os dias nos dedos. — Cavalgando depressa, nas estradas do Cór, sem incidentes, eu diria que os cavaleiros e a cavalaria chegariam em menos de quatro semanas. A infantaria, incluindo espadas, lanças, arqueiros e todos os camponeses que convencermos a pegar um machado, mais dois meses.

A rainha assentiu.

— Então nos consiga três meses, Bella.

— Sim, majestade.

— Prefiro ser uma isca a um prêmio — Erida disse. *Se for para ficar pendurada em um anzol, prefiro fazer isso nos meus próprios termos, para meus próprios fins.* — Bom, se não há mais pretendentes a discutir...

— Pretendentes não faltam — Konegin argumentou.

Falar de guerra sempre a encorajava. Erida colocou a mão na mesa e se inclinou na direção do primo mais velho, com cuidado para não perder a calma. *Embora mulheres tenham mais direito a se enfurecer do que homens.*

— E nenhum que me interesse ou interesse Galland — ela respondeu. Para seu deleite, ele se recostou no assento. — Se for para me casar, farei isso pelo bem da minha coroa. Para fortalecer meu trono, e não para vendê-lo. Somos os sucessores do Velho Cór, o legítimo império, a glória da Ala. Encontrem-me um marido digno desse destino, do sonho do meu pai e do meu avô. Encontrem-me um paladino.

Algo difícil. Impossível, talvez. E esse era seu objetivo. Estabelecer um alvo limitado que ninguém conseguisse atingir. Se o Conselho da Coroa desconfiava das verdadeiras intenções de Erida, ninguém falava nem demonstrava nada. Eles não chamariam sua rainha de mentirosa, por mais jovem que fosse. *Tampouco estou mentindo*, ela pensou. *Se esse homem existe, me casarei com ele, e o usarei como a espada que não posso empunhar. Para esculpir um império como nos tempos antigos, de uma ponta do mapa à outra, unindo tudo sob o comando do Leão. Sob mim.*

— Também há os enterros para tratar — Ardath disse com delicadeza, tirando Erida de suas reflexões. — Embora não tenhamos recebido notícias ainda. É possível que nunca encontrem os corpos.

Erida assentiu. Ela própria havia escolhido os cavaleiros, dentre as fileiras da Guarda do Leão. Para buscar os cadáveres de Tyr e dos North. *E o exército da desgraça, caso exista.*

— Com ou sem corpo, eles devem ser enterrados com honras, com toda a glória que mereceram em vida. Sir Grandel, Sir Raymon e Sir Edgar estarão para sempre em nossas memórias — ela disse, e era verdade.

Os cavaleiros a haviam protegido desde a coroação, e protegeram seu pai antes dela. Embora não tivesse chorado, ficava triste por tê-los perdido.

Konegin assentiu, mas estreitou os olhos.

— E o escudeiro?

A menção a Andry Trelland fez um raio percorrer o corpo da rainha, descendo por sua espinha e chegando à ponta dos dedos. *Se o que ele disse se concretizar, se o que viu nas colinas for verdade, se um Fuso foi aberto, se as histórias e os contos de fadas forem reais...*

Mas Erida se forçou a dar de ombros com ar de desinteresse.

— Tenho certeza de que outro cavaleiro o admitirá. Ele é um bom rapaz; não deve ser difícil encontrar-lhe uma vaga.

— Ele não comentou de seus planos quando retornou? Ensanguentado e sozinho no meio da noite? — Konegin insistiu. Agora era a vez dele de se inclinar sobre a mesa. — Mais uma vez, pergunto: o que ele lhe contou?

Embora todos os instintos de etiqueta lhe dissessem para se recostar, se conter, sorrir com recato e aplacar o primo com gentileza feminina, não foi isso que Erida fez. Ela cerrou o punho, seu anel de Estado grandioso difícil de ignorar. A esmeralda lapidada cintilou intensamente.

— As palavras de Andry Trelland foram dirigidas unicamente a mim — ela disse. Depois de semanas de questionamento, conseguia repetir isso dormindo. — Palavras sem sentido, aliás. O menino ficou traumatizado pelo massacre do seu senhor e dos demais. Mas os detalhes são conhecidos. Já lhe contei.

— Mortos por uma horda de saqueadores jydeses, sim. Todos assassinados menos o escudeiro. — Uma mentira fácil e plausível. — Buscando o que não sabemos, acompanhados por um bando de guerreiros sem nome, com um objetivo que não temos nem como imaginar — Konegin retrucou, batendo a mão na mesa com força.

Harrsing se sobressaltou.

— Uma Anciã decrépita — continuou Konegin —, uma bruxa amaldiçoada pelo Fuso, a convoca e você envia três cavaleiros sem nem questionar, sem nem nos consultar, sem nem nos explicar o porquê. E agora devemos encher as covas vazias deles! — O lorde passou a mão no cabelo, arrepiando os fios dourados.

Erida o observou se recompor com o olhar arguto.

— Majestade — ele acrescentou, baixo, ao pensar melhor, mas ainda com um tom de alerta.

A rainha segurou a língua. Sentia a garganta em chamas, e não seria bom para ninguém botar lenha nessa fogueira.

Lady Harrsing teve a bondade de falar em nome da rainha.

— Fazia uma geração que não tínhamos notícias dos Anciões — ela disse, com elegância. — Diga-me, milorde, o senhor não teria feito o mesmo? Não teria enviado homens para atender à convocação da monarca?

Erida estreitou os olhos, conhecendo bem o primo, capaz de imaginar o que ele faria.

Teria ido pessoalmente. Levado um contingente de cavaleiros e seus próprios homens armados, uma carroça de presentes, um desfile de servos e uma dupla de arautos para anunciar seus títulos e sua linhagem. Abram caminho para Lord Rian Konegin, neto de Konrad, o Grande, rei de Galland. *Teria sido um espetáculo para plebeus e imortais, o mais próximo de um imperador do Velho Cór que conseguiria ser,* Erida pensou, trincando os dentes. *E, se eu não estivesse presa a este trono, teria feito o mesmo.*

Konegin não se deixou abalar. Olhou de soslaio para Derrick e Thornwall, em busca de apoio.

— Gostaria de convocar o escudeiro e ouvir sua história pessoalmente.

Depois de quatro anos de reinado, a rainha Erida era uma atriz tão habilidosa quanto as mímicas dos palcos de rua de Ascal. Sua força esmoreceu enquanto ela se curvava, ombros caídos e olhos fechados. Levou a mão ao rosto.

— A agonia de Trelland é um fardo meu, Lord Konegin. Apenas meu — ela disse, com exaustão. — Esse é o preço da coroa.

Uma coroa que você jamais poderá ter.

Foi o suficiente para aplacar Konegin, que se retraiu como um exército derrotado.

Erida baixou a mão e a máscara de compaixão. Seu rosto ficou frio enquanto se levantava da mesa, dispensando-os com a atitude.

— Konegin ainda não apresentou o filho como pretendente.

Apenas Harrsing ficou. Até mesmo a Guarda do Leão de Erida tinha se retirado para o corredor, concedendo à rainha uma audiência particular com a idosa. As duas estavam ao lado da janela maior, observando o rio que corria para a baía do Espelho. Água doce verde se turvava com o sal mais escuro. Na margem mais distante, o famoso jardim de Ascal se estendia ao longo da ilha, suas árvores e flores podadas com perfeição. Apesar do calor, os nobres e mercadores ricos da capital passeavam pelos gramados e trilhas do jardim, arrastando suas crianças levadas.

Erida contemplou a vegetação do outro lado da água. Ela havia brincado lá na infância, cercada de cavaleiros. Como a única herdeira do rei, sua vida era mais preciosa do que qualquer tesouro. *Nunca sequer ralei os joelhos. Sempre havia alguém para me pegar.*

Com um suspiro, ela se voltou para a conselheira. A dor de cabeça habitual latejava em suas têmporas.

— Porque Konegin quer tomar meu país à força, e não em casamento. Ele prefere se sentar no trono pessoalmente a colocar um neto lá de maneira pacífica — ela disse, como se fosse a coisa mais óbvia do mundo. — Ele só jogará Herry para cima de mim quando não tiver opção.

Heralt Konegin, o príncipe dos sapos. Um apelido apropriado para o primo mesquinho, atarracado e rouco de Erida, que não fazia muita coisa além de beber e observar com olhos vidrados. Seu estômago se revirou com a ideia de ter um menino como aquele jogado para cima dela.

— Ainda há pretendentes razoáveis — Harrsing disse, guiando Erida gentilmente para longe da janela. A rainha se deixou levar. — Fáceis de controlar, ricos em terras, ouro, exércitos. Bons homens que protegerão você e seu trono.

Me protegerão, Erida sentiu vontade de vomitar. *Não há homem na Ala que não tomaria minha coroa se pudesse, nem que seja digno do risco de perdê-la.*

— Eu decido o que é razoável, Bella. E, até agora, não encontrei nenhum — Erida retrucou. Embora a velha a levasse de volta à mesa, era Harrsing quem apoiava o peso no braço da rainha. Ainda que sua saúde fosse sem dúvida melhor do que a de Ardath, não havia como negar o peso da idade. Erida se crispava com a ideia de perdê-la e, para contrapor a sensação, forçou um sorriso.

— Não, nem mesmo seu principezinho ibalete. — Ela piscou. — Que a senhora sempre esquece de mencionar que é seu *neto*.

Harrsing encolheu os ombros com um sorriso irônico.

— Só parto do princípio de que isso é conhecimento geral.

— Sei.

A parede do mapa da câmara do conselho cintilava com a luz refletida pelo rio. Parecia dançar, as linhas dos rios, das costas e dos reinos se movendo, se curvando. Erida observou e, por um momento, não viu reino algum. Nenhum além do seu, em todos os cantos da Ala. Ela parou diante da pintura, o rosto erguido.

— Antes de morrer, meu pai comunicou seus desejos. São fáceis de lembrar. Eram apenas dois.

Harrsing abaixou a cabeça.

— Erida de Galland escolherá seu marido. Nenhum será imposto a ela.

Erida sentiu outro aperto no peito e quis que seu pai ainda estivesse vivo. Os decretos dele tinham peso, mesmo depois da morte, mas não a protegeriam para sempre. Embora fosse uma rainha, ela era antes de tudo uma mulher, aos olhos da maioria. *Indigna de confiança, despreparada, fraca demais para governar. A história é cheia de mulheres elevadas às alturas e depois derrubadas por homens com sede de poder. Não serei uma delas. Não perderei o que meu pai me deu.*

Tornarei seu legado ainda maior.

No mapa, a cidade dourada de Ascal reluzia.

— Meu pai também dizia que Galland é a glória da Ala, o Velho Cór renascido, um império a ser reconstruído. — As velhas estradas do Cór, firmes e retas, se destacavam no mapa, cravejadas de pedras preciosas. Ligavam as grandes cidades da Ala, estendendo-se pelas velhas fronteiras. — Não pretendo decepcioná-lo.

Harrsing abriu um sorriso de aprovação.

— O Conselho da Coroa está com você.

Até não estar mais, Erida sabia. *Até encontrarem alguém que preferem apoiar.* Mesmo Bella Harrsing, que a conhecia desde bebê, que havia servido ao seu pai — mesmo ela abandonaria Erida se necessário. Se uma oportunidade melhor se apresentasse.

— Aquele pobre escudeiro — Harrsing continuou, guiando-as para longe do mapa e da mesa de conselho. — Não consigo tirá-lo da cabeça. Ter de assistir aos seus senhores sendo massacrados por aqueles animais nortenhos.

Um gosto amargo encheu a boca de Erida. Normalmente Harrsing era muito menos descarada em suas alfinetadas. *Com quem o rapaz anda falando?*

— Uma tragédia, com certeza — Erida disse, com recato, os olhos baixos.

Heróis assassinados, Fusos abertos, um maníaco com um exército. A esfera inteira em perigo. Erida voltou a refletir sobre o discurso atormentado do rapaz. *Verdade ou loucura?* Ela ainda não sabia.

No corredor, a Guarda do Leão esperava, assim como as damas e criadas de Erida. Todas se levantaram para seu agrado, prontas para servir à jovem rainha. Em seus vestidos multicoloridos e saias esvoaçantes, pareciam um cardume se movendo em conjunto. Atrás de comida. Fugindo de um predador. Ou as duas coisas.

— Mandem notícias para Lady Trelland e seu filho — Erida disse para as criadas. — Gostaria de visitá-los para prestar condolências a nossos cavaleiros perdidos.

Harrsing cutucou seu ombro.

— Depois das petições.

— Naturalmente. — Erida suspirou, já cansada.

Como gostaria de poder me livrar de toda essa tradição inútil. As petições significavam horas sobre o trono, ouvindo às queixas e demandas de nobres, mercadores, soldados e camponeses. Quase sempre, significava manter os olhos abertos, ignorando as tribulações deles da melhor maneira possível.

— Quantos se apresentam como pretendentes? — ela perguntou, exausta, dando o braço à dama.

O recorde até então eram doze em um dia.

— Apenas um. Disseram-me que é bastante encantador.

Erida bufou, baixinho, desinteressada.

— Diga-me algo de útil.

Todos os pensamentos em Andry Trelland ficaram para trás, ofuscados pelas demandas de uma coroa.

— Bom, vamos acabar logo com isso.

8

SOB A ESTRELA AZUL

Andry

A ÁGUA FUMEGAVA, QUENTE SOBRE A LAREIRA na sala pequenina. Ele poderia ter mandado os servos trazerem chá das cozinhas, mas Andry preferia prepará-lo pessoalmente. Sabia do que Lady Valeri gostava, e ficava melhor quando servido muito quente. Seus aposentos, por mais lindos que fossem, eram distantes das cozinhas do palácio imenso. Além disso, Andry apreciava esperar a água ferver. Dava-lhe algo para pensar além de sangue e massacre. Além dos sussurros frios e crepitantes à espreita nos recantos de sua mente.

Ele encarou a chaleira sobre o fogo, a superfície da água reverberando com bolhas lentas. As ervas giravam em uma corrente interna, pacífica e previsível. Andry tentou se perder no movimento. Mas os gritos de heróis caídos insistiam em encontrá-lo. Ele tirou os olhos do fogo, desejando se livrar dos gritos. Mas os carvões estalavam e ardiam, cortados pelas chamas e pelas cinzas.

Mãos brancas, olhos vermelhos, pele como madeira chamuscada.

— *Ambara-garay* — disse uma voz fraca. *Tenha fé nos deuses.*

A mãe segurou o ombro de Andry, que se virou, arrancado de seu pesadelo.

Ela parou diante do filho, o sorriso tênue mas luminoso. Sem pensar, Andry pegou os dedos dela e os beijou, levantando-se na mesma hora.

— Sente-se, mamãe — ofereceu, praticamente pegando-a no colo para acomodá-la na cadeira perto da lareira.

Valeri Trelland não discutiu. Embora alta, era uma mulher delicada, e se curvou ao sentar-se. Andry enrolou o xale sobre os ombros estreitos da mulher, preocupado em mantê-la coberta e confortável. Apesar da doença, do frio que parecia habitar seu peito, Lady Valeri ainda era uma mulher de beleza impressionante. Não à toa era conhecida como a joia de seu povo. Andry via essa beleza mesmo nos piores dias dela, como uma luz parecia brilhar em sua pele, como uma granada escura cheia de luz do sol. Seu cabelo estava curto agora, com tranças embutidas rentes à cabeça, com anéis de ouro enfeitando as pontas. Seus olhos pareciam maiores no rosto encovado. Tinham o verde raro de trigo jovem, hesitante em dar lugar ao dourado. Andry invejava os olhos dela. Os dele eram um castanho cor de lama. *Herdei do meu pai*. Mas o resto ele havia herdado de Valeri, o cabelo negro e maçãs do rosto altas.

— Aqui está — ele disse, preparando a xícara de chá da mãe com movimentos seguros e rápidos. *Limão, canela, cravo, sal doce, mel*. A abundância do verão na capital gallandesa, quando toda a Ala parecia cruzar de Rhashir até as neves jydesas.

Valeri aceitou a xícara e apreciou o aroma, sorrindo. O chiado úmido em seu peito se abrandou. Andry puxou outra cadeira e se sentou, contente em observá-la tomar seu chá.

Ele e sua família nunca haviam morado em uma casa que fosse própria. Seu pai tinha sido um cavaleiro a serviço do rei; sua mãe, uma dama da velha rainha e depois de Erida. Seu lar era nesses cômodos, generosamente cedidos para seu uso mesmo depois que seu pai havia morrido e que sua mãe adoecera demais para servir. Às vezes, ele se perguntava se os administradores da rainha não haviam simplesmente se esquecido deles ali. O Novo Palácio de

Ascal era um lugar monstruoso, murado em sua própria ilha, uma cidade por si só, onde milhares moravam e trabalhavam a serviço da rainha. Seria fácil ignorar um escudeiro e sua mãe enferma. Antes, quando servia Sir Grandel, Andry dormia no alojamento do quartel da Guarda do Leão, à disposição caso seu senhor precisasse dele. *Não mais*. Ele não lamentava deixar a cama estreita no quarto compartilhado com garotos de idades e odores variados. Mas as circunstâncias em que havia voltado para cuidar da mãe eram um preço que ele preferia não pagar.

O palácio em volta deles tinha duzentos anos, construído com pedras cinza-claras e amarelas. Eles moravam na ala leste, um longo corredor de aposentos separados por pátios, abrigando a maior parte dos cortesãos da rainha. O deles era ao pé de uma torre, levemente arredondado, as janelas como olhos estreitos. Tapeçarias coloridas decoravam as paredes, cenas de caças, justas, batalhas e festins. Antes elas deixavam Andry animado, ansioso para começar a vida como um cavaleiro. Agora, os fios brilhantes eram opacos, suas cenas, falsas.

Não há sangue, ele pensou, o olhar fixo em uma representação têxtil da Batalha das Lanternas. Nela, as legiões armadas de Galland atacaram as cidades de Larsia, sua grande bandeira verde e dourada erguida. Embora espadas e lanças cintilassem com fios prateados, estavam limpas, e os larsianos se ajoelhavam em rendição.

Nunca nos foi dada essa chance. Não houve misericórdia naquele exército nem naquele homem. Andry fechou bem os olhos e se virou quando a imagem maldita de Taristan surgiu em sua mente. *Sangue do Cór em suas veias, uma espada de Fuso em seu punho. Feito de pedra, feito de chama, feito de carne mortal. Sangue vermelho, armadura preta, mãos brancas, cinzas brancas, dor e raiva e perda branca e incandescente...*

— Como vão suas buscas?

Andry piscou com força para esvaziar a mente. O ardor quente em seus olhos se apagou com a voz da mãe.

— Desculpa... o quê?

Ela colocou a mão frágil sobre a dele, a luz do fogo dançou em seu rosto, iluminando seus olhos já brilhantes.

— Suas buscas, *madero* — Valeri disse com carinho. *Meu querido.* — Você anda buscando serviço com os lordes e cavaleiros. Me contou isso na semana passada.

— Ah, s-sim — Andry gaguejou, recuperando a voz. Ele se preparou para mais um interrogatório. — Sim, é verdade, andei perguntando em todo o alojamento e na corte. Mandei algumas cartas também — acrescentou, sentindo o gosto pútrido da meia verdade. Era contra o código dos cavaleiros mentir, mas, com a mãe naquele estado, com aquelas *coisas* ainda vindo do horizonte, encontrar outro homem que o aceitasse como escudeiro estava longe de suas prioridades. *Tenho escrito cartas, sim, mas não em busca de trabalho.*

Valeri tomou o resto do chá.

— Alguma coisa promissora?

Rapidamente, Andry se levantou para preparar outro para a mãe. Virou as costas para que ela não visse a falsidade estampada em seu rosto. *Não sou bom em mentir.*

— Algumas — ele disse, acrescentando mel. — O filho de Lord Konegin acabou de se tornar cavaleiro e precisa de um escudeiro.

— Se a memória me serve bem, há muitas coisas de que aquele garoto precisa — Valeri murmurou, rindo consigo mesma.

Andry se voltou para ela com um sorriso enviesado.

— Beba. — Entregou o copo em suas mãos. — O médico deve vir hoje. O doutor particular da rainha.

Uma expressão estranha perpassou o rosto de Valeri, mas logo desapareceu.

— Ah, não é necessário. — Ela suspirou. — Ela não precisa se dar a tanto trabalho comigo.

Andry sentiu uma pontada de irritação. Levou o chá gentilmente de volta à boca da mãe. Andry ouviu a aspereza da garganta dela ao engolir. Ele se preparou para mais um acesso de tosse, mas o acesso não veio. Valeri estava tomada pela calma e lançou ao filho um olhar questionador.

— Ele é formado na universidade de Ibal — ele explicou. O continente setentrional não era conhecido por suas habilidades na medicina. — O dr. Bahi não é mais um dos açougueiros gallandeses ou curandeiros de lua supersticiosos...

Valeri fez que não era isso, subitamente cortante, e continuou com o mesmo olhar.

— Por que a rainha de Galland está se preocupando comigo?

— Você era dama de companhia da mãe dela... — ele sugeriu, quase se encolhendo. *Nem distorcer a realidade consigo mais.* — Conhece a rainha desde que ela era criança. Erida é uma jovem de bom coração.

— Você conhece as histórias melhor do que eu. Já ouviu falar de um rei ou rainha de Galland de bom coração? — Valeri retrucou. Seus olhos se voltaram para as tapeçarias nas paredes, para a espada e o escudo do pai dele, ainda pendurados na pedra. Uma cicatriz longa e grande dividia o escudo em duas partes, cortando o brasão da estrela azul de Trelland. Não tinha sido feita no pátio de treinamento. — Essa sombra do velho império foi forjada com um bom coração ou com sangue?

E dessa vez, sim, Andry se encolheu. A última coisa de que precisava era pensar em seu pai, morto em algum campo de Madrence, abandonado como uma moeda velha.

— Mãe, por favor.

Mas ela se levantou, trêmula, e Andry não tinha como fazê-la sentar-se de volta na cadeira. O fogo crepitava às costas da mulher, cobrindo sua silhueta de rubi e dourado.

— Cheguei à Corte Real de Ascal como uma noiva estrangeira, diferente de quase todos ao meu redor pela minha pele e minha voz. Não foi sendo tola que conquistei meu respeito aqui, e não aceito que meu filho seja feito de tolo. — Suas mãos tocaram as bochechas de Andry, erguendo o rosto dele em sua direção. — O que Erida quer de você?

Andry prendeu a respiração. Hesitou, relutante, a impor tamanho fardo a uma mulher já tão sobrecarregada. Valeri o encarou, a chama da lareira em seus olhos, e de repente se tornou de novo uma jovem, tão linda e vibrante que era impossível dizer não a ela.

A rainha Erida tinha feito uma visita uma semana antes, para prestar suas condolências. E para discreta, cuidadosa e habilidosamente tirar dele mais algum detalhe do massacre dos Companheiros. Não havia muito a dizer que não envolvesse certa espada. E os sussurros eram claros como um sino.

Não conte nada sobre a espada. Ou encare o fim do mundo.

— Ela já me ouviu duas vezes e, nas duas, eu lhe disse o mesmo que contei a você — Andry respondeu, os ombros ainda erguidos de tensão. Tentou encontrar parte da força de sua mãe em si mesmo. Parecia tão impossível quanto acender carvões molhados. — O que vi nas montanhas. O que aconteceu com Sir Grandel e os outros. O Fuso aberto, o exército, Taristan e o feiticeiro. — O olhar dela se estreitou. Andry ignorou a sensação de ser examinado, decifrado. — Contei sobre a destruição da Ala.

— E ela não acreditou em você. — Não era uma pergunta.

— Não sei. Não sei dizer. Definitivamente não tomou nenhuma atitude. — Ele balançou a cabeça. — E por isso inventou a história dos saqueadores jydeses, falou para a corte que foi uma emboscada. Tudo que ela me pediu eu já lhe dei.

Valeri apertou o filho com mais firmeza e murmurou:

— Isso inclui a espada que você escondeu embaixo da minha cama?

Andry se sobressaltou, olhando para a porta do quarto dela. Rangeu os dentes, preparando-se para a onda de sussurros. Mas não ouviu nada.

Com um tapinha leve, Valeri o puxou de volta.

— Não sou boba, *madero*.

Ele cerrou a mandíbula e tomou a mão dela. Com as pernas trêmulas, levantou-se, até ficar bem mais alto do que a mãe. Todo o medo que sentia dentro de si, o frio escondido em sua barriga, ele via refletido nela. Não sabia o que era mais difícil suportar.

— Não contei a ela sobre a espada de Fuso. Não contei a ninguém — ele jurou, a voz baixa.

Ela soltou uma risada seca.

— Nem mesmo a mim.

Devagar, Andry afastou as mãos das de Valeri, segurando apenas seus dedos, tão pequenos e delicados, definhando como o restante do corpo.

— Ela pertencia a Cortael do Velho Cór, o mortal com sangue de Fuso, um descendente do império caído. Ele morreu na lama com os outros, e a espada... é a única coisa que consegui salvar.

— É uma bela espada, tenho certeza. Mas por que não a entregou a Erida? Ou a devolveu aos Anciões?

O escudeiro só balançou a cabeça, incapaz de responder. A verdade parecia uma tolice, mesmo em sua própria cabeça. Mas era impossível dizer não a Valeri e seus dois olhos como luas.

— Algo em mim, uma voz que não conheço, me diz que não devo. Que tenho de esperar. Isso faz algum sentido?

Valeri olhou para o fogo, observando as chamas por um longo instante. A respiração dela chiou.

— Talvez sejam os deuses da Ala, os deuses de Kasa, falando com você — finalmente disse. — Ou talvez seja apenas sua boa intuição.

Mas a voz não é minha.

— Sonho com ela toda noite — ele disse, a voz fraca. Havia construído uma muralha dentro de si, tentando controlar as memórias. — Essa espada, o aço vermelho. Sir Grandel e os North. Todos massacrados, até mesmo os Anciões, mesmo os imortais. Todos morreram diante daquele exército, diante daquele homem. Vejo isso toda vez que fecho os olhos. — Andry soltou os dedos dela e passou a mão no rosto. Um torpor o dominou. — Meu pai falava de batalhas dessa forma? Não me lembro.

Eu tinha apenas seis anos quando ele morreu, perdido em uma luta que não significou nada, por pouco mais do que uma curva de rio, mais um brilho na coroa de Galland.

Valeri não hesitou em balançar a cabeça.

— Nunca dessa forma — respondeu rápido, olhando para o escudo na parede. — Nunca dessa forma.

Andry seguiu seu olhar. Ele conhecia a estrela azul riscada no meio como a palma de sua mão. Era o emblema de seu pai e de mais ninguém, conquistado não por uma longa linhagem, mas pela lealdade à coroa, pela devoção ao rei morto e pelo sacrifício final em um campo distante. Ele conhecia a estrela melhor do que o rosto de seu pai, que guardava apenas em lampejos. Um sorriso alegre, a ondulação do cabelo castanho-avermelhado, braços compridos o pegando no colo ou puxando sua mãe junto a si. Sir Tedros Trelland era como uma névoa em suas memórias, fugidio e impossível de capturar.

Sua cova também está vazia, o corpo nunca recuperado da lama do campo. São apenas ossos agora, se é que restou alguma coisa.

— Você acredita em mim? — Andry sussurrou para a mãe e para o escudo. A estrela azul parecia encarar. — Acredita no que vi? No que escutei? — Soltou uma respiração trêmula. — No que *ainda* escuto?

Valeri o segurou com firmeza pelos ombros, os olhos arregalados fitando o filho.

— Acredito.

A confiança dela lhe serviu como uma armadura.

— Então precisamos fazer os preparativos. — Ele se esforçou para soltar-se. *Mais preparativos, pois alguns já foram feitos.* Suas cartas estavam na estrada e no mar, viajando por mensageiro e barco. A maioria era destinada a Kasa. Uma já havia rendido resposta. — E você precisa estar pronta para viajar.

O rosto de Valeri esmoreceu. Andry queria arrancar a doença do peito dela.

— *Madero*, você sabe que não posso...

— Não quero saber, mamãe. — Ele já imaginava os acessos de tosse dela no convés do navio enquanto eles fugiam, partindo para o outro lado do mar Longo a fim de escapar do exército nascido no Fuso. — Iremos juntos, ou não iremos.

Não havia medo em Valeri Trelland, uma dama nascida em Kin Kiane. Ela levou a palma da mão ao peito para acalmar a respiração.

— Pois então iremos.

O morro dos Heróis estava banhado pela luz do sol, verde e dourado como a bandeira gallandesa. Era mais uma ilha no delta do rio, murada como o palácio. As tumbas e lápides incontáveis seguiam em fileiras infinitas: cavaleiros e grandes lordes mortos em nome de Galland. As covas dos reis coroavam o morro, marcadas por estátuas e árvores floridas. A capital de Ascal abrigava mais de meio milhão de pessoas, mas ninguém teria como imaginar olhando para esses gramados verdes e serenos.

Andry via a sombra do morro toda manhã do pátio de treinamento no Palácio Novo, as silhuetas das lápides como dedos contra o céu. Tentavam alcançá-lo ainda agora, mármore branco e granito preto, sua força inquebrável. *Comigo*, sussurravam em mil vozes sinuosas. *Comigo*, Sir Grandel gemeu, morrendo mais uma vez.

Com a respiração difícil e entrecortada, ele caminhava, o sangue latejando em seus ouvidos. Suor escorrendo pelo cabelo curto. Ele tentou não pensar no cadáver de Sir Grandel, mas em sua lápide, que já estava à espera, flanqueada pelas dos North, cercada por uma floresta de covas para cavaleiros mortos. O enterro seria um grande evento, com a presença da rainha em pessoa. O planejamento levara semanas, embora os caixões estivessem vazios.

Ele passou pelos portões do cemitério com os outros escudeiros, meninos bem-nascidos a serviço dos grandes cavaleiros do reino. Os cavaleiros em si estavam no dorso de cavalos, com armaduras reluzentes e mantos de todas as cores. Atrás dos escudeiros vinham os pajens, alguns de apenas sete anos, vestindo túnicas leves de verão da mesma cor de seus cavaleiros. Andry olhou para trás e viu dois deles empurrando um ao outro em silêncio. Se por brincadeira ou rivalidade, não sabia. Quando viravam escudeiros, a maioria deixava esse tipo de coisa para trás.

A maioria.

Andry levou uma cotovelada nas costelas. Mal sentiu. Havia mais coisas em sua cabeça — a mãe que precisava sair de Ascal, o exército purulento na fronteira, as covas à frente dele, a espada escondida, o Fuso aberto, os sussurros que o saudavam toda manhã.

— Estou falando com você, Trelland — alguém disse com a voz rouca.

Ele levou outra cotovelada.

Andry cerrou a mandíbula. Não precisava olhar para saber que era Davel Monne, que todos os meninos chamavam de Limão por seu cabelo cor de limão siciliano e, especialmente, pelo humor azedo. Como o resto dos escudeiros, Limão tinha cabelo curto, mas os fios cresciam como ervas daninhas horríveis.

— Mereço saber o que aconteceu tanto quanto você — Limão sussurrou, o rosto pálido e sardento. Sua túnica vermelha esvoaçava sob a sombra, o brasão do falcão da família North bordado em prata chamativa. A de Andry tinha a padronagem quadriculada, cinza e azul-celeste, de Sir Grandel. — Eu era o escudeiro de Sir Edgar. É meu direito saber.

Andry continuou em silêncio. Até o maldito Limão sabia da história que percorria os corredores do palácio, as inverdades inventadas pela rainha: saqueadores jydeses, um massacre nas colinas da fronteira. Outros rumores inventados se juntavam à narrativa. O mais famoso era uma emboscada trequiana se passando por jydeses, soldados disfarçados com peles e machados em vez de espadas.

— Você tem o direito de ficar *quieto*, Limão. Mostre algum respeito pelos nossos senhores.

Limão rangeu os dentes. Eram amarelos como seu cabelo.

— Esse é o nosso Andry, bom demais para estar entre nós.

Ele não se abalou. Era uma farpa antiga, fácil de ignorar, que o seguia desde seus primeiros dias como pajem. *E um elogio, embora Limão seja idiota demais para saber.*

— É por isso que você ainda está vivo? Bom demais para ser destruído por lobos jydeses? — Embora Limão fosse um palmo mais baixo do que Andry, era bem mais parrudo e usava bem seu volume. Passou trombando, jogando Andry para o lado. Sua voz se ergueu, alta o bastante para outros escudeiros ouvirem. — Você não teria me visto sair daquela colina, com meu senhor morto e eu ainda andando pela Ala. Isso é certo. Nem consigo imaginar sua vergonha.

Andry ficou mais vermelho do que a túnica de Limão, que notou isso, encarando-o, provocando-o a responder.

Sinto essa vergonha todos os dias!, quis gritar em resposta. Mas se manteve em silêncio, os dentes cerrados com firmeza, os pés ainda marchando no ritmo dos outros. *Ele nunca viu uma batalha de verdade.* Nenhum dos escudeiros viu, Andry sabia, olhando para seus companheiros ao redor. Embora marchassem juntos, os outros pareciam muito distantes. *Eles não sabem como é.*

Limão encarou, os olhos ferozes.

Ele está com inveja. Cavalguei com os cavaleiros enquanto ele ficou para trás.

A inveja é recíproca.

Mas uma vez, Limão bateu em seu ombro e, mais uma vez, Andry não fez nada.

Existem coisas piores neste mundo do que você, Davel Monne, e elas estão vindo atrás de todos nós.

A procissão chegou ao setor do morro reservado para os cavaleiros da Guarda do Leão, que passaram a vida protegendo a família real de Galland: Sir Tibald Brock. Sir Otton da floresta Castelã. Sir Konrada Kain, a única mulher a servir na Guarda do Leão, que morreu defendendo seu rei na Batalha das Lanternas. Andry se perguntou se os fantasmas deles estariam ali para receber seus irmãos e guiá-los para a esfera dos deuses.

Mas os fantasmas de Sir Grandel e dos North estão muito distantes, se é que existem.

Um pavilhão dava para o local das covas, as cadeiras vazias, protegidas por um dossel de seda verde. A rainha e seu séquito ainda não haviam chegado.

Enquanto os cavaleiros desmontavam, seus escudeiros se moveram como um turbilhão para apanhar rédeas e cuidar dos cavalos, deixando que seus senhores formassem suas fileiras. Os pajens se mantiveram ao lado para não atrapalhar. Dos escudeiros, apenas Andry, Limão e o garoto de Sir Raymon, Karl Daspold, não tinham a quem servir. O que Limão tinha de cruel Karl tinha de bondoso, e se colocou entre os dois. Um cachorro amarelo desgrenhado o seguia. O animal ergueu os olhos tristes, esperando um dono que não voltaria mais.

Três carroças trouxeram os caixões vazios, todos cobertos de seda. Vermelha com o falcão prateado dos North, o xadrez cinza e azul-celeste de Sir Grandel. Um destacamento da guarnição do palácio escoltava cada carroça levada até a lateral do pavilhão. Mesmo antes da chegada da rainha, Andry imaginava que havia cerca de cem homens e rapazes reunidos para prestar condolências. *Sir Grandel teria gostado disso*, ele sabia. O cavaleiro adorava chamar a atenção.

A rainha chegou com um toque sombrio de trompetes. Andry espiou o séquito dela — Lord Konegin e seu filho que mais lembrava um troll eram fáceis de reconhecer, e Lord Thornwall era famoso até entre os pajens. Como comandante supremo do grande exército de Galland, ele morava em um grandioso conjunto de aposentos no quartel do palácio e visitava os pátios com frequência. Cavaleiros e escudeiros digladiavam na esperança de chamar sua atenção.

No momento, porém, Andry queria apenas ser esquecido e ignorado. Baixou os olhos, torcendo que o resto dos grandes lordes e ladies passassem sem notar a presença dele.

Mas era impossível ignorar a rainha. Quando ela desmontou de seu cavalo, todos se ajoelharam. Andry espiou de olhos estreitos, entrevendo Erida de Galland. Cerrou os dentes novamente, dessa vez com frustração.

A Guarda do Leão a cercava, com armaduras luminosas como o sol, seus mantos esvoaçando na brisa morna. Andry via os rostos de Sir Grandel e dos North atrás de todos os elmos, seus olhos desfocados, sombrios, mortos. *Como todos estaremos se continuarmos de mãos atadas.*

A luz se refletia no aço, banhando a rainha com um brilho celestial. Seu vestido era cinza como as nuvens, a cor oficial de luto em Galland. O tom conferia à pele dela uma palidez enluarada. Uma joia vermelha pendia em seu pescoço, um rubi brilhante como uma chama recém-acesa. Enquanto observava seus cavaleiros, seu olhar azul penetrante pairou sobre Andry, e ela o encarou por um longo instante.

Apesar do calor de verão, Andry sentiu um calafrio percorrer sua espinha. Baixou a cabeça novamente, até só conseguir ver seus próprios pés e a grama entre eles. As lâminas reverberavam como o mar. Andry imaginou sua mãe em um navio, olhando para sudeste.

Vamos até a família de minha mãe. Há um navio de Ascal para Nkonabo. Ela estará a salvo com os Kin Kiane e, de lá, posso voltar para o norte.

Andry Trelland já havia cavalgado para Iona e se lembrava do caminho para a cidade imortal. *Subindo o rio, passando pelos penhascos de granito e as florestas de teixo, no fundo do vale.* Engoliu em seco, com pavor do que precisava fazer. Deixar a mãe, sozinha e doente, enquanto voltava ao lugar que condenou os outros à perdição? Parecia o ápice da burrice.

Mas o que me resta?, ele pensou, o estômago se revirando.

Posso contar para os Anciões o que nos aconteceu nas colinas, o que está vindo do templo. Certamente eles nos defenderão como Erida não fará.

E saberão o que fazer com a espada de Fuso.

A cerimônia começou, mas Andry prestou pouca atenção. Os sussurros voltaram, habituais demais, a única constante para ele desde o massacre no templo. Involuntariamente, ele voltou a observar Erida. Os sussurros se intensificaram.

Não diga nada; mantenha-se longe, diziam, vozes demais uivando, todas frias como gelo. *Proteja a espada; esconda seu brilho.*

O verão soprou um vento frio, balançando as bandeiras de Galland. O leão parecia saltar para o céu. No pavilhão, a rainha e suas damas seguraram seus vestidos. Andry se arrepiou dos pés à cabeça.

Sangue de Fuso e espada de Fuso.

Dessa vez, as vozes eram uma só: uma velha, rascante como uma faca na seda. Quase fez Andry cair de joelhos. Ele sentiu o choque como um chute no estômago, mas não podia reagir, não ali, diante de uma centena de olhos. Diante da rainha, que ainda o observava com olhos cor de safira.

Por mais que desejasse, com os punhos cerrados, que a voz se calasse, Andry se esforçou para se lembrar dela. Mas a voz era como fumaça, revirando-se por entre os dedos, impossível de capturar. Desaparecendo em um sopro do vento e se acendendo em outro.

Ela o cobriu de novo, parecendo estar por toda parte ao seu redor.

Uma nova mão está a caminho, a aliança está feita.

9

FILHOS DA TRAVESSIA

Domacridhan

DOMACRIDHAN VIA MUITO DE CORTAEL NELA. Por baixo da influência da mãe, havia sangue do Cór nas veias, tão vital para a existência de Corayne quanto as raízes são para uma árvore. E tão emaranhado quanto. Ela sofria com isso, debatendo-se com o que não conseguia entender.

Cortael era igual, na juventude, Dom pensou, lembrando-se do amigo ainda garoto. *Incansável e curioso, com sede de encontrar um lugar que fosse seu, mas hesitante a lançar âncora.* Esse era o comum no Velho Cór: humanos nascidos de viagens e travessias, conquistas e jornadas de uma esfera a outra. Estava em seus ossos e seu sangue, em seu aço, em suas almas.

E ela não entende, pois não houve ninguém para lhe dizer.

Ele observou Corayne pechinchar nos estábulos de Lemarta, negociando por três cavalos. O vendedor estava louco para se livrar dos dois — seus olhos se voltavam para Dom atrás dela, e para a espada pendurada em seu quadril. Dom se manteve firme sob o olhar dele, tentando não chamar mais atenção do que o necessário.

Ela não teve dificuldade em negociar até a metade do preço, entregando a ele uma bolsinha em troca das rédeas.

Eram dois garanhões e uma égua, totalmente equipados e com alforjes cheios, todos baios comuns de corpo marrom e crina preta. Dom pensou no belo cavalo que havia morrido sob sua montaria em Iona. Era como comparar um falcão a pardais, mas ele não reclamou. Os cavalos serviriam a seu propósito, e o destino deles estava a poucos dias de cavalgada.

Corayne sorriu enquanto caminhavam, tirando os cavalos dos estábulos aglomerados e guiando-os para o portal ocidental de Lemarta. Suas sombras eram curtas, o sol alto no céu.

— Acho que não tenho como convencer você a trabalhar comigo quando tudo isso passar? — ela perguntou.

Havia riso em sua voz, mas ele não conseguia entender o porquê.

— Não entendi — Dom respondeu, empolado.

Ela encolheu os ombros.

— É fácil negociar com mercadores apavorados, e parece que você os apavora.

Dom se sentiu estranhamente acanhado.

— Eu sou apavorante? — Ele empalideceu, inspecionando o próprio corpo.

Bom, tem a espada, e minhas adagas, e minhas facas, e o arco e a aljava, mas não é muita coisa, ele pensou, fazendo um inventário de suas armas. Olhou das botas de couro engraxadas até a calça e a túnica feitas com primor, e depois para o cinto, o manto e os braçais que seguiam das palmas das mãos até os ombros. As galhadas estavam em tudo que ele vestia, gravadas em cores suaves, verde, cinza e marrom-dourado, como os vales enevoados de Iona. Seu aço e sua cota de malha elegante, suas sedas e sobrecotas tecidas com maestria, tinham permanecido esquecidos em Tíarma. *Pareço mais um indigente do que um príncipe.*

Ela está ainda pior.

A bainha da túnica larga de Corayne desfiava, havia manchas que nenhuma lavagem conseguiria remover de suas calças, e as botas estavam rachadas na altura do joelho, enrugadas como a pele envelhecida de um mortal. Ela havia guardado o manto azul-escuro, dispensável no calor. Não carregava nenhuma arma além de uma adaga velha, e seus olhos pareciam estranhamente abertos, como se quisessem se empanturrar de cada passo à frente. Ele sabia que ela era jovem, mal saíra da infância, mas ainda ficava tão pequena e frágil ao lado dele. Como a maioria dos mortais.

— Ah! — Mais uma vez ele olhou para baixo, tentando se ver pelos olhos de um mortal. Impossível, como traduzir de uma língua desconhecida para outra. — Não era a minha intenção.

Essas palavras estão se tornando incomodamente habituais.

Corayne não se importou.

— Bom, continue assim. Essa careta nos será útil na estrada.

— Não faço caretas — Dom disse, fazendo uma careta. Ele ergueu os cantos da boca, repuxando os lábios em uma expressão supostamente menos carregada. — Você acha que enfrentaremos problemas?

A estrada de Lemarta para oeste serpenteava ainda mais para dentro do continente, com a floresta de ciprestes se adensando nos morros. Dom conseguia ver claramente por quilômetros sobre as falésias e o mar Longo. Nem a *Filha da Tempestade* escapava de seu olhar, um ponto preto com as velas roxas avançando tranquilamente nas águas profundas. Se havia algum perigo à frente, ele o sentiria de longe. Mas tinha pouco com que se preocupar tão ao sul onde estava, nas terras pacatas de Siscaria. Fazia muitos séculos que o Velho Cór havia governado essas costas.

— Não acredito que bandoleiros o incomodarão — Corayne admitiu.

Ela não observava a água, mas a estrada que se afastava das falésias, pedras rosa-claras dando lugar a uma trilha de terra batida, sulcada por rodas de carroças e carruagens.

Dom não conseguia mensurar como um bandoleiro teria que ser tolo para desafiar sua espada, mas os mortais não eram lá muito inteligentes.

— Porque sou intimidador?

Ela fez que sim, contente. Seus olhos ainda eram pretos, mesmo sob o sol do meio-dia.

Ela tem os olhos de Cortael.

— Mesmo quando não está se esforçando.

— Então, por que não posso simplesmente intimidar o capitão de um navio para nos levar diretamente a Ascal? — ele considerou, olhando para trás, em direção a Lemarta. Barcos de pesca balançavam como joias em meio aos cardumes. — Por que nos dar ao trabalho de cavalgar até a capital siscariana?

Rindo, Corayne freou a égua.

— Porque, por mais assustador que você possa ser, minha mãe é mais temida nessas águas.

Com um suspiro, ela subiu na sela. Os mortais podiam ser seres deselegantes, mas ela era particularmente desajeitada nisso. *Não está acostumada a viajar no dorso de um cavalo,* Dom se deu conta, com um frio na barriga. *Isso tornará a jornada ainda mais lenta.*

— Vamos tentar a sorte em Lecorra — Corayne disse, pegando as rédeas com uma única mão. — O porto da capital é dez vezes maior do que esse ancoradouro. — Ela olhou para trás, fitando Lemarta. — E não sou tão conhecida lá como aqui.

— Prefiro cavalos a barcos mesmo. — A voz de Sarn soou como um silvo.

— Pelos Fusos — Corayne praguejou, sobressaltando-se quando Sorasa saiu de trás das árvores.

Dom não se abalou. Ele sabia que Sarn os seguia desde o portão da cidade, onde havia se separado para "evitar problemas" com os soldados que guardavam a fronteira. Parecia bobagem para ele. A assassina escalava as paredes e se mantinha nas sombras onde Dom imaginava que nenhum mortal conseguia vê-la. Aos olhos dele, ela se destacava claramente entre as folhas e os troncos de árvore, tão óbvia quanto um segundo sol no céu. Ao menos ela se movia bem na mata, andando a passos leves em vez de pisar ruidosamente na vegetação com a típica elegância mortal de uma vaca manca. O silêncio era a melhor qualidade dela. *Talvez a única.*

— Não precisa nos acompanhar se for um inconveniente tão grande — Dom disse, as rédeas ainda firmes em suas mãos. — Já encontrei Lady Corayne. Nossa jornada é apenas nossa. Você terá seu pagamento quando tudo acabar; quanto a isso, dou a minha palavra.

Sob o capuz, Sorasa crispou os lábios carnudos.

Isso, sim, é uma careta, Dom pensou.

— Há muito aprendi a não confiar nas promessas dos homens. Mesmo dos imortais — ela disse. — Tenho um investimento a proteger, e pretendo cuidar dele até o fim. O acordo era até Ascal. Não lhe darei motivos para voltar atrás em nossa negociação.

Dom não queria mais um peso morto que atrasasse seu avanço, sem mencionar uma ameaça à vida deles. Sorasa Sarn era pior do que uma mercenária, vendida a quem pagasse mais, sem dever lealdade a ninguém nem se importar com Corayne ou com a Ala. Seria melhor que a abandonassem. *Melhor ainda, matá-la agora mesmo. A esfera não sentirá falta de uma assassina. E chegará o dia em que será a minha cabeça ou a dela, se já não estivermos todos mortos até lá.*

Em resposta, ela cravou nele seus olhos vibrantes cor de cobre. Dom se manteve firme e a encarou também. Não duvidava que ela lesse sua mente.

— Muito bem — ele enfim respondeu, rispidamente, desviando os olhos primeiro e lançando as rédeas para ela.

Ela montou na sela, à vontade no dorso do cavalo. Riu com escárnio de seu garanhão, olhando para o corpo dele com o ar de uma açougueira que avalia um corte ruim de carne.

— Vá na frente, Sarn. Suponho que você saiba o caminho para Lecorra. — Dom não gostava de chamar a assassina amhara de qualquer outra coisa além do que ela era, mas parecia grosseria fazer isso naquele momento.

Para sua surpresa, ela não discutiu, e esporeou o cavalo para a estrada. *Ao menos equitação é bem ensinada na Guilda amhara.* Corayne ficou em segundo lugar, dando alguns pontapés hesitantes na sua égua para fazer com que ela avançasse em um trote decente. Com um suspiro, Dom se encarregou da retaguarda de sua estranha companhia, um trio incongruente como a Ala nunca tinha visto.

É assim que nossos problemas começaram. Uma fila de cavalos na estrada, uma missão adiante, com Todala em jogo. Ele afugentou a tristeza e olhou para a garota que cavalgava à sua frente. O corpo dela balançava junto com o cavalo, encontrando o ritmo. Desse ângulo, ele não conseguia ver os olhos dela, nem o rosto severo do pai. Era pequena e seu cabelo era preto, mais diferente de Cortael impossível. *Ela não terá o mesmo destino que o pai.* Era uma promessa à Ala, a Glorian Perdida, a Corayne — e a si mesmo.

Mas então ela virou o rosto para contemplar o mar Longo. O sol destacou seus traços de perfil, e lá estava ele novamente, um fantasma inacreditável para Dom. *Cortael.* Ele estava nos olhos dela, em seu jeito de erguer o rosto ao vento e buscar o horizonte. Havia movimento nela sempre, constante como as ondas e as estrelas que atravessam o céu.

Dom baixou a cabeça. Tentou pensar em sua prima Ridha, cavalgando pelos enclaves. Em Taristan e seu feiticeiro horrendo, seu exército saindo de um Fuso. Em sua tia, acovardando-se em seus salões grandiosos. Qualquer coisa menos no cadáver cinza de Cortael, mutilado, ao lado da filha.

Não deu certo.

Ao cair da noite, eles haviam avançado tanto para o interior que Dom mal conseguia escutar as ondas. *Ao menos Sarn não é inoportuna*, ele pensou. A assassina cavalgava em um silêncio abençoado, nunca olhando para trás, nunca baixando o capuz. Por vezes, levava a mão para um de seus muitos bolsos ou bolsas escondidos, e ele a ouvia mastigar algo, talvez castanhas ou sementes. *Uma boa refeição para mortais em uma viagem rápida e sem bagagem*, Dom sabia. Corayne levou a mão a seus alforjes da mesma forma, servindo-se de um jantar de pão ázimo, um pedaço de queijo e fatias finas de carne curada. Ela também estava preparada.

Dom não sentiu nenhuma necessidade de comer. Os vederes não tinham muita fome.

E não precisavam nem de metade do sono dos mortais.

Em pouco tempo, Corayne se debruçou na sela, a respiração assumindo um ritmo profundo e constante. Instigando seu cavalo, Dom foi até o lado dela, pronto para pegá-la caso caísse da sela. Uma ou duas vezes, as pálpebras dela tremularam, seus olhos se reviraram em um sonho.

— Deveríamos levantar acampamento para ela descansar direito — Sarn murmurou, com uma voz que mal passava de um sussurro para ouvidos mortais. — Os cavalos também.

Dom franziu a testa, contraindo a cicatriz em seu rosto. Doeu.

— Ela está descansando agora. Os cavalos, conseguimos forçar mais. Ou é você que prefere descansar? Confesso que não tenho nenhuma intenção de segurá-la se cair.

— Se você encostar em mim, corto suas mãos fora — ela disse, seca, o rosto voltado para a estrada.

— Vocês, mortais, têm um senso de humor diferente.

Ela lançou um olhar sombrio para trás, que fez Dom se lembrar de Byllskos. Quando ela quase cravou uma lâmina em seus ombros. Quando soltou uma manada de touros enlouquecidos para cima dele.

— Prefiro continuar com minhas mãos por enquanto — sussurrou em resposta.

Corayne bufou enquanto dormia, todo o seu peso balançando sobre o braço dele. Sob a luz fraca, com o capuz erguido, Dom viu Cortael no rosto dela. Pensou no pai dela com dezessete anos, em Iona, quando insistiu que precisava de tanto repouso quanto um imortal. Nas semanas seguintes, ele variava entre ameaçar seus tutores e cair no sono no pátio de treinamento, com uma espada ainda em mãos. Cabia a Dom acordá-lo, pois ele suportava melhor os acessos de fúria que vinham como consequência.

A memória se amargurou. O menino que ele ensinou era agora um homem morto. Uma semente que cresceu e morreu em plena floração. Pensar nele era como arrancar uma casca mal cicatrizada, raspando o sangue seco para que voltasse a sangrar.

— Vamos parar antes daquela subida — ele disse, cortante, apontando para uma colina que se erguia negra contra a noite azul-escura. *Isso vai calar sua boca de víbora?*

— Pararemos no topo — ela retrucou. A dor amarga da memória deu lugar à frustração. — Não serei pega em um terreno baixo.

— Você não será pega por nada — Dom sussurrou, irritado.

Mas os recantos de sua mente formigavam de dúvida. *Certamente ninguém nos seguirá. O mortal maldito e seu sacerdote vermelho não sabem de Corayne, nem têm como vascular a Ala em busca de todos os ramos da árvore genealógica do Cór.* Ele olhou para a floresta de ciprestes. *Assim espero.*

— Ficarei de guarda — ele disse.

Os olhos dela se inflamaram de novo, uma chama à luz das estrelas.

— Isso não me conforta.

Nisso podemos concordar.

Mais uma vez, Dom pensou que deveria quebrar um juramento só dessa vez e deixar Sorasa Sarn morta em uma vala.

Ao norte, as montanhas Cordents pareciam uma névoa escura denteada, mesmo aos seus olhos. A neve só se mantinha nos picos mais altos àquela altura do verão. As Cordents, os Dentes do Cór, ficavam a dezenas de quilômetros de distância, do outro lado do Impera, o rio do Imperador, que serpenteava pelo vale, rumo a oeste, em direção a Lecorra e ao mar Longo. Em breve eles chegariam lá e cruzariam o rio onde o Velho Cór havia nascido. Dom não sabia que lendas os mortais mantinham ou se ainda havia algum fundo de verdade em suas histórias, mas, em Iona, as coisas eram mais certas. Os mortais herdeiros do Cór nascidos em outra esfera haviam chegado a Todala em algum lugar desse vale dourado, atravessando um Fuso para construir seu império.

Árvores cresciam na colina, uma boa camuflagem em relação à estrada lá embaixo. Não havia fogueira — Sarn não deixou —, mas o ar estava bastante quente. A amhara dormia de um jeito estranho, as costas apoiadas nas raízes de uma árvore, o rosto voltado para a frente, de modo que bastava abrir os olhos para avistar Dom do outro lado do pequeno acampamento. Ela fazia isso de vinte em vinte minutos, os olhos brilhando como carvões em chamas antes de se fecharem novamente. Dom balançava a cabeça para ela toda vez.

Corayne estava deitada entre eles, coberta pelo manto. Havia despertado apenas por tempo suficiente para descer da sela e encontrar um pedaço de grama fofa.

Com suas duas companheiras adormecidas, Dom finalmente se permitiu comer, ao menos para passar o tempo. Não demorou para um coelho adentrar o círculo deles, o nariz tremelicando e os olhos brilhantes. Dom não fez nenhum barulho ao quebrar o pescoço do animal e o esfolar com alguns movimentos rápidos de sua faca. Sem fogueira, ele se contentou em comê-lo cru, deixando o fígado por fim.

Devagar, Corayne ergueu a cabeça, os olhos arregalados e fascinados.

— Você não vai passar mal? — ela sussurrou.

Ele limpou os dedos na pele do coelho.

— Não passamos mal.

Corayne se sentou devagar, ainda coberta pelo manto.

— Vocês também não dormem — ela disse, apoiando o queixo na mão. Dom se sentiu como uma planta sendo estudada, ou uma página de enigmas tentando ser decifrada. Não era desagradável, porém. A curiosidade dela era inocente.

— Dormimos, mas não com frequência. Não precisamos tanto quanto os mortais.

— E vocês não envelhecem.

— De certo modo.

Ele pensou em Toracal, com seus fios de cabelo grisalho que foram surgindo ao longo de milhares de anos. Sua tia, com rugas na testa, nos cantos dos olhos, em torno da boca, nas mãos. *Os vederes são chamados de imortais por aqueles que não conseguem conceber uma vida de tantos milênios, estendidos além da capacidade mortal de contar. A morte nos evita, mas não nos é estranha.*

Havia aço no mundo, lâminas que poderiam cortá-los e matá-los. A imortalidade parecia muito menos certa depois de ver tantos dos seus morrerem diante do templo, o sangue indistinguível de qualquer reles mortal que andava pela Ala. *E minhas cicatrizes são provas suficientes de nossa vulnerabilidade, por menor que possa ser.*

— É bom que não existam muitos de você — Corayne disse, baixinho.

Dom se sobressaltou, não confuso, mas surpreso.

— Como é?

Ela tirou uma mecha de cabelo da frente dos olhos.

— Senão, seu povo teria conquistado o mundo. — A resposta dela foi direta.

— Esse é um impulso muito mortal — Dom disse, e realmente pensava nisso.

Conquistar os homens da Ala lhe parecia tolice, mesmo quando jovem. Os mortais ascendiam e decaíam como trigo do verão. Reinos nasciam e morriam. Aqueles que ele havia conhecido em seu primeiro século de vida tinham virado pó a essa altura, meras sombras em sua longa memória. *Por que se dar ao trabalho de pegar algo que pode desaparecer antes mesmo de ser nosso?*

Por outro lado, havia histórias de vederes, registros de imortais que lutaram com homens da Ala, contra ou favor. Por glória, por esporte, por absolutamente nada. Dom não conseguia se imaginar seguindo esse caminho, nem seu povo, atualmente. Eles defendiam seus lares em raras ocasiões, mas nada além disso. *Não passam de covardes agora, escondendo-se em seus enclaves. Prontos para deixar o mundo desabar ao redor.*

Corayne o encarava com o olhar atento. Tinha seu jeito de questionar sem dizer nada.

— Meu povo se concentra em buscar um caminho de volta para casa — ele contou. — Mas o caminho se perdeu para nós, o Fuso se fechou e até sua localização foi destruída há muito tempo.

— Destruída? — Ela inclinou a cabeça.

— A terra em que meu povo chegou está agora no fundo do mar Longo, engolida pelas ondas — ele respondeu com a voz suave, tentando imaginar um lugar em que nunca estivera. — Todo dia oramos por outro portal, outro Fuso. Um caminho de volta a Glorian.

As últimas teias do sono pareceram se desfazer em Corayne, e ela se aproximou, com um interesse renovado. Sua trança desgrenhada caiu sobre o ombro, cintilando quase azul sob a luz das estrelas.

— Sua esfera deve ser magnífica — ela disse.

— Imagino que sim. — Dom encolheu os ombros outra vez. — Nasci na Ala, ainda sou jovem entre meu povo, ainda aprendendo sobre a esfera em que vivemos agora. E o que sei de minha esfera vem dos outros.

Ele sentiu uma velha pontada de pesar que surgia toda vez em que pensava na esfera que não conheceu, o lar que talvez nunca fosse ver. Era tingido de uma inveja verde e venenosa de todos aqueles que chegaram a conhecer Glorian e conseguiam se lembrar de suas estrelas.

— Eles são completos, mas eu não.

— Acho que temos isso em comum, então — Corayne disse em um tom delicado.

Ela abraçou os joelhos, embora o ar ainda estivesse quente, mesmo para os mortais.

Dom estreitou os olhos. Sentia-se mundos distante dela, como se fossem separados por uma vidraça.

— Em que sentido?

Ela olhou para a grama.

— Só sei sobre meu pai, a linhagem dele, de onde viemos, a que somos destinados, pelo que os outros me contam. — Seus dedos rasgaram uma folha com nervosismo. — E me contam muito pouco.

Ela está me interrogando, Dom percebeu, olhando Corayne de cima a baixo.

O brilho curioso não havia abandonado os olhos dela. Havia uma voracidade também, uma sede de respostas que ela não tinha como conseguir em outro lugar e uma forte determinação a encontrá-las. Dom se lembrou dos eruditos no enclave, vasculhando os arquivos em busca de algum pergaminho ou tomo, em busca de informações sobre Fusos, de qualquer murmúrio sobre a Glorian Perdida. *Mas não sou uma prateleira de livros ansiosos para serem lidos.*

Ela passou as mãos na grama feito uma criança. Era uma boa atuação.

Essa ferida nunca vai cicatrizar se você a continuar abrindo, ele alertou a si mesmo. Mas, por algum motivo, Dom queria abrir essa ferida. Queria se lembrar de Cortael e dar a Corayne algo de que pudesse se lembrar também.

Não, ele pensou. *Feche a porta para essas décadas, e deixe que elas se tornem pó com o passar dos anos. É isso que os vederes fazem, nossa única defesa contra os anos de memória.*

— Você tem sangue de Fuso. Sangue do Cór — ele disse, categórico, ao menos para lhe oferecer *algo*. — Seus ancestrais eram viajantes de outra esfera, mortais como os homens da Ala, mas diferentes. Há quem diga que os Cór nasceram dos próprios Fusos, e não de outra esfera. Mas seu povo decaiu junto com o Velho Cór, suas linhagens foram definhando através dos séculos.

Os olhos dela brilhavam sob a luz das estrelas, encorajando-o a continuar.

— Isso os torna inquietos; os torna ambiciosos; lhes dá um *desejo* tão profundo que vocês mal conseguem nomear.

O olhar negro dela pareceu ficar mais profundo. Ele conseguia sentir o cheiro da ansiedade dela.

— Falei o mesmo para seu pai, décadas atrás. — A ferida se reabriu, um rasgo no seu coração. Dom se encolheu ao sentir, mas continuou: — Quando ele se enfurecia daquele seu jeito, frustrado, um garoto mortal entre estátuas vivas, sem conseguir transformar sua carne em pedra por mais que tentasse. — Ele prendeu a respiração. — Sinto muito que tenha crescido sem ninguém que conhecesse seu sangue, o que ele pedia. O que isso a torna — ele concluiu, baixinho.

Dessa vez, ela não o repreendeu pelo pedido de desculpas. Em vez disso, o rosto dela se endureceu e seus olhos se tornaram janelas fechadas. O que quer que buscasse, ela não conseguiu encontrar.

— E o meu pai, criado por imortais, que não conseguiam nem imaginar como é viver sob uma pele mortal? Se você tem piedade de mim, deve ter dele também.

A farpa se cravou fundo, uma fisgada de dor incandescente. Dom se crispou e desviou o olhar. Ouviu Corayne se levantar, os pés farfalhando sobre a grama como um vento forte.

— Os Anciões não dormem, não comem, não envelhecem — ela disparou, em pé. — Mas vocês sangram. Vocês sabem amar? Ensinaram meu pai a amar? Porque ele não me amou.

— Não há criatura em nenhuma esfera que não possa amar — Dom respondeu, inflamado.

Seu velho temperamento se acendeu, revolto. Tomou conta, tirou tudo dele. A raiva ainda lhe era estranha, corrosiva em seu corpo. Involuntariamente, ele cruzou o gramado da colina até se assomar diante de Corayne, alto como uma montanha.

Ela se manteve firme.

— E certamente amei seu pai. Como um irmão, como um filho. Eu presenciei seus primeiros passos, seus primeiros dentes, suas primeiras palavras, por mais chorosas que fossem. A primeira gota de sangue que caiu. — Por dentro, ele bradava, vendo tudo outra vez. — E a última.

A boca de Corayne se fechou; suas perguntas finalmente se calaram. Por trás dos ombros dela, os olhos abertos de Sarn eram duas velas que ardiam.

— Volte a dormir, milady — ele sussurrou, virando as costas largas para Corayne.

Ela ficou mais do que satisfeita em obedecer, bufando ao acomodar-se, em um gesto muito mortal. Logo se aquietou, os olhos bem fechados, mas Dom conseguia ouvir o coração dela batendo rápido, sua respiração irregular. Do outro lado da clareira, o coração de Sarn batia em um ritmo regular, lento. Os olhos não se fecharam.

Ele ficou tentado a zombar dela, mas um cheiro estranho o conteve.

Fumaça.

Ele ficou imóvel, a cabeça erguida. Havia fumaça, em algum lugar próximo, um cheiro que chegava até ele em um vento fantasmagórico. Ele não conseguia ver, mas sentia o cheiro e o gosto do calor acre. Não era fumaça de madeira, tampouco um incêndio. Nada normal.

Mas ele reconhecia.

Era o cheiro carbonizado de carne, mãos decompostas até os ossos, pele descamada em cinzas.

Pavor disparou por sua espinha.

Sarn já estava em pé, o capuz jogado para trás, o corpo tenso. Ela o encarava, vendo o medo que perpassava seu rosto.

— Corayne, levante-se. Sarn, os cavalos — ele gritou, já ao lado de Corayne.

Ele a tomou pelos ombros, colocando-a em pé antes mesmo que ela abrisse os olhos.

A amhara se dirigiu aos animais sem discutir, mas parou no limite das árvores. A espada ao lado do seu corpo sibilou ao sair da bainha. Ela ajustou o punho e ergueu a lâmina, o aço como uma ave de rapina preparada para um ataque aéreo.

Dom conseguia ouvir os cavalos, dormindo tranquilamente, como se não houvesse nada errado. O cheiro de carne queimada só se intensificou, até Corayne levar a mão ao nariz, os olhos lacrimejando.

— O que é isso? — perguntou, com a voz trêmula.

Dom não respondeu, mas avançou na frente dela, ainda segurando seu braço.

Sarn deu passos comedidos para trás, com cuidado para não se desequilibrar com a espada ainda erguida. Seu olhar estava fixado à frente, nas sombras que se agitavam sob os ciprestes nodosos. Dom não precisava estar em seu lugar para saber o que ela viu.

Era apenas uma questão de quantos.

Corayne reprimiu um grito de pavor quando ele sacou a espada, os gumes afiados cortando o ar. Ele sentiu falta de uma armadura, mas o couro teria de bastar, pelo tempo que fosse possível.

Como ele nos encontrou? Como poderia saber? Dom praguejou, examinando as árvores em busca do feiticeiro de manto escarlate e do próprio Taristan. Na mente de Dom, ele ainda estava coberto pelo sangue de Cortael, gargalhando com o sangue borbulhando em seus lábios, com a espada de Fuso na mão, mais provocadora do que qualquer sorriso.

Os cadáveres, as criaturas corrompidas das Terracinzas e de Asunder, subiam a colina a passos lentos. Rostos desprovidos de cor, queimados até o osso, os lábios rasgados e rachados, a armadura preta e coberta de óleo, como carne de frango na panela. Ao ver suas armas — facas enferrujadas e espadas partidas, machados nodosos e escudos lascados —, Dom quase caiu de joelhos. Foi apenas pela graça de Baleir que ele se manteve de pé, embora todo o seu corpo desejasse ruir. Ele sentiu o braço de Corayne frio em sua mão. Eles poderiam fugir, mas, sem os cavalos, poderiam acabar sendo guiados a uma emboscada ao pé da colina.

O primeiro atravessou as árvores com um sorriso sem lábios, encarando Sarn e sua espada. Ele avançava lentamente em pernas contorcidas, sem se deter em seu trajeto. A amhara se moveu no mesmo ritmo, mantendo distância enquanto recuava pela clareira, com os olhos arregalados, sem piscar. Duas manchas rosadas brotaram em suas bochechas, a única evidência do medo dela. Mesmo assim, o coração batia lento, como se estivesse apenas dormindo.

Mais seis vieram na sequência, com outros vultos atravessando as árvores vacilantes. Eles cheiravam como uma pilha de corpos queimados, como um inferno apodrecendo.

— Ancião — ela sussurrou, entre dentes. — Eles podem ser mortos?

Apesar de tudo, Dom abriu um sorriso nefasto.

— Sim, podem.

Sarn parou de se mover, os pés firmes.

— Que bom.

Com graça letal, ela se moveu em um arco assassino, a espada talhando o ar em dois na diagonal.

Dom alternou o foco entre os cadáveres e Corayne, mantendo ambos no canto de sua visão. Com a garota atrás e as criaturas à frente, ele deu passos largos, girando a espada com ambas as mãos, a arma cintilando sob o peso das estrelas. Ele a lançou na primeira criatura, erguendo a lâmina como um machado de lenhador. Cortou o cadáver ao meio, atravessando sua cintura com a facilidade de aço na água.

Eles sempre foram tão frágeis?, pensou, girando para cortar outro.

Apesar de seu treinamento como assassina, Sarn cambaleou perto dele, quase perdendo o equilíbrio quando a espada atravessou um terracinzano. Ela soltou um grito de espanto, parando para observar o soldado cadavérico.

Dom fez o mesmo, e mal acreditou em seus olhos.

Em vez de cortar o terracinzano do ombro até o quadril, dilacerando a carne, sua espada se moveu como se passasse por uma névoa. Os contornos da criatura se ergueram da lâmina como sopros brancos, pretos e uma descarga de azul fantasmagórico. O restante desapareceu como a fumaça de uma vela apagada, reduzindo-se a nada.

Sarn não reagiu, voltando-se para o próximo terracinzano, e o outro que vinha em seguida, saído das árvores. Eles estavam mais rápidos, avançando, encorajados pelo golpe dela. A assassina não voltou a perder o equilíbrio.

Dom vacilou, fitando os dois que ele já havia atacado. Mas, em vez de corpos, havia apenas fumaça saindo do chão, desaparecendo na grama.

Corayne olhava, embasbacada, para a cena.

Um soltou um grito estrangulado, a voz inumana, e Dom reagiu com uma velocidade inacreditável, erguendo a espada para aparar um golpe maldito. No entanto, sua lâmina trespassou o ferro arruinado da armadura do cadáver e mais um terracinzano se reduziu a nada.

Os outros fizeram o mesmo, desaparecendo a cada golpe. Suas armas se transformavam em pó contra o aço, até não restar nada na clareira além do trio e do cheiro de fogo no ar.

Entre as árvores, os cavalos continuavam a cochilar.

Dom virou-se para todos os lados, à espera de mais. À procura da armadilha. Achou que Taristan surgiria diante deles, imaginou que o feiticeiro faria chover raios. Pensou ouvir o sino outra vez, badalando pelo templo e pelos mortos. Mas não havia nada além da brisa nos ciprestes. A respiração dele era árdua e pesada, não de exaustão, mas de perplexidade.

Corayne desabou no chão, o rosto pálido.

Antes que Dom pudesse alcançá-la, Sarn bloqueou seu caminho. O escorpião no pescoço dela parecia prestes a atacar.

— Que *merda* foi essa? — ela grunhiu.

O mundo girou em volta dele.

Dom abriu a boca para falar, mas vomitou fígado de coelho em resposta.

10

AMULETOS JYDESES

Corayne

ELA PISCOU, O AR QUENTE DE NOVO, o sangue fervendo, a grama suave sob seus dedos. O medo era paralisante, e ela observou a escuridão, em busca de outro cadáver ambulante.

Esse é seu destino.

A voz estranha ecoou em seu crânio como um sino. Corayne se crispou enquanto as palavras crepitavam e se desfaziam, se esticavam e se enroscavam. Era humana, mas não, algo mais, algo menos. E tão *fria*, deixando sua pele arrepiada.

Ele não espera, a voz continuou, desaparecendo sem eco, sem deixar nada além de lembrança.

Os demônios de rosto branco também se foram. O cheiro de fumaça e carne queimada desapareceu junto com seus vultos.

Um sonho. Estão ficando piores, ela pensou, seus lábios se abrindo. Ela engoliu em seco. *Eu estava dormindo, e sonhei com aquelas criaturas, vermelhas e terríveis, decompostas e famintas.*

Mas lá estava Dom, curvado, cuspindo na grama. Ele limpou a boca com o dorso da mão, o rosto quase tão branco quanto os das criaturas. Sorasa fez uma careta, com repulsa, a espada na mão, o corpo ainda tenso, pronto para lutar. Ela olhou para Corayne e seu olhar era severo.

Não foi um sonho.

— Acalme-se — a assassina disse, ríspida. — Respire devagar pelo nariz, depois solte pela boca. Você também — ela acrescentou, batendo em Dom com a parte plana da espada.

Ele olhou feio e cuspiu outra vez.

Corayne obedeceu, inspirando fundo.

Não foi um sonho.

A sensação agitada em seu peito começou a se acalmar, deixando para trás uma verdade fria.

Não foi um sonho.

— É aquilo que sai do Fuso — Corayne disse em voz alta. Ela se forçou a se levantar, as pernas trêmulas. — É contra aquilo que você lutou no templo. Ao lado de meu pai.

Dom se empertigou.

— É como eu lhe disse antes. — O rosto dele ficou mais sério, como se isso fosse possível. — Eles são das Terracinzas, uma esfera queimada, rachada, de Asunder, consumida pelo inferno do Porvir. Eles servem a Ele, e servem a seu tio, Taristan.

Sorasa deu a volta por ele, inspecionando a lâmina sob a luz fraca. O aço estava limpo. Ela contorceu os lábios.

— Imagino que eles não tenham se transformado em fios de fumaça no seu templo — ela disse, lançando um olhar sarcástico para o Ancião. — Ou então superestimei você.

— Pode apostar que não — ele grunhiu, apontando um dedo para a cicatriz no rosto.

Corayne tentou não pensar em como aqueles ferimentos foram feitos, talhados na carne marmórea dele com uma facilidade voraz. Ela os sentiu na própria pele. Facas e unhas, rasgando-a. Sua boca se encheu de um gosto amargo e ela também quase vomitou.

— Isso foi uma visão, ou sombras, talvez. Uma projeção do que vem do Fuso — Dom murmurou sem muita convicção. — Obra do feiticeiro de Taristan, talvez, ou do próprio Porvir. Eles devem saber que você vive. — Ele cerrou o punho. — Devem estar à sua procura.

Corayne engoliu em seco o pavor. E a estranha nova verdade. *Tudo que o Ancião disse — o Fuso, meu tio assassino, o exército de cadáveres — realmente existe. E estão atrás de mim.*

— Devemos continuar avançando — ela disse, entre dentes. Começou a recolher seus poucos pertences, ao menos para se distrair. — Inofensivas ou não, se essas criaturas conseguiram nos encontrar uma vez, podem conseguir nos encontrar outra. E é uma questão de tempo até as verdadeiras nos alcançarem.

— Pelo menos alguém aqui tem juízo — Sorasa murmurou, indo até os cavalos.

O Ancião fez menção de argumentar, mas Corayne não lhe deu essa chance. Já era difícil o bastante tentar salvar a esfera sem aqueles dois se atacando.

— Eu sonhava com eles — ela disse rapidamente, o manto sobre um braço. — Antes mesmo de você me encontrar em Lemarta.

Dom encarava a sombra de Sorasa entre as árvores, mas desviou os olhos, o rosto ficando mais suave. Um pouco de cor voltava a suas bochechas.

— Os terracinzanos?

Em vez de um calafrio, Corayne sentiu uma onda de calor nauseante, como um dia de verão prestes a apodrecer. A sensação estranha subia pela sua garganta. Ela engoliu em seco novamente.

— Rostos brancos, carne queimada — sussurrou, tentando se lembrar dos sonhos que a atormentavam havia semanas. Era estranho falar em voz alta. — E algo mais. Eu não conseguia ver, mas conseguia sentir... alguma coisa. Uma presença me vigiando. Uma sombra vermelha, caçando, esperando.

— O Porvir — Dom murmurou. — Você sonhou com Ele.

Ela sentiu a onda de calor outra vez.

— Pensei que isto aqui fosse um sonho também.

— O exército de seu tio não é um sonho nem um pesadelo. — Dom voltou a embainhar a espada. — São muito reais. E vão devorar a Ala se tiverem oportunidade.

Nas sombras das árvores, Sorasa diminuiu o ritmo enquanto desatava os cavalos. Ela lançou um olhar para a clareira atrás. Parecia a Corayne um lobo na floresta, invisível senão por seus olhos cintilantes.

— Que encomenda maldita — a assassina resmungou, soltando o primeiro cavalo.

Embora Dom se eriçasse de novo, Corayne sabia bem que o melhor era não reagir, pois convivia com a própria mãe.

Meliz an-Amarat era exatamente igual, reclamando de jornadas difíceis ou serviços complicados. Quando na verdade amava ainda mais as missões assim. Com perigo, risco. Amava a oportunidade de provar seu valor milhões de vezes. Corayne pensou que Sorasa vira uma chance ali. Afinal, salvar toda a esfera deveria valer de alguma coisa, mesmo entre assassinos. Sem mencionar o pagamento que um príncipe ancião poderia bancar.

O primeiro cavalo atravessou a clareira em um ritmo lento, atraído pela mão de Dom, seja pela graça do Ancião ou por simplesmente lembrar dele. Sorasa guiou os outros dois, o capuz erguido novamente. Apenas sua boca firme podia ser vista, o queixo cerrado para calar o que mais ela queria dizer. Corayne tomou as rédeas de sua égua, tentando ignorar a sensação de calor e frio, o Porvir e os sussurros insistentes dentro de si. Que vozes eram essas, ela não sabia.

Pode ser que eu morra antes de descobrir.

Corayne soltou um suspiro aliviado. Sentia-se melhor no convés de um navio. Entendia mais de tábuas e velas do que de cavalos. E a galé, ainda no porto, oferecia uma bela visão.

Ela se recostou na amurada, contemplando a cidade antiga de Lecorra. Era uma mancha colorida banhada pelo sol, turvada pelo calor do verão. A cidade se abria a partir da margem setentrional do rio Impera, espalhando-se como um clarão, com fazendas e campos que se estendiam além das muralhas. A mansão real siscariana e os templos ficavam na única colina, cercada por uma ilha verde de álamos e ciprestes. As ruínas antigas do Cór eram fáceis de avistar na cidade, suas paredes e colunas tingidas de branco, inconfundíveis contra os ladrilhos dourados, rosa, amarelo-manteiga e vermelho-tijolo das construções mais modernas. As estátuas e os templos ainda se assomavam, pálidos e arruinados contra o céu. O resto da cidade era como musgo crescendo em volta do esqueleto de um gigante. Corayne contemplou tudo, admirando até a sombra do Velho Cór. Seu corpo zumbia em resposta, sentindo algo que estava perdido havia muito.

Consigo sentir meus ancestrais aqui, por mais distantes que estejam, ela se admirou, finalmente conseguindo expressar a sensação. *Consigo sentir as sombras do que já existiu.*

O porto abrigava dezenas de galés, cocas, barinéis, barcos de pesca e navios de guerra. Velas voavam formando um arco-íris, bandeiras de todos os reinos do mar Longo, e além. Corayne identificou um escaler jydês com uma bandeira de paz ancorado perto de uma galé de guerra rhashirana de três conveses, sem mencionar uma dezena de navios da armada ibalete. Eles controlavam o estreito da Ala, navegando de um lado para o outro do ponto mais restrito do mar Longo, coletando impostos de todos que desejavam passar. Ela identificou os muitos navios e bandeiras como fazia com as estrelas. Era reconfortante, listar e entender, quando havia tantas coisas que fugiam de seu controle.

Os navios fazem sentido quando nada mais faz.

A *Filha da Tempestade* deveria estar no meio do mar Longo a essa altura, mas Corayne procurou a mãe mesmo assim. *Ela sabe que parti?*

Kastio a informou de minha fuga? Ela voltará para me encontrar? O pensamento a encheu de pavor. Mas outro medo cresceu lá no fundo, corrosivo como ferrugem em uma lâmina. *E se não me procurar?*

Seus dedos ficaram brancos na amurada. Ela não sabia o que era pior.

O Impera corria ali embaixo, com uma água que cintilava cor de prata para refletir o céu esbranquiçado pelo calor.

Ao redor dela, a tripulação da galé se agitava, preparando-se para zarpar rumo a Ascal, gritando em um emaranhado de línguas que Corayne sabia falar bem o suficiente. Eles eram razoáveis, não tão habilidosos quanto a tripulação de sua mãe, mas bons o bastante para um navio de passageiros. Se fechasse os olhos, ela podia fingir que estava na *Filha da Tempestade*, que sua mãe estava ao leme, o porto de Lemarta diante delas. Corayne logo voltaria para a costa, para se despedir dos outros em sua jornada, enquanto permanecia ancorada, condenada a esperar.

Mas seus olhos se abriram. Esses dias ficaram para trás.

Ela sentiu o vento em seus dentes antes de perceber que estava sorrindo. Apesar dos medos e do perigo que pairava sobre eles, seu corpo relaxou. *É essa a sensação de liberdade.*

— Você parece um cavalo que fugiu do curral — Sorasa disse, inexpressiva.

A amhara estava a poucos metros diante da amurada, ao mesmo tempo atenta e desinteressada. Mesmo com o capuz abaixado, o rosto dela era difícil de interpretar, impassível como pedra. Mas o resto contava uma história simples, das luvas às roupas abotoadas até a garganta. Seu manto escondia a espada, e suas facas estavam guardadas. Todos os centímetros de pele tatuada estavam cobertos, e o cabelo preto estava solto, encaracolado depois de tanto tempo em uma trança. Seus olhos estavam maquiados de novo, pesados com pó preto e um único risco dourado. Ela parecia uma simples mulher ibalete, sem nada de especial além dos olhos cor de cobre, despercebida em um navio de viajantes.

Corayne se esforçou para esconder a euforia, assim como o nervosismo; para se esconder atrás de uma máscara com a mesma facilidade de Sorasa. Obrigou-se a dar de ombros.

— Quero ver isso — ela respondeu, apontado para a cidade de Lecorra. — Enquanto posso.

Uma parte da máscara de Sorasa vacilou e algo perpassou seu rosto. Não era medo, mas algo semelhante. Uma desconfiança, um arrepio, uma descarga no ar antes de uma tempestade elétrica. A amhara tinha visto os terracinzanos assim como eles, quisesse admitir ou não. Ela também estava nervosa.

Corayne sentia o mesmo, a cada respiração. Os terracinzanos, o Porvir, seu tio atrás dela. Não conhecia o rosto de Taristan, mas, em sua mente, tinha puxado os olhos dele. Um vazio preto, ávido e voraz.

— Você já tinha visto algo parecido com... *eles*? — Corayne murmurou.

Uma mulher criada na Guilda Amhara, uma assassina nata, certamente conhecia mais o mundo do que a filha de uma pirata presa à costa.

A assassina retribuiu o olhar de Corayne, com olhos severos.

— Já vi muitas coisas que assustariam a maioria. Monstros e homens. Sobretudo homens.

Corayne se lembrava dela no alto da colina de Lemarta, como havia ficado na escuridão quando as criaturas se desfizeram em fumaça. O perigo havia sumido, como se nunca nem tivesse existido. Ainda assim, Sorasa sentiu medo.

— Então não — Corayne zombou.

— Você está muito longe de seu porto seguro, Corayne an--Amarat. — O hálito de Sorasa era frio, seus olhos se estreitaram.

Corayne se sentiu transparente e odiou a sensação. — E só tende a se afastar mais.

Corayne cerrou os dentes e deu as costas para a cidade. Olhou para o pescoço de Sorasa, lembrando-se do escorpião, preto como piche, seu ferrão preparado para atacar. *A tatuagem era um troféu ou uma punição?* Corayne resistiu ao impulso de perguntar.

— Você também está muito longe de casa, Sorasa.

O sol brilhava sobre o cabelo da assassina, iluminando cada onda preta de seus fios. Com o céu iluminado e seu capuz abaixado, Corayne conseguia ver cicatrizes antigas na pele da mulher. Cortes pequenos, cicatrizados havia muito, de lâminas ou punhos. Revelavam muitos anos árduos em um lugar que Corayne jamais veria. Sua curiosidade não seria saciada. Era uma sensação no mínimo incômoda, como encarar um enigma que ela não sabia resolver.

A assassina se moveu.

— Talvez seja melhor ver como Dom está. Confirmar se ele não apodreceu lá embaixo nem passou mal de novo — ela disse, apontando para o porão.

O Ancião não era adepto a disfarces e, por isso, passaria a jornada até Ascal em um cubículo minúsculo embaixo do convés.

Mas Corayne apenas apertou a madeira da amurada. Manteve-se firme, recusando-se a ser afugentada.

— Não gosto de como ele me olha — ela murmurou. — Ele vê meu pai. Vê morte. Vê fracasso. — Corayne sentiu seus ombros se curvarem com o peso de uma pessoa que nunca havia conhecido.

Sorasa encarou o céu. Se havia uma coisa que Corayne sabia, era que a assassina odiava o imortal.

— Imagino que um ancião amaldiçoado pelo Fuso não está acostumado com essas coisas.

— Acho que ele também vê meu tio — Corayne acrescentou, botando as palavras para fora, na esperança de expulsar a culpa. As bochechas coraram. — Eu não sabia que me parecia tanto com eles.

A assassina não respondeu, olhando para ela. *Buscando o rosto de um príncipe derrotado e um monstro em ascensão.*

— Não tenho um lugar no mundo — Corayne disse, a voz vacilante.

Para sua surpresa, Sorasa entreabriu um sorriso.

— Há muita gente assim. E lugar nenhum ainda é um lugar.

— Que bobagem.

— Bom, se você não tem um lugar no mundo, talvez possamos ser o lugar uma da outra? Nós que não temos lugar no mundo? — Sorasa retrucou. Seus olhos cor de cobre cintilaram, dançando com a luz refletida pelo rio.

Apesar do sentimento terrível nas entranhas, Corayne também sorriu.

— Talvez.

— Nunca conheci meus pais — Sorasa continuou. — Sei apenas de onde eles vieram. Não saberia dizer seus nomes, quem eram, se estão vivos ou mortos. — Ela falava sem entonação, sem emoção ou apego. Era a declaração de um fato, nada mais do que isso. Nem mesmo um segredo que valesse ser guardado.

Corayne balançou a cabeça. Sentiu a chave na fechadura. Bastava girá-la para abrir uma porta que dava acesso a amhara Sorasa e ao que havia dentro dela.

— A Guilda é a sua família? — ela perguntou, chegando mais perto.

O canto da boca de Sorasa se ergueu, seu sorriso ficando cruel. Ela murmurou algo em ibalete, tão rápida e violentamente que Corayne não conseguiu traduzir, então voltou para o primordial claro e apunhalado.

— Não, não são — ela grunhiu.

A chave se estilhaçou.

Elas não voltaram a falar até o navio se mover, as águas brilhantes do Impera as guiando para fora da cidade. Lecorra deu lugar a muralhas e cercanias, depois a fazendas e, enfim, florestas e colinas fragmentárias. Algumas cidadezinhas aglomeradas à margem do rio, com telhados de barro e ruas pacatas. Corayne mantinha o rosto voltado para a frente para observar toda curva nova de terra que surgia. Sorasa não saiu do lado dela, mas não se deu ao trabalho de esconder seu incômodo com a tarefa.

No convés, os outros viajantes se dividiam em grupos. Em sua maioria, turmas de mercadores, com uma dupla de mensageiros siscarianos com librés de um duque e uma trupe de artistas que era péssima em seus malabarismos. Eles se juntavam, afoitos para ficar fora do porão, onde os bancos fediam. Corayne pensou em Dom, confinado a uma cabine minúscula, seus ombros tocando as duas paredes enquanto aturava os odores lá de baixo.

Os outros viajantes não despertaram muito seu interesse, não enquanto o navio avançava para mar aberto. Mas Sorasa os observava com atenção, avaliando cada pessoa a bordo como faria com um porco premiado. Corayne espiava a assassina às vezes, tentando colher informação, mas não conseguia nada.

Perto do anoitecer, Sorasa se empertigou, afastando-se da amurada, seus olhos em outra passageira.

Uma velha do outro lado do convés se aproximou, os passos cambaleantes com o movimento do barco. Seu cabelo era desgrenhado e grisalho, preso em uma trança e enfeitado com penas, ossos amarelados e lavanda seca. Ela estendeu um cesto, abrindo um sorriso desdentado, cantando em jydês. Corayne só entendeu algumas palavras, e foi o suficiente.

— *Pyrta gaeres. Khyrma. Velja.*
Moças bonitas. Amuletos. Desejos.

Era uma vendedora de promessas vazias, oferecendo pedaços de lixo que chamava de magias ou feitiços. Uma pedra de rio polida, ervas inúteis amarradas em cabelo humano. *Bobagens*.

— *Jys kiva* — Corayne respondeu na língua da mulher, com má pronúncia.

Mas a mensagem era clara. *Não tenho interesse.*

A velha apenas sorriu mais enquanto se aproximava, determinada. Seus dedos eram muito nodosos pela idade e pelo trabalho, pareciam galhos quebrados.

— De graça, de graça — ela disse, passando para um primordial carregado de sotaque. — Um presente do gelo. — A cesta balançou em suas mãos.

Sorasa se colocou entre a velha e Corayne como uma irmã mais velha protegendo a caçula de uma vigarista.

— Não precisa, *Gaeda* — Sorasa disse. *Avó*. Seu tom era estranhamente suave, sem chamar muita atenção do resto do navio. — Volte para o seu banco.

A velha não parou de sorrir, o rosto marcado por rugas, a pele pálida e manchada. Tudo parecia desprovido de cor, menos os olhos. Eram de um azul luminoso, como o coração de um raio. Corayne encarou, sentindo um vago reconhecimento. Mas não conseguiu precisar; a sensação lhe escapava.

— Tudo bem, Sorasa — ela murmurou, estendendo a mão para a velha.

A jydesa enfiou a mão na cesta e pegou um maço de galhos cinza-azulados. Estavam amarrados com barbante e categute, cobertos por contas que podiam ser ossos ou pérolas.

— Que os deuses a abençoem, os Fusos a protejam — ela rezou, estendendo o presente.

Sorasa o tomou antes que Corayne tivesse oportunidade, erguendo os gravetos entre o dedo e o indicador. Farejou com uma inspiração leve. Então, tocou a língua no graveto. Depois de um momento, assentiu.

— Que os deuses a abençoem — ela disse, fazendo sinal para a velha ir embora.

Dessa vez, a velha jydesa não discutiu e saiu andando, a cesta abraçada junto ao corpo. Desceu o convés, oferecendo as mesmas bobagens aos outros viajantes.

— Não está envenenado — Sorasa disse, jogando a oferenda no peito de Corayne.

Quase deixando-a cair, ela olhou para aquela trança de lixo, incrédula.

— Duvido que uma velha decrépita esteja tentando me envenenar.

— Velhas têm mais motivos para matar do que a maioria das pessoas.

Corayne revirou os gravetos nas mãos, abrindo um sorriso.

— Ser minha guarda-costas faz parte da sua encomenda?

A assassina voltou para a amurada, apoiando-se nos cotovelos. Ergueu o rosto para o poente, se banhando na luz.

— Fui incumbida de encontrar você e levá-la até Ascal viva.

Viva. Mais uma vez, Corayne sentiu um arrepio que não tinha nada a ver com a temperatura. *Sou marcada de alguma forma. Há algo em meu sangue que me abençoa e me condena.*

— E o pagamento? — ela perguntou, ao menos para ter algo a dizer. — Espero que tenha pedido um valor muito alto de um príncipe ancião.

— Certamente.

Quanto?, Corayne quis perguntar. Em vez disso, rangeu os dentes e fechou o punho em volta do amuleto jydês. As contas balançaram. Não eram pérolas, ela percebeu, olhando de perto, mas ossos de dedos humanos, cada um esculpido na forma de uma caveira.

★

    Alguns dias depois, Dom saiu da cabine minúscula. Para a surpresa de Corayne, parecia impecável apesar de quase uma semana enclausurado com os remadores suados, do ar parado, da água ruim e da pouca comida. Dom inspirou o ar fresco e ergueu o capuz, juntando-se a Corayne na amurada.

    Corayne, por sua vez, se sentia imunda e um pouco enjoada, seu estômago ainda se revirando pelas ondas do mar aberto, embora eles já estivessem nas águas calmas da baía do Espelho. Estava óbvio que ela não havia herdado as pernas habituadas ao mar e o estômago forte da mãe. Mas logo Corayne se esqueceu das suas dores.

    O crepúsculo caía suavemente, o céu rosa se tornando roxo sobre a água. As luzes de Ascal se assomavam no horizonte, uma constelação ganhando vida.

    A grande capital de Galland se estendia sobre o delta do rio, espalhada por muitas ilhas na foz do Leão Grandioso. Pontes e portais atravessavam as hidrovias como colares cravejados de joias brilhantes, suas luzes reverberando onde a água doce encontrava a salgada. Corayne tentou não ficar boquiaberta.

    — É enorme! É maior do que pensei que uma cidade poderia ser.

    — Realmente — Dom concordou ao seu lado. Ele olhava com raiva por sob o capuz, o rosto mais uma vez fechado em sua careta típica. Ascal não era nenhuma maravilha para ele, mas um obstáculo a ser vencido. Algo a ser temido. E isso fez Corayne sentir medo também.

    — Também foi uma cidade do Cór — ela acrescentou, sentindo a verdade em sua pele. Havia ruínas sob Ascal, os ossos de um império de mil anos. — Como sei disso?

Ela achava que o Ancião teria uma resposta, mas lhe faltaram as palavras, o rosto franzido.

Sorasa lançou um olhar estranho para os dois, depois apontou para a costa.

— Ela foi destruída e reconstruída uma dezena de vezes, em uma dezena de lugares. O que antes era Lascalla é agora Ascal, capital de Galland, a grande sucessora do Velho Cór. — Ela cuspiu na água. — Ao menos é o que eles gostam de pensar.

Abóbadas de templos e torres de catedrais se erguiam contra o poente, rasgando fios de sangue no céu. As muralhas altas de Ascal, amarelas sob a luz do sol, douradas ao amanhecer e no crepúsculo, cercavam a cidade inflada como um cinto. Fumaça se erguia dos bairros pobres, mil chamas de mil lareiras. Corayne estreitou os olhos, vasculhando os telhados e ruas em busca do que poderia ser o palácio, mas não o encontrou. *Deve estar escondido no fundo da cidade, mais uma vez protegido e murado.* Ela já sentiu um aperto no peito só de pensar em encontrar o caminho até o palácio, que dirá entrar nele.

Barcos e navios de todas as bandeiras deslizavam sobre a água, formigas enfileiradas, seguindo para o porto fervilhante de Ascal. As pontes e os portões de água obrigavam todas as embarcações, com a exceção das menores, a usar a mesma rota. O navio deles entrou na fila, e a boca da cidade se abriu.

A assassina franziu o nariz.

— Preparem-se para o cheiro.

Eles passaram diante da grande fortaleza da guarnição da cidade, tão grande quanto o castelo de um lorde, com torres robustas e reparos vigiados por guardas. Os estandartes verdes de Galland voavam sobre suas muralhas, o leão dourado orgulhoso e enorme. Corayne observou as torres de pedra de cada lado do canal do delta. Das duas saíam correntes gigantes que iam até o fundo do rio, passando por baixo do tráfego marinho. Ela sabia que as correntes poderiam ser erguidas, cortando o acesso ao porto e à cidade se necessário. Ela não conseguia deixar de pensar no exército de Taristan, os soldados de Asunder, rastejando sobre as correntes como aranhas brancas.

— Esses são os Dentes do Leão — Sorasa murmurou, apontando para as torres que protegiam o rio. Corayne se aproximou, querendo ouvir mais. — Tudo que segue para a Enseada da Frota deve passar por ali, menos a armada de Galland. — Ela apontou para outra ilha na foz do rio, depois para um canal. — O mesmo vale para a Ilha de Tiber, para mercadores e comerciantes.

Tiber. O deus do ouro. Corayne o conhecia de perto. A tripulação de sua mãe orava para ele antes de cada viagem.

— E nós? — ela perguntou, observando a cidade crescer.

Sorasa assobiou.

— Porto do Viandante. É o primeiro lugar por onde passam todos os que vêm a Ascal pela água. Sempre cheio de viajantes cansados, peregrinos, fugitivos e todos aqueles que buscam fortuna na capital. Em suma, um caos.

O cheiro a dominou, caindo como uma cortina fétida. Esterco, carne estragada, água ruim, frutas podres, suor, sangue de açougueiro, esgoto de todo tipo. Perfumes doces demais, vinho derramado, cerveja choca. Fumaça, sal, um raro sopro de brisa fresca como uma golfada de ar de um homem se afogando. E, por baixo de tudo, uma umidade grudenta e incessante, tão profunda que Corayne questionou se a cidade toda estava apodrecendo. Ela encostou a manga no nariz, inspirando o aroma familiar de casa que ainda estava sem seu manto. Laranjas, ciprestes, o mar Longo, o precioso óleo de rosas de sua mãe. Por um segundo, seus olhos arderam com lágrimas ácidas não derramadas.

— Onde é o palácio? — ela perguntou, piscando para se livrar do ardor. — Imagino que não possamos simplesmente atravessar os portos e pedir para falar com um escudeiro.

A tripulação começou seu trabalho nas velas, enquanto os remadores embaixo diminuíam a velocidade. O rufo do tambor que mantinha seu ritmo batia como um coração.

— Não, duvido que possamos — Dom disse, arriscando uma inspiração. Seu rosto se franziu com repulsa. — Nunca senti um cheiro tão desagradável.

Corayne tinha de concordar.

— Você é um príncipe ancião — Sorasa zombou. Ela amarrou o cabelo em uma trança perfeita, cuidadosamente posicionada para cobrir o pescoço. — Se alguém pode simplesmente bater no portão de um palácio, é você.

Dom balançou a cabeça.

— Não suportei uma semana embaixo do convés para ser identificado agora. Taristan sabe que Andry Trelland escapou com a espada, e um escudeiro de Galland é fácil de rastrear. Eles podem estar vigiando o palácio e a rainha. — Ele cuspiu as palavras como se fossem veneno. Na amurada, seus dedos se curvaram.

Ele quer quebrar o pescoço de Taristan, Corayne concluiu.

Enfiando as mãos nos bolsos e mordendo o lábio, ela disse:

— Ele pode já estar com a espada. — Seus dedos esfregaram o amuleto jydês, inútil e empoeirado, os ossos lisos e frios. Ajudou a acalmar sua pulsação latejante. — E tudo isso ser em vão.

Dom franziu a testa.

— Não podemos pensar dessa forma, Corayne.

Confiar na esperança é um caminho certeiro para o fracasso.

— Bom, *eu* penso.

— A alternativa é aceitar que a esfera está condenada — ele respondeu, vigoroso. — E isso eu me recuso a fazer.

Tochas se inflamaram em seus olhos, refletidas das docas que se projetavam dos dois lados do rio. O ancoradouro deles estava perto, vazio e esperando na margem norte da hidrovia.

Mais uma vez, Corayne imaginou rostos brancos, pele decomposta até os ossos, sangue e armadura negra. A silhueta de um homem com os olhos dela. Ainda agora, ela não conseguia acreditar. *Estou em um navio que não é o da minha mãe, em um reino que não é o meu, em uma missão que o homem que me abandonou não conseguiu cumprir.* A última semana lhe parecia uma memória confusa. Nada real. Não fazia sentido, ao contrário das estrelas ou de suas cartas e listas. Não se encaixava. Seus nervos formigaram.

Ajeitando o manto verde, Dom lançou a Sorasa um olhar desafiador. Sua espada, seu arco e sua aljava estavam escondidos, tornando sua figura ainda mais corpulenta.

— Então, assassina dos amharas, lenda das sombras, rápida com a língua e as lâminas, o que sugere que façamos agora?

— Sugiro que suborne um guarda no portão dos fundos como uma pessoa normal.

Dom resmungou, irritado.

— Mais discreto?

A amhara não respondeu, os olhos na doca. Seus pensamentos estavam em outro lugar — em uma taverna, um salão de jogos, um bordel, com amigos em Ascal. Embora Corayne duvidasse que Sorasa Sarn tolerasse amizades. *Ou está ansiosa para se livrar de nós. Sua missão está quase cumprida. Precisamos apenas pisar na doca e ela vai embora. Ela não concordou com nada mais.*

Com um suspiro, Corayne chamou Dom de lado. Era como ser uma agente de navio novamente, regateando um preço entre dois lados opostos. *Se os dois lados se desprezassem, e um sequer entendesse o conceito de moeda.* Uma proposta exaustiva.

— Você vai ter de lhe dar mais dinheiro se quiser que ela nos leve até o palácio da rainha — Corayne explicou.

— Já paguei mais do que o suficiente — o Ancião retrucou. Corayne deu outra cotovelada nele, acertando a muralha de granito de seu abdome. Ele não pareceu notar. — Vamos encontrar nosso caminho.

— Que seja — Corayne bufou. Depois estendeu a mão para a amhara, a palma aberta em um gesto de boa vontade. — Imagino que isso seja adeus, Sorasa Sarn.

Sorasa olhou para os dedos dela com repulsa.

Como Corayne desconfiava. Ela baixou a mão, a voz ficando mais cortante, com a intenção de ferir.

— Espero que goste de nos ver tropeçar rumo ao fim de Todala por causa de seu orgulho e algumas moedinhas enquanto a esfera se desmorona.

Um silvo trespassou os dentes à mostra de Sorasa, seus olhos dançando à luz das tochas. O navio encostou em seu ancoradouro com o rangido de madeira e corda. A amhara balançou com elegância enquanto o convés chacoalhava. Mais uma vez, a máscara dela caiu. Corayne viu raiva. Do tipo que era útil.

— Bom, falando assim... — ela finalmente retrucou, afastando-se da amurada.

Corayne pegou o braço de Dom e o puxou pelo manto, como um cachorro numa coleira. Eles trombaram pela multidão, quase perdendo Sorasa de vista. O rosto dela se acendia à frente deles, rígido de frustração. Ela diminuiu o passo, deixando que os outros viajantes passassem sua frente.

— Venham logo — disse, ríspida, antes de murmurar mais palavras em ibalete.

Corayne sorriu. Ela havia crescido entre marinheiros. Estava mais do que acostumada com palavrões.

— Não sou uma macaca intrometida coisa nenhuma — Corayne respondeu.

Sorasa se sobressaltou. Nem ela conseguia esconder o rubor.

— Você fala ibalete?

— Não se preocupe, não vou contar para Dom do que você o chamou.

Atrás delas, Dom bufou, as botas calamitosas sobre as docas.

— Não ligo para a opinião de uma assassina — ele disse, uma mentira óbvia.

Corayne desconfiava de que ele se importaria muito. Afinal, Sorasa o havia chamado de asno estúpido e teimoso. *Embora*, ela pensou, *minha tradução possa não ser tão fiel.*

Em ibatelete estúpido *soa muito parecido com* bonito.

11

O FARDO DA ASSASSINA

Sorasa

ELA NÃO SE VIA COMO UMA MULHER DE CONSCIÊNCIA. Qualquer moral com que pudesse ter nascido não a havia acompanhado até os portões da cidadela. Nenhum amhara poderia viver com esse peso. No entanto, ela sentia algo desconhecido e insistente a puxando, tirando-a de seu caminho, como um anzol nas guelras de um peixe. Sorasa sentia vontade de arrancar esse anzol, mesmo que rasgasse a carne e arrancasse sangue. Fugir com a correnteza, para onde a oportunidade a levasse. Em vez disso, ela se viu rangendo os dentes no Porto do Viandante, atacada por todos os lados pelo fedor e pelo barulho, presa a dois anzóis muito persistentes. Ela os arrastou pelas ruas apesar do que seus instintos lhe diziam. *Certamente a garota do Cór e o Ancião conseguem encontrar seu caminho até o palácio Novo sem morrer. Ou, se morrerem, azar.*

Mas as palavras de Corayne a corroeram. *O fim de Todala.*

Aqueles espectros de outra esfera certamente causavam essa sensação, por mais fugazes que tenham sido. Sorasa tinha visto homens estripados, queimados, esmagados, envenenados e devorados, em todos os estágios de morte e decomposição. Trucidados por encomenda, por prática, por esporte ou apenas para agradar Mercury. Assassinatos disfarçados de rituais de alguma seita ou acidentes terríveis. Cadáveres desmembrados, dispersados ou dissolvidos em soda cáustica. Corpos retorcidos por tortura ou privação. Ela havia testemunhado de tudo e feito de quase tudo. Mas nada, das neves de Jyd às selvas de Rhashir, a havia abalado tanto. Era uma lembrança que se recusava a ser esquecida, o gosto e o cheiro em sua mente. Sangue, podridão, ferro. E um *calor* que ela não conseguia entender. Para uma mulher nascida nas areias, isso era o mais perturbador de tudo.

Ela engoliu em seco. *Não restará nenhuma Guilda Amhara se a esfera for destroçada. É uma questão de lógica. Um simples negócio. Um meio para um fim.*

Havia outros caminhos para a ilha onde ficava o palácio Novo, com todas as suas malditas muralhas, portões e pontes. Se o Ancião não queria ser visto, apesar de todo o seu tamanho, Sorasa garantiria isso. Ela ajustou o manto para que ficasse disforme, um simples contorno de cor indefinida, indistinguível entre a areia e a fumaça cinza à luz das tochas. Como uma mulher de rosto bonito e um corpo esculpido por anos de treinamento, ela poderia chamar mais atenção nas ruas da cidade. Sorasa não tinha a intenção de ser notada, que dirá lembrada por algum guarda na rua.

Isso se conseguirmos sair do porto, ela pensou com amargura. *Com essa garota boquiaberta e aquele jazigo ambulante, será um milagre se chegarmos lá até meia-noite.*

E Corayne realmente estava boquiaberta, contemplando a cidade. Se não fosse por Dom, ela teria sido um belo alvo para batedores de carteira e pedintes. O Ancião, encapuzado atrás da menina, era um sentinela com quem ninguém mexeria. Exceto, claro, os bêbados, os arruaceiros e os arruaceiros bêbados. Eles se reuniam diante das tavernas e casas de libertinagem das docas, sob as sombras, erguendo jarros e gritando para o Ancião em uma variedade de línguas.

Dom vacilou, os lábios contraídos embaixo do capuz.

— Creio que aqueles homens estão pedindo para brigar comigo — ele disse, confuso.

— Dá para entender — Sorasa murmurou baixo.

— Por que fariam isso? — o Ancião perguntou. — Tenho o dobro do tamanho deles.

Ele voltou a examinar as tavernas, olhando os homens com cara de rato em roupas encardidas. Os homens retribuíam o olhar, xingando, mostrando dentes amarelos, isso quando tinham dentes.

Sorasa fez sinal com os dedos enluvados para ele seguir em frente.

— Meninos fazem coisas idiotas para se sentirem homens, por mais velhos que sejam.

Estalagens e tavernas brotavam como ervas daninhas por todo o Viandante, suas ruas estreitas e lotadas. A maioria das pessoas saía rapidamente do porto, criando uma maré constante para dentro da cidade. Sorasa os manteve na correnteza, próximos de um grupo de peregrinos mais boquiabertos do que Corayne. Ela soltou um suspiro aliviado quando eles escaparam da ilha amontoada e cruzaram a Pontelua, assim batizada por seu semicírculo suave sobre o Quinto Canal.

Corayne fixou os olhos e diminuiu o passo para contemplar a monstruosa Enseada da Frota, tão intimidante quanto a armada ancorada nela. Foi escavada na ilha seguinte, com um longo canal que dava em um círculo interno. Havia ancoradouros para cada navio da frota, guardados como cavalos em baias de um estábulo.

— É um cothon — Sorasa disse, puxando a menina. — E não há muito o que ver. Uma sombra dos portos de guerra de Almasad e Jirhali, uma cópia malfeita.

Ambos ressurgiram em sua mente, as cidades de Ibal e Rhashir cheias de névoa quente e sombras de palmeiras. Enquanto Galland conseguia aportar vinte navios de guerra por vez, os outros poderiam abrigar uma centena com facilidade. As ruas de Almasad eram douradas em sua memória, cintilando como nunca. Sorasa se forçou a inspirar o ar azedo fedendo a cerveja da capital meridional. Era como um balde de água fria.

— É isso que Galland faz. Tudo muito bem roubado e mal replicado — ela acrescentou, ainda puxando o braço de Corayne. — Se insistir em parar para olhar cada paralelepípedo e vala de esquina, vou mandar Dom carregar você.

A cidade se desdobrou, escura e coberta de luzes bruxuleantes como pingos de tinta vermelha e dourada. Brilhavam nas águas, dançando atrás de barcos, balsas e pequenos esquifes que remavam pelos canais. Sorasa se orientou enquanto caminhavam, recalibrando os ponteiros de sua bússola interna. Corayne tropeçava ao seu lado, fazendo o possível para contemplar e caminhar ao mesmo tempo.

— A Konrada — Sorasa disse, apontando para a torre antes que Corayne pudesse perguntar. A construção se erguia no centro de Ascal, escura contra as estrelas, as janelas iluminadas lá dentro como se uma chama ardesse nas profundezas de sua coluna. — Uma catedral a todos os deuses da Ala, todos os vinte, construída por Konrad, o Grande.

Atrás dela, Dom fez o que pôde para sorrir. A expressão parecia estranha em seu rosto.

— Para alguém que odeia companhia de viagem, você é uma guia talentosa.

A voz firme e o tom civilizado deram um nó no cérebro de Sorasa.

— A torre é aberta por dentro, sessenta metros da abóbada até o chão — ela continuou, olhando fixamente para ele. — Sabe o que acontece com o crânio de um homem quando ele cai dessa altura?

O Ancião se irritou.

— Foi uma ameaça, Sarn?

— Só estou compartilhando lembranças felizes. Tenho muitas nesta cidade.

Ao lado dele, Corayne revirou os olhos.

Eles tentaram evitar as ruas principais, preferindo os becos. As avenidas ligavam as pontes como veias em um corpo e teriam sido mais fáceis, mas também mais óbvias. Mesmo à noite, barracas de comerciantes e pavilhões de artistas atraíam multidões, e as fontes estavam cheias de gente lavando roupas e enchendo baldes. Carrinhos eram empurrados; sacerdotes dedicados faziam procissões; cães farejavam em busca de restos enquanto gatos miavam alto. A guarnição da cidade patrulhava, lanternas erguidas e rostos preguiçosos atrás dos elmos. Crianças riam ou choravam em cada esquina.

Enquanto Corayne contemplava, embasbacada, Dom fechava a cara com repulsa. Sorasa não tinha como não concordar. *Ascal é um lugar imundo*, ela xingou, passando por cima de uma poça preta. Entre as pontes, os canais fétidos e as muitas centenas de milhares de pessoas que viviam dentro das muralhas, a capital era um experimento de como não planejar uma cidade. Tudo era infinitamente mais caótico do que qualquer cidade ao sul ou ao oeste.

Mas o caos facilita, ela sabia. *Em uma multidão, em uma rua, nos alicerces de uma cidade.*

Eles voltaram a uma grande avenida para atravessar a Ponte de Fé, cuja extensão era iluminada por grandes tochas de ferro instaladas feito lanças. À luz do dia, ela estaria cheia de ponta a ponta com peregrinos em busca da Konrada e das bênçãos dos deuses. Naquele momento, estava quase vazia, com meia dúzia de sacerdotes dispersos murmurando consigo mesmos ou pregando para os pedintes.

Eles saíram da Fé para entrar na praça, larga e redonda. Sorasa conteve o impulso de sair correndo. Sentia-se exposta, um falcão reduzido a um camundongo no campo. A torre da catedral se assomava, zelando por eles com uma indiferença orgulhosa.

Embora detestasse Ascal, nem Sorasa poderia deixar de admitir que a cidade era grandiosa em todos os sentidos da palavra, para o bem ou para o mal. Esse era o costume dos reis nortenhos, que se viam como imperadores, oprimidos e abençoados por governar todos os cantos do horizonte.

O palácio Novo não era uma exceção, um gigante corcunda além da catedral.

Corayne soltou um suspiro como quem perdia o fôlego. Não de admiração, mas de espanto.

— Eu tinha uma imagem na minha cabeça — ela murmurou enquanto caminhavam. — Como achava que seria o palácio.

— E não chegou nem perto — Sorasa respondeu. *Sei como é*, ela pensou, lembrando-se da primeira vez em que vira o palácio enorme. *O grande assento dos reis gallandeses, o punho desta terra.* Tirara seu fôlego na época. Quase tirou de novo.

O palácio se erguia no coração da cidade, murado em sua própria ilha, suas torres de um cinza-claro que brilhava dourado sob os braseiros flamejantes nos reparos. O leão de Galland rugia em uma centena de estandartes verdes que caíam como lágrimas esmeralda. Gárgulas e pináculos arranhavam o céu no alto dos telhados. Tochas ardiam nos reparos de uma dezena de torres. Luzes pulsavam atrás de janelas cintilantes de vitral. Havia mais uma catedral lá dentro, a Syrekom, de uma magnitude monstruosa, com uma janela rosácea, como um olho gigante cravejado de joias. Partes do palácio eram novas, a pedra quase branca, a arquitetura extravagante e arrojada, um forte contraste com o resto. O portão era uma boca de ferro, presas abertas na ponta da Ponte de Valor.

Duas dezenas de cavaleiros vigiavam Valor, armados com lanças e protegidos por elmos. Sobre a armadura, usavam seda verde, bordada com um leão rugindo. À noite, pareciam inumanos, insensíveis, a serviço da rainha e do país.

— São guardas demais para subornar — Dom disse com secura por baixo do capuz.

— Não planejo usar uma ponte — Sorasa respondeu com a mesma acidez.

— Você pretende nadar naquela... *substância*? — Ele olhou com escárnio para os canais fétidos.

Antes que ela pudesse retrucar, Corayne respondeu:

— Obviamente deve haver algum tipo de túnel. — Seus olhos se voltaram para Konrada, depois para o palácio. — Há mais coisas embaixo de nós. Nas ruínas do Velho Cór.

— Sim — Sorasa respondeu, ríspida.

Ela olhou para a garota de cima a baixo outra vez. Em Lemarta, Corayne parecia não ser nada de especial, mais uma filha do mar Longo, com o rosto bronzeado e o cabelo emaranhado pelo sal. *Esperta, curiosa. Inquieta, talvez, mas que garota de dezessete anos não é?* Havia apenas uma centelha indecifrável nela. Ali, esse brilho queimava, uma vela se acendendo. E Sorasa não sabia o que significava.

— Havia uma arena aqui, onde os córes disputavam corridas de biga na areia ou encenavam batalhas marítimas nos terrenos alagados — Sorasa explicou com a voz baixa. — Resta apenas um fragmento, ao leste do palácio. Mas a fundação, embaixo de nós, embaixo até dos canais, é um labirinto de túneis, alguns de poucas décadas, outros de dois mil anos. Muitos pegaram fogo quando o palácio Velho caiu; outros desmoronaram ou foram inundados desde os tempos do Velho Cór. Mas não todos.

Corayne estreitou os olhos para a Konrada, olhando para seus alicerces em vez de seu pináculo. A parede dedicada a Immor os encarava. O grande deus do tempo e da memória segurava a lua e o sol, um em cada mão, na mesma altura, com as estrelas brilhando como uma auréola atrás de sua cabeça. Em seu peito, havia uma janela rosácea, queimando com uma luz azul e verde. Um batente se arqueava entre seus pés, um dentre vinte, de onde vinha o som do culto noturno.

Sorasa os guiou para a catedral, um sorriso nos lábios.

— As galerias da Konrada não abrigam mais nada de valor, mas são profundas.

— Será o bastante — Dom disse, soturno.

Corayne só conseguiu fazer que sim. Seus olhos se arregalaram de novo, e ela voltou a parecer a garota de Lemarta, não a filha de um príncipe morto, com o destino da esfera nas mãos.

— Acho que os túneis fedem mais do que as ruas — Corayne disse, com a voz abafada.

Ela ergueu a camisa sobre o nariz e a boca, deixando apenas os olhos pretos visíveis. Encarava as paredes e o chão de terra, buscando brechas. Seus olhos pareciam consumir a luz escassa.

O grunhido de Dom ecoou:

— Eu não imaginava que isso fosse possível. Porém, aqui estamos nós.

— Engraçado, as lendas dos Anciões não mencionam que seu povo é *fresco* — Sorasa alfinetou, embora tivesse de concordar.

O ar do túnel conseguia ser ao mesmo tempo azedo e rançoso. O canal corria acima deles, e estava nítido que as paredes eram perpetuamente úmidas, cobertas de musgo que brilhava sob a luz fraca de sua tocha.

O Ancião murmurou uma resposta na língua dele. A palavra ecoou pelo túnel, atravessando a escuridão. As galerias de Konrada tinham ficado para trás, ocupadas por um sacerdote cinza que recuperaria a consciência por volta do amanhecer.

As lembranças vinham a cada passo. Sua primeira encomenda atrás das paredes do palácio Novo fora quinze anos antes; a última, quatro. Ambas terminaram com homens mortos em seus aposentos, sem orelhas e dedos, encomendas entregues e mensagens transmitidas. Ela não sentia orgulho nem satisfação. Era apenas uma questão de cumprir seu dever — ao menos, na época.

Embaixo de Ascal, na umidade fria, Sorasa se sentiu mais distante do que nunca dos amharas e da cidadela. Mordeu o interior da bochecha, o ar frio adentrando sua roupa, como o toque de uma doença.

Depois de muito tempo, o túnel começou a se inclinar para cima. Dom encostou o dorso da mão na parede, sentindo a pedra.

— Não estamos mais embaixo do rio — ele disse, os dedos voltando secos. — Devemos estar no palácio agora.

— Ah, ótimo — Corayne disse. Sua voz estava à beira do pânico. — Agora posso parar de ter medo de me afogar e me concentrar inteiramente no medo de morrer soterrada.

Um riso raro atravessou os dentes de Sorasa.

— Não é tão ruim assim — ela respondeu. — Proteja o crânio e as costelas. Você vai ficar bem.

A menina pestanejou.

— Você é uma pessoa muito estranha, Sorasa Sarn.

— É um mundo muito estranho — Sorasa disse. Seus olhos encontraram os de Dom, que formava a retaguarda do trio. O rosto dele se fechou em sua careta constante. — E fica mais estranho a cada segundo.

O Ancião abriu a boca severa, mas se conteve, estreitando os olhos imortais para ver além do que ela via. Havia algo na escuridão.

Corayne olhou para ele, morta de preocupação.

— O que foi? — perguntou, baixando a voz.

Levou a mão à bota, onde mantinha uma faquinha inútil.

Alguém precisa ensiná-la a usar isso, Sorasa pensou, notando como a menina empunhava mal a faca.

Dom apenas ergueu o queixo.

— Você verá.

Chegaram ao portão que barrava a passagem. Era um ferro bom e antigo, sem cadeado ou dobradiças, soldado com placas em ambos os lados do túnel. Era feito para deter qualquer pessoa que se arriscasse por esse caminho, vinda de qualquer direção.

— Isso é novo? — Corayne perguntou, buscando respostas como sempre fazia. — Ou você tem algum truque?

— Aposto que isso tem quase duzentos anos — Sorasa suspirou, observando o ferro. — E, sim, tenho um truque. É bem grande e irritante — ela acrescentou, com um olhar incisivo para Dom.

Ele riu na cara dela. A luz da tocha deixava seu cabelo dourado da cor de fogo e projetava sombras ao longo das linhas angulosas de seu rosto severo, acumuladas sobre suas cicatrizes.

— *Eu* sou irritante? — Os olhos verdes dele queimavam como brasas. — Foi *você* quem nos trouxe até um portão trancado.

Sorasa olhou para as mãos grandes e os ombros largos dele, bufando, com indiferença. Ela se lembrou do touro em Byllskos, apanhado e atirado pelo imortal.

— Eu trouxe vocês a um portão trancado prestes a ser derrubado. Há uma diferença.

O Ancião revirou os olhos e voltou a olhar para as grades de ferro. Seu cenho se franziu ainda mais, seu corpo ficou imóvel.

— Que foi, está com medo de um arranhãozinho? — Sorasa provocou.

Ele soltou um som grave que veio lá da garganta, entre um grunhido e um ronco.

E houve um arranhãozinho.

12

A ÚLTIMA CARTADA

Erida

A RAINHA SABIA POR QUE SEU FUTURO MARIDO pedira rosas para a manhã seguinte. Escarlates, carmesins, rubi, vermelhas como o sol da primeira luz da aurora. Vermelho era a cor do antigo império, e as rosas brotavam à sombra dele, fantasmas vermelhos para lembrar as ruínas do passado. Cresciam por toda Ascal, especialmente nos jardins do palácio Novo. O mesmo acontecia em Lecorra, a antiga capital, e nas cidades antigas das províncias de Kasa e dos Portões de Trec, onde o sangue do Cór já havia governado. Erida tinha de admitir, desejava rosas também, e pensou em maneiras de usá-las no cabelo para a cerimônia. *Envoltas em prata, trançadas, presas em grampos. Entrelaçadas em uma coroa, talvez.*

Suas damas se agitavam nos aposentos, preparando vestidos para a manhã no solar grandioso. Elas trabalhariam até a noite, examinando cada centímetro de seda e brocado em busca de alguma falha enquanto as costureiras aguardariam o parecer, contorcendo as mãos. Todos os outros servos que podiam ser poupados dos preparativos para o banquete caçavam rosas. Ela os via pelas janelas, colhendo nos jardins à luz de tochas, tesouras em mãos.

O vestido de Erida para a cerimônia seria de tecido dourado bordado com verde, com um véu cor de creme sobre a coroa, como mandava a tradição gallandesa. Mas, para a noite anterior, ela escolheu carmim, para agradar o futuro consorte. Era uma cor estranha, mas não inoportuna. Erida baixava os olhos enquanto caminhava, as saias ondulando, a seda refletindo as luzes do corredor comprido. Seus dedos se agitavam, reluzindo com o anel esmeralda de Estado. Não era uma caminhada longa da residência até o salão grandioso. Ela conseguia fazê-la de olhos fechados, cada curva e escada gravada na memória.

Naquele dia, o caminho parecia ao mesmo tempo infinito e curto demais.

Minhas damas estão nervosas, ela sabia. Elas seguiam a certa distância, deixando que Erida caminhasse sozinha. Assim como todos à exceção do Conselho da Coroa, elas não sabiam quem a rainha havia escolhido desposar, nem por quê. Erida não tinha nenhuma confidente entre as moças. Era perigoso demais revelar segredos para as damas de companhia, que dirá se tornar amiga delas. Três eram filhas de nobres gallandeses, e as outras duas vinham das cortes de Larsia e Sardos. Suas lealdades eram outras, pertenciam a pais ambiciosos ou reis distantes.

Não a mim. Não há companhia para rainhas no poder. O peso sobre meus ombros é muito diferente e muito maior. Minhas decisões são apenas minhas e de mais ninguém.

Ela cruzou as mãos, assumindo seu usual ar de calma, embora não fosse nem um pouco sincero. Seu coração se acelerava de medo e ansiedade. Ela apresentaria o consorte à noite e se casaria com ele na manhã seguinte. O casamento tinha sido anunciado poucos dias antes, e a corte ficara em alvoroço desde então. Apenas o conselho sabia da escolha, e seus membros tinham jurado segredo. Para sua surpresa, pareciam ter mantido o juramento, até mesmo Konegin.

Ao menos por isso, Erida podia ser grata.

Ainda assim, seu coração batia forte. *Ele é a melhor escolha, a única escolha. E mesmo assim pode ser minha ruína, um carcereiro com um sorriso ladino, um rei apenas no nome, segurando minha coleira cravejada de joias*. Era um risco que ela tinha de assumir.

Lord Konegin queria apanhá-la de surpresa, mas Erida sabia que o encontraria antes de entrar. E estava certa.

— Milorde — disse quando ele se aproximou, movendo-se para interceptar seu séquito de damas e guardas.

Seu primo estava praticamente sozinho, acompanhado apenas por uma dupla de cavaleiros jurados a ele. Enquanto a guarda dela vestia verde com dourado, os dois soldados dele usavam túnicas douradas com verde, o leão rugindo às avessas. Konegin preferia a cor esmeralda, do couro matizado de suas botas ao manto brocado preso com um broche cravejado de brilhantes embaixo da garganta.

A reverência que ele fez era desprezível, quase um abano com a cabeça dourada.

— Majestade — ele disse. Seu colar ministerial brilhava no pescoço. — Que bom que nos cruzamos antes que tudo começasse.

Como se não estivesse escondido no canto como um cão à espera de restos, Erida pensou, forçando um sorriso.

— Na verdade, já começou, se meu senescal estiver certo — ela respondeu, apontando para um homenzinho atarracado que cuidava do palácio e seus eventos. Ele se encolheu atrás das damas. Poucos membros da corte real se atreveriam a se meter entre a rainha e seu primo se não fosse a troco de ouro ou glória. — Os barris estão circulando, e creio que o vinho esteja sendo servido a essa altura. De Siscaria hoje, não é, Cuthberg? Agora que os madrentinos não estão mais nos incomodando na fronteira.

— S-sim, majestade. Tinto siscariano e uma safra nironesa da baía Safira para sua mesa — o senescal gaguejou, embora a rainha tivesse pouco interesse.

Ela encarou o olhar penetrante do primo enquanto mantinha o sorriso. Vigorosamente, com toda a sua concentração.

— Devo confessar que gostaria de ver mais seu noivo — ele disse, lançando a isca, sem jeito. — Mal consegui falar com ele.

Erida fez um gesto de pouco-caso.

— Ele passa a maior parte do tempo nos arquivos, tanto no palácio Novo quanto nas galerias da Konrada. — Era a verdade, fácil de dizer.

Konegin ergueu a sobrancelha loira.

— Um estudante de história?

— De certo modo. Ele quer saber tudo sobre Galland antes de se juntar a mim no trono.

O lorde franziu o rosto com repulsa.

— Primo, entendo suas reservas. — Ela falou com toda a gentileza possível. Konegin era uma balança que Erida deveria manter sempre equilibrada. Ele precisava saber o valor dela, seu poder como rainha, mas não se sentir ameaçado, muito menos instigado a agir. — Por favor, saiba que tenho seu conselho em mais alta conta.

Konegin curvou os lábios, a barba se concentrando sobre a boca.

— No entanto, o ignora com tanta facilidade, isso quando me permite aconselhá-la.

— Você não foi ignorado. — *Só mesmo os homens para falarem o dia todo e ainda assim se sentirem silenciados.* — Mas a decisão é minha. Você jurou a meu pai que o obedeceria.

— Jurei — ele respondeu, ácido. — E disso me arrependo.

Uma centelha de raiva se acendeu no peito de Erida. Qualquer palavra dita contra seu pai era uma palavra contra a coroa, o reino, contra o sangue em suas veias. Ela queria enforcá-lo por essa ousadia. *Mas o que isso traria de bom?*, alertou a si mesma. *O filho dele é patético, mas suas terras são muitas, seu alcance, vasto. Há muito mais pessoas leais a Konegin do que a mim. É melhor esperar, me fortalecer, me reforçar antes de provocar esse ninho de cobras.*

Erida continuou andando, o ritmo lento para não ser grosseira. Mas o suficiente para fazer seu grupo se mover, o banquete estava prestes a começar. *Equilíbrio.*

Konegin acompanhou.

— Você o considera humilde demais para mim, sei disso — ela falou calmamente. Não pela primeira vez, Erida desejou ter herdado a altura do pai para olhar o primo nos olhos. — Eu entendo isso. Mas confie em mim quando digo que estou pensando em Galland, na coroa, em nosso país, a cada segundo que vivo e respiro. Ele é a escolha certa para todos nós, para o que podemos *nos tornar.*

Konegin bufou.

— Eu acredito em carne e osso, no que é real, Erida.

À frente, uma porta se assomou. *Santuário.* O corredor, o grande salão, o futuro. A libertação das garras de primos detestáveis e noivos falsos, de sonhos não concretizados e impossíveis.

— Eu também — Erida respondeu. *Mais do que você imagina.* — Mas, primo, você passou todos esses anos sentado em meu conselho, criticando todos os nomes da lista. Príncipes de Kasa, Ibal, Rhashir, Trec, todos os reinos da Ala. Os herdeiros mais ricos de Galland, os grandes príncipes de Tyriot. Homens de recursos e poder. Você nunca foi a favor de nenhum deles, tampouco sugeriu um nome. — Ela o avaliou com o olhar severo. — Sugira um pretendente, primo, se o tiver. Ou aceite quem escolhi, pelo bem de todos nós.

Lord Konegin franziu o cenho. Mordeu os lábios finos, resistindo pelo maior tempo possível. Era um assunto que ele evitava havia muito tempo, uma cartada que ainda não havia jogado. *Mas sua mão está sendo forçada. Jogue e me deixe ver,* Erida pensou, quase voraz. Ela sentia a vitória na boca.

— Meu filho é solteiro — ele disse, entre dentes.

O príncipe dos sapos, Lord Troll, um mancebo de trinta anos com o temperamento do pai, a constituição fraca da mãe e uma pança de morsa. Eu preferiria desposar um cadáver. O cheiro seria mais agradável.

No entanto, era algo a considerar. Ao menos para manter a coroa longe da cabeça de seu primo. *Eu não seria a primeira mulher a se casar por raiva.*

— Seu filho é um membro valioso da minha família, um primo querido, assim como você. — Tanto a rainha como o lorde quase riram diante da mentira audaz e descarada. Eles trocaram sorrisos maldosos, como adversários sorrindo por trás de lâminas cruzadas.

— Imagino que tenha um grande número de princesas e herdeiras ricas atrás da mão dele. — *Em detrimento delas, coitadas.*

— Com certeza — o lorde disse, sem oferecer nada a mais. — Mas Heralt as deixaria de lado para servir a Galland, para servir a nosso sangue nobre e majestoso.

À frente, os soldados dela cercaram as portas duplas de carvalho e as abriram, revelando um corredor de antecâmaras. Eram todas de madeira escura, envernizada e polida, esculpidas em uma perfeição de detalhes. Cada arco formava a boca de um leão, rosnando e mostrando os dentes. Erida os imaginou se fechando enquanto passava, barrando a entrada de Konegin. *Ou partindo-o ao meio.*

— Que bom que ele não precisa fazer esse sacrifício — ela disse enquanto entrava no corredor. Seus cavaleiros se aproximaram, as armaduras fazendo estrépito no espaço mais apertado. Todos eram largos e musculosos, escolhidos por sua força e habilidade. Sem mencionar o tato. Ombro a ombro, os cavaleiros mantiveram sua formação, praticamente bloqueando o caminho do primo.

Lord Rian Konegin ficou para trás, o manto pendendo sobre um ombro. Emoldurado pelo batente, pela passagem esvoaçante das damas da rainha, ele parecia uma rocha no mar, imóvel enquanto as ondas quebravam em volta. Erida virou as costas, satisfeita com sua atuação. *O mar conquistará até as montanhas, se tiver tempo. E você envelhecerá antes de mim, seu poder definhando enquanto o meu floresce.*

A voz dela era leve, musical, infantil, uma fantasia tanto quanto seu vestido escarlate.

— Aproveite o banquete, primo.

13

O CERCO

Corayne

DOM ESPANOU POEIRA E TERRA DO MANTO, limpando-se depois do transtorno com o portão do túnel. *Embora sua aparência devesse estar lá embaixo em sua lista de prioridades*, Corayne pensou, observando-o refazer o penteado, juntando metade do cabelo em uma trança caprichada enquanto atravessava o túnel agora seco. *Ao menos, ele é bom no que faz.* O portão rachado atrás deles era prova disso.

Embora parecesse uma eternidade, serpenteando entre a escuridão densa, passaram-se pouco mais de vinte minutos até a tocha de Sorasa iluminar o pé de uma escada em espiral.

— Finalmente! — Corayne disse. Inspirou uma golfada de ar mais fresco, sentindo o gosto da diferença.

Dom fitou os degraus.

— Você primeiro, Sarn — grunhiu, a voz gutural.

A assassina zombou, subindo os degraus.

— Um ancião imortal, escondendo-se atrás de uma mulher e uma criança. Que nobre da sua parte.

Ele não respondeu à alfinetada, mas um músculo se tensionou em sua bochecha.

— Tenho dezessete anos, estou longe de ser uma criança — Corayne murmurou baixo, olhando feio para os degraus.

Suas pernas ainda estavam cansadas pelos dias na sela. A mera perspectiva da subida deixou suas coxas ardendo, e depois de poucos minutos arderam para valer. Sua respiração ecoou, mais pesada a cada segundo. Embora corresse pelas falésias de Lemarta desde criança, subindo as escadarias da cidade portuária sem pestanejar, essas pareciam infinitamente mais difíceis.

Ela tentou contar os degraus para passar o tempo e controlar o nervosismo. *Cada degrau me leva mais perto do palácio acima de nós, de uma espada que pode não estar lá, de uma rainha que pode não nos dar ouvidos.* Entrar na escuridão desconhecida era como carregar uma tora nas costas. Pesava a cada passo, mesmo nos mais fáceis.

— Você comentou que seu escudeiro é filho de uma dama — Sorasa disse, a voz ecoando. — Ele deve estar na ala leste, onde ficam os apartamentos dos cortesãos.

Corayne tentou controlar a respiração árdua. Respirou fundo o ar úmido.

— Isso é longe?

— Não exatamente.

Essa não é uma resposta.

— Vá na frente. Você pode se passar por uma criada da cozinha — Sorasa acrescentou, olhando para trás. Sem diminuir o ritmo, ela passou os olhos pelas roupas de Corayne. — Pergunte pelos aposentos dele. Simples assim.

Corayne olhou as botas, as calças justas e a túnica ressecada pela maresia.

— Não me pareço muito com uma criada.

Sorasa revirou os olhos com tanta força que Corayne quase sentiu.

— Você já está dentro das muralhas. — Ela suspirou. — É só manter a cabeça erguida, fazer cara de tédio, falar com clareza. E você é uma menina. Inofensiva. Ninguém vai prestar atenção.

Subitamente Corayne quis que a escada fosse infinita.

— Não sei se consigo fazer isso.

— Tudo bem... — Dom começou, mas Sorasa o interrompeu estalando a língua.

A assassina apertou o passo, como se fosse uma punição pelo medo de Corayne.

— Você é agente do navio de uma das mais famigeradas piratas do mar Longo, e filha dela ainda por cima. Posso apostar que tem alguma coragem nesse seu corpinho.

Um rubor brotou nas bochechas de Corayne, queimando contra o ar frio e úmido da escadaria. *Covarde*, ela ouviu o sussurro de sua mãe em seu ouvido. A lembrança lhe deu um calafrio e a reanimou em igual medida. *Vou te mostrar o que é coragem.*

As escadas acabaram em uma sala ampla e plana, mal iluminada, mas não escura. Uma espécie de galeria subterrânea, de um estilo muito diferente dos túneis lá embaixo. Sorasa os guiou, escolhendo um caminho que ninguém mais conseguia ver, até chegarem a outro lance de escadas. Por sorte, era muito mais curto e levava a uma única porta antiga.

Sorasa, então, ficou em silêncio e encostou o ouvido na porta.

Bufando baixo, Dom apoiou as mãos nos ombros da amhara. Ela ficou tensa como uma predadora, um punho cerrado, a mão sacando a faca, enquanto ele a puxava para trás. Os olhos dela se arregalaram, lívidos, as narinas se abrindo enquanto inspirava com um silvo furioso.

Dom lançou um olhar exasperado para ela antes de levar o rosto à porta, encostando a orelha. Corayne quase riu alto. Era óbvio que um ancião ouviria melhor do que qualquer mortal, mesmo uma amhara. Uma questão de lógica.

Isso não acalmou Sorasa nem um pouco.

— Matei homens por menos — ela rosnou.

— Fique à vontade para tentar — Dom disse com desinteresse, concentrado em outra coisa. Ele ouviu por um longo segundo enquanto a assassina fumegava de raiva. — A sala e o corredor seguintes estão vazios. Um guarda está fazendo rondas no andar de cima, mas está se afastando — informou, voltando os olhos para elas. — Talvez seja melhor me deixar espionar daqui em diante.

Sorasa baixou a tocha, que derramou brasas sobre a pedra.

— Já era hora de você ser útil — ela sussurrou, levando a mão à porta.

— Já era hora de vocês dois calarem a boca — Corayne murmurou.

A assassina parou, exibindo os dentes em um sorriso ameaçador e erguendo os olhos cor de cobre que refletiam a luz fraca da tocha que queimava a seus pés.

— Bom, não os incomodarei muito mais tempo com minha presença.

Corayne não se surpreendeu. Não havia lugar para uma assassina em sua jornada; o caminho de Sorasa acabava ali. Ainda assim, ela sentiu a dor da perda.

— Você vai embora depois que encontrarmos Trelland.

— Levada pelo vento — Sorasa disse com um aceno. Então encarou Dom. — Até alguém terminar sua grande missão e cumprir sua parte do acordo.

Sombras perpassaram o rosto dele, acentuando seus traços. Ele pareceu velho por um momento, como se os longos anos de imortalidade finalmente pesassem.

— Será cumprida.

— A menos que você morra — Sorasa disse alegremente, empurrando a porta com força.

— Deuses queiram, se isso significar nunca mais vê-la de novo — Dom murmurou enquanto a porta se abria.

Corayne piscou com força contra a luz repentina, o corpo ficando tenso. Ela se preparou para gritos, um guarda ou uma criada, alguém para soar o alarme. Mas Dom tinha ouvido certo. Não havia ninguém do outro lado, apenas um depósito quase vazio. O ar era seco e parado. O cômodo estava esquecido, mal era usado. Daquele lado, a porta mal chamava atenção, madeira velha ameaçando lascar. Não tinha nenhum puxador ou maçaneta que Corayne tenha visto.

Ninguém sai por esse caminho.

O corredor estava tão vazio quanto o depósito. Havia tapeçarias nas paredes, e tapetes elegantes cobriam o piso, abafando o som de seus passos. A maioria era gallandesa, feitos por tecelões sem muito talento ou habilidade. Verde e dourado, para todos os lados. *Nunca se cansam dessas cores?*, Corayne se perguntou, enquanto passavam pela imagem tecida de um leão com a cara amassada.

Ela disse a si mesma para não ter medo. Estava andando com um príncipe ancião, a testemunha de um grande terror. Se fossem interceptados antes de acharem Andry, seriam simplesmente levados até a rainha primeiro. Eles poderiam alertá-la mesmo assim. *Ou seríamos atirados diretamente nas masmorras por invasão.*

Ela afastou os pensamentos e se concentrou em se passar por uma criada. Uma serva no palácio manteria o olhar baixo, não contemplaria as tapeçarias que via o dia todo. *Você trabalha nas cozinhas, na horta da cozinha, especificamente.* Isso explicaria a terra em suas mãos e em seus joelhos por causa da longa jornada. *Você cuida de... é estação do que agora? Tomates? Repolhos?* Sua mente girou buscando uma boa história para contar. *Um mensageiro veio dos estábulos; ele tinha uma carta para Valeri Trelland. Pediu que eu corresse até ela.* Embora Corayne tivesse passado anos negociando em nome da mãe, vendendo carga roubada e mercadorias ilegais, nunca estava sozinha em suas mentiras. A *Filha da Tempestade* sempre a apoiava.

A Filha da Tempestade *está muito longe. Estou sozinha.*

Sorasa e Dom se orientaram bem, evitando o clangor de armaduras que significava guardas ou cavaleiros. Foram apenas alguns minutos, mas cada segundo se arrastava, e o coração de Corayne batia forte.

— Servos — Dom murmurou atrás dela. — Vindo pelos arcos.

Tensa, Corayne assentiu. À frente, o corredor se alargava, um lado ondulava em colunas e arcos, abrindo-se para um jardim florido de rosas. Criando coragem, ela avançou enquanto os outros ficaram para trás. *Você trabalha nas cozinhas.*

Duas mulheres estavam ajoelhadas entre as rosas, enchendo as cestas com flores escarlates. O rosto de ambas brilhava de suor, e elas usavam luvas grossas de couro para se proteger dos espinhos.

— Por favor, diga que Percy mandou você para ajudar — uma das mulheres disse com um suspiro, secando a testa com o dorso da mão. — Vamos passar a noite toda cortando flores nesse ritmo.

A voz de Corayne vacilou.

— Eu...

A outra criada, mais velha, apontou um punhado de rosas para ela.

— Espero que tenha trazido luvas, querida.

— Não, desculpa... — Corayne disse, engolindo em seco o nó na garganta. — Tenho uma mensagem para Lady Trelland. Uma carta, de um mensageiro...

— Trelland? — A jovem criada empalideceu. — Ela não morreu?

Corayne sentiu um frio na barriga.

— Não — a outra respondeu, com as rosas na mão de um lado para o outro. — Só está doente. Há muito, muito tempo. Não sai muito dos aposentos. Mas ainda é mais gentil do que todas as outras juntas. — Então ela apontou com as flores. — Continue por esse caminho. Os aposentos dela ficam ao pé da Torre da Dama. Procure o quadro do rei Makrus.

Corayne balançou a cabeça em um aceno gracioso.

— Obrigada.

A criada mais velha gritou enquanto ela se afastava.

— E diga a Percy que precisamos de mais mãos se for para cortar flores até de manhã!

— Direi — ela respondeu, embora não fizesse ideia de quem fosse Percy e estivesse menos disposta ainda a procurá-lo.

O aperto em seu peito se desfez, e ela se voltou para o corredor, mas descobriu que Dom e Sorasa já estavam esperando tranquilamente do outro lado dos arcos. Os dois haviam passado sem que as criadas, ou mesmo Corayne, notassem. Sorasa apontou para trás com o polegar, gesticulando para a jovem: *Por aqui.*

A Torre da Dama estava vazia, seus ocupantes dormindo ou fora, talvez se banqueteando, talvez se metendo em todo tipo de travessura cortesã. Algo aconteceria pela manhã, pelo que as criadas disseram.

Corayne não fazia ideia de como era o rei Makrus, mas Sorasa guiou o caminho. Depois de um tempo, eles encontraram a pintura de um homem que mais lembrava um troll do que um rei, com a pele manchada e a silhueta corpulenta. *As pinturas deveriam acrescentar um pouco de beleza às pessoas,* Corayne pensou, olhando para o retrato empoeirado. Não conseguia nem imaginar como ele devia ter sido na vida real.

O quadro se assomava perto da porta dos aposentos da família Trelland, e o grupo atravessou aquela pouca distância em alta velocidade, como se algo pudesse detê-los no último momento.

Corayne se sentiu estranha, distante do próprio corpo, como se visse a si mesma de longe. Nada daquilo parecia real, mesmo com o cheiro empoeirado do corredor, do carpete macio sob suas botas, a parede de pedra fria em seus dedos. Ela inspirou fundo e piscou, quase achando que acordaria de volta em Lemarta, com Kastio preparando o café da manhã no cômodo ao lado. *É apenas mais um sonho. Meu pai, meu tio, o Fuso aberto, o Ancião e a assassina. Tudo isso vai desaparecer, apagando-se sob a luz da manhã.*

Mas o mundo continuou, inalterável, insistindo em ser visto e sentido. Impossível de ignorar.

Corayne encarou a porta.

Dom encarou a porta.

Eles se encararam, ambos hesitantes, ambos paralisados. Olhos pretos encontraram olhos verdes, ferro sobre esmeralda. Séculos separavam os dois, mas eles eram iguais por um momento, à beira do precipício, com medo do desconhecido adiante.

E se a espada não estiver aqui?

E se a espada estiver aqui?

— Devemos bater? — Corayne se forçou a perguntar, a boca subitamente seca.

— Sim — Dom respondeu com a voz rouca. — Sarn... — ele acrescentou, olhando para trás.

Mas não havia ninguém ali. Nenhuma mulher de roupas discretas, nenhum capuz erguido, nenhuma tatuagem à vista sob a luz de tochas.

A amhara Sorasa Sarn havia desaparecido, sem deixar vestígio, como se nunca nem tivesse existido.

A ausência dela acendeu uma chama em Dom, destruindo seu medo. Ele bateu com o punho na porta.

— Se Ecthaid quiser — ele murmurou, citando um deus que Corayne não conhecia —, os túneis vão desmoronar sobre a cabeça daquela assassina.

O estômago dela se revirou com o giro da maçaneta. Quando a porta se abriu, ela se viu cara a cara com um rapaz. Seu frio na barriga cresceu ainda mais.

Ele era alto e musculoso, mas ainda juvenil, em fase de crescimento. A pele era lisa e perfeita como âmbar polido, brilhando calorosamente. Havia apenas uma sombra de barba, as primeiras tentativas de um garoto de deixá-la crescer. Seu cabelo preto era curto, prático. Obviamente, era o Andry Trelland que havia sobrevivido ao massacre no templo onde tantos morreram. Corayne não sabia o porquê, mas o havia imaginado como um homem, um guerreiro como os outros. *Mas ele não deve ser muito mais velho do que eu, não mais do que dezessete anos.* No começo, ela achou o rosto dele doce, coberto por uma gentileza. Mas, assim como Dom, ele estava em carne viva sob a expressão agradável, uma ferida ainda aberta que poderia nunca cicatrizar.

— Pois não? — ele disse simplesmente, a voz mais grave do que ela esperava.

Trelland manteve a porta junto ao ombro, obstruindo a visão dela do que havia atrás dele exceto pela luz bruxuleante da lareira. Ele olhou para ela, esperando. Ela era a única que ele conseguia ver, seu foco total e absoluto.

— Você é Andry Trelland — Corayne disse baixo, deixando toda a farsa para trás.

Andry ergueu o canto da boca.

— Sou. E você é nova no palácio. — Ele olhou para ela com compaixão. Observou suas mãos sujas. — Cozinhas?

— Não exatamente.

— Escudeiro Trelland. — A voz de Dom trovejou enquanto ele aparecia atrás de Corayne.

Tudo que havia de suave ou delicado no rosto de Andry desapareceu, uma tela em branco. Seus olhos escuros se arregalaram e ele se escorou na porta, como se seus joelhos pudessem ceder.

— Milorde Domacridhan — murmurou, passando o olhar pelas cicatrizes do rosto de Dom, traçando a carne talhada. — O senhor está vivo.

Dom segurou a porta, abrindo-a mais. Franziu as sobrancelhas.

— Por ora.

★

Meu nome é Corayne an-Amarat. Minha mãe é Meliz an-Amarat, capitã da Filha da Tempestade, *a maldição do mar Longo. Meu pai era Cortael do Velho Cór. E essa é a espada dele.*

A espada de Fuso estava embainhada sobre os joelhos de Andry. Corayne não conseguia tirar os olhos da arma enquanto Dom e o escudeiro conversavam, trocando histórias de suas jornadas depois do templo. A bainha de couro escuro era curtida e duplamente lubrificada, se seu olhar estivesse certo. Boa, resistente, antiga. Mas não tanto quanto a espada, cujo aço era frio mesmo de longe, zunindo com uma força que ela quase conseguia sentir mas dificilmente conceber. Andry ainda não a havia desembainhado. Corayne não sabia como ela estava. Se ainda estava suja de sangue, do tio, que deveria ter morrido e não morreu. Do pai, a vida escorrendo vermelha em suas mãos. O cabo, ao menos, estava limpo, o guarda-mão cravejado de pedras cintilantes. Sob a luz do fogo, elas reluziam entre escarlate e roxo, como o pôr do sol ou o alvorecer. O cabo estava envolto por couro preto, moldado a alguma mão que não a sua. Não havia pedra preciosa no pomo, mas uma gravura no formato de uma estrela ou um sol de muitos braços. O símbolo do Velho Cór, uma luz havia muito apagada. Forjada em outra esfera, imbuída de um poder inconcebível.

— É sua — Andry disse devagar, e ela percebeu que ele a encarava.

Ele e o Ancião haviam terminado, ambos a par de tudo. Sem hesitar, o escudeiro ergueu a espada e a estendeu para ela. Os olhos de Dom acompanharam a lâmina.

Corayne recuou na cadeira diante do fogo, os olhos arregalados. Ela já estava suando com o ar quente e abafado do aposento de Trelland, a respiração presa na garganta.

Valeri Trelland se inclinou para a frente na cadeira e disse, com a voz plácida e lenta:

— Creio que você precisará dela, minha querida.

Como as criadas tinham dito, Valeri estava claramente lutando contra uma doença, o corpo frágil, a pele escura desprovida de calor. Mas ela se empertigava, os olhos verdes límpidos. Não tinha medo.

— Certo — Corayne disse, estendendo as mãos.

A espada, feita com primor e bem conservada, era mais leve do que ela tinha imaginado. *Nunca segurei uma espada antes*, pensou, distraidamente. *Uma verdadeira espada, não um facão ou um machado de pirata. A espada de um herói.* Seus olhos se estreitaram. *A espada de um herói morto.*

Apesar do ar quente da sala, a espada era fria ao toque, como se tivesse sido tirada de um rio ou do oceano, tirada das estrelas do céu noturno. A curiosidade despertou dentro dela, faminta. Devagar, ela desembainhou um centímetro da espada, depois mais um. O aço gravado cintilou sob a luz da lareira, a gravura pontuada por marcas que lembravam uma escrita. Por um momento, Corayne pensou que poderia decifrá-las. *Um pouco de ibalete, algo de kasano, uma caligrafia siscariana* — mas não. As palavras do Velho Cór estavam tão perdidas quanto o império, perdidas como seu pai. Ela embainhou a espada de Fuso de novo com um silvo de metal e uma fisgada cortante de tristeza.

Suas mãos se fecharam em volta do cabo. Ela envolveu a sombra de um homem morto.

— Então, os Companheiros da Esfera ainda estão vivos — Andry disse, voltando os olhos para Dom. Parte da delicadeza de seu rosto se desfez. — A missão não fracassou, só não foi concluída.

A essa altura, Corayne já havia perdido a conta de quantas vezes Dom havia feito uma careta. A dessa vez definitivamente tinha sido a pior até então.

— É uma maneira de ver as coisas — o imortal conseguiu dizer, a voz abalada. — Restam dois de nós.

— Três — Corayne disse, surpreendendo a si mesma. Ela piscou com força. *Seja valente, seja forte*, pensou, embora estivesse longe de se sentir qualquer uma dessas coisas. Ergueu o queixo, tentando se lembrar da voz da mãe, a voz que ela usava no convés do navio. No controle, no comando. — Somos três agora.

Dom a encarou, uma tristeza lânguida em seus olhos. Corayne não sabia se o abraçava ou lhe dava um tapa na cara.

— Muito bem — ele disse, a voz grave.

Como se não fosse isso o que ele queria, o que pediu, o motivo para ter me buscado. Corayne cerrou os dentes. *Estou aqui porque você me trouxe,* ela pensou. *Pode ao menos fingir que essa não é minha sentença de morte.*

— E mais se juntarão a nós em breve — Andry disse, ansioso, praticamente saltando da cadeira. Começou a dar voltas pela sala de estar, sua energia vibrante e dissonante apesar das circunstâncias. — Alertei a rainha, mas ela não fez nada. Agora, com o senhor, milorde, e a senhorita, milady — acenou para os dois, ainda andando de um lado para o outro —, ela não terá escolha. A rainha Erida protege Galland com vigor. Certamente não permitirá que o reino desmorone aos pés de Taristan.

Ele parou diante de um escudo na parede. Era antigo, lascado nas pontas, a face pintada de cinza com uma estrela azul atravessada no meio por um corte comprido. O escudeiro o encarou, como um sacerdote faria diante de seus ícones e altares. Com um aperto no peito, Corayne percebeu que não viu nenhum sinal do pai do garoto naqueles cômodos. Ela voltou o olhar para o escudo arruinado, e o escudeiro diante dele.

Temos algo em comum.

— Eu ajudarei, é claro — Andry disse, afastando-se do escudo. — Levarei minha mãe para Nkonabo, para longe do perigo, mas voltarei. Juro.

Mais uma vez, Dom pareceu atormentado, e Corayne sentia parte dessa angústia. A filha do Velho Cór e o imortal não tinham escapatória, mas o escudeiro? *É um longo caminho para Kasa, e um longo caminho para voltar.*

— Você não precisa fazer isso, Andry — Dom disse.

— É meu dever — o garoto retrucou com firmeza. — Meu senhor está morto. Eu o vingarei.

— Você deveria ficar com sua mãe. — Corayne imediatamente se arrependeu de suas palavras, por mais egoísta que isso fosse. — Proteja-a.

Andry foi até a cadeira da mãe, parando diante dela como um guardião.

— Vou protegê-la. Mas sou um Companheiro. Tenho um dever a cumprir.

— Muito bem, meu filho — Valeri disse, o olhar intenso. Ela levou a mão ao braço dele, tranquilizando-o um pouco. — Partiremos ainda esta noite. Posso estar pronta para te esperar nas docas da cidade quando você acabar de conversar com a rainha. Está tudo pronto, só nos resta avisar.

— Vou mandar chamar sua criada e o carregador — Andry murmurou, beijando a mão fechada dela. — Encontrarei você no navio antes da meia-noite.

— Quanto mais cedo formos para Nkonabo, mais cedo você poderá voltar — sua mãe disse com um sorriso fraco mas agradável.

Isso pareceu satisfazer Andry, mas Corayne viu a tensão nos cantos da boca da senhora. A cautela crescendo em seus olhos cor de primavera. Nenhuma mãe mandaria de boa vontade o filho para o perigo, por mais que fosse o que ele mais quisesse. De repente, não era Valeri Trelland que Corayne via junto à lareira, mas Meliz an-Amarat, o cabelo emaranhado pela maresia, os lábios movendo-se sem emitir som.

Leve-me com você, Corayne quis pedir outra vez.

O *não* ecoou.

— Vocês devem falar com a rainha hoje, o quanto antes. — Valeri se levantou da cadeira, hesitante em seus joelhos fracos. — Antes que todos se deixem levar pelas festividades.

— Festividades? — Dom inclinou a cabeça, suas cicatrizes iluminadas pela luz da lareira.

Voltando a andar de um lado para o outro, Andry vasculhou armários na sala. Tirou duas bagagens iguais, um par de bolsas cheias, amarradas uma à outra. *Ambas prontas para uma longa jornada*, Corayne notou.

— A rainha tem dezenove anos e há quatro vem recebendo propostas de casamento, desde que subiu ao trono — Andry disse com um suspiro exasperado. — Evitando-as, na verdade. Mas desconfio que o conselho finalmente a venceu pelo cansaço. Ela vai anunciar o marido à corte hoje à noite e se casar com ele em uma cerimônia amanhã de manhã.

Rosas para a cerimônia, cortadas à mão a noite toda, Corayne se lembrou das criadas no jardim. O jardim estaria vazio pela manhã, quando a rainha Erida se casaria com um homem que tinha sido obrigada a aceitar. Corayne sentiu uma pontada de compaixão pela jovem rainha. O máximo de compaixão que uma menina plebeia poderia sentir por uma monarca da esfera.

— Certamente isso tem prioridade — ela disse. — E talvez seja uma chance para uma noiva relutante. Uma desculpa para adiar o casamento que ela não quer.

Andry lhe abriu um sorriso largo como uma estrela, iluminando-se.

— Pode dar certo.

Corayne não pôde conter um sorriso, sentindo uma rara e estranha chama de esperança.

— A rainha de Galland escutará — ela disse, apoiando-se na espada de Fuso para se levantar e descobrindo que a arma equivalia à metade de sua altura. — Ao contrário da sua, Dom.

Os membros dele se desdobraram, e Dom se levantou com elegância. Era uma estátua ambulante, lento e deliberado, um forte contraste à energia nervosa de Andry.

— Os mortais têm sangue quente, gostam de se enfurecer, gostam de lutar — o Ancião disse. — Esse foi seu defeito nos séculos passados. Talvez seja sua salvação também.

Corayne mordeu o interior da bochecha. *Os Anciões também se enfurecem, se tomarmos você como exemplo*, ela pensou, inflamada. Tudo que queria era repreendê-lo. *Você é uma panela em fervura lenta, furioso desde o momento em que o conheci, tentando encarar seu luto sem saber como, buscando vingança sem direção. Você é um predador sem nada para caçar.*

Em vez disso, ela fitou a espada, suas joias cintilantes.

— Não faço ideia de como vou carregar isto.

14

A CAVALEIRA VERDE

Ridha

Por três dias ela amaldiçoou Sirandel, rosnando obscenidades a cada passo galopado do cavalo de sua mãe. Em primordial, em vederano vulgar, a língua bastarda nascida de séculos na Ala, e em vederano clássico, a voz de Glorian, a voz de uma esfera que ela nunca havia conhecido. Ridha, princesa de Iona, herdeira da monarca, filha única de Isibel Beldane e Cadrigan da Aurora, cavalgava com fúria. A égua do deserto seguia em frente, criada para aguentar firme, mas até ela começou a se cansar. Ridha não.

Covardes todos eles, as raposas e os cervos, pensou, maldizendo sua terra e o enclave agora quilômetros para trás dela. Amaldiçoou o palácio de árvores e rios dos sirandelos, seus salões em prados de floresta e suas criptas em raízes. Sua cidade de esplendor imortal, escondida nas profundezas da floresta Castelã, mais cultivada do que construída. Como filha de Iona, a herdeira da monarca, ela foi celebrada e festejada, sua presença, motivo de grande interesse. Mas não durou muito. Os anúncios dela eram graves, seus pedidos, inconcebíveis. Entrar em guerra depois de séculos de paz? Combater o homem que poderia levá-los para casa, mesmo que isso significasse perder a Ala para o Porvir e as mandíbulas de Asunder? Derramar sangue sirandelo que Iona não derramaria, por uma causa tão letal?

Sua mãe é sábia, o monarca de Sirandel tinha dito, seu rosto comprido carregado. Seu cabelo era mais grisalho que ruivo, prateado pelo tempo. *Seguiremos a decisão dela. Glorian nos chama.*

Ridha quis cuspir na cara dele. Mas apenas assentiu, tomou o licor que lhe foi oferecido, comeu a comida que lhe foi servida, e partiu no meio da noite.

Mesmo os lobos sabiam desviar dela, escondendo-se do caminho da cerva enquanto ela guiava a égua pela floresta. Ridha não sentia mais a armadura pesando em seu corpo, cintilando verde, gravada com as galhadas e o cervo de que agora se lamentava. *Está chovendo?*, ela pensou depois de um longo momento, inspirando o ar úmido da floresta Castelã. De fato, água escorria por seu rosto, atravessando seu cabelo escuro com dedos úmidos e frios. *Há quanto tempo estou completamente encharcada?*

Não era do feitio vederano sentir essas coisas, mas um calafrio a perpassou. *E não por causa da chuva.*

Mais uma vez ela praguejou com fúria. De si mesma, acima de tudo.

Mandei Domacridhan sozinho para o mundo, buscando assassinos e herdeiros do Cór, buscando uma espada, buscando vingança, se não a morte. Ela viu o primo em sua cabeça, tão ardente quanto ferro na forja. Fumegando de fúria e tristeza. Ele nunca tinha sido nenhum filósofo ou diplomata, nem mesmo tinha a cabeça fria. *E agora, com a derrocada da esfera no horizonte?* Ela apertou as rédeas da égua, seus dedos brancos sob as manoplas. *Será que o mandei rumo à perdição?*

Pior ainda era a dúvida mais egoísta:

Será que já fracassei?

Enquanto as árvores passavam turvas, folhas verdes e troncos negros sob o aguaceiro, um vulto branco surgiu. Era fixo, mas a acompanhava, imóvel, mas sempre mantendo o ritmo. A imagem ardia, quase ofuscante, e Ridha fechou os olhos, deixando que a égua escolhesse o caminho. A figura persistiu. Não lhe era nem um pouco estranha. Ridha conheceria o rosto da mãe em qualquer lugar, mesmo em uma emissão, em que tudo era névoa, irreal e real, reverberada e distante.

— Volte para casa — Isibel disse. — Os sirandelos recusaram. O restante também recusará. — A maior parte dela era cinzenta, os contornos de sua pele pálida e de seu cabelo dourado-prateado descamando. A emissão não estava forte, mas Ridha era sangue do seu sangue. Não seria preciso muito para se contatarem. — Volte para casa.

A princesa continuou a galopar. *Não voltarei.* Firmou o queixo e sua resolução. *Sirandel é apenas um enclave, e eles não são os únicos guerreiros imortais da Ala. Preciso apenas escolher, e escolher bem. Senão...*

Mais uma recusa educada poderia ser a diferença entre a vida e a morte para tudo que ela amava e conhecia. Embora não tivesse habilidade em magia, viu Domacridhan novamente, seu rosto ferido e sangrando, seus olhos cheios dos horrores presenciados nos sopés das montanhas.

O templo do Fuso ficava alguns dias a noroeste, não muito longe, ela calculava. O irmão de Cortael poderia ainda estar lá, cercado por seu feiticeiro e pelo exército que o Fuso derramava. *Quantos haveria agora? Domacridhan desconfiava que mais de uma centena atravessara nos primeiros minutos, o suficiente para dominá-los. Poderia haver milhares a essa altura. Muitos milhares.*

O frio se intensificou, até ela sentir que era feita de gelo em vez de osso.

Os limites da floresta Castelã chegaram antes do que ela esperava. Fazia décadas que não cruzava esse trajeto, e os mortais tinham o hábito de derrubar o que não conseguiam domar. A floresta tinha acabado em volta dela, deixando apenas um cinturão infértil de tocos e buracos de raízes. Ela conseguia ouvir moinhos a meia légua de distância, girando às margens do Leão Grandioso, cortando lenha para ser enviada rio abaixo para Badentern e, de lá, para o porto comercial de Ascal. O carvalho e o pinheiro-aceiro de Galland eram famosos por toda a Ala, alcançando preços altos em todas as estações. Usados em tudo, desde barris de água a mastros de navio e escudos. O pinheiro-aceiro era resistente a fogo — diziam que era tocado pelo Fuso. Antigamente, a floresta tinha tantos Fusos quanto uma toca tinha buracos. Deles haviam restado apenas vales e clareiras, fontes quentes que variavam entre água e ácido corrosivo, flores que podiam curar ou envenenar. Mortais de olhos estranhos e um tremor de magia, tornando-se mais e mais esparsos nos últimos séculos. Era o que os Fusos faziam, deixando bênçãos e maldições por onde passavam, lembranças de portais que existiram e não voltariam jamais.

 A égua do deserto se chamava Nirez, que, em ibalete, significava um longo vento de inverno que refrescava o deserto inclemente. Soprava por dias inteiros, marcando a virada da estação e o começo do ano-novo no sul. O vento apertou, e o passo fluido de Nirez perdeu o ritmo. Apenas meio passo de diferença, mas Ridha sentiu.

 Ela não era o primo. Não guiaria a égua até a morte. Em grande parte porque não encontraria outra égua do deserto por essas bandas, e os pôneis gallandeses eram sem graça, burros e gordos. Ela passou por muitos enquanto o campo de tocos dava lugar a fazendas e pastos, dourados e verdes como a bandeira do leão. Cercas vivas cortavam a paisagem, rodeando as colinas suaves para separar trigo de centeio. Era um dia claro e azul, o sol mais quente do que na floresta densa. Sua armadura brilhava como um espelho, e muitos agricultores pararam seu trabalho para vê-la passar. Embora Ridha estivesse preparada para bandoleiros ou ladrões de estrada, a espada pronta ao lado do corpo, não encontrou nenhum. O coração de Galland era uma terra pacata, bem patrulhada e protegida pelo reino vasto.

A primeira aldeia era pequena, mas tinha uma estalagem e um estábulo razoável. Era apenas meio-dia, então o pátio estava quase vazio quando ela o atravessou, com Nirez ofegante, o flanco preto espumando de suor. Os tratadores, um menino e uma menina com pouco mais de dez anos, demoraram a atendê-la. Eles entraram no pátio a passos pesados, os rostos sardentos e vermelhos de calor.

O garoto bufou ao vê-la, uma mulher de armadura, mas a menina a encarou, admirada, os olhos pálidos se arregalando.

— São três cêntimos para guardar o cavalo — o menino disse, ríspido, limpando o nariz. — Mais um para feno e água, outro para lavarmos.

— Minha senhora... senhor — a menina acrescentou, fazendo uma reverência que mais lembrava um agachamento.

Ridha pensou que ela nunca devia ter feito uma reverência na vida.

Em resposta, ela jogou uma moeda redonda de prata na direção deles. A menina a apanhou primeiro, revirando-a nas mãos encardidas. Ela se admirou com a imagem do cervo.

— Isso não é um cêntimo! — o menino gritou, mas Ridha já estava dirigindo-se à estalagem adjacente, carregando a bagagem no braço. Tinha pagado mais de três vezes o que eles haviam pedido, em uma moeda que não fora diluída pela tesouraria de uma cidade que eles nunca veriam.

Embora fosse uma princesa de um enclave imortal, estalagens não eram nenhuma novidade para Ridha. Ao contrário da grande maioria de seus semelhantes, ela tinha visto muitas em seus quatro séculos sobre a Ala, nos diversos cantos do continente setentrional. Tavernas em Tyriot, cervejarias de Ascal, alojamentos-bares jydeses, os sedens cheios de vinho de Siscaria, as cantinas trequianas de gorzka com uma bebida translúcida capaz de cegar os mais desavisados. Ela estreitou os olhos para a placa desgastada sobre a porta da estalagem imóvel sob o ar parado. O nome estava desbotado.

O interior era escuro, as janelas, estreitas e pequenas, as brasas quase apagadas de um fogo na lareira. Seus olhos imortais perpassaram a estalagem rapidamente, sem precisar de tempo para se acostumar com a escuridão. A maior parte do térreo era a sala comunitária, montada com algumas mesas e um balcão comprido na parede dos fundos. Havia uma escada à esquerda, que levava para poucos quartos apertados, e uma porta à direita. Alguém roncava atrás dela — o estalajadeiro, talvez. Uma única moça ficava no balcão, muito provavelmente a esposa dele. Ridha desconfiou de que o menino e a menina eram filhos dela. Eles tinham o mesmo rosto sardento, cabelo cor de areia e ar curioso.

Dois fregueses ocupavam o canto oposto, aconchegados entre a lareira e a parede, bem servidos com canecos de estanho. Eles tinham facas nos cintos e botas com pontas de aço, mas estavam corados, banhados por um suor alcoólico, eram carecas e desdentados. Não representavam nenhuma ameaça.

— O que posso fazer por você... *senhorita*? — a garçonete disse. Seu olhar perpassou o rosto e a armadura de Ridha. — Tenho um quarto vago, seis cêntimos pela noite, sete com as refeições. A cerveja é cobrada à parte.

Dessa vez, Ridha tomou o cuidado de contar os cêntimos. Ostentar prata diante de crianças era uma coisa, mas os outros eram um risco. Eles poderiam tentar roubá-la e, assim, ela teria de perder tempo e energia surrando fazendeiros. Deixou sete cêntimos no balcão.

— Paguei aos cuidadores para darem um trato no meu cavalo — ela acrescentou, apontando para a porta.

A garçonete assentiu.

— Vou me assegurar de que eles façam o trabalho. Aqueles pestinhas andam vadiando cada vez mais ultimamente. O quarto fica na primeira à direita depois da escada — ela acrescentou, apontando. — Posso preparar um banho para você por mais alguns cêntimos.

Embora a estrada tivesse sido longa, Ridha fez que não. Ela havia se banhado pela última vez em Sirandel, em um lago forrado de prata, com ajuda de criadas portando bacias de óleo perfumado e sabão de lavanda. Não tinha a intenção de estragar essa memória com uma tina apertada diante de um fogo baixo.

O quarto era estreito, com o teto inclinado, uma única janela e uma cama pequena estofada de feno. O lençol era puído, carcomido por ratos. Ridha ouviu roedores nas paredes, andando de um lado para o outro do jardim ao telhado. Ela não tinha a intenção de dormir. Era Nirez quem precisava descansar. Então tirou a armadura e a guardou em um baú com a espada e os alforjes. Ficou com a adaga, escondida sob a longa túnica cinza-carvão, além de uma faca e as joias: um pingente e o anel de prata forjada de Iona no polegar esquerdo.

Por um longo momento, considerou se sentar na cama e encarar a parede até o amanhecer. Sem dúvida, seria tão produtivo quanto voltar a descer. Mas seu corpo vagou, seus pés pisando sem fazer barulho, até ela se ver na sala comunitária novamente. Pegou uma mesa perto da lareira, de costas para a parede fria, fazendo sinal para que trouxessem uma bebida.

Cerveja amarga, sopa rala, pão surpreendentemente bom, ela pensou, avaliando a refeição. Comeu e passou o dedo sobre o tampo da mesa, traçando as linhas de um mapa que só ela conseguia ver. *Aonde posso ir agora?*, perguntou-se mais uma vez, listando os enclaves. Eles eram distantes, uma longa jornada em direções opostas, cada escolha um risco. *Quem pode ajudar, e quem pode recusar?*

No canto, os homens balbuciavam com sotaques gallandeses fortes e rústicos. Ridha tentou não escutar, mas, como uma vederana imortal, não tinha dificuldade para ouvir nem as batidas do coração deles, que dirá suas conversas.

— Casada ou prestes a se casar — um dos homens mortais murmurou baixo e bebeu o resto da cerveja, virando o caneco. Depois arrotou e estalou os lábios. Ridha lançou um olhar de censura para ele, que não notou. — Não lembro qual.

Seu companheiro era esguio, com antebraços fortes expostos até o cotovelo. Um lenhador. Ele balançou a cabeça.

— Não me venha com essa, Rye, tenho certeza de que saberíamos se a rainha já estivesse casada. Teria um anúncio. Um cavaleiro. — O lenhador balançou a mão para a porta. — Sei lá, um leão descendo a estrada para rugir a boa nova.

Rye deu uma risada seca.

— Você acha que a rainha se importa em nos contar seus afazeres, Pole?

— Somos os súditos dela... é claro que ela se importa — Pole retrucou, indignado, inflando o peito. Ridha sentiu o canto da boca se erguer. *Um monarca mortal mal tem tempo de se descobrir. Ela não vai descobrir você tão cedo, sr. Pole.*

Rye pensava o mesmo. Ele riu de novo, batendo a mão na mesa.

— Ela nem sabe o nome da nossa aldeia, que dirá dos moradores.

— Verdade — Pole murmurou, relutante, o rosto vermelho.

— Então, com quem?

— Com quem o quê? — O outro pegou um pedaço de pão, mergulhando-o na sopa.

Comia feito um urso, sem respeito e fazendo sujeira. Água marrom escorria de sua barba grisalha.

Pole suspirou.

— Com quem ela vai se casar?

— E eu lá vou saber? — Rye deu de ombros. — E, por acaso, você conheceria o nome se eu dissesse?

— Acho que não — Pole disse, envergonhado de novo. Coçou embaixo da boina de feltro, o couro cabeludo prestes a ficar careca. — *Ela* pode saber — ele acrescentou de repente, apontando com o queixo.

Ridha empurrou a cerveja devagar, deixando as mãos livres.

Rye não notou, ocupado demais com sua sopa.

— Ela quem?

— A moça chique, ali — Pole baixou a voz. Ela o ouviu claramente, como se ele estivesse gritando do outro lado da sala comunitária. Ele até apontou com um dedo nodoso. — Entrou desfilando feito um cavaleiro de um metro e oitenta com manto e tudo.

Rye demorou para entender do que ele estava falando. Mas, finalmente, notou Ridha à mesa, a cadeira encostada na parede, os olhos fixos no prato.

— Ah, verdade — ele disse, claramente esquecido de sua chegada. — Vai ver ela sabe.

Então Pole de fato gritou para o outro lado do salão, cutucando uma ferida seca no pescoço enquanto falava.

— Ei, você sabe com quem a rainha vai se casar? — perguntou, a voz estridente e rouca.

Ridha conteve o impulso de cobrir os ouvidos, dar o fora ou botar o homem para correr. *Eu deveria ter ficado lá em cima encarando a parede.*

— Como é? — ela retrucou, a voz baixa pelos dias em silêncio.

Os homens trocaram um revirar de olhos muito condescendente.

— A rainha — Pole disse, estendendo a palavra. *Como se eu fosse completamente idiota, embora seja para mim que eles estão pedindo informações.* — Com quem ela vai se casar?

— Que rainha? — Ridha respondeu, em uma voz igualmente lenta.

Havia uma grande variedade de rainhas, mortais e imortais, governantes e consortes, desse lado das montanhas e do mar Longo. Em silêncio, ela desejou que Nirez se recuperasse rápido para que pudesse se livrar dessa estalagem.

Rye piscou os olhos castanhos cor de lama. Ficou boquiaberto e sussurrou, confuso, para Pole:

— Tem mais de uma rainha?

Baleir me salve.

Pole o ignorou.

— A rainha de Galland — ele disse, como se fosse a coisa mais óbvia do mundo. — Rainha Erida.

— Não sei muito sobre ela. — Era verdade.

Fazia vinte anos que Ridha não viajava para longe de Iona, nunca indo a oeste de Monadhrion. As terras mortais mudavam muito rápido, mesmo em duas décadas. Não valia a pena resgatar o que lembrava delas.

Os dois homens bufaram em uníssono. Agora Pole realmente achava que ela era idiota, uma mulher excessivamente alta brincando de cavalaria com uma armadura emprestada.

— Ela já é rainha deste reino aqui há quatro anos... era para você saber — ele balbuciou.

Um segundo em tempo ancião, Ridha pensou.

— Sinto muito, mas não — ela respondeu, baixando os olhos. — Não faço ideia de quem é o noivo dela. — *Nem tenho interesse em saber.*

A mulher do estalajadeiro saiu do balcão, secando as mãos no avental, e parou entre Ridha e os homens, sorrindo para eles enquanto limpava uma mesa. Não foi pequeno o alívio da imortal quando a anfitriã entrou na conversa.

— Deve ser um nobre príncipe. Ou outro rei — a mulher disse, equilibrando os pratos. — É assim que essas coisas funcionam, não? Aquela gente não se mistura. Deixa tudo entre amigos, por assim dizer.

Enquanto os homens resmungavam entre si sobre assuntos dos quais eles não tinham conhecimento algum, Ridha se recostou na cadeira. Ela sentiu uma onda de calor estranho, embora o fogo mal estivesse aceso, e o salão fosse frio e pouco iluminado. Toda essa conversa sobre realeza e casamento a desequilibrou, pois ela também era uma princesa, com dever a cumprir com um trono e um enclave, como qualquer outra nobre. Os Anciões podiam viver mais, anos aparentemente infinitos, mas ainda assim havia a necessidade de herdeiros. Isibel Beldane e Cadrigan da Aurora não haviam se casado por amor, mas por poder, e para terem um filho que reinasse sobre o enclave quando a monarca não pudesse mais. *Ao menos tenho tempo, enquanto os mortais não. Ao menos minha mãe não me obriga a fazer escolhas contra a minha vontade.* Ela sentiu outra onda de calor, sufocante em sua gola. Franziu a testa, os dedos puxando a túnica. *Ou obriga? Não é exatamente isso o que está acontecendo agora? O domínio de outra pessoa me movendo à frente, seja em aceitação, seja em oposição?*

Ela rangeu os dentes, sentindo o já familiar rompante de raiva em seu peito. *Covardes*, pensou de novo. Em Sirandel e Iona, onde os guerreiros anciões preferiam ficar sentados e se esconder a lutar. *Condenando-nos com seu medo.*

A cerveja continuou a ser servida. A mulher do estalajadeiro encheu os canecos dos homens com um sorriso brilhante, depois o de Ridha, embora ela não tivesse intenção de beber mais daquela água de cultivo malfeita. Mesmo assim, assentiu agradecendo.

— E o que achou da proposta do Velho Joe? — Pole sussurrava de novo, erguendo a mão para esconder a boca.

Isso não atrapalhou em nada a audição de Ridha, embora ela preferisse não ter ouvido.

— Joeld Bramble é um lunático — Rye disse, com desprezo. — Não vai dar em nada. Nem se dê ao trabalho.

Pole se debruçou apoiado nos cotovelos, ansioso demais. Olhou desconfiado para o salão ao redor, como se as paredes tivessem ouvidos.

— Joeld Bramble tem parentes na costa. Dizem que o Vigilante anda estranhamente silencioso nessa época do ano. Sem jydeses, sem saques. Sem nenhum escaler avistado na última estação.

Ridha manteve os olhos baixos, para a mesa entalhada com iniciais rústicas e palavras ainda mais. Mas a atenção dela estava nos homens. O casamento de uma rainha mortal não a interessava, mas aquilo era outra história. Estranha. Os pelos de seu pescoço se arrepiaram.

— Então ele acha que pode tomar o lugar deles, é? — Rye balbuciou. — Com o quê, uma canoa?

— Só estou dizendo. Se os saqueadores jydeses não estão saqueando, outra pessoa precisa fazer o serviço. Fazer *parecer* que foram os saqueadores. Derrubar um santuário, roubar algumas igrejas, levar umas cabras, talvez. Desaparecer de volta pela floresta Castelã sem ninguém notar. — Pole marcou cada passo do plano fraco e ingênuo com os dedos. Mas não era a tramoia que interessava a imortal. Ela franziu a testa, tentando pensar. — Os saqueadores levam a culpa, nós voltamos para casa ricos.

Rye continuou em silêncio e apertou os lábios, olhando para o companheiro. Pole ficou emburrado, preparando-se para mais uma reprimenda, mas não foi o que aconteceu.

— Talvez o Velho Joe esteja certo — Rye finalmente murmurou, dando uma piscadela.

A cadeira dela arranhou o chão, surpreendendo no silêncio. Os dois homens se sobressaltaram, olhando para Ridha enquanto ela se levantava. A imortal apostava que era mais alta do que os dois. De botas ou pés descalços.

— Esse tal de Velho Joe tem alguma ideia do motivo para os jydeses pararem de saquear? — ela perguntou com a voz clara, olhando para eles.

Os dois ficaram boquiabertos; então Rye se irritou, franzindo o rosto.

— Está escutando nossa conversa particular? — ele disse com escárnio.

Ridha pegou um cêntimo para a cerveja e o deixou no tampo da mesa.

— Acho difícil não escutar.

Pole ficou menos ofendido. Na verdade, pareceu enamorado pela atenção.

— Não, ele não disse.

Ridha notou que o homem se arrastou no assento, abrindo espaço no canto, caso ela quisesse se sentar. *Eu preferiria me sentar ao lado de um troll do que desse Pole sarnento e careca.*

— Não sabe, você quis dizer. — Ela suspirou.

Pole encolheu os ombros.

— Dá no mesmo.

— Por que isso te importa, cavaleira? — Rye perguntou, tentando insultá-la com um elogio.

Embora não tivesse motivo para explicar, Ridha acabou falando. Até a garçonete prestou atenção, inclinando-se para a frente enquanto fingia limpar um vidro com um pano sujo.

— Saqueadores jydeses são ótimos marinheiros e excelentes lutadores — a Anciã disse. — Piratas e guerreiros implacáveis, nascidos nas neves do verão e nas tempestades do inverno. São um povo brutal. Se não estão saqueando, deve haver um motivo. Um bom motivo.

Até os imortais conheciam o corte de uma espada saqueadora, ou ao menos haviam conhecido em séculos passados. Os jydeses não tinham medo dos vederanos nem os haviam esquecido como os outros reinos mortais. A tentação das riquezas era grande demais. Ridha já havia lutado contra um destacamento saqueador ao lado do seu povo, nas costas meridionais de Calidon algumas décadas antes. Ela não havia esquecido.

— Sugiro que diga isso ao seu amigo — ela alertou, seguindo para a escada.

Embora o sol ainda estivesse alto, com o crepúsculo a horas de distância, Ridha se retirou para seus aposentos, pois havia trabalho a fazer e planos a traçar.

Sua decisão estava tomada.

Pouco depois da meia-noite, os dois homens tentaram roubá-la. Ela atirou ambos pela janela aberta. A julgar por sua fuga manca, o coitado do Pole quebrou um tornozelo na queda. O estalajadeiro e sua esposa também tentaram uma hora depois do amanhecer, embora a esposa parecesse relutante. Ridha deixou que o golpe do machado enferrujado dele resvalasse em sua armadura antes de alertá-lo a não incomodar viajantes, especialmente mulheres. Dessa vez, ela fez questão de fechar a janela antes de lançá-lo pela vidraça, espalhando cacos de vidro por todo o pátio.

Ao menos as crianças haviam cumprido o trabalho. Nirez estava tratada e lavada, descansada e pronta para a longa estrada rumo a Kovalinn, o enclave nas profundezas dos fiordes e montanhas de Jyd. Algo estava errado no norte, assim como no templo.

Talvez o perigo já estivesse batendo à porta, ou derrubando as paredes.

Ridha de Iona pretendia descobrir.

15

O CAMINHO ESCOLHIDO

Corayne

EM ALGUM LUGAR DO PALÁCIO, UM SINO TOCOU. Estava completamente escuro lá fora; as estrelas pareciam pontinhos nas janelas. Dom diminuiu o passo, hesitando pela primeira vez desde que Corayne o havia conhecido. Ela olhou para ele, preocupada. Para sua surpresa, foi o escudeiro que fez que não era nada.

— Ele está bem — Andry disse, trocando um olhar com o Ancião. — Vamos continuar.

A espada de Fuso era inconveniente. Comprida e pesada demais para ser levada na cintura, Corayne não conseguia se virar sem bater em uma parede ou pessoa. Então Dom e Andry arrumaram o cinto na altura do ombro, para que a espada batesse pouco abaixo do quadril. Ela apertou o manto azul para esconder a arma ao máximo dos olhares curiosos. A bainha cutucava suas costas, fazendo-se presente a cada passo. Naquela posição carregar até que não era o problema, mas se ela precisasse sacar seria impossível. Não que Corayne pretendesse duelar em breve, nem com a espada de Fuso, nem com nenhuma outra arma.

Os guardas conheciam Andry e o cumprimentaram enquanto o jovem guiava o pequeno grupo pelo palácio em direção ao banquete da rainha. As passagens deram lugar a um longo corredor de tetos abobadados e colunas elevadas que sustentavam arcos pontiagudos. À luz do dia, seria magnífico; todas as janelas feitas de vitrais intricados. Mas, naquele momento, elas estavam escuras, as vidraças sem brilho como sangue seco. Alguns cortesãos se reuniam perto das colunas — casais em sua maioria, dançando um ao redor do outro como predadores e presas se rodeando.

No fim do longo corredor, uma porta alta de carvalho com borda de ferro estava entreaberta, a música e a conversa escapando. Andry a abriu, seu rosto suave determinado. Depois, encontrando os olhos de Corayne, a chamou com um leve aceno de cabeça.

— Ela vai escutar — ele murmurou, na tentativa de tranquilizar os dois.

Por algum motivo, isso acalmou um pouco o nervosismo dela, o suficiente para conter o tremor de suas mãos.

Dom veio atrás, enorme e ameaçador, o manto aberto para exibir sua bela túnica e seu corpo forte. Vários cortesãos o observaram com interesse enquanto eles entravam no salão grandioso, um desfiladeiro de mármore, vidro e luz de velas. Mas todo interesse que o pequeno grupo atraía era momentâneo. O banquete de noivado da rainha Erida já estava sendo servido, os servos passando entre as mesas com bandejas de carnes assadas e vegetais frescos de verão. Dom desviou de todos eles, com um foco determinado, os olhos voltados para a parede curva no extremo oposto do salão. Corayne fez o mesmo, erguendo os olhos para uma plataforma elevada diante de janelas abobadadas e estandartes de leão. Candelabros pendiam do teto do salão em duas fileiras, seus arcos de ferro tão largos quanto uma carruagem, pendurados por correntes de argolas pesadas. Havia uma mesa alta posta com uma toalha verde e comprida bordada em ouro, um desfile de pratos e taças prateadas seguindo por toda a extensão dela. Uma dúzia de homens e mulheres sentada em suas cadeiras elevadas sorria e conversava entre si, a maioria de pele clara e os olhos pálidos. Embora Corayne nunca a tivesse visto antes, não havia dúvida de quem era a jovem rainha.

Erida de Galland era mencionada com frequência no caderno de registros de Corayne. Suas frotas patrulhavam a baía do Espelho e o mar Longo como leões sobre os prados, caçando piratas e contrabandistas, protegendo as águas do reino. Mas seus capitães eram fáceis de subornar. Galland era um império em tudo menos no nome, gordo e saciado, suas fronteiras vastas. Seus interesses se concentravam sobretudo em desenvolver riquezas do jeito fácil: comércio, tarifas e subjugo. Havia os conflitos de fronteira com Madrence, os saques jydeses todo verão, mas nada que interrompesse as colheitas longas e a passagem do ouro. Os navios mercantis gallandeses eram presas gordas, lentas e fáceis. Corayne achava que a rainha seria igual.

E estava redondamente enganada.

Erida era jovem, isso era verdade, com um rosto lindo e delicado e a pele como pérola polida. Não falava para as pessoas que a cercavam, mas ouvia atentamente enquanto enchiam seus ouvidos. Seu rosto era plácido como a superfície de um lago. A coroa em sua cabeça era de ouro, assim como o restante de suas joias, cravejada com todo tipo de pedra preciosa, um arco-íris de esmeraldas, rubis e safiras. Sob os candelabros, seu vestido brilhava em um tom escuro e visceral de vermelho-sangue, bordado em carmesim e escarlate, vívido como um coração ainda batendo. Corayne pensou que veria mais daquele verde gallandês, mas talvez vermelho fosse a tradição para casamentos. Então, a rainha Erida notou seu olhar, voltando para a menina os olhos azuis penetrantes mesmo do outro lado do salão. Erida inclinou a cabeça, encarando o grupo que se aproximava, alternando entre Corayne, Dom e depois Andry, logo atrás.

Erida se levantou rapidamente, fazendo sinal para os cavaleiros ao pé da mesa alta.

— Deixe-os passar — disse, com a voz leve e musical. Sem dar motivo para preocupação.

Os guardas de armadura dourada recuaram, dando espaço suficiente para o trio se aproximar. Corayne cerrou os dentes, na esperança de que Andry e Dom conduzissem a conversa. Ela não queria explicar a destruição da esfera na frente de um banquete lotado.

Andry fez uma reverência rápida, cumprimentando vários senhores na mesa bem como os cavaleiros, antes de se dirigir à rainha propriamente.

— Majestade — ele disse, curvando-se.

— Escudeiro Trelland. — Ela inclinou a cabeça. — Fico feliz em vê-lo festejando conosco novamente, depois de tanto tempo de luto. — A rainha cruzou as mãos. — Sua mãe se juntará a nós? Lady Valeri é sempre bem-vinda em minha mesa.

Lady Valeri está a meio caminho das docas da cidade a esta altura, se já não estiver a bordo de um navio em direção a Kasa, Corayne pensou. Eles haviam se despedido uma hora antes enquanto ela partia sentada em uma cadeira de rodas com dois servos para a longa jornada.

Andry apenas balançou a cabeça.

— Infelizmente, minha mãe ainda não está bem o bastante para banquetes. Mas trouxe dois convidados para seu grande salão, majestade. Seria bom ouvir o que eles têm a dizer.

Ela não hesitou, com seu sorriso cortês estampado no rosto.

— Pois bem.

— A sós — Andry disse —, na privacidade dos seus aposentos. Se for do seu agrado — ele acrescentou rapidamente, fazendo outra reverência.

O escudeiro foi criado na corte, nascido dentro das muralhas de um palácio, Corayne deduziu, esperançosa. *Ele sabe como se dirigir a nobres e à realeza sem perder a compostura.*

Mais uma vez, Erida avaliou Corayne e Dom. O que ela viu neles, Corayne não sabia.

— A majestade não pode simplesmente abandonar seu festim de noivado — disse o nobre ao lado dela, com olhar cortante. — Seu futuro marido ainda nem foi apresentado à corte.

— Isso pode esperar alguns minutos, primo. O escudeiro Trelland não tem motivo para mentir, e confio em seu discernimento — Erida respondeu, abrindo um sorriso vitorioso como um raio de sol para ele. Sorriso esse que não alterou seu olhar. Ainda assim, o homem baixou o cálice e fez menção de discutir.

— É uma questão de grande urgência, majestade — Corayne falou, sem pensar. Deixou que todo o peso do desespero e da necessidade transparecesse em seu rosto. E esperança também, se é que havia alguma nos recantos de sua mente. — O reino depende de você. A *esfera* depende de você.

— A esfera — a rainha repetiu, olhando para Andry. O escudeiro retribuiu o olhar, o rosto igualmente desesperado, tentando comunicar o máximo que conseguia sem palavras. Entre eles, Dom manteve a boca firmemente fechada, embora uma veia saltasse em seu pescoço. Corayne receou que ele pudesse explodir ou simplesmente arrastar a rainha para longe se perdessem mais um minuto em composturas cortesãs.

Erida percebeu.

— Muito bem — ela disse, recolhendo as saias. — Venham comigo.

Nada menos do que seis guardas em armaduras de leão a seguiram, saindo da formação para cercar a rainha enquanto ela os guiava para longe da mesa alta. Houve certo burburinho sobre a plataforma e por todo o salão grandioso, mas nada disso pareceu incomodar Erida, que caminhava com a coroa erguida e orgulhosa. Corayne não pôde conter a esperança que crescia dentro de si, uma flor sob o sol. No entanto, ainda sentia um frio formigando seus dedos, como se tivesse passado tempo demais sob as chuvas de inverno. Era uma sensação estranha, difícil de ignorar, que pedia atenção. Ela enfiou as mãos nos bolsos, na esperança de aquecê-las um pouco. Seus dedos encostaram no amuleto da velha jydesa, pedaços de graveto e osso polido.

O grupo não foi muito longe, entrando em um corredor atrás da plataforma que dava para alguns degraus baixos. Portas se abriam em cada lado, algumas escancaradas exibindo salas de estar e lareiras escuras, prateleiras de livros e sofás compridos com almofadas. Erida os guiou até uma sala redonda, ao pé de outra torre, seu teto baixo e detalhadamente esculpido. *Mais leões*, Corayne pensou, exaurida. Havia algumas cadeiras, bem como uma mesa robusta, mas ninguém se deu ao trabalho de se sentar.

Os guardas não ficaram. Erida os dispensou com um aceno rápido e um olhar incisivo para a porta. Eles obedeceram, deixando a rainha a sós com um escudeiro e dois desconhecidos.

Ela deve confiar muito em Andry, Corayne pensou. *Ou ser mais ingênua do que pensei.*

— Bom, vocês vieram para falar sobre o Fuso — a rainha disse, cortante. Seu rosto não mudou, mas sua doçura se desfez. Ela era como pedra, resoluta, a sobrancelha mais severa do que sua idade sugeria. — Já ouvi o relato duas vezes de Andry Trelland. Posso ouvi-lo de vocês novamente.

Não é tola coisa nenhuma.

Dom ergueu o queixo.

— Sou Domacridhan, príncipe de Iona, o que vocês chamam de Ancião, filho dos vederes de Glorian Perdida. Seus cavaleiros responderam ao chamado da minha tia, a monarca. Sou testemunha do massacre deles diante do Fuso, e vi o exército libertado de uma esfera queimada — ele disse rapidamente, as palavras saindo duras e velozes. — Tudo que Trelland lhe contou é verdade, e vossa majestade não deve desperdiçar mais um minuto do pouco tempo que temos. Só me resta ter esperança de que já não seja tarde demais para deter Taristan do Velho Cór.

Corayne se crispou com a acusação inflamada nas palavras do Ancião. Embora Dom fosse um príncipe imortal, Erida era uma rainha, e eles precisavam dela mais do que de qualquer outra pessoa. Ela se preparou para o inevitável: uma recusa e uma expulsão.

Mas não houve uma coisa nem outra.

Erida assentiu para Dom, as mãos entrelaçadas de novo. Um rubi cintilava em seu dedo, grande como uma uva.

— E você? — ela perguntou, olhando para Corayne com os olhos cor de safira. — Você também sobreviveu?

— Eu não estava lá, majestade. — A espada era fria em suas costas, tirando o calor de sua pele. Parte de Corayne queria entregar a espada de Fuso para alguém mais capacitado a salvar o mundo. Para Dom, para Erida, até mesmo para Andry.

A outra parte, que ela não entendia, que crescia a cada dia mais, nunca lhe permitiria entregar a espada.

— Meu pai estava no Fuso — ela disse, tentando parecer triste por um homem que não havia conhecido. O rosto de Erida se fechou um pouco. — Cortael do Velho Cór. Ele tinha sangue de Fuso, capaz de abrir e fechar qualquer Fuso que ainda existe.

A rainha a observou de cima a baixo, arregalando os olhos enquanto analisava Corayne. *Será que ela vê o Fuso em mim, o tremor de algo perdido e distante? Pareço tão diferente quanto me sinto?*

— Então, também é o seu sangue — Erida disse finalmente, a voz ferrenha. — Você pode fazer o mesmo. *Você* pode resolver isso.

Só restou a Corayne dar de ombros.

— É essa a ideia.

A sala da torre era redonda, feita para andar de um lado para o outro. Foi o que a rainha fez, como uma filósofa em uma biblioteca, em busca de respostas. Um rubor se acendeu em suas bochechas pálidas.

— Taristan tem um exército inteiro e, embora vocês três pareçam capazes, duvido que possam enfrentá-lo sozinhos.

— Não podemos, majestade — Corayne disse. Ela queria poder lhe mostrar, queria ter provas além das cicatrizes no rosto de Dom e da história de Andry. — Vi apenas sombras deles, mas foi suficiente.

— Então a esfera depende de mim. — Erida ergueu o queixo, levantando-se de perfil contra o fogo baixo. Corayne pensou em reis estampando moedas, suas imagens gravadas em cobre e ouro. — Meus exércitos, meus soldados. Meu sangue assim como o seu.

— Sim — foi tudo o que Dom disse.

Corayne disparou um olhar fulminante para ele, depois se atreveu a dar um passo à frente, seu manto caindo frouxo em volta dos ombros. De perto, ela e a rainha tinham altura parecida. Mas o resto não poderia ser mais diferente. Ela era filha de uma pirata, e Erida, uma rainha.

— Não sei se ajuda — Corayne murmurou —, mas não se pode esperar que uma pessoa se case quando está travando guerra contra o inferno.

O sorriso sincero da rainha foi delicado, um canto da boca se erguendo. Então soltou uma breve gargalhada astuta.

— Gostaria que isso fosse verdade — ela disse com tristeza, curvando os ombros com resignação. — Mas meu acordo está feito. Precisarei cumpri-lo, por bem ou por mal. Desculpe por duvidar de você, Andry, e por não agir antes — Erida acrescentou, virando-se para se dirigir ao escudeiro.

Ele não se inflou como a maioria dos homens faria, e continuou imóvel quando a rainha tomou suas mãos. Parecia desconcertado pelo toque, como se quisesse se afastar.

— Antes, eu não conseguia acreditar, pensava que mentir para a corte era a melhor opção, mas com vocês três aqui... — Ela olhou para eles novamente e hesitou, mostrando a garota por baixo da coroa. Assustada, sozinha, mas extremamente valente. — Enxergo a verdade agora.

— Obrigado, majestade — Andry sussurrou, retirando as mãos devagar.

Ela apenas assentiu e bateu palmas. Com o som, a porta da câmara se abriu, seus cavaleiros ainda aguardando obedientemente no corredor.

— Bom, vamos lá, então. — Ela suspirou.

Eles a seguiram, uma fila de rebeldes conduzidos pela maior rebelde de todas. Corayne teve de se controlar para não saltitar enquanto andava. Embora o exército de seu tio se assomasse diante dela, trazendo um inferno em seu encalço, ela se sentia mais leve do que nunca, esperançosa — *otimista*, até. A rainha de Galland os ajudaria a lutar. O maior exército do norte estava com eles e, certamente, outros viriam depois. Ela tinha Dom para protegê-la, uma rainha ao seu lado... cada passo para longe de Lemarta tinha sido um salto para uma vida que ela nunca havia imaginado. Cada momento era de perigo, euforia, liberdade. Cada manhã trazia um novo horizonte.

Se ao menos minha mãe pudesse me ver agora.

— Então, sangue de Fuso. Uma descendente do Velho Cór.

A rainha foi para o lado de Corayne, os cavaleiros dourados ao redor.

Ela olhou de soslaio para Erida e sentiu mais uma onda de alívio.

— Não precisa me lembrar — Corayne murmurou, tirando outra gargalhada da rainha.

— Não escolhemos como nascemos, Corayne. — Erida tocou a coroa. — Só nos resta seguir o caminho à nossa frente.

Corayne balançou a cabeça. A sensação fria se infiltrou em seus dedos novamente, mais forte do que antes.

— Não sei por que meu caminho tinha de envolver o fim do mundo.

Para sua surpresa, a rainha de Galland tomou sua mão com gentileza, dando um aperto tranquilizador. Erida a encarou com atenção, como se olhasse no fundo de um lago.

— Ao menos estamos caminhando juntas — ela disse, soltando a mão. — Acredito em você, Corayne. Algo em seus olhos... talvez seja seu sangue. O legado que você carrega.

Corayne queria ter um espelho. Queria poder ver o que a rainha via nela, o que Dom via em seu pai. Algo no preto insondável.

— Não sei dizer.

— Pode ser a espada também. A espada de Fuso. — Os olhos de Erida se voltaram para o quadril de Corayne e depois para seus ombros. Ela encarou seu manto com um sorriso astuto. À frente deles, a porta de volta para o grande salão estava aberta, banhando-os com uma onda de barulho. — Você está com ela, não está? Soube que será necessária.

— Estou — Corayne sussurrou enquanto elas entravam, lado a lado.

Ela sentiu Andry e Dom atrás, e os cavaleiros de armadura dourada. O exército de terracinzanos e o inferno do Porvir estavam longe, mal passavam de um resquício de memória. E seu tio era uma sombra, uma montanha no horizonte que precisava apenas ser escalada.

Nós podemos conseguir.

A rainha Erida subiu a plataforma com facilidade, acostumada aos olhos de centenas de cortesãos. Ergueu a mão para pedir silêncio e foi obedecida: as conversas se reduzindo a murmúrios baixos pelo salão cavernoso. À mesa alta, seus conselheiros se levantaram de pronto, deixando que ela passasse com seu vestido vermelho-sangue. Erida assentiu em resposta, abrindo seu sorriso frio de corte.

Corayne e os outros ficaram ao lado, sem ter onde se sentar nem para onde ir sem causar tumulto. Os cavaleiros fizeram o mesmo, descansando em um semicírculo em volta da comitiva. Dom entrelaçou as mãos às costas. Andry se empertigou, estreitando os olhos, concentrado, enquanto observava a rainha atrair a atenção de sua corte. Seu queixo se tensionou quando ela começou a falar.

— Milordes e miladies, obrigada por se juntarem a mim nesta noite — Erida disse, baixando a cabeça com elegância.

Os cortesãos responderam com o mesmo gesto. *Eles a adoram*, Corayne percebeu. Era fácil ver o amor que a corte gallandesa nutria pela jovem rainha. *Eles a amarão amanhã, quando ela enviar seus filhos para uma guerra contra um maníaco e um demônio?*

— Sei que meu noivado está sendo aguardado há muito tempo, talvez tempo demais, na opinião de alguns de vocês. — Atrás dela, alguns membros do conselho trocaram sorrisos maldosos e risadas breves. Erida não levou a mal. — Mas, com a ajuda de meu ilustre conselho, cheguei a uma decisão, e segui a vontade de meu pai, o rei Konrad, que construiu tudo que vocês veem diante de seus olhos. — Erida ergueu a mão cintilante e apontou para o teto abobadado, as colunas, os grandes arcos de vidro e as janelas cor-de-rosa do salão. — Seu desejo para mim, e para Galland, era o que todos compartilhamos. Somos todos o Velho Cór renascido, a glória da esfera, herdeiros de um império que somos destinados a reconstruir. Com meu marido ao meu lado, pretendo cumprir esse destino.

Entre as mesas, vários cortesãos ergueram suas taças e beberam avidamente. Alguns soltaram gritos de apoio. Até o primo dela, o nobre ranzinza, bateu o punho na mesa alta.

Corayne sentiu a batida em seu peito, como um tambor de guerra. Ao seu lado, Andry se encolheu. Havia suor em seu lábio, uma fraqueza estranha em sua respiração. Corayne franziu a testa e tocou seu punho. A pele dele estava suada e fria.

— Andry? — ela sussurrou. — Está tudo bem. Sua mãe precisa de você, e ninguém o culpará por partir para protegê-la.

O escudeiro fez uma inspiração trêmula, o peito esguio subindo e descendo.

— Pensei ter ouvido... Ela lhe perguntou sobre a espada de Fuso? — ele perguntou, também falando baixo.

Corayne franziu a testa, confusa.

— Sim.

Andry pegou a mão dela sem tirar os olhos de Erida. Corayne sentiu um choque quando os dedos dele encostaram nos dela. Então o escudeiro abriu os lábios, exibindo os dentes brancos e alinhados. Não era vergonha em seu rosto, nem arrependimento.

Terror.

— Nunca contei a ela sobre a espada — ele murmurou, atordoado.

Calor e frio se reviraram dentro de Corayne, fogo e gelo, medo ardente e choque gélido. Ela empalideceu, os olhos arregalados, incapaz de se mover, enraizada no lugar. *Nunca contei a ela sobre a espada.* Ela ainda estava lá, a extensão de aço descendo por suas costas, escondida atrás de seu manto, pesando desconfortavelmente entre suas escápulas. Forjada em uma esfera perdida, gêmea do sangue dela, a única outra coisa na esfera que poderia impedir o apocalipse.

Nunca contei a ela sobre a espada.

Dom apertou seu ombro, com força e desespero suficiente para machucar. Ela encontrou os olhos dele em silêncio, devagar, e viu o medo de Andry, seu próprio medo refletidos no príncipe ancião. Era pior do que no topo da colina, quando as sombras cadavéricas avançaram, as espadas erguidas, as bocas abertas e vorazes. *Como pode ser pior?,* Corayne quis gritar.

Mas não era idiota.

Ela sabia como.

Os cavaleiros fecharam sua formação, cercando-os. Não havia para onde correr, para onde fugir. Corayne ouviu o tilintar da armadura deles, a aspereza do aço, enquanto a rainha se deleitava com a adoração de sua corte. Sua voz se ergueu, alta e clara, ecoando pelos arcos e colunas. No lado oposto da plataforma, um par de silhuetas surgiu: um deles era alto e magro, o outro envolto por um manto carmim.

A mão de Dom despencou com um sopro de dor, e o Ancião caiu de joelhos, uma adaga cravada em sua costela. Seu sangue escorria quente e escarlate, brotando da ferida enquanto um cavaleiro se assomava sobre ele, o rosto severo sob o elmo. Corayne abriu a boca para gritar, mas sentiu a dor aguda de outra adaga na pele de suas próprias costelas, implorando para deslizar entre seus ossos. Ela sentia a respiração pesada do cavaleiro atrás de si, perto o bastante para cortar sua garganta se assim desejasse.

— Fique quieta — ele sussurrou. — Ou mato você.

Ela tinha uma faca em sua bota, a espada em suas costas.

Inúteis em minhas mãos, Corayne pensou, a mente acelerada.

Só lhe restava ficar parada, arfando entre os dentes cerrados, observando Dom sangrar enquanto Erida chamava os vultos à frente. O primeiro entrou sob a luz com um sorriso jocoso, o passo fluido e a arrogância altiva de um conquistador.

— É com grande prazer que lhes apresento meu príncipe consorte, meu marido, um filho do Velho Cór, herdeiro das linhagens do antigo império e pai do novo mundo diante de nós — Erida disse. Seu rosto gentil era angelical. — Príncipe Taristan do Velho Cór.

A corte se levantou para aplaudir o escolhido da rainha, a mesa alta já em pé e gritando seus louvores. O estrondo quebrou como uma onda, derrubando Corayne mais e mais, a afogando, deixando-a imóvel, tirando dela qualquer esperança de resgate.

Lá está ele.

Sangue de seu sangue. O irmão gêmeo de seu pai. Seu monstro.

O cabelo dele era cobre escuro, barba por fazer, boca fina desacostumada a sorrisos. Nariz comprido, sobrancelha como uma vara de ferro. Um rosto bonito, apesar de tudo: uma bela marionete puxada por fios perversos. Taristan do Velho Cór, um príncipe com sangue de Fuso, um traidor de toda a esfera.

Ele mal deu atenção à corte, lançando a eles um único olhar intenso antes de se voltar para o Ancião ajoelhado, o escudeiro e Corayne.

A distância entre eles desapareceu. Seus olhos eram iguais aos dela, pretos e infinitos, um céu sem estrelas, a parte mais profunda do oceano. Não eram vazios: havia algo ali, uma presença que Corayne só conseguia pressentir. Mas sabia do que se tratava. Tinha visto em seus sonhos. Vermelho e voraz, sem forma, sem clemência.

Porvir.

Ele encarava de dentro dos olhos de seu tio, esperando para atacar.

O homem que seguia Taristan só podia ser o Vermelho. O feiticeiro parecia esquelético, a pele branca e o cabelo loiro, com os olhos vermelho-claros envoltos por carne rosada. Sua boca se abriu um pouco e ele inspirou, sentindo o gosto do ar. Ela sentiu uma garra quente puxá-la para cima, arranhando sua pele exposta.

Brindes foram feitos, taças erguidas novamente, mas Corayne não ouviu nada. Estava paralisada, presa entre a adaga do cavaleiro e o olhar faminto de seu tio. Ele parecia prestes a devorá-la.

É bem possível que faça isso.

Os passos dele eram deliberados e suaves enquanto passava diante da mesa, a mão estendida para os conselheiros da rainha. Eles tocaram ou beijaram seus dedos ásperos, jurando lealdade, prestando homenagem, parabenizando-o pela união. Somente o primo da rainha hesitou, esperando um longo momento antes de tomar a mão de Taristan.

O olhar de Taristan não abandonou o rosto de Corayne em nenhum momento. Um fio corria entre eles, uma corda das mãos dele até o pescoço dela. Ele se guiava por essa corda, cada vez mais perto, até Corayne mal conseguir respirar.

Ela estremeceu quando ele parou à sua frente, encarando-a ameaçadoramente. Virando o rosto para trás, Erida observava, a cabeça erguida. Não havia medo, nenhum espanto. Nenhum arrependimento.

Taristan ergueu o punho e Corayne se preparou para um golpe, curvando-se.

Em vez disso, ele agarrou o manto dela, arrancando-o com um rasgo fácil do tecido azul.

Pelo canto do olho, Corayne viu o cabo da espada refletir a luz, suas joias em brasa. Tentou recuar, mas sentiu a adaga do cavaleiro perfurar sua roupa, quase rasgando a pele. Não havia onde se esconder.

— Sai de perto de mim — ela conseguiu dizer.

No chão, ainda sangrando, Dom se enfureceu.

— Vou matar você — ele rosnou para Taristan, a mão apertando a própria costela. Embora três cavaleiros se assomassem ao redor dele, as mãos nas espadas, armados até os dentes, Corayne acreditava que ele tentaria.

— Tão disposto a repetir os mesmos erros, Domacridhan — Taristan disse, extenuado. Em seguida, pegou Corayne pelo pescoço, de costas para o resto da corte. Para quem via a cena, ele parecia estar apenas falando com alguns convidados, um deles ajoelhado em reverência. A corte estava ocupada demais em seus festejos para notar que havia algo errado. — Devo matá-la na sua frente também?

Ele riu na cara dela. Corayne quis cuspir, se debater, mas sua boca estava seca, e sua mente, vazia, sem nenhuma opção. Isso não estava em suas cartas e listas. Não havia como se preparar para esse momento. Eles tinham cogitado que a rainha talvez não acreditasse no que diziam, mas escolher o outro lado? Escolher *Taristan*?

Não tenho um plano para o caminho à minha frente.

— Saia de perto — ela repetiu, cerrando os punhos.

Embora o calor do poder do Vermelho se derramasse sobre ela, seus pés e mãos continuavam frios, quase congelados, a sensação se infiltrando em seus punhos e tornozelos.

Taristan apenas balançou a cabeça, se aproximando da espada. Apertou mais o pescoço de Corayne, enquanto a outra mão envolvia o cabo da espada de Fuso. Ele sorriu ao tocar nela.

— Isso não lhe pertence — ele murmurou, a respiração estranhamente doce em seu rosto.

Algo se partiu dentro de Corayne com um estalo claro. Uma onda de frio expulsou o calor e, com isso, ela levou a mão ao bolso. Algo puxava seus dedos, na direção do amuleto jydês, o badulaque inútil. Parecia congelado, duro como gelo, os gravetos afiados.

Ela nunca havia sentido tanto medo.

Com um impulso, olhou nos olhos de Taristan. Viu pontinhos carmesins neles, espalhados como sangue ao redor de sua íris. Pareciam dançar enquanto ele pegava a espada, sacando os primeiros centímetros da bainha. Não estava olhando para ela, mas para o aço, seus lábios se movendo sem fazer nenhum barulho enquanto lia as runas insondáveis na lâmina.

Os gravetos jydeses riscaram o rosto dele como um punhado de agulhas, azuis e ferozes, traçando cortes denteados em sua bochecha. Ele uivou, dando um salto para trás, e a espada deslizou de volta ao lugar. Corayne achou que sentiria a adaga entre as costelas, trespassando seus órgãos, mas não.

O cavaleiro atrás dela soltou um grito estrangulado, sangue jorrando de baixo do gorjal dourado que cobria seu pescoço. Dom deu um pulo, acertando os outros cavaleiros. Andry se contorceu, conseguindo se livrar do seu captor com alguns movimentos fluidos, movido pela surpresa e por sua habilidade. Juntos, eles abriram um buraco na guarda da rainha, enquanto o salão estourava em confusão e caos.

Erida gritou alguma coisa; Taristan se levantou com dificuldade; o Vermelho atravessou a plataforma como uma nuvem de raios escarlates, as mãos erguidas e a boca formando um feitiço. Corayne quase desmaiou de choque, os joelhos ameaçando ceder, enquanto alguém a puxava pela cintura.

— Corre, sua maldita, *corre*! — a voz de uma mulher disse, sibilante e familiar.

Corayne mal conseguia respirar, mas encontrou a determinação para se mover, avançando pelos ladrilhos. O amuleto ainda estava em sua mão, os gravetos não mais frios, as pontas quebradas pingando um sangue escuro demais para veias mortais.

Alguém a empurrou pela porta ao lado da plataforma e em frente.

Ela olhou para trás e viu uma multidão de guardas empunhando espadas, os mantos abertos. *Não adianta fugir*, Corayne pensou, sem forças. *Dá no mesmo que sentar e esperar.*

Então houve uma espécie de trovão, seguido pelo ruído agudo de correntes sendo arrastadas, correntes de ferro deslizando pelos aros em uma velocidade vertiginosa. Um dos muitos candelabros do grande salão caiu, esmagando alguns homens de armadura. Mas não foi o último a cair. As correntes se afrouxaram uma após a outra, como uma reverberação em um lago, cada círculo de ferro caindo em uma nuvem de poeira, chamas, mesas, pernas e braços quebrados na mesma medida. *Bum, bum, bum* — mais um rufar do tambor de guerra. Um caiu na plataforma, atingindo a mesa alta e rachando-a ao meio. Corayne procurou um vestido carmim, uma coroa cravejada de joias, uma loba em pele de rainha, mas Andry a empurrou mais pelo corredor, obstruindo sua visão.

Sorasa Sarn foi a última a passar pela porta, bloqueando-a e, assim, trancando o salão grandioso. Observou os outros de olhos arregalados, maníacos, fitando a ferida de Dom, o rosto vermelho e ofegante de Andry. A adaga em sua mão pingava gotas escarlates.

— Será que eu tenho que fazer tudo por aqui? — rosnou.

16

BOM NEGÓCIO

Sorasa

O OURO PESAVA NA BOLSA, amarrada à coxa por baixo da calça. As moedas estavam organizadas em pilhas, apertadas uma contra a outra, silenciosas apesar da quantidade. Se um assassino pudesse ser desmascarado pelo tilintar de ouro, era sinal de que não valeria o pagamento, e Sorasa Sarn valia cada moeda. O dinheiro do Ancião a levaria longe, sem dúvida, financiando uma viagem para qualquer canto da Ala. *Se Galland entrar em guerra com o inferno, quero estar bem longe daqui.*

Ela rangeu os dentes, tentando esquecer o cheiro acre de carne queimada, putrefação e esferas destruídas. *Salvar o mundo não é trabalho para assassinos*, ela disse a si mesma. *Siga em frente, Sarn.*

Não demorou para ela arrombar uma fechadura e encontrar roupas novas em um apartamento vazio. Trocou seu manto e sua túnica por um vestido vermelho-cereja, bordado com fios dourados e prateados. Era largo demais, mas servia perfeitamente para esconder sua espada, suas adagas e seu chicote enrolado. Continuou com as botas e a calça justa de couro, escondidas sob as saias esvoaçantes. Com o cabelo solto, ainda poderia se passar por uma dama de companhia, ou ao menos uma nobre estrangeira vinda do sul. Eram disfarces fáceis, e ela sabia usá-los bem.

Passou pelas criadas com cestas de rosas, carmim sob a luz das tochas. Elas andaram apressadas, reclamando dos espinhos e do casamento da rainha.

Naquela noite, não foi a oportunidade que chamou Sorasa Sarn, mas uma curiosidade mórbida.

Mesmo na cidadela, protegidos por falésias e pelo deserto, os amharas eram bem informados dos acontecimentos do mundo. A rainha Erida era conhecida, assim como seus muitos pretendentes rejeitados. Príncipes, senhores da guerra, ricos barões de terras e herdeiros pobres. Nenhum era digno da rainha gallandesa.

Mas hoje há um felizardo.

Sorasa freou o passo, hesitando em um cruzamento de corredores. O salão ficava à frente, mas a ala dos servos à esquerda, seus corredores estreitos e sinuosos, um labirinto de depósitos, dormitórios, cozinhas, adegas, uma cervejaria, uma despensa, uma lavanderia e uma casa de forno. Sem mencionar um portão, uma doca e uma ponte independente para o resto da cidade.

A decisão levou apenas um instante.

A residência, o salão e a ala leste eram construções novas, uma convulsão de arcos abobadados, cantarias elevadas e vitrais concluídos havia cerca de uma década. Eram magníficos, belos e terrivelmente vulneráveis, construídos mais por estilo do que por segurança. Uma dezena de alcovas e sacadas facilitava ainda mais o caminho de Sorasa. Ela seguiu em frente, o queixo erguido diante de servos e os olhos baixos diante de guardas, seu comportamento alternando em um ritmo fluido entre dama e criada e depois dama de novo. Como sempre, ficou surpresa ao ver como era fácil atravessar um palácio livremente, sem questionamentos ou mesmo um olhar curioso.

Não era de surpreender que tantas mulheres servissem à Guilda. *Os amharas precisam muito daqueles que podem passar invisíveis, e quem é mais invisível para os homens do que uma mulher?*

Um longo corredor cercava a extensão sul do grande salão, ligando a ala leste à torre de menagem com uma fileira de colunas com rostos de leão, alguns estoicos, outros rosnando, outros majestosos como um rei. Os batentes entre as colunas à sua direita estavam abertos, exibindo o grande salão em todo o seu esplendor. Cada um tinha um cavaleiro de guarda, o rosto voltado para fora, os olhos baços enquanto Sorasa passava. O falecido pai da rainha Erida não havia poupado gastos em seu palácio, coroando sua mesa alta com uma parede curva de janelas brilhantes como joias. Seda e veludo verde dominavam a multidão de cortesãos, uma competição de quem seria o mais verdejante. Um idiota parecia estar usando uma juba de leão como gola. Pela contagem rápida de Sorasa, mais de duzentos homens e mulheres nobres festejavam, gritando brindes à rainha e a seu noivo. Ele ainda não estava na plataforma elevada, pelo que indicava a cadeira vazia ao lado da rainha. Erida era impossível de ignorar no centro de sua mesa alta, seu vestido vermelho como rubi polido, seu rosto branco como a lua. Um alvo maravilhosamente simples para alguém inclinado a criar uma crise sucessória em Galland.

Não é meu trabalho, não é problema meu, Sorasa pensou, observando os cavaleiros novamente.

Ela virou em um canto, dando a volta pelo banquete, ouvindo trechos de conversas. Decidiu subir até uma galeria.

O pavimento amplo cercava o grande salão, com vista para o andar de baixo, e, felizmente, estava livre de cortesões ambulantes. Os candelabros, grandes aros de ferro, ficavam pendurados na altura da galeria, em correntes pesadas presas ao teto duplamente abobadado, com argolas parafusadas em cada ponta do salão.

O banquete se desenrolava lá embaixo em toda a sua glória. Rostos pálidos passavam de mesa em mesa, aproximando-se para sussurrar ou gritar, alguns dançando, outros comendo, todos bebendo sem parar. Sorasa tinha visto muitas cortes reais em sua vida, de Rhashir a Calidon, e, embora línguas e costumes variassem, as pessoas eram sempre as mesmas, fáceis de prever. A maioria também estaria conjeturando sobre o noivo da rainha.

Será que Mercury sabe?, Sorasa pensou, se escondendo nas sombras da galeria.

Ele estaria na cidadela, cabelo grisalho caindo ao seu redor, sentado em sua cadeira velha, onde mil fios de meadas de todos os cantos da Ala convergiam. Cartas, pássaros e espiões, sussurros e códigos.

O mestre dos amharas vê todas as peças do grande quebra-cabeça, enquanto o resto de nós tateia cegamente.

Ela franziu o cenho com repulsa. A coleira de Mercury sempre havia queimado, mesmo quando ela estava nas boas graças dele, ao mesmo tempo odiando e amando suas atenções.

Os minutos corriam como água. Ela havia aprendido a ter paciência nas celas da cidadela, quando era criança e vibrava com uma energia nervosa à flor da pele. Essa energia lhe foi tirada rapidamente, depois de uma noite com nada além de um lagarto-encouraçado de Rhashir como companhia. Com mais de três metros de comprimento e presas parecidas com as de um lobo, o encouraçado era mortal, mas quase cego. Ficar imóvel era a única defesa de uma criança para não ser comida viva. Ficar imóvel ali naquela galeria não era nada, tendo apenas cavaleiros e cortesãos bêbados com que se preocupar.

Tanto é que ela contou nada menos do que seis cálices de vinho derramados, três pratos quebrados e um velho roncando com a cara no prato de verduras de verão. O restante conversava e bebia, mesmo na mesa alta. Sorasa reconheceu o homem ao lado da rainha como o primo mais velho dela, Lord Konegin. *Quanto a rainha pagaria para saber que ele ofereceu aos amharas um preço alto pela morte dela?*, Sorasa se perguntou, sorrindo. *Ou que, para anular a encomenda, a velha em seu conselho pagou ouro suficiente para afundar uma galé de guerra?*

O salão se tornava mais barulhento a cada prato e jarro de vinho que passava. *Em breve a corte estará bêbada demais para se lembrar de quem ela escolheu.*

Um movimento rápido chamou sua atenção, não embaixo, mas do outro lado da galeria, na sacada oposta à dela. O lugar também estava coberto pela sombra, aparentemente vazio exceto por dois rostos à margem da luz. Ela estreitou os olhos e ergueu a mão, cobrindo a luz dos candelabros para deixar que seus olhos se acostumassem à escuridão onde os vultos estavam.

Um tinha o porte de um soldado, ereto e aprumado, a mão pousada no quadril onde Sorasa conseguia entrever o cabo de uma boa espada. Seu manto era preto, aberto de maneira a exibir um gibão de veludo roxo com estampa de escamas. Seu rosto estava abaixado, concentrado na mesa alta, exibindo apenas o brilho do cabelo ruivo-escuro. O outro era um sacerdote, de capuz carmesim. A julgar pelas cores, ele era um dedicado a Syrek. O deus da destruição e da criação, conquista e paz. Um patrono do reino de Galland, cujos governantes se viam como conquistadores e criadores.

Nenhum dos homens prestou atenção nela, distraídos com o resto do palácio pelo mistério prestes a se desvendar. Eles lhe causaram um toque frio de pavor e intuição. Não falavam, embora o soldado estivesse agitado, e seus dedos se fechassem e se abrissem no cabo da espada. *Impaciente.* Ao contrário do sacerdote, que era uma estátua escarlate, seu rosto branco como osso sob o capuz.

As ordens dedicadas servem aos seus deuses e sumos sacerdotes, não a reis e rainhas. Ele deve estar escutando em nome de alguém, coletando informações para serem passadas adiante, Sorasa presumiu. *Mas o soldado? A quem ele serve?*

Ele não tinha porte de nobre. Não era um cavaleiro nem um grande lorde, e nenhum diplomata passaria um banquete escondido. Mas também não era um guarda do palácio, não naquelas roupas, sem a armadura ou o leão estampado no peito.

Ela manteve o olhar nele enquanto se movia, cautelosa nas sombras, os passos abafados pelo carpete requintado do piso da galeria. *Talvez seja um espião. Um assassino dos amharas ou de outra guilda.* Ela o observou de novo. Era alto e esguio, com músculos rígidos salientes no pescoço, do tipo conquistado a duras penas, pela necessidade. *Ele pode ser um algoz qualquer, contratado em alguma sarjeta. Um cão raivoso que soltaram.*

A concentração dela foi desviada por uma comoção lá embaixo, três pessoas andando entre as mesas compridas do banquete, lado a lado. Duas ela reconhecia.

Então eles encontraram o escudeiro.

A rainha dispensou os cavaleiros, permitindo que os três se aproximassem da mesa. Sorasa queria poder ouvir seu apelo de tão absurdo que devia ser. *Dom, a nuvem de tempestade ambulante; Corayne e sua coragem trêmula.* "Majestade, precisamos da sua ajuda para derrotar um exército de demônios liderados pelo meu tio maluco. Sim, sou a única que pode detê-lo. Sim, sou uma menina de dezessete anos. Sim, estou falando sério."

Mas Erida não os rejeitou. Pelo contrário. A rainha fez sinal, com o rosto gentil e franco, para que eles fossem falar em particular sobre o destino da Ala. *Conte a ela sobre os cadáveres da colina*, Sorasa pensou, lembrando-se de quando sua espada os atravessou. *Conte a ela sobre o massacre. Conte a ela sobre suas cicatrizes, Domacridhan.*

— Domacridhan.

O soldado murmurou, furioso, o som percorrendo a galeria. A voz dele era venenosa.

Sorasa se recostou em uma coluna, escondendo-se nas sombras.

O soldado estava olhando com fúria para o Ancião, depois para Corayne, antes de erguer o rosto à luz. Seus olhos, pretos e familiares, pareciam cintilar vermelhos, um truque dos candelabros.

Fios da meada se desenrolaram em sua mente, tecendo um retrato e uma constatação. A realidade tomou forma como as placas de uma boa armadura.

Todos os instintos que Sorasa Sarn havia desenvolvido se inflamaram, queimando em alerta.

O primeiro, o mais forte, gritava.

CORRA.

— Olhe o rosto dele, Ronin — o soldado murmurou para o sacerdote, que não se movia. *Ele não é um sacerdote, ao menos não dedicado a deuses da Ala.* — Pensei que os Anciões se curassem.

— E se curam. Quando cortados por armas da Ala — Ronin Vermelho respondeu. O feiticeiro cruzou as mãos dentro do manto. — Mas uma espada de Fuso? As armas dos terracinzanos, de Asunder, abençoadas pelo Porvir? Essas feridas não se fecham tão facilmente. É por isso que os Anciões ainda estão em seus enclaves, acovardando-se, mesmo quando seu príncipe sobreviveu para contar nossa história. Eles veem do que somos capazes. Têm mais medo de *nós* do que de qualquer exército mortal sobre a Ala.

Sorasa não se atreveu a se aproximar nem mais um passo. Suas mãos entraram embaixo da saia, sacando a adaga pequena. Ela cortou discretamente as laterais do vestido, abrindo mais espaço para os movimentos.

Corra, seus instintos gritaram de novo. Ela já conseguia sentir o palácio se fechando, pedra e vidro, seda e vinho. *Que se fodam o Ancião, a garota e o escudeiro. Que se foda a Ala.*

— Ela se parece comigo — Taristan disse, cortante. Ele observou Corayne desaparecer no corredor, seguindo a rainha e seus cavaleiros por uma porta lateral. — Com meu irmão.

Ao menos Dom está com ela, Sorasa pensou novamente, cerrando os dentes. *Seis cavaleiros contra um ancião. É um número bom. Ele sobreviveu a coisa pior.* O coração dela bateu mais forte. *A menos que ele não sobreviva. E então resta apenas o escudeiro, um garoto. Ela não tem a mínima chance.*

E a Ala não tem a mínima chance.

A frustração corroeu seu medo, conquistando domínio. *Isso não estava no trato*, ela rosnou consigo mesma, desejando poder gritar. Desejando poder fugir. *Mas para onde? Não para casa, não para a cidadela. O Porvir vai devorar tudo, com Taristan ao lado, a postos.*

— Devo dizer que ainda estou chocado que ela tenha aceitado.

A voz de Taristan ficava mais perto, seus passos silenciosos, mas ensurdecedores para os ouvidos de Sorasa. Ele bateu no cabo da espada, retinindo um único anel contra o metal, como um pequeno sino odioso.

Ela se agachou, dobrando os joelhos, apoiando o peso na ponta dos pés. *Posso correr em direção às escadas, saltar da galeria, usar a cabeça de um nobre para amortecer a queda.* Suas opções rodopiaram em sua mente.

O traidor maldito e seu feiticeiro de estimação avançaram em um ritmo lento, quase preguiçoso.

— A ambição está no sangue dela — Ronin respondeu serenamente.

Sua voz assumiu uma qualidade estranha: mais uma camada de som, como se outra pessoa falasse com ele, formando uma harmonia mais grave que ecoava mesmo quando o feiticeiro ficava em silêncio.

— Que bom que chegamos até ela primeiro, antes que a outra conseguisse.

— Uma decisão que não precisamos tomar — Taristan escarneceu. — Não vejo nenhuma bruxa com minha sobrinha.

Os mantos do feiticeiro sibilaram sobre o carpete como uma serpente. A voz dupla se foi, restando apenas a dele.

— Mesmo assim, a rainha de Galland é uma aliada forte. Corayne do Velho Cór estará morta em breve, e não será mais relevante.

Sorasa aproveitou a oportunidade, espiando de trás de sua coluna, estreitando os olhos. O par estava diante de outra escadaria, descendo para o salão principal. Taristan olhava para os candelabros atrás de si, a luz espalhando-se sobre seus traços duros. *Ela realmente se parece com ele.*

— Se a garota tem a espada do meu irmão, basta tomarmos dela e a encarcerarmos — Taristan disse, batendo novamente na espada. A bainha era de couro preto e prateado, o aço escondido enquanto as joias cintilavam no cabo, vermelhas como carrapatos inchados de sangue.

Ronin encolheu os ombros.

— Para morrer quando o Porvir chegar e transformar este mundo em cinzas sob seus pés? — ele disse, guiando Taristan pelo arco. — Confie em mim, meu caro, morrer agora é uma clemência. Quanto ao Ancião, deixe que ele viva, deixe que ele *assista...*

Sua gargalhada cruel ecoava a cada passo da escadaria curva.

Corra corra corra corra.

Sorasa se permitiu mais cinco segundos de medo e indecisão. Apenas cinco.

Sua respiração sibilou pelo nariz, saindo áspera entre os dentes. *Um.* Taristan era o escolhido da rainha. *Dois.* O exército dela protegeria o Fuso, a passagem de onde saía um mar de cadáveres. *Três.* Nenhum reino poderia se opor a Taristan e Erida, não sozinho. *Quatro.* Sorasa Sarn não era ninguém. Não havia nada que pudesse fazer em relação às grandes questões do mundo. *Cinco.*

Ela se levantou e se moveu rapidamente, uma gata entre as colunas, antes de se agachar na ponta da galeria, logo acima da mesa elevada. Do outro lado estava a porta aberta do corredor por onde a rainha e Corayne haviam saído.

Há algo que posso fazer.

Rasgou mais um pedaço do vestido, dessa vez um quadrado. Havia esgotado seus pós comuns em Byllskos, mas restava o preto, amarrado no cinto em seu pacote triplamente embrulhado, um quadrado menor do que a palma de sua mão. Com cuidado, ela o abriu, espalhando pequenos grãos escuros no centro do retalho cor de vinho. As letras da embalagem estavam parcialmente apagadas, a língua de Isheida quase irreconhecível. *Vale cinco vezes seu peso em ouro.*

Ela formou uma bolsinha, atando os cantos com firmeza, mas com cuidado para deixar um dos lados soltos. Torceu para que fosse longo o suficiente. Torceu para que fosse curto o suficiente.

Lá embaixo, observou dois cavaleiros saírem à frente de Corayne e da rainha, e então Dom e o escudeiro desengonçado, cercados pelos outros quatro guardas. Sorasa olhou primeiro para Dom, buscando em seu rosto algum sinal de preocupação, algum indício de que ele sabia o que estava para acontecer.

Ela quase praguejou em voz alta. *É óbvio que ele não sabe.*

— Sei que meu noivado está sendo aguardado há muito tempo, talvez tempo demais, na opinião de alguns de vocês — a rainha Erida disse lá embaixo, e sua corte riu feito hienas.

Não havia velas ao seu alcance, nem mesmo dos candelabros, então Sorasa teve que se virar com um canto da pederneira e o aço de sua adaga, riscando um no outro para produzir faíscas.

O tecido se acendeu, a ponta queimando.

Ela não tinha tempo para temer perder a mão ou ser vista. Pensou apenas em sua mira. O peso da bolsa, as chamas que subiam constantemente pelo tecido pendurado. A grossura da corrente fixada na parede próxima ao parapeito da galeria, uma placa de metal encravada bem fundo na pedra lisa. Os elos de ferro subiam curvados até o primeiro grande aro, depois desciam para um candelabro, e voltavam a subir. De novo, de novo, de novo, como a corrente de um colar gigantesco ornamentado de joias.

Ela se debruçou e balançou o braço, toda a sua concentração voltada para as pontas dos dedos enquanto o tecido deixava sua mão. Ela se recusou a imaginar um fracasso — a chama se apagando, o pó escorrendo, a bolsa errando o alvo. Lá embaixo, a rainha girou em seu vestido vermelho-sangue e Sorasa atirou o pacote. Ele traçou um arco lento, subindo e então caindo em direção à corrente e à parede, inclinando-se, deixando um rastro de chumbo flamejante, o tecido se corroendo em fumaça e cinzas. E então acertou, caindo em cheio entre os elos da corrente e a parede de pedra.

Seus passos foram leves e rápidos, guiando-a de volta pela galeria em forma de ferradura. Quando os cavaleiros apertaram sua formação, obscurecendo Dom e Corayne, ela sentiu a velha torção da derrota. *Eles já sabem? Estão sentindo o cerco se fechando? Corayne deve estar. Ela não é idiota.*

A voz de Erida ecoou pela escada em espiral, encontrando Sorasa em sua descida.

— É com grande prazer que lhes apresento meu príncipe consorte, meu marido, um filho do Velho Cór, herdeiro das linhagens do antigo império e pai do novo mundo diante de nós. — Mais aplausos e congratulações ecoaram pelo grande salão, erguendo-se como uma onda. — Príncipe Taristan do Velho Cór.

Agora, Sorasa pensou, apontando sua intenção para a bolsa que queimava. Como se ela também fosse uma bruxa ou feiticeira, tocada pelo Fuso, e não apenas uma mortal com talento para matar. *Agora*, ela suplicou, pedindo a Lasreen, a Estrela da Manhã, a Syrek, a Immor, à Meira das Águas, a todos os deuses e deusas venerados na Ala.

Eles não atenderam.

Ela reduziu a velocidade ao pé da escada, diminuindo o passo para não ser notada. Perpassou o olhar, avaliando o cenário, buscando qualquer oportunidade, ainda que pequena. À sua volta, cortesãos se levantavam e aplaudiam, gritando em celebração à sua querida jovem rainha. Sorasa apanhou um jarro de vinho da mesa mais próxima, usando-o como escudo para se aproximar da plataforma, sem nunca piscar.

Dom estava de joelhos, o punho se abrindo e se fechando, enquanto cavaleiros seguravam seus ombros. Os cortesãos não conseguiam ver que ele estava ferido, ajoelhado de dor, não em deferência à rainha ou a seu noivo. A expressão dele não havia mudado, seu rosto austero, os lábios cerrados em sua careta habitual, mas Sorasa via a tensão clara como o dia. *Ele está com muita dor.* Corayne estava igualmente cercada, um cavaleiro perto demais dela, um punho de manopla encostado nas costas, certamente segurando uma faca. A filha bronzeada de Siscaria estava pálida como um fantasma, os olhos arregalados, olhando fixamente para o lado oposto da plataforma, depois da mesa alta, depois da rainha.

Sorasa não precisava olhar para saber quem ela encarava.

Taristan atravessou a plataforma com um ritmo lento, contente com sua vitória. Abria um sorriso em forma de lua crescente enquanto parava diante de Corayne e arrancava seu velho manto azul. A espada em suas costas refletia a dele, uma irmã gêmea. A outra espada de Fuso.

A espada estava com o escudeiro... e agora Taristan vai pegá-la.

O Ancião sussurrou algo que Sorasa não conseguiu ouvir, mas ela viu a fúria flamejante perpassar o rosto dele. Taristan murmurou em resposta, sorrindo, antes de ficar de costas para a corte, seu corpo alto bloqueando Corayne completamente.

A adaga estava escondida no punho de Sorasa, ansiosa e à espera. Sua espada continuava embaixo das saias rasgadas, chamativa demais para ser sacada. *Agora agora agora agora*, ela rezou, praguejando-se por ter cortado um pavio tão comprido. A bolsa ainda estava no lugar, a pequena faísca ainda subindo. Sorasa apertou o passo, chegando a poucos metros da mesa alta, com o vinho nas mãos. Os cavaleiros não deram atenção a mais uma criada, mesmo com suas saias rasgadas. *Quase lá.*

Um grito perpassou o grande salão. Taristan recuou diante de Corayne, levando a mão ao rosto, sangue jorrando entre os dedos. Seu feiticeiro avançou sobre a plataforma, a boca se movendo fervorosamente, gritando uma oração, um feitiço ou ambos.

Sorasa não ouviu nada; o mundo se estreitou em seus olhos. Era hora de agir.

Ela tingiu a armadura da Guarda do Leão de vermelho.

Vinho para o mais próximo, atirando o jarro no peito dele. A bebida se derramou quando ela fingiu cair, nada além de uma serva estabanada. O peso dela súbito e deliberado fez o guarda tropeçar, e em um piscar de olhos Sorasa estava junto a ele, a adaga grudada ao corpo, focando o guarda atrás de Corayne. O homem ergueu o braço, o brilho da faca afiada e fria nas costas da menina. Sorasa foi mais rápida, cravando a sua entre as articulações da armadura, acertando as veias do pescoço. Ele balbuciou e caiu, agarrando o corte, gotas carmim pingando sobre o corpo. O sangue jorrava quente e úmido enquanto as mãos de Sorasa agarravam Corayne. A menina estava paralisada, um pedaço estranho de lixo nas mãos, as pernas imóveis, o corpo pesado feito chumbo.

Se eu tiver que arrastar essa garota até as docas, juro por Lasreen...

— Corre, sua maldita, *corre*! — Sorasa rosnou, lançando-a de lado por entre um espaço súbito na muralha de cavaleiros.

Outros três estavam estatelados no chão. Dom se ergueu diante deles, uma adaga cravada nas costas, uma mancha de sangue cobrindo sua túnica e suas calças, pingando até as botas.

Sorasa viu a situação como uma equação, sua mente reduzindo tudo à batalha e à circunstância, como havia sido treinada a fazer. *Três no chão, um ainda cambaleando com o vinho, este morto.* Ela saltou sobre o cavaleiro que se engasgava no próprio sangue, correndo atrás de Corayne. Torceu para que Dom e o escudeiro fossem inteligentes o bastante para virem atrás. Taristan e os cavaleiros de Erida sem dúvida seriam.

O estrondo de uma explosão fez abrir um raro sorriso em seus lábios, sorriso que aumentou com o som da corrente. Ela parou na porta do corredor para contemplar o caos. Os candelabros tombaram um após o outro, como martelos, estilhaçando mesas, fazendo pratos e corpos voarem. Cortesãos tentavam desviar, um saltando sobre o outro, enquanto a plataforma se dissolvia rapidamente, os conselheiros da rainha fugindo para todos os lados. Taristan se levantou com dificuldade, preso na confusão, um lado de seu rosto riscado por cortes, enquanto o Ronin Vermelho praguejava contra o teto abobadado. A rainha se viu prisioneira de seus próprios cavaleiros, a Guarda do Leão a protegendo dos escombros.

O Ancião passou primeiro por Sorasa, seu rosto uma chapa branca. Depois veio o escudeiro, Trelland. Sorasa o acrescentou à contagem.

Quatro vivos. Ela inspirou fundo e com dificuldade. *Corra,* seus instintos diziam, apenas um sussurro agora.

Era fácil ignorar.

Ela fechou a porta e a barrou com um pedaço pesado de madeira. No salão, os candelabros continuaram a cair, estrondosos. Seu coração batia no mesmo ritmo. O perigo alimentava algo dentro dela, o suficiente para aplacar todo medo por ora.

Os outros três não compartilhavam do sentimento. Corayne levou a mão à espada, seus dedos tremendo terrivelmente, os olhos arregalados como pratos de jantar, preto cercado por um branco contrastante. A espada de Fuso ainda lá, como um talho em suas costas, um tamanho cômico comparado a seu corpo pequeno. Dom se apoiou na parede ao lado dela, mordendo os lábios, a mão testando a adaga ainda cravada em suas costelas. Apenas o escudeiro parecia útil. Rasgou seu casaco azul e cinza em retalhos, pressionando-os no ferimento de Dom.

— Será que eu tenho que fazer tudo por aqui? — Sorasa disse, esfregando a adaga.

Os resquícios vermelhos da vida do cavaleiro desapareceram com uma limpeza rápida. Ela espiou o longo corredor que se dividia em quartos, espécies de antecâmaras para a rainha e seu conselho.

Corayne olhava para trás dela, como se a assassina fosse invisível.

— A porta não vai aguentar — murmurou, dando um passo para trás. Alguém já estava batendo do outro lado. Muitos alguéns. A porta balançava nas dobradiças, pressionando o bloqueio. — Ela está do lado dele. A rainha está do lado *dele*.

— Obrigada, mas deu para perceber — Sorasa disparou. — Você consegue correr, Ancião?

O lado esquerdo de sua barriga estava pintado de carmim. Ele só fez uma careta. Havia sangue em sua barba também, tingindo seus pelos dourados de vermelho.

— Não é nada — ele disse, e empurrou Trelland. — Os vederes se recuperam rapidamente.

— Não... — Sorasa começou, pulando na direção dele.

Mas era impossível deter aquele maldito imbecil imortal. Ele arrancou a faca com apenas um puxão e a jogou longe, espalhando sangue pelo chão. Mais sangue brotou da ferida em suas costelas, jorrando como uma fonte, e ele titubeou, sibilando, caindo de joelhos e exclamando:

— Ah!

Corayne o apanhou, escorregando na poça do sangue imortal.

— Pelo amor dos Fusos!

O gosto de cobre era forte na língua de Sorasa enquanto ela colocava o Ancião no chão.

— Não consigo imaginar viver por mil anos e ainda assim ser tão idiota — ela disse, rasgando a túnica dele na altura da ferida. — É quase uma proeza.

— Quinhentos — Dom disse, entre dentes, como se fizesse alguma diferença.

— Imortal ou não, você ainda é capaz de morrer de *hemorragia*.

Ele pareceu estranhamente surpreso com a possibilidade.

Sorasa o ignorou para não matá-lo com as próprias mãos. Continuou rasgando o tecido, apanhando qualquer coisa que pudesse servir de atadura. Trelland ofereceu seus trapos e ela os apertou contra o buraco aberto, as costelas dele brancas e reluzentes entre os músculos vermelhos e duros. Ao menos, Dom não se encolheu enquanto ela o tampava como se ele fosse um balde cheio furado.

— Mais alguma ideia genial, Ancião?

Ele se levantou mais rápido do que a assassina teria achado possível, assomando-se sobre ela com suas roupas esfarrapadas, o peito nu sob a luz das tochas do corredor. Sua pele lembrava ossos, cintilante e pálida.

— Fugir — disse ele, rouco.

— Não podemos voltar por onde viemos. Nem pela ponte da cozinha, pela Ponte de Valor, pelas docas da guarnição... — Sorasa hesitou, descartando todas as rotas de fuga que conhecia. Uma a uma, elas se fecharam diante de seus olhos. — Consigo sair daqui sozinha, mas não levar vocês.

— Bom, isso ajuda muito — Corayne retrucou.

A porta foi golpeada de novo, como se algo grande e pesado colidisse com a madeira. Provavelmente uma mesa sendo usada como aríete. Não demoraria muito até que ela desabasse ou os guardas de Erida chegassem pelo outro lado. Eles tinham minutos, talvez.

Segundos.

Trelland correu até as janelas, olhando para os jardins bem cuidados. Tochas saltavam por toda parte enquanto guardas eram chamados e despachados. Um labirinto de cercas vivas se estendia além dos gramados verdes, suas espirais encobertas por sombra. A catedral do palácio se erguia sobre ele, altiva e intimidante, um monumento. Suas colunas se arqueavam como um caixa torácica. O rosto do escudeiro ficou tenso.

— Podemos tentar a Syrekom — ele disse com a voz baixa.

— A catedral? — Sorasa bufou. O sangue do cavaleiro e de Dom tinha secado em seu rosto e suas mãos, formando crostas. Não havia diferença entre eles, mortal e imortal. O gosto era o mesmo. — Pedir abrigo só funciona em histórias, escudeiro. Isto aqui é vida real.

Alguns cavaleiros estavam nos jardins, suas tochas balançando, mas ninguém entrou no labirinto. Sorasa tentou se lembrar da catedral Syrekom depois do labirinto, um monstro de mármore cinza e vidro, uma joia da coroa de Ascal, construída em homenagem a seu maior e mais terrível deus.

— Syrekom — Trelland repetiu, mais firme dessa vez.

Sua mão se revirou, buscando uma espada que não estava lá. Ele estava sem armadura, e Sorasa também não via nenhuma faca. Apenas as calças e o casaco rasgado, um pouco curto na altura dos punhos. Ele ainda estava crescendo, apenas um menino mesmo ali, depois de tudo que tinha visto. *Mas ele não fala como um menino.*

— Vou levá-los pelo labirinto e então... — Seus olhos se voltaram para o sangue de Dom. — Espero que saibam nadar.

Sorasa olhou para Dom. A respiração dele vinha em arquejos curtos e atormentados. Ele olhou feio para ela.

— Aprendi a nadar antes que sua linhagem começasse — ele rosnou, saindo a passos furiosos com um olhar de ira.

Ela quase torceu para que ele desse de cara com uma parede. Em vez disso, ele arrombou uma porta a chutes, deixando-a pendurada pelas dobradiças douradas.

Quem sabe ele não se afoga, Sorasa pensou distraidamente, quase um desejo.

17

PELA ESFERA

Andry

O PALÁCIO NOVO TINHA SIDO UM LAR, um santuário, uma escola, um pátio de treinamento. Agora era uma prisão, um campo de caça, um cadafalso.

Andry sentia a lâmina pairando sobre sua cabeça enquanto conduzia os outros pelo labirinto, correndo tão rápido quanto suas pernas compridas permitiam. No treinamento, ele havia aprendido a correr de armadura. Aquilo o havia deixado forte quando estivesse equipado, e ainda mais rápido quando não estivesse. Mas naquele momento ele se sentia nu, vulnerável. *Não tenho nem uma faca*, pensou, frustrado. Não que a culpa fosse sua. Como poderia esperar que Erida fosse se voltar contra eles, contra ele, contra a *Ala*?

Não foi hoje que ela se voltou contra nós, ele disse a si mesmo. Seu corpo estremeceu todo com a constatação que o deixava à deriva. *Ela já estava contra nós sabe-se lá há quanto tempo*.

Ela já estava do lado dele, do irmão gêmeo de Lord Cortael. Aquele maldito patife. O xingamento ecoou em sua cabeça. Andry Trelland não gostava de usar linguagem baixa, mesmo enquanto fugia da morte.

Gritos irrompiam de todo o palácio, e tochas queimavam ao longo dos jardins conforme os cavaleiros da rainha seguiam com sua perseguição. Mas eles só existiam nos recantos da mente de Andry. Para ele, havia apenas o labirinto — e sua mãe.

Já deve estar no Porto do Viandante, ele disse a si mesmo. Parecia uma prece à espera de resposta. *Em um navio, a salvo com seus cuidadores, sentada em uma cadeira. As velas erguidas, o capitão indo para casa.* Seu coração se desfez dentro do peito quando ele visualizou Valeri Trelland na amurada do navio, aguardando pelo filho. *Eu deveria ter ido com ela. Este não é o meu lugar.* O labirinto se fechava sobre ele, perfeitamente bem cuidado, sem uma folha fora de lugar. A vontade de Andry era reduzir aquilo tudo a cinzas. *Só preciso sair desta ilha. É só o que tenho que fazer. Sair deste palácio e ir para as docas.* Ele respirou fundo, inspirando pelo nariz, expirando entre os dentes. *Sair desta ilha. Ir para as docas.*

Corayne arfou perto dele, esforçando-se para acompanhá-lo. Antes, ela não lhe parecera tão pequena, mas, ali, com a espada nas costas, com o mundo sobre os ombros, Andry achava que ela poderia simplesmente desaparecer. Só seus olhos permaneciam os mesmos, de alguma forma mais pretos que o céu acima deles. Ela olhou para trás, tentando enxergar em meio às sebes. Lord Domacridhan e a mulher ibalete seguiam atrás deles.

Uma corneta ecoou alto, e Andry se sobressaltou. O som, pesado e orgulhoso, fez o ar estremecer.

— O que foi isso? — Corayne perguntou, sem ar.

A corneta soou de novo.

— A guarnição do palácio — Andry respondeu, acelerando o passo. Seu queixo estava dolorosamente tenso.

Ele nunca tinha visto aquela guarnição ser convocada, não para a batalha. Quando garoto, sempre desejara que fossem chamados, em todo o seu esplendor com aquelas armaduras, para defender a rainha e sua corte. *Bem, agora finalmente vou ver.*

Domacridhan mancava um pouco, esforçando-se a cada passo, com a mão pressionando as costelas. Sangue escorria pelos dedos, preto na luz difusa. *A última vez que o vi, ele estava sendo engolido por cadáveres*, Andry pensou. *Se sobreviveu ao templo, certamente sobreviverá a isto.*

A mulher ibalete, com os dentes à mostra, empurrou o Ancião para a frente quando ele fraquejou.

— Quantos homens a guarnição tem, Trelland? — ela perguntou, a voz marcada pela preocupação.

Embora o cavalheirismo e a etiqueta o mandassem perguntar o nome da mulher, Andry não achava muito sábio fazer isso em tais circunstâncias.

— Duzentos. O bastante para resistir a um cerco.

— Fico lisonjeada — ela respondeu.

Duzentos soldados. Duzentas espadas. Duzentos escudos. Duzentos homens que conheci e com quem treinei, que vi todos os dias no campo. Duzentos homens que juraram lealdade à rainha, a Galland, ao Leão. Andry não duvidava da determinação deles, nem mesmo dos que considerava seus amigos. *Eles me matariam, assim como a qualquer outro inimigo. Foram treinados para isso.*

Eu faria o mesmo, no lugar deles.

— Por aqui — Andry sibilou, virando-se para o que parecia uma parede sólida de folhas. Passou sem dificuldades pelo espaço escondido entre as sebes.

Embora o restante do labirinto tivesse um toque artístico, com caminhos de pedra e fontes borbulhantes, aquele trecho era estreito e malcuidado, nada além de um caminho de terra entre plantas altas que arranhavam. Era um segredo de polichinelo. Muitos escudeiros, cavaleiros, damas da corte e até mesmo membros da realeza iam até ali acompanhados para passar um tempo longe dos olhos curiosos.

O vento soprava frio, disparando arrepios pelas partes do corpo de Andry que não estavam cobertas. Ele cerrou os dentes, preparando-se para a voz que vinha com o frio, os velhos e novos sussurros. A voz que ele mal podia recordar, mas que nunca esquecia.

É uma estrada de mão única, zeloso escudeiro, a voz gemeu, estilhaçada.

Sem conseguir se controlar, Andry soltou um pigarreio baixo e firme quando os sussurros se espalharam em sua cabeça. Ele vacilou, perdendo velocidade, mas se forçando a seguir em frente.

— Está tudo bem? — ele ouviu Corayne perguntar, mas os sussurros engoliram sua voz.

Queime a vida que deixa para trás, salve a esfera do fogo.

Então a voz recuou, foi embora com o vento, transformou-se em nada conforme os gritos do lado de fora do labirinto ficavam mais altos. O pináculo da catedral Syrekom, com suas abóbodas insolentes, se erguia à frente. As chamas tremeluziam nas folhas, escapando até o caminho, fechando-se sobre ele.

Corayne ainda o observava com atenção, diminuindo o ritmo para acompanhar o dele. Hesitante, ela estendeu a mão. Sem nem pensar, Andry a pegou, sentindo os dedos quentes da menina.

— Não é nada — Andry disse, respirando com dificuldade. — Estou bem.

Eles ouviram um gemido mais atrás, quando Dom voltou a fraquejar e caiu de joelhos. A mulher soltou um xingamento em sua própria língua.

— Não parem! — gritou para eles, antes que parassem.

Corayne se virou para trás, mas Andry a puxou.

— Eles vão nos alcançar — disse, segurando-a com firmeza.

Estou mentindo?, ele se perguntou. *Isso ainda importa?*

As sebes lançavam sombras altas e estranhas, oscilando à luz das estrelas e das tochas, branca e vermelha. Uma delas saltou à frente, ganhando vida. Sua silhueta larga cambaleou no caminho, a túnica vermelha e prateada manchada de vinho.

— Olhe só para você, Trelland — Limão disse, mal conseguindo ficar de pé. Olhou de soslaio, o rosto corado e suado. Um cálice brilhou em sua mão. Limão apontou para Andry e Corayne, derramando o líquido vermelho-escuro. — Trazendo uma moça para cá. Não sabia que era desse tipo!

Andry soltou a mão de Corayne e tentou empurrar a menina pelo lado do outro escudeiro. Sua palma encostou na bainha da espada de Fuso. Estava fria como gelo.

— Boa noite, Limão — ele disse, entre dentes. *É melhor contorná-lo e deixá-lo dando voltas no escuro.* — Aproveite o restante do banquete.

— Beba comigo, irmão — Limão disse, com a fala arrastada, e pegou Andry pelo pescoço. — E me apresente à donzela — acrescentou, esticando o outro braço para barrar o caminho. O cálice esbarrou em Corayne, derramando vinho em sua roupa. Limão olhou-a mais detidamente, e seu sorriso aumentou. — Boa noite, milady.

Corayne olhou a roupa manchada, depois encarou Andry. A frustração era clara nos olhos dela, queimando feito carvão. *Não,* Andry queria dizer. *Só siga em frente.*

— Aproveite o banquete — ela disse baixo, para surpresa de Andry.

Ela desviou do braço de Limão, tomando o cuidado de manter as costas voltadas para as sebes e a espada de Fuso escondida. Por sorte, o rapaz se encontrava bêbado demais para notar que Corayne não estava vestida como uma dama, sem mencionar que uma espada despontava por cima de seu ombro.

— Certo — Andry murmurou, tentando se soltar.

As tochas se aproximavam. A esperança deles de conseguir fugir tinha tempo limitado.

Limão fechou as mãos, os dedos agarrando com força o colarinho de Andry. O escudeiro embriagado finalmente tinha notado as luzes bruxuleantes e os gritos ecoando pelos jardins.

— Quem estão procurando? — Limão perguntou, com os olhos mais atentos. Ele umedeceu os lábios. — Convocaram a guarnição, Trell. É melhor irmos ajudar.

— Faça isso, Limão — Andry respondeu, tentando se soltar.

O outro escudeiro se eriçou, mudando de humor. Ergueu o punho.

— Muito bem, Trelland — Limão sibilou no rosto de Andry. Seu hálito fedia a vinho e cebola. — Ainda acha que é melhor que o restante de nós, mesmo que seu senhor tenha morrido. Saiu-se pior que qualquer outro escudeiro aqui. — O insulto o atingiu, afiado como uma faca. Mas Limão ainda não havia terminado. Voltou a olhar para Corayne. — Você sabe que ele deixou seu cavaleiro morrer, não sabe?

Andry sentiu as bochechas ficarem vermelhas e quentes.

Sua expressão se fechou, e Corayne abandonou toda a encenação, olhando bem nos olhos de Limão.

— Ele sobreviveu, que é mais do que os cavaleiros podem dizer.

Limão só desdenhou e voltou a olhar para Corayne, com os lábios franzidos, avaliando-a. Andry viu que ele notou sua trança se desfazendo, suas roupas desgastadas, as botas velhas de couro.

— O que está olhando, sua cadela esfarrapada?

A fúria de Andry veio como um raio. Ele se soltou do escudeiro em um segundo e pegou-o pelo colarinho.

— *Davel* — grunhiu.

Corayne não pareceu se incomodar com o linguajar do garoto. Ergueu o queixo e continuou a encará-lo. Seus olhos pretos eram impassíveis e profundos, o que deixaria qualquer um inquieto.

— Estou tentando calcular quanto tempo vai levar para você se mijar todo, escudeiro — Corayne finalmente respondeu a Limão.

Ele se agitou e se debateu, mas Andry o segurou firme, tirando vantagem de sua altura e sobriedade.

— Já chega — disse, baixo.

Como se Limão fosse um animal que precisasse ser acalmado.

Aquilo só o inflamou ainda mais. Enfurecido, o escudeiro conseguiu se soltar, mas não teve a chance de falar mais. A adaga era como um espelho dourado embaixo de seu rosto, refletindo as tochas.

— Sim, já chega — a mulher disse, materializando-se no caminho.

Agarrou o cabelo cor de palha de Limão e puxou sua cabeça para trás, expondo mais seu pescoço. O escudeiro não podia vê-la, mas ficou rígido ao sentir a lâmina contra sua pele.

— Foi mais rápido do que eu pensei — Corayne murmurou, olhando para as pernas molhadas do escudeiro.

Por mais que quisesse ver Limão implorar, Andry não seria imprudente. Deu um passo para a frente e esticou o braço na direção da adaga, trabalhada em bronze, com uma cobra retorcida no punho. A ibalete que a empunhava estava calma, o rosto imóvel.

— Não o mate. Por favor — Andry disse, com força na voz.

A última coisa de que precisamos agora é mais sangue derramado.

A boca da mulher se retorceu, contrariada.

— Lembre-se da misericórdia de Trelland, garoto — ela disse, afastando a lâmina da garganta dele.

Limão olhou nos olhos de Andry, demonstrando o mínimo de remorso possível.

— Obri...

O punho dela atingiu o queixo do escudeiro, nós dos dedos contra osso, lançando a cabeça de Limão para trás com uma força impressionante. O garoto caiu na terra fria.

— Isso era mesmo necessário? — Andry perguntou.

Limão estava deitado no chão, e uma poça de baba já se formava.

A mulher embainhou a adaga com rapidez.

— Você o queria vivo.

Andry sentiu outra onda de frio. Engoliu em seco enquanto olhava para a retaguarda. Vindo das sombras, Dom se juntou à mulher, ainda mancando. Ela se movia como um predador, prestando atenção em todos os lugares. Outras mulheres de Ibal já haviam passado pela corte de Galland, mas aquela era diferente de todas que ele já vira. Seu vestido estava em farrapos e havia sangue em suas mãos e rosto. Não dela, mas de Dom. *E de alguns dos cavaleiros tam-*

bém. *Ela matou Sir Welden no salão*, ele pensou, recordando do velho soldado sangrando até a morte com um corte no pescoço. A lembrança quase o fez vomitar.

Corayne se aproximou de Andry, o braço a centímetros do dele. Ela pareceu pálida ao luar, olhando para o corpo inconsciente de Limão enquanto se afastavam rapidamente. Não demonstrou muito incômodo.

— Quem é ela? O que estamos fazendo? — Andry resmungou.

Corayne soltou o ar com força.

— Faz um tempo que estou me perguntando isso também.

Eles passaram por outro buraco nas sebes, quase caindo em um lago raso com nenúfares e peixes preguiçosos. Do outro lado, um portão se abria para uma praça pavimentada, os ladrilhos dispostos como raios de sol saindo da catedral. As paredes do palácio Novo se estendiam até o santuário sem qualquer lacuna ou falha. As janelas abobadadas às escuras eram ameaçadoras. Luzes que lembravam pirilampos se moviam por elas — o reflexo das tochas da guarnição atravessando o labirinto em sua perseguição.

Dom conseguia enfim acompanhá-los, movendo as pernas furiosamente, embora fora de ritmo. A ibalete seguia a seu lado, com a espada cintilante empunhada. Era simples, mas bem-feita, e brilhava no escuro. Ainda assim, não se comparava a uma espada de Fuso.

A catedral parecia bocejar, a boca cheia de portais abobadados e gárgulas — deuses alados e reis de pedra —, e olhava de cima com as órbitas vazias. As portas curvadas eram de carvalho sólido e estavam bem trancadas, porque já era noite. O Ancião só precisou de duas tentativas para abri-la com um chute, mesmo ferido. Ele arfou, fraco, sua pele mais pálida que a lua. Além de tudo, Andry sentia uma pontada de medo pela vida de Domacridhan.

A nave da catedral se estendia, o teto alto o bastante para abrigar uma floresta, as colunas marchando em fileiras duplas até a parede de janelas mais distante. Eles avançaram pelo corredor entre os bancos vazios. Algumas poucas velas derretiam nos suportes. A maioria se apagou com a passagem deles.

— Pelos deuses, não mate nenhum sacerdote — Andry murmurou, olhando para a ibalete.

— Não seria o primeiro — ela respondeu, tranquilamente.

Uma luz vermelha encheu os vitrais. Bruxuleava e queimava, vinda das centenas de tochas dos soldados da rainha que tomavam o palácio, cercando a catedral.

Andry subiu os degraus para o altar de ouro, onde o sumo sacerdote realizava as cerimônias. Havia seis janelas ali, com vitrais retratando o poderoso Syrek e seus grandes feitos. Depois de anos de culto, Andry lembrava-se de todos eles sem olhar. Cada imagem, de fogo, guerra, conquista e criação, se destacava em vermelho, dourado e verde, cheia de espadas e leões, brilhando à luz do sol, agourenta no escuro. Seu rosto se contraiu quando Dom pegou um braseiro de bronze e o jogou na obra-prima de vidro mais próxima.

Ela se estilhaçou com um ruído que parecia o grito de uma velha, jogando uma chuva de vidro no rio abaixo.

— Deixem-se levar pela correnteza. Fiquem debaixo da água pelo máximo de tempo que puderem — a ibalete ladrou, fazendo sinal para que Corayne se aproximasse da janela quebrada.

Então verificou a espada de Corayne e apertou as fivelas que a seguravam. Uma vez mais, Corayne olhou para trás e encontrou Andry. Daquela vez, ele viu medo nela. Só um lampejo, mas era o bastante.

Ele abaixou o queixo, assentindo como pôde.

Ela assentiu de volta, determinada.

Dom foi o primeiro a pular. Corayne o seguiu, em um mergulho gracioso. A ibalete não hesitou, saltando para a escuridão, seu corpo quase não produzindo som ao cair no rio lá embaixo.

Andry se aproximou da borda irregular da janela. A água era relativamente limpa; a maior parte dos detritos ficava presa nas comportas que mantinham os barcos longe do palácio. Eles não nadariam em meio ao lixo. Mas aquilo não facilitava o mergulho. Tampouco o turbilhão de pensamentos.

A luz das tochas tomou conta das janelas. Andry ouviu alguém vociferar ordens lá fora quando a guarnição chegou. Não havia nada atrás dele além de aço e fogo. A rainha estava com Taristan, o homem que matara Sir Grandel, Lord Okran, Cortael — matara seu próprio irmão gêmeo — e todos os outros, deixando os corvos se alimentarem dos cadáveres.

Eles vão me torturar. Vão me interrogar. Vão me punir por ter escondido a espada, por ajudar Corayne. Aquilo era óbvio. Andry já visualizava as masmorras da fortaleza. *Vão me considerar um traidor e me matar.*

Ainda assim, ele não conseguia pular. Não era a queda que o assustava, os sessenta metros até a correnteza do rio escuro. A queda podia ser de seis centímetros ou de seis quilômetros. De qualquer maneira, parecia o fim, um portão se fechando. O fracasso de tudo o que viera antes.

Meu pai morreu pelo Leão, morreu pelo dever com uma coroa que eu traí. Ele fungou. *Uma coroa que me traiu, que traiu a esfera inteira. Não fiz nada de errado.*

Não fiz nada de errado, ele pensou de novo enquanto caía. Pela primeira vez, encontrou consolo nas palavras sussurradas.

Queime a vida que deixa para trás.

Os dias do escudeiro Andry Trelland certamente estavam em chamas.

Foi o rosto da mãe que ele viu ao atingir a água, mergulhado por um momento na escuridão fria e infinita. A corrente o puxou, e ele permitiu, prendendo o fôlego debaixo da água. Não havia nada de vermelho ou quente ali, como ele tinha visto em Taristan, no salão. Nenhuma sombra maliciosa se movia no escuro. Só o rio, só as mãos frias que o puxavam.

E aqueles malditos sussurros, que soavam como gelo, como o inverno, se solidificaram em uma voz.

Mantenha-se firme e não se encolha.
A escuridão já vem; restringindo a escolha.

Andry era um filho de Ascal, nascido e criado na capital. Conhecia bem os canais, e sua pele arrepiava enquanto ele nadava. Manteve a boca fechada e tentou não pensar em tudo o que a água carregava, desde os bairros pobres mais acima no rio, em Cabeça Canina, até os matadouros em Abatedouro. No escuro, ele podia fingir que o rio era limpo. No escuro, era difícil ver, difícil seguir.

Os sussurros sumiram, deixando Andry sozinho na própria cabeça. E ouvindo sua própria voz. *Vá para longe do palácio. Vá para as docas.* Toda vez que pegava fôlego, pensava: *Vá para as docas.*

Ele se manteve próximo dos outros até que a ibalete desviasse para a costa. Eles saíram da água, um a um, e ficaram pingando em um trecho estreito da margem, um triângulo de lama e areia parcialmente encoberto por uma saliência da rua que passava ao lado.

Andry se pôs de pé rapidamente, assim como Corayne. Ela apalpou as correias que seguravam a espada de Fuso enquanto sacudia a cabeça para tirar o cabelo dos olhos. A espada ainda estava ali, segura na bainha.

— Levante-se ou se esconda — a mulher sibilou, olhando para Dom, que ainda estava estirado no chão. O olhar dela queimava como duas velas. — Duvido que mesmo nós três juntos consigamos arrastar uma tora como você daqui.

Dom gemeu, fraco demais para responder, mas ficou de joelhos, ainda apertando o ferimento. Parecia estar sangrando menos, apesar de todo o esforço que tivera que fazer ao nadar.

Andry correu para o lado dele e escorou o Ancião pelo braço.

— Força nos pés, milorde — o escudeiro sussurrou, sentindo o peso do imortal, que quase se igualava ao de um cavaleiro de armadura. — Apoie-se em mim.

— Em mim também — Corayne disse, pegando o outro braço dele e quase caindo com o peso.

— Obrigado — Dom murmurou, parecendo surpreso e com as bochechas pálidas de repente rosadas. Se por conta da ajuda deles ou de sua própria fraqueza, Andry não sabia. *Provavelmente ambos.* — Ainda bem que minha prima não está aqui. Ela nunca me deixaria esquecer isso.

— Vou me certificar de mencionar isso a ela quando a encontrar — Corayne disse, sorrindo apesar do esforço.

Enquanto isso, a ibalete tirou o que restava de seu vestido esfarrapado, ficando só com o camisão e a calça justa que usava por baixo, ambos molhados. Seu corpo era pequeno, mas não franzino — todos os seus músculos eram bem definidos e rígidos, como um pedaço de corda enrolado em si mesmo. Mais tatuagens apareciam no colo e nos pulsos, onde a roupa revelava sua pele cor de bronze. Andry conseguiu ver a asa de um pássaro, algo escrito nas letras curvadas do dialeto ibalete, uma constelação e uma adaga em forma de meia-lua, mas então seu estômago se revirou, e ele teve que desviar o olhar.

— Desculpe-me, milady — ele disse, entre dentes, olhando para a terra molhada.

A ibalete soltou um riso de escárnio.

— Nunca viu o corpo de uma mulher, escudeiro? — Ela parecia achar graça. — Acho que é um pouco tarde para pensar na sua honra.

O rosto dele ficou quente. Suas bochechas queimavam.

— Se for preciso trair o reino para salvá-la, farei isso — ele murmurou. *Não tenho como voltar atrás, mesmo se eu quisesse. A única opção é seguir em frente.*

Rio acima, luzes brilhavam, tochas navegavam as ruas com as equipes de busca enviadas do palácio Novo. Andry imaginou a catedral, os cavaleiros da guarnição diante do vidro quebrado, olhando para o abismo negro do canal. *Os predadores da nossa presa.*

O olhar de Dom acompanhou o dele.

— Logo virão atrás de nós.

— Já estão atrás de nós — a ibalete corrigiu, subindo a margem com um foco felino. Usara os farrapos de seu vestido para improvisar um capuz.

O escudeiro engoliu em seco e tentou pensar, apesar do caos que era sua mente. Eles subiram a encosta devagar, seguindo a assassina.

— A guarnição vai se espalhar — Andry disse, olhando para a rua. *Saia. Vá para as docas.* — Vão se unir à patrulha da cidade e os outros quartéis. A rainha Erida tem um Exército nesta cidade. — Quando chegaram à estrada, ele apontou a extensão do canal. — Estamos do outro lado. Não há mais canais ou ilhas. Se forem rápidos, conseguirão chegar aos portões externos antes de quem quer que eles tenham mandado para os portões de fora. — A cidade espiralava a sua volta, uma teia de aranha de ruas e pontes. — Vocês podem sair da cidade antes que eles a tranquem como uma ratoeira. Sigam em frente até chegarem à muralha. O Portão do Conquistador é o maior, com mais tráfego, mas o Godherda tem menos guardas. Ou pelo menos deve ter, neste momento.

Corayne olhou para o outro lado de Dom, os lábios franzidos em uma linha sombria, como o corte de uma adaga.

— *Nós* podemos sair da cidade — ela disse, cortante. — Ou você tem outros planos e não estou sabendo, Trelland?

Andry sentiu um músculo tremer em sua bochecha. Engoliu em seco e se afastou de Dom delicadamente, tomando o cuidado de não desequilibrar o imortal.

— Vão para o norte — ele disse, com a voz firme.

Corayne arregalou os olhos, não de medo, mas de raiva.

— Para onde você vai?

Ele não teve dificuldade em responder.

— Não posso abandonar minha mãe.

— Você vai ser capturado — Dom murmurou, a respiração dificultosa, o rosto contraído de dor. — E morto, Andry. Capturado e morto. — Seus olhos verdes estavam inquietos. — Taristan não vai hesitar em acabar com a vida de um mero garoto. Aquele projeto demoníaco de homem não se importa em derramar sangue inocente.

— Sei disso. — Andry se lembrava com nitidez demais de como ele olhara para Corayne: como se ela fosse um obstáculo, um objeto, algo a ser tirado do caminho, tudo pela espada em suas costas. — Mas não posso deixá-la.

Fracassei com todos os outros. Não fracassarei com quem mais importa.

Corayne não se convenceu.

— O Porto do Viandante fica do outro lado da cidade.

— Eu sei onde fica — Andry respondeu, impaciente.

— Você vai conseguir chegar lá? — Dom perguntou, forçando-se a dar um passo trêmulo na direção do escudeiro.

Corayne avançou com ele, oscilando sob seu peso.

— Que tenham uma jornada segura — foi tudo o que Andry respondeu.

Em seguida, abaixou a cabeça e fez uma reverência.

Corayne o cortou com um sussurro forte e sibilante.

— Você mesmo disse que eles vão fechar a cidade. — Algo se acendeu dentro dela, como uma tocha sendo posta em chamas. Corayne voltou a olhar para a água e para a cidade envolta por ela, sua muralha e suas luzes infinitas. — Capitães não ficam esperando até acabar presos no ancoradouro. O navio vai chegar à baía do Espelho antes que você chegue ao porto, e sua mãe vai estar nele.

— Independente do que vá escolher, a probabilidade de morte ou a morte certa, seja rápido — a ibalete, uma sombra na rua, sibilou.

Os pés dele já estavam se movendo, as botas batendo com força nos paralelepípedos. *Saia, vá para as docas*, ele disse a si mesmo, como se fosse uma prece. Qualquer coisa para abafar a próxima leva de argumentos de Corayne. Valeri Trelland se esgueirava em sua mente, suas mãos quentes o puxavam, seu abraço era como um cobertor.

— Você vai morrer tentando — Corayne disse, já um eco, já esvanecendo.

Andry Trelland nunca tinha visto Kasa, mas tinha ouvido muitas histórias de sua mãe. O porto de Nkonabo, a cidade cheia de monumentos esculpidos em alabastro e ametista. O lar dos ascendentes da mãe, com seus jardins internos verdejantes, o tanque cheio de peixes roxos. Uma família que ele nunca conheceu se agrupando nos portões, acenando para que entrasse, recebendo-o em sua nova casa.

Ele acelerou o passo, com o coração disparado, como se pudesse correr até Kasa.

Mas mesmo o grandioso reino além do mar Longo é parte da Ala. E a Ala vai queimar. Um fogo se acendeu em sua mente, engolindo os templos, as torres, a muralha, as ruas, enquanto soldados cadavéricos sobrecarregavam a esfera. Eles se arrastavam pelo pátio, as chamas devorando os jardins, a água borbulhando no tanque, os peixes cozinhando vivos. E sua mãe morrendo com eles, gritando na cadeira, esperando um filho que não podia salvá-la.

Andry queria chorar. Seus olhos ardiam, seu coração estava dividido, suas botas pararam. Ao longe, a patrulha da cidade iniciava sua caça.

Ele não chegaria ao porto. E não havia lugar no mundo onde sua mãe estaria a salvo, se a esfera ruísse.

— *Ambara-garay* — ele sussurrou, dando meia-volta.

Tenha fé nos deuses.

18

MORRER TENTANDO

Domacridhan

Dom não sabia que era possível ter saudades da sensação do aço entre as costelas, mas certamente tinha agora. Sua visão girava como nunca. Por causa da dor ou da hemorragia, ele não sabia; nunca havia sentido nem uma nem outra dessa magnitude. Nem no treinamento em Tíarma, nem nas batalhas dos séculos passados, nem mesmo no templo, cercado por um exército de terracinzanos infernais, com o rosto destruído sangrando. Dessa vez era muito pior. *E fui eu mesmo que provoquei*, ele pensou.

Corayne mantinha o ritmo, ainda carregando o braço dele. A linha de seu maxilar lembrava um machado, decidido e afiado, enquanto ela levava os dois margem acima. Dom apertou o corte entre as costelas; seu sangue deixava os dedos grudentos. A pressão queimava, mas o mantinha vivo, e era uma boa distração naquele momento.

Quanto mais se afastavam do escudeiro, mais profunda era a dor em seu peito. *Pelo menos não vou ter que vê-lo morrer*, Dom pensou com amargura. Mas sua aflição não durou muito.

Dom ouviu passos, passadas largas e conhecidas se esforçando para alcançá-los. Ao se virar para trás, ele viu o escudeiro Trelland nas sombras, deixando os canais e o Porto do Viandante.

— Ela vai ficar bem — Corayne disse quando o viu, com melancolia na voz. — E você também.

Andry não respondeu e manteve o rosto baixo. Tomava cuidado e não fazia barulho, mas ainda assim o imortal podia ouvir suas lágrimas. Foi assim que Dom o vira no templo — olhos embotados e aspecto derrotado, vencido pelo massacre. Mas, como era seu dever, continuava marchando, mesmo que não houvesse nem uma faísca de esperança para iluminar o caminho.

Eles atravessaram um mercado. Estabelecimentos de pau a pique com paredes caiadas e casas de madeira espreitavam, as janelas parecendo olhos vazios. Dom não ouviu nenhuma patrulha enquanto Sarn liderava o caminho, seu camisão branco contrastante nos becos. Era como seguir um fantasma.

Quão rápido as notícias correm numa cidade como essa?, ele se perguntou, pensando nos portões. A cada curva, a jornada parecia ter chegado ao fim, mas acabava se prolongando um pouco mais. *Talvez Ecthaid tenha respondido às minhas preces e esteja protegendo o caminho.*

Talvez só estejamos com sorte.

A sorte se manteve firme. De carvalho revestido de ferro, o portão Godherda se arqueava diante deles, fechado mas não trancado, e apenas uma dupla de vigias o guardando. Como Andry havia dito, era pequeno, mal passava de uma porta na muralha externa de Ascal. Fácil de defender, mas fácil de esquecer.

Sarn acelerou, assim como Corayne, puxando Dom consigo. Ele se mantinha como dava sobre os pés cambaleantes. Andry voltou a pegar seu braço, sustentando parte de seu peso, até que conseguissem quase correr. De novo a visão de Dom girou; as manchas pretas aumentavam e diminuíam de tamanho.

— Continue movendo as pernas, milorde — Andry disse, soando ao mesmo tempo próximo e distante.

Sinos começaram a tocar em algum lugar, reverberando no ar e no crânio de Dom. O imortal fechou os olhos com força enquanto o som ecoava como um grito. Por um momento, estava de volta ao templo, olhando para a torre branca e para o badalar impossível de um sino antigo.

Os vigias gritaram alguma coisa, suas vozes pontuadas pelos estrépitos da armadura e o canto do aço sendo libertado.

Os sinos são um comando. A rainha chama. Nosso tempo acabou.

— Bloqueie o portão... Estão fechando o porto... — o primeiro vigia ordenou.

Suas palavras se encerraram com um golpe pesado e úmido.

Dom abriu os olhos e viu Sarn atingir o segundo vigia. A espada dela gotejava rubis e o portão se abria atrás dela, a fenda entre as portas aumentando cada vez mais.

Fora Corayne quem o abriu, chutando a madeira.

Tudo o que Dom pôde fazer foi se mover, sua energia finalmente esgotada, o ferimento vencendo a dura batalha contra seu corpo. *Não caia*, ele disse a si mesmo, repetindo as palavras do escudeiro. Os sinos continuavam soando, acompanhados por uma dezena de cornetas por toda a cidade, de todos os portões e torres de vigia. Ele tentou pensar, tentou se lembrar daquela parte da esfera. Que estradas havia à frente, como era a terra além de Ascal. Mas mal podia abrir os olhos, quanto mais bolar um plano.

Você vai morrer tentando. A última súplica de Corayne a Andry perdurava na mente de Dom, badalando como os sinos.

Essa parece ser nossa sina, Dom pensou, sentindo que as circunstâncias em que tais palavras foram ditas se nublavam como um céu de tempestade. Não tinham aliados, não sabiam para onde ir. Não tinham nada além da espada e de uma menina adolescente que mal era capaz de empunhá-la. *Morrer tentando.*

Ele sentiu o cheiro e a presença do cavalo enquanto o empurravam para cima do animal, todo o seu volume deitado na sela, como um saco de grãos. Dom quis pedir desculpas ao bicho. *Em geral, sou muito bom nisso*, pensou, vagamente. Por entre os olhos semicerrados, ele vislumbrou o chão se movendo mais abaixo.

Os outros, pensou. Tentou mover a cabeça, mas um toque firme o manteve no lugar.

Ele se agarrou à vida como podia, até que só se ouvia o som do galope do cavalo. Os sinos e as cornetas sumiram; a escuridão o engoliu.

A luz em suas pálpebras dançava de forma ritmada: sombra e sol, sombra e sol. Movia-se no tempo com um ranger de madeira velha, um pano batendo. Ou seriam asas? *Baleir tem asas. O deus da coragem está comigo, estou nas mãos dele, ele vai me levar para casa, para Glorian, para onde agora apenas os mortos podem viajar.*

Alguém estava mesmo segurando Dom, ele sentia a pressão firme de dedos contra sua caixa torácica e seu peito. E podia ouvir um batimento cardíaco. *Deuses têm batimento cardíaco?*

A dor se espalhou por suas costelas e ele sibilou, puxando o ar por entre os dentes já cerrados. Suas pálpebras tremularam. A luz o cegava, mas era dourada e quente. Algo bloqueou o sol, passando na frente dele em um movimento constante. Dom apertou os olhos, tentando processar onde estava. *A esfera dos deuses certamente está além da minha compreensão.*

Havia uma parede, um teto acima dele, madeira embaixo, uma roda de água rangendo do lado de fora da janela e o gorgolejo do rio abaixo. Ratos corriam em algum lugar, e teias de aranha se acumulavam nos cantos.

Ele gemeu quando uma sensação já familiar retornou, quente e aguda.

— Eu não sabia que alguém podia sentir tamanha dor depois da morte — Dom conseguiu dizer.

Os batimentos cardíacos dispararam, e ele sentiu outro golpe. Não tão forte daquela vez — mais uma picada que uma punhalada.

— Fique parado, Dom. Ela está terminando.

A voz era enfadada — irritada até. Não era a voz de um deus.

Ignorando o conselho, ele tentou se mover e quase conseguiu, mas dois pares de mão o seguraram.

— Corayne? — Dom sussurrou, buscando um vislumbre dela.

Ele viu detalhes. O cabelo preto às luzes vermelhas, suas mãos pequenas demais, os nós dos dedos machucados. Ela ainda carregava o cheiro do rio. E de sangue. Todo o ambiente cheirava a sangue, o ardor amargo do ferro avassalador.

— Sim, sou eu. Estamos todos aqui. Só nós.

O mundo voltou a entrar em foco.

— Onde estamos? — Dom voltou a olhar pela janela e para a luz do sol, a roda de água que girava, fazendo o moinho funcionar. — Pensei que estava morto.

— Quem me dera — disse a voz venenosa de Sarn.

Outra picada, perfurando a pele. Uma sensação de deslizamento se seguiu, aguda, e um puxão. Com um choque, ele se deu conta de que ela o estava suturando, costurando sua pele rasgada. Ele não podia vê-la, mas sentia seus dedos cuidadosos e deliberados trabalhando.

— Nunca vi ninguém perder tanto sangue e sobreviver — ela disse, seca.

Dom tentou olhar para a assassina, mas só conseguiu se mover um pouco sobre a mesa rígida. A madeira rangeu sob seu corpo, protestando contra o peso. Ele percebeu que seu dorso estava nu — os farrapos da túnica haviam sido retirados.

— Onde está Andry? — ele perguntou de repente, esticando o pescoço.

De novo, Corayne e Sarn o seguraram.

— O escudeiro viu a verdade nas palavras de Corayne, ainda bem. Estavam fechando o porto quando escapamos — Sarn disse. — Ele nos seguiu para fora da cidade.

— Eu me lembro... de algumas partes. Mas onde ele está agora? — Dom perguntou, frustrado. — Não consigo ouvir o batimento cardíaco dele.

Corayne deu a volta na mesa, agarrando o antebraço dele. Ela não era particularmente forte.

— Você ouve o batimento cardíaco dos outros? — ela perguntou, impressionada. — Desde quando?

— Hum, desde que nasci? — Dom retrucou, incerto.

Ele olhou em volta de novo, para as camadas grossas de poeira que cobriam cada superfície.

Sarn deu outro ponto.

— Estamos em uma fazenda abandonada, alguns quilômetros a oeste de Ascal. Trelland está saqueando a casa enquanto nos apertamos aqui neste moinho detonado. Ou pelo menos é o que ele está fingindo fazer, enquanto sofre pela mãe.

O desdém na voz dela era amargamente audível.

Daquela vez, Dom não permitiu que Corayne o segurasse. Ele se ergueu nos cotovelos, virando-se para ficar cara a cara com a assassina. O capuz de Sorasa estava em volta do pescoço, e ela franzia tanto a boca que os lábios carnudos quase desapareciam. Como Corayne, ela tinha olheiras escuras, e o pó preto que revestia suas pálpebras estava manchado. Elas não tinham dormido, e mortais dependiam muito do sono. Mesmo assim, a fúria guardada em seu peito, advinda do luto e do fracasso, pegou fogo como brasas sendo atiçadas. *Como ela ousa julgar o garoto assim?* Dom mostrou os dentes e cerrou os punhos. Ela não recuou nem tirou as mãos das costelas dele. A agulha continuava trabalhando.

— Você não tem mesmo coração, amhara — Dom grunhiu.

Ela o alfinetou de novo.

— Obrigada.

O Ancião fez uma careta.

— Estamos perto demais da cidade. — De repente, o moinho pareceu sufocante, como se pudesse desabar sobre eles a qualquer momento. — Não deveríamos ter parado.

Sarn recebeu a acusação com calma, o que o desagradou.

— Nosso avanço ficou um pouco limitado depois que alguém resolveu curar as próprias feridas no campo de batalha.

Ele tentou afastar as mãos dela e pegar a agulha.

— Posso fazer isso sozinho, sabia?

Agora que era capaz de ver o ferimento à luz do dia, compreendia a gravidade. Ele notou, relutante, que a assassina suturava muito bem.

— Acho difícil acreditar nisso, não sei por quê — ela respondeu, sem paciência.

— E eu achei que essa briguinha sem sentido ia acabar, não sei por quê — Corayne finalmente falou, empurrando Dom pelos ombros. Ele caiu deitado na mesa, zangado. — Já tenho a rainha, o exército dela e meu maldito tio para nos preocupar. Vamos tentar não aumentar a lista, está bem?

Dom se sentiu estranhamente repreendido, e as bochechas dele queimaram.

— Não vou dar outra moeda a você, Sarn. Nem um cêntimo — ele disse, tentando outra tática. *Sem pagamento, a amhara certamente partirá.* — Você está livre para ir aonde quiser e fazer o que quiser.

— Bem, eu gostaria de sobreviver aos próximos anos, em uma esfera que não seja reivindicada e tomada por uma paisagem infernal — Sarn respondeu com tranquilidade, matando as esperanças dele. — Suponho que a melhor maneira de conseguir isso seja ficando com a menina, já que você não tem muita utilidade.

— E uma mera assassina tem? — Dom soltou.

Ela enfiou a agulha nele de novo, com mais força do que o necessário. Ele permitiu; seu corpo já estava se curando. A dor diminuía a cada segundo, e aquilo o deixava bastante satisfeito.

Até que ela baixou o rosto e sua boca ficou a centímetros da costela dele. Dom podia sentir a respiração da mulher em sua pele, uma sensação fantasma ao longo do ferimento fechado. Dom quase pulou da mesa quando ela cortou o fio com os dentes, tendo arrematado o último ponto. A expressão dela se manteve impassível, mas havia um sorriso de vitória em seus olhos.

Atrás dele, Corayne não conseguiu segurar uma risada.

— Aceito quem se oferecer — ela disse, dando tapinhas no ombro de Dom — para fazer o que precisamos fazer a seguir.

O olhar dela vagou e se fixou em um canto. Dom se sentou e acompanhou: a espada de Fuso estava ali, apoiada e parcialmente escondida. Um feixe de sol se espalhava diante dela, iluminando as partículas de poeira que giravam no ar. Dentro do moinho, a espada de Fuso não parecia digna de nota, nem mesmo como relíquia. As joias no punho pareciam opacas, assim como o aço da lâmina. Dom se lembrou dela nos cofres de Iona, cercada por centenas de velas, cujos reflexos dançavam. Permanecera lá por séculos, livre dos efeitos do tempo. Lembrou-se dela nas mãos de Cortael, quando chegara o momento de tomá-la como sua. Não havia magia no aço além de sua ligação com os Fusos, mas ela parecia encantá-lo. A espada era uma relíquia de um mundo morto, de um povo quase perdido. Falava com Cortael de maneiras que Dom nem conseguia imaginar. Ele se perguntou se, da mesma forma, falava com a filha de Cortael. Não era possível saber. Dom tinha mais dificuldade em lê-la, porque os olhos da menina estavam sempre se movendo, sua mente trabalhava em um ritmo furioso. Ela mudava de rumo rápido demais para que ele pudesse segui-la.

— Não temos esperança de fechar o Fuso no templo — Dom murmurou. Com cautela, ele desceu da mesa e testou as pernas. Elas o suportaram, uma vez que a fraqueza do ferimento passava. — Não sem um exército que garanta que cheguemos lá. Ele vai ter milhares daqueles espectros reunidos, muitos milhares. A ira dos terracinzanos e do Porvir só cresce. — Ainda que estivesse quente dentro do moinho, ele estremeceu, e os pelos de seus braços se arrepiaram. — E há o próprio Taristan. Não sei como matá-lo. — Dom pensou em Cortael, em sua espada atravessando o peito de Taristan. *Fez tão pouco. Fez nada.* — Isso se for possível matá-lo.

O olhar de Corayne voltou a percorrer a extensão da lâmina, perdendo o foco. Então ela piscou, voltando a si como se tivesse acabado de despertar. A jovem deu as costas para a espada e foi até a parede, onde havia uma pilha de engradados, além de alguns alforjes tirados dos cavalos roubados que esperavam fora do moinho. Um instante depois, Corayne tirou de lá uma túnica cinza-escura de um tecido grosso e a jogou para Dom. Ele a vestiu, torcendo o nariz por causa do cheiro e da textura rústica da peça em sua pele.

— Em vez de focar no que não podemos fazer, vamos focar no que podemos — Corayne disse. — Temos uma espada de Fuso. Temos sangue do Cór. Temos um príncipe imortal de Iona que testemunhou a abertura de um Fuso e a aliança de Erida com meu tio. Temos... tudo isso — ela acrescentou, apontando vagamente para Sarn, que estava apoiada à janela. — Certamente outras pessoas vão nos ouvir. Outros monarcas, Anciãos, *alguém*.

Dom dobrou as mangas da túnica, compridas demais para ele.

— Tenho uma prima, herdeira do trono de Iona. Nesse momento ela está perambulando pela Ala, procurando ajuda de outros enclaves. Se alguém pode reunir os vederes, é ela — Dom disse, por mais que fosse doloroso pensar em Ridha.

Corayne balançou a cabeça.

— Já é alguma coisa.

— Quase nada — Sarn murmurou da janela.

— É *alguma coisa* — Corayne insistiu.

A assassina deu de ombros, sem estar convencida. Ela puxou uma trança para a frente e olhou pela janela.

Dom finalmente conseguiu ouvir Andry lá fora, seus passos atormentados irrompendo pela porta.

O escudeiro estava em condições melhores que Corayne e Sorasa. Seus ferimentos eram mais leves. Com seus bons modos e sua silhueta esguia, ele poderia muito bem se passar pelo filho de um fazendeiro rico, ou um jovem comerciante viajando pelo campo. Andry tinha o tipo de rosto em que as pessoas confiavam e que não chamava muita atenção.

— Sorasa, você deveria... — ele começou a falar, apontando com o dedão para trás, mas então notou Dom de pé e se curvou em uma reverência rápida e bem treinada. — Ah, é bom vê-lo consciente, milorde.

Sarn franziu os lábios.

— Não o chame assim.

Dom a ignorou, como sempre tentava fazer.

— Obrigado, Andry. O que foi?

A roda de água girava do lado de fora, suas engrenagens rangendo conforme o riacho corria. Pássaros cantavam nos campos, e uma brisa movimentava as folhas. Dom se esforçou para ouvir, mas não notou nada de estranho. Depois de Ascal, a paz naquela fazenda era um choque.

Andry olhou para a frente e para trás, segurando a porta aberta. Apontou para a casa da fazenda, uma ruína destruída do outro lado da alameda, parcialmente escondida pelas macieiras retorcidas. Abandonada por anos, ou até uma década.

— Acho que vocês deveriam ver uma coisa — ele disse. — Todos vocês.

19

É O QUE DIZEM OS OSSOS

Corayne

EM CASA, O TEMPO SE DIVIDIA EM LONGOS TRECHOS, semanas ou meses, de acordo com as exigências do comércio, as viagens da *Filha da Tempestade* e a mudança de estação. Os dias eram um corredor, uma passagem livre entre portas abertas. Em Lemarta, aquilo significava dias de espera, conjectura sobre chuvas distantes e levantes políticos em costas estrangeiras. Corayne passava a maior parte do tempo entediada, observando o horizonte com seu livro de registros, suas cartas e seus relatórios à mão. Mas tinha certo espaço de manobra, e podia pensar e planejar.

Agora Corayne se sentia de volta ao labirinto de sebes, virando esquinas às cegas e deparando com só os deuses sabiam o quê. Só lhe restava reagir e torcer para sobreviver. Não era a situação ideal.

— O que será agora? — ela murmurou enquanto saíam do moinho com Andry.

Havia certa bruma da manhã envolvendo a fazenda abandonada, uma névoa dourada que suavizava as sebes e os campos altos. Era adorável como um quadro. Corayne odiou. *Está silencioso demais, seguro demais*, pensou, olhando para a alameda esburacada. Parecia uma armadilha. Antes de deixarem o moinho, Corayne havia prendido a espada de Fuso ao corpo, sobre os vergões recentes que ela tinha nos ombros e na cintura. Aquilo não melhorava muito seu humor.

Andry acenou para eles do batente da casa em ruínas. Metade da construção ainda tinha teto, embora formado por mais teias de aranha que madeira. O resto do lugar estava a céu aberto, como se um gigante tivesse enfiado o punho ali. Os detritos formavam pilhas nos cantos, e grande parte dos móveis tinha sido saqueada ou quebrada, restando apenas uma panela de ferro semienterrada na lareira. Tudo que poderia ser útil estava em fileiras ordenadas no chão, como um regimento de soldados. *Andry andou bem ocupado.*

Sorasa fungou a lareira, com os olhos estreitos. Corayne a seguiu e viu que a panela estava cheia de ossos fervidos. Pareciam irradiar frio, apesar do sol que batia na casa.

— Animal — Sorasa murmurou, ainda apertando os olhos. — E frescos.

Do outro lado da sala, Andry estava diante de uma pilha de trapos, com as bochechas cor de cobre tomadas de rubra.

— Eu não notei a princípio — ele disse, hesitante. — Fiz barulho, mas ela nem se mexeu.

Corayne ficou rígida e voltou a olhar para os trapos. Era difícil distinguir o que havia ali. O frio dos ossos pareceu fazer o ar vibrar.

— Você disse "ela"?

Andry engoliu em seco.

— Não sei se ela...

— Está viva — Dom respondeu, inclinando a cabeça.

Aparentemente, o Ancião podia ouvir batimentos cardíacos, o que era uma das coisas mais perturbadoras em relação a ele. A lista estava sempre crescendo.

Ele se debruçou sobre os trapos, agachou-se e inspirou fundo, como um cachorro farejador. Delicadamente, Dom tirou a primeira camada, uma manta de retalhos com todos os tons de sujeira. Uma cabeça com cabelos grisalhos arrepiados despontou entre seus pés, os fios cheios de galhos, folhas e tranças com contas, fazendo Corayne sentir uma pontada. Por quê, ela não sabia.

A menina deu um passo à frente e sentiu os joelhos tremerem de exaustão. Alguém segurou seu braço, enterrando os dedos na pele.

— Espere — Sorasa alertou, segurando-a.

— Senhora, sentimos muito por incomodá-la — Andry disse, ajoelhando-se ao lado da pilha.

A cabeça grisalha não se moveu. Corayne procurou um rosto, mas Dom e Andry bloqueavam sua visão.

Dom passou a mão pela barba loira.

— Ela está dormindo profundamente. Profundamente demais para ser mortal.

— Vamos deixá-la e seguir nosso caminho — Sorasa disse. — Ela não viu nosso rosto. Não vai poder ajudar quem quer que venha procurar por nós.

O Ancião mordeu o lábio.

— Está certa disso?

A assassina deu de ombros.

— Muito bem, então corte a garganta dela.

— Sorasa — Corayne a repreendeu, prendendo o fôlego.

Andry endireitou os ombros.

— Não faremos tal coisa — ele ladrou, permitindo que Corayne vislumbrasse o cavaleiro que era.

Sorasa olhou de um para o outro, intrigada.

— Vocês estão sendo caçados pela rainha de Galland e por um rei demoníaco. Não recomendo facilitar as coisas para eles.

A mulher deitada se sentou rapidamente, como se na verdade não estivesse adormecida. Seus olhos se abriram, azuis como o céu mais brilhante. Sua boca parecia um talho, os lábios finos e envoltos em rugas depois de uma vida inteira de risadas.

— Matem-me e Todala encontrará seu fim — a velha disse, animada. Sua voz era alegre e brincalhona, e ela falava com um sotaque conhecido. Seu olhar perfurou Corayne como um aríete, e um sorriso se espalhou por seu rosto pálido e velho. — Não fique boquiaberta, *pyrta gaera*. Não faz tanto tempo assim.

Corayne trincou os dentes para evitar um grito de choque.

— Você — ela disse, baixo. *A velha do navio, a mascate jydesa. Com suas bugigangas inúteis e suas rimas tolas.*

Dom se levantou quando a mulher começou a fazer o mesmo.

— Você a conhece?

— Ela estava no navio que nos trouxe à capital — Sorasa disse, avançando entre Corayne e a jydesa. — Embarcou quando paramos em Corranport e desembarcou em Ascal, com os outros. — Seu olhar examinou a senhora inteira. Encontrou o mesmo que vira no navio: a velha com o vestido imundo envolta em um xale que não combinava. Pés descalços e pretos de tão sujos. — Você nos seguiu.

— Não vejo como isso seria possível, Sorasa — Corayne disse, baixo. *Pelas docas, pelo palácio, depois a fuga da cidade. Não faz sentido. Ela teria que saber aonde íamos antes mesmo que fôssemos.* Sua mão se fechou ao lado do corpo. O frio penetrava seus dedos.

A velha balançou a cabeça, rindo.

— *Vocês* é que me seguiram — ela disse, abaixando o cabelo desgrenhado. — Ou seus cavalos, que não são nada ruins.

Ela se arrastou até a panela na lareira. Suas mãos eram como asas de pássaro, frágeis e agitadas.

Sorasa afastou Corayne, ambas para fora do caminho da mulher.

Ela não prestou atenção nelas e virou a panela, espalhando os ossos no chão. Ossos de costela, de pata, vértebras, crânios. Ratos, coelhos, pássaros. Todos limpos, brancos como nuvens. Ela os deixou cair, observando um padrão que os outros não enxergavam.

— Você é uma bruxa — Andry disse, estupefato.

Ela não respondeu, só continuou olhando aquela bagunça. Era ágil para sua idade, virando e se retorcendo, chegando até mesmo a deitar no chão para inspecionar os ossos espalhados de todos os ângulos possíveis.

— Uma bruxa — Corayne murmurou.

Seus dedos se fecharam em torno dos galhos que tinha dentro do bolso. Ela os puxou. As pontas afiadas estavam pretas do sangue seco.

A jydesa deu de ombros.

— Sou o que sou, não importa — ela resmungou consigo mesma, mantendo a mão manchada no queixo enquanto vasculhava os ossos. — Eu deveria ter feito isso debaixo de uma copa.

O amuleto tremeu na mão de Corayne.

— Por que me deu isso? — perguntou, as contas de ossos dependuradas nos dedos.

A velha jydesa não respondeu, porque estava ocupada demais no chão.

Dom a contornou, mantendo certa distância. Tinha duas vezes seu tamanho, se não mais.

— Acho que a pergunta certa é: quem é você?

— Ou talvez: por que estamos perdendo tempo com isso? — Sorasa disse, a frustração brilhando em seus olhos. Ela apontou para os cavalos, amarrados na alameda. — Precisamos ir embora.

— Eu dei algo a você? — a mulher murmurou para Corayne, distante.

Então finalmente olhou para ela e para o amuleto que a garota continuava segurando. A confusão nublou seus olhos brilhantes.

Corayne cerrou os dentes.

— Sim, no navio, *gaeda*. — *Vovó*. — Não lembra?

Ela estendeu o amuleto ao alcance da outra.

A velha avançou, roubando-o. O toque de seus dedos era como gelo, e Corayne se encolheu.

— É só galho e barbante — a jydesa disse, inspecionando-o. — Nada que seja importante.

Ela correu as contas pelas palmas, depois lambeu as pontas ensanguentadas. Os outros fizeram uma careta quando ela o enfiou no vestido.

— Sarn está certa. Não podemos ficar aqui — Dom disse. *Desesperado o bastante para concordar com a assassina.* — Os soldados de Erida estão procurando por nós e pela espada de Fuso. Temos que manter a vantagem.

Andry abriu caminho por entre as pilhas ordenadas, tomando o cuidado de desviar dos ossos.

— Galland mantém um destacamento permanente em Canterweld, que fica a meio dia de viagem para o norte. Ao fim do dia eles estarão procurando por nós, se já não estiverem. Dez mil vasculhando os campos. — Andry balançou a cabeça, desesperado com sua situação. Encheu um saco de tecidos que poderiam servir de bandagem, barbante e, para surpresa de Corayne, uma chaleira amassada. — Se a rainha convocar as tropas para revista...

Ele parou no meio da frase, porque a bruxa havia tocado seu ombro. Sua mão enrugada parecia uma garra branca.

— Mantenha-o por perto, *gaera*, é um bom camarada — ela disse, dando tapinhas nas costas e depois no rosto dele. Andry soltou um ruído baixo, os olhos arregalados. A bruxa o ignorou e apontou para Dom e para Sorasa. — Quanto a esses dois, ainda não cheguei a uma conclusão, mas são melhores que nada.

Sorasa levou as mãos ensanguentadas à cintura.

— Ela viu nosso rosto e não para de falar rimado. Precisamos matá-la.

— Não acho que essa seja a solução para qualquer obstáculo — Andry disse, sem firmeza.

Sorasa não concordou.

— Funcionou muito bem até aqui.

Corayne ansiava desesperadamente por seus esquemas, ou pelo menos um mapa.

— Precisamos é de um plano de ação. De um norte, um lugar aonde ir.

— Não cair nas garras dos gallandeses me parece um plano bom o bastante — Sorasa respondeu. — Seguir até a fronteira mais próxima, reagrupar em segurança. Não em um celeiro caindo aos pedaços, a quinze quilômetros da execução.

O peso de outra noite sem dormir de repente assomou, espesso e precário como o teto ruindo. Corayne passou a mão pela testa, tentando pensar. Tudo ao seu redor ficou embaçado e lento. Um calor sonolento batalhava contra aquele frio estranho e estimulante.

Ela mordeu o lábio.

— Aquele Fuso não vai se fechar sozinho.

— Fusos — a velha disse baixo, enfatizando cada sílaba. Ela jogou a espinha de um coelho de lado e soltou um ruidinho triunfante, depois sorriu maliciosamente. — É o que dizem os ossos.

Até mesmo o vento no campo parou, e o silêncio reinou. Andry congelou, enquanto Dom se apoiava na parede em ruínas, os nós dos dedos brancos contra a pedra. Devagar, ele baixou a cabeça. Sorasa não se moveu; seu corpo ficou parado demais, o rosto, impassível e neutro. Como se ela estivesse se segurando, lutando para manter a calma. Corayne mal podia respirar. Parecia que tinha acabado de levar uma martelada no peito. O ar deixou seus pulmões devagar.

— Tem mais de um? — sussurrou, olhando para Dom.

Quando seus olhares se cruzaram, ele parecia envergonhado.

— Já — ele murmurou. — Já.

Enfurecida, Sorasa saltou para a frente, punhos fechados. Ficou olhando nos olhos da velha, como se pudesse encontrar algo ali.

— Por que acreditam nisso? — ela cuspiu.

A bruxa jogou outro osso, deixando que deslizasse até os pés de Sorasa. Seu sorriso se tornou frágil.

— Amhara caída, amhara abandonada, amhara arruinada — a bruxa disse, e cada palavra era como uma adaga. Sorasa recuou, estremecendo diante do golpe. — Chamam-na de amhara. — A bruxa olhou para cada um deles, os olhos brilhando. — Mas você é osara.

Sorasa trombou com a parede em ruínas da casa, e fragmentos de pedras rolaram por seus ombros. Seus olhos se arregalaram e sua boca se moveu, mas nada saiu. Corayne não tinha ideia do que as palavras da bruxa significavam, mas tinham sido o bastante para extinguir o fogo de Sorasa Sarn.

— Sorasa, o que ela quer dizer? — Corayne disse. — O que é osara?

Mas a assassina amhara não respondeu. Suas narinas inflaram e seus olhos de pôr do sol baixaram, queimando os próprios pés.

Andry rangeu os dentes. Suas palavras os trouxeram de volta.

— Tem outro Fuso. Outro exército.

Dom desviou o olhar de Sorasa, que estava distante, em silêncio.

— Esse era o plano dele desde o começo. Quanto mais Fusos abrir, mais fraca ficará a esfera, mais fino será o vínculo entre Todala e o Porvir. É como destruir as colunas que sustentam uma cúpula. É claro que ele abriria outro antes que pudéssemos contra-atacar.

Corayne ouviu a derrota na voz dele, clara como o dia. Sentia o mesmo, mas se recusava a deixar que a devorasse. Em vez disso, pegou a bruxa jydesa pelo braço. Sua pele era tão fria quanto seus dedos, apesar da roupa agasalhada.

— Sabe onde, *gaeda*? — Corayne perguntou. Era como tentar agarrar a corrente de uma âncora que já estava afundando: inútil. — Onde está o Fuso ou para onde pode levar? Já tem outro exército aqui?

A jydesa lhe dirigiu um olhar penetrante, com os ossos espalhados aos seus pés. Sem olhar, ela cutucou um deles.

— Não. Não. *Não*.

— Muito bem — Corayne disse, agarrando-se onde podia. A corrente corria por suas mãos. — Talvez a gente consiga lutar com o que quer que atravesse? Ou pelo menos segurá-lo até... que eu faça o que quer que seja?

Meu sangue, a espada. Outro Fuso. Seu estômago se revirou. *Outra chance.*

— Somos apenas quatro, Corayne — Dom murmurou.

— Cinco — ela respondeu, ainda segurando a bruxa. — Seremos capazes?

A jydesa encarou Corayne por um longo momento, como havia feito com os ossos.

Ela pode ler o futuro em mim também?, Corayne se perguntou. *Ou isso é tudo bobagem, um truque de uma mascate? Lixo, como seus amuletos.* Mas os gravetos tinham queimado frios em seu bolso, arranhado o rosto de Taristan, feito um homem invulnerável sangrar e gritar. Corayne queria o amuleto de volta, muito embora não soubesse por quê.

— Temos que nos apressar — a jydesa finalmente respondeu. — De Valtik podem me chamar.

Erguendo o queixo, ela estalou os dedos retorcidos.

Corayne se preparou para algo extraordinário, mas nada aconteceu, nenhum feitiço que recolhesse os ossos ou embalasse o que pudesse ser útil. Se a bruxa realmente tinha sido tocada pelo Fuso, sua magia não era como a das histórias que Corayne tinha ouvido. Valtik chutou os ossos, jogando-os para o lado, a caminho da porta.

Sorasa permaneceu na parede, ainda em silêncio, seus lábios franzidos para ninguém. Valtik olhou e apontou para a assassina ao passar.

— E sete seremos — ela disse. — Abandonada, compreendemos?

Corayne não entendeu. Mas, para sua surpresa, Sorasa assentiu.

Sete.

— Eu não compreendi, e gostaria de saber do que está falando — Dom disse, e atravessou o cômodo em silêncio.

Valtik saiu para a alameda. Cantarolava baixinho, chutando a terra com os pés descalços, feito uma criança camponesa apreciando uma manhã tranquila.

— Estou falando com você, bruxa — Dom rugiu, sua silhueta ocupando toda a passagem da porta.

Ela só levantou as mãos e ergueu cinco dedos de uma e dois de outra. *Sete.*

Dom xingou baixo, na linguagem anciã desconhecida de todos.

A assassina finalmente voltou a si, deixando a parede e se juntando a Dom no batente.

— Fomos para Ascal procurando um martelo — ela disse, de braços cruzados. — Mas por que usar um martelo se uma agulha basta?

— Não sei do que você está falando também — Dom soltou.

Mas a amhara simplesmente saiu andando atrás da jydesa, a trança sacudindo às costas.

Corayne revirou os olhos e empurrou Dom para fora da casa decrépita.

— Se Valtik vai continuar com suas rimas, você não pode começar a falar através de enigmas, Sorasa — ela disse, exasperada. — Me recuso a salvar a esfera nessas condições.

Se é que isso ainda é possível, ela pensou, rangendo os dentes.

Em meio ao mato alto da alameda, Dom jogou as enormes mãos para o alto, resmungando de novo, rogando pragas anciãs em um acesso de fúria. Cambaleou até os cavalos, amarrados perto do moinho.

— Você vai ter que cavalgar com a bruxa, Corayne — ele disse, como se pedisse desculpas.

— Acho que não — Corayne respondeu, olhando fixo para a frente.

— Bom, *eu* é que não vou... — Dom começou a responder, então parou na hora, quando acompanhou o olhar dela.

Onde antes havia quatro cavalos minutos antes, eles viam cinco. Uma égua cinza, tão comum quanto os outros animais, pastava como se estivesse tudo normal. Tinha até sela e rédeas. Valtik estava ao lado dela, acariciando seu pescoço.

— Eles estão sempre atrás de mim. — A bruxa deu de ombros, com um brilho azul desvairado nos olhos. — Simples assim.

Sorasa já estava na sela de seu próprio cavalo roubado, olhando de vez em quando para a bruxa. *Amhara caída. Abandonada. Arruinada. Osara.* As palavras haviam surtido nela um efeito que nada jamais havia conseguido, nem mesmo Dom. *Mas por quê?*

O sol brilhava quente no céu, mas havia uma frieza na brisa que sugeria inverno. Corayne cruzou os braços, para evitar tremer. Andry se aproximou dela, com o saco pendurado no ombro. A chaleira tilintava, pesada e desnecessária.

— Está pensando em convidar Taristan para o chá? — ela perguntou, olhando para a bagagem. — Seria a primeira coisa que eu jogaria na água se meu barco estivesse afundando.

Ele sentiu que ela o observava e se remexeu, ajeitando o saco no ombro.

— É algo que posso fazer — Andry disse. Um leve rubor coloriu suas bochechas e ele desviou os olhos para os outros. — É um pedacinho de casa.

Ele não estava olhando para os cavalos, para a bruxa ou para Dom, que entrava no moinho. Olhava além. Seu coração estava em outro lugar, ou pelo menos desejava estar. Ao lado da mãe doente, no mar, o rosto voltado para o sul, o vento forte batendo nas costas.

— A rota até Kasa é segura — Corayne disse. Não era mentira. As rotas marítimas a leste ficavam livres naquela época do ano, seria uma viagem fácil para um capitão hábil. — Mais segura do que as estradas por onde vamos passar.

— Como pode saber disso? — O tom subitamente cortante de sua voz a pegou de surpresa.

Mesmo no palácio, durante a fuga desesperada, ele tinha sido educado. Por outro lado, ela mal o conhecia. Nunca tinham se visto até a noite anterior. *Embora pareça uma vida.*

— Sei o que é ficar ansioso pensando em um navio — ela murmurou, o coração apertado.

O olhar de Andry Trelland derreteu como manteiga na frigideira. Corayne virou o rosto depressa e mexeu nas fivelas que prendiam a espada de Fuso, ajustando-a às costas só para ter o que fazer. Suas bochechas queimavam.

— Era meu antigo trabalho — ela acrescentou, a voz um pouco rouca.

Andry mordeu o lábio.

— Foi isso que Sorasa quis dizer quando mencionou que você entendia de navios.

— Entendo de alguns. De um, principalmente. — A *Filha da Tempestade* se ergueu diante de seus olhos, com suas velas roxas e seu casco pintado, sua capitã de cabelo preto e olhos sorridentes na proa. Ela tinha revelado demais e aquilo saíra de seu controle. — Minha mãe é uma pirata.

Corayne abaixou o rosto, não querendo ver mais julgamento ou desconforto da parte de Andry Trelland. Ele já tivera dias melhores. *Sem mencionar que é um escudeiro e foi criado para ser um honrado cavaleiro. Sua mãe é uma nobre, tem berço de ouro, é linda, inteligente e muito mais bondosa que qualquer pai ou mãe que eu tenha conhecido.*

— Deve ser... animado — ele disse, tomando todo o cuidado com a escolha de palavras.

— Para ela. — *Não para mim. Não para as pessoas que ela rouba ou mata.* — É a primeira vez que digo isso em voz alta. Os outros sabem. É melhor que você também saiba.

— Não sei como isso poderia ser relevante.

Corayne ergueu a cabeça e deparou com Andry a encarando, o contorno de seu rosto dourado contra a luz do sol de verão. Ele continuou olhando para ela, atentamente.

— O que sua mãe é, o que seu pai foi.

Meu pai. Muito embora tivesse visto Taristan, perto demais para seu gosto, e o rosto dele fosse idêntico ao de seu pai, Corayne não conseguia visualizar Cortael. A imagem não se firmava. Parecia errada, e ela sabia o motivo. Não importava que tivesse visto o irmão gêmeo dele. Nunca veria o próprio Cortael. O que quer que restasse não passava de cinzas e ossos. Ele estava perdido para ela, nunca retornaria. Um homem que ela não queria e que não a queria. Ainda assim, aquilo a destroçava.

— Você o viu morrer. Você o conheceu.

Você ouviu a voz dele. Viu seu rosto.

Andry se remexeu, desconfortável.

— Um pouco.

— Mais do que eu.

O grito de Sorasa fez com que se distanciassem. Ela estava na sela, com o capuz ainda baixo, um xale sujo ou cobertor enrolado nos ombros. Poderia se passar por fazendeira ou pedinte, se ninguém olhasse de perto.

— São três dias de viagem até Adira — a assassina disse. — Eu preferia seguir sem o exército de gallandeses no meu pé.

— Adira? — Corayne e Andry repetiram em uníssono, ambos de queixo caído, embora ele estivesse mais incrédulo, até atordoado, enquanto ela sentia uma animação rara.

Dom parecia compartilhar do incômodo de Andry. Ele montou na sela e guiou o cavalo até Sorasa, então olhou de cima para ela, os olhos brilhando.

— Não pode estar falando sério.

— A bruxa disse sete — Sorasa respondeu. — Em Adira, chegaremos a sete.

— Em Adira, *morreremos*. — Andry soltou um suspiro, montando com facilidade na sela.

Depois de se atrapalhar por um momento, Corayne conseguiu enfiar o pé no estribo e passou a outra perna sem a menor graciosidade por cima da sela. Ainda assim, ela sorriu. *Adira*. Não havia um único marujo no navio de sua mãe que não tivesse uma história para contar sobre o porto Adorador, uma peregrinação para todos sob o governo de qualquer coroa e além.

— Você esteve no templo, Trelland — Corayne disse, inclinando-se para olhar o escudeiro. — Não vai me dizer que está com medo de um punhado de bêbados e assassinos.

Sorasa sorriu e agitou as rédeas.

— Mais do que um punhado.

— Que os deuses nos protejam — Andry murmurou baixo.

20

SANGRE POR MIM

Erida

— O PRETENDENTE É O PRÓXIMO, *vossa majestade* — Lady Harrsing disse ao ouvido de Erida, inclinando-se para a rainha sentada no trono.

Ambas suspiraram de irritação. A senhora e a rainha já tinham visto uma centena de pleiteantes ao longo dos anos, nobres e camponeses, homens e mulheres, ricos e pobres, bonitos e feios, e cada meio-termo. Tinham apenas uma coisa em comum: eram tolos o bastante para acreditar que podiam balançar a rainha de Galland.

Na maior parte das cortes, as petições eram ouvidas em público, na sala do trono ou em um salão cheio de cortesãos prontos para se divertir. Mas em Galland não. A câmara em que as petições eram feitas era pequena e confortável, com painéis de madeira e tapeçarias nas paredes. Um extremo do cômodo havia sido elevado para acomodar a rainha, os conselheiros de sua escolha e seus cavaleiros da Guarda do Leão. Naquele dia, a odiosa honra recaía sobre Lady Harrsing e seis guardiões, metade dos quais estava quase dormindo. Havia mais cavaleiros do lado de fora, nos corredores e nas passagens que conduziam ao trono, caso houvesse necessidade. Erida imaginou que também estivessem sonolentos.

Ela não podia culpá-los. Não queria nada além de dormir também, mas precisava suportar mais uma hora de apelos. *Eu aguento outro sonhador de olhos brilhantes*, ela pensou, dispensando, com um aceno da mão cheia de joias, o diplomata madrentino à sua frente.

Ele fez uma reverência exagerada e saiu da sala, claramente insatisfeito. A rainha se importava pouco com os caprichos dos madrentinos, e o esqueceu assim que o homem sumiu de vista, abrindo espaço diante do trono para a próxima pessoa corajosa o bastante para se aproximar.

Erida piscou, surpresa quando não um, mas dois homens se aproximaram. A maior parte dos pleiteantes era fácil de ler, fosse pelas insígnias em suas roupas ou por sua expressão. Não era o caso daqueles dois. Um era algum tipo de sacerdote, usando uma capa escarlate, o capuz abaixado revelando sua pele branca e seus cabelos platinados. Ele caminhou com os dedos entrelaçados, escondidos dentro das mangas. Ela imaginou que fosse um devoto de Syrek, padroeiro de Galland, embora não reconhecesse aquelas vestes de nenhuma cerimônia a que já tivesse comparecido.

O outro não ostentava nenhuma insígnia e sua expressão não era discernível. Tinha pele branca e cabelo ruivo-escuro — com toda a certeza era do continente setentrional, mas ela não sabia especificamente de onde. Tinha vindo de longe, a julgar pelas botas enlameadas e pelo manto sujo. Usava luvas, mas a rainha imaginava unhas imundas por baixo. Um soldado, ela arriscou, com base em seu porte, na determinação de seus dentes cerrados e em seus ombros abertos. *Capitão de algum posto avançado, embriagado de glória, vitorioso em uma escaramuça insignificante em algum lugar, que agora acha que pode me conquistar também.*

Ela hesitou por um momento ao notar a espada sob seu manto, que se movimentava conforme ele avançava. Erida vislumbrou o brilho de joias quando o manto se abria ligeiramente. Rubi e ametista, vermelho e roxo. *Um simples soldado não teria uma espada dessas*, ela pensou.

Ele não se ajoelhou como os outros, tampouco o sacerdote. Uma onda de tensão se espalhou pelo salão, e os cavaleiros de armadura pareceram despertar.

— Sejam bem-vindos, pleiteantes — Erida disse em voz alta, olhando de um para o outro enquanto recitava as palavras gravadas em seu crânio. — O que desejam do Leão?

O homem ergueu o rosto devagar para encará-la. Mesmo naquela sala bem iluminada por inúmeras tochas e candelabros, seus olhos eram escuros, *pretos como azeviche, mas sem o mesmo brilho. Pareciam devorar o cômodo. Contra sua vontade, Erida se sentiu atraída por eles.*

— Não tenho nada a pedir, e o mundo a oferecer. Dar-lhe-ia minha mão em casamento, dar-lhe-ia toda a esfera. — Ele esticou o braço, e mesmo ao longe ela achou poder sentir seus dedos. — Sou Taristan do Velho Cór. Sangue de Fuso corre em minhas veias e tenho a espada de Fuso em minhas mãos. São ambos seus.

Por um momento, Erida teve medo. Ficou aterrorizada.

Ela já tinha ouvido aquele nome, dos lábios de um escudeiro com as mãos sujas de sangue.

Sua máscara bem treinada não se abalou, e lhe servia de escudo. E foi nessa máscara que Erida se escondeu, respirando tranquilamente e sem alterar o ritmo. Só alguns segundos se passaram antes que seu medo se desfizesse como ferro na forja.

Ele voltou a ganhar forma, transformado em aço.

Restava apenas determinação. Um plano.

Uma escolha.

Graças às confusões da ratinha com sangue de Fuso, do escudeiro, do Ancião desajeitado e de quem quer que fosse *aquela* mulher, a cerimônia de casamento de Erida tivera que ser transferida de Syrekom. A rainha de Galland não poderia se casar em meio a vidro quebrado, com indícios da catástrofe pairando sobre tudo. A corte já passaria semanas falando do banquete. Ela não precisava jogar mais lenha naquela fogueira.

Por sorte, não faltavam catedrais em Ascal. Konrada ficava perto e era grande o bastante para um casamento real. A rainha tinha um exército de criados à sua disposição, sem mencionar um exército propriamente dito, e todos trabalharam incansavelmente a noite toda para preparar tudo. Penduraram novos estandartes, dourados como os raios do sol, no pináculo da catedral, e espalharam pétalas de rosas pelo santuário. Poliram o mármore, lavaram os vidros, espanaram os bancos e afastaram os pedintes à ponta de lança. A procissão que saiu do palácio pela manhã foi uma visão de tirar o fôlego. Enquanto a corte desfilava pela Ponte de Valor, os cidadãos de Ascal se aglomeravam ao longo dos canais vizinhos, esticando o pescoço para ver.

Era difícil não notar Erida, sozinha em meio a um círculo de cavaleiros, o véu cor de creme se estendendo por seis metros às suas costas. Sua coroa de noiva era um belo diadema de ouro com vinhas de esmeralda e rosas de rubi. Taristan vinha em seguida, resplandecente no vermelho imperial, a imagem e o sangue de um filho do Velho Cór. Ele não parecia mais o homem que ela conhecera na sala do trono — seu manto enlameado havia sido trocado por brocado. Mas a postura de soldado era a mesma. Não havia elegância que pudesse esconder seu coração letal.

Ascal celebrava os dois. Internamente, Erida também.

Ele era a promessa de um império. A promessa de um marido que poderia dar a ela tanto quanto teria a receber. Que tinha ao mesmo tempo valor e fraqueza. Superior o bastante para ajudá-la, inferior o bastante para não controlá-la. Uma combinação rara de se encontrar, sendo uma rainha governante.

Apesar dos *eventos* da noite anterior, a cerimônia transcorreu sem problemas. O sol continuava a brilhar; os deuses ainda abençoavam a união; Lord Konegin não tentou dar um golpe antes dos votos. Ninguém mais derrubou nenhum candelabro, ou seis, na corte.

No todo, um sucesso, Erida pensou, olhando para a multidão dentro da catedral.

A cerimônia foi encerrada à maneira tradicional de Galland, embora mais grandiosa que em qualquer outro casamento no reino. O sumo sacerdote do Panteão Divino apresentou Triunfo, a espada matrimonial da família de Erida, e a segurou entre os noivos, com o punho como uma cruz em pé. A lâmina tinha duzentos anos de idade e era elegante demais para a guerra. Desconhecia sangue. Todos os reis e rainhas de Galland haviam se casado com aquela espada à mão, os dedos entrelaçados, desafiando tudo o que pudesse separá-los. Erida a recebeu com prazer, apreciando a textura do couro em sua mão. *Sou a primeira rainha reinante a segurar esta espada*, ela pensou, com a mão quente de Taristan sobre a sua. O sumo sacerdote a soltou e permitiu que eles a segurassem juntos. As joias do punho, esmeraldas e diamantes, brilhavam sob a luz que entrava pelos vitrais de Konrada. Os deuses assistiam a tudo das paredes. Erida podia sentir seu olhar marmóreo.

Ela esperava que seu pai também estivesse vendo.

— Com esta espada, vencerão tudo o que pretender separá-los — o sumo sacerdote entoou, abençoando o casal e rezando para o poderoso Syrek. — Devem lealdade um ao outro e à coroa.

Erida abaixou a cabeça, levando a testa até o punho da espada.

— Ao senhor, à coroa — ela disse.

Era o fim de seus votos, das palavras que a ligavam a ele. Esperava sentir como se houvesse uma corrente em torno do pescoço. Contudo, não sentiu nada. Nem alegria, nem tristeza. Nada se alterou em seu coração. O caminho que percorria permaneceu direto e verdadeiro.

— À senhora, à coroa — Taristan respondeu, abaixando o rosto enquanto Erida se empertigava.

Os olhos pretos dele seguiram o movimento dela. A cabeça dele estava descoberta, seu cabelo ruivo brilhando sombriamente na falta de uma coroa de consorte. Taristan havia se recusado a usar um ornamento simples que fosse. Não via utilidade em joias ou ouro. Embora tivesse passado a noite toda vasculhando a cidade com a guarnição, não parecia cansado. Erida não identificava olheiras, não via sinais de exaustão no rosto dele. Apenas a sombra impiedosa do fracasso, algo que ambos compartilhavam. *Por enquanto.*

Além, é claro, das quatro linhas que desciam pelo lado esquerdo do rosto dele. Os arranhões, que começavam abaixo do olho, não muito profundos, mas inconfundíveis e persistentes.

Pelo menos ele continua bonito, Erida pensou, contemplando seu rosto. Os arranhões não podiam esconder suas feições bem estruturadas, mais severas que lindas. *O que já é uma grande vantagem em relação à maioria.* E ele era um homem de verdade. Não um menino brincando de espada, uma criança grande, mimada até a idade adulta. Taristan do Velho Cór seguia seu próprio caminho, era seguro de si e totalmente concentrado. O sangue e a ambição não lhe eram desconhecidos. Ela tinha visto em seu primeiro encontro. Tinha visto em seu segundo encontro, na noite anterior. E via ali, em seu terceiro encontro, enquanto ele se tornava seu marido, rígido como uma estátua, determinado feito pedra.

Quando ele voltou a se erguer, estava feito. Ela se preparou para uma onda de arrependimento que nunca veio.

Este é o caminho que escolhi.

Erida olhou para ele, seu novo príncipe consorte. A comemoração de toda a corte afogou as palavras do sumo sacerdote, que a rainha nem precisava ouvir. Taristan não sorria; seus lábios pareciam desafiadores. Ela também não sorriu. Ele retribuiu o olhar, seus olhos pretos encontrando os azuis dela. Ele não era imperscrutável. Seus desejos eram claros, sua serventia, óbvia. Podiam obter coisas um do outro, em pé de igualdade.

Ele é o caminho certo.

Triunfo retornou para o sumo sacerdote, mas as mãos dos noivos permaneceram juntas, como seria por todo o caminho até o palácio Novo. A pele dele era quente, mas não desconfortável, e a palma dela se encaixava estranhamente bem na dele. Seus passos estavam sincronizados quando eles deram as costas para o altar e lideraram a procissão para fora da catedral, pelo tapete verde-claro estendido ao longo da nave. Taristan não disse nada, mantendo-se tão taciturno quanto em seus dois primeiros encontros. O segundo havia sido em circunstâncias aquém do ideal, era verdade, com os dois trocando poucas palavras antes que o banquete fosse arruinado. E o primeiro havia sido mais uma negociação militar que um pedido de casamento, com ambos os lados bem armados e deixando suas intenções às claras.

O feiticeiro vermelho de Taristan se juntou à procissão, um ponto escarlate na visão periférica de Erida, fora do círculo de escolta da Guarda do Leão. O nome dele era Ronin. Tinha sido tocado pelo Fuso e era desengonçado, não se sentia confortável cercado de pessoas e passava a maioria dos dias nos arquivos, caçando tomos e vasculhando pergaminhos atrás de informações de Fusos de muito tempo antes. Ele não disse nada. Não usava o capuz vermelho, o que mostrava seu rosto branco e os olhos com um círculo rosa, inquietos. Lembrava a Erida um rato sem pelos.

Do lado de fora, o clima de verão continuava a esquentar, e Erida ficou feliz que a caminhada até a sombra fresca do palácio fosse curta.

Vozes de Ascal ecoavam pelos canais. Aparentemente todas as pontes e vias marginais estavam tomadas de súditos clamando, os rostos um mar tingido de rosa. Erida acenou, indicando que Taristan fizesse o mesmo. Conquistar o amor do populacho era sempre sábio, principalmente se fosse fácil. E não havia nada que eles gostassem mais do que um casamento, o esplendor de se verem, por um breve segundo, próximos a uma vida que eles nunca poderiam sonhar em ter. Era difícil resistir à alegria, por mais enganosa que fosse.

Erida se nutriu daquilo, do amor do povo pela rainha. Era um conforto e um escudo ao mesmo tempo. *Enquanto me amarem, estarei a salvo.*

Os dedos de Taristan relaxaram nos dela, e sua pegada se abrandou conforme chegavam à ponte do Rei.

— Espere até não poderem mais nos ver — ela alertou. Seus dentes apareceram em um sorriso exagerado. — Não dê a eles uma desculpa para fofocar. Vão encontrar motivos sem nossa ajuda.

Ele fez uma careta, mas voltou a apertar a mão dela. Tinha calos nas palmas e na ponta dos dedos, trechos de pele endurecidos por anos de manejo da espada. A sensação dos calos fez Erida estremecer um pouco. Taristan do Velho Cór havia passado por anos difíceis, e sua pele era testemunho daquilo. Ela tentou não imaginar aquelas mãos em outros lugares, onde estariam mais tarde. Não havia casamento sem cama depois, não havia enlace matrimonial sem enlace físico. *Uma espada na igreja e outra na cama*, sugeria um ditado grosseiro.

— Pouco me importa a opinião da corte — ele resmungou, quase inaudível.

Os pensamentos relacionados à cama e a seu belo rosto se dissiparam. Erida se recusou a revirar os olhos. *Terei a vida toda para ensinar a ele como está equivocado. Não preciso começar neste instante.*

— Isso deve ser maravilhoso — ela disse, seca.

Erida nunca havia sonhado com seu casamento, embora suas damas de companhia muitas vezes perguntassem a respeito. Ela inventava coisas só para satisfazê-las. *Uma catedral repleta de flores, cavalos brancos como leite, renda madrentina, a espada brilhando como um raio, um véu tão longo quanto um rio, presentes de todos os monarcas de todos os cantos da Ala.* Algumas daquelas coisas tinham se concretizado sem grande esforço.

Mas o que Erida havia realmente desejado para aquele dia nem mesmo uma rainha governante poderia conseguir. Sua mãe estava morta. Seu pai estava morto. Nem Konrad Righand nem Alisandra Reccio tinham vivido para ver sua filha coroada ou casada. Ela tentou sentir a presença deles, como sentira a dos deuses na catedral, mas era como tentar pegar o ar. O mesmo vazio de sempre. Uma velha ferida, sendo reaberta naquele dia. Era difícil não procurar por eles, mesmo sabendo que não apareceriam.

Como o salão tinha sido destruído no banquete e havia cacos dos candelabros de seu pai por toda parte, a festa foi realizada nos jardins do palácio, sob tendas armadas às pressas e com uma frota de criados manejando leques enormes. Uma brisa agradável chegava da lagoa, pela única abertura nos muros do palácio.

A mesa dos noivos ficava separada das outras, isolando-os de todo o resto. Até mesmo o conselho de Erida se sentou distante, em torno de uma mesa grande, com Ronin carrancudo entre eles. A rainha teve pena de Lady Harrsing, que tentava em vão incluir o feiticeiro na conversa.

Erida se sentou, soltando sua mão da de Taristan. O sangue dele era quente demais para o verão. Taristan não parecia se importar com a temperatura, apesar de estar usando um gibão vermelho grosso com correntes de ouro pesadas penduradas entre os ombros. Seu rosto permanecia pálido; não havia sinal de suor em sua testa.

Um criado lhe ofereceu um cálice de vinho. Ele o aceitou, mas não bebeu — só ficou avaliando o cristal, deixando que refletisse a luz. Taristan do Velho Cór tinha sangue nobre, mas não nasceu em berço de ouro. Não estava acostumado às riquezas da realeza, nem às expectativas.

— Você vai ficar olhando que nem boba para mim o dia todo? — ele perguntou, levantando o rosto para encará-la.

Erida nem piscou, sem se deixar abalar pelo tom insolente.

— De onde você é?

— Sou do sangue do Velho Cór — ele respondeu, de maneira rápida e estoica.

De novo, ela resistiu à vontade de revirar os olhos. Em vez disso, bebeu seu vinho, usando aqueles segundos para abrandar sua frustração.

— O que eu quero saber é onde você nasceu.

— Não sei — ele respondeu, dando de ombros sem nem pensar. — Meus pais ou já estavam mortos ou já tinham ido embora quando cheguei a uma idade em que poderia procurar por eles. — Ele passava os dedos pelo cálice de cristal, procurando falhas. — Os Anciãos levaram meu irmão para Iona e o criaram lá. O resto do mundo me criou.

Pensativa, Erida tentou ler nas entrelinhas, decifrar os pensamentos que passavam acelerados pela cabeça dele. Mas seus olhos abismais pareciam vazios, tão inescrutáveis quanto seu rosto.

Taristan afastou o vinho. Ao contrário da maioria dos embusteiros, pelo visto não gostava de beber.

— Passei meus dias vagando.

— Mesmo quando menino?

Ela visualizou um órfão crescendo em meio à dureza, sem dinheiro, contando apenas com o próprio cérebro — e em segundo lugar, os punhos. *E então com seu sangue, sua grande linhagem, enterrada como um diamante à espera de ser descoberto.*

— Herdeiros do Cór não criam raízes — ele disse, severo. — E o interrogatório não me agrada, majestade.

Erida tomou um gole de vinho antes de falar.

— Sou a rainha governante. Ajo de acordo com minha vontade.

O acordo já estava feito, os limites estavam estabelecidos. Mas não custava lembrá-lo daquilo.

— Como quiser — ele disse, dando de ombros. A corte resplandecia à frente deles, todos ávidos para comer e beber, mesmo com o calor, mas também assustadiços como coelhos. Os eventos da noite anterior não seriam esquecidos tão facilmente. — Sua vontade não é incômodo algum desde que mantenhamos os olhos no mesmo objetivo.

A esfera sob o Leão, o império de Galland, o controle da Ala. A glória do Velho Cór renascido. Em sua mente, o mapa na parede da câmara do conselho se enchia de verde, como grama na primavera. Ela já podia sentir todo o mundo à sua disposição, as esperanças de seus antepassados concretizadas nas mãos de uma mulher. *O sonho de meu pai tornado realidade.*

Erida baixou a cabeça para esconder um sorriso, usando os cabelos como escudo contra todo o resto. A conquista estava em seu sangue. Saciava-a mais que qualquer banquete.

O primeiro de vinte e um pratos — vinte para os deuses e um para o reino — foi logo servido. O plano original era sopa, mas, no calor, a cozinha sabiamente propusera uma seleção de ervas, molhos frios, geleias apimentadas, carnes curadas e queijos brancos grossos.

Erida foi servida primeiro, embora não tivesse muito apetite.

— A guarnição da cidade prossegue na busca — ela disse, em voz baixa, cutucando a comida no prato. *Em silêncio, discretamente. Espiando cada vala e cano de esgoto à procura de Corayne e sua espada de Fuso. Não devemos causar alarde, entre o povo ou a corte.* — E temos companhias deixando o forte de Canterweld para vasculhar o campo. Se ela puder ser encontrada, será. — Os arranhões no rosto de Taristan não estavam mais tão azuis quanto no dia anterior, passando a roxo conforme os hematomas ganhavam forma. — Foi bom ela ter atacado você. Assim ninguém vai questionar nossa perseguição.

Visivelmente incomodado, Taristan virou o rosto para esconder o ferimento.

— Temos outros assuntos a tratar — ele disse, entre dentes.

Um brilho vermelho chamejou em seus olhos, um truque do sol filtrado pelas tendas que se agitavam ao vento.

Daquela vez, Erida de fato revirou os olhos, perguntando-se se o novo marido seria tão previsível quanto a maioria dos homens. Naquilo, pelo menos, pareciam todos iguais.

— Conheço meus deveres, Taristan — ela respondeu, com frieza e fazendo questão de usar o nome dele. Não um título, não uma forma de tratamento carinhosa. Nada de "milorde" ou "alteza", cheia de dedos. *Sou rei e rainha. Minha posição supera a dele imensamente, independente de seu sangue.* — E os cumprirei.

Taristan sibilou e se forçou a beber todo o cálice, o vinho escuro em seus lábios.

— Não estou falando de bobagens que sua corte possa exigir depois de um casamento — ele disse. — Isso ocupa muito pouco de minha mente, em comparação ao que está por vir.

Ela piscou, surpresa, embora tenha se esforçado ao máximo para não demonstrar. As cartas de uma rainha não deveriam ser reveladas tão rapidamente.

— E o que está por vir? Você tem vinte mil... *homens* no contraforte das montanhas da Ala, aguardando ordens diante de um Fuso aberto. — Os "homens" em questão eram cadáveres de uma esfera queimada, todos submissos e obedientes a seu novo consorte, armados até os dentes e um pouco além. Eles haviam matado Sir Grandel e os North, homens que a rainha conhecera desde criança. Mas seus fantasmas pouco importavam a ela. — Não são nada a se desdenhar, tampouco são páreo para os homens à minha disposição, se eu convocar o poder combinado de Galland.

— Você sabe que um exército de terracinzanos não é tudo o que o Fuso me deu.

Embora o sol estivesse forte, uma escuridão parecia envolver Taristan. Erida a sentia em sua pele, um peso como o toque de uma pena.

— Sim, o templo fez algo com você — ela disse, tocando seu braço com hesitação. O olhar dela correu ao peito dele, onde uma espada havia atravessado seu coração. Para quem quer que olhasse, os dois pareceriam um retrato de recém-casados cautelosos. E não lobos se avaliando. — O Fuso fez algo com você.

Taristan ficou acompanhando com os olhos o movimento dos dedos dela. Ele se manteve tão imóvel quanto a superfície de um lago, e igualmente inescrutável.

Erida engoliu em seco e recolheu a mão. Agradeceu por sua mesa ser pequena e por poderem ficar distantes dos olhos e ouvidos bisbilhoteiros da corte, que não os compreenderiam. Para Konegin e os outros, Taristan era seu igual em sangue, um filho do Velho Cór com pouco mais que sua dinastia a oferecer, uma herança para os descendentes de ambos. Um trampolim para o antigo império, um caminho a ser trilhado pelos herdeiros dela. Um direito de nascença que poderia ser reivindicado em batalha. Seriam imperadores e imperatrizes renascidos. Então Erida se lembrou do que Taristan havia dito em seu primeiro encontro, depois de dispensar todos os outros. Depois que ele havia cortado a palma da mão, sangrado e se curado diante de seus olhos. Ele havia contado seu destino a ela, e o que poderia conseguir para ambos.

Erida não pôde resistir à oportunidade, nem antes nem agora.

— E você tem outro Fuso aberto no deserto, por onde sangra uma esfera esquecida. — Ela voltou as próprias palavras de Taristan contra ele, as promessas que havia feito em sua proposta. Fusos abertos, exércitos conquistados. No templo, nas dunas. Mais viriam, se Taristan e seu feiticeiro cumprissem sua parte do acordo. — Como você disse, ganha força com cada Fuso, e portanto eu também ganho. Pessoalmente e através dos seus exércitos. Então faça isso — ela sussurrou.

A mão dela se fechou sobre a mesa, os nós dos dedos iluminados por seus anéis. Erida desejou ter Triunfo na mão, ou a espada de Fuso embainhada na cintura do marido. Queria uma arma que se equiparasse ao fogo que sentia por dentro.

— Empunhe sua espada e sangre por mim, e eu sangrarei por você. Garanta-nos a coroa que nossos antepassados só conseguiram em seus sonhos.

Ele soltou um suspiro alto, devolvendo o escrutínio dela. Erida quase sentiu o hálito escapando por entre os dentes de Taristan. Ele tinha trinta e três anos, catorze anos a mais que ela. Nos círculos reais, aquilo não era tão ruim. Mas aparentava ter ainda mais idade. Se por causa da vida que havia levado ou do sangue do Cór em suas veias, Erida não sabia. *A coroa distingue a pessoa*, ela pensou. Havia sentido aquilo toda a sua vida, mesmo antes de receber a sua. *Talvez o mesmo ocorra com ele, talvez o peso do destino nunca o deixe. Talvez se torne uma segunda natureza.*

Taristan continuou a encará-la com seus olhos pretos e um músculo tremulando na mandíbula. O filho do Velho Cór, um embusteiro e assassino, não gostava de receber ordens de ninguém. *Nenhum homem gosta.*

— Um casamento é uma promessa, e prometemos um ao outro o mundo inteiro — Erida disse, de forma acalorada, desviando os olhos com uma força violenta. Voltou-se para o prato, mas nada parecia ter gosto. Erida só queria que aquela bobageira toda terminasse. *Sinto-me melhor na câmara do conselho do que no salão de banquetes.*

A risada de Taristan saiu baixa e tão áspera quanto suas mãos.

Erida voltou a olhar para ele, preparada para seu desdém. Em vez disso, o que viu foi uma lasca de orgulho.

— O Leão deveria fazer de você seu sigilo — ele disse, apontando para os estandartes espalhados pelas tendas. Em verde e dourado, um verdadeiro rugido. — Você é duas vezes mais feroz, e duas vezes mais voraz.

— Isso foi um elogio?

— A intenção era essa.

À mesa mais próxima, a muitos metros de distância, o feiticeiro vermelho se mantinha carrancudo. Ele ignorava o conselho à sua volta, apesar dos esforços de Harrsing. Konegin fingia que Ronin não existia, restringindo-se a falar com seu filho corpulento. Ambos pareciam melancólicos, sem conseguir esconder a derrota. Erida não gastou mais tempo com eles. Lord Konegin era um obstáculo, mas pequeno comparado à estrada que se estendia à sua frente. Ela tinha um aliado contra ele, um aliado poderoso, que não podia morrer pelas mãos de um homem ou pelo aço.

Quem chamava sua atenção era o feiticeiro.

— A princípio, achei que Ronin fosse um sacerdote.

Taristan comeu a carne em seu prato e deixou o restante intocado.

— Deuses silenciosos e inúteis não me interessam — ele murmurou.

— Em Galland, rezamos para Syrek, acima de todos os outros. O deus da guerra, o deus da vitória, o deus da conquista, o deus da vida. E, em algumas escrituras, segundo alguns ensinamentos, também o deus da morte. O deus do céu e do inferno, na mesma medida. Só é preciso decidir que lado venerar, em que lado acreditar.

Ela pensou nas estátuas, nos ídolos, nos muitos vitrais e tapeçarias que retratavam Syrek e sua espada ensanguentada, sua lança flamejante, o sol formando um halo à sua volta, fumaça e vitória sendo deixados em seu encalço.

— As escrituras dizem que ele deu origem ao Velho Cór, conduzindo seu povo até Todala desde sua esfera perdida. — Erida se inclinou para a frente. — Talvez ele pretenda fazer o mesmo outra vez.

Taristan não hesitou.

— Talvez.

Quando o criado retornou, Erida não recusou outra taça de vinho cor de rubi.

— Para onde Ronin vai levá-lo agora? — ela perguntou depois que o criado foi embora.

A bebida estava fria, o que era um alívio naquele calor. Também a deixava ligeiramente entorpecida e menos cortante depois de uma longa noite e de uma manhã mais longa ainda.

— Ele encontrou algumas pistas promissoras nos registros da catedral, sussurros de Fusos ao longo dos séculos e mais. — Erida queria perguntar o que exatamente o feiticeiro havia encontrado, mas se conteve. — Seguiremos para leste.

— E o que o próximo Fuso trará?

Invulnerabilidade garantida. Um exército. E, no deserto, o poder de governar os mares. O que mais virá?

— Só saberei depois que a travessia tiver sido feita. Eu poderia abrir uma porta para qualquer esfera, conhecida ou desconhecida. Para Glorian, lar dos Anciãos, ou a esfera perdida de meus ancestrais. Para o fogo furioso de Infyrna, ou para o deserto congelado de Kaldine, Syderion, Deriva, Irridas, Tempestade — ele disse, mencionando esferas que Erida recordava apenas vagamente das aulas de religião e dos contos do Fuso. — Até mesmo para a Encruzilhada, a porta para todas as portas. A voz de Taristan baixou para um sussurro. — Ou a própria Asunder. — Ele olhou para seu feiticeiro e sustentou seu olhar vermelho. Algo se passou entre os dois, uma mensagem que nem mesmo Erida conseguia desvendar. — Se a menina não for encontrada até o fim do dia, uma guarda deve ser destacada em Ibal e no contraforte.

Um canto da boca de Erida se ergueu em um sorriso pretensioso. *Corayne do Velho Cór mal saiu da infância, um pardal sozinho enquanto falcões rondam.*

— Tem medo de que ela passe pela areia ardente e por um exército? Mal conseguiu escapar do meu *palácio*...

— Mas escapou — Taristan retrucou. O toque vermelho havia voltado a seus olhos, como a beirada de uma moeda reluzindo. —

Há mais em jogo ali, e outros estão se juntando a ela. — Seu semblante se tornou mais sombrio e suas sobrancelhas pretas se franziram. — Envie a guarda, vossa majestade.

Enviar homens para o templo, para guardar o contraforte dentro de minhas próprias fronteiras, não será difícil. Só precisamos ser discretos, fazer com que a atenção se volte para outro lugar. Erida cerrou os dentes. *Mas enviar uma companhia a Ibal, um reino estrangeiro... Pelo mar Longo e Areais adentro, passando por sua temível armada... Como fazer isso passar despercebido? Como dar uma ordem dessas?*

Taristan continuou olhando para Erida enquanto ela pensava, observando os pratos da balança se equilibrarem. Ela queria encolher até que ele não pudesse mais vê-la, para pensar sozinha, planejar com sua ponderação. Mas não havia como escapar do homem ao seu lado. *E assim deveria ser mesmo. Ele é meu marido, uma escolha que fiz, um caminho que segui. Ele é uma de minhas ferramentas. Não devo me esconder dele.*

Embora nenhuma resposta viesse, Erida sabia que eventualmente chegaria lá. Assentiu devagar e ele sorriu, cruel como o gume de uma lâmina.

— Muito bem — ela disse. — Vocês partirão esta noite.

Ele abaixou a cabeça e voltou a olhar para Ronin. O feiticeiro apoiou as mãos brancas na mesa e se levantou, ainda que o segundo prato estivesse sendo servido.

— Partirei em uma hora — Taristan respondeu, levantando-se também.

Com o rosto cuidadosamente impassível, Erida observou o marido partir. Não era a única. Os olhos de toda a corte se ergueram com o consorte. Alguns com um sorriso rude, outros sussurravam. Erida não gostava de ser encurralada, mas não tinha como escapar disso.

Com um suspiro, levantou-se também, deixando os pratos e o vinho.

— Acho melhor deixar que a corte pense que você está ávido demais, em vez de indiferente — ela sibilou.

Ele lhe lançou um olhar cortante, confuso por um segundo estrondoso.

Então ela o puxou, e a Guarda do Leão os seguiu, a uma distância respeitável.

— Um único prato no banquete de casamento — ela murmurou, pegando o braço dele com violência. — Imagino que seja um novo recorde.

A residência real estava estranhamente quieta. A maior parte dos criados do palácio, incluindo as aias da rainha, tinha sido destacada para trabalhar na cerimônia e na festa. Os corredores faziam eco enquanto Erida atravessava os degraus de sempre, que levavam até seu quarto. A Guarda do Leão a seguia de perto, as armaduras retinindo, mas não foi muito mais adiante. A noite de núpcias de uma rainha reinante não teria testemunhas. Nem mesmo o feiticeiro vermelho, que ia atrás dos cavaleiros, com seu olhar penetrante e assustador.

Não estava tão quente dentro das pedras frias do palácio, mas ela sentiu uma onda de calor ainda assim, subindo por seus braços e sua coluna. A mão de Taristan ainda estava na sua, nenhum dos dois abandonando a encenação de recém-casados. Como fizera com o cálice de cristal no banquete, ele olhava com atenção para tudo — as paredes, os tapetes, as tapeçarias —, absorvendo um mundo que lhe era desconhecido até então. Tudo aquilo era tão familiar a Erida quanto seu próprio rosto. Ela tentou enxergar pelos olhos de outra pessoa. Era muito estranho.

Seu solar era tão comprido quanto uma galeria, iluminado por uma parede cheia de janelas voltadas para os jardins. Ela podia ver as tendas, grandes como velas de navio, e a lagoa mais além, parecendo um espelho verde. Os cavaleiros se posicionaram ao lado das janelas, em uma formação bem treinada. Seu caminho terminava ali, de onde guardariam a porta do quarto da rainha. Não iriam além.

É melhor acabar com isso o quanto antes. Uma coisa a menos a fazer.

Taristan olhou para Ronin com a expressão tensa antes que Erida o fizesse.

— Esteja pronto para partir.

O feiticeiro não discutiu. Virou-se em uma curva suave, fazendo o manto esvoaçar às suas costas. Deixou a sala sem dizer nada, desaparecendo por outra porta, em busca da escada nos fundos. *Faz apenas algumas semanas e ele já conhece o palácio tão bem quanto meus criados mais antigos.*

Não era com muita frequência que a rainha Erida de Galland abria uma porta com as próprias mãos, e ela se empenhou para não ter dificuldade com as de seu quarto, feitas de um carvalho grosso. A madeira deslizou nas dobradiças lubrificadas, mais pesadas do que a rainha se lembrava, e revelou o que parecia ser o coração de outra catedral.

Tapetes estampavam o chão, molduras de espelhos inestimáveis decoravam as paredes, e cortinas pendiam de colunas e arcadas. Flores vermelhas desabrochavam em vasos, perfumando o ar. Uma rosácea iluminava o ambiente, com um círculo de luz multicolorida recaindo sobre a cama antiga. No inverno, as cortinas eram fechadas, para proteger do frio, mas ficavam abertas no verão. Era difícil ignorar os travesseiros de pluma e as cobertas sedosas de brocado. Erida nunca tinha visto aquele quarto tão vazio ou tão imóvel. Ficou surpresa ao se dar conta de que nunca havia ficado sozinha ali, em toda a sua vida.

A porta se fechou com um estrondo. Apesar da calma que tentava passar, Erida se sobressaltou sem querer.

Taristan soltou a mão dela.

— Isso é inútil — ele resmungou, gesticulando entre ambos.

Então tirou a corrente de ouro que tinha entre os ombros. Aquilo fez o manto cair, como uma poça de sangue sedoso. Ele se dirigiu não à cama, mas à janela mais próxima. Dava para os pináculos do palácio Novo, além dos muros, para o rio, os canais, as pontes. Ascal se estendia ali, servida em um prato. Taristan parecia ávido a devorá-la por inteiro.

Erida tirou a coroa com cuidado, deixando-a na penteadeira.

— Para mim, sim — ela respondeu, grata por ter um motivo para discutir. Tornaria tudo menos estranho. — Mas um herdeiro cimentaria sua posição precária aqui.

Ele se recostou a uma coluna, com os braços e os tornozelos cruzados.

— Um desperdício de tempo. Não preciso de um filho. Preciso de Fusos. Pensarei em nossa dinastia quando a Ala estiver conquistada.

A rainha escarneceu e voltou sua atenção para os botões de pérola que desciam pelas costas do vestido. Eram difíceis, quase impossíveis de abrir sem sua frota de criadas. Taristan a deixou tentar, sem sair de perto da janela.

— Você é um homem raro — ela disse, olhando-o por cima do ombro. — Infelizmente, marido, só poderemos transformar o mundo depois que o dominarmos. Por ora, as regras são essas.

Conseguiu abrir os botões, passando as pérolas pelas casas. Então pisou fora do vestido caído aos seus pés, tão despreocupadamente quanto podia, e ficou apenas com a roupa de baixo. Uma combinação de seda fina, leve como as asas de um passarinho, deixava pouco para a imaginação. Ainda assim, Taristan não se moveu, nem mesmo quando a rainha se sentou na beirada da enorme cama.

— Não se engane, meu primo Konegin aproveitaria qualquer oportunidade de derrubá-lo e anular qualquer casamento meu a que se oponha.

— Então o mate — Taristan disse, seco, sem demonstrar um pingo de interesse.

Erida estaria mentindo se dissesse que não havia considerado a possibilidade, sobretudo nos últimos tempos. Konegin tinha certa utilidade, mas que se tornava cada vez menos relevante em comparação ao risco que representava.

— Se a vida fosse simples assim — ela disse, mexendo na saia transparente. *Se eu tirar todas as minhas roupas, talvez consiga uma atitude dele e acabe logo com isso.* Então outra ideia lhe ocorreu, e ela levantou a cabeça, com os olhos arregalados para seu consorte. — Pelos deuses, Taristan, você é casto?

Ele abriu um sorriso torto em resposta, formando uma covinha profunda na bochecha. De alguma maneira, os arranhões em seu rosto completavam sua expressão. Seus olhos pretos e impassíveis brilhavam. Erida lutou contra a vontade de desviar o rosto.

— De modo algum — ele disse, levando a mão aos fechos de ouro do gibão. — Mas você não é? Essa não é uma de suas *regras*?

Ele abarcou o quarto com a mão, usando a outra para soltar o tecido no pescoço, revelando sua pele branca.

Finalmente, Erida pensou, rangendo os dentes. Ela não sabia ao certo o que era mais frustrante — seu marido obtuso ou a batida cada vez mais forte de seu coração.

— Algumas regras são menos importantes que as outras, e mais fáceis de quebrar, basta saber como — ela disse, desdenhosa. A rainha de Galland só prestava contas do que a corte via, e era mais fácil esconder flertes do que uma febre ou um resfriado, fosse com homens ou com mulheres. — Vá em frente, então.

O gibão dele estava aberto, deixando as roupas de baixo à mostra. A camisa tinha o colarinho desamarrado, os cordões pendendo. Seu peitoral se destacava, esculpido como o sonho de uma donzela, desenvolvido pelos anos. Mas a pele lisa carregava cicatrizes como Erida nunca vira, linhas brancas tracejando suas clavículas. Enquanto os olhos dela as seguiam, a rainha se deu conta de que eram veias, contrastando como raízes ou raios ramificados. Ele diminuiu a distância entre os dois enquanto ela o observava com seus olhos azuis bem abertos e absorvidos. *Será que o corpo dele inteiro é assim?*, Erida se perguntou. *Esse é o preço a pagar pelos Fusos?*

— É isso que deseja, Erida de Galland?

De repente, ele assomava sobre ela, olhando-a de cima, um cacho do cabelo ruivo-escuro caindo na testa. Erida segurou o colarinho para tirar-lhe o gibão, mas Taristan segurou seus punhos. Embora tenha afastado as mãos da esposa com gentileza, seu toque a queimava.

— Vá em frente — ela repetiu, daquela vez em um sussurro.

Era ao mesmo tempo uma súplica e uma ordem.

Ele se inclinou para a frente. Erida podia sentir o cheiro de fumaça da pele dele, novas brasas em chamas.

Então ele a soltou.

— Assim, não.

Erida não se moveu quando ele estendeu o braço para trás dela e jogou travesseiros e cobertas no chão. Seda e linho finos arrancados, caindo da cama emaranhados. Ele até amassou um pouco o colchão, forçando Erida a se levantar.

— O que está fazendo? — ela perguntou, seus olhos se alternando entre ele e a cama desarrumada.

Taristan não respondeu, mas avaliou as cobertas. Depois de um longo momento, assentiu, satisfeito. Então foi até a rainha, com o foco inabalável, os olhos perscrutando os cabelos dela. Seus dedos logo os seguiram, desmanchando suas tranças, desfazendo os cachos castanho-acinzentados até que caíssem em ondas errantes, despenteados e fora do lugar. Erida ficou o tempo todo olhando para ele, sem fala, furiosa. Queria dar um tapa em seu rosto. Queria puxá-lo, o calor dos dedos dele uma ameaça e uma promessa. Taristan manteve os lábios franzidos e a respiração constante enquanto agia, sem olhar nos olhos dela. Finalmente, puxou a combinação da rainha, baixando uma alça até que um ombro branco se revelasse, marcado por três pequenas sardas que poucos homens tinham visto.

Antes que ela se desse conta, ele puxou uma adaga e cortou a palma da própria mão, fazendo uma mancha de sangue nos lençóis brancos.

Foi só quando recuou, colocando-se a quase dois metros de distância dela, que Taristan ergueu os olhos. Sua palma se curou diante de Erida, a carne se costurando sozinha enquanto ele limpava o sangue. Taristan passou a outra mão pelo cabelo, deixando-o desarrumado como o dela. Erida olhou para ele com toda a fúria e a indignação que era capaz de evocar, sua raiva vulcânica. As bochechas dele ficaram levemente rosadas, a única mudança discernível em seu rosto estoico.

— Mando notícias quando Ronin tiver se localizado — Taristan disse, fazendo uma reverência curta e rígida.

Era o único momento em que parecia desconfortável, como um leão tentando lutar em uma justa.

— É sangue demais — Erida disse, seca, olhando para as cobertas desarrumadas, sentindo o corpo inteiro quente. *Como ousa?*, ela pensou, passando a mão pelo cabelo arruinado. Ela queria estrangulá-lo.

— O bastante para satisfazer quaisquer lordes tolos o bastante para ousar perguntar sobre seus lençóis.

— Ainda assim, vão falar — ela disse, por entre os dentes cerrados. *Se der de ombros de novo, vou matá-lo e encontrar alguém menos irritante com quem me casar.*

Taristan jogou seu gibão longe com um sorriso zombeteiro. A camisa que usava por baixo continuava enfiada dentro da calça, que ia até a altura dos joelhos. Parecia mais ele mesmo sem a pompa da realeza. Enfim, deu de ombros, as veias brancas se movendo com seus músculos.

— Deixe que falem, vossa majestade — ele respondeu, dando meia-volta.

Foi o mais perto de uma despedida que ele conseguiu, com outro Fuso já ocupando sua mente.

Ele a deixou, e a rainha ficou ardendo em fúria. *Assim, não*, ela pensou, repassando as palavras repetidamente na cabeça. Era um enigma que ela não sabia como resolver.

21

DE OLHOS ABERTOS

Sorasa

SE SORASA PUDESSE ESCOLHER COMO FUGIR, não seria a cavalo. As terras cultivadas do vale fértil do Grande Leão eram compostas de colinas suaves e campos planos, oferecendo pouca cobertura à luz do dia. A montaria deles não passava de cavalos de carga, incluindo a estranha égua cinza que a bruxa jydesa de alguma forma havia invocado. Não poderiam galopar furiosamente até a fronteira. *Não nestas velharias aos tropiques*, Sorasa pensou, desesperada com seu animal roubado. Não era uma égua das areias, não chegava nem na ferradura dos cavalos de sua terra natal, que se moviam como o vento.

Ela seguia na frente de novo, com Andry à direita. O escudeiro pelo menos tinha olhos atentos; estava sempre observando o horizonte mais para trás. Ele nomeava os castelos conforme avistavam sua silhueta nas colinas, apontando para os feudos de algum lorde ou lady. Informações de pouca serventia, mas pelo menos Corayne parecia devorar daquilo, fazendo perguntas conforme as horas passavam.

A menina do Cór era como um pano na água: absorvia tudo o que podia das terras que os cercavam. Usava um xale roubado sobre os ombros para esconder a espada de Fuso. E tinha um chapéu à mão, para se disfarçar caso passassem por uma patrulha errante. Não que Sorasa — ou Dom, por sinal — fosse dar a uma patrulha do campo a oportunidade de ver o rosto de Corayne. A assassina preferiria matar dez vigias a arriscar que tivessem qualquer pista do paradeiro dela. Seu foco se alternava entre a estrada e Corayne o tempo todo. O mesmo ocorria com Dom: nunca tirava os olhos dos ombros de Corayne, como se assim pudesse protegê-la dos perigos do mundo.

Valtik não parecia notar nenhum deles. A bruxa deixava seu cavalo se desviar, mantendo o ritmo, mas ziguezagueando para longe e passando por sebes destruídas e campos com trigo na altura da sela. Ela cantarolava baixinho, em jydês ou outra língua que ninguém reconhecia. Os cantos rimavam, claro. Sorasa tentava ignorar.

Já é ruim o bastante ter que aguentar o escudeiro, o Ancião e a suposta esperança da esfera. Eu me recuso a desperdiçar mais energia com a bruxa.

As alamedas se dividiam, passando entre colinas e riachos. Os camponeses lhes davam pouca atenção. Ninguém patrulhava as alamedas, mas eram sinuosas e algumas não levavam a lugar algum. Com o passar das horas, as fazendas foram ficando mais esparsas, separadas por mato e bosques em vez de sebes. Os cavalos diminuíram o ritmo, avançando com hesitação.

— Nossa única vantagem é a velocidade — Andry disse, endireitando-se na sela ao passar por um trecho de vegetação rasteira. Ele levou o cavalo para o lado de Sorasa. — Se entrarmos na estrada oeste do Cór, poderemos dar rédeas aos cavalos e ganhar tempo.

Sorasa fez uma careta quando Corayne espelhou os movimentos de Andry, conduzindo seu cavalo para o outro lado dela. A assassina não gostava de ser cercada, muito menos por adolescentes.

— Sempre quis ver uma estrada do Cór — Corayne disse, chegando a soltar um suspiro melancólico.

— Conheci você numa estrada do Cór, sua farsante — Sorasa retrucou, e Corayne ficou sem graça. — Se a rainha de Galland tiver algum juízo, enviou seus batedores mais rápidos em todas as direções das estradas, com ordens para procurar um escudeiro varapau, um troll imortal e uma menina encapuzada, com uma espada roubada e fazendo perguntas demais. — Sorasa bateu os calcanhares no dorso do cavalo, que acelerou. — Se querem ir pela estrada, tudo bem, mas estaremos indo rumo à armadilha.

A voz de Dom soou grave atrás dela, seca:

— Imagino que tenha um plano para quaisquer inimigos que venhamos a encontrar, Sarn.

— A maioria dos meus planos envolve jogar você para eles — Sorasa gritou. Ele resmungou em resposta. — Nada de estradas, Corayne — ela decretou. A menina afundou na sela, de cara feia. Sorasa podia ver centenas de respostas subindo por sua garganta. — Alamedas e trilhas no campo não vão nos levar rapidamente a Adira, mas vão permitir que cheguemos vivos.

— E quando chegarmos lá? — Andry voltou a cavalgar ao lado dela, sem se deixar intimidar. A cavalo, ele parecia mais velho, relaxado e controlado. — Vai nos vender a um proprietário de escravos do norte ou apostar nossa vida em um jogo de dados?

Sorasa queria ignorá-lo. O silêncio era um muro de pedra que poucos podiam escalar. O medo que o escudeiro sentia de Adira era irrelevante, se não tolo. Mas ela tinha a sensação de que ele ia importuná-la até os portões da cidade se fosse necessário. Sorasa mostrou os dentes por um segundo, em algo que mal se aproximava de um sorriso.

— Fui vendida como escrava antes que eu soubesse andar, Trelland. Não pretendo fazer ninguém mais passar por isso, nem mesmo Lord Domacridhan — ela disse, acenando com a cabeça para o Ancião. Era fácil fingir não notar a pena repentina no rosto deles. Até Dom se abrandou um pouco, como granito desgastado durante séculos pelo vento e pela chuva. Sorasa não tinha utilidade para isso. — E duvido que qualquer um de vocês valeria muito nos antros de jogatina. Talvez a bruxa.

Corayne e Andry se entreolharam, hesitantes e em silêncio. Antes que Sorasa pudesse aproveitar o momento, entretanto, Dom grunhiu, na retaguarda:

— Você pretende recrutar mais dos seus naquela fossa.

Sorasa suspirou, frustrada. *Como um ou outro rumor sobre roubos, assassinatos e criminalidade poderia deixar tantas pessoas com o pé atrás com uma cidade?*

— Assassinos e mercenários — Dom insistiu. — Guiados pelo dinheiro, e não pela honra ou pelo dever.

— Ainda vou ser paga pelos meus serviços, Ancião? — Sorasa soltou, virando-se na sela para encará-lo. O olhar infernal de Dom a atingiu como um golpe. — Não, meu objetivo não é encontrar amharas — acrescentou, se recompondo. — Um de nós já basta. Mas tenho outras duas pessoas em mente.

— Assassinos e ladrões, então — ela ouviu Dom resmungar.

— Melhor que uma rainha que já está contra nós. Ou uma monarca anciã com medo de deixar seu palácio — Sorasa retrucou. Ficou à espera de um rosnado ou assovio de protesto, como era de costume.

De alguma forma, ele conseguiu reagir com ambos.

Ela guiou o cavalo pela margem de um córrego e atravessou o baixio rochoso. O ar estava mais fresco, e a luz, suave. Embora sua terra natal fosse dominada pela vasta beleza dos Areais, também era um país de água. Oásis, milhares de quilômetros de costas resplandecentes e o poderoso Ziron deixando as montanhas para dançar pelo deserto a nordeste, dando vida a Qaliram e Almasad antes de se juntar ao mar Longo. Ela se sentia melhor com a água beijando as botas e as fazendas desaparecendo atrás deles.

Os outros a seguiram rumo ao córrego, em silêncio e com o semblante fechado. Andry, com medo da cidade à frente. Corayne, com medo da espada a suas costas. Dom, com medo de quase tudo.

Eu também tenho medo. Não adiantava ignorar o medo ou a dúvida.

Não era ermo na fronteira entre Galland e Larsia. Uma hora de cavalgada em qualquer direção acabaria por levá-los a uma fazenda, um castelo ou um vilarejo. Mas, por ora, eles seguiam por uma corda bamba. De alguma forma, parecia certo, ela não podia ver, mas podia sentir.

Ainda que a égua abaixo dela fosse quase inútil, Sorasa deu alguns tapinhas em seu pescoço.

— Além do mais — ela disse —, só um deles pode ser considerado um assassino. E é melhor não tocar no assunto.

— Posso ficar com o primeiro turno de vigia.

Andry olhou para ela. Era mais alto e mais largo que a assassina amhara. Tinha uma postura reta, as mãos marrons pousadas na cintura e os olhos escuros pareciam pretos à luz fraca da noite. Mesmo em suas roupas surradas, sem barba e com hematomas leves no rosto, era o retrato perfeito de um cavaleiro.

Ela tirou os alforjes do cavalo, passando-os pelos braços.

— É muito nobre de sua parte, escudeiro — ela disse, largando os alforjes no chão. A clareira era uma boa área para acampar, a meio caminho de um penhasco rochoso, que, às suas costas, oferecia a proteção das pedras e, à frente, uma vista obscurecida pelas árvores. — Mas acho que o Ancião pode se virar.

Corayne estava na extremidade do acampamento, olhando para o vale do Leão Verde. Sob a lua nova e as estrelas nubladas, havia apenas escuridão. A espada estava estirada ao seu lado. Ela girou os ombros, tentando aliviar a dor de carregá-la.

— Dom precisa dormir — Corayne disse, olhando para o imortal. A sugestão dela o deixou tenso. — Se curar. Não é todo dia que alguém perde metade do sangue do corpo.

Ele franziu a testa enquanto fazia uma pequena fogueira. Os gravetos brilharam.

— Duvido que tenha sido metade.

Sorasa e Corayne reviraram os olhos no mesmíssimo momento.

— Eu ajudo — a assassina disse, dando tapinhas nos ombros do escudeiro. Ele franziu os lábios, mas não retrucou. — Não é minha intenção pegar no sono e ver outro cadáver. Ou coisa pior.

A bruxa voltou abruptamente, o cabelo trançado com hera. Abriu um sorriso cheio de dentes para todos, enquanto sua montaria abria caminho por entre os cavalos amarrados.

— Ah, eu não me preocuparia com outra emissão assim — Valtik disse, animada, enquanto se sentava na terra e esticava as pernas, a sola dos pés preta como o céu. — Não há mais pontas soltas, isso chegou ao fim.

Dom se levantou e franziu a testa para ela.

— Emissão? — ele repetiu, baixo, incrédulo.

— Pode explicar? — Corayne pediu, olhando de um para o outro.

— É magia vederana, rara mesmo entre minha gente — explicou Dom, dando a volta na bruxa para encará-la. Ela continuou olhando para as próprias mãos, porque estava ocupada tecendo algo que Sorasa não conseguia ver. — Vederes muito poderosos podem emitir imagens, visões, figuras. Principalmente para transmitir mensagens.

Valtik emitiu um som baixo pela garganta e enfiou o que tecia na manga. Manteve as costas para as chamas que cresciam.

— Não é só sua essa magia. — Ela verificou a algibeira na cintura, sacudindo os ossos lá dentro. — Fique de olho nos coelhos, garoto. Faltam-me jarretes. Porcaria.

Sorasa queria comentar o absurdo que era chamar um imortal de quinhentos anos de idade de "garoto". *A menos que não fosse absurdo. A menos que ele fosse mesmo um garoto, para alguém como aquela bruxa cuspida pelo Fuso.* Ela voltou a olhar para Valtik, apertando os olhos em meio às sombras. A velha era tão retorcida quanto as raízes de uma árvore, seus olhos pouco naturais, tão azuis quanto um raio.

— Você os mandou. — A voz de Corayne soou direta e dura, tão afiada quanto sua expressão. Sua mão apertou a espada, os dedos se fechando sobre o couro da bainha. — Os cadáveres, os fantasmas.

Senti seu cheiro, de queimado e destruição. Ouvi a respiração penosa do peito putrefato. Senti sua presença, o calor da chama infinita. Eram fumaça, real e irreal, diante dos meus próprios olhos. Sorasa lançou um olhar mortal para a Valtik, procurando uma resposta. A velha não se moveu.

— Foi *você* — Corayne repetiu, entre dentes. O ar frio os atingiu, numa rajada de inverno. — Foi responsável por meus sonhos também? Os pesadelos que tive durante todo o verão?

— Não tenho culpa se seu sono foi perturbado — a jydesa explicou. — Foi algo vermelho, sombrio e bem enterrado.

Corayne sentia agora mesmo, agarrando-se à sua garganta. A lembrança de seus pesadelos quase transformava luz do sol em sombras. Ela engoliu em seco, mas viu que a velha não mentia.

Então algo ocorreu ao escudeiro, que se sobressaltou como um cavalo assustado. Ele também encurralou a bruxa, incrédulo.

— Não ouço mais sussurros desde que a encontrei.

— Sussurros? Que sussurros? — Dom perguntou.

Trelland o ignorou.

— Inúmeras vozes, uma como o inverno. Uma como a sua. — Sua respiração estava alterada. — Faz semanas que vem falando comigo, dizendo-me o que fazer. Mantenha a espada escondida, abandone sua mãe...

— Como? — Dom insistiu. — Sussurros? Uma emissão? Era o exército de Taristan, os terracinzanos...

Valtik não disse nada, parecendo satisfeita em vê-los atordoados. Sorasa a observava. Cruzou os braços, mantendo distância da bruxa jydesa e do fogo fraco.

— Acho que, em vez de como, devemos perguntar por quê — murmurou Sorasa. — Por que sussurrar para Andry Trelland? Por que enviar sombras cadavéricas atrás de nós, no meio da noite?

Para sua surpresa, Valtik levantou a cabeça, ostentando, por um segundo trêmulo, um sorriso maníaco e desvairado. A fogueira estalou às suas costas, delineando sua figura curva, encobrindo metade de seu rosto pela sombra. A luz pregava peças. Seus dentes pareciam compridos demais; seus olhos, felinos; suas pupilas, fendas envoltas naquele estranho azul. Suas tranças de hera brilhavam, metálicas, escorridas. Sorasa cerrou os dentes, esforçando-se para ver a realidade, e não o que a bruxa queria.

— A Abandonada sabe por quê — Valtik disse, piscou e se moveu. As sombras se retraíram, e ali diante deles novamente viam uma idosa. — Para guiar você. Para guiar aos outros. Para abrir seus olhos, nesses caminhos que não são poucos.

Seus músculos se contraíram, tensos como uma corda enrolada.

— Pare de me chamar assim, bruxa.

— Chamo as pessoas do que elas são — Valtik respondeu, com um sorriso de meia-lua. Ela sacudiu os pés, como uma criança brincando diante da lareira.

— E como chamaria a si mesma, *gaeda*? — Corayne perguntou, ajoelhando perto da bruxa.

Andry ficou tenso, como se querendo afastá-la da mulher. Mas Corayne não tinha medo e olhava fixo em seus olhos.

Valtik pôs a mão enrugada na bochecha de Corayne.

Corayne não se retraiu, deixando que a bruxa a encarasse.

— A Estrela do Norte — a velha afinal disse, beliscando o nariz dela. Então enfiou a mão depressa em seu longo manto, puxando o amuleto de galho e osso ainda encrostado de sangue seco. Em seguida, o entregou para Corayne e fechou os dedos da menina ao redor da oferenda. — Ou doida de sorte — acrescentou, rindo.

— Com isso eu concordo — Dom disse.

Corayne se virou para ele e disse, bruscamente:

— Vá dormir.

Dom ficou pálido, mas suas bochechas e seu pescoço ficaram vermelhos. Provavelmente fazia séculos que não mandavam o Ancião para a cama, ou talvez nunca tivesse acontecido.

— Não sou uma criança mortal — ele soltou.

Corayne se levantou e deu de ombros, sem se intimidar pela altura dele.

— Precisamos de você saudável, Dom.

— Eu... Ah, tudo bem — ele vociferou, e se afastou a passos firmes da fogueira.

Sorasa quase berrou quando Dom se deitou na terra como um cão, sem manto, cobertor ou qualquer tipo de cama. Ele apenas cruzou os braços, com o rosto voltado para o céu, e fechou os olhos. Os roncos que se seguiram eram insuportáveis.

— Alguém me impediria se eu o sufocasse? — ela murmurou, arrastando as botas na direção de Dom. — Brincadeirinha — acrescentou, ao notar que Andry e Corayne a condenaram com o olhar.

— Andry, acordo você quando for seu turno.

O escudeiro abaixou o queixo.

— Está bem.

— E você, nada de emissões, nada de sussurros... — Sorasa começou a dizer, virando-se para a bruxa. Mas Valtik já tinha ido embora sem deixar nenhum rastro, nem mesmo o estranho aroma de terra que a seguia por todo canto. — Ah, ela sumiu de novo — a assassina comentou com sarcasmo, olhando para a escuridão e estranhando a sensação de que a escuridão a olhava de volta.

— Maravilha.

A cada dia que passava, Sorasa fazia apostas consigo mesma. Quem ia fraquejar primeiro e sucumbir à curiosidade? Na tarde seguinte, ela achou que seria Dom, quando ele estreitou os olhos para ela com o furor de sempre. Mas Dom não disse nada. Corayne seria um palpite fácil. A menina tinha opinião sobre tudo, da força do vento na baía do Espelho ao plantio crescendo nas terras baixas. Certamente encontraria coragem para fazer a pergunta a Sorasa Sarn, a Caída, a Abandonada. E havia Trelland, que não era tão descarado quanto os outros, mas que a olhava de soslaio o dia todo, seu interesse óbvio até para os cavalos. Valtik já sabia e não se daria ao trabalho. *Ela provavelmente passa o dia todo pensando em rimas*, Sorasa concluiu, rangendo os dentes.

No fim, foi Corayne quem criou coragem. Ela teve o tato de perguntar alguns dias depois, à noite, longe dos outros, que estavam ocupados montando outro acampamento precário, enquanto Andry preparava chá com sua chaleira idiota.

— Osara — Corayne disse, deixando que a palavra pairasse no ar.

O céu estava limpo, e Sorasa voltou o rosto para as estrelas, olhando para lá, para evitar Corayne. Fazia apenas algumas semanas que as duas se conheciam, e às vezes era fácil esquecer que a menina tinha sangue do Cór nas veias e uma mãe pirata. *Esta noite, não era o caso*, Sorasa pensou.

— É um título dado a pessoas com sangue amhara que foram exiladas pela Guilda — ela limitou-se a dizer.

Caída, abandonada, arruinada. Era tudo a mesma coisa, tudo fora pronunciado com o nojo mais profundo e cruel. *Osara*, na língua dela, termo que doía ainda mais. Lord Mercury a havia declarado assim na frente da Guilda, com todos os olhos voltados para a marca ainda sangrando nas costelas dela. Mais grosseira que as outras, só alguns traços toscos, feitos sem nem pensar na dor dela. Sorasa não emitira um único som enquanto o faziam, enquanto a marcavam para sempre, enquanto a excluíam da categoria dos amharas. Ela mesma admitia que a punição era condizente com o crime.

— Eu já desconfiava — Corayne murmurou, baixando a voz. Aquilo não impediria o imortal de ouvir a conversa das duas. Sorasa só desejava que ele também pudesse ouvir todas as vezes que ela o amaldiçoara mentalmente. — Dom não sabia, quando a encontrou em Byllskos. Quando a contratou para me localizar.

— Fui a primeira amhara a cruzar o caminho dele, a mais fácil de achar, a única que não estava mais protegida pela força da Guilda. — Ela observou a clareira, uma área plana cercada por uma floresta densa. A fronteira estava próxima, o bosque se fechava cada vez mais, como não fazia no vale. Sorasa caminhou pela linha de árvores, e Corayne a seguiu, sem fazer perguntas. — Ele não sabe como funciona o dinheiro, tampouco sabe muito sobre o mundo, aliás. É claro que eu aceitei, ainda que a Guilda agora me proíba de fazer isso.

Corayne estreitou os olhos, e Sorasa se preparou para a pergunta inevitável. O porquê. O motivo para as palavras rasgadas e pintadas em sua pele.

Mas a pergunta não veio.

— O que vai fazer com o dinheiro?

— O que qualquer pessoa faz com dinheiro?

— A maior parte envelhece e engorda no conforto. — O olhar de Corayne se demorou nos dedos tatuados da assassina. Eram tortos, com cicatrizes por baixo da tinta, calejados pelo arco e pela espada. — Não acho que você queira isso.

O escrutínio irritou Sorasa. Ela lançou à garota um olhar tão feroz que era capaz de arrancar pedaço.

— Você acha que contrabandear aço e mapear rotas comerciais para um navio no qual nunca navegou lhe dá alguma ideia do que eu quero?

— Bom, tendo uma mãe pirata, com todo o dinheiro que poderia querer e jurando amar a filha mas nunca abrindo mão dos riscos e das recompensas do mar, acho que eu tenho alguma ideia, sim — ela disse com toda a tranquilidade, cruzando os braços. — Sei que ele ofereceu mais que dinheiro a você. Algo mais valioso que todo o ouro nos cofres de Iona. Só não consegui descobrir o quê.

Até agora.

— Bem, Corayne an-Amarat. Impressione-me com o que *acha* que sabe — Sorasa sibilou. Sentia-se uma viajante solitária encarando um leão da montanha e abrindo seus braços em uma tentativa de assustá-lo. Era estranho uma menina provocar aquilo em uma assassina, mesmo uma menina tão incisiva e perspicaz quanto Corayne.

— Você quer ser aceita de volta, mas não pode pagar por isso, ou já o teria feito.

Sorasa nunca havia conhecido Meliz an-Amarat, Mel Infernal, capitã da *Filha da Tempestade*, a furiosa e destemida mestra do mar Longo. A julgar pelo rosto de Taristan, não era à mãe que a filha tinha saído. Mas sem dúvida a garota carregava a herança materna, no tom de voz, na determinação de aço, na busca obstinada e inflexível. Para Meliz, aquilo implicava tesouros, botins, lucro. Para Corayne, a verdade. Ela caçava a verdade como se fosse um cão.

— Assassinos amam ouro — a menina insistiu. Seu olhar era distante enquanto ela falava, filtrando seus próprios pensamentos. — Mas gostam mais de sangue. Os membros da Guilda dos Amharas são famosos por suas habilidades. E não há maneira de demonstrar melhor habilidade do que matando um Ancião.

Eu pedi ouro, e ele me deu. Estabeleci um preço mais alto que nunca. Toda a riqueza de Iona, o tesouro de uma rainha imortal aos meus pés. Ele prometeu isso sem nem pensar.

E, quando pedi por sua vida, para cortar sua garganta com minhas próprias mãos, onde eu escolhesse, diante dos olhos de quem eu quisesse... ele não hesitou em prometer também.

Não havia por que negar. Corayne não se deixaria enganar. Ela não insistiria, mas saberia. *E que me importa? Já fiz coisas piores a pessoas melhores, a troco de menos.*

A Guilda vale a vida de um imortal insuportável. É um preço que fico feliz em pagar.

— Se você está preocupada com a grande cabeça de Domacridhan, não se dê ao trabalho — Sorasa respondeu. Elas estavam mais perto da água, com a baía do Espelho poucos quilômetros ao sul. Uma brisa fria soprou por entre as árvores, trazendo cheiro de chuva em algum lugar ao longe. Sorasa respirou com avidez. Cheiro de chuva ainda era novidade para ela. — Temos uma longa estrada à nossa frente.

Corayne engoliu em seco. As estrelas eram visíveis em seus olhos.

— E ao fim dela?

— Se sobrevivermos, você quer dizer? — *E é um belo "se".* — Podemos pensar nessa ponte na hora de cruzá-la.

— Eu gostaria de saber que essa ponte não vai ser cortada ao meio.

A constelação do Unicórnio brilhava forte no céu, o que, diziam, era um bom presságio. Um sinal de sorte. Sorasa não acreditava naquilo, mas ainda assim se sentia reconfortada. Havia unicórnios em sua terra natal, e as famosas manadas shirans nas dunas. Pretos, com chifres ônix, brancos como pérolas, marrons como bronze. Ela tinha visto com os próprios olhos, mais de uma vez. Eles haviam desaparecido na maior parte do norte, esvanecendo com o passar do tempo, mas o sul sabia como proteger suas maravilhas. Sorasa desejava voltar a ver um unicórnio, feito de carne e osso, e não de estrelas.

Ela deu um passo para longe de Corayne, enrolando-se mais em sua capa roubada. Ainda era verão, mas Sorasa sentia o frio se assentando em seu sangue do deserto.

— Pergunte à bruxa, se quer saber o futuro. "É o que dizem os ossos." — Ela riu, revirando os olhos.

A expressão de Corayne azedou.

— Acho que não é assim que funciona.

— Se é que funciona — Sorasa retrucou. — Ela pode ser amaldiçoada pelo Fuso, mas não está nos ajudando tanto assim. Ou só ajuda quando tem vontade.

— Acho que eles preferem que se use "tocado pelo Fuso". E ela está ajudando, sim.

— Não é o tipo de ajuda de que precisamos, xingamentos e enigmas. — De novo, a bruxa não estava à vista. Poderia estar se escondendo a três passos ou três quilômetros de distância, pelo que Sorasa sabia. Era frustrante; irritante. A velha não tinha nenhum sentido de urgência, apesar de todos os seus alertas relacionados à esfera e a seu destino sombrio. — Ela disse que há outro Fuso aberto. Certo, e onde é que está? O que está fazendo? O que podemos vir a enfrentar, e como? Ela espera que cavalguemos até o inferno e enfrentemos o Porvir pessoalmente?

Sorasa deu um pulo quando Valtik pareceu se descolar da silhueta de uma árvore, com um par de coelhos mortos pendurados no cinturão.

— Qual é a graça de tudo lhes contar? — ela disse, sem parar de andar. — Eis uma canção chata de cantar.

— Há xingamentos demais, em línguas demais, para que eu possa escolher um só — Sorasa grunhiu para a silhueta da bruxa.

Por que estou fazendo isso?, ela se perguntou pela centésima vez.

Os cadáveres assomaram em resposta, terríveis como antes. Ainda que agora ela conhecesse sua origem. De alguma forma, era ainda pior, pensar que se tratava apenas de emissões, sombras do que a esfera realmente encarava. As muitas mãos de Taristan do Velho Cór, que era a mão do Porvir.

Depois de um momento, ela se deu conta de que Corayne continuava ali ao seu lado, deixando que as sombras se arrastassem à sua volta. Ela olhava para Sorasa como olharia para o mar, lendo uma onda. Era desconcertante, para dizer o mínimo.

— Você não perguntou por que fui exilada.

Corayne se moveu, como se até então estivesse presa.

— Acho que só diz respeito a você — ela murmurou, quase inaudível, enquanto se afastava.

Era sua vez de ficar de vigia.

Sorasa tentou se lembrar da última vez em que havia agradecido a alguém com sinceridade. *Faz anos, se não décadas*, ela se deu conta, vasculhando o cérebro.

Bem, não vale a pena quebrar esse recorde agora.

22

A DOR VALE A PENA

Andry

ELES CRUZARAM O ORSAL ENCOBERTOS PELA ESCURIDÃO, o rio suave correndo na altura de seus joelhos conforme cavalgavam em fila única sob a luz incisiva do pedaço de lua. *Estamos em Larsia agora*, Andry teve certeza, sentindo que passavam a fronteira invisível. Ele esperava um alívio que nunca veio. *A rainha de Galland vai nos perseguir onde quer que seja enquanto estivermos com a espada de Fuso. Enquanto Corayne estiver viva.* Andry estremeceu, e não foi por causa da água que ensopava a calça.

A menina cavalgava ao lado dele, curvada sob o peso da espada. Assim que saíram do rio, ela cochilou, a cabeça pendendo no peito. Andry sorriu sozinho e se impressionou com a habilidade dela de dormir na sela, ou em qualquer lugar onde acampassem. Mesmo com o peso da esfera em seus ombros, Corayne an-Amarat dormia com tranquilidade.

Mas não profundamente, ele pensou. Apesar da luz fraca, severas olheiras se destacavam. Seus olhos tremulavam atrás das pálpebras, perdidos em sonho.

Quando eles finalmente montaram acampamento perto de um bosque de salgueiros, Andry ficou feliz em pegar o primeiro turno de vigia. Sorasa reivindicou uma árvore que parecia uma tenda e desapareceu atrás de uma cortina de folhas; Dom escolheu outra, fazendo um gesto para que Corayne o seguisse. Mesmo quando dormia, ele nunca se afastava muito dela. Corayne bocejou, semidesperta, e se arrastou por entre as raízes.

Qualquer bom escudeiro sabia como limpar e secar roupas de viagem, e Andry Trelland era um ótimo escudeiro. Ele passou o turno cuidando dos equipamentos, limpando lama do couro, lubrificando o aço e verificando os cavalos. Perdeu-se em tarefas que normalmente o irritavam, mas que no momento davam à sua mente algo em que se concentrar além do fim da esfera. Quando chegou a hora de acordar Dom para o turno dele, o acampamento estava impecável, com os alforjes organizados e os cavalos dormindo pesado, com ferraduras limpas e pelagem reluzente.

Os ramos do salgueiro se abriram, revelando dois montes dormindo entre as raízes, envoltos em mantos. Corayne estava imóvel, o que não lhe era comum, com o rosto suave, os lábios ligeiramente abertos. Seu cabelo preto se espalhava a sua volta como um halo escuro.

As bochechas de Andry esquentaram ao frio da noite, e ele desviou o olhar, virando-se para a grande carcaça que era o Ancião. Para sua surpresa, Dom continuava dormindo. Sua testa estava franzida, e as pálpebras, bem fechadas, seus lábios se moviam sem produzir som e seu rosto se contorcia em uma expressão de dor.

— Milorde? — Andry sussurrou, a voz tão baixa que ele mesmo mal podia ouvir.

Os olhos do Ancião se abriram na hora, oscilantes enquanto ele se acostumava ao entorno, saindo do sono como alguém poderia sair do mar.

O escudeiro esperou, mordendo o lábio de preocupação. *Isso não é típico dele*, Andry pensou, mas, antes que pudesse se oferecer para fazer turno dobrado, Dom se levantou em silêncio, voltando a jogar o manto de Iona sobre os ombros. Ele saiu sem dizer nada, passando pelos ramos de salgueiro.

Andry o seguiu. *Bem, pelo menos agora posso dormir*, pensou, mas o comportamento de Dom o fez parar por um momento. Em vez de perambular pelo acampamento, observando o perímetro como de costume, o Ancião leviatânico se acomodou em uma pedra e ficou olhando para as próprias botas. Ele movimentava a mandíbula, olhando ao longe, com a mente claramente em outro lugar.

— Foi um pesadelo? — o escudeiro se ouviu perguntando.

Embora estivesse no limite da exaustão, Andry se sentou a uma pedra perto de Dom.

— Os vederes não sonham — ele respondeu, fungando com afetação. Andry só o encarou, com a sobrancelha erguida. — Não muito.

O escudeiro deu de ombros.

— Se quiser conversar... Se precisar de alguém com quem falar...

— A única coisa de que preciso é da cabeça de Taristan em uma lança — Dom falou para as estrelas, ríspido.

Sua raiva era óbvia, mas no fundo havia dor. Andry sentia aquilo em si, a raiva e o arrependimento se fundindo, o mantendo inteiro ao mesmo tempo que o destroçava.

— Também sonho com aquele dia no templo — ele murmurou. — Vejo os cavaleiros morrendo toda vez que fecho os olhos.

O Ancião não disse nada, mantendo-se tão quieto quanto a pedra em que se sentava. Seu rosto não tinha expressão, seus olhos pareciam janelas fechadas. O que quer que Dom sentisse, escondia em um lugar onde ninguém podia ver. Mas Andry via.

Ele se aproximou um pouco.

— Você já havia perdido alguém, antes de tudo isso?

Certamente um imortal já viu coisas morrerem, mas não tão de perto. Talvez ele não saiba viver o luto, ou não compreenda a morte. Talvez nunca tenha precisado lidar com nada disso.

O silêncio se estendeu como um cobertor, e a expressão de Dom permaneceu vazia. Andry aguardou. Ele tinha aprendido a ser paciente quando era pajem, uma lição simples nos corredores do palácio Novo. Era fácil resgatar aquela habilidade ali, quando seu amigo precisava.

Finalmente, o Ancião se levantou. Seus olhos brilharam, estranhamente úmidos.

— Eu era uma criança quando meus pais foram tirados de mim, convocados a voltar a Glorian pelos deuses Anciãos — ele disse devagar, como se cada palavra fosse uma batalha. — Cerca de trezentos anos atrás. O último dragão na Ala estava aterrorizando a costa calidoniana. Eles partiram de Iona, em busca de glória. — Sua voz falhou, e ele entrelaçou as mãos enormes. — Glória que nunca encontraram.

Andry engoliu em seco, com dificuldade.

— Meu pai também morreu quando eu era pequeno — ele se forçou a dizer. A dor tinha sido entorpecida pelos anos, e havia muito já não era aguda. Mas a ausência do pai ainda doía, ainda era um buraco que ele nunca poderia preencher. — Não foi por nada tão emocionante quanto um dragão. Só um conflito fronteiriço insignificante. Morreram homens de ambos os lados, sem motivo real.

O escudeiro ergueu os olhos e notou que o Ancião o encarava, avaliando-o como faria com um adversário.

— A morte de Cortael parece... diferente — Dom disse, procurando pelas palavras certas. — Pior.

Andry voltou a abaixar a cabeça, assentindo furiosamente.

— Porque estávamos lá. Porque sobrevivemos, e outros não.

Sir Grandel e os North se ergueram à sua frente, os rostos mortos e brancos, as armaduras enferrujadas, os corpos apodrecendo. Lord Okran também apareceu, com a sombra da águia de Kasa passando por cima dele. Andry fechou os olhos com força para impedir as imagens, mas descobriu que elas o encaravam mesmo assim. Inescapáveis.

— Sobrevivemos, e parte de nós se arrepende disso. Não faz sentido que eu viva se eles caíram — ele conseguiu acrescentar, com os olhos ardendo. — Um escudeiro vivo, e tantos cavaleiros mortos.

A voz de Dom retumbou, vinda do fundo da garganta, engasgada com uma emoção que ele não sabia como sentir:

— Se eu pudesse torná-lo cavaleiro agora mesmo, faria isso. Você certamente se provou digno.

Outra figura se juntou aos guerreiros mortos na mente de Andry: um cavaleiro de Galland com um sorriso fácil e um escudo de estrela azul. *Pai*, Andry pensou, chamando alguém que nunca responderia. *Não consigo nem me lembrar da voz dele.*

Ele se forçou a olhar para Dom novamente, deixando que a realidade afastasse as visões. Andry observou o Ancião, verde como a floresta, cinza como pedra.

— Não acho que esse ainda seja um caminho que eu possa trilhar — ele murmurou. A sensação foi de que soltava uma âncora e ficava à deriva no mar. Sem amarras, mas sem direção; livre, mas em terreno perigoso. — A Batalha das Lanternas se deu nesta terra — ele disse de repente, sem parar de olhar para os salgueiros que se estendiam pela margem do rio. — Galland e Larsia, guerreando por uma fronteira árida.

— Não conheço muito de sua história recente — Dom respondeu, em tom de desculpa.

Andry quase riu. *A Batalha das Lanternas foi há um século.*

— Minha mãe tinha uma tapeçaria na sala de visitas que retratava essa batalha. As grandes legiões. Galland dourada e triunfante com a rendição dos larsianos. Eu ficava olhando a cena, tentando ver meu próprio rosto entre o dos cavaleiros, o Leão no meu peito, a vitória em minhas mãos. — Ele viu a imagem tecida em sua mente, as cores fortes demais, os soldados de Galland de repente odiosos, sua expressão cortante e ameaçadora. — Agora estou contra eles. Tudo o que sempre soube, tudo o que sempre quis, foi-se.

— Sinto o mesmo — Dom disse, para surpresa de Andry. — Que outro seja príncipe de Iona. Não quero estar ligado àquele palácio, um refúgio de covardes e tolos egoístas. — O Ancião respirou fundo, e seu peito subiu e desceu. Ele vislumbrou o salgueiro sob o qual sua maior esperança dormia, pequena sob o manto. — Cortael nunca me contou sobre Corayne.

Andry acompanhou o olhar dele.

— Para mantê-la a salvo?

Dom balançou a cabeça.

— Acho que ele tinha vergonha.

O escudeiro sentiu os dentes rangerem, tanto de raiva quanto para reprimir um xingamento. *Não insultarei um homem morto.*

— Então ele não a conhecia — Andry respondeu apenas, ainda olhando para o salgueiro. O vento remexeu os ramos, revelando Corayne aninhada entre as raízes. *A brilhante e corajosa Corayne.* — Nenhum pai deveria ter vergonha de uma filha assim.

— De fato — Dom respondeu, a voz estranhamente grossa.

— Mas tudo bem sentir saudade dele. Tudo bem sentir esse buraco.

O conselho era tanto para si mesmo quanto para Dom.

Como antes, o Ancião fungou e se transformou em pedra.

— O pesar é uma empreitada mortal. Não tenho utilidade para isso. — Deu um pulo de sua pedra, o rosto destituído de qualquer emoção.

Andry se juntou a ele, sacudindo a cabeça ao se levantar.

— O pesar toca a todos nós, Lord Domacridhan, acreditemos nele ou não. Não importa como chamamos aquilo que destroça nosso coração. E isso é capaz de nos devorar se tiver a oportunidade.

— E como me defendo de tal coisa, escudeiro? — o Ancião perguntou, levantando a voz. Por sorte, Corayne não se mexeu. — Como luto contra algo que não posso encarar?

No campo de treinamento, os cavaleiros batiam as manoplas, apertavam as mãos e puxavam um ao outro após um golpe particularmente desagradável. Sem nem pensar, Andry ergueu os próprios dedos, com a palma aberta, em um misto de oferta e apelo.

— Comigo — ele disse. — Juntos.

Dom fez o que pôde para não esmagar os dedos do escudeiro quando os dois apertaram as mãos.

— É o seu turno agora — Andry murmurou, fazendo careta com a força da pegada de Dom.

Mas a dor valerá a pena.

23

ABAIXO DA MÃO DO SACERDOTE

Corayne

CORAYNE TINHA OUVIDO HISTÓRIAS DE ADIRA de quase todos os membros da tripulação da *Filha da Tempestade*, incluindo da própria mãe. As mesas de carteado, as concubinas e os bordéis, os mercados noturnos oferecendo bens de toda parte da Ala, roubados ou não. Escamas verdadeiras de dragão, antigas e grossas, em lojas de curiosidades. Magos tocados pelo Fuso produzindo tônicos e venenos diante de tabernas. Ladrões e piratas provendo suas gangues ou tripulações. A coroa de Treccoras, o último imperador do Cór, havia sido conquistada em um jogo de dados na Casa da Sorte e da Fortuna e logo em seguida foi perdida no pântano. Mas também se fizera história ali; ela ouvira a maior parte de Kastio. Quando convencido a falar, ele mencionava uma época distante, de séculos antes, como se recitasse as páginas de um tomo universitário, ou tivesse uma memória impossivelmente extensa.

Sob o antigo império, já havia sido Piradorant, o porto verdadeiramente Adorador. A cidadezinha e seus arredores juraram fidelidade ao Velho Cór muito antes que os exércitos chegassem. Não houve conquista. Ela foi uma noiva disposta, e assim foi tratada por córes. Seus muros eram dourados, suas ruas, prósperas. Aflorou, aquecendo-se à luz do amoroso sol. Mas o império caiu, a noite chegou e o mundo seguiu à sua sombra. O reino hesitante de Larsia cresceu e acabou entrando em conflito com o poderoso reino vizinho de Galland. Os larsianos lutaram para defender suas fronteiras dos invasores. A cidade que agora chamavam de Adira preenchia as rachaduras no meio.

Espremida entre dois reinos em guerra, muitas vezes isolada por batalhas ou bloqueios, Adira sobreviveu por meios não muito honrados. Navios piratas quebravam os bloqueios gallandeses regularmente para alimentar a cidade faminta. Degoladores e embusteiros desviavam dos exércitos entrincheirados. Dentro de suas muralhas, a cidade apodrecia como uma maçã. O rei de Larsia não tinha forças para recuperá-la dos criminosos que a controlavam, e Galland não se dava ao trabalho de fazê-lo. Os reis gallandeses se preocupavam com cidades resplandecentes e vastas extensões de terras abastadas, não com uma fortaleza pobre em uma península pantanosa, com ruas tomadas por facas enferrujadas e ratos de sarjeta. Adira se adaptou ao mundo tal qual ele era, tornando-se o que foi preciso.

A península tinha um aspecto cinza-esverdeado conforme eles se aproximavam do norte, um pedaço de terra escavado na baía, ao longo da foz do Orsal. O rio corria por um pântano, expelindo lodo na água salgada, mais azul. Adira se localizava na cabeça da península, murada por uma coroa de pedra musgosa e paliçadas de madeira. Um passadiço de pedra ziguezagueava sobre o pântano, passando pelo pior da lama, com nada menos que seis pontes levadiças, todas recolhidas. Era uma maravilha da construção do Cór, como as estradas, os aquedutos e os anfiteatros que havia dentro das velhas fronteiras. Nenhum exército da Ala conseguiria atacar Adira por terra.

Conforme eles avançavam pelo passadiço, Corayne identificou as docas antes que a névoa as cobrisse. As velas de uma dezena de navios lotavam o ancoradouro, como alfinetes em uma alfineteira. Todos de piratas ou traficantes. Não havia bandeiras de reinos legítimos. Corayne sorriu como havia feito em Lecorra, atraída por aquele lugar, de alguma forma sentindo-se enraizada ali. Mas, daquela vez, não eram os ecos tocados pelo Fuso de Cortael que ela sentia. Aquela era a terra de sua mãe, Mel Infernal.

Andry analisava a evidente animação dela com um medo declarado. Seu olhar se fixou na primeira ponte levadiça, recolhida contra o céu como uma grande mão espalmada pronta para baixar e esmagá-los. Um escudeiro de uma corte nobre não tinha lugar ali. Ele se destacava, mesmo ao lado de Dom. E isso não era pouco.

— Ei, não se preocupe — Corayne murmurou, aproximando seu cavalo do dele. Ela se inclinou, e a espada afundou em suas costas. — Metade das histórias nem é verdade. Ninguém vai ferver sua cabeça e vender seu crânio.

As rédeas estalaram em seus punhos. Ele arregalou os olhos.

— Nunca tinha ouvido falar disso.

A primeira ponte levadiça caiu sem qualquer comentário de um deles, fosse uma propina de Dom ou uma ameaça de Sorasa. Do outro lado, havia dois guardas desdentados e com a pele acinzentada, que ficaram em silêncio quando o grupo entrou. Corayne pensou que talvez uma água escaldante fosse dar um jeito na cara deles.

— Vistam os capuzes — Sorasa disse, já fazendo aquilo.

Ela ajeitou o xale em torno dos ombros, facilitando o caminho para as adagas em sua cintura e a espada na lateral do corpo.

Dom fez o mesmo, com o rosto pétreo, afastando o manto verde de Iona do quadril esquerdo. Ele parecia um pouco melhor nos últimos dias. *A estrada deve lhe fazer bem*, Corayne pensou. A névoa se fechou, quase obscurecendo Valtik, que se arrastava na retaguarda. No cavalo cinza e vestida de cinza, ela era uma sombra que equivalia à dos guardas da ponte, um fantasma do pântano. Seus olhos lívidos também estavam velados, adquirindo um tom cinza, como o resto do mundo.

Corayne se sentiu como um cavalo usando cabresto: envolta

apenas pelo passadiço e pelo silêncio abafado da névoa. A terra em torno de Adira existia em um meio-termo misterioso, sem fazer parte de nenhum reino, separada por uma barreira estreita de lama.

Os guardas da segunda ponte portavam arcos, flechas penduradas em sua cintura tremulavam. Corayne desconfiou de que havia mais guardas escondidos no pântano.

— Estão perdidos? — um deles perguntou, ceceando por causa de um dente quebrado. Suas bochechas eram bexiguentas.

— Ainda não — Sorasa respondeu.

A ponte baixou.

O mesmo acontecia toda vez: os guardas os desafiavam e Sorasa respondia. Corayne não sabia se a assassina estava dando senhas ou só respostas atravessadas. De qualquer modo, decorou tudo que foi dito. *Estão perdidos? Ainda não. O que fazem aqui? O mesmo que vocês. Quem conhecem na cidade? Inúmeras pessoas. Vão criar problemas? Provavelmente.* Na verdade, a amhara tatuada e o homem gigantesco com uma espada tão brilhante quanto seu rosto podiam ser muito bem a combinação que fazia as pontes baixarem. O resto do grupo não importava. A própria Valtik manteve a boca fechada, seguindo-os em um silêncio desconcertante.

A última ponte desceu sem que fossem desafiados, ligando o passadiço à colina da cidade. A névoa se dissipava conforme subiam, e o mundo voltou a entrar em foco.

Casas humildes se amontoavam em torno do portão e das muralhas, vagamente organizadas, como se a cidade estivesse ultrapassando seus próprios limites. Parecia um grande cortiço, mas sem o desespero.

Adira era maior quando vista de perto, curvada em sua elevação, projetando-se para fora da neblina, desobstruindo a vista em todas as direções: o pântano e o passadiço enevoado, as águas planas da baía do Espelho. A fronteira não ficava longe, mas parecia estar a milhares de quilômetros. *Taristan e Erida não podem nos tocar aqui.* Conforme cheiros e barulhos da cidade se intensificavam, Corayne quase se sentiu abraçada. Inspirou o ar fresco e salgado, erguendo o rosto para o sol. Aquele era um dos cantos mais perigosos da Ala. *E o lugar mais seguro onde poderíamos estar.*

— Todas essas pontes, mas deixam os portões abertos — Andry comentou, vendo as muralhas da cidade.

De fato, os portões estavam completamente abertos, flanqueados apenas por uma dupla de guardas, apoiada em lanças velhas, que serviam mais como ornamento do que como arma. Corayne sorriu.

— Imagino que, depois de seis pontes, do pântano e de quem mais tiver acompanhado nossa chegada, eles não têm motivo para manter os portões fechados o dia todo.

Os guardas vestiam couro e tecido grosseiro. Como os das pontes, não estavam com nenhum uniforme ou cor específica que os unisse no trabalho. Eles observavam, em silêncio, mas atentamente.

Sorasa não disse nada a nenhum deles. Só incitou o cavalo a seguir em frente e baixou o capuz, expondo o rosto ao atravessar o portão. Talvez fosse a luz pregando truques, mas Corayne achou ter visto os ombros da assassina relaxarem e um pouco da tensão se dissipando. Um refúgio de criminosos devia ser um lugar reconfortante para uma assassina de aluguel.

Andry se escondeu no capuz, deixando à mostra apenas a mandíbula cerrada. Apesar de seu desconforto, ele parecia menos um escudeiro que um viajante, cansado, mas não com medo. Ainda assim, seus dedos retorciam as rédeas. Corayne foi atingida pelo estranho impulso de pegar a mão dele. Piscou, assustada, e afastou a ideia. Um calor se espalhou por seu rosto, e ela se controlou para que suas bochechas não ficassem vermelhas.

A muralha não era grossa, mal chegava à largura de três homens lado a lado. Corayne passou rapidamente. Não pôde deixar de notar os buracos que havia no teto. Sua pele se arrepiou com a ideia de que alguém poderia jogar óleo quente nela por ali.

— Pelo menos não cheira tão mal quanto Ascal — Dom resmungou ao atravessar o portão, com a mão na espada.

Valtik o seguia de perto.

O portão se abria para uma praça estranhamente quieta. Era dia, e Corayne presumia que a maior parte dos residentes de Adira devesse estar dormindo para compensar a noite anterior, enquanto o restante estava longe de notar algumas pessoas a mais perambulando na rua.

Sorasa guiou o cavalo para leste, passando por uma estátua sem cabeça, com as mãos erguidas em súplica. Alguém havia pendurado a roupa lavada em seus dedos.

— Eu não sabia que podia haver tantos lugares onde beber — Andry sussurrou para Corayne, inclinando-se para mais perto enquanto passavam por uma sequência de tabernas, uma mais apertada que a outra. Ao contrário de Dom e Sorasa, ele continuava desarmado. Tinha apenas a chaleira, ainda batendo suavemente dentro dos alforjes.

— Quer dar uma olhada? — Corayne perguntou. A praça deu lugar a uma confusão de ruas emaranhadas como uma teia de aranha, mais silenciosas que os arredores do portão. Um velho anunciava jogos de azar, sem muita força, de um terraço; uma mulher mandou aos gritos que calasse a boca. — Duvido que Sorasa vá se importar.

O escudeiro deu risada e a encarou. De perto, seus olhos eram pedras escuras salpicadas de âmbar.

— Acho que Dom e Sorasa prefeririam nos amarrar e arrastar a nos deixar explorar — ele disse, apontando o dedão para trás. O Ancião cavalgava próximo a eles, seus olhos fixos nas costas de Corayne. *Na verdade, é como se eu já estivesse amarrada.* — Não que eu queira fazer isso.

— Ah, vamos lá, escudeiro Trelland. — Corayne sorriu e se inclinou um pouco mais, segurando-se na sela para se equilibrar. Ela deu uma olhada para a rua. Parecia uma veia, pulsando com uma vida que Corayne não conseguia ver. Dois homens saíram de uma casa de dados, tentando brigar, mas errando todos os golpes. Eles a lembravam tanto da *Filha da Tempestade* que ela sentiu uma pontada no coração. — Não tem curiosidade?

Andry ficou olhando para os dois homens.

— Obrigado, mas já vi bêbados antes.

Alguns cavaleiros ligeiramente tontos na vindima da rainha não são bêbados, Corayne pensou.

— Há mais a fazer aqui do que beber — ela respondeu.

Andry assentiu.

— E espero que façamos tudo rapidamente.

— Mas não tão rapidamente assim — Corayne retrucou. Ele olhou para ela, a sobrancelha erguida em uma expressão questionadora. Ela mordeu o lábio, digerindo a situação. — É legal ver você se preocupar com algo que não seja o fim do mundo — disse, afinal, quase baixo demais para os ouvidos mortais.

Por baixo do capuz, Andry sorriu, e seu rosto se iluminou.

— Digo o mesmo, Corayne.

— As leis de Adira são simples. — A voz de Sorasa soou tão gentil como um chicote estalando sob os dois. Ela se virou na sela, guiando o cavalo só com um movimento dos joelhos e um aperto de suas pernas envoltas em couro. — Não há leis — concluiu, muito prática.

Corayne teve a impressão de que seu aviso era mais para Dom, que mal compreendia uma cidade mortal de verdade, muito menos uma administrada e governada por foras da lei. E para Andry, que olhava ao redor, pasmo.

— Você pode matar um homem na rua se quiser, mas deve saber que pode ser morto com a mesma facilidade. Pode bater carteira, mas tem que estar preparado para perder a sua também. Não há guardas, não há patrulha. Só os vigias nas pontes, na muralha e nos portões. E o objetivo deles não é proteger as pessoas, é proteger Adira. — Sorasa balançou os dedos, indicando a entrada, por onde tinham chegado. Como ela bem dissera, não havia mais vigias à vista, em um contraste nítido com qualquer outra cidade que Corayne conhecesse. — Nada e ninguém mais. Qualquer coisa pode ser levada, por gente vindo de qualquer direção. Mantenham os olhos bem abertos. Não me percam de vista. — Ela esticou o braço e puxou a rédea da égua de Corayne, que bufou e se aproximou. Sorasa olhou nos olhos da garota com uma intensidade que poderia perfurar aço. — Não se afaste.

— Eu nem sonharia com isso — Corayne respondeu, feito uma criança sendo acusada.

Não posso explorar com a espada de Fuso nas costas, carregando a salvação da Ala de sua ruína iminente.

— Ótimo — Sorasa disse. — E, antes que comece com suas perguntas, estamos indo para a Mão do Sacerdote.

Andry empalideceu.

— Há sacerdotes aqui?

Sorasa sorriu.

— Não do tipo que você conhece, escudeiro.

A Mão do Sacerdote era uma igreja, ou já havia sido, em algum momento dos últimos duzentos anos. Agora era apenas um mercado — os bancos haviam sido removidos fazia tempo para dar lugar às barracas. Fumaça se acumulava no alto, presa pelo teto abobadado do antigo santuário a Tiber, o deus do comércio e dos artesãos. Seu rosto estava pintado nas paredes, usando a habitual coroa de moedas. Corayne o conhecia bem.

Não havia muita ordem naquele lugar. Aroma de uma sopa turva vinha de uma barraca, enquanto um marujo tyrês com dentes de ouro exibia uma gaiola com corvos de olhar malicioso. Um homem vendia ossos de animais ao lado de irmãs gêmeas que rezavam sobre joias e contas brilhantes. Havia vendedores de tecidos, peixeiros, fruteiros e barracas sem um propósito muito claro além de vender lixo. Corayne, que passava olhando as mercadorias expostas, sabia que se tratava de itens roubados. Ela visualizou seus mapas de novo, apontando as rotas de comércio no mar Longo. Sorriu para o brilho oleoso do aço trequiano em uma barraca, embora Trec controlasse suas minas e seus artesãos com mão de ferro. Ela queria continuar explorando aquela feira por mais um tempo, mas Sorasa os guiava pela igreja como se estivessem todos amarrados uns aos outros. Só Valtik fazia paradas. Naturalmente, a bruxa foi até uma seleção de costelas, espinhas e fêmures, e os apalpou com um sorriso relaxado. Chegou a testar alguns, jogando-os entre as mãos e no chão, como se lançasse dados.

Talvez a ideia fosse aquela mesmo. *Até agora, meu destino parece uma maré de azar.*

Dom se mantinha colado em Corayne. Ali, não parecia tão deslocado. Enquanto as ruas eram tranquilas, a Mão do Sacerdote estava cheia, e muitos adiranos eram tão grandes quanto ele. Homens truculentos, bandidos, lutadores profissionais, marujos com as bochechas queimadas de sol. Ladrões esguios e belos cortesãos de todas as partes da Ala perambulavam entre eles. Um homem com pele clara e brilhante como diamante chegou a piscar para Dom, soprando-lhe um beijo e acenando.

Corayne parou de olhar para as barracas e começou a olhar para os rostos, na esperança de localizar quem quer que Sorasa pretendesse recrutar para sua busca. Corayne quase parou diante de um homem ibalete com a expressão similar à de Sorasa, um cinturão cheio de adagas e olhos de falcão. Mas a assassina passou sem olhar duas vezes para ele. Logo, já tinham percorrido a longa extensão da igreja e estavam diante de um altar abandonado. Em vez de um sacerdote monótono recitando as escrituras sagradas, um par de cachorros descansava ali, arfando e babando ao sorrir.

— Eles estão aqui? Chegamos tarde demais? — Corayne perguntou, olhando para a igreja atrás de si. Alguns olhos os acompanhavam com cuidado. Os mais óbvios pertenciam a dois homens usando vestes longas e cinza, com botas de couro novas. Pareciam ser de uma ordem religiosa, ainda que não houvesse nada de religioso sob aquele teto. — Estamos sendo seguidos — Corayne disse, sem rodeios.

— *Eu* estou sendo seguida — Sorasa corrigiu, com um suspiro, e acenou na direção dos homens. — Mas não é nada. Os Irmãos Crepúsculo são uma piada.

Andry ficou boquiaberto. Olhou de Sorasa para os homens, sem se dar ao trabalho de baixar a voz.

— Os Irmãos Crepúsculo? Eles são assassinos, facínoras...

— E eu sou o quê? Uma leiteira? — Sorasa sorriu, primeiro para Andry e depois para os Irmãos Crepúsculo. Eles desdenharam, dando-lhe as costas e girando as vestes de maneira dramática, o aço por baixo reluzindo, suas espadas à mostra, sem bainha. — Como eu disse, uma piada. Vão esperar até eu ficar sozinha para me fazer outra oferta. Só para que eu possa recusar de novo.

Sorasa não explicou mais.

Dom se importava mais com o calçamento de pedra debaixo deles, liso e desgastado, de que era feito o altar. Ele arrastou a bota por cima.

— Tem mais embaixo de nós — disse, cortante.

— Você não deixa passar nada, Ancião — Sorasa comentou, fazendo sinal para além do altar lascado.

Os cães ofegavam ali atrás, observando-os com olhos insistentes. Andry parou para acariciar um deles.

O escudeiro notou o olhar de Corayne e deu de ombros.

— Um cão criminoso ainda é um cão.

Havia uma escada estreita escondida mais atrás, entre a parede e o altar. Outra imagem de Tiber, com moedas jorrando da boca, assomava sobre os degraus. Sorasa deu um tapinha no nariz dele, com familiaridade, enquanto descia. Corayne a imitou, esperando ser abençoada assim.

Uma câmara quadrada, que já fora uma cripta, se abriu lá embaixo. Três paredes tinham cavidades retangulares compridas, sepulturas para caixões. Por sorte, estavam vazias. Corayne engoliu em seco. As sepulturas a desencorajavam, mas pelo menos nenhum esqueleto olhava de soslaio sob a luz fraca.

Na única parede lisa, uma única tocha queimava, desalinhada em relação ao centro sobre o tijolo e a argamassa. Quando bruxuleou, Corayne distinguiu algo que indicava uma passagem, quase se fundindo à parede, visível apenas pela borda, não totalmente nivelada.

Mas, em vez de ir até lá, Sorasa se dirigiu a uma sepultura, sem hesitar, e bateu os nós dos dedos na parede do fundo. Pelo som, parecia madeira. Depois de um breve segundo, a madeira correu, e um par de olhos surgiu onde um corpo outrora apodrecera.

— Cinco — Sorasa disse para os olhos, depois reservou um momento para confirmar em quantos estavam. Valtik continuava lá em cima. — Quatro. A bruxa está socializando.

— Você conhece as regras. Não mais que dois — foi a resposta rouca.

Os olhos se agitaram. Eram verdes e úmidos, cercados por uma pele rosada e gorda.

Sorasa se inclinou para mais perto.

— Desde quando regras significam alguma coisa por aqui?

Antes que os olhos respondessem, uma voz de homem soou atrás da abertura:

— É Sarn que estou ouvindo?

Os olhos se reviraram. Antes que Sorasa pudesse dizer algo mais, o painel de madeira voltou ao lugar, fechando a abertura.

Dom soltou uma risada baixa.

— Você tem esse efeito na maioria das pessoas.

Ouviu-se um rangido, uma engrenagem girando em algum lugar da parede e travas se abrindo. Corayne se sobressaltou quando a porta na parede de tijolos abriu para fora, pesada nas grandes dobradiças de ferro. A câmara adiante era comprida e estava bem iluminada por tochas e pelo sol.

Sorasa sorriu para o Ancião, seu rosto tão perto do dele quanto possível.

— Tenho mesmo — ela disse, entrando com passos animados.

A cripta original se estendia pelo comprimento da igreja acima, repleta de colunas grossas e altas, além de janelas simples para deixar um pouco de luz natural entrar. A luz se alterava, azul e branca, conforme as nuvens passavam. Havia mais sepulturas ao longo das paredes, todas ocupadas por engradados, ferramentas e comida, assim como pergaminhos e galões de tintas de cores variadas.

Corayne deu uma olhada, notando blocos de madeira que poderiam servir como carimbos de selos, além de muitos moldes em ferro fundido. Ela estreitou os olhos.

Estamos na oficina de um falsificador.

— Charlon Armont — Sorasa disse, aproximando-se do jovem atarracado que estava debruçado em uma bancada de trabalho. Ela disse o nome dele com o sotaque madrentino característico, com descidas rápidas nas palavras. — É ótimo ver você.

Ele levantou o rosto. Tinha um dos olhos amplificado por uma lupa. O outro era castanho-escuro, como seu cabelo grosso preso em uma trança apertada para não cair no rosto. Ele se endireitou, revelando o tronco de um homem forte, com ombros largos e arredondados. Tinha a constituição de um trabalhador braçal, firme como uma parede. Mas suas mãos eram finas, delicadas e habilidosas. Sua pele era clara de um jeito pouco natural, como se passasse a maior parte do dia na cripta. *Como deve fazer mesmo*, Corayne pensou.

— Não minta, Sarn. Você é boa demais nisso, me irrita — ele disse, baixando a lupa, que ficou pendurada no cordão em seu pescoço. Sem nem olhar, ele guardou em uma caixa os papéis que manuseava, escondendo o conteúdo. Corayne tentou dar uma espiada, mas ele foi rápido demais. — Não é do seu feitio vir acompanhada. Principalmente por esse tipo de gente — acrescentou, avaliando o restante do grupo, um por um. A curiosidade cada vez crescia mais em seu olhar.

Corayne também avaliou o homem. Armont não parecia ter mais do que vinte anos. Seu rosto estava livre de rugas e sua pele era lisa como mármore, da cor do leite com mel.

Sua assistente, dona dos olhos verdes, também estava ali. Era pequena e tinha cabelo arrepiado, cor de areia. Ela saiu depois que Charlon a dispensou com um aceno de cabeça. A porta de tijolos se fechou, as engrenagens acima totalmente visíveis. Tinha até cadeados e uma barra larga para segurá-la.

Ele parece pronto para um cerco, Corayne pensou.

— São tempos estranhos — Sorasa disse, à guisa de resposta, com as mãos bem abertas. Suas palmas eram tão tatuadas quanto seus dedos. Na direita, tinha um sol; na esquerda, uma lua crescente.

Charlon assentiu, tirando a lupa do pescoço e guardando no cinto de ferramentas que envolvia seu quadril largo. Parecia um touro. *Um touro bastante nervoso.*

— Boatos estranhos circulam mesmo.

— Que tipo de boatos? — Corayne perguntou, cortante.

Parecia que estava de volta a Lemarta, ouvindo marujos trocando histórias na taberna, ou comerciantes no mercado. Queria cravar os dentes naquilo, tirar algo de útil do absurdo. No passado, teria agarrado um comentário sobre um navio transportando moedas. Agora, talvez conseguisse indícios do destino seguinte de Taristan, ou do seu trajeto até então. *Onde abrirá o próximo Fuso, ou quais já abriu. Que novos perigos espreitam no horizonte, esperando por nós ou qualquer outra pessoa que for pega no fogo cruzado.*

Charlon olhou para ela, que olhou para ele sem recuar.

— Sobre tempestades fora de época — ele respondeu. — Vilarejos em silêncio. Tropas gallandesas se deslocando, embora não se saiba de nenhuma guerra. Navios encalhando no mar — ele acrescentou, levando a mão ao queixo. As pontas de seus dedos estavam manchadas de um azul-escuro opaco. *Anos de tinta.* — Um deles chegou se arrastando hoje de manhã, com o casco quase partido em dois. Além de todo o rebuliço porque a rainha de Galland se casou com um qualquer, sem ouro ou um castelo.

O rosto de Corayne se contraiu. *Mas com um exército.*

— As notícias certamente chegam rápido aqui — Andry disse, sem muita firmeza. — Aliás, sou Andry Trelland — acrescentou, estendendo a mão.

Charlon não retribuiu o gesto, incomodado com a educação do rapaz.

— Bom para você — murmurou. — O que posso dizer? Somos um povo da esfera. Gostamos de estar informados. Não é verdade, Sarn?

Um canto da boca de Sorasa se retorceu, entregando um sorriso.

— Se estiver atrás de informações, é só vir a Adira.

— E estar preparado para pagar — Charlon completou. — Bem, do que você precisa? — Ele apontou para as sepulturas vazias com a mão manchada de azul. — Tenho alguns selos novos feitos para os duques siscarianos. Com a confusão em Rhashir, tive acesso a uma prensa singolhi genuína. Não sai barato, mas é fácil. Você pode imprimir suas próprias notas rhashiranas. Trocar dinheiro por ouro ou terra antes que o Tesouro perceba.

Corayne percebeu que estava boquiaberta. *Uma prensa do banco de Singhola, o Tesouro de Rhashir. Selos nobres.* E, com base na vasta coleção de tinta, papel, penas e cera estocada ali, muito mais. *Ele provavelmente poderia fabricar cartas de comércio, autorização para corsários de todas as coroas do mar Longo, ordens seladas com cera. Tão bons quanto um escudo para qualquer navio, contrabandista ou pirata na água.* Quando Corayne voltou a olhar para as prateleiras, suas mãos tremeram. Ela viu o símbolo da marinha tyresa, uma sereia segurando uma espada. *Um selo desses na cera azul e minha mãe poderia executar qualquer bloqueio de frota ou entrar em qualquer porto sem nem piscar.*

— Gostou de alguma coisa? — Charlon acompanhou seu olhar, dando um passo para perto dela, e estreitou os olhos. — Se tiver dinheiro, tenho os meios.

Só então Dom se moveu, assomando sobre os dois. O robusto Charlon ergueu o queixo para cima.

— Você deve ter dinheiro, com um guarda-costas assim — ele comentou, nervoso.

— Não viemos atrás de selos ou falsificações — Sorasa disse, cortante, voltando à tarefa que tinham em mãos. — Viemos atrás de *você*.

Charlon soltou uma risada seca e agitou um dedo para ela.

— São tempos estranhos mesmo. Acho que nunca tinha ouvido você contar uma piada.

— Não é piada, senhor — Corayne disse, afastando-se da parede de selos de ferro.

— "Senhor" — ele repetiu, rindo. De novo, Charlon fez um gesto para Sorasa, como se a repreendesse. — Bem, vai explicar do que se trata? Para que eu possa lhe dizer de novo por que nunca poderei deixar as muralhas desta cidade?

Sorasa não hesitou. Já tinha aberto a boca para se explicar quando Corayne sentiu um arrepio descendo pela espinha. Depois de engolir em seco, ela ergueu a mão, interrompendo a assassina, tirou o manto e disse:

— Deixe comigo.

Demorou um pouco, mas conseguiu desafivelar a espada. *Estou melhorando.* Charlon arregalou os olhos quando Corayne desembainhou a espada de Fuso. Ainda era pesada demais para ela, e suas mãos tremeram ao empunhá-la, mas já estava mais familiarizada com a sensação. *A espada do meu pai.*

Mesmo na cripta do falsificador, o aço emitia um brilho estranho, gravado e marcado por uma esfera perdida. Alimentava-se da luz subterrânea, ficando mais clara enquanto o restante da câmara escurecia, até se tornar a única coisa no mundo de Corayne, um espelho de chamas frias. Quando ela finalmente voltou a si, notou que Charlon encarava a espada com a mesma intensidade, analisando a lâmina com seu olhar treinado. Ele era um artesão. Sabia reconhecer um trabalho delicado, intricado e antigo.

— Não se trata de aço comum — ele disse, baixinho. Não deu um passo adiante nem estendeu a mão, embora certamente essa parecesse ser sua vontade. — Não é trequiano. Não é ancião.

Seus olhos se voltaram a Dom, as engrenagens claramente trabalhando.

Corayne balançou a cabeça.

— É uma espada de Fuso — ela murmurou, e o rosto dele ficou ainda mais branco do que parecia possível. — Forjada em uma esfera esquecida, terra dos meus ancestrais.

— Você é da linhagem do Velho Cór. — Charlon tirou os olhos da espada para encarar Corayne. — Tem sangue de Fuso.

Ela retribuiu seu olhar.

— Sim.

— Não restaram muitos de vocês na Ala — ele disse.

Corayne franziu os lábios e voltou a embainhar a espada. A lâmina cantarolou ao deslizar no couro.

— Não restará muitos de linhagem nenhuma na Ala se fracassarmos.

— O quê? — Charlon perguntou, com um sorriso ainda no rosto.

Corayne visualizou Taristan, assomando sobre ela, tentando pegar a espada, sem se preocupar com nada além do próprio desejo. Na cabeça da garota, as cicatrizes azuis estendiam-se pela bochecha dele, a única marca em sua pele clara. Ela queria despedaçá-lo, expulsá-lo da Ala e de seus medos.

— Você está certo. A rainha de Galland se casou com um homem sem título, aparentemente sem propósito — Corayne disse, direta. — Sem propósito a não ser a destruição de Todala, da esfera inteira, destroçada pelos Fusos. Queimada, derrubada e conquistada, aos pés da rainha, dele e do Porvir.

Ela podia sentir o cheiro de novo, dos cadáveres, mesmo que tivessem sido apenas emissões de Valtik. Ecos de uma ameaça real. Como a presença vermelha em seus sonhos, movendo-se pelas sombras. Corayne sentia seu peso, sua pegada se apertando enquanto ela pensava no Porvir e na influência crescente d'Ele na esfera. Se Charlon conseguia ver o terror em sua expressão, ela não sabia. Mas ela o via nos outros: no brilho dos olhos de Andry, na boca franzida de Dom, na máscara que Sorasa baixava sobre o rosto para esconder seu fluxo de emoções.

O falsificador tamborilou os dedos em sua bancada, com um sorriso congelado no rosto. Ela achou que ele fosse rir. Mas ele apenas olhou para o rosto dos outros, notando o medo em cada um.

— Ah, é só isso?

★

Depois de ouvir o que Corayne tinha a dizer sobre o tio, seu alerta sobre um vilão de histórias infantis habitando a realidade, e, para completar, as recordações de Dom e Andry da batalha no templo, Charlon precisava de ar. Ele atravessou a Mão do Sacerdote com passadas obstinadas até chegar à rua. Conduziu-os para a água, resmungando consigo mesmo e olhando feio para Sorasa, que recebia aquilo com indiferença. Valtik se juntara a eles em algum momento ainda dentro da igreja, o cheiro frio em seu encalço.

— Quem é essa? — Charlon perguntou, olhando para a bruxa.
— Nem queira saber — todos disseram, em uníssono.

Começou a garoar. A névoa subiu a colina e entrou na cidade. Quando eles chegaram ao porto, uma cortina cinza se arrastava pela baía, engolindo os navios ancorados em águas mais profundas. Apesar do clima, as ruas se enchiam de gente ao fim do dia, e as docas cuspiam marujos.

O porto de Adira se projetava sobre a água, as tábuas grossas unidas por pregos formando uma praça. Ligava a península principal e um grupo de ilhas rochosas, cada uma delas menor que uma catedral. As ilhas também abrigavam construções. A cúpula bulbosa de uma era laranja-claro, sinal evidente de uma igreja trequiana. Uma paliçada cercava outra, as tábuas pintadas de um tom pastel de azul, com nós em verde e branco. *Símbolos jydeses.* Charlon os conduziu até uma ilha nivelada, coroada por um jardim verdejante e um campanário pequeno, com bandeirolas em branco e amarelo-dourado estendidas de um telhado a outro.

Um distrito ishei. O coração de Corayne bateu duas vezes mais rápido. Isheida ficava nos limites do mapa, no fim da Ala, mais além das antigas fronteiras do Cór. Nem mesmo Mel Infernal já havia pisado ali, porque suas terras irregulares ficavam distantes das marés do mar Longo.

A ilha cheirava a flores doces e carne cozinhando, o que era atenuado por um forte aroma de chá. Isheida controlava as montanhas e a Coroa de Neve, um reino de picos ao norte de Rhashir. O local era ponto de encontro de alguns marujos, que trocavam notícias diante das vendas de refeições e chá. Também havia sacerdotes ali, com vestes brancas e cabelo brilhante, comprido e liso, descendo pelas costas. Todos pareciam banhados pelo luar, mesmo sob as nuvens cinza. Os isheis tinham maçãs do rosto altas e chatas, além de olhos escuros. O rosto deles variava em cor, entre porcelana, bronze e crepúsculo, mas todos tinham cabelo preto, cílios compridos e sorriso fácil. Corayne ficou encarando, incapaz de controlar sua estupefação. Ela não falava ishei, mas poderia ficar ouvindo-os a tarde toda, tomando notas. Sorasa quase teve que arrastá-la pelo colarinho.

Para deleite de Corayne, Charlon entrou em uma casa de chá, cumprimentando animadamente os donos. Ele devia ser um cliente assíduo. As três outras pessoas ali, duas isheis e uma ibalete envolta em seda, acenaram com a cabeça sentadas no longo balcão no meio da loja.

Pela primeira vez desde que pisara em Adira, Andry parecia tranquilo, embalado pelo cheiro do chá sendo preparado. Ele relaxou quando se sentaram, encostando-se na parede resistente. Com a chuva lá fora, a casa de chá se transformava em um casulo de calor, e Corayne se sentia tão aliviada quanto o escudeiro parecia. Antes que pensasse em pedir alguma coisa, já havia uma xícara em sua mão e um bule na mesa, fumegando gentilmente.

Charlon pegou do vaso uma flor com pétalas azuis em formato de estrela e a esmagou, acrescentando ao chá antes de tomá-lo.

— Então a esfera está à beira da destruição. Pode até já ter dado o último passo. E, por alguma razão, vocês precisam que eu me junte a esse... — Ele olhou para os outros. Daquela vez, seu escrutínio pareceu um insulto. — A esse alegre bando de heróis?

Sorasa riu com o chá na boca.

— A bruxa disse sete — Corayne comentou. — Sorasa nos guiou até você. Confio no julgamento dela.

Foi a vez de Dom rir. O Ancião não sabia muito bem como fazer aquilo, e acabou produzindo um rosnado.

— Ainda não entendi muito bem essa história da bruxa — Charlon disse, olhando para a rua pela vitrine da casa de chá.

Valtik não havia entrado, preferindo ficar na calçada, recolhendo água da chuva numa xícara vazia.

— Nem nós — Dom respondeu.

Charlon tomou outro gole de chá.

— E você, Ancião? O que acha?

— Já estamos em número suficiente — Dom disse, rígido. — Acho até que poderíamos dispensar uma pessoa.

— Uma família grande e feliz — comentou o jovem, rindo. — Bem, independente de como eu seria necessário para o que quer que estejam planejando...

— Fechar o próximo Fuso que for aberto — Corayne interrompeu.

— Onde quer que seja — Andry completou, quase sussurrando.

Ele olhou para Corayne, sem agressividade nos olhos, mas também sem arrependimento. Ela se sentiu dividida entre se irritar e concordar. Ainda havia tanto que eles não sabiam, um caminho tão longo a percorrer.

Mas não podemos nos assustar com o tamanho da empreitada, ou não faremos nada.

— Tenho um motivo para estar em Adira. — Charlon colocou as mãos na mesa, batendo um dedo na madeira com veemência. Ele parecia normal fora da cripta, sem nada que chamasse atenção. Era quase fácil esquecer sua oficina cheia de selos e tintas, seus dedos manchados de azul. — Ausência de lei significa ausência de coroa. Ausência de recompensa. Posso ter meu pescoço cortado esta noite, mas ninguém vai me arrastar para fora daqui e me levar de volta ao território de uma coroa para encarar julgamento ou execução. Adira é sua própria dona, e suas ruas se voltam contra qualquer um que se volte contra ela. Estou seguro aqui. Posso fechar os olhos sem temer que aquela loba temurana me ataque.

Andry inclinou a cabeça.

— Loba temurana?

— Posso dar conta de Sigil — Sorasa disse antes que Charlon pudesse explicar.

Sigil?

Charlon estalou os lábios, debochando.

— Por mais que eu fosse gostar de ver isso, prefiro não arriscar minha cabeça. Vou estar acorrentado antes do pôr do sol, a caminho da forca de qualquer que seja o reino que pagar melhor.

— Seria uma longa lista — Sorasa disse, sem se deixar impressionar.

Ela parecia desconfortável em seu assento, voltada para o salão. Sempre uma assassina, esperando por um ataque ou planejando o seu. Aquilo deixava Corayne tensa.

— Orgulhar-se do próprio trabalho é uma coisa boa — Charlon disse, dando de ombros. — E eu gostaria de continuar trabalhando, o que não serei capaz de fazer se perder a cabeça. Não colocarei um pé para fora destas muralhas.

— Realmente acha que Sigil de Temurijon está acampada no pântano, esperando gente da sua laia? Você se tem em altíssima conta, Charlie. — A assassina soltou uma risada fria e cortante. — Ela é a maior caçadora de recompensas da esfera. Da última vez que ouvi falar em seu nome, estava perseguindo bandidos para o príncipe coroado de Kasa, aterrorizando a floresta dos Arco-Íris. A um mundo de distância.

Parte da tensão nos ombros de Charlon se dissipou.

Ele está certo, Corayne pensou, à sombra do triunfo. *Sorasa mente muito bem.*

— Mas sei de alguém que está esperando por você — a assassina acrescentou, baixando a voz.

Seus olhos vagaram, indo do rosto para as mãos de Charlon, que se cerraram sobre a mesa, os nós dos dedos se destacando em branco.

— Não faça isso, Sarn — ele grunhiu, lembrando a Corayne um touro novamente. Daquela vez, um touro que via uma bandeira vermelha sendo agitada à sua frente. — Não fale nele.

Sorasa não se deteve.

— Se a Ala queimar, o mesmo acontecerá com ele.

Uma tensão ficou clara nos olhos de Charlon. Ele arreganhou os dentes.

— Não toque no nome de Garion — grunhiu, de repente parecendo tão perigoso quanto qualquer outro criminoso de Adira.

Sorasa seguiu em frente, como uma predadora sentindo o cheiro da presa.

— Eu o vi, sabia? Em Byllskos.

Charlon ficou pálido, e suas bochechas já brancas pareceram alabastro.

— Ele estava bem? — Charlon murmurou, inclinando-se na direção da assassina.

Corayne viu o desespero nele, nítido como a chuva que caía lá fora. Quem quer que fosse Garion, era muito importante para o falsificador.

— Bem como sempre — Sorasa disse, fazendo um movimento de desdém. — Vaidoso, orgulhoso demais. Enfurecido comigo por roubar seu trabalho.

A tensão se dissipou, e ele assentiu. Seu olhar letal havia desaparecido, recolhendo-se como uma cortina.

— Isso é bom — ele disse, em voz baixa, passando um dedo pelos lábios. — Imagino que você não possa... convencê-lo a se juntar à empreitada também?

Foi a vez de Sorasa enrijecer.

— Isso é algo que não posso mais fazer.

— Muito bem — Charlon disse, com os olhos na mesa. — Muito bem. — Então olhou para Corayne, e perguntou, com a voz forte de novo: — O que você acha, garota do Cór?

Corayne piscou, pega de surpresa.

— De tudo isso — ele explicou. — Sua jornada para salvar a esfera e meu papel nela.

Ela sentiu a espada nas costas, o aço e o couro frios. A maior parte do tempo era peso morto, uma âncora. Mas naquele momento era reconfortante, e ela forçou o corpo contra a espada, na esperança de contaminar seus ossos com um pouco do aço.

Corayne levantou a cabeça, jogando a trança preta para trás.

— Acho que estamos sendo perseguidos por um reino e por um demônio. Não há muito que você possa fazer quanto ao demônio. — *O caminho ainda é longo, mas não posso olhar para a frente, nem para trás.* — Mas quanto ao reino, quanto ao exército... seria bom ter alguém como você para facilitar nosso avanço.

Aquilo pareceu agradar Charlon. Ele se recostou no assento e bateu palmas uma única vez.

— Até o fim do dia, conseguirei documentos de trânsito para vocês. Selos de envios diplomáticos. Passes de viagem. O portão de nenhuma cidade e nenhum palácio ficará fechado para vocês; nenhuma patrulha ousará pará-los. A rainha teria que ordenar pessoalmente sua prisão. Mas tudo tem um preço, é claro — ele acrescentou, olhando para Dom.

O Ancião franziu a testa.

— Terei vendido toda a Iona ao fim desta missão.

— Mas de que serve Iona enquanto um Fuso queima no ermo? Ou *dois* Fusos? — Charlon acrescentou, externando a pergunta que todos se faziam. — De que servirei eu?

Sorasa não parecia compartilhar do mesmo sentimento.

— Vamos descobrir.

— Mas eu não vou — Charlon acrescentou, cortante. — E vocês nem sabem para onde ir!

— Deixe isso conosco — Corayne se ouviu dizendo.

Deixe isso comigo.

Centímetro a centímetro, as pontas soltas estavam se juntando. Ela só precisava transformá-las em algo que fizesse sentido, em uma indicação simples.

Corayne sentiu os olhos de cobre em chamas de Sorasa. A assassina não sorria, mas expressava vitória. Estendeu o braço sobre a mesa e pegou o ombro de Charlon.

— Eu estaria aqui se não fosse sério? — ela murmurou, inclinando-se para que ele não conseguisse ver mais nada. Sua voz baixou uma oitava e soou mais severa. — Eu arriscaria minha vida por alguma coisa além do fim do mundo?

O falsificador cerrou os dentes.

— Não, não arriscaria — ele disse, com peso, depois ficou em silêncio.

Sorasa o deixou pensar, deu-lhe um longo momento para tomar sua decisão.

— E quanto a Garion? Ele deve ser alertado.

A assassina se segurou para não sorrir.

— Entre nós dois, tenho certeza de que conseguiremos pensar em uma maneira de fazer a mensagem chegar a ele. Garion não se esforça muito para não deixar rastros.

Um canto da boca de Charlon se ergueu.

— Não mesmo.

— Ajudo você a se aprontar, Charlie — ela disse, dando um tapinha em suas costas para que ele se levantasse.

Na rua, a chuva caía.

— Aposto que sim, Sarn.

Corayne e os outros ficaram na casa de chá, inclinados sobre um bule que nunca parecia esvaziar. O proprietário ishei era um homem diligente, com mãos rápidas. Andry ficou feliz em conversar discretamente com ele sobre chá. Que tipo de especiarias e raízes os isheis usavam para aliviar o peito ou estimular o sono? Por cima de sua xícara, Corayne observava os dois animados.

Ele não se encaixa conosco, por mais que tente. O fim do mundo não é lugar para Andry Trelland. Ele não o merece.

O escudeiro sentiu que ela o examinava e olhou para trás. Os pelos de seus braços — braços tonificados e magros, musculosos devido aos anos de trabalho como escudeiro e treinamento com espada — se arrepiaram. Ele os alisou, usando os dedos.

— O que foi? — Andry murmurou, olhando para Corayne.

Ela apertou a xícara mais forte, tentando fazer com que o calor passasse para seu corpo. Houve um embate com o frio que descia por sua coluna. Corayne balançou a cabeça.

A casa de chá estava silenciosa e tranquila. Até demais para o gosto dela. Corayne queria barulho, atividade. Queria ver e ouvir o que estava acontecendo.

— O mar Longo é tranquilo no verão — ela disse afinal, relembrando as palavras de Charlon ainda na cripta. — Há poucas tempestades, mas naufrágios? Barcos encalhados? Impossível. Não há recifes, não há bancos de areia. E aquilo que Charlon disse sobre soldados gallandeses se deslocando? Para onde estão indo? Por que Erida os mandaria para além das próprias fronteiras?

— Bem, ela está atrás de nós — Andry sugeriu.

— Duvido que esteja nos procurando no lugar errado. Não chega a ser difícil nos seguir, e ficou claro que estávamos indo para determinada direção. — *Seguimos para oeste. Mas para onde estão indo os exércitos?* A mente dela pegou fogo, chamas saltavam das brasas sempre acesas. — Ela mandou soldados atrás de nós, só que há mais em outros lugares. Procurando por algo. Ou *protegendo* algo. Talvez ambas as coisas.

Dom pegou a xícara com tanta força que uma rachadura surgiu na lateral da louça, como um raio preto.

— O segundo Fuso.

— Talvez.

Corayne passou a mão pelo cabelo, exasperada. Era como perseguir o pôr do sol. Impossível, inatingível, mesmo que no navio ou no cavalo mais rápidos de todos. Algo roçou as pontas de seus dedos antes de voltar a dançar para além de seu alcance.

— Valtik? — ela disse, erguendo a voz para que a bruxa, ainda olhando para o céu de chuva, pudesse ouvi-la. A mulher remexeu a água que havia na xícara. — O que dizem os ossos?

A velha respondeu em jydês, falando alto, rápido e embolado demais para que Corayne compreendesse ou mesmo captasse alguma palavra. Parecia uma melodia, cujo ritmo era tranquilizador. *E inútil.*

Corayne bufou e fez menção de se levantar.

— Valtik...

Outra rajada de jydês a cortou. Proferida não com a voz da velha, mas com uma voz estrondosa. Grave, masculina, alegre. *Familiar.*

Corayne voltou a afundar no assento com um baque dolorido, as pernas batendo no banco duro. Ela baixou o rosto, vestiu o capuz, tentando se fechar tanto quanto possível. De repente, a tranquila casa de chá parecia barulhenta demais, e suas paredes se fechavam sobre ela. Corayne queria desaparecer; e também se levantar e chamar tanta atenção quanto podia. Seu corpo parecia dividido em dois.

Ela sentiu mãos quentes no ombro, os dedos de Andry se fechando no canto de seu manto.

— Corayne, o que aconteceu?

Dom abriu os braços, apoiando as mãos na mesa. Voltou seus olhos de falcão para a porta, pronto para o que quer que fosse. Um assassino, um exército, Taristan em pessoa.

Em vez disso, ali estava Valtik, com seu estranho sorriso no rosto, tagarelando na chuva. Ela levantou o queixo para olhar no rosto de um saqueador jydês careca, cada centímetro de sua pele coberto de cicatrizes ou tatuagens em nós complicados. Ele respondia às rimas dela avidamente.

— O nome dele é Ehjer — Corayne murmurou por baixo do capuz. *Foi recrutado há dez anos e é leal à minha mãe. É um pirata. Um saqueador. Um velho amigo.* — Aquele ao lado dele é Kireem, um navegador gherano do golfo do Tigre.

De fato, havia um homem ao lado de Ehjer, com metade do tamanho dele, usando um tapa-olho cravejado de pedras pretas, com cicatrizes escapando por baixo, suas linhas roxas violentamente escuras contra a pele ocre. *Inteligente como um unicórnio. É capaz de ler as estrelas na mais escura noite.*

Os dois estavam juntos desde que Corayne conseguia lembrar. Relacionamentos entre membros da tripulação eram tolerados, desde que não interferissem no funcionamento do navio, e eles conseguiam manter o equilíbrio. Agora que não se encontravam em serviço, deveriam estar mais relaxados.

Só que Corayne nunca os tinha visto mais tensos.

O jydês passou por Valtik e entrou com o homem de tapa-olho na casa de chá. Eles seguiram direto para o balcão, acomodando-se ali com os outros clientes, de costas para o salão.

— São uma ameaça? — o Ancião murmurou, sem nunca tirar os olhos deles.

Corayne sacudiu a cabeça uma vez.

— Você conhece a tripulação deles — Andry disse, em voz baixa, perto o bastante para que ela sentisse seu calor.

Por baixo do capuz, ela encontrou os olhos grandes e escuros dele, que pareciam piscinas de água parada.

— Tão bem quanto conheço a mim mesma. A *Filha da Tempestade* está aqui — ela sussurrou.

E minha mãe também.

Se eu me levantar agora, eles não vão notar. Posso atravessar a praça e seguir para as docas. Só vou levar um minuto. Ela imaginou suas botas, um passo mais rápido que o outro, pisando sobre as tábuas e subindo no passadiço, rumo aos braços da mãe à sua espera. Haveria gritos, discussão, talvez a porta da cabine da capitã trancada. Mas Meliz an-Amarat estava ali. *Mel Infernal* estava ali. *Podemos ir embora com a maré. Para onde desejarmos. Na direção do perigo ou para longe dele.*

Corayne sabia o que a mãe escolheria para elas.

E seria o fim do mundo.

Ela precisou reunir todas as suas forças para se manter sentada, agarrada à beirada do banco e não sair correndo.

— É melhor sairmos daqui? — Andry perguntou, com a mão no ombro dela de novo.

Corayne não respondeu, mantendo os olhos fixos nas costas largas do jydês. Ela engoliu em seco e levou o dedo aos lábios, pedindo silêncio.

— Nunca soube que você gostava de chá, Ehj — Kireem disse, sua voz musical, falando primordial com sotaque gherano. Ele tirou o casaco desgastado pelo sal marinho.

Ejher riu com vontade em sua banqueta.

— A tempestade fez minha cabeça latejar como o sino de Volka. Não acho que suportaria hidromel, muito menos o *yss* que servem nas tabernas de Adira — ele disse, sibilando ao pronunciar a praga jydesa. Significava "mijo". Era uma das primeiras palavras que Corayne havia aprendido naquela língua. — Muito obrigada, amigo — ele disse, erguendo a xícara de chá recém-servida para o proprietário. — E o navio, vai sobreviver?

— Perdeu um mastro, o casco quase não se salvou. — Kireem esmagou flores no bule e mexeu devagar. — O que acha?

Perdeu um mastro e quase o casco. O coração de Corayne acelerou. Ela tentou visualizar a orgulhosa e destemida *Filha da Tempestade* se arrastando até o porto, como um animal ferido. *O casco quase partido em dois*, Charlon havia dito, descrevendo um pobre navio de que Corayne mal sentira pena na hora. Mas acabara de mudar de ideia. Passara a temer pela embarcação e pela tripulação. Sob a mesa, seus nós dos dedos ficaram brancos.

Até que seus dedos não estavam mais sobre o banco, e sim tocando a pele de alguém, uma pele mais escura que a dela, fornecendo calor à sua mão entorpecida. Ela apertou a mão de Andry, agradecida.

— Você sabe melhor do que eu — Ehjer soltou, em sua versão estrondosa de um sussurro. — A capitã conta as coisas para você.

— Algumas semanas, se os suprimentos chegarem. Mas com o mar do jeito que está...

— Nunca vi Sarim assim. — Ehjer tomou o chá. — Redemoinhos, trombas-d'água, trovões. Furioso. Como se os deuses guerreassem na água.

Kireem não tocou na própria xícara, mantendo seu único olho fixo no vapor subindo do chá. Ele o acompanhava, paralisado, atordoado.

— Nunca vi nada como aquela *coisa* — ele sibilou.

O navegador estava com Mel Infernal desde que Corayne tinha nascido, e nunca parecera tão perturbado.

— De onde veio? — perguntou o jydês grandalhão, tão agitado quanto ele.

Kireem deu de ombros.

— O devoto aqui é você, Ehj.

— Isso não significa que entendo por que a deusa das águas mandou um monstro para nos devorar.

Rápida como um raio, Corayne desviou os olhos dos membros da tripulação para encarar Dom. Ele já estava olhando para ela, sua boca uma linha fina. *Um monstro. A deusa das águas.* Seu estômago se revirou como o mar raivoso.

Kireem voltou a baixar a voz.

— Você viu o que a capitã arrancou da barriga dele?

— Eu estava ocupado retalhando um tentáculo agarrado a Bruto. A criatura não largava seu pescoço enquanto ele sangrava até a morte.

Os outros clientes da loja claramente ouviam, assim como o proprietário. Todos congelaram, deixando de fingir que não estavam escutando. Corayne teve a sensação de que poderia se esquecer de respirar.

Tentáculo.

— Três ibaletes, marujos da Frota Dourada — Kireem sibilou. Seus dedos se fecharam em torno do pulso de Ehjer, suas unhas parecendo garras. — De armadura marinha e seda tingida, semidevorados. Os três no convés, com as entranhas apodrecidas da criatura.

Ehjer afastou o chá com cuidado.

— Meira das Águas é voraz.

— Não consigo acreditar nisso — Kireem zombou, mas seus olhos diziam o contrário. Estavam arregalados e preocupados, movimentando-se sem controle, procurando em Ehjer uma resposta que não poderia aceitar.

— Você não precisa acreditar. — Ehjer lambeu os lábios e passou os dedos sobre as tatuagens em suas bochechas, acompanhando as firulas da tinta. Aquilo o acalmou um pouco. — *Gud dhala kov, gud hyrla nov*. Os deuses andam onde desejam e fazem o que querem. — Ele voltou a erguer a voz para seu rugido habitual, apontando para o beiral da casa de chá, onde Valtik ainda estava. — Ah, *gaeda*, sente-se, tome um chá — ele disse, acenando para ela. — Conte-me histórias de casa! Preciso desesperadamente disso!

Sem nem olhar para seus compatriotas, Valtik entrou depressa no estabelecimento, com gotas de chuva escorrendo pelas tranças. Corayne não sabia que a velha bruxa podia agir de maneira ainda mais estranha, mas de alguma forma podia, sim. Valtik disse algo em jydês, dando tapinhas nas bochechas de Ehjer e traçando as tatuagens dele.

Era uma boa distração.

Corayne foi depressa para a rua, segurando o capuz com uma das mãos e sentindo a outra fria longe da pele de Andry. Ele e Dom a seguiram em silêncio, mas ela ouviu as perguntas que seus corpos faziam. Procurou respostas, tentando compreender o que tinha ouvido — e qual navio aguardava lá perto, totalmente danificado.

Desentrelace as meadas, ela disse a si mesma, puxando o ar por entre os dentes. *Desate os nós*.

De novo, ela queria correr. Seria fácil encontrar a *Filha da Tempestade*. Maltratada, navegando baixo entre os orgulhosos barcos e galés no porto.

Mel Infernal, Meliz an-Amarat, mãe. Ela queria gritar cada um daqueles nomes para ver qual obteria resposta. *Ela está por perto; posso sentir. Talvez no mercado, atrás de suprimentos. Saindo-se mal sem mim*.

A umidade nas suas bochechas não podia ser da chuva. Gotas de chuva não fariam seus olhos arderem.

As palavras seguintes saíram com dificuldade, como se arrancasse uma faca de seu próprio corpo.

— Sei onde o segundo Fuso está.

24

A LOBA

Domacridhan

DE NOVO, DOM ESTAVA NA COLA DE CORAYNE, engolindo-a em tamanho, enquanto ela fazia compras, trocando as moedas ionianas dele livremente conforme a noite caía sobre Adira. O mercado noturno era animado, florescendo conforme o céu escurecia. Na pressa, Corayne não se dava ao trabalho de regatear. Ela se certificou de que Andry estivesse provido de uma boa espada e uma bainha, e encontrou uma adaga longa e impetuosa para si mesma. A espada de Fuso não lhe era muito útil, pesada demais para suas mãos inábeis. Dom tinha sua espada ioniana, feita pelos vederes centenas de anos antes, seu aço ainda tão afiado quanto no dia em que fora forjada. Ele perdera o arco em Ascal, por isso escolheu outro para si e, depois de muita relutância, outro para Sorasa. O dele estava mais caro, mas era bem-feito, recurvo e de teixo preto. Não era de sua terra natal, mas a madeira fina e ondulada o lembrava de seus vales estreitos e profundos.

Depois das armas, Corayne buscou provisões. Carne-seca, biscoitos duros, odres de vinho fortificante, uma algibeira de sal, feijões, um saco de maçãs. Itens que resistiriam à viagem.

E ao deserto.

A garganta de Dom ficou seca. Ele já podia sentir a areia, arranhando sua pele, fazendo seus olhos arderem. Era filho de Iona, nascido em meio a chuva, névoa e vales verdejantes cheios de vida.

Não gostava do calor e desdenhava de Ibal. Suas dunas parecendo montanhas, o sol furioso e inclemente. Além disso, não queria acompanhar Sarn até sua casa, onde ela se regozijaria com o desconforto dele, se não o agravasse.

Eles voltaram à Mão do Sacerdote na hora certa. Corayne tinha um bom senso de direção e se virara bem nas ruas. Dom se sentia um pouco como um cavalo de carga, transportando seus suprimentos, com bolsas penduradas nos dois ombros. Ele esperara alguma conversa, mas Corayne se manteve em silêncio, à sombra de seu capuz. Aquilo o preocupou, vê-la fechada. Andry se mantinha ao lado de Corayne, tentando tirar algo dela, mas a jovem encerrara todas as tentativas de conversa com poucas palavras cortantes.

Ela não havia diminuído o ritmo, nem mesmo em meio à multidão. Seguia como se algo pudesse pegá-la caso parasse. Olhou para o porto algumas vezes, seus olhos rasos caçando.

Ninguém nos seguiu, Dom queria dizer, caso aquilo tranquilizasse sua mente. Mas até ele sabia do que se tratava. *A Filha da Tempestade está aqui. A galé da mãe dela, com a tripulação da mãe dela. Toda a sua vida, até o momento em que a encontrei.*

Ele poderia ter sugerido que se demorassem um pouco, se houvesse tempo, se a esfera não dependesse de seus próximos passos. *Muitos "se" na equação.* Uma perspectiva opressora para um imortal, cuja vida se estendia por séculos de caminhos não escolhidos. Dom já tinha lidado diversas vezes com o terrível "se". Não podia lidar com os de Corayne também.

Quando eles chegaram, Charlon e Sorasa estavam no jardim, na frente da Mão do Sacerdote, cercados pelos cavalos e uma mula bastante ranzinza. O animal de orelhas compridas franzia a boca enquanto Charlon ajustava os alforjes, guardando outro rolo de pergaminho.

— Eu esperava mais resistência de sua parte — Dom disse para ele —, se é tão perigoso quanto diz.

O perigo, é claro, não passa de punição pelo que parece uma grande variedade de crimes contra uma grande variedade de reinos.

Charlon sorriu em resposta, dando tapinhas na mula.

— Tive a sensação de que Sarn cortaria minha garganta se eu discutisse. E, se Sigil sair mesmo à caça, eu não me importaria de ver as duas tentando se matar. Nem você, imagino. Estou certo, Ancião? Ou prefere que o chame de veder? É esse o termo que vocês usam, não?

— Não tenho preferência — Dom respondeu, a voz fraca.

Ele pensava em deixar Sarn para trás em quase toda curva, mas descobriu que não podia visualizá-la lutando até a morte com uma caçadora de recompensas, muito menos por alguém tão pouco importante quanto Charlon Armont.

A constituição do falsificador era a de um jovem atarracado, com pernas curtas e barriga redonda, os braços estranhamente compridos para seu tamanho. Entre as sacolas com pergaminhos, penas, selos e sinetes, Dom não deixou de vislumbrar uma machadinha e uma espada curta. Sem mencionar um gancho de aparência perniciosa em um laço de corda. Para um acréscimo tardio a uma comitiva tentando salvar o mundo, ele certamente estava bem equipado para o trabalho.

— Gosto de estar preparado — Charlon explicou, notando que Dom olhava.

— Isso é bom. Mas cada curva nesse caminho se provou imprevisível.

Cada passo desde Iona, desde que a monarca me enviou rumo às sombras anunciando a condenação iminente. Dom quase se lançou sobre a sela para afastar as recordações, dando um solavanco no cavalo. O manto caía sobre seus ombros. *Não cheira mais ao lar, a chuva limpa e pedra velha.*

O jardim da Mão do Sacerdote já tinha sido um cemitério, mas a maioria das lápides foi arrancada, como dentes podres. O lugar servia como ponto de encontro do mercado, e o tráfego ali era intenso. Dom ouviu Corayne, por mais baixo que tivesse falado.

Ela estava perto da cerca torta, olhando para Sorasa, que já havia montado.

— O segundo Fuso está em Ibal — Corayne sussurrou.

A assassina se inclinou para falar com a menina. Para confusão de Dom, Sarn não sorriu ou pareceu satisfeita. Seus olhos cor de cobre se anuviaram. Ela cerrou os dentes.

— Como pode ter certeza?

— Eu tenho — foi tudo o que Corayne disse em resposta, com uma voz férrea.

Dom não pôde ver seu rosto, uma vez que Corayne estava de costas e com o capuz erguido. Então avaliou o de Sarn, a testa franzida e o olhar tenso, questionador. Ela titubeou, atrás de qualquer receio em Corayne. Dom não colocaria sua vida nem a de ninguém nas mãos de Sorasa Sarn. Mas confiava que a assassina garantiria a própria sobrevivência. Sarn não se arriscava, não sem motivo.

— Muito bem — ela murmurou, apertando as rédeas até que o cavalo se mexesse. — Vamos para oeste e paramos na encruzilhada antes de encontrar passagem pelo mar Longo.

O rosto de Dom se contraiu ao pensar em outra viagem, principalmente com tamanha proximidade daquele bando cada vez maior de viajantes maltrapilhos.

Pelo menos não vou passar essa debaixo do convés, como um cadáver em uma tumba flutuante, ele pensou.

— Conseguiremos passagem aqui — Corayne sibilou de volta. Ela olhou para trás por um segundo, de novo na direção do porto. Seus olhos brilharam. — Há muitos navios.

— Você disse que confia no meu julgamento. Pois continue confiando. Vamos para o sul dentro de alguns dias, estaremos na areia tão rápido quanto o vento nos levar.

Havia algo na voz de Sarn que Dom nunca tinha ouvido. Nos muitos dias desde que a encontrara em Byllskos, já a vira frustrada, irritada, cansada, furiosa e principalmente entediada. Mas nunca desesperada. *Ela está desesperada agora*, ele se deu conta, ao ler os movimentos cuidadosamente mascarados de seu rosto. Contra sua vontade, o imortal a conhecia bem o bastante para notar seus lábios contraídos, a mandíbula cerrada, o estreitamento mínimo de seus olhos de tigre.

— Está bem — Corayne disse, dando meia-volta.

Quando montou no cavalo, com os alforjes cheios a ponto de estourar, suas bochechas douradas já estavam pálidas como a lua.

Se de medo ou frustração, Dom não sabia. *É impossível compreender os mortais, principalmente Sorasa Sarn.*

Ele posicionou sua montaria ao lado da assassina conforme avançavam pelo antigo cemitério. A princípio, ela não notou sua presença, porque estava concentrada em verificar seus alforjes repetidamente. Dom a viu sacar muitos objetos de aço e bronze, além de pequenos pacotes que reconhecia vagamente. Alguns azuis, outros verdes, outro um quadradinho preto coberto em escrita ishei. Ela claramente tinha feito seu próprio estoque de suprimentos.

Quando eles chegaram ao portão de Adira, ela bufou.

— Diga logo o que quer dizer, Ancião.

A sensação foi de vitória. Um canto da boca de Dom se curvou em um sorriso. Ele olhou para Charlon, que balançava em sua mula alguns metros adiante, firmemente entre Andry e Valtik, embora não gostasse da companhia de nenhum dos dois.

Dom apontou com o queixo para o falsificador.

— Você está usando aquele jovem como isca.

A intenção era que fosse um insulto, mas Sarn recebeu como tudo menos aquilo.

— Está começando a entender, é? — ela disse, batendo os calcanhares contra o dorso do cavalo em meio ao pântano.

★

Larsia era um mar de grama alta e amarelada, com colinas suaves e terra pobre demais para o plantio. Quando a noite caiu, os olhos de Dom notaram as terras vazias e inclinadas, sem florestas ou fazendas, quase estéreis. O vazio o incomodava. Uma pontada de anseio percorreu seu corpo. Ele nunca tinha estado tão a oeste. As viagens de sua longa vida o haviam levado apenas até a fronteira gallandesa. Seus dias não eram os mesmos sob o sol mais duro de terras distantes, longe de casa. Ele sentia falta dos bosques, dos vales, dos rios cheios de chuva e neve derretida. Um cervo sob os ramos de um teixo, sua galhada indistinguível deles. A velha pedra cinza de Tíarma, o orgulhoso cume despontando da névoa, as janelas parecendo olhos brilhando.

A monarca em suas vestes prateadas, acenando do portão. Ridha, sorrindo no jardim do estábulo, sem armadura, a espada desnecessária, esquecida.

Voltarei a vê-las?

As estrelas acima não responderam, veladas por nuvens e incerteza.

A estrada do Cór ainda era perigosa demais. Eles seguiram por um caminho de terra, mais antigo que o império, sulcado por um século de tráfego de carroças. Cada passo os levava para mais longe de Ascal e das terras da rainha. Ainda assim, Dom voltou a sentir a respiração de Taristan em seu pescoço, e a ouvir sua voz odiosa e exultante.

Devo matá-la na sua frente também?

O couro das rédeas estalava nas mãos de Dom, ameaçando se romper. Ele queria que aquilo acontecesse, para sentir algo que não fosse seu próprio coração se desfazendo.

O sol se levantava e se punha, e eles continuavam cavalgando, cansados e com olheiras. Os outros cochilavam, a cabeça balançando ao ritmo do cavalo. Todos menos Corayne. As horas se passavam, a alvorada se transformava em dia, e ela não dormia. Sua pulsação estava inquieta. A espada era como uma gárgula em suas costas, deformada sob o manto. Pressionando-a para a frente.

Dom queria pegar dela, para aliviar seu fardo. Reivindicar o que quer que restasse do pai dela na Ala.

Não deve ser você a empunhá-la, ele se repreendeu com veemência. Dom ansiou pelas perguntas de Corayne ou pelos comentários simpáticos de Andry. Pelas réplicas mordazes de Sarn, rápidas e afiadas, como o chicote enrolado em sua sela. Até mesmo as rimas de Valtik, por mais irritantes que fossem, seriam melhores que seus próprios pensamentos.

Não havia assentamentos tão perto da fronteira. Todos haviam sido destruídos ou abandonados em muitos séculos de escaramuças. Dom não avistava nenhum vilarejo ou castelo no horizonte. Foi só à tarde, quando o sol mergulhava na direção do cume distante das montanhas da Ala, que ele viu uma mancha ao longe — um rastro de fumaça. *Uma taberna ou hospedaria*, concluiu quando pôde enxergar melhor, o telhado de palha e a chaminé de alvenaria contrastando com o céu. Tinha a forma de uma ferradura, no encontro de dois caminhos. *Uma encruzilhada.*

A um quilômetro de distância, o cheiro azedo de cerveja fez seu nariz se franzir. *Acho que não vou gostar disso*, ele pensou conforme se aproximavam e o sol se escondia nas montanhas.

Quando Sarn os conduziu porta adentro, ele soube que não havia se enganado.

O interior da taberna apresentava um contraste notável com a estrada vazia e a paisagem erma. Todo tipo de gente se reunia no salão barulhento: viajantes e mercadores, sacerdotes e andarilhos, cujos caminhos se cruzavam como o das trilhas do lado de fora. A julgar pelo estábulo cheio, era uma noite movimentada. O taberneiro não diminuiu o ritmo de trabalho quando eles entraram, mal olhando para o estranho grupo.

Naquela parte do mundo, onde o leste e o oeste começavam a entrar em choque, era difícil parecer deslocado, até mesmo para eles. Um veder imortal, uma bruxa jydesa, uma assassina de olhos cor de cobre, um escudeiro real, um criminoso em fuga e a filha de uma pirata — a esperança da Ala. *Que grupo desconjuntado somos*, Dom pensou, enquanto Sarn rumava para um canto do salão.

O olhar dela e o tamanho de Dom foram o bastante para que os clientes ali procurassem outro lugar, abrindo-lhes espaço. Apertado demais para o gosto de Dom, de modo que ele preferiu se recostar à parede, sentindo-se uma estátua e desejando que fosse de fato.

Corayne baixou o capuz ao se sentar, enfiando-se no canto estreito entre a mesa e a parede. Ela se encostou, tirando um pouco do peso da espada de seus ombros.

Dom imaginou que Andry fosse se sentar ao lado dela, a julgar por seus olhares roubados. Mas o escudeiro se pôs ao lado dele, com a expressão bondosa, ainda que sob a sombra da exaustão.

— Como estão suas costelas? — Andry perguntou, olhando para a lateral do corpo de Dom.

A carne havia se curado, não lhe causando mais dor. Mas ele ainda podia sentir a lâmina na pele, cortando ao entrar e ao sair.

— Melhor — era tudo o que Dom podia dizer.

Andry não insistiu, só lhe ofereceu um sorriso tenso.

— Vai ficar uma bela cicatriz.

— Os vederes não ficam com cicatrizes — Dom disse rapidamente, sem nem pensar. Então se lembrou de seu rosto, das linhas longas e irregulares das quais nunca ia se livrar. Armas e monstros dos Fusos eram capaz de ferir a pele vederana de uma forma que ele não conhecia. — Em geral.

Pelo menos não estou sozinho nessa, ele pensou, voltando a se lembrar do rosto de Taristan. As linhas que descem por sua bochecha, abertas por magia jydesa e pela mão de Corayne. *Ele tem cicatrizes como as minhas agora.*

Não era típico do escudeiro Trelland demonstrar inquietação. Mas ele contorcia os dedos e não parava os olhos na mesa ou nem mesmo no bar, para onde qualquer jovem poderia querer ir. Ele olhava para a escada, que fazia uma curva e levava para os quartos no andar de cima.

— Se quiser descansar, ninguém vai impedi-lo — Dom disse com suavidade, olhando para o menino.

Como em Ascal, Andry estava dividido entre o dever e o desejo. *O escudeiro vai marchar, lutar e seguir em frente até cair. Até que alguém lhe dê permissão para ficar para trás, para ser um pouco menos forte.*

Dom sentiu uma queimação no peito quando se lembrou de Cortael naquela idade, com a mesma determinação obstinada e às vezes equivocada.

— Você não será útil para ninguém se estiver semiadormecido, Trelland — Dom acrescentou, levando a mão ao ombro do escudeiro. — Acordarei você se houver algum problema.

Uma onda de alívio percorreu o corpo de Andry. Ele cedeu, sentindo o peso dos últimos dias em seus ombros. Andry agradeceu a Dom com um aceno de cabeça, deu uma única olhada para a mesa e atravessou o salão. Embora o escudeiro fosse mortal, tinha uma graça que a maioria destes não tinha, apesar de seus membros esguios e de suas passadas compridas demais. Ele desviou das mesas e subiu a escada dois degraus por vez, desaparecendo no andar de cima, com sua bagagem e seu manto.

Dom voltou a se virar para o canto em que estavam, satisfeito consigo mesmo.

— Deveríamos fazer o mesmo — disse para os outros, agora espalhados em torno da mesa. — Descanso é tudo de que precisamos agora.

Quatro canecos foram deixados na mesa, derramando cerveja e espuma. Dom suspirou ao ver os mortais pegarem avidamente a bebida. Charlon foi o primeiro, e a tomou de um gole só. Corayne pegou a sua logo em seguida.

Ela olhou para Dom por cima da borda do caneco.

— Não é só atrás de sono que ele está — Corayne disse. — Acho que ele não gosta de tabernas.

— Um escudeiro que não gosta de tabernas, taberneiras ou de beber com o dinheiro dos outros — Charlon riu, pedindo outra cerveja com um gesto. — É raro como um unicórnio, aquele menino. Não que esteja muito claro para mim com que ele contribuiu, sendo sincero.

— É graças a Andry Trelland que temos a espada de Fuso e uma chance de salvar a esfera — Corayne disse, com frieza e seus olhos do Cór inescrutáveis.

Charlon levantou a mão para apaziguá-la.

— Certo, certo. *Ca galle'ans allouve?* — ele murmurou, erguendo a sobrancelha para Sarn.

Dom não conseguiu esconder um sorriso. Não falava madrentino, mas àquela altura sabia que Corayne provavelmente falava. Com o mesmo retorcer de lábios, Sarn olhou para ele, uma vez na vida compartilhando de seus sentimentos.

O rosto de Corayne ficou vermelho e seus dedos se fecharam no caneco.

— Não consigo pensar em nada mais ridículo do que se apaixonar em um momento assim — ela disse, tensa. — E, quando quiser falar a meu respeito, sugiro que o faça em jydês. De resto, provavelmente conseguirei entender.

Valtik riu animada enquanto levava o caneco à boca.

Charlon riu também, o rosto corando de surpresa, e levou a mão ao peito, revelando os dedos azuis.

— Bem, *m'apolouge*.

Ele parecia arrependido de verdade.

A menos que minta tão bem pessoalmente quanto no papel.

— Bem, por que Ibal? — Sarn perguntou, a voz cortante, fazendo com que retornassem à importante tarefa que tinham em mãos.

Como se isso de alguma forma pudesse estar longe dos pensamentos de qualquer um deles. Ela tomou o primeiro gole de cerveja e fez uma careta, então a deixou de lado com um xingamento ibalete.

No jardim da Mão do Sacerdote, ela parecera igualmente avessa à perspectiva de ir para casa. Por quê, Dom não sabia. *Mas seria bom descobrir antes que pisemos na areia e o que quer que tema caia sobre nós.*

— Ouvi coisas em Adira. — A expressão de Corayne escureceu como uma nuvem de tempestade. Ela tinha baixado a voz para falar do Fuso. — Uma galé pirata quase afundou no mar Longo, na corrente Sarim por toda a costa ibalete.

Charlon franziu a testa.

— Isso é estranho?

— Algo com tentáculos tentou destruir o barco. Sim, eu diria que é estranho — Corayne respondeu. Do outro lado da mesa, Charlon perdeu seus modos joviais e estreitou os olhos em descrença. — Tinha marujos da Frota Dourada em sua barriga.

— Até os ossos frios, até o sangue quente — Valtik entoou, virando seu caneco vazio. Pediu outro com um movimento dos dedos enrugados. — Um Fuso aberto em chamas, um Fuso aberto em torrente.

Sarn rangeu os dentes, a frustração óbvia em todo o seu corpo tenso. *Não posso culpá-la.*

— Há alguns meses — Corayne prosseguiu, ignorando a bruxa —, ouvi dizer que a corte ibalete tinha se mudado do palácio em Qaliram. Que tinha ido para as montanhas. Achei que não era nada. Um pouco estranho, mas nada.

— Ouvi o mesmo. — Sarn assentiu. — Você acha que eles sabiam que havia algo de errado muito antes de qualquer um de nós?

— Ibal não se tornou o país mais rico da Ala sendo tolo. Taristan pode ter aberto o Fuso do deserto antes que os Companheiros fossem para o templo. Ou pode ter aberto logo depois, seguindo para o sul quando Dom e Andry escaparam. Só os deuses sabem há quanto tempo aquele Fuso está aberto, despejando bile no mar Longo. Em algum lugar na costa, ou em um rio. — Corayne cerrou os dentes. Seus olhos saíram de foco quando seus pensamentos deixaram a taberna. Para onde tinham ido era óbvio: sobrevoavam as ondas e a água. — Eu não sabia que havia monstros marinhos em Terracinzas.

— Não há — Charlon disse, avermelhado pela luz da vela. — Trata-se de um reino queimado. Se o que ouviu é verdade, se criaturas das profundezas estão saindo do Fuso e entrando no mar Longo... — Ele deixou a frase pairar. Seus olhos brilhavam. — Você está falando de Meer.

Um arrepio desceu pela espinha de Dom. Ele se afastou da parede e se aproximou da mesa.

— A esfera dos oceanos — Dom disse, embora todos soubessem daquilo. Ele franziu a testa. — Mas por que Taristan escolheria uma porta para uma esfera que não controla? Fora da influência do Porvir?

— Se ele só está abrindo o que pode encontrar, não tem muita escolha — Charlon respondeu, dando de ombros. — De acordo com as escrituras, a deusa Meira chegou a nós vinda de Meer, trazendo consigo as águas da esfera e todas as criaturas sob as ondas. A verdade nisso ainda não foi comprovada, mas a esfera em si... claramente existe. E está aqui.

Dom sentiu um músculo pulsar em sua mandíbula. Desejou ter prestado mais atenção em suas aulas meia vida antes, quando Cieran havia ensinado aos jovens imortais sobre os deuses e Glorian, as travessias perdidas para sua esfera e tantas outras. Sua mente estivera nos vales, no campo de treinamento, nos rios. Não na sala de aula.

Ele balançou a cabeça.

— Então Taristan não se importa com o que abre, desde que esteja aberto.

— Ou ele sabe exatamente o que está fazendo — Corayne argumentou. — E pretende encher o mar Longo de monstros, separando metade da esfera do restante. — Ela cerrou a mão. — Ibal, Kasa, Sardos, Niron, seus exércitos, suas frotas. Qualquer ajuda que possam oferecer — ela sibilou, a exaustão cedendo espaço para a raiva. — É uma boa estratégia.

— E enfraquece a Ala, independente da esfera que for aberta — Charlon disse, respirando fundo. Era como lançar uma pesada sombra sobre suas chances, ainda mais escura que a anterior. — Todo Fuso aberto é um equilíbrio desfeito. Para os deuses, uma abominação. — Com os olhos estreitos, ele beijou as palmas das mãos e as ergueu depressa, espalmadas para o céu. Era um gesto divino.

— Você já foi sacerdote — Corayne murmurou, olhando para as mãos dele.

Charlon piscou.

— Por um tempinho. Mas o voto de castidade — ele disse, sorrindo — não era para mim.

Dom ouviu o ranger da madeira sob um pé pesado e sentiu o deslocamento de ar de um corpo se movendo. Ele se virou e viu uma mulher grande, quase da altura dele, cruzando o salão.

Ela se movimentava com facilidade, apesar da armadura de couro fervido e com grevas, das botas enlameadas até os joelhos e do machado pendurado nas costas. Era das estepes temuranas, a julgar pela armadura e pelo rosto ossudo, a pele de um bronze profundo como o de moedas polidas. Seu cabelo era preto, curto, mas volumoso, e cobria uma das sobrancelhas. Ela estreitou os olhos, atenta como uma ave de rapina, concentrando-se em uma única figura. Tinha a mesma expressão do Companheiro caído dele, Surim, do enclave de Tarima, que havia percorrido metade da esfera só para morrer.

O salão se abriu para a mulher, com os viajantes saindo de seu caminho antes que ela precisasse tirá-los. Seu rosto era conhecido e respeitado ali, talvez até temido. Dom se endireitou para impedir sua passagem, mas ela parou antes, ostentando um sorriso que parecia uma faca.

— É uma pena que tenha deixado de ilustrar manuscritos para falsificá-los, Charlie — ela desdenhou, levando a mão à cintura. Seus dedos eram cheios de cicatrizes e tinham nós grossos, já tendo quebrado e se curado uma dezena de vezes.

A presença dela não pareceu surpreender Charlon. Ele só balançou a cabeça de novo e pegou a cerveja abandonada por Sarn, que logo desceu por sua garganta.

— Caçando bandidos na floresta dos Arco-Íris, é? — ele disse, estalando a língua para Sarn.

— Acho que eu estava mal informada — a assassina disse, com calma. — Sente-se, Sigil.

Dom continuou firme ali, relutante em deixar que aquela estranha mulher chegasse perto de Corayne. Ou em receber ordens de gente da laia de Sorasa Sarn.

Sigil, a loba temurana, não parecia preocupada com o tamanho dele. Ela também se manteve firme.

— Outra hora, Sarn. Agora tenho negócios a tratar com o rei da tinta.

— O rei da tinta — Charlon escarneceu baixo. — Que alcunha idiota.

Sarn não ligou.

— Estou ocupada salvando a esfera, Sigil. Seus negócios podem esperar.

— Charlon Armont — Sigil disse, a voz desprovida de emoção, como se estivesse recitando uma prece em um altar —, sacerdote devoto da ordem madrentina dos Filhos de Tiber, há um prêmio por sua cabeça, e é meu desejo reivindicá-lo.

Uma caçadora de recompensas. Dom olhou para ela, como se quisesse desvendar a Ala. A mulher devia estar observando dos portões, à espera de sua presa.

— Para que reino ela vai arrastá-lo, essa é a pergunta — Sarn murmurou, com um sorriso no canto da boca. — Tyriot?

Charlon voltou a beijar as palmas da mão. Daquela vez, pareceu um gesto rude, e Sigil se eriçou.

— Não, Tyriot é só um ponto de exportação ilegal. Ela vai me levar para casa, com certeza.

A caçadora de recompensas continuou falando:

— Você é procurado pela coroa de Madrence...

Charlon sorriu e deu uma cotovelada em Sarn.

— Viu?

— ... por invasão de propriedade, roubo, incêndio criminoso, destruição de propriedade divina, falsificação, banditismo, suborno de sacerdote, suborno de oficial, suborno de nobre, suborno da realeza, tentativa de assassinato e assassinato — Sigil concluiu, com uma entonação perfeita. — Pelas escrituras reais e sagradas, eu, Sigil de Temurijon, fui designada para devolvê-lo à corte em Partepalas e garantir que encare a justiça por seus muitos crimes.

As acusações eram graves. *Tentativa de assassinato. Assassinato.* Dom se sentiu tentado a sair do caminho de Sigil e levar Corayne consigo. Não que a garota fosse aceitar ir com ele. Corayne parecia uma criança encantada no teatro; não tinha medo de ninguém, muito menos do sacerdote caído. Ela olhou de um para o outro, atenta, enquanto tomava sua cerveja.

O discreto Charlon estava um pouco mais digno de nota, com um brilho estranho nos olhos. Seu sorriso tornou-se ligeiramente sombrio.

Sarn cruzou os braços e apoiou o pé no assento vazio que Sigil havia recusado.

— Fico feliz por não ter que recitar nada antes de matar alguém.

— Cuidado, ou levarei você também — Sigil disse, não muito mordaz, sem tirar os olhos de Charlon. — Vamos, sacerdote. Facilite as coisas para o seu próprio lado.

— Acho que é você quem quer facilitar as coisas, Sigil. — De novo, a assassina tentou dissuadi-la. Sua bota bateu contra a cadeira. — *Sente-se*.

A caçadora de recompensas trocou o machado de mão.

— Levarei o criminoso e nada mais. Não acho que tenha lugar para todos nós aqui — ela acrescentou, passando a mão pelo cabelo curto para tirá-lo do rosto.

Um homem se levantou no canto mais distante. Era largo como um armário, como diriam os mortais.

Perto do fogo, dois outros se viraram, embora pudessem muito bem serem ursos, com seu corpanzil e a vasta barba marrom.

Um cozinheiro usando avental todo manchado de sangue de porco apareceu à porta da cozinha, empunhando a faca de trinchar.

E assim foi. O mundo inteiro caiu em silêncio, viajantes, mercadores e zés-ninguéns fatigados arregalando os olhos diante do conflito iminente. Seis outros homens se levantaram na taberna, alguns na escada, alguns vindos do jardim. Armados e monstruosos, grandes o bastante para deixar qualquer um com medo. Mesmo um imortal.

Dom virou o rosto para olhar Sarn. Esperando que ela visse, esperando que soubesse.

A assassina voltou a vestir sua máscara, mantendo as feições contidas e indecifráveis, fria e imóvel feito pedra. Ela soltou o manto, deixando que caísse. Seu chicote estava enrolado de um lado, a espada curva e as adagas do outro. Suas algibeiras de truques estavam dispostas ao longo do cinto. Ela olhou para Dom com um brilho familiar e letal nos olhos.

Corayne tentou se encolher no assento, mas percebeu que não tinha o que fazer. Olhou para Dom também, que já bolava um plano, bastante simples: *Vou tirá-la daqui.*

— Estou dizendo a verdade, Sigil. — Metódica, Sarn começou a desenrolar o chicote, alternando o olhar entre a caçadora de recompensas e os homens que se reuniam atrás da mulher. — A esfera de Todala está diante de sua própria destruição. Preciso que me ajude a salvá-la.

— Você deveria ouvi-la — Dom se pegou dizendo, esticando-se em seus quase dois metros. Tinha apenas alguns centímetros de vantagem em relação a Sigil, mas sabia se aproveitar deles.

Ela rangeu os dentes para o Ancião, olhando para sua espada.

— Você está ficando mole, amhara. Nunca precisou de guarda-costas antes.

Dom colocou os dedos no punho da espada e os fechou em seguida.

— Sou o príncipe Domacridhan de Iona, filho de Glorian Perdida. Não protejo ninguém além da Esperança da Esfera.

A caçadora de recompensas hesitou por apenas um segundo, mordendo o lábio.

— Um imortal? — ela disse, olhando para seus capangas contratados. — Parece uma briga justa.

Sarn finalmente se levantou. Charlon fez o mesmo ao lado dela, o aço brilhando sob seus dedos. A cadeira de ambos fez barulho ao cair no chão.

Corayne se encolheu no canto, engolindo em seco. Estava dividida entre o medo e o fascínio.

Dom inspirou profundamente para se fortalecer. *Só espero não ser esfaqueado de novo*, pensou, defendendo o primeiro golpe de um punho forte como um martelo. O capanga atrás dele gritou quando o imortal esmagou sua mão, quebrando os dedos como se fossem gravetos secos. Ele atacou, acertando a garganta do homem e deixando-o estirado no chão, tentando respirar. *Um a menos*.

Dom se dirigiu a Sigil em seguida, mas os ursos barbados o pegaram pela barriga, levantando-o com toda a força. Os três caíram juntos, derrubando uma parede que era pouco mais que madeira fina e tinta. No quarto contíguo, Dom viu de relance um casal nu gritando. Por instinto, começou a pedir desculpas, mas um dos ursos o pegou pela garganta. O capanga apertou, com a intenção de esmagar sua traqueia. Foi um pouco desconfortável. Dom se forçou a se empertigar, erguendo do chão o homem grudado em seu pescoço. Preferiu não sacar a espada, só dando uma ombrada no peito do urso. O osso quebrou com a força. *Dois*.

Os outros clientes da taberna ou fugiram ou se juntaram à briga, alguns sem largar a cerveja. Um homem muito velho e muito desdentado tentou acertar Sigil com um caneco de estanho, mas ela se defendeu. Sarn enrolou o chicote nos tornozelos de outro capanga e puxou, derrubando-o. Sua adaga era uma presa de cobra, rápida e letal ao golpear. Sangue se espalhava pelo seu rosto e manchava ainda mais as mãos de Charlon. Ele não estava com a machadinha, usava apenas um anel com lâmina, um pequeno triângulo de aço. Desferiu um soco, enfiando a lâmina afiada no olho do cozinheiro. Depois o ajudou a deslizar para o chão, seus lábios se movendo depressa enquanto proferia uma prece em madrentino.

Os capangas eram brutos, mas mal treinados. Homens que conseguiam o que queriam apenas por serem grandes e rudes. Só ofereciam risco em quantidade, ao contrário de Sigil, que facilmente se equiparava aos cinco restantes juntos.

O chicote de Sarn voltou a entrar em ação, dessa vez se enrolando no antebraço de Sigil, protegido pela armadura. A caçadora de recompensas abriu um sorriso implacável e puxou, trazendo a assassina para si. Sarn escorregou pelo chão, as botas deslizando na cerveja derramada, o embalo a levando adiante rápido demais. Ela também sorria, tirando proveito do puxão de Sigil. Com o chicote ainda na mão, deu impulso com as pernas para cima e pulou. Acertou Sigil no queixo com a bota, jogando a cabeça da caçadora de recompensas para o lado. Dom fez uma careta. *Ou ela está morta ou inconsciente.*

Mas Sigil de Temurijon não estava nem uma coisa nem outra.

Girou os ombros e cuspiu sangue, os dentes pintados de um tom de vermelho tenebroso.

— É bom vê-la, Sarn — Sigil rosnou, jogando o chicote para longe.

Sarn caiu agachada, apoiando uma das mãos no piso de madeira e mantendo a outra levantada como um ferrão de escorpião, a adaga de bronze ensanguentada. O pó preto em torno de seus olhos escorria como lágrimas escuras.

Dom duvidava que Sorasa Sarn já tivesse derramado uma lágrima na vida.

— Digo o mesmo, Sigil.

Antes que ele pudesse se colocar entre elas, um capanga foi para cima de Corayne, que ainda estava encolhida no canto. Dom jogou a mesa para longe, fazendo os canecos voarem e a cerveja escorrer.

Valtik deixou a briga rolar solta a seu redor enquanto bebia despreocupadamente.

O capanga esticou um braço e Corayne atacou, traçando arcos desvairados com a faca longa enquanto tentava fugir. Dom sentiu uma faísca de pânico se acender no peito, mas foi apenas por um momento: ele logo pegou o capanga pelo pescoço e o jogou no chão.

A algazarra na taberna era como uma tempestade, trovejando com o ruído dos ossos e móveis quebrados, estalando com um grito ou uma gargalhada que lembrava um raio. Sigil e Sarn dançavam, ambas desferindo golpes, sem jamais incapacitar a outra. Elas se conheciam. Sabiam dos pontos fracos e pontos fortes uma da outra, e se aproveitavam de ambos. Sarn era mais rápida e mais sorrateira, mas não era páreo para a força bruta de Sigil. Uma rondava a outra, Sigil tentando chegar a Charlon, Sarn mantendo-a afastada. O sacerdote passou a maior parte da briga rezando, sendo jogado de um lado para o outro, dando pouca atenção ao caos à sua volta.

— Acho que elas estão gostando — Corayne soltou, protegida sob o braço de Dom.

Ela viu quando Sarn desviou da armadura. No canto, Valtik batia palmas, encantada.

— Não temos tempo a desperdiçar com o divertimento de Sarn — Dom disse.

Ele olhou pelo salão, tomado por brigas, a lareira cuspindo fumaça, as mesas quebradas, o taberneiro encolhido entre os barris, os clientes escarnecendo ou aproveitando a oportunidade para resolver velhas rixas.

Restavam três dos homens que Sigil havia contratado, e eles avançavam na direção de Charlon. Tinham rosto branco, pescoço grosso e um olhar idiota. Cada um deles segurava uma machadinha.

Dom cerrou os dentes. *Sarn continua ocupada, Valtik é inútil, Corayne mal sabe empunhar uma lâmina e Andry de alguma forma continua dormindo em meio a tudo isso.* Com um suspiro, empurrou Corayne na direção de Valtik e foi acabar com aquela confusão.

Dom não gostava de violência. Era a habilidade, o desafio, o gracioso arco do aço, a dança estratégica da mente e do corpo que o interessavam na luta. Em Iona, no campo de treinamento, aquilo era motivação mais do que suficiente. Era algo artístico. Na Ala, havia um propósito: sangue era derramado por um motivo, e não com muita frequência. Mas no último ano ele tinha visto mais sangue do que em séculos, o que o enojava. Ele encerrava suas lutas depressa e com delicadeza.

O primeiro homem recebeu um único golpe na cabeça, que o fez apagar como um sopro na chama de uma vela. O segundo não conseguia mais se segurar de pé, porque teve seu joelho deslocado. Dom pegou o terceiro pelo pescoço em um ângulo que fez seus olhos se fecharem e seus batimentos cardíacos ficarem mais lentos.

— Já chega — Dom rugiu quando o capanga caiu no chão com um baque surdo. — Já chega.

O resto da taberna pareceu se encolher diante do gigante de cabelo loiro e olhos verdes que estava entre eles. Alguns congelaram no meio da luta, os punhos erguidos ou agarrando colarinhos. Os capangas que continuavam vivos gemeram do chão, arrastando-se para longe como vermes.

Sigil e Sarn nem lhe deram atenção. Sarn agarrou Sigil com as pernas, tentando apertar as coxas até que a caçadora de recompensas desfalecesse. Sigil riu, então pegou Sarn pela cintura e a jogou sobre os destroços. A queda foi feia para Sarn, que deixou um gemido de dor escapar por entre os dentes.

Então Sigil se viu enfrentando uma muralha de pura pedra, que nunca cedia. O antebraço de Dom apertava sua garganta, sob o queixo. Ele a encarou, e todos os seus pensamentos se restringiram a um.

— Já chega — ele voltou a dizer, sem ceder, mesmo que ela o chutasse sem parar.

O rosto de Sigil começou a ficar roxo quando Dom apertou o braço com mais força, interrompendo sua respiração.

Ainda no chão, movendo-se devagar, Sarn levantou a cabeça.

— Estou disposta a fazer uma troca, Sigil — ela disse.

Embora tivessem vencido, com a caçadora de recompensas e seus capangas incapacitados, a voz de Sarn estava marcada pela derrota.

Aquilo fez Dom estremecer e surpreendeu a loba temurana.

Mas funcionou.

A caçadora de recompensas assentiu como podia. Suas pernas pararam e seus braços relaxaram. Dom deu um passo para trás, permitindo que ela encontrasse o chão. Sigil levou a mão ao pescoço e arfou, puxando o ar. Seu olhar cortante correu para Charlon. Os dedos manchados dele desenhavam símbolos sagrados no ar, acima do cozinheiro, depois na direção de Sarn.

Sigil fez força para engolir em seco.

— Vamos conversar.

De sua cadeira, Valtik disse, primeiro em jydês, depois na língua comum a todos eles:

— Os companheiros são sete agora, rumo ao inferno ou rumo ao céu, sem demora.

Àquela altura, mesmo já acostumado às arengas da bruxa, Dom sentiu um calafrio.

Os passos na escada foram leves e equilibrados, mal passando de um arrastar de pés. Ao se virar, Dom viu Andry se inclinando, a mandíbula frouxa, os olhos inchados. O garoto olhou para a devastação da taberna.

— O que eu perdi?

25

LÁGRIMAS DE UMA DEUSA

Erida

ERIDA ESPERAVA TER PESADELOS. Sofrer algum tipo de julgamento, dos deuses ou de si mesma. Sentir remorso ou arrependimento pela escolha que havia feito. Não se tratava apenas de um casamento, e sim de uma aliança com um homem em quem não podia confiar. Mas tinha visto a pele de Taristan ser cortada pela lâmina e se curar em segundos. Tinha lido os relatos apressados de seus melhores patrulheiros, incapazes de comparar os exércitos dele a qualquer outro que houvesse na Ala. E os caçadores da frota também haviam mandado notícias. Monstros vistos no mar Longo, criaturas que não apareciam havia séculos, mais apropriadas a mitos ou páginas de livros infantis. Tudo o que Taristan havia prometido, os presentes dos Fusos, estava se concretizando. O que ela desejava estava a seu alcance, mais perto a cada segundo, a cada Fuso que era aberto.

E a culpa não veio.

A rainha dormia profundamente, sem pesadelos ou sonhos. Mesmo na estrada, quando era difícil descansar. Ela se via revigorada a cada manhã que acordava na tenda ou na carruagem. Seguir em frente se mostrava estranhamente fácil, e o ritmo do comboio refletia seus modos ambiciosos.

O outono se aproximava, e o calor do verão já cedia quando deixaram as terras baixas. Colinas verdejantes se erguiam conforme a procissão subia o fértil vale do Grande Leão, rumo a leste. O vento fresco do norte marcava a paisagem, carregando o aroma de pinho da floresta Castelã. Estaria ainda mais frio na fronteira madrentina, com os ventos direcionados pelas montanhas.

A última manhã estava revigorante. Erida aproveitou, escolhendo cavalgar em vez de se fechar na carruagem, que, apesar de grande, era abafada. O ar frio a mantinha tão alerta quanto um falcão, o capuz de seu manto de veludo esmeralda caído, as mãos enluvadas firmes nas rédeas de couro oleado.

Embora algumas das mulheres tivessem ficado igualmente satisfeitas em sair daquela caixa com rodas, outras reclamavam, em voz baixa e com a mão na frente da boca. Erida as ouvia mesmo assim, porque estava acostumada a bisbilhotar. Ela ouvia tudo de sua sela, enquanto mantinha o olhar à frente, na estrada do Cór.

— A rainha dita um ritmo mais veloz que muitos exércitos — Margit Harrsing, uma das muitas sobrinhas de Lady Bella, comentou com as outras. Fiora Velfi, filha de um duque siscariano, fez "hum-hum" com sua voz aguda, nem concordando nem contradizendo. A jovem de cabelo escuro levava mais jeito para a intriga que as outras, tendo sido criada na vila real de Lecorra, um ninho de cobras. Raras vezes dava sua opinião verdadeira, talvez nunca.

A condessa Herzer, de catorze anos, que tinha cachinhos tão idiotas quanto seus instintos, não se deu ao trabalho de controlar o tom de voz.

— Sua Majestade está ávida para ver o marido de novo — ela disse, iniciando uma onda de risos entre as mulheres. — Acho romântico.

Uma língua de fogo desceu pela espinha de Erida. Ela se manteve ereta e imóvel, mas franziu os lábios e trincou os dentes enquanto considerava suas opções. *Uma mulher apaixonada é uma mulher fraca, sem mencionar que está muito distante da realidade. Não seria bom que minhas damas de companhia, e por extensão minha corte, pensas-*

sem que sua rainha foi reduzida a uma menina de olhos brilhando e sorriso afetado correndo atrás do primeiro homem que a tocou.

Mas tampouco seria inútil. Taristan se encontra em uma posição precária. Meus favores o sustentam, lhe dão prestígio. Isso me ajuda a manter meu controle sobre ele.

Ela preferiu não responder, nem de um modo nem de outro. A condessa Herzer desejava ser ouvida e desejava obter uma resposta. Erida de Galland não lhe daria aquela satisfação. Havia coisas demais em jogo para se deixar levar por manipulações mesquinhas.

Além do mais, ela não deixara de notar como as mulheres pareciam sussurrar a respeito de Taristan. Suas conversas eram variadas, avaliando tudo, desde sua aparência até seus modos estoicos, mas sempre retornavam ao encanto que ele parecia ter lançado sobre a rainha, garantindo sua mão de imediato. *Por motivos que não podem imaginar.* Era frustrante, mas, no fim das contas, ela ficava feliz com a ignorância das outras. E suas expectativas. Seu trabalho seria mais fácil se ninguém suspeitasse dele.

A fronteira com Madrence se aproximava em algum ponto além das colinas arborizadas e descendo o vale de outro rio. Erida a visualizou como a linha em seu mapa, bem desenhada, com uma fileira de castelos gallandeses construídos ao longo do rio, seus soldados ordenados entre eles como cordões de pérolas. As fronteiras tinham se mantido por anos, o país do outro lado precário, uma pilha de galhos secos precisando apenas de algumas faíscas para arder em chamas. Erida carregava aquela vela consigo no momento, pronta para atear fogo em tudo.

Madrence era um país tranquilo que havia sido fortalecido pelas montanhas que o flanqueavam e pelos vizinhos dóceis. Siscaria só se importava com sua história, procurando glória em si mesmo, enquanto Calidon se mantinha isolado, cercado por suas próprias montanhas e seus vales profundos. Galland só precisava estender a mão, nesse que era o momento certo. Pressionar a sul rumo ao mar, invadindo castelos e a capital com velocidade e força tamanhas que seu velho rei teria que se render. Tal vitória não havia sido deles em décadas, desde a época de seu avô. Erida se viu erguendo o Leão sobre a costa madrentina, em cada palácio ou castelo. *Como o povo vai me amar...*

A carta de Taristan se encontrava dentro de suas vestes de montaria, o pergaminho roçando sua pele, impedindo que Erida pudesse esquecê-la. Como se aquilo fosse possível. A escrita irregular era como uma cicatriz, a tinta queimando seus dedos como as mãos dele haviam queimado sua pele.

Cavalgamos por suas fronteiras móveis. Ronin nos conduz rumo a uma colina com um castelo em ruínas, suas encostas cobertas de espinhos. Encontre-me lá.

A mensagem havia chegado apenas duas semanas depois que ele partira, tendo sido despachada com pressa.

Não é de surpreender que minhas damas de companhia tanto falem, Erida admitiu. *Parti atrás dele horas depois.*

A rainha pôs a culpa da pressa na ânsia que havia dentro de si e de todos os governantes de Galland. Por conquista, por mais.

Crescia dentro dela a cada quilômetro percorrido, voraz e consumindo tudo.

O Castelo Vergon era uma ruína, cujas paredes e torres haviam tombado duas décadas antes. Musgo crescia nas pedras, uma nova floresta se espalhava pelos corredores, raízes se enroscavam nos porões e masmorras. Depois de semanas de estrada, Erida ficou feliz ao ver a casca oca do castelo, as paredes restantes pretas contra o céu azul, a colina coroada de espinhos. Como o resto da enorme cadeia de fortalezas gallandesas, aquela guardava o vale do rio Rose, chamado de Riorosse do outro lado da fronteira. Erida sorriu para a silhueta, sabendo que os castelos Herlin e Lotha eram sombras gêmeas, nos dois extremos do horizonte. A frente estava intacta agora, toda a força reunida.

Com mais ainda para ser desencadeado.

Ela tinha visto aquela fronteira uma única vez, quando era pequena e acompanhava o pai em uma campanha. Ele tivera uma grande vitória perto do braço norte de Rose, reivindicando uma passagem valiosa para Calidon. Erida se lembrava de que era inverno e o ar congelava suas bochechas conforme o vento soprava forte a partir do Vigilante, onde saqueadores rondavam. Aquilo era diferente, em todos os sentidos. O ar estava quente o bastante para que usassem roupas leves. O exército à espera estava sob seu comando. O pai já havia morrido. A batalha ainda não havia sido vencida — a vitória não tinha sido alcançada.

Mas está perto o bastante para eu sentir o gosto.

A Terceira Legião sempre guardava a fronteira, dez mil soldados treinados e aperfeiçoados por anos em terreno tempestuoso. A Primeira Legião havia se juntado a ela recentemente, dobrando os números. Era como se uma cidade tivesse surgido durante a noite, as tendas montadas à sombra dos castelos, a maior parte escondida de espiões que pudessem estar do outro lado do rio. Embora Madrence fizesse ideia de que o exército de Erida estava reunindo suas forças, não tinha como saber até que ponto, não sem atravessar o rio às escondidas e se arriscar a sentir a fúria de Galland. Um batedor pego podia ser motivo o bastante para iniciar uma guerra, se aquilo fosse utilizado de maneira apropriada. Erida já tinha motivos o bastante para guerrear. O país menor não daria mais um.

A rainha pensou em Lord Thornwall e no que ele dissera no conselho, sobre a campanha madrentina. Parecia que olhava para um cânion que havia atrás de si. Como se sua vida estivesse dividida em duas: antes da proposta de Taristan, da promessa dele, da escolha dela — e depois.

Eles saíram da estrada do Cór no último momento possível, manobrando a grande procissão da rainha para longe do caminho secundário antigo e largo, seguindo rumo a um terreno mais pedregoso. A sombra de Vergon caía sobre eles, mas Erida não sentia frio. Ela sorriu para o castelo em ruínas e desceu com graciosidade do cavalo.

Taristan não estava à vista ao pé da colina, ou no caminho estreito que subia para Vergon por entre os espinhos, que a guarda dele, um destacamento de soldados antigos da guarnição de Ascal, se ocupava de alargar. Eles atacavam as vinhas desprovidas de flores com espadas e machados, fazendo uma grande bagunça.

Quando ela se aproximou, eles pararam na hora com um susto. Era fácil distinguir o capitão, pelo manto com bordas verdes que tinha sobre os ombros.

— Majestade — ele disse, tentando se ajoelhar da melhor forma possível, apesar de estar totalmente paramentado.

Erida assentiu.

— Capitão. Imagino que meu marido esteja nas ruínas.

— Está, sim, majestade — o capitão respondeu depressa. — Sua alteza pediu que esperássemos aqui — ele acrescentou, quase como se pedisse desculpas, mordendo o lábio.

Ela abriu seu sorriso resplandecente, curvando os cantos da boca.

— Fizeram bem em obedecer às ordens do príncipe consorte — disse, com uma cortesia graciosa.

O capitão suspirou, aliviado, enquanto Erida se virava para suas companheiras. Elas estavam paradas ao lado dos cavalos ou à porta do coche, olhando fascinadas para a paisagem.

— Senhoras, não há motivo para todas nós arruinarmos nossas saias — a rainha disse. — Podem aguardar aqui com o capitão. Tenho certeza de que os homens dele cuidarão bem de todas.

A julgar pelo rubor do capitão e pelos olhares furtivos das damas de companhia, ninguém faria objeção àquilo.

Restava apenas a Guarda do Leão para acompanhá-la, os seis cavaleiros de armadura dourada. Seus mantos verdes pareciam trazer a primavera aos espinhos escuros, mesmo ficando presos neles algumas vezes durante a subida.

De novo, Erida sentiu Triunfo em sua mão, a espada matrimonial fincada entra ela e o marido, sua defesa contra o mundo. E a defesa de um contra o outro.

Uma arcada abobadada estava no lugar das antigas portas do salão principal de Vergon, meio obstruída por um freixo. Suas folhas estavam tingidas de amarelo, outro sinal do outono. Erida fez uma pausa, levando a mão à casca áspera.

— Chamarei se precisar — ela disse, olhando para sua escolta.

Os cavaleiros olharam para ela com a expressão séria sob o elmo. Ela sabia que eles gostariam de impedi-la. Antes que seu mundo mudasse, Erida teria levado seu julgamento em conta, mas a Guarda do Leão não poderia fazer nada se Taristan e o feiticeiro se voltassem contra ela. Seu marido não podia ser ferido por armas da Ala. Seu cúmplice tinha sido tocado pelo Fuso e estava carregado de magia. Daria na mesma os cavaleiros seguirem-na de perto ou ficarem esperando seus gritos para então correr rumo à glória e à morte.

Sir Emrid pigarreou baixo quando ela virou as costas e atravessou a arcada. Ele era só um ano mais velho que a rainha, havia sido o último a ser recrutado e era o menos disciplinado da Guarda. A rainha de Galland foi bondosa o bastante para ignorar a tentativa dele de controlá-la e deixou seus cavaleiros para trás.

O salão principal não tinha mais teto — os destroços se encontravam em pilhas irregulares de pedra e argamassa. O musgo cobria tudo, e os blocos de pedra pareciam protuberâncias sob um cobertor de veludo. O chão sob seus pés era macio a cada passo. Suas botas deixavam marcas leves. Assim como as dele haviam deixado.

Ela seguiu suas pegadas.

Erida teve a impressão — familiar até demais — de estar sendo vigiada. Ela se perguntou se os fantasmas das pessoas que já haviam morado ali ainda se agarravam às pedras. Estavam-na seguindo agora, cochichando sobre a rainha de Galland como o resto do mundo fazia?

Ela imaginou o que eles poderiam dizer. *Casada com um ninguém. Rainha por quatro anos sem ter nada a mostrar. Nenhuma conquista, nenhuma vitória.*

Aguardem, Erida disse a eles. *Ainda há aço em mim.*

Ela encontrou Taristan e o feiticeiro na antiga capela, diante do único vitral intacto, em azul, vermelho e dourado. A deusa Adalen chorava lágrimas de safira sobre o corpo de seu amante mortal, o peito dele aberto pelos cães de Infyrna, uma esfera de fogo e julgamento. Eles se retiravam ao fundo do vitral, chamejantes e profanos. Erida conhecia as escrituras. O mortal de Adalen dera sua vida para salvar a deusa dos cães flamejantes. Estranhamente, as escrituras não mencionavam seu nome.

Ronin, o Vermelho, estava ajoelhado perto do vitral, mas não rezava para ele. Estava de costas para a deusa, sussurrando de olhos fechados, a voz baixa demais para que Erida ouvisse. À sombra da parede da capela, Taristan espreitava, como um tigre com as garras à mostra. Tinha abandonado as roupas da corte, trocando-as por peças ásperas de couro e o mesmo manto castigado pelo tempo com que havia se apresentado a ela. Parecia tão distante do príncipe consorte quanto possível. A espada de Fuso reluzia em sua mão, desembainhada. O aço estava limpo, espelhando o céu azul e branco.

Os olhos de Taristan encontraram os de Erida, como um trovão que encontra a terra.

Ela parou de andar, para não lhe ceder mais terreno. O ar estalava entre eles — trabalho de um Fuso. Aberto ou perto o bastante para que pudesse senti-lo. Queimando ou disposto a queimar. Ela inspirou o ar, querendo prová-lo.

— Foi feito? — Erida perguntou, os olhos inquietos.

Mas a capela não parecia digna de nota. Pedras velhas, rochas partidas, musgo e raízes. As árvores não eram velhas o bastante para formar um novo teto. Ela não viu nada fora do lugar, nada que indicasse um Fuso aberto, uma esfera aberta, outro presente entregue, fosse um exército ou um monstro.

— Ainda não — Taristan respondeu, sua voz tão grave quanto ela recordava.

Erida ainda podia sentir os dedos dele em seu cabelo, ver o sangue dele em sua cama.

Olhou para Ronin, depois voltou a olhar para o castelo em ruínas em volta deles.

De novo, ela inspirou profundamente. Não sentia o Fuso, mas sentia a verdade.

— Um terremoto destruiu este lugar duas décadas atrás. Dizem que foi a vontade dos deuses que fez isso, ou que foi só ação da natureza. Mas não é verdade, é? — A luz do sol entrava pelo vitral, fazendo Adalen brilhar. — Tem um Fuso aqui, fechado, mas à espera. Foi o que destruiu o castelo, e nada mais.

O feiticeiro abriu os olhos, interrompendo suas preces.

— Sua história relata isso a qualquer um cuja mente permita ver — ele sibilou. — Até mesmo os ecos têm poder.

Seu olhar avermelhado percorreu a pele de Erida, desde os pulsos até o pescoço. Era como um atiçador de fogo, próximo o bastante para liberar um calor nauseante, mas não para queimá-la. Ela ergueu o queixo. O feiticeiro não ia vencê-la com seus truques.

Taristan se colocou entre os dois, interrompendo o olhar feroz de Ronin.

— Imaginei que gostaria de ver — ele disse, sua silhueta contra as lágrimas de Adalen.

Acima, uma nuvem encobriu o sol, deixando-os na sombra. O vento os encontrou no cadáver do castelo, puxando as roupas de viagem com seus dedos invisíveis e agitando fios de cabelo da trança que envolvia a cabeça de Erida, soprando uma cortina castanha-acinzentada diante de seus olhos.

Ela sustentou o olhar de Taristan.

— Sim, eu gostaria.

Ele se virou e se dirigiu ao vitral, com a mão vazia e enluvada erguida e fechada em punho. Então desferiu um soco contra o rosto da deusa, sem soltar um grunhido que fosse. Vidro azul e branco se espatifou sobre o musgo no chão. Alguns cacos se fincaram nos nós dos dedos dele. Taristan os tirou fazendo uma careta.

Ele ainda sente dor.

Erida ficou olhando, fascinada.

— Quando você apareceu, fiquei pensando se não seria tudo um truque — ela murmurou.

Algumas gotas de sangue se acumularam nos cortes de Taristan e pingaram na grama antes que a pele se regenerasse.

Ele verificou o punho. Não restava nem o vislumbre de uma cicatriz.

— Isso lhe parece um truque? — Taristan perguntou, carrancudo.

Seus passos soaram abafados quando ela se moveu, as saias rodando em torno de suas pernas.

— Um vigarista com um feiticeiro a tiracolo — Erida disse, revirando o punho dele. O sangue continuava ali, e nada mais. — Fazendo uso de magia inferior para enganar a rainha.

— Magia inferior — Ronin cuspiu, suas vestes escarlates parecendo um vestido. O feiticeiro se pôs de pé, devagar, o rosto vermelho como sua roupa. — Não sabe do que está falando.

Erida o encarou, seu olhar como uma salva de flechas. Pouquíssimos na Ala ousariam falar com ela naquele tom.

— Então esclareça para mim, feiticeiro.

Foi Taristan quem respondeu, erguendo a espada na outra mão, apertando o punho com força. A lâmina refletia seu rosto, os arranhões sob o olho transformados em cicatrizes branco-peroladas.

— Tirei esta espada da caixa-forte de Iona, escondida nas profundezas de uma fortaleza anciã. Chamaram-me de ladrão por recuperar o que já era meu, o que foi empunhado por meus ancestrais, muito embora meu próprio irmão carregasse sua gêmea.

Ele passou o dedo pelo estranho aço, marcado por runas em uma língua que Erida não sabia ler. Ela tentou visualizar o enclave ancião, escondido do mundo, envolvido pela névoa. *A ruína se esgueirando para dentro, através de um mortal com sangue do Cór, um rancor infinito e uma vontade de ferro.*

— Aquele dia se insinuava havia muito. Foi Ronin que me encontrou, que me disse o que eu era. O feiticeiro vermelho tirou um mercenário da lama de um campo de guerra trequiano e o tornou um conquistador — Taristan prosseguiu, a voz baixa mas forte, reverberando no peito de Erida. Ele cortou o ar com a espada em um gesto errante, sem nem pensar. — Dentro de mim, eu sabia que não era igual, não era um homem como aqueles do meu lado, satisfeitos em lutar, trepar e cultivar, bebendo todo o dinheiro e esvaindo a própria vida insignificante em mijo. Eu queria o horizonte mais do que queria qualquer caneco, moeda ou concubina.

Ronin ergueu o queixo, olhando para Taristan como faria com um filho amado. Passou pelo outro, tocando seu ombro com a mão branca.

— Assim é com o Velho Cór. Com toda a sua gente — o feiticeiro disse, e seguiu em frente. — É o Fuso em seu sangue.

— Vocês são filhos da travessia — Erida disse, recordando o que pôde das lições. Como era herdeira de Galland, tinham lhe ensinado os contos do Velho Cór como parte de sua herança. O pai costumava contá-los à noite, como se fossem histórias de ninar. *Filhos da travessia, filhos da conquista. Destinados a governar todos os cantos da Ala, mas caíram. Fracassaram. Somos seus sucessores.*

E vou provar isso, a rainha acreditava.

Taristan se virou, sua silhueta visível contra o vitral quebrado. Ele fixou os olhos nas ruínas do castelo, mas Erida sabia que via mais distante. Mais atrás. Seu próprio passado.

— Os Anciãos levaram meu irmão, que era minutos mais velho que eu, escolheram com base em nada além de alguns segundos de vida. Ele seria seu campeão, seu imperador, seu cão, a espada que lhes abriria o caminho de volta para casa.

As palavras pareciam arrancadas dele. Havia um tom rosado em suas bochechas brancas. O filho do Velho Cór traçou uma linha imperfeita no chão, abrindo o verde como se fosse carne. Embora ele se mantivesse ereto e íntegro, um príncipe de Galland, um príncipe do Velho Cór, imune ao dano e alheio à dor, Erida não pôde conter a pena que sentiu dele. *Não, não do Taristan de hoje. Do menino que cresceu sozinho e abandonado, tendo só a estrada sob seus pés.*

— Eles me deixaram gritando no limbo. Então me tornei a espada de outra pessoa, a fera de outra pessoa.

O coração dela acelerou. *A minha*, ocorreu-lhe, depressa demais.

Taristan voltou a olhar em seus olhos, sem dizer mais nada, com um músculo tremulando na mandíbula. Uma parte dele hesitou, segurou-se. Os olhos dela desceram por seu pescoço. Veias brancas se destacavam no colo, visíveis sob o colarinho. Tinham crescido desde a última vez que ela o vira, como as raízes de uma árvore.

Ronin se moveu, passando por entre o casal real. Olhou de soslaio para Erida, mostrando os dentes pequenos.

Ela engoliu uma onda de repulsa. *Fique longe de mim, seu rato*, pensou.

— Vocês servem a seus deuses, seus juízes silenciosos presos em vitrais, que sobrevivem apenas através dos sacerdotes falando com ossos que há muito se transformaram em pó — o feiticeiro disse. — Se é que tais ossos existiram.

Um calor se espalhou pelo corpo de Erida, e o suor escorreu por seu pescoço como se ela estivesse com febre, como se estivesse doente. A rainha ruminou as palavras dele, revirando-as repetidas vezes.

— E a quem você serve, Taristan? — ela perguntou, com a voz falhando.

Seu marido baixou os olhos pretos.

— Você O conhece como Porvir.

O primeiro instinto dela foi rir, mas rir de Taristan e do Velho Cór seria como assinar sua própria pena de morte. O segundo instinto foi chamar seus cavaleiros. Sacrificar tantos homens da Guarda do Leão quanto necessário para se livrar do homem insano com quem fora tola o bastante para se ligar.

O terceiro instinto, mais forte, mais sombrio, a tocou mais profundamente que os outros.

Para mim, o Porvir é parte de uma história de fantasma, um vilão das fábulas, a sombra sob a cama ou o rangido atrás da porta. Ele muda de um conto para outro. A Escuridão Vermelha, o Rei Quebrado de Asunder. Ele é todas e nenhuma dessas coisas. Não é real.

Não é real.

Mas, olhando nos olhos de Taristan, era incapaz de repetir aquilo em voz alta. De novo, via o estranho brilho, o escarlate se movendo no preto, quase um lampejo ou reflexo. Ela olhou para baixo, depois para trás. Não havia nada de vermelho diante dele, só verde, cinza e azul. *Como é possível?*

O que eu fiz?

O que mais farei?

De novo, ela esperou arrependimento, remorso. Nada veio. *Minha ambição é mais forte que minha vergonha.*

— O Porvir — ela se ouviu dizendo, moldando as palavras. Suas damas de companhia ririam se ouvissem sua voz trêmula. Lord Konegin ia se regozijar. *A opinião deles não significa nada.* — Então o feiticeiro é mesmo um sacerdote. De certo modo.

Ronin abriu um sorriso odioso.

— Do único Deus que esta esfera conhecerá.

— E quanto a você, Erida? — Taristan perguntou, aproximando-se de novo, até que restassem apenas centímetros entre eles. Ar e aço, hálito quente e espada de Fuso. — Vai servi-lo também?

Tenho escolha? De alguma forma, olhando nos olhos do Velho Cór, ela soube que tinha. Taristan mantinha os olhos fixos nela, sem se mover. Seus olhos pretos, em geral indecifráveis, estavam cheios de uma esperança sombria e vil.

Ela roçou as cicatrizes no rosto dele com os dedos, seu toque passageiro, leve como uma pluma. A pele branca dele estava quente como chamas.

— Há aqueles que destroem castelos, destroem correntes, destroem reis e reinos — ela disse, com a voz férrea.

— Qual deles sou eu?

O poder corria em suas veias, delicioso e sedutor. Ela queria mais; precisava de mais.

— Você destrói esferas, Taristan. Seria capaz de destruir todos os mundos e construir um império a partir das ruínas.

Seu pulso entrou em chamas com o toque da mão áspera dele.

Erida estava sem seu trono, sem coroa, sem qualquer um dos ornamentos da rainha que nascera para ser. Mas, por algum motivo, nunca se sentira mais como um rei.

— E eu também.

O sorriso dele a lembrou de um lobo, de um leão, de um dragão. Todos os predadores da Ala reunidos em um único rosto, com toda a sua beleza feroz, com todo o perigo que representava. Ela sentiu o vento nos dentes, seu sorriso espelhando o dele.

Couro e ferro estavam em suas mãos antes que ela percebesse, e seus dedos se fecharam em torno do punho da espada de Fuso. A ponta da espada estava a centímetros do coração de Taristan. Ele se inclinou por um segundo, pressionando o peito vestido de couro contra a extremidade afiada. Dois centímetros mais e sangraria.

O sorriso de Erida aumentou. Ela desfrutava da sensação da espada na mão.

Com movimentos deliberados, sem nunca tirar os olhos dos dela, Taristan levou a palma à lâmina afiada.

— Deixe-me sangrar por você — ele murmurou.

A rainha não precisava de mais convencimento. Deslizou a espada contra a pele de Taristan, abrindo um corte na mão dele. A lâmina ficou vermelho-escura, com o sangue dele, espesso como xarope, cobrindo a espada.

— Aqui — Ronin disse, olhando para o rosto estilhaçado de Adalen. Raios de sol o atravessavam, revelando partículas de poeira no ar. Eram tão densos que chegavam a parecer sólidos o bastante para serem tocados. Foi o que o feiticeiro fez, esticando a mão branca e passando-a pelos raios com os dedos trêmulos.

Taristan reivindicou a espada sem dizer nada, envolvendo o punho com ambas as mãos. Seguiu até o vitral de Adalen e a ergueu, como um lenhador diante de uma árvore.

A espada de Fuso cortou o ar, o sol brilhando contra ela por um segundo enquanto atravessava seus raios.

Então a luz em si se fragmentou, estilhaçando-se como o vitral, transformando-se em cacos amarelos e brancos. Um ruído preencheu o ar, como ferro em brasa mergulhando na água, seda ou pergaminho rasgando — Erida não sabia dizer. Não era nada que conhecesse, nada que já tivesse ouvido. O som ecoou no ar, em seus ossos, subindo por sua espinha até ela sentir que ia engasgar. O ar parecia fazer seu rosto formigar, provocando suas bochechas como o primeiro sopro da geada. Ela abriu a boca, ofegante, sentindo o gosto de ferro e sangue.

Tinha imaginado o Fuso a vida toda, como a maioria das crianças. As histórias variavam; os registros eram vagos. Fazia mil anos, só os Anciãos recordavam, e eles não vinham revelando muito nos séculos mais recentes. Mesmo então, Erida imaginava uma grande coluna, como um relâmpago, veias púrpuras, seu brilho congelado, uma arcada servindo de passagem para outra esfera. Um portal aberto. Um pilar. Algo gigante, lindo o bastante para suportar um poder tão raro.

Ela tinha se enganado.

Um fio ficou suspenso no ar, com mais de dois metros de altura, fino como uma agulha, podendo passar despercebido por determinados ângulos. Brilhava, em dourado e depois prateado, oscilando como a luz do sol na superfície de águas tranquilas.

Taristan ficou olhando, paralisado, o fio refletido em seus olhos pretos como carvão, dividindo a escuridão. Ele não se deu ao trabalho de limpar a espada antes de embainhá-la para passar a mão tão perto do Fuso quanto ousava. O fio se curvou, arqueando-se em direção à sua pele, chegando a centímetros dela.

A rainha cerrou os dentes e deu um discreto passo para trás. Qualquer coisa poderia passar por ali, e não seria leal a ela. Erida engoliu em seco, tentando não demonstrar medo.

O marido percebeu seu desconforto mesmo assim. Desviou os olhos do Fuso, voltando-se para o rosto dela. Erida imaginava que devia estar pálida.

— Eu a assustei? — ele perguntou, com suavidade na voz. — Você não é tola, e apenas um tolo não temeria.

Erida queria mentir. Rainhas não podiam se dar ao luxo de admitir fraquezas.

— Estou morrendo de medo — ela conseguiu dizer.

O Fuso brilhava para Erida, convidativo. As entranhas dela se reviravam em resposta, cada nervo disparando um alerta. O ouro e a prata piscavam. Entre ambos, estava contida outra cor. A princípio, ela achou que fosse preto, mas, olhando mais atentamente, se provava o mais escuro e letal vermelho. Erida sentiu aquilo com uma expiração contra sua pele, suave e agourenta. Uma promessa. Ele estava de olho.

O Porvir.

Erida ergueu o queixo.

— E pretendo usar esse medo a meu favor.

— Ótimo. — O orgulho tomou conta do rosto de Taristan, que baixou a mão. — O medo não deve ser ignorado, mas controlado. É uma lição que aprendi há muito tempo. É melhor que eu não tenha que ensiná-la a você.

— Para onde esse portal leva? — ela perguntou, dando outro passo, daquela vez para a frente. Seus pés se moviam por vontade própria, enquanto sua mente repassava todos os motivos para manter a distância. O Fuso fazia os pelos de sua nuca se arrepiarem. — O que vai vir? Outro exército?

Ela ficou olhando para o Fuso, dessa vez mais de perto, na esperança de ver algum sinal do que havia do outro lado. Mas não notou nada, nem mesmo a presença vermelha. O Fuso sibilou, como uma cobra afastando inimigos.

— As bênçãos do Porvir — Ronin murmurou.

Ele se colocou ao lado de Taristan. O homem do Velho Cór era muito maior, mas Ronin não parecia pequeno, apesar de sua figura esguia. O Fuso o abastecia de alguma coisa, um poder que Erida era incapaz de nomear. Ele cutucou Taristan.

— Aceite o que é oferecido — o feiticeiro disse, incentivando-o.

O Fuso brilhava nos olhos de Taristan. Ele ficou olhando, sem piscar, e enfiou a mão no fio fino e cintilante.

Erida achou que o Fuso fosse queimá-lo ou cortá-lo, machucá-lo de alguma maneira. Mas pelo contrário: seus dedos atravessaram com tanta facilidade quanto atravessariam a abertura entre duas cortinas, afastando para os lados os planos daquela esfera para chegar à próxima. Então a mão de Taristan desapareceu, depois seu pulso, até muito além do cotovelo. Do outro lado, não havia nada além de ar.

Ele franziu os lábios e seus dentes se cerraram quando seu corpo de repente se sacudiu. Se estava com dor, não demonstrou.

— Taristan — ela se ouviu murmurar.

Para sua surpresa, a rainha segurou o outro ombro dele, seus dedos comprimindo o couro, tentando puxá-lo.

O Fuso o devolveu sem apresentar resistência.

Diamantes do tamanho de ovos, impecáveis e sem igual, caíam de suas mãos, rolavam de seus dedos para a grama. A princípio, Erida achou que fossem blocos de gelo, alguns mais ásperos, outros mais lisos, grandes demais, numerosos demais para se tratar de joias. Ela pegou um, esperando sentir o congelamento. Mas era duro como pedra e pesava em sua palma.

— Irridas — Ronin sussurrou, inclinando-se para verificar as joias. — A esfera deslumbrante.

— Lar de Tiber, deus das riquezas — ela disse, reflexiva, recordando as escrituras.

As joias eram maravilhosas, mas Erida era rainha de um reino próspero. Uma mulher como ela não se impressionava facilmente com pedras preciosas. Ela se endireitou, ainda com o diamante na palma da mão, e encarou Taristan.

Quando os lábios finos dele se abriram em um esboço de sorriso, ela engoliu em seco.

— O que mais?

— Você não deixa nada passar — ele retrucou, pegando o diamante de Erida.

Sua pele já era branca, mas Erida notou a propagação constante de veias ainda mais claras. Eram iguais às que ele já tinha no peito, crescendo e se ramificando, assim como algo crescia e se ramificava dentro dele.

Os dedos de Taristan se fecharam, guardando o diamante. Os nós dos dedos ficaram rígidos e saltados, os ossos visíveis debaixo da pele. As pedras preciosas que segurava viraram pó, escapando por entre os dedos como a luz das estrelas.

Daquela vez, ele arreganhou os dentes brancos ao sorrir, como um predador que cercava a presa.

A pele de Erida queimou quando ele levou a palma da mão ao rosto dela, tocando sua bochecha. Ela sentiu o sangue dele, grudento, manchando sua pele, mas, de alguma forma, não se importava.

No Fuso, algo rugiu.

26

DOR E MEDO

Corayne

Sigil cavalgava como um pássaro voava. Era de sua natureza; ela o fazia com uma facilidade incrível, impossível. Os temuranos eram cavaleiros lendários, praticamente nascidos na sela, e ela não era exceção. Sua montaria não era um pônei de estepe, mas um animal de caça com pelo castanho, pernas compridas e uma estrela branca no rosto.

Ela mantinha uma corda presa à sua sela e à de Charlie, forçando-o a acompanhá-la, arrastando-o junto com uma careta no rosto. Ele sacudia como um saco de batatas na mula. Sempre que desmontavam, o homem caminhava com cuidado, parecendo assustado. Como Corayne, não ficava exatamente confortável na sela, e Sigil o alfinetava por conta daquilo. Os dois tinham uma relação estranha, rude mas tolerante, apesar dos esforços dela de levá-lo à execução. Apesar disso, trocavam velhas piadas e insultos mais velhos ainda. Estava óbvio que ela o seguia havia muito, muito tempo.

— Devo dizer que fico feliz em sair daquele pântano — Sigil declarou, inclinando o rosto para o sol conforme trotavam ao longo de uma estrada rural. Sardas pontilhavam suas bochechas.

Ela os guiava para sudoeste, deixando a névoa adirana para trás. Embora Corayne conhecesse o mapa tão bem quanto qualquer outra pessoa, não tinha ideia do destino deles.

Sorasa balançava ao ritmo do cavalo, com o capuz no rosto de novo.

— Não consigo acreditar que você passou tantos dias agachada na lama, esperando por essa desculpa esfarrapada de recompensa — ela disse, dando uma olhada para Charlie.

Sigil se endireitou, orgulhosa.

— Nunca falhei em levar um criminoso à justiça.

Perto dela, Charlie desdenhou.

— E nunca falhou em receber uma recompensa manchada de sangue.

— Manchada de sangue? Não se faça de inocente, sacerdote — ela retrucou, sorrindo. — Acredito que uma das acusações contra você seja de assassinato.

Andry tossiu em seu cavalo, tentando ao máximo esconder uma careta de reprovação. *O máximo dele não é muito bom*, Corayne pensou, observando o escudeiro se contorcer ao seu lado. Dom mantinha a expressão impassível, tentando esconder sua própria reprovação. *Você está cercado de criminosos, príncipe*, Corayne pensou.

— Era ele ou eu — Charlie disse, como se não significasse nada, gesticulando com a mão, e quase caindo da sela por isso. — Garion dos amharas me ensinou bem.

Outro amhara? Antes que Corayne pudesse abrir a boca para perguntar, Sorasa deu uma espiada por baixo do capuz, com um brilho travesso nos olhos.

— Eu diria que você também ensinou algumas coisinhas a ele — ela falou, soltando uma risada cortante e reservada.

Charlie ficou muito vermelho, mas riu com ela, os dois trocando olhares significativos. *Outra relação estranha, mais longa do que imaginamos.* Corayne não podia deixar de se entreter observando os dois. Eles a lembravam da tripulação da *Filha da Tempestade*, uma coleção de assassinos e embusteiros, muito leais uns aos outros, mas nem por isso menos letais.

A caçadora de recompensas virou o rosto para trás, e consequentemente o corpo em sua armadura de couro. O sorriso dela era frágil.

— Fiquei surpresa que Garion não estivesse à espreita no pântano, como eu. Você não era exatamente difícil de encontrar.

O sorriso dele desapareceu no mesmo instante, substituído por uma careta de dor. Com um movimento instável, Charlie desceu da sela, aterrissando com força na terra da estrada.

— Acho que vou andar um pouco — ele resmungou, recorrendo às próprias pernas para aumentar a distância entre eles.

Sigil deixou que ele ficasse para trás dela.

— Isso foi indelicado — Sorasa disse, sem emoção na voz ou julgamento, apenas apontando um fato.

Sigil deu de ombros.

— Não sou paga para ser delicada.

Andry se inclinou na direção de Corayne.

— Sigil pode ser mais dura que Sorasa — ele disse, discretamente.

No fim da fila, Dom zombou:

— Não sabia que se tratava de uma competição de pior personalidade.

Sorasa não hesitou.

— Não tem competição com você por perto, Ancião.

Da estrada, Charlie apontou para trás, já tendo esquecido seu desconforto.

— Todos os imortais são essas malas sem alça ou só ele?

A risada coletiva se espalhou pelos campos larsianos, fazendo a grama alta farfalhar. Para deleite de Corayne, até os lábios de Dom se retorceram em um sorriso traidor.

— Levante-se.

Corayne abriu os olhos aterrorizada, esperando pelo tio, pelo feiticeiro vermelho ou pelo próprio Porvir, uma sombra assomando com o objetivo de destroçá-la. Mas só encontrou Sorasa debruçada sobre seu corpo, o fogo fraco dançando em seus olhos cor de cobre.

Trêmula, Corayne se ergueu sobre os cotovelos, olhando para o acampamento em volta. Brasas brilhavam em um anel de pedras. Charlie estava sentado ali, enrolado no manto enquanto cutucava as chamas, quase dormindo. Sigil o observava, alerta como um falcão. A lua tinha ido embora, mas ainda havia estrelas no céu. O horizonte tinha um leve tom azulado a leste.

— Sorasa, ainda está escuro — Corayne protestou, esfregando o rosto. — Não é o meu turno...

A assassina a pegou pelo ombro, obrigando-a a se levantar. Corayne sentiu o ar frio da noite quando seu manto caiu.

— Depressa. Não temos muito tempo até que eles voltem — Sorasa disse, levando-a quase em ritmo de marcha até o fogo, onde Sigil se encontrava. Corayne cambaleou um pouco, tentando se situar enquanto despertava. — Eu deveria ter feito isso há muito tempo.

Feito o quê?, Corayne se perguntou, a mente de repente ligada. Ela abriu os olhos de vez para Sigil, cuja atenção se alternava entre o sacerdote fugitivo e o rosto de Corayne. A garota exalava dúvida, e um pouco de medo. Com um sobressalto, Corayne se deu conta de que Dom e Andry não estavam ali. O ponto onde haviam dormido se encontrava vazio.

— Onde está Dom? — ela perguntou, inquieta e desconfiada. Por mais que seus protetores a irritassem, sentia-se exposta sem eles, vulnerável demais. — E Andry?

Sorasa soltou o braço dela, posicionando ambas no meio do acampamento. Ela cruzou os braços e ficou batendo o pé.

— A carranca ambulante e o nobre escudeiro foram caçar o café.

Corayne quase pulou quando Sigil começou a circulá-la como se fosse um cavalo de leilão. Ela engoliu em seco e acompanhou o movimento, para manter os olhos na caçadora de recompensas.

— Posso ajudar, Sigil?

— A espada de Fuso é grande demais para que ela a use da maneira apropriada — Sigil finalmente disse, segurando os ombros de Corayne. Então a sacudiu, e Corayne tentou se segurar, surpresa. — Ela não tem força suficiente para empunhar um machado. Que tal uma lâmina de dedo?

Corayne precisou de um segundo para se dar conta de que Sigil não estava mesmo falando com ela.

— Ela é lenta demais — Sorasa respondeu, juntando-se à avaliação. — Arco e flecha também estão fora de questão.

Corayne olhou de uma para a outra, perdida. Então as peças se encaixaram, todas de uma vez.

— Vocês... vocês vão me ensinar a lutar?

Os dentes de Sorasa refletiam o fogo.

— Se eu tivesse um ano, ensinaria. Poderia torná-la uma guerreira aceitável — ela respondeu, sorrindo. Depois sacudiu a cabeça e olhou Corayne de alto a baixo. — Se um dia conhecer sua mãe, tenho algumas coisinhas a dizer a ela. Que lição para se negligenciar...

Minhas habilidades de luta não foram a única coisa que ela negligenciou, Corayne pensou, com amargura.

— Mesmo se não fosse o fim do mundo, a esfera é um lugar perigoso para uma mulher — Sorasa acrescentou, apontando para ela e para a caçadora de recompensas.

Sigil abriu um sorriso amplo.

— Por isso, temos que ser perigosas também.

— Quer dançar com uma de nós? — Sorasa estendeu a mão, como se fosse um acompanhante de baile. — Nós, que não pertencemos a lugar algum?

Qualquer ansiedade ou irritação por conta do sono interrompido desapareceu rapidamente. Corayne assentiu com animação, pensando na espada de Fuso na bainha e na adaga longa de Adira. *Nós, que não pertencemos a lugar algum.*

— Me ensinem — ela disse, sem ar.

Corayne sentiu o gosto da terra antes que soubesse o que estava acontecendo, derrubada no chão sem qualquer aviso.

— Mas que p... — ela chiou, tentando ficar de pé.

E logo em seguida foi derrubada de novo. A assassina se movia em um borrão.

Corayne caiu de costas e sentiu o ar escapar dos pulmões. Ouviu Charlie, enrolado em seu manto, rir baixinho. Sigil não se juntou a elas, satisfeita em observar tudo em silêncio.

Sorasa se inclinou para a menina, como havia feito minutos antes, com um sorrisinho no rosto. Então ofereceu a mão, sacudindo os dedos tatuados.

— Essa é a maneira mais fácil de aprender? — Corayne perguntou, tentando recuperar o ar.

Sorasa a puxou com força, colocando-a de pé.

— Certamente. Distribua o peso. Apoie-se na parte da frente dos pés. Você vai se equilibrar melhor e assim vai ser mais fácil mudar de direção.

A assassina fez uma demonstração, ficou com os pés plantados no chão e em seguida na ponta dos dedos, sempre com os joelhos ligeiramente dobrados. Ela balançou para a frente e para trás, com os ombros alinhados aos joelhos. Corayne fez o mesmo, imitando o corpo de Sorasa tão bem quanto podia. Daquela vez, quando Sorasa atacou, ela conseguiu se manter de pé por longos três segundos.

Corayne fez uma careta, sentindo as costas começarem a doer.

— Desculpe — ela disse, sentindo o constrangimento do fracasso.

— Foi melhor — Sorasa disse apenas, voltando a levantá-la.

— Talvez eu devesse voltar a dormir — Corayne falou, massageando o ombro. Ela procurou se manter firme, caso Sorasa a atacasse de novo. — Deixar a luta para quem sabe o que está fazendo.

Sorasa fingiu não ouvir.

— Não acho que tenhamos uma espada leve o bastante para ela. — Sigil voltou a circulá-la. Ainda não tinha vestido a armadura, mas parecia gigante mesmo assim. — A menos que queira dar a sua a ela.

— Eu preferiria dar um braço ou perna — Sorasa escarneceu antes de voltar a se dirigir a Corayne. — A faca longa que você comprou em Adira vai ter que servir. — Ela tirou a arma dos alforjes da menina. A lâmina piscou à luz das brasas, simples, com uma ponta afiada e punho envolto em couro. Sorasa a movimentou e golpeou, para testá-la. — Tem um bom peso. Você pode usar uma ou as duas mãos. Sugiro duas, se realmente quiser causar dor.

A lâmina continuou a dançar, deslizando em torno de seus dedos em um borrão de movimento.

— Exibida — Charlie resmungou, tomando um gole de um odre.

Deve ser vinho, Corayne pensou, observando uma gota escura escorrendo de seus lábios.

— Aqui.

Sorasa chamou a atenção dela, pressionando a adaga contra suas mãos hesitantes.

Corayne cerrou a mandíbula, trincou os dentes e fechou os dedos em torno do punho. Embora a espada de Fuso fosse pesada demais para ela, ao menos era familiar. A nova faca era estranha, uma desconhecida em suas mãos.

Sorasa mal lhe deu um momento para se adaptar e já ajeitou sua empunhadura. Rearranjou a pegada de Corayne, fechando seus dedos um a um.

— Apertado, mas não demais, está vendo? Não trave as juntas, das mãos ou de qualquer outra parte do corpo.

De novo, Corayne ficou vermelha. Ela odiava cometer erros, tinha pouca experiência com aquilo. *Ou pelo menos tinha até a esfera decidir cair sobre minha cabeça.*

— Isso. — Sorasa assentiu, olhando para a mão dela. Sua própria adaga, uma de muitas, reluziu antes que Corayne percebesse que havia sido sacada. A jovem empalideceu e recuou um passo. — Não se preocupe — Sorasa disse. — Você está a gerações de distância de digladiar comigo. Só observe, imite, decore. Você é boa nisso, não é?

Sou, Corayne pensou, e o rubor deu lugar a um sorriso hesitante.

Os exercícios não eram difíceis, e baseavam-se em repetição e memória. *Sacar, evitar um golpe, golpear, cortar, torcer, com as duas mãos, pela esquerda, puxar.* Os golpes de Corayne não tinham a mesma força, e sua forma nem se comparava à da amhara, caída ou não. *Mas já é alguma coisa, quando antes não havia nada*, ela pensou, enxugando o suor.

— Excelente. Pelo menos agora sei como segurar uma adaga — ela disse quando Sorasa parou, voltando a guardar sua arma.

A assassina sorriu.

— Se pelo menos você aprendesse a segurar a língua.

Até então, Sigil se contentara em observar, mas aquilo chegara ao fim. Ela girou os ombros e acenou para que Sorasa saísse da frente.

— Vamos ver se você sabe desferir um soco, herdeira do Cór — a mulher disse, baixando a guarda e se inclinando para que seu rosto ficasse ao alcance de Corayne. — Vá em frente.

Atrás dela, Charlie fez o gesto de um golpe.

— Ela não está brincando.

— Não ponha o polegar para dentro, ou vai acabar quebrando a mão — Sorasa acrescentou, sentando-se ao lado dele e relaxando na grama.

Corayne piscou para os dois, depois para Sigil. A caçadora de recompensas só a olhou de volta, à espera, sua mandíbula parecendo uma bigorna.

— É assim que os temuranos demonstram afeto? — Corayne perguntou, fraca, abrindo os ombros. *Distribua o peso*, ela pensou, ajustando a postura.

— Somos livres com nosso amor e livres com nossa raiva — Sigil respondeu, muito prática, e inclinou a cabeça, oferecendo o rosto para o golpe.

Quando os nós dos dedos de Corayne o atingiram, a garota percebeu que aquilo tinha sido uma péssima ideia. Uivou de dor, sentindo a mão pegar fogo e quase indo ao chão, agarrando o punho.

— Pelo Fuso — praguejou, sacudindo os dedos. Os nós dos dedos já estavam vermelhos, prestes a inchar. — Pelas lágrimas de Adalen — ela gritou, e prosseguiu com os xingamentos em todas as línguas que conhecia.

Sigil riu, já se endireitando.

— E aí? — Sorasa perguntou, a sobrancelha erguida.

— Sinceramente, não foi tão ruim quanto eu pensava — Sigil respondeu, chocada.

Aquilo não diminuiu a dor que Corayne sentia, mas lhe ajudou a suportá-la.

— Você não é a primeira pessoa que soco na vida — ela sibilou, entre dentes, sacudindo a mão de novo. — Só é a mais dura.

Orgulhosa, Sigil espalmou a mão contra a mandíbula, depois bateu com o punho fechado no peitoral largo.

— Os ossos de ferro dos Incontáveis não podem ser quebrados — ela se vangloriou, entoando um grito de guerra temurano.

Charlie não permitiu aquela exibição por muito tempo. Inclinou a cabeça, fingindo pensar.

— Não quebrei seu braço em Pennaline?

— *Você* não. Foi seu amante — Sigil retrucou, flexionando o braço em questão. Corayne não via nenhuma sequela. — E ele teve que usar um martelo.

— Ah, sim. Bons tempos — Charlie disse, saudoso.

Parecia errado rir quando havia tanto em jogo, mas Corayne o fez mesmo assim.

— Alguém já disse como vocês são esquisitos?

Sigil deu uma piscadela.

— *Todos nós* somos esquisitos, menina do Cór. E ainda não terminamos aqui — ela disse, gesticulando para que Corayne tentasse de novo.

Relutante, a menina fez como ordenado, posicionando-se frente a frente à caçadora de recompensas, mesmo batendo nos ombros dela.

— Soque aqui. Um — Sigil disse, erguendo a mão direita espalmada. — Soque aqui. Dois. — A mão esquerda. — E mantenha os pés em movimento. Agache quando eu atacar.

— Eu preferiria que você não atacasse — Corayne murmurou, com a mão ainda doendo.

Sigil não lhe deu mais tempo de resmungar. Suas mãos começaram a dançar em sucessão.

— Um, dois, dois, um, dois, um, um.

Sigil erguia as mãos enormes em sequência, amortecendo os golpes de Corayne.

Quando gritou "Agache", Corayne estava pronta, caindo sob um movimento de seu braço comprido, com um sorriso no rosto.

— Muito bem! — Sigil gritou, mostrando os dentes grandes em um sorriso largo. — Demonstrou concentração. Você tem foco. Sabe onde manter os olhos. Já é alguma coisa. — Ela bateu na testa de Corayne. — Agora *abaixe* — disse, rindo.

Eu já deveria ter me acostumado ao chão a esta altura, Corayne pensou, caindo na grama com um baque doloroso. Soltou um suspiro trêmulo. Sigil atacava como um cavalo em disparada, e Corayne já estava tonta. O canto de sua boca doeu, onde um fio de sangue escorria.

— Está com medo? — O rosto de Sorasa surgiu acima dela, coroado por estrelas vertiginosas.

Corayne não teve forças para mentir.

— Estou.

A julgar pelo sorriso de Sorasa, aquela era a resposta certa.

— O medo é um instinto importante, tão útil quanto qualquer lâmina de aço. Foi o que me manteve viva incontáveis vezes. Deixe esse medo entrar, deixe que a preencha, deixe que sussurre e a guie. Mas não deixe que a governe.

Corayne assentiu, trêmula.

— Não deixarei que me governe.

A assassina pareceu satisfeita.

— Não há professores melhores que o medo e a dor.

— Pelas asas de Baleir, o que estão fazendo?

Um borrão de cabelos dourados e olhos verde-esmeralda empurrou Sorasa para fora do caminho e ergueu Corayne. Ela cambaleou, instável, procurando segurar um braço para se apoiar. Sentia dor, mas aceitava. *A dor significa que aprendi alguma coisa.*

Sorasa rosnou, um tigre diante do furacão. Enfiou o dedo no peito dele, a vermelhidão subindo por suas bochechas.

— O que deveríamos ter feito desde que a encontramos.

Dom ficou satisfeito em responder na mesma altura:

— Corayne é a esperança da esfera, a única coisa que há entre Todala e a completa destruição.

A assassina jogou as mãos para o alto, exasperada, perdendo seu controle infinito.

— *Exatamente!* Ela precisa saber se proteger sozinha para quando não puder contar conosco.

Alguém limpou o lábio de Corayne. Ela se virou e viu Andry ao seu lado, com um lenço na mão, a ponta manchada de vermelho. Ela o pegou, grata, e pressionou o tecido contra a boca, que continuava sangrando.

— Tudo bem. Elas são boas professoras — Corayne disse, colocando-se entre Dom e Sorasa. *Quase tão boas quanto a dor e o medo.*
— Eu é que sou ruim em quase tudo.

O Ancião e a assassina se encararam. No mesmo momento, desviaram os olhos e deram as costas para se afastar. *Graças aos deuses*, Corayne pensou.

Os outros foram preparar o café da manhã, mas Andry hesitou, mantendo-se perto dela.

Corayne verificou o lábio com os dedos, depois se lembrou de que devia estar toda suja de terra. Sentiu-se estranhamente constrangida diante dele, embora Andry Trelland já a tivesse visto em situações iguais ou piores.

— Seu desempenho no cavalo também poderia ser trabalhado — ele murmurou, cavoucando o chão com a bota.

Quando ela socou o ombro dele, tomou o cuidado de manter o polegar para fora.

27

SERPENTE

Andry

Eles embarcaram em um navio mercante em uma vila de pescadores, daquela vez seguindo os conselhos de Sigil. Ela parecia conhecer todo mundo que Sorasa não conhecia, e a passagem rumo a Almasad saiu barata.

— Outro maldito barco — Dom praguejou, olhando para o mar.

Depois de dois dias na água, Andry agradecia à sua sorte por não estar sofrendo de náusea, condenado a botar tudo para fora da amurada do navio, como Dom. O Ancião estava melhor aquele dia, mas continuava verde como seu manto, seu foco infinito fixado nas ondas que batiam contra a lateral da galé larsiana. Os outros lhe davam amplo espaço, embora Charlon continuasse lhe oferecendo vinho, que Dom continuava recusando. Valtik entoara um encantamento, que talvez só tivesse piorado as coisas. Sorasa o ignorava por completo, envolvida em conversas com Sigil na proa, as duas mulheres tão diferentes quanto a noite e o dia.

Sigil era larga e alta. Mantinha o rosto voltado para o céu, desfrutando da luz do sol. Já Sorasa era uma sombra perto da loba temurana. Seus lábios mal se moviam quando falava, seu rosto uma máscara, enquanto Sigil estava sempre sorrindo ou de cara feia.

Andry queria poder ouvi-las, ainda que só para passar o tempo.

Corayne certamente tentava. Ficava tão perto quanto ousava, no meio do convés comprido da galé, escondida atrás de uma pilha de engradados presos ao barco.

Ela sorriu quando Andry se aproximou, apoiando-se na amurada.

— Honrado cavaleiro, está se juntando a mim para bisbilhotar? — Corayne perguntou, dando uma cotovelada leve nele.

O braço de Andry formigou com o toque.

— Acho que elas iam me esfolar vivo se eu tentasse — ele respondeu, sem exageros. — E quanto a você? Conseguiu ouvir alguma coisa?

— Sou esperta, mas não consigo ler mentes, Trelland. — Corayne estreitou os olhos para a proa, a testa franzida de concentração. — Ela deve ter prometido algo gigantesco a Sigil. Alguém cuja cabeça vale uma recompensa mais alta que a de Charlie.

Charlie. A familiaridade de Corayne com o fugitivo madrentino não era surpresa. Afinal, ela estava mais acostumada a criminosos que qualquer um dos outros. Além do mais, passava metade da noite com os selos e carimbos do falsificador, tentando decorá-los para seu próprio proveito. Eles tinham se tornado amigos com facilidade, o sacerdote caído e a filha da pirata.

— Talvez ela tenha oferecido a si mesma — Andry sugeriu. — É uma assassina, deve ter uma recompensa por sua cabeça.

Corayne deu risada.

— Acho que Sorasa venderia todo mundo neste navio antes de arriscar a própria pele.

Andry sorriu.

— Ela venderia Dom duas vezes — disse, e ficou satisfeito quando Corayne riu outra vez. — Mas não você — ele acrescentou, sem pensar muito.

Afinal, era a verdade.

O sorriso de Corayne desapareceu, como se ele tivesse despejado um balde de água fria sobre ela. A jovem virou o rosto para o vento, parecendo procurar algo no vasto horizonte azul. As ondas refletiam o sol, marcando seu rosto em tons dourados. Seus olhos continuavam inescrutáveis, pretos como piche, um buraco que poderia devorar o mundo.

— Todos me tratam como se eu fosse uma criança — ela murmurou, seu punho se fechando na amurada.

Andry pensou no que diria. Se pudesse conjurar uma xícara de chá para Corayne, era o que teria feito. *Mas hortelã e mel não vão mudar suas circunstâncias.*

— E estão errados? — ele retrucou, com cuidado, observando o rosto dela. Corayne franziu a testa. Não se moveu, mas, pelo ângulo de seu corpo, Andry sabia que ela teve vontade de tocar a espada escondida sob o manto. — Se você não chegar ao Fuso, tudo isso terá sido em vão.

Corayne lhe lançou um olhar cortante, com os dentes à mostra.

— Há outros. Não sou a única idiota com sangue do Cór que há na Ala.

— E onde estão esses outros? — ele perguntou, ainda com delicadeza. Andry Trelland tinha visto cavalos assustados e escudeiros de sangue quente o bastante no campo de treinamento para saber como manter uma aparência calma. *Ainda que Corayne an--Amarat seja mais aterrorizante que ambas as coisas.* — Você é a maior esperança que temos. Isso tem consequências.

Ela bufou, cruzando os braços.

— E um dos meus protetores precisa ser um imortal ensimesmado que fica ouvindo cada batida do meu coração? — ela resmungou, indicando Dom, a poucos metros deles.

— Se isso mantiver você viva, sim. — Um calor se espalhou pelas bochechas dele, um rubor florescendo em sua pele marrom. *Isso foi bem ousado, Trelland.* — Quer dizer, precisamos de você viva...

Corayne jogou as mãos para o alto.

— Nem sabemos como isso funciona! Meu sangue, a espada. E aí? É só misturar? — Ela puxou o manto, revelando a bainha em suas costas por um segundo. Seu rosto tinha ganhado cor.

Frustrada, Corayne passou a mão pelo cabelo solto. Seus cachos pretos se agitaram ao ar marinho, agarrando-se ao seu pescoço.

— Cruzaremos essa ponte quando chegarmos a ela — ele murmurou, desviando os olhos. — Temos Valtik, e Charlon... Charlie parece saber do que está falando, ainda que pareça meio jovem para ser um sacerdote *e* um fugitivo...

Ela chegou mais perto, assumindo uma posição que o deixava com as costas grudadas nos engradados. Andry fechou a boca.

— Você já viu um. Você estava lá. Com os Companheiros.

Ele sentiu a madeira pressionar suas omoplatas e um calor se espalhar pelo corpo. Seu trabalho de escudeiro não o havia preparado para uma garota como Corayne. Talvez o tivesse preparado para damas nobres, tímidas, escondendo-se atrás das mãos, ou confabulando em seus vestidos de seda. Mas não para aquela garota à frente dele, com uma espada nas costas e mapas nos bolsos, os olhos como uma noite sem estrelas.

— Estou com meus companheiros agora — ele disse, tentando mudar de assunto.

Ela olhou para ele, com a boca ligeiramente aberta.

— Você estava lá — repetiu, mais suavemente.

Não quero lembrar. Já bastam os pesadelos. Mas era impossível recusar qualquer coisa diante dos olhos dela. Ele sentiu os dentes trincarem, uns pressionando os outros. O ruído de madeira, corda e das ondas batendo esvaneceu, até que o vento em seu rosto pareceu quente e tudo o que ele podia ouvir eram gritos. Andry tentou bloqueá-los, tentou ver uma época antes de tudo aquilo, quando o mundo era diferente. Quando ele ainda era um menino.

Estava começando a chover. Nuvens desciam sobre nós. As portas do templo estavam fechadas, tudo estava quieto. Todos estavam vivos.

— Eu não vi, mas pude sentir — Andry disse. Uma escuridão se espalhava por sua visão. Seus olhos estavam bem fechados. Ele sentiu um toque fresco na mão. Com seus dedos pequenos e deliberados. Era Corayne acariciando sua pele. — Como acontece antes de um raio.

Ele se lembrou dos pelos de seu braço se arrepiando, da vibração do lugar, causando uma sensação perturbadora em seu âmago. *Como se o mundo se desequilibrasse.* Os dedos dela ficaram mais firmes, e ele sentiu tudo de novo.

Andry se forçou a abrir os olhos, quase esperando ver Taristan diante dele, e não a garota que daria fim a suas maldades. Mas só havia Corayne ali. Assim de perto, ele via as sardas em seu nariz, o bronzeado já se desbotando em suas bochechas. Ela parecia o pai e o tio, ao mesmo tempo que não lembrava os dois em nada.

Uma gaivota crocitou, acabando com a concentração de Andry. Ele soltou a mão da dela.

— Você acha que pode encontrar o Fuso? — Andry perguntou, apoiando os cotovelos na amurada.

Fechando-se para ela.

Corayne franziu os lábios e imitou os movimentos dele, abrindo espaço entre os dois.

— Ehjer disse que eles estavam na Sarim, uma corrente costeira. — O tom dela mudou, endurecendo. Era fácil visualizá-la no convés de outro navio, cheia de papéis na mão, comandando marujos e mercadores. — Perto da baía de Sarian, se conseguiram chegar a Adira. E que o monstro devorou marinheiros da Frota Dourada.

Andry suspirou, batendo os nós dos dedos na madeira.

— Como sabe disso? Ibal tem a maior marinha do mundo.

— Dividida em frotas. A Frota da Coroa patrulha o estreito da Ala e Almasad, a Frota das Joias cuida da costa sul, onde ficam as minas de pedras preciosas. A Frota da Tormenta caça saqueadores até o mar da Glória. A Frota Dourada defende Aljer, as Mandíbulas de Ibal. — Suas unhas tamborilaram na amurada. — Eu apostaria todas as moedas da esfera que o Fuso está naquela região, na água, ou próximo.

O escudeiro não conhecia a Ala tão bem quanto uma filha de pirata, mas seus professores não negligenciavam geografia. Ibal era vasto, um reino poderoso com montanhas, desertos, rios e costa, suas cidades parecendo joias em um escudo de ouro batido. O grande porto de Almasad supostamente rivalizava com Ascal, e sua capital, Qaliram, era ainda mais magnífica, um desfile de monumentos e palácios ao longo do Ziron. Hordas de cavalos sagrados se deslocavam pela paisagem como nuvens de tempestade, passando de pastos a deserto sob a proteção das leis ibaletes. Havia os Areais, um mar de dunas que pareciam ondas quebrando, cortado por cânions e salares. Os incontáveis oásis, alguns grandes o bastante para conter cidades inteiras, outros pouco mais que algumas palmeiras. E a famosa costa ibalete, penhascos e encostas suaves sobre as águas verde-claras, patrulhados pela maior armada da esfera. O Cór havia conquistado a antiga Ibal, mas a um grande custo. Seus reis permaneceram, superados apenas pelos imperadores do norte. Os batimentos cardíacos de Andry aceleraram à mera ideia de ver tais coisas, lugares maravilhosos, tão distantes da terra que ele chamava de lar.

Andry balançou a cabeça.

— Ainda assim, é muito terreno a percorrer.

Para sua surpresa, Corayne deu de ombros. Não parecia intimidada pelo desafio, mas pelo contrário: encantada.

— Como você disse, temos Valtik e agora Charlie. Talvez eles tenham algo a dizer a respeito. Se Taristan foi capaz de localizar um velho Fuso, por que eles não seriam?

Andry olhou para os especialistas em questão. Ambos se encontravam ocupados no momento. Charlon agachado à sombra da vela, com a língua entre os dentes, lente, pena e tinta a postos, dedicando-se cuidadosamente a um pedaço de pergaminho. Documentos de trânsito para quando chegassem em Ibal. Ele parecia um sapo gigante, suando mesmo à sombra. Para surpresa de ninguém, Valtik tinha pegado um peixe listrado e o eviscerava no convés, fazendo sujeira e ignorando os olhares da tripulação. Ela comeu a maior parte do peixe cru, ostentando um sorriso vermelho enquanto cantava sozinha, contando as espinhas.

Eles não chegam a ser muito convincentes.

O navio mercante cortava a água com o vento forte, sua proa quebrando as ondas. Andry nunca havia perdido a terra de vista, e inspirou profundamente o ar salgado. Esperava que a viagem o deixasse nervoso, mas apenas a fome acometia seu estômago.

Ele sentia o olhar intenso de Corayne em seu rosto, concentrado nele, e não no mar.

— Sua mãe já deve estar em Aegironos a esta altura — ela disse, enquanto o vento voltava a agitar seu cabelo. — Os barcos indo para Kasa se reabastecem no Golfo dos Navegantes. As ondas são tranquilas. A cidade é linda.

Ele tentou visualizar aquilo. Tentou ver a mãe sorrindo ao sol quente, sua pele voltando a brilhar, ainda que ela se mantivesse encurvada na cadeira. Andry sabia que ela queria aquilo, queria voltar a ver seu lar, já fazia anos. *Seu desejo está sendo atendido*, ele disse a si mesmo, tentando abrandar a vergonha sob cada centímetro de sua pele. *E estará segura.*

— Você já esteve no continente meridional? — ele perguntou.

Corayne sacudiu a cabeça, mordendo o lábio.

— Minha mãe tem sangue sulista, então eu também, mas só ouvi histórias do mundo, de pessoas que puderam vê-lo.

— Você está vendo agora.

Ela lhe lançou um olhar fulminante.

— Não acho que isso conte, Trelland.

— Talvez depois. — Ele deu de ombros. "Depois" parecia uma ideia tola e impossível, muito além do alcance. Eles provavelmente morreriam tentando salvar a esfera, ou na sequência de seu fracasso. Mas a esperança de um depois, por mais distante que estivesse, era como um bálsamo sobre a pele quente. Andry se debruçou sobre essa esperança, buscando aquela sensação. — Não posso mais ser escudeiro. — *Não de uma rainha que está tentando me matar.* — Antes de morrer, um dos Companheiros, um cavaleiro de Kasa chamado Okran, me convidou para ir a Benai. — *Talvez seja minha última lembrança feliz, antes de tudo se reduzir a cinzas.* Andry desejou poder voltar atrás, segurar o cavalo de Okran pelas rédeas, arrastá-lo para longe do templo e de seu fim. — Ele prometeu me mostrar a terra da minha mãe e o povo dela.

O rosto de Corayne ficou imóvel, com exceção de seus olhos. Andry sentiu que ela procurava algo nele. A garota o lia como se ele fosse um de seus mapas, ligando um ponto a outro, chegando a uma conclusão que ele era incapaz de ver.

Ao mesmo tempo, ele se sentiu compreendido. A vontade de Corayne de ver o mundo era maior que a dele. Ela sabia como era olhar para o horizonte e ficar desejoso.

— Talvez depois — ela murmurou. — Sua mãe vai poder mostrar o lugar a você pessoalmente.

Ele sentiu a esperança gotejando em seu peito, escapando por entre seus dedos. Deixando uma dor. Algo lhe dizia que aquele sonho nunca ia se tornar realidade.

Andry não dormia na parte inferior do navio. O compartimento era abafado e os marinheiros não só fediam, mas arrotavam e peidavam a noite toda. Só Charlon e Sigil suportavam aquilo, embora a caçadora de recompensas só estivesse se mantendo por perto caso o outro quisesse aproveitar a oportunidade para fugir. Mesmo *no meio do mar*. Só os deuses sabiam onde Valtik estava. De alguma forma, a bruxa tinha conseguido desaparecer naquela galé. *Provavelmente está dependurada por uma corda na lateral do navio, atraindo tartarugas para pegar seus cascos.*

Andry, então, dormia no convés. O navio balançava na calmaria. Ele se sentia suspenso entre o sono e o despertar, recusando-se a sonhar com o templo, a sentir a espada, as mãos vermelhas e corrompidas na sua pele. Em seus pesadelos, o cavalo hesitava. A espada caía. Andry escorregava da sela e era devorado, a esperança da esfera morrendo com ele. A luz das estrelas penetrava suas pálpebras, mais forte do que nunca. Tão longe da terra, da fumaça e da luz das velas, as estrelas pareciam agulhas perfurando o céu, picadas da esfera dele no céu dos deuses. Andry tentava ignorar Corayne cochilando a poucos metros de distância, parcialmente obscurecida por Domacridhan, sentado ao lado dela. Corayne era pouco mais que uma protuberância sob o manto, a espada parcialmente escondida a seu lado, um pouco de seu cabelo preto escapando do capuz.

O primeiro sacolejo não pareceu nada. Uma onda errante. Uma rajada de vento atingindo a vela.

Andry abriu os olhos e viu que a vela não acusava vento, o mar continuava calmo. *Um truque do sono*, ele pensou. *Como sonhar que estamos caindo.* O próprio Dom, sentinela constante, não se moveu — continuou encarando as próprias botas.

Andry voltou a se acomodar, aquecido pelo manto, sentindo o ar salgado e fresco no rosto. *Não sei por que as pessoas reclamam tanto de navegar. É bem agradável.*

O segundo sacolejo fez o casco ranger, e o navio se inclinou sob Andry. Ainda tranquilo, num movimento constante e suave. Um dos tripulantes que estavam de guarda sussurrou para outro.

Seu larsiano era difícil de entender, mas ele parecia confuso. Outro tripulante olhou pela lateral da galé, para a água preta.

Andry estreitou os olhos. Dom se endireitou. Seu rosto branco parecia ainda mais pálido à luz fraca; seus lábios se retorciam sob a barba dourada. O Ancião olhou para a proa, onde Sorasa dormia de pé, com os braços cruzados em um abraço apertado.

Algo se desenrolou no escuro, fora das luzes fracas emitidas por mastros, proa, popa. Andry estreitou os olhos, tentando enxergar.

Em um segundo o Ancião estava de pé, a voz erguida em alerta, já atacando.

Uma vez na vida, o imortal não foi rápido o bastante.

Um braço musculoso, verde e cinza, surgiu na escuridão, envolvendo o peito do marujo. Parecia escorregadio e brilhava, refletindo a luz como a barriga de uma lesma. O homem soltou um arquejo gosmento e engasgado, o ar tirado de seus pulmões antes que ele mesmo fosse jogado para fora.

Andry piscou.

É um sonho estranho.

Dom gritou quando o navio foi erguido, e outro marujo foi até a amurada, vivo o bastante para gritar quando seus tornozelos foram envolvidos por uma videira ondulante de carne molhada. Sua voz foi interrompida abruptamente pelo barulho das ondas para as quais foi puxado.

Andry tentou se levantar, mas se atrapalhou com o manto, seus membros ainda pesados de sono.

— O que é isso? — ele ouviu sua voz rouca perguntar.

As lanternas balançaram com um movimento do navio que não estava sincronizado com as ondas. Algo os empurrava, fazendo a galé sacudir como um brinquedo.

Corayne piscava, os olhos turvos, enquanto Dom a ajudava a ficar de pé e empurrava a espada de Fuso em seus braços. Os olhos dela encontraram Andry. A mesma pergunta estava em seus lábios quando o navio balançou mais uma vez.

Suas palavras morreram com o próximo membro da tripulação, quando uma cauda que mais parecia um chicote envolveu seu pescoço e o puxou para fora. Andry só assistiu, boquiaberto, ao larsiano de quase cem quilos desaparecer no mar.

— O Fuso — o escudeiro disse baixo, sentindo o terror subir por sua garganta. *Estava ali? Nas ondas debaixo deles?* Mas não houve nenhum sinal revelador, fosse luz ou estranheza. Só a noite, cheia de gritos. O Fuso continuava longe, mas seus monstros tinham se espalhado.

Os marujos gritavam de um lado a outro, entrando em ação. Puxando cordas, amarrando velas. A maior parte deles pegou armas: espadas, lanças compridas com ganchos, mais apropriadas para a pesca. Um gritou para o porão, chamando o capitão e o restante da tripulação.

Sigil emergiu antes de qualquer outra pessoa, com uma expressão fechada, puxando o sacerdote fugitivo consigo. Na outra mão, girava o machado.

Andry se levantou com dificuldade e correu para o mastro, contra o qual Dom posicionava Corayne, o Ancião parando de lado na amurada.

— É melhor amarrar você — ele disse, olhando para a vela principal com uma carranca no rosto.

— Nem pense nisso — ela retrucou. — Tenho muito interesse em não me afogar.

O Ancião a ignorou, passando uma corda ao redor dela.

— Você só vai se afogar se o navio afundar. Se cair na água com uma serpente marinha, vai morrer de qualquer jeito.

O rosto dourado de Corayne estava pálido à luz da lanterna. Ela não resistiu quando ele apertou a corda, prendendo-a de costas para o mastro. Em vez disso, olhou para Andry. Ele esperava ver nela o mesmo terror que sentia por dentro. Mas em Corayne an-Amarat só havia uma determinação fria.

— Meu sangue é água do mar e Fuso em medidas iguais — ela disse, austera.

O escudeiro quis poder dizer o mesmo. A noite os pressionava de todos os lados do navio, as lanternas uma defesa fraca contra a fera que se desdobrava na água.

— Uma serpente marinha — Andry conseguiu dizer.

A amurada do navio estava lotada de marujos armados, seus ganchos e espadas curtas brandidos como agulhas. Eles olhavam para a água, preparados para o próximo ataque.

— Um kraken seria mais complicado — Valtik cantarolou, dançando pelo convés com os pés sujos descalços. Carregava o esqueleto completo de um peixe dependurado do cinto. — Ninguém está condenado.

Sigil fez uma careta. Seu machado reluziu.

— Ela sempre faz isso?

— Infelizmente — Sorasa respondeu, entrando sob a luz da lanterna dos mastros com sua adaga de bronze. — Muito bem, bruxa. Imortal. — Ela olhou para Valtik e depois para Dom. — Alguma sugestão?

A velha abriu um sorriso cheio de dentes e se amarrou ao lado de Corayne, passando a corda por seus pulsos.

— Sobreviver — Dom respondeu, sério.

A assassina revirou os olhos.

— Não sei dizer qual de vocês é mais inútil.

— Acenda mais lanternas. Mantenha os olhos abertos. — O tom de Sigil era autoritário.

Embora Andry soubesse pouco sobre a caçadora de recompensas, era uma presença familiar e tranquilizadora para ele, como se fosse um dos cavaleiros ou dos instrutores que o haviam treinado no uso da espada. Ela foi até a amurada, as botas martelando o convés, e proferiu ordens. Na proa, o capitão larsiano as ecoou, o rosto cinza de medo.

— Capitão Drageda... — ela o chamou, em um alerta repentino.

A cabeçorra da serpente se ergueu atrás dele, os olhos amarelos semicerrados, as presas brancas e afiadas brilhando. A criatura atacou, devorando o capitão antes de voltar à segurança da água. Lanças foram incapazes de perfurar suas escamas, os ganchos não encontraram nada para prender. Só a espada de Dom marcou a pele da serpente, tirando dela um sangue preto que se espalhou pelo convés.

O líquido escorria, escuro como piche, pela extensão da lâmina de aço.

— Peguem os remos! Precisamos chegar à costa! — um dos marujos gritou, entrando em pânico.

Outros concordaram, largando os ganchos depressa.

Andry cerrou os dentes, com a espada recém-comprada pesando na cintura. Suas mãos tremiam quando ele a sacou. Sua respiração estava pesada enquanto ele tentava não pensar na última vez em que havia erguido uma lâmina em batalha.

— Mantenham suas posições! — ele gritou, soando mais corajoso do que de fato se sentia.

— Esqueçam os remos! Aquele troço vai quebrá-los como se fossem palitos de dente! — Corayne gritou, sua voz tão forte que pegou até os marujos desprevenidos. Ela forçou as cordas que a seguravam. — Usem as velas, mas protejam os mastros a todo custo!

Os marujos não tinham ideia de quem era Corayne e não pretendiam obedecer às ordens de uma adolescente no navio deles. Alguns continuaram correndo na direção do porão e dos remos, as botas deslizando na água do mar que borrifava. Foi Charlon quem os fez voltar, impedindo a passagem.

— Vocês ouviram a garota — ele disse, apontando o dedo manchado de tinta.

Os olhos de Sigil brilhavam à luz das lanternas acesas sobre toda a galé.

— Defendam os mastros, homens — ela ordenou, muito profissional.

Era mais fácil ignorar Corayne que uma caçadora de recompensas usando armadura e segurando um machado. Ela iniciou a formação, ficando de costas para Corayne e deixando que Dom se posicionasse do lado oposto. Eles se moveram em uníssono, traçando círculos lentos, seus olhos na escuridão além do navio. Andry se juntou aos dois sem questionar. Aquilo ele entendia. Havia sido treinado a vida toda para lutar lado a lado.

Uma forma escura moveu-se lentamente mais acima. Ele pulou, assustado, e ergueu a espada, mas só encontrou Sorasa, escalando o mastro com toda a agilidade. Ela carregava um arco no ombro e uma aljava de flechas pendurada com certa precariedade na cintura. A adaga reluziu em seus dentes enquanto a vela batia à sua volta no vento cada vez mais forte. Aquilo não a incomodava, e Sorasa se aninhou entre o cruzamento do mastro com a verga.

A serpente retornou, ainda sangrando enquanto cobria o navio em um arco gracioso e terrível. Seus olhos brilharam, a mandíbula bem aberta antes de se fechar sobre os marinheiros do lado oposto da amurada. A madeira foi despedaçada e ossos se quebraram; ganchos tentaram em vão se agarrar às escamas grossas. Dom atacou, erguendo a espada com um grito ioniano de batalha. Uma flecha passou voando por ele, perto o bastante para fazer seu cabelo comprido esvoaçar. Ela perfurou a serpente, que já voltava a mergulhar na água levando dois marujos, cujas armas jaziam abandonadas no convés.

Andry desejou que o sol nascesse. Queria a luz do dia. A escuridão continuava ali, não importava quantas lanternas acendessem ao longo do navio. A serpente atacou de novo e de novo, usando a cauda ou mergulhando e voltando à tona. A galé balançava com cada golpe, ameaçando virar devido à força da criatura. O que a salvava era o vento, que batia contra a vela e fazia o barco avançar, uivando sob as estrelas. Ele soprava terrivelmente frio.

Um a um, os marujos foram abandonando a amurada para proteger o mastro principal. O monstro sibilou para eles, enrolando-se no casco, ameaçando destroçá-lo. Quase levou uma flechada no olho e escapou quando Dom e Sigil atacaram, suas armas reluzindo juntas. Andry os acompanhava, a memória muscular resgatando o treinamento mesmo que sua mente ainda não conseguisse acreditar contra o que lutava.

A serpente era mais comprida que o barco e grossa como um carvalho. Enchia o convés com sua saliva, sangue e água do mar a cada investida. Andry quase perdeu o equilíbrio com os olhos ardendo por causa do sal; deu um golpe de espada, mas as escamas passaram longe. Sua visão embaçou, mas ele manteve os olhos abertos, ainda que minimamente, enquanto a criatura se contorcia acima do navio. Daquela vez, passou bem perto de Corayne, suas presas do comprimento do braço dela.

Charlon jogou a rede dos engradados na cabeça da criatura, grunhindo. A serpente pareceu desdenhar dele, desviando das cordas, chicoteando o convés com a cauda. Destruiu outra seção da amurada com sua força, e as ondas adentraram o convés, cheias de espuma.

Sem nem pensar, Andry seguiu para o buraco. Suas roupas estavam ensopadas, mas a espada não lhe escapava da mão.

Uma voz gritou seu nome, mas ele não parou, bloqueando a saída da serpente. Atrás dele, não havia nada além de espaço aberto e ondas vorazes.

A serpente fixou seus olhos amarelos e brilhantes nele, sibilando por entre as presas. Seu corpo maciço se enrolou e girou no convés, preparando-se para o ataque. Andry fincou os pés, mas o chão estava escorregadio, o que tornava as botas dele inúteis.

— Comigo — ele grunhiu baixo, olhando nos terríveis olhos amarelos.

O machado e o arco atacaram juntos, o primeiro no pescoço, o segundo atravessando um olho gigante com uma flecha. O grito da serpente enquanto se contorcia não era como nada que Andry já tivesse ouvido. Parecia ao mesmo tempo um furacão e uma velha uivando.

Sigil gritou de alegria, produzindo um arco de sangue preto ao arrancar o machado das escamas. Sem perder tempo, atacou de novo, cortando como um lenhador cortaria uma árvore morta.

Furiosa, a serpente chicoteou com toda a força, seu corpo enrolado até a cauda ondulando sobre o convés e derrubando marujos e carga no mar Longo. Andry congelou quando ela agitou o corpo perto do mastro, com força o bastante para parti-lo em dois.

A espada de Dom caiu, respingando água do convés inundado. Ele se moveu com uma rapidez imortal e os braços bem esticados para segurar a cauda que se movimentava, soltando um rugido. Trincou os dentes, enquanto suas botas escorregavam. Foi o bastante para salvar o mastro, mas a serpente se contraiu e envolveu o príncipe ioniano.

Corayne gritou, lutando contra as cordas que a prendiam, tentando em vão alcançar o imortal.

Flechas caíram como estrelas cadentes, perfurando a serpente. Sorasa saltou para o convés, jogando de lado a aljava vazia. Seguiu na direção da criatura, desviando de cada investida dela. A adaga da assassina a cortou com sofreguidão, abrindo a criatura no sentido do comprimento, rasgando um talho comprido na garganta.

Ainda assim, a serpente se enrolava e pulsava, até que apenas o rosto de Dom podia ser visto, seus dentes rangendo no que só poderia ser agonia. Um mortal já teria quebrado, e Dom estava perto do limite.

Andry correu, voltando a espada reluzente para a parte mais grossa da serpente. Ele mirou bem, desviando por centímetros do corpo de Dom ao mergulhar a espada até o punho, atravessando a dureza de músculos e escamas. Do outro lado, Sigil fez o mesmo, seu machado trabalhando com uma velocidade impressionante.

A firmeza da serpente relaxou um pouco, enquanto ela ainda gritava, o sangue jorrando pela galé, o convés mais preto que o céu noturno. Andry o sentiu, jorrando quente, manchando suas mãos. Ele não aliviou a própria pegada, grunhindo enquanto insistia com a espada, tentando torcê-la e causar tanto dano quanto possível.

A serpente perdeu o outro olho para a adaga de Sorasa, seu lamento deplorável e agudo. Dom grunhiu quando o monstro foi soltando suas espirais tensas de seu corpo. Andry empurrou as escamas para afastá-las do imortal, os braços ensopados de sangue fresco.

— Obrigado — Andry ouviu o Ancião murmurar, dando tapinhas no ombro dele.

Sorasa pulou para o lado de Dom, colocando-o sentado no convés.

Cega e destroçada, a serpente se curvava e tremulava, entoando sua canção final no convés do navio mercante. Os marujos sobreviventes a provocaram, incitando-a a seguir na direção do buraco na amurada. Ela estremeceu e deslizou, mais lenta a cada segundo.

— Tirem-na do navio — Corayne gritou por cima dos ruídos do monstro agonizante e do vento forte. — Antes que nos arraste consigo.

Charlon apoiou as costas contra a criatura, corajoso o bastante para tentar empurrar a serpente que ainda respirava.

— Uma ajudinha, por favor? — ele pediu à tripulação.

Junto com Sigil, os marujos empurraram a criatura condenada de volta para o mar. Assim que ela atingiu as ondas, o vento se abrandou e morreu, e a vela parou de tremular.

Andry caiu de joelhos, exausto e atordoado. O sangue continuava ali, manchando suas roupas até a cintura. Ele não ligou. Sua respiração era curta e entrecortada.

— Obrigado — Dom repetiu, sem ar, deitando-se no convés.

Assim que o fez, Sorasa seguiu para o mastro. Soltou Corayne com alguns cortes da adaga. A garota se lançou para a frente, deslizando até Andry. As mãos dela tremiam enquanto o olhava.

— Estou bem — ele murmurou, embora não soasse nada bem.

Ainda amarrada por vontade própria, Valtik inclinou a cabeça e olhou para os sobreviventes.

— Alguém conseguiu pegar um dente? — ela perguntou, como se pedisse um segundo caneco de cerveja. — A verdade se esconde nas presas de uma serpente.

Ninguém tinha forças, ou vontade, para responder.

28

A QUEM PAGAR MELHOR

Corayne

Amuradas destruídas dos dois lados da galé. Carga perdida. Capitão morto, assim como uma dezena de membros da tripulação. Até que não foi tão ruim para uma batalha com uma serpente marinha.

Corayne avaliou o prejuízo com olhos experientes antes de se sentar com o navegador do barco, que então fazia as vezes de capitão. O homenzinho corpulento a lembrava de Kastio. Juntos, eles definiram uma rota que se beneficiasse dos ventos e das correntes do estreito. Seus dedos dançaram sobre o pergaminho dos mapas estendidos como tapetes. O sol brilhava, quente; o ar estava limpo, carregado de sal. Aquele era o lugar de Corayne.

De novo, Dom se encontrava entre os feridos. Estava com o torso nu, revelando uma confusão de hematomas pretos e azuis, com padrão de escamas. Não fez barulho enquanto Sigil examinava seu peito, buscando com os dedos sinais de hemorragia interna. Sorasa assomava sobre eles, com um vergão de um lado do rosto causado por um golpe da cauda da serpente. O Ancião mantinha a boca fechada, mas sua irritação era muito óbvia. Só o chá providenciado por Andry o acalmou um pouco. O escudeiro fazia a ronda, oferecendo a bebida de aroma doce para os marujos.

Quando a noite caiu, eles já tinham tripulantes destacados para a vigia, sob as lanternas oscilantes do navio. A escuridão passou sem incidentes, assim como a noite seguinte. Nada mais surgiu das profundezas, mas todos continuavam atentos, sempre olhando para as ondas.

Um navio nunca havia ficado tão aliviado em avistar a Frota da Coroa de Ibal, os vistosos navios de guerra espalhados pelo ponto mais estreito do mar Longo, como dentes na boca de um leão. Suas bandeiras dançavam ao vento, no azul e dourado reais. O navio mercante estendeu sua bandeira larsiana, um touro em branco contra o azul-claro, e todos os marujos comemoraram ou acenaram.

Corayne não compartilhava do sentimento deles. Ficou observando Charlie acertar os últimos detalhes em seus documentos de trânsito. Os selos eram perfeitos: a sereia guerreira no azul-esverdeado de Tyriot, com o padrão de suas escamas em tinta dourada de verdade. Como Charlie havia conseguido produzir algo tão lindo no convés de um navio, Corayne não sabia. Ela se maravilhou com os documentos diplomáticos e com as cartas que os marcavam como agentes de uma companhia mercante tyresa.

— Não é meu melhor trabalho — Charlie disse, rangendo os dentes enquanto ela espiava por trás dele. — Seria melhor se houvesse alguma variedade. Você poderia se passar por ibalete ou ahmsara, como Sarn. Mas não tive tempo de fazer outro selo.

— Vai funcionar — ela respondeu. — O que importa é nossa postura, e não o selo.

Nunca muito distante, Dom se aproximou deles, olhando para o horizonte. Seus lábios se moviam como se ele contasse navios.

— Sou um príncipe de Iona — ele disse, cruzando os braços. — Isso deve contar alguma coisa.

Charlie tinha tato o bastante para não responder, nem com palavras, nem alterando sua expressão.

— É impossível passar pela Frota da Coroa sem um planejamento meticuloso ou muita sorte — Corayne disse. *E, embora as coroas da Ala talvez ainda se impressionem com os Anciãos, o capitão de um navio da frota dificilmente se importaria, e talvez nem acreditasse na existência deles.* A mãe dela discutia com os guardiões do estreito da Ala sempre que navegava para oeste, e Corayne era cuidadosa para evitar complicações. — Todo mundo que passa paga uma taxa. Seus documentos podem ser bons o bastante para garantir que seja cobrado o preço normal, ou você tem que se virar. Alguns capitães são facilmente subornados, mas é impossível saber a que navio as ondas vão levar.

Eles navegaram na direção da frota. Um dos navios estava mais para baixo na água de tão pesado. Corayne sentiu a fome da mãe aflorando no peito. A galé gorda com três mastros parecia um sapo numa lagoa. Devia estar cheia de moedas e promissórias assinadas por nobres conhecidos, diplomatas ou mesmo a realeza, obrigados a pagar ao tesouro de Qaliram. Meliz an-Amarat muitas vezes fantasiava em saquear um navio de cobrança, mas eram altamente protegidos. O risco era grande demais, mesmo considerando o prêmio.

O coração de Corayne acelerou quando um navio ibalete parou com eles, o convés cheio de marujos vestidos em seda leve e arejada, no mesmo tom de azul da névoa. Eles não precisavam de armadura de verdade, nem em meio às ondas, nem no calor do sul. Os marujos ibaletes eram nadadores e espadachins talentosos. Metal pesado só os deixaria mais lentos. Suas espadas e adagas eram de bronze, como as de Sorasa, brilhando à luz do dia, em uma demonstração declarada de sua força.

O navegador se reuniu com o capitão ibalete, carregando a carteira e os documentos. A julgar por sua fala, fazendo movimentos de ondas e serpenteio com as mãos, Corayne julgou que estivesse contando do monstro. Aquilo prendeu a atenção do capitão ibalete, que mal olhou seus documentos falsificados. O homem deu uma olhada na tripulação, ainda marcada pela batalha, mas não se demorou. Nem em Sigil, que claramente não era de ascendência tyresa, nem em Valtik, que se encaixaria melhor em um túmulo que em um navio mercante.

Depois de um momento, eles seguiram seu caminho, navegando rumo à costa ibalete.

Logo estavam na grande cidade de Almasad.

Ibal era uma terra velada pela luz suave, nublada pelo mergulho do sol a oeste. A costa era verde, com fileiras de palmeiras enormes e jardins de suculentas, tão viçosos quanto qualquer floresta do norte. Corayne ficou maravilhada. As margens estavam repletas de juncos e flores de lótus azul-claras, ao longo das praias de areia. Uma linha amarela brilhava no horizonte, onde as dunas começavam. Havia vilarejos e cidades em toda a costa, em penhascos e ribeirinhos, maiores a cada quilômetro que passava. Pescadores abundavam na parte rasa do mar. Barcos se moviam ao longo da costa, como carroças em uma estrada do Cór, variando de navios de guerra a pequenos barcos a remo.

Então Almasad surgiu, cintilante, uma cidade portenha se espalhando de ambos os lados do poderoso Ziron. Podia não ser a capital, mas era maravilhosa mesmo assim, repleta de monumentos de arenito e de pilares de calcário. O rio era largo demais para pontes, e barcaças o cruzavam como formigas, indo para um lado e para o outro. Como Sorasa dissera, seu porto envergonhava Ascal. As docas circulares para a marinha eram por si só uma cidade, cercadas e patrulhadas por marinheiros em chamalote. Corayne tentou contar as dezenas de barcos no porto, mas se perdeu nas inúmeras velas e bandeiras tremulantes de Ibal e suas frotas.

Passadiços elevados atravessavam a cidade como raios de sol, transportando tanto água fresca quanto viajantes pelos muitos setores de Almasad, que eram muito diferentes das ruínas do Velho Cór, destruídas e dilapidadas. O calcário brilhava branco sob o sol, tão forte quanto uma estrela cadente. Complexos palacianos, fortalezas e praças públicas pavimentadas acompanhavam as margens do rio, em amarelo-claro, verde e azul luminoso. O palácio real ficava na única colina, cercado por muros de arenito, o cume das torres de um prateado cintilante. Tinha vista para o Ziron, mas seus muitos terraços e janelas se encontravam vazios. Como Corayne sabia, a corte real de Ibal não estava ali ou em qualquer lugar da grandiosa capital. Ficava mais ao sul, nas montanhas, escondendo-se ou ganhando tempo. *Eles sabem que tem algo errado*, ela pensou, cerrando os dentes.

Estátuas de reis antigos flanqueavam o rio, mais altas que pináculos de uma catedral, os rostos desgastados pelas eras. A galé passou por entre suas sombras, projetadas por milhares de anos.

— Eles foram imperadores? — Corayne perguntou da amurada, admirando as estátuas. Como Siscaria, como Galland, tudo aquilo fora parte do antigo império. Corayne olhava para os rostos à procura de algum sinal de seu pai, de si mesma. Mas não encontrou. — Do Velho Cór?

— Eles parecem conquistadores nortenhos para você? — perguntou Sorasa, com um sorriso orgulhoso, olhando para a água, não para a margem.

Não pareciam. As feições e as vestes das estátuas eram diferentes das de qualquer imperador do mar Longo. Cada um dos homens montava um belo garanhão, adornado por um manto de seda estampada e penas de pavão. *Eles parecem mais com minha mãe,* Corayne pensou, vendo semelhança nos lábios e bochechas.

Inclinada para a brisa quente, Sorasa se empertigou. Qualquer medo que tivesse de voltar para casa parecia ter desaparecido.

— Ibal nasceu antes do Cór e continua a viver muito depois do Cór ter morrido.

Ibal era mesmo *vivo*. Em diferentes pontos da margem era possível ver barcos, crianças brincando na água ou a forma nodosa de um crocodilo. Pássaros brancos de pescoço comprido batiam asas mais no alto, atrás de peixes que brilhavam como cobre. As pessoas atravessavam os passadiços a pé, de carroça ou a cavalo, desaparecendo ao longe em todas as direções. Os ibaletes da costa tinham pele dourada, seu rosto um prisma de todas as cores da luz do sol. Os do sul e do leste eram mais escuros, seu rosto da rica cor avermelhada da cornalina ou preto-azeviche. Tinham vindo de terras distantes — baía Safira, Kasa ou até Niron, um reino aninhado na floresta dos Arco-Íris. Suas vozes se erguiam em todas as línguas do sul, algumas conhecidas de Corayne, outras tão estrangeiras quanto ishei.

Se Ascal fedia e oprimia, em um ataque aos sentidos, Almasad era um bálsamo. O ar era doce, perfumado pelos jardins de lótus que adornavam o Ziron. Música se espalhava pelas ruas, vindas de artistas nas praças ou das casas particulares ao longo do rio. A água corria limpa, ao contrário dos canais fétidos da capital da rainha Erida. Conforme se aproximavam da costa, Corayne tinha vontade de mergulhar na água, a corrente verde e limpa tão convidativa quanto um bom banho.

Uma inspetora recebeu o navio nas docas. Corayne pensou em Galeri, lá em Lemarta, cujos bolsos tilintavam por conta do suborno que aceitava e cujo livro de registros era totalmente fraudulento. A oficial ibalete parecia muito mais alerta, suas roupas leves e em tons de creme repletas de emblemas ligados por uma corrente de ouro.

Mais uma vez o navegador assumiu o papel do capitão e se encontrou com a oficial enquanto a tripulação descarregava em meio ao costumeiro caos. Os dois repassaram a carga que restava, inspecionando os engradados.

Corayne e os outros se reuniram na amurada e ficaram assistindo ao tráfego lá embaixo. Havia outra galé ancorada ao lado deles, em estado ainda pior, com velas rasgadas e remos quebrados, despontando como espinhos. Estava tombada para um lado, como um bêbado, enquanto a tripulação desembarcava o mais rápido que podia.

Corayne avaliou o navio. *De Sardos, velas brancas e pretas... transportando grãos.* A tripulação rolava grandes barris pelas docas, com pressa, antes que a embarcação afundasse ali mesmo e toda a carga fosse perdida.

— Isso vai dar confusão — Corayne disse, baixinho, olhando para Dom e Andry, ao seu lado. — Os oficiais das docas se preocupam mais com a carga que com os passageiros. Podemos aproveitar e sair em duplas.

Outro barril saiu do controle na prancha de desembarque e aterrissou com tudo. Depois de um segundo, os aros de madeira estouraram, o barril se abriu e os grãos começaram a escapar com um silvo. Ambas as tripulações, assim como a oficial ibalete e sua equipe, gritaram, consternadas.

Na amurada, Sorasa guardou um estilingue no cinto, com a expressão neutra.

— Você primeiro — ela disse, pegando Corayne pelo braço. — Vamos nos encontrar no Pilar Vermelho, o *takhan* — acrescentou para os outros, indicando com a cabeça o obelisco impossivelmente alto em meio a outras construções.

Corayne concluiu que devia ficar a menos de um quilômetro de distância, passando pela parte mais movimentada da cidade.

Dom se colocou ao lado da menina, seu corpanzil uma muralha sólida e reconfortante. Juntos, eles marcharam rampa abaixo enquanto a galé ao lado rangia, a lateral voltada para o porto afundando depressa.

A oficial ibalete não os impediu. Já estava de mãos cheias, considerando que outro barril havia se quebrado como um ovo. Os três conseguiram atravessar as docas e chegar à praça principal, depois se embrenharam no movimentado bairro do porto. Flores pareciam desabrochar em todas as janelas e cantos vazios, entremeadas a intervalos regulares por potes baixos de pedra com óleo aromático e velas de gordura. Era um modo engenhoso de combater o cheiro terrível de qualquer cidade.

Sorasa sabia o caminho e os guiou em linha reta. O Pilar Vermelho ficava bem à frente, apesar do labirinto de construções de argila e pedra. Viajantes cansados passavam, à procura de estalagens com paredes de pedra ou pátios com árvores projetando uma sombra fresca. Apesar das muitas tabernas, Corayne notou poucos bêbados e pedintes. As ruas de Almasad eram notavelmente limpas, devido ao trabalho de varredores e patrulhas itinerantes de soldados vestidos em seda e cota de malha.

Eles passaram por um mercado de peixes com barracas de todos os tipos, cada uma vendendo uma variedade diferente da costa ibalete ou do rio sinuoso. Corayne reconhecia a maioria — lampreias oleosas, carpas de rio enormes, rabo de crocodilo, peixes-ouriços. O coração dela acelerou diante da sombra de um tentáculo curvado, orgulhosamente exposto por um peixeiro musculoso. Mas era apenas um pedaço de polvo, preto como tinta. Os monstros marinhos do Fuso não haviam chegado até ali.

Protegida por Dom de um lado e Sorasa de outro, Corayne soltou o ar devagar. Por uma fração de segundo, estava de volta à porta do chalé, sob a noite azul do verão siscariano. A estrada se estendia à sua frente, implorando para ser percorrida.

Sua escolha já havia sido feita.

Valtik e Andry os seguiam de longe, o escudeiro fácil de localizar. Era quase uma cabeça mais alto que a maioria das pessoas e tinha a pele mais escura que os ibaletes, sem mencionar que se vestia como um nortenho. Enquanto os ibaletes usavam vestes esvoaçantes e proteções de cabeça para combater o calor e o sol, Andry ainda usava túnica e calça justa de couro, além do manto por cima do ombro. Ele olhou nos olhos de Corayne e assentiu antes que ela virasse uma esquina e o perdesse de vista.

Corayne piscou, confusa, quando outro rosto a encarou de perto. O dela mesma.

A velha muralha de tijolos que cercava a zona das docas tinha centenas de anos e contava com uma dezena de portões abertos. Ao contrário dos passadiços, desmoronava nos pontos expostos. O resto estava coberto por avisos, anúncios, cartas já se apagando em todas as línguas, mas, principalmente, no engenhoso ibalete, cheio de volteios. Rostos de criminosos e fugitivos os encaravam da muralha, com suas acusações escritas embaixo dos nomes.

Corayne não se deu ao trabalho de ler os muitos crimes listados sob seu próprio desenho, ou de Dom ou Andry, mas os nomes deles estavam bastante nítidos. CORAYNE AN-AMARAT. DOMACRIDHAN DE IONA. ANDRY TRELLAND. Havia até um esboço de Sorasa, seus olhos delineados em preto, ameaçadores como um pesadelo.

— "Procurada pela coroa gallandesa" — Sorasa disse baixo, lendo as palavras que pairavam sobre suas cabeças. Eles se aproximaram, atraídos por si mesmos como barcos sendo puxados por um redemoinho. — "Por crimes contra Galland. Oferece-se recompensa por informações, captura ou cadáver."

Corayne passou os dedos sobre o desenho de seu rosto, os lábios finos demais, a mandíbula angulosa demais. Os desenhos de Andry e Dom estavam mais adequados. Ela desconfiava que Taristan tivesse colaborado com o artista, ou feito por conta própria.

Corayne sentiu o papel escorregadio sob a mão, ainda molhado.

— Estão frescos — ela disse, a voz trêmula.

Sorasa grunhiu sozinha, xingando.

— Espalhados por todos os portos da Ala, por todos os reinos que temem ou amam Galland. Estamos sendo caçados, em todos os cantos da esfera.

— Por homens e criaturas — Corayne murmurou.

Não importava quem segurava a espada contra seu pescoço, um demônio esquelético ou um oficial de guarda às ordens de uma rainha. De qualquer maneira, aquilo acabaria com o mundo arruinado.

A voz de Dom saiu baixa, gutural, quando ele disse:

— Precisamos sair desta cidade.

— Uma vez na vida, concordo com o troll — Sorasa respondeu, arrancando os pôsteres da muralha.

Almasad tinha um dos maiores portos do mar Longo, suas docas apertadas, despontando dos diques. Mas, algumas poucas ruas para dentro, a cidade já relaxava, estendendo-se sob arcadas largas e por alamedas menos movimentadas. Muitos lares e construções eram murados, envoltos por palmeiras e ciprestes. As grandes avenidas eram largas como canais sob os passadiços. Algumas tinham dosséis, lonas tão grandes quanto velas de navio prontas para ser estendidas sobre armações de madeira. As sombras eram frescas e convidativas, as ruas claramente projetadas para minimizar o calor sulista. Infelizmente, era mais difícil passar por bairros calmos e tranquilos sem ser notado. Principalmente para qualquer um com a cabeça a prêmio.

O Pilar Vermelho, feito em um único bloco de granito cor de ferrugem, ficava no centro de uma praça. Tinha mais de trinta metros de altura, uma coluna quadrada que culminava em uma ponta como a de uma pirâmide. Um rosto esculpido de Lasreen, deusa do sol e da lua, da noite e do dia, da vida e da morte, se destacava de cada lado.

Eles passaram correndo por ele, com os capuzes levantados e as cabeças baixas. Quando uma tropa apareceu, os soldados ibaletes envoltos em sedas e armaduras, Sorasa empurrou Corayne para dentro de um porão apertado sob um edifício de moradias que lembrava um jogo infantil de blocos de montar. Era escuro e enfumaçado lá dentro. Os olhos de Corayne arderam enquanto se ajustavam à quantidade de luz.

Quando ela voltou a enxergar, percebeu que estavam em um celeiro, cujas paredes eram de barro, o teto tão baixo que Dom precisava se inclinar. Havia portas e arcadas de todos os lados, conduzindo para a escuridão.

— Imagino que saiba o que está fazendo — Corayne disse.

Ervas e plantas secas perfumavam o ar, penduradas no teto. Ouviam-se passos no andar acima deles.

A assassina manteve um olho na fresta da porta. Um feixe de luz do sol dividia seu rosto.

— Mais ou menos. Aqui é meio que um esconderijo para os habitantes do submundo de Almasad. Ladrões, batedores de carteira, ocasionalmente assassinos. E, agora, fugitivos da rainha Erida.

— Minha tia não vai tolerar isso. — Dom protegeu a lateral da cabeça, próxima ao teto. — Sou um príncipe de Iona. Perseguir-me tão abertamente é declarar guerra contra meu enclave.

Corayne tentou não revirar os olhos. Ela investigou o celeiro, mexendo nas plantas sem muito interesse.

A assassina não se afastou da porta.

— Seu enclave se recusou a lutar pelo bem da Ala, e você acha que lutaria pela sua vida? — ela disse, sem emoção na voz. — Duvido muito.

— Só porque honra e dever não têm qualquer significado para você, não significa que para os outros também não tenha — Dom respondeu, de forma acalorada.

Sorasa respondeu apenas com um olhar fulminante, a luz do sol iluminando o olho cobre.

Um ramo de lavanda se desfez sob os dedos de Corayne, enchendo o porão com um aroma floral inebriante. Ela inspirou fundo, torcendo para que tivesse um efeito calmante. Não teve.

— Não sei o que fazer agora — Corayne disse, colocando-se entre eles. — O Fuso deve estar perto das Mandíbulas, que fica a dias de distância, atravessando o deserto. E nenhum navio vai nos levar por água, não com nossos rostos estampados por todo o porto.

— Primeiro vamos descobrir nosso destino, depois pensamos em como chegar — Sorasa respondeu.

Sem fazer nenhum barulho, ela saiu, deixando apenas partículas de poeira flutuando em seu encalço.

— Já vai tarde — Dom murmurou, depois puxou um engradado e se sentou, esticando o pescoço.

— Você ainda estaria rodando a Ala à minha procura se não fosse por Sorasa — Corayne disse, espanando a lavanda das mãos. — Pode pelo menos fingir que não a odeia.

O imortal soltou um suspiro dramático e se recostou na parede.

— Nós, Anciãos, nos esforçamos para não mentir.

Antes que Corayne pudesse rir ou perder a paciência, Sorasa voltou, trazendo Valtik e Andry. O escudeiro estava vermelho, com o capuz erguido, o corpo todo tenso. Em algum lugar, a bruxa havia arranjado um lenço colorido com padrão de escamas, que amarrara no cabelo.

— Você viu? — Andry perguntou, apontando para a rua com o dedo trêmulo. — Somos nós lá fora. Já.

— Vimos os cartazes, escudeiro — Sorasa disse, mantendo a porta aberta para Charlie e Sigil, que pareciam um pouco menos preocupados. — É por isso que estamos nos escondendo, em vez de desfrutar da luz do sol.

Corayne foi até a bruxa e a pegou pela mão. Sua carne parecia tão leve, sua pele fina como papel.

— Valtik, o que dizem os ossos? — ela perguntou, com toda a sua preocupação expressa no olhar. Valtik a encarou, seus olhos azuis vívidos. — Sei que eles dizem alguma coisa a você. Qualquer coisa.

— Nem se dê ao trabalho — Dom respondeu. — A bruxa sabe ser inútil quando mais precisamos dela.

Sorasa fechou bem a porta, deixando todos na sombra.

— Isso é algo que vocês dois têm em comum.

Para alívio de Corayne, Dom ignorou a alfinetada e Valtik abriu um sorriso. Levou a mão ao cinto, puxou um único fio e soltou a algibeira com os ossos, que se espalharam aos pés dela, amarelos e brancos, despojados de qualquer sangue ou músculo.

— Vamos ver, pode ser? — Valtik disse, observando a posição que os ossos haviam assumido, aparentemente aleatória. Os outros olharam também, buscando um padrão que apenas Valtik era capaz de ver. Ela não olhou por muito tempo. O que quer que tivesse visto estava claro como o dia. — Estamos na terra certeira. — Ela voltou seus olhos, que eram da mesma cor da flor do milho, para Corayne, ficando assim por algum tempo. — Mas precisamos encontrar um espelho. Há espelhos na areia.

— Por que toleramos toda essa besteira jydesa? — Sigil sibilou. Seu rosto cor de bronze tinha passado a vermelho no calor, mas não era nada comparado ao de Charlie, que já tinha se queimado. — E por quanto tempo vamos nos esconder aqui? — A caçadora de recompensas também precisava se agachar para não bater a cabeça no teto. — É só uma questão de tempo até que um dos seus apareça para nos entregar.

— Não se preocupe, Sigil. Os amharas prefeririam me matar pessoalmente a deixar que uma rainha nortenha o faça — Sorasa disse, sem se abalar. — Mas, sim, precisamos ir. Almasad não é Ascal. Criminosos não passam facilmente despercebidos. — Ela mordeu o lábio. — Espelhos na areia, hein, Valtik? Alguma ideia do que significa?

A bruxa não tinha mais nada a oferecer. Começou a recolher os ossos do chão sujo e guardá-los na algibeira.

Charlie a observou, seus olhos brilhando mesmo à luz fraca. Ele beijou as palmas da mão, como havia feito na taberna na encruzilhada.

— A estranheza se segue ao Fuso. Agarra-se à sua localização, antes que seja aberto e mesmo depois que é fechado. As escrituras se referem a isso como sombra dos deuses. É assim que nascem aqueles tocados pelo Fuso, marcados pela magia — ele explicou, gesticulando para a velha arranhando o chão. Ela parecia tudo menos mágica. — Se houver um Fuso aberto nesta terra, haverá sinais.

— Alguns de nós não podem ficar perambulando por toda a Almasad tentando ouvir ou encontrar esses sinais — Corayne disse.

— Não é o meu rosto que aparece nos cartazes — Sigil sugeriu. — Posso fazer a ronda, tentar ouvir alguma coisa. Com sorte, trazer informações úteis.

Sorasa ofereceu um sorriso verdadeiro e raro a ela.

— Obrigada, Sigil.

— Sou uma mulher simples, Sarn — a caçadora de recompensas disse, dando de ombros. — Sirvo a quem me pagar melhor. No momento, são vocês.

A assassina não levou aquilo muito a sério.

— Nas ruínas de Haroun, na periferia da cidade. Ao anoitecer — ela declarou. — Charlie, você também pode perambular por aí. Pode nos conseguir cavalos? E posicioná-los no Portão da Lua?

Antes que o sacerdote em desgraça pudesse concordar, Dom balançou a cabeça, ainda recostado à parede.

— E se nos abandonarem? — ele perguntou, olhando para Sigil e Charlie.

Não é uma pergunta tola. Corayne mordeu o lábio, tentando lutar contra a própria hesitação. Do outro lado, Andry franziu a testa. *Já cometemos erros o bastante. Confiar em dois criminosos desconhecidos não seria outro?*

Os olhos de Sorasa brilharam, em alerta.

— Então eles estarão abandonando a Ala à ruína e condenando a si mesmos.

— Sempre positiva, Sarn — Charlie disse, abrindo a porta.

A luz que entrou era tão forte que Corayne recuou. A sombra da silhueta de Sigil se estendeu pelo chão, uma gigante atrás dela.

— De qualquer maneira — Corayne murmurou —, não temos muita escolha.

Sorasa bateu a porta depois que eles saíram, carrancuda.

— Esse é o espírito.

Eles não podiam ficar muito no porão. Sigil estava certa: era uma questão de tempo até que a patrulha de Ibal ou algum criminoso os descobrisse. Um ladrão comum não hesitaria em entregá-los, se conseguisse escapar da lâmina de Sorasa. Por isso, a assassina guiou o resto do bando para leste, através de uma passagem úmida e enlameada que dava em um beco esquecido, cheio de varais com roupas penduradas. Para desalento de Corayne, Sorasa estava mais assustadiça que um coelho, verificando cada canto duas vezes, evitando alcovas e canos de esgoto como se pudessem ser uma armadilha.

— É impressão minha ou Sorasa Sarn está com medo? — Andry murmurou.

— Aterrorizada — Corayne respondeu.

— Tem um mar inteiro entre nós e Taristan, o exército dele e o outro Fuso. — Ele acertou o passo ao de Corayne. — O que ela pode temer?

— Sua própria gente — Corayne disse, chegando àquela conclusão enquanto falava.

Amhara caída, abandonada, arruinada. *Osara*. Aquilo também devia significar *condenada*.

O sangue de Corayne gelou, sua pele formigando no calor seco e desértico de Ibal. Ela umedeceu os lábios, sentindo suor e sal. *Não falta muito.* O anoitecer se aproximava, o céu assumindo um tom de rosa nebuloso bem no alto. *Vamos encontrar Charlie e Sigil. Teremos cavalos. Podemos deixar este lugar e os cartazes para trás. Não haverá patrulhas nas dunas. Não haverá ninguém.*

Os cuidados de Sorasa os conduziram através de becos sem maiores problemas, a bússola interna dela os mantendo afastados do agito. Eles passaram horas navegando com cautela, evitando patrulhas e mercados lotados, mas finalmente as construções foram ficando mais espaçadas. O passadiço mais acima descia, suas arcadas cada vez mais baixas até culminar em uma avenida com calçamento de pedra. Almasad fazia fronteira com os Areais. Não havia necessidade de muralha longe do porto. Nenhum exército poderia atacar a cidade vindo do deserto. As estradas e ruas simplesmente desapareciam, engolidas pelas dunas inconstantes. Até o cheiro de flores ficou mais fraco e foi substituído pelo da areia quente e de alguma erva subjacente, que Corayne não sabia nomear.

Haroun não tinha sido um templo, como Corayne desconfiava, mas uma enorme torre ao fim da cidade, que caíra como uma árvore partida ao meio. Restava apenas uma coluna oca, com uma escada em espiral que lembrava uma espinha dorsal e não levava a lugar nenhum. Faltava a coroa da torre caída, arrancada do arenito áspero.

— Roubada — Sorasa disse, acompanhando o olhar de Corayne. Seus dedos se atrapalharam em seu braço, soltando sua manga. — O Olho de Haroun foi tirado antes que a torre caísse, quando o Cór derrotou a antiga Ibal. O restante, o cimo de bronze, foi quebrado em pedaços depois que a torre caiu, então derretido e transformado em armas, moedas, joias. Os nortenhos não honram o passado, como fazemos no sul.

Corayne franziu a testa, voltando a olhar para as ruínas. Tentou imaginar como devia ser muito tempo antes.

— Por que foi construído um farol tão longe do mar?

— Bem observado — Sorasa disse, com o antebraço à mostra. As linhas pretas em seus dedos atravessavam o pulso, formando os cílios de um olho semicerrado na altura do cotovelo. A pupila continha a lua e o sol, a crescente envolta nas chamas. — Não é para os navios. O Olho de Haroun brilhava durante o dia e a noite, guiando as caravanas que atravessavam os Areais de volta para casa.

— Eu gostaria de ter podido vê-lo — Corayne respondeu, em um lamento que era comum demais em sua vida.

Sorasa voltou a cobrir a tatuagem. Havia outra na parte interna do braço, algum tipo de pássaro.

— Desprenda-se desse desejo, Corayne. Não vai lhe fazer bem algum.

Se fosse assim fácil...

— Já anoiteceu — Dom resmungou. Olhou irritado para o céu, cujo tom passava a roxo. — É melhor que seu sacerdote apareça com os cavalos. Posso andar pelo deserto atrás de Fusos, mas e vocês?

— Ah, claro, vá na frente — Sorasa soltou, fazendo um gesto para as dunas. — Alcançamos você depois.

Valtik se agachou. Passou as unhas pela areia, desenhando espirais e nós jydeses.

— Areia e vendaval, grão e sal, muito a perder, muito a receber — a velha entoou.

— Valtik, por favor — Corayne suspirou, com os nervos à flor da pele.

A primeira estrela brilhou diretamente acima, sobre o deserto. Corayne tentou nomeá-la e descobriu que era incapaz. *Não conheço as estrelas daqui. Não conheço o caminho adiante. Não sei nem o caminho de volta.*

Se ela apertasse os olhos, as dunas poderiam ser o mar Longo, suas colinas, as ondas. Corayne tentou visualizar os penhascos de Siscaria, Lemarta ao longe, o chalé atrás. O navio da mãe no horizonte, retornando. *Como estão os ventos?*, Corayne pensou, movendo os lábios sem emitir som. A brisa que brincava com seu cabelo, quente e seca demais, não era em nada parecida com a de sua lembrança. Mas ela podia fingir. *Ótimos, pois me trouxeram para casa.*

Andry se manteve afastado, a um ritmo constante, deixando um rastro cada vez mais próximo da torre destruída. Ela ficou agradecida por aquele espaço, sentindo-se estranhamente reconfortada. Nas longas semanas de estrada, nunca havia ficado verdadeiramente sozinha. Tampouco naquele momento, mas era melhor do que ter alguém assomando sobre ela dia e noite.

Por mais estranho que fosse, a espada de Fuso parecia mais leve. Ou pelo menos Corayne já não notava tanto a lâmina gigantesca em suas costas. Não tinha ficado mais confortável, e ela suava no ponto em que o couro pressionava suas roupas, mas, de alguma forma, era menos evidente. Parecia mais com um membro de seu corpo do que com metal. Corayne esticou o braço para trás, por cima do ombro, e seus dedos tocaram o punho da espada. Estava desgastado, no formato da mão do pai dela, os sulcos adequados para um homem morto. *Nunca estarão adequados para mim*, ela pensou, afastando o braço.

O sol desapareceu por completo, o disco dourado tendo descido o horizonte ocidental, deixando apenas manchas vermelhas e roxas. Embora o dia tivesse sido mais quente do que qualquer outro que Corayne recordava, a noite ficou quase imediatamente fria, a areia perdendo seu calor depressa. O céu ficou azul e depois preto, como um cobertor esticado de um canto a outro do céu, perfurado por mais estrelas. Quando elas surgiram, em um piscar de olhos, Corayne exalou aliviada. *Ali está o Dragão. Ali está o Unicórnio.*

A Ala ainda era dela. Qualquer navegador encontraria seu caminho agora. *E eu encontrarei também.*

Espelhos na areia.

— Sorasa! — ela gritou, voltando até eles pelo terreno arenoso. Seus companheiros se viraram ao som de sua voz.

Dom foi o primeiro a alcançá-la.

— O que foi? — perguntou, os olhos arregalados de preocupação.

Corayne olhou para Sorasa.

— O Olho era um espelho, não era? — ela perguntou, respirando pesado. — Um espelho encantado? Especial? *Tocado pelo Fuso?*

— Era — Sorasa agarrou o próprio braço por cima da manga, tocando a tatuagem por instinto. — Brilhando sem chama, tão forte quanto um segundo sol.

— De onde vinha? Daqui mesmo? — Corayne perguntou, agarrando a assassina.

Sorasa franziu a testa.

— Não, não de Almasad — ela murmurou, tentando se lembrar. — Sacerdotes de Lasreen o encontraram, no deserto. Em um oásis.

— Um oásis. Tinha nome? — Ela sentiu que Valtik a olhava, em silêncio, os olhos azuis e frios. — *Onde,* Sorasa?

Uma flecha disparou entre elas antes que Sorasa pudesse responder. Corayne foi jogada no chão, metade de seu corpo enterrado na areia e a outra metade esmagada pelo peso de Dom. Ele não a deixou se levantar — usou uma das mãos para mantê-la no lugar e a outra para sacar a espada. Corayne olhou por entre o cabelo bagunçado e percebeu que Dom estava voltado para a cidade. Outra flecha passou voando por cima da cabeça dele, errando-o por centímetros e chegando a fazer o cabelo comprido preso atrás da orelha esvoaçar. Aquela vinha da torre, da direção oposta da primeira.

Corayne sentiu o estômago gelar.

Uma emboscada.

Ela lutou debaixo de Dom, tentando se levantar, mas a mão dele era um peso morto em suas costas. Areia entrava em sua boca e a fazia engasgar, sentindo gosto de calor. Corayne virou o rosto em busca de Andry, mas só viu Sigil emergindo das ruínas da torre, com um contingente de soldados em seu encalço. Corayne cerrou os dentes, tão brava que não conseguia nem gritar.

Em um segundo, contou quarenta guardas se aproximando da torre. Vinte de Ibal, com escudos de bronze e seda rosa-claro por cima do aço. Vinte de Galland, com seus mantos verdes inconfundíveis, os rostos claros e suados, olhinhos afundados, severos por baixo dos elmos. Sigil estava entre eles, suas armas abandonadas na cintura. Ela levou dois dedos aos lábios e assoviou, produzindo um som agudo que doeu aos ouvidos de Corayne.

Outros trinta soldados apareceram dos limites de Almasad, todos ibaletes, com flechas a postos nos arcos.

Uma sequência de xingamentos ibaletes jorrou dos lábios de Sorasa, como sangue de uma ferida aberta. Soldados a cercavam, empunhando espadas, quando Sigil se aproximou.

Sorasa cuspiu com vontade, tendo um único alvo.

— Não leve para o pessoal, Sarn — Sigil disse, limpando o rosto com a mão. — Você sabe o que eu sou, e eu sei o que você é. Pode me dizer que não teria feito o mesmo?

A voz de Sorasa soou como o silvo de uma cobra:

— A quem pagar melhor.

29

O URSO DE KOVALINN

Ridha

A PRINCESA DE IONA SENTIA FALTA DA ÉGUA COR DE AREIA, mas o frio do norte teria sido uma punição cruel para um animal tão leal. Ela havia sido criada para correr pelas areias ibaletes, não para avançar devagar pelos fiordes congelados. Ridha a soltara antes de cruzar o mar Vigilante, a bordo do raro navio jydês cujo propósito era fazer comércio, e não saquear. Na gélida Ghald, comprara um pônei baixo e forte, de pelos longos, assim como um manto de pele antigo, que serviria melhor à natureza jydesa.

Embora fosse veder, imune à maior parte dos desconfortos do mundo mortal, Ridha não estava gostando de passar tanto frio. Jyd estava congelante, muito embora fosse apenas o começo do outono.

Conforme atravessara o mar da Glória, ela vira escaleres jydeses sob a vela branca da paz. Navios mercantes ou de transporte. Saqueadores navegavam sob velas cinza, frias como aço e o céu de inverno. Mas Ridha não identificou nenhuma. Era como os ladrões na taberna haviam dito: nenhum jydês estava saqueando. *Isso não é raro*, ela pensou enquanto cavalgava pela costa rochosa. *É impossível.*

Kovalinn ficava em Vyrand, a cadeia de montanhas em formato de lobo que era a espinha dorsal de Jyd. Ridha se lembrou do enclave de seus primos nortenhos de uma viagem diplomática que fizera na juventude, alguns séculos antes, acompanhando sua mãe.

Domacridhan ficara em casa, porque era novo demais para ir com elas. Ele mal passava de uma criança na época, ainda em fase de crescimento, e chorara no ombro de Ridha na despedida.

Ridha desejava que ele pudesse estar com ela agora, como um escudo e como uma muleta.

Os mortais jydeses não eram tão ignorantes em relação aos vederes quanto seus vizinhos ao sul e ficavam muito menos intrigados com uma mulher carregando armas. Quando Ridha passou por vilarejos no caminho para o norte, poucas crianças de Jyd hesitaram à sua presença. A maior parte tinha pele clara e cabelo loiro ou ruivo, mas Jyd aceitava todos que manejassem machados, pás ou velas. Pele negra, pele bronze, porcelana, todos os tons do branco ao ébano estavam presentes no gélido norte, de Ghald a Yrla e Hjorn, em todos os vilarejos e em todas as fazendas.

O mesmo ocorria em Kovalinn.

Quando ela chegou à foz do rio no fiorde de Kova, já havia uma veder esperando, tão estoica quanto um carvalho velho. Era esguia e alta, estava envolta em pele de animal e sua tez era como topázio cintilante, o cabelo preto e prateado em trancinhas presas por uma corrente fina. Ridha não a conhecia, mas ela ergueu a mão em cumprimento, a palma tão branca quanto a neve em seus cílios.

Ridha podia adivinhar como sabiam de sua chegada. *Minha mãe deve ter sido responsável por outra emissão, desta vez para o monarca das neves.* Ela tentou não pensar em Isibel de Iona, um punhado de magia com cabelos prateados voando ao vento fantasma. *Venha para casa. Venha para casa.*

É um eco ou uma lembrança? Ridha não sabia.

— Sou Ridha de Iona.

Ela vasculhou o rosto da mulher. *Se minha mãe já estabeleceu contato com Kovalinn, tudo isso pode ser à toa.*

A outra veder franziu ainda mais a testa.

— Sou Kesar de Salahae, braço direito do monarca de Kovalinn. Ele lhe dá as boas-vindas a suas terras e está ansioso para lhe falar.

— Como estou ansiosa em falar com ele — Ridha respondeu.

Ao longe, um vento frio soprou, movimentando a queda constante de flocos de neve. O caminho fiorde acima ficou visível por um instante, revelando uma bocarra de granito e a neve acumulada no chão, uma cachoeira mergulhando rumo ao rio e ao mar. No topo, na crista do caminho em zigue-zague aberto na rocha, ficava Kovalinn. Mesmo distante ela via os ursos esculpidos no portão, a pele desbastada no pinheiro.

Sob o manto e a armadura, Ridha tremeu. O vento voltou a soprar, e o enclave desapareceu em meio à neve.

O grande urso era o sigilo de Kovalinn, gravado em seus portões, presente em suas tapeçarias, esculpido em pinheiros altos e assomando sobre toda a extensão do salão principal. Também era um guardião vivo. Um dormia profundamente aos pés do assento do monarca, suas patas enormes sobre o rosto, suas costas se elevando como uma montanha. Roncava levemente, cutucando com o focinho os pés do menino que governava aquele enclave dos vederes. A criança de cabelos ruivos se inclinou de seu assento para coçar atrás das orelhas do animal, cuja cabeça era quase do tamanho do corpo.

Dyrian de Kovalinn, que tinha olhos cinza-perolado, sorriu de forma carinhosa para seu bicho de estimação. Tinha apenas um século e era o mais jovem veder a governar na Ala. Seu rosto branco era salpicado de sardas; suas roupas eram simples: um manto marrom com detalhes em zibelina preta, o urso em sua túnica destacado em um redemoinho âmbar, azeviche e jaspe. Um círculo retorcido de ouro envolvia seu pescoço e combinava com o que havia em seu pulso, mas ele não usava coroa. Sobre suas pernas havia um galho de pinheiro vivo, de um verde exuberante.

Ridha se ajoelhou, com o manto de pele por cima de um ombro, o aço verde da armadura ainda frio da subida pelo fiorde. Ela o observou atentamente, avaliando sua juventude.

O menino não estava sozinho: conselheiros o cercavam, sentados ou de pé. Kesar estava parada do lado direito dele, sem se incomodar com o urso adormecido. A mulher que se encontrava do lado esquerdo do menino era claramente sua mãe, tendo o cabelo tão vermelho quanto o dele, preso em duas tranças compridas sob um diadema de ferro martelado. Era larga, com uma estrutura parecida com a de Ridha. Uma nuvem de pele branca de raposa envolvia seus ombros, e um vestido de cota de malha se estendia por suas pernas cruzadas. Seus olhos eram determinados, ela não piscava.

A princesa de Iona considerou o monarca em relação a seus diplomatas. *Quem comanda o enclave? Quem fala por Kovalinn? A quem tenho que convencer?*

— Ele está maior que o normal — Dyrian disse, endireitando-se na cadeira grande demais para o monarca, fazendo com que suas botas de pele pairassem sobre a laje do estrado elevado. Ele parecia mais jovem do que de fato era, seu rosto ainda redondo. Tinha uma espada ao lado e uma adaga na bota, apropriada para seu tamanho diminuto. — Está armazenando gordura para hibernar durante o inverno — o menino acrescentou, com um sorriso que revelava a lacuna entre seus dentes da frente.

Mas os olhos dele não pareciam sorrir.

Ridha ergueu o queixo. Concentrou-se no monarca, esquecendo os outros, que juntos deviam ter milhares de anos de experiência.

— E quanto ao senhor, milorde? Pretende hibernar também?

Atrás dele, sua mãe moveu os lábios, mas não os abriu. Como Ridha havia imaginado, ninguém além de Dyrian falava por ele.

O menino descansou as mãos nos braços da cadeira, a madeira esculpida à semelhança de seu animal de estimação.

— Disseram-me que os ionianos não vão direto ao ponto — ele observou, surpreso. Seus olhos cinza-esbranquiçados eram de um lobo, não de uma criança. — Mas vejo que não é o caso com a princesa.

— De fato — ela respondeu.

Sua pele se arrepiou com um calafrio. O salão principal de Kovalinn consistia em uma sala comprida com teto de palha e paredes de madeira. Naquele dia, fazia as vezes de sala do trono para o monarca, sem a presença de qualquer espectador além dos membros de seu conselho. Atrás de Ridha, havia duas valas da extensão do salão, brilhando com carvão quente e chamas acesas, mas as grandes portas permaneciam abertas, deixando os ecos do inverno entrar. A neve dançava pela laje, girando em torno de suas botas.

Ridha tentou ignorar o frio.

— O que minha mãe lhe disse em sua emissão?

Ele bateu o dedo contra os lábios, pensativo, até que enfim disse:

— O bastante. Um Fuso aberto, o restante em perigo. Sangue e espada nas mãos erradas, servindo ao Porvir e à sua fome insaciável.

As entranhas dela se contorceram. Conhecia bem aquela história, mas se encolhia toda vez que a ouvia.

Dyrian se inclinou para a frente, apoiando as mãos nos joelhos. Seus olhos de lobo brilharam.

— Uma calamidade que já está além do nosso controle.

Ridha se manteve graciosa, mas cerrou a mandíbula.

— Discordo.

O menino voltou a sorrir, olhando de canto de olho para a mãe. Os olhos da mulher brilharam para os dele, transmitindo uma mensagem que Ridha não era capaz de compreender.

— Ah, achei que estivesse aqui só para uma visitinha social — ele disse, dando de ombros. — Neste caso, Ridha de Iona, o que quer de nós?

Aqueles com anos infinitos tendem a não se preocupar com o tempo perdido. Mesmo quando deveriam, Ridha pensou, mordendo a língua. De novo, olhou para os conselheiros, avaliando sua influência ao mesmo tempo que avaliava a de Dyrian. *Não sou uma diplomata*, ela pensou. *Não sou boa nisso.*

Dom seria muito pior.

— Quero que lute — ela disparou, levando a mão à espada. Seu olhar recaiu no galho de pinheiro sobre as pernas dele. — Abandone o ramo e tome o machado. — Ela estava desesperada. Soava desesperada. Odiava aquilo, mas não ia parar. *Se tenho que implorar, que seja.* — A Ala ainda não está perdida. E não acho que devemos deixar que isso aconteça.

— Ao contrário de sua mãe — Dyrian murmurou. — A monarca de Iona é nascida em Glorian. Não posso culpá-la por aproveitar qualquer oportunidade de retornar à terra de nossos ancestrais, à esfera que canta em seu sangue. Ela sente saudade de casa, como muitos outros. — Ele se virou na cadeira, olhando para os outros imortais.

Alguns tinham cabelo prateado, milhares de anos de idade e o coração também em outra esfera. Eles só observavam, em silêncio, os rostos como um muro de pedra impossível de escalar.

O estômago de Ridha se revirou, tomado por uma náusea.

Então o monarca voltou a olhar para ela, com os olhos de lobo acesos.

— Eu não sinto — ele concluiu, severo.

Ela sentiu que o ar deixava seu corpo.

— Milorde...

A mãe do monarca se levantou, o vestido de cota de malha brilhando como as escamas de um peixe. Tinha mais de dois metros de altura e pele cor de leite. Era uma rainha guerreira, com cicatrizes nos nós dos dedos.

— O que a trouxe aqui? — Sua voz era estranhamente rouca, de um jeito que não era natural. Ridha engoliu em seco ao ver outra cicatriz, uma linha perolada atravessando o pescoço. — Aqui, entre todos os enclaves? Não somos o mais forte nem o maior. Não é uma jornada fácil, mesmo antes do inverno, mesmo para uma imortal como você. Por que nós, Ridha de Iona?

— Os saqueadores do mar Vigilante não estão saqueando. Não há nenhuma bandeira cinza estendida — ela disse apenas. Não valia a pena contar a eles que ouvira aquilo em uma taberna qualquer, de mortais que já estavam se transformando em pó. — Seus escaleres não foram vistos esta temporada. As cidades e os vilarejos dos reinos sulistas não queimaram.

Fazia décadas, mas Ridha ainda se lembrava da visão dos escaleres na água, emergindo de uma nuvem de fumaça com chamas em seu encalço. Como dragões saindo do mar.

Os vederes de Kovalinn não responderam.

Ridha avançou. Se aquilo era a vitória, ela podia sentir em seus dedos, quase escapando.

— Do que estão fugindo? — Ridha perguntou.

— Fugindo? — Dyrian zombou. Ele olhou para a mãe, que continuava de pé, ela mesma quase uma ursa. — Não, os saqueadores de Jyd não fogem.

Ridha sentiu o medo descendo pela coluna. Medo... e esperança. Sua voz saiu trêmula quando disse:

— Então estão se preparando para lutar contra quem?

No chão, o urso se mexeu, abrindo sua temível mandíbula em um bocejo. Seus dentes tinham quase oito centímetros de comprimento, eram amarelos e pingavam baba. Ele olhou para seu mestre e piscou, sonolento, caloroso. De novo, Dyrian acariciou sua pele, e o urso produziu um ruído satisfeito do fundo da garganta.

Daquela vez, o monarca não sorriu. Não parecia mais uma criança.

— Contra o inimigo que todos teremos que encarar — ele disse. — Por escolha própria ou não.

30

CONTRA OS DEUSES

Sorasa

HAVIA TRÊS PRISÕES EM ALMASAD. Uma na água, cujas celas ficavam parcialmente submersas na maré alta, enquanto crocodilos atacavam as grades. Uma nas fronteiras, entre a cidade e as dunas, cujas celas ficavam sob o sol, deixando os prisioneiros queimados e cheios de bolhas em poucas horas. A terceira era enterrada sob a fortaleza da guarnição central da cidade, suas celas frias e sepulcrais, seguras como tumbas. As duas primeiras eram desagradáveis, mas suportáveis. Sorasa havia escapado de ambas, nadando ou escalando.

Ela rangeu os dentes enquanto eram levados, amarrados e amordaçados, para a terceira. *Taltora*, pensou, amaldiçoando o nome.

Sorasa mantinha o rosto baixo. Não era difícil parecer derrotada. Afinal, Sigil os havia traído.

Eu deveria saber, pensou, em meio aos ecos dos passos deles. *Ela não viu os cadáveres na colina. Não viu Taristan do Velho Cór, com o feiticeiro vermelho a seu lado. Sigil é da Ala, sua existência continua regida pelas regras que compreende.*

E está certa, Sorasa pensou. *Em outra época, eu teria feito o mesmo.*

Os oficiais ibaletes os levaram até uma sala iluminada por tochas sob a fortaleza, cujas paredes estavam repletas de prateleiras e baús. Os ibaletes não demoraram para despojá-los de suas armas, pegando as espadas de Dom e Andry. Corayne fez uma careta à luz bruxuleante, de olhos arregalados enquanto tiravam seu manto e o jogavam em um canto. Ela resistiu sem muita força, engasgando com a mordaça, quando desafivelaram a espada de Fuso e a tiraram de suas costas com cautela.

Dom não se rendeu a seus captores, mas seis homens e uma pesada corrente de ferro nos punhos e tornozelos foram o bastante para impedir o Ancião de escapar. *Sigil os avisou*, Sorasa pensou, vendo o Ancião se debater em vão.

A caçadora de recompensas não estava à vista, tampouco os soldados gallandeses de manto. Enquanto os guardas revistavam Valtik, intrigados com suas bugigangas, Sorasa imaginou Sigil no refeitório dos soldados, cercada por tropas nortenhas. Ou talvez na sala do comandante da prisão, recebendo um selo de mérito que poderia ser apresentado para pagamento em Ascal. *Provavelmente a segunda opção. Sigil não relaxa enquanto seus negócios não estão concluídos.*

Quando chegou a vez de Sorasa, ela entrou sob uma sombra, tentando esconder o rosto. Estremeceu quando o guarda com distintivo de superior começou a examiná-la. Ele estreitou os olhos sob as sobrancelhas grossas e escuras. Tinha a cara de falcão dos nobres ibaletes, os olhos de um tom marrom quente e meloso. Ela reconheceu a barba preta, aparada e modelada em cachos perfeitos sob as maçãs do rosto. Sem remover a mordaça dela, o homem a pegou pelo queixo virando seu rosto de um lado para o outro. Então baixou os olhos, observando as tatuagens no pescoço e as linhas nos dedos dela.

O homem suspirou alto, parecendo cansado.

— Já de volta, amhara?

Sorasa sorriu, conseguindo tirar a mordaça da boca com uma combinação de movimentos da língua e dos lábios, um truque que treinara muito.

— Bar-Barase, vejo que agora é tenente — ela desdenhou, acenando com a cabeça para o distintivo. — Meus parabéns.

O soldado cerrou os dentes.

— Ponha os outros em celas não sequenciais. Mantenha o imortal acorrentado — ele disse, sem qualquer alegria ou zelo, cansado. — Despojem esta de tudo. Vasculhem cada centímetro.

Do outro lado da sala, Corayne soltou um grunhido por trás da mordaça e tentou avançar. Um guarda a segurou. Dom deu mais trabalho e quase conseguiu superar seus seis guardas, até que um sétimo o pegou pelo pescoço. Eles se debatiam enquanto eram levados embora, sob a ameaça de lanças e espadas.

Sorasa deu de ombros ao vê-los partir, com as mãos ainda amarradas.

— Quanto antes começarmos, antes terminaremos.

Os lábios do tenente se curvaram quando ele fez sinal para duas guardas, ambas tão cascas-grossas que poderiam ter sido esculpidas no granito do Pilar Vermelho. Sorasa deixou que trabalhassem, embora seus músculos se mantivessem tensos. Ficou olhando para as costas do tenente, odiando-o.

Não há nada mais frustrante que um guarda honesto.

Não demorou muito. Sorasa Sarn passava por revistas desde a infância. Era comum na Guilda, onde encorajavam acólitos a roubar comida, dinheiro ou qualquer outra coisa que conseguissem. Ela mal prestou atenção enquanto a vasculhavam, procurando por armas escondidas do couro cabeludo aos dedos dos pés.

Sorasa contou as celas pelas quais passou, assim como cada curva que fazia. Taltora era um labirinto sob uma fortaleza, o ar seco e frio lá embaixo. Tiraram tudo dela: cinto, espada, arco, adagas, todas as algibeiras com pós preciosos e, o pior, a bolsinha de moedas presa à sua coxa. Todo aquele ouro ioniano iria para os cofres de Taltora, onde acumularia pó sob o olhar vigilante do confiável tenente Bar-Barase. *Aquele tolo teimoso nem vai tomá-lo para si*, Sorasa lamentou, marchando pela passagem.

Quatro guardas a acompanhavam, com a espada desembainhada e erguida. Rendê-los não ajudaria em nada. Mais seis viriam correndo, e ela acabaria inconsciente e acorrentada em uma cela mais profunda, sem nem a esperança de uma vela. Não, Sorasa agia como a prisioneira modelo, os pulsos amarrados às costas, tendo voltado a vestir a calça, as botas e o camisão depressa. Seu cabelo preto caía solto sobre o ombro, detonado pela viagem.

Ela ouviu Valtik na quarta curva que fez. A velha bruxa resmungava em jydês, e sua voz ecoava pelo piso de terra batida e o teto de pedra, como um fantasma assombrando seu mausoléu. Uma vez na vida, Sorasa ficou contente ao ouvir seus grasnidos. A bruxa sacudiu o dedo, revelando dentes demais ao sorrir, quando a assassina passou.

Na curva seguinte, Sorasa deparou-se com Corayne e Andry, separados por uma cela vazia. Sorasa olhou para eles, esperando encontrá-los chorando, especialmente o escudeiro. Ambos estavam de pé atrás das grades, com olhares severos e insolentes, as mordaças arrancadas.

— Machucaram você? — Corayne perguntou, seus dedos envolvendo o ferro.

Sorasa sacudiu a cabeça.

— Pareço machucada?

A cela do Ancião ficava de frente para a deles, a única ocupada daquele lado. Dom estava parcialmente obscurecido devido à luz fraca, acorrentado à parede como um animal raivoso. Até seu pescoço estava preso, o que o forçava a ficar desconfortavelmente ereto, com as costas apoiadas na pedra. Ele se mexeu, fazendo as correntes tilintarem.

— Um pouco exagerado, não acham? — Sorasa perguntou para os guardas. — Ele é um cachorrinho fofo.

Dom rosnou, lutando contra a corrente que envolvia sua garganta.

Os guardas não responderam. Ouviu-se um clangor de metal quando eles enfiaram a chave na fechadura e abriram a cela dela. Enfiaram-na ali, com os pulsos ainda presos, e bateram a porta, voltando em seguida por onde tinham vindo.

Seus passos se afastaram até morrer, deixando os cinco na escuridão silenciosa, a única luz vinda de uma tocha. Entre as celas vazias e o longo corredor, nenhum deles podia se tocar ou se ajudar. Com Dom preso como estava, a esperança de que pudessem escapar destruindo tudo era ínfima. Não podiam mais contar com seu aríete taciturno.

— Essa situação não é das melhores — Dom grunhiu para o teto.

Corayne chutou um pouco de terra, exasperada.

— Eu não usaria essas palavras — ela disse. — Você confiou na caçadora de recompensas.

Sorasa aceitou a acusação com calma. Caminhou pela cela, examinando as grades atrás de qualquer falha.

— Charlie ainda está solto.

A risadinha de escárnio de Andry ecoou.

— Ah, sim, ele certamente vai vir atrás de nós.

— Ele pode falsificar alguma coisa — Corayne disse, olhando de um para o outro. — Uma ordem ou uma carta diplomática para ganhar tempo, talvez.

— Ele não vai conseguir passar por Sigil. — Sorasa prosseguiu com a inspeção. As grades eram embutidas no teto e no chão. Ela começou a cavar, tentando abrir um buraco. O ferro ia longe demais.

— Ela vai nos arrastar de volta a Ascal. — *Outra viagem por mares hostis, para morrer executados ou na barriga de uma serpente marinha. É exaustivo.* — A menos que façamos alguma coisa.

— Estamos mais de dez metros abaixo da terra, Sarn. — A voz de Dom não deixava transparecer nenhuma emoção.

Ele voltou a fazer força, seu rosto branco ficando vermelho. As correntes não cederam.

— Trancados em gaiolas. Acorrentados — Corayne acrescentou, fazendo um gesto para o Ancião. — Nem você deve conseguir fazer alguma coisa.

— Você está certa — Sorasa disse. Depois, soltando o ar, ela pulou no lugar, encolhendo os joelhos e passando os pulsos amarrados às costas por baixo dos pés. Quando suas botas voltaram a tocar o chão, suas mãos estavam à frente do corpo. Era um truque antigo, ensinado a todos os acólitos da fortaleza. — Os ibaletes são meros carcereiros, mas Taltora é uma maldita masmorra. As passagens de ar são pequenas demais até para crianças. Acreditem em mim, já vi tentarem.

Ela começou a movimentar os pulsos um sobre o outro, puxando a cada fricção de pele contra pele. A corda era de boa qualidade, trançada e apertada, mas os nós não tinham sido habilidosos. Centímetro a centímetro, ela abriu espaço. Trabalhava em ritmo lento mas constante, quase hipnótico. Afundou-se naquilo como se fosse uma piscina quente.

— A única saída é por onde entramos. Seguindo pelas celas, quatro curvas, quatro corredores. Então a sequência de salas, a antecâmara e a subida para a fortaleza em si, onde é preciso atravessar um pátio com barracas e escritórios da guarnição para chegar às ruas. Aí é uma corrida até o deserto, ao qual poucos sobrevivem a pé, isso se não forem derrubados pela cavalaria antes de chegar às dunas. — O rosto dos outros se contorcia conforme cada obstáculo era listado, mas Sorasa só deu de ombros, mexendo os pulsos. — Fiquem gratos por não estarmos presos em uma fossa trequiana, enterrados em nossos próprios dejetos. Ou em Ascal, aliás, à mercê de guardas idiotas que se esquecem de alimentar os prisioneiros. Taltora é tranquila se comparada a essas prisões.

Sua mão direita se soltou primeiro, passando espremida por entre as amarras. A esquerda foi em seguida, e Sorasa guardou a corda, pendurando-a no pescoço. Poderia vir a ser útil no futuro, caso precisassem estrangular alguém.

Os outros ficaram observando de olhos arregalados.

— Você já esteve presa — Andry disse, sua voz sem emoção.

— Já estive presa *aqui* — Sorasa respondeu. Com as mãos livres, ela arregaçou a manga do braço esquerdo, expondo uma tatuagem intricada de asa de pássaro.

— E aí? — Corayne apoiou a testa nas grades. A esperança brilhava em seus olhos. Era tão fácil engajar aquela garota que Sorasa quase tinha inveja. *A habilidade de ser esperançosa foi tirada de mim há muito tempo.* — Não temos tempo a perder. Já se passaram horas.

Sorasa tamborilou os dedos pelas penas, sentindo a carne do braço. Parou na pontinha da asa e levou os dentes à própria pele.

— Os guardas já conhecem meus truques — ela disse, de canto de boca.

Depois de um momento, sentiu a saliência do metal e pressionou. O alfinete grosso perfurou facilmente a pele, seu aço brilhando carmim. Não era comprido: tinha a extensão de um nó do dedo. Sorasa ignorou a dor e a gota de sangue que marcava sua tatuagem.

— Mas ainda não sabem revistar um corpo direito — ela acrescentou, triunfante, com o alfinete nos dentes.

Dom só ficou encarando, desgostoso.

— Você vai remendar uma camisa com isso?

Sorasa não respondeu, só tirou um segundo alfinete de outro ponto na asa do pássaro.

— Ah, muito bem — Andry disse, fascinado.

— Obrigado, Trelland. É bom ser reconhecida — ela respondeu enquanto usava os alfinetes ensanguentados para tentar abrir a fechadura da cela.

Seu coração acelerou quando a porta se abriu, mas, felizmente, as dobradiças não fizeram barulho. *E agora?, E agora?, E agora?,* martelava cada vez mais alto em sua cabeça. Os guardas não tinham pegado suas gazuas, mas estavam com todo o resto. Suas armas, a espada de Dom, *a espada de Fuso.* Sem mencionar que provavelmente havia uma centena de soldados entre eles e a rua, incluindo Sigil de Temurijon. Sorasa cerrou os dentes, tentando se lembrar de uma situação mais precária da qual tivesse escapado.

Bem, nunca tentei salvar a esfera antes, então nada me vem à mente.

A voz de Dom perfurou seus ouvidos.

— E agora, Sarn?

Ela queria entrar pelas grades da cela de Dom e apertar a corrente em torno do pescoço dele até que o Ancião não pudesse mais respirar, muito menos falar. Em vez disso, cruzou o corredor e começou a trabalhar na fechadura da cela de Andry.

— Se sua vida não dependesse de sairmos daqui, eu diria que você está sendo arrogante, Ancião — ela disse.

As correntes de Dom tilintaram. Ele ergueu o queixo o máximo que pôde.

— Vederes não são arrogantes.

Andry abriu a porta da cela com um aceno de cabeça em agradecimento a Sorasa.

— Valtik? — ele chamou, olhando para a bruxa. — Alguma dica?

Parada, Valtik ergueu os ombros estreitos.

— Fiquem atentos ao badalar — ela disse. Pela primeira vez desde que haviam se conhecido, Sorasa achou que a velha soava cansada, e que sua voz combinava com sua idade avançada. — É o que os ossos parecem contar.

Andry fez uma careta, esticando os braços por entre as grades para ajudar a idosa a se levantar. Sua expressão se fechou como uma nuvem de tormenta.

— Já ouvi sinos badalando por uma vida inteira.

Sorasa conseguiu abrir outra fechadura, agora da cela de Corayne, que saiu parecendo um redemoinho, um cavalo furioso levantando poeira.

— Não podemos ir a lugar algum sem a espada — Corayne disse.

Seu corpo continuava inclinado, compensando um peso que já não carregava. Sem o manto, sem a espada nas costas, ela parecia pequena e jovem, uma menina arrancada da cama.

Então trincou os dentes e ficou cara a cara com Sorasa. A assassina viu a criança derreter bem ali, deixando uma Corayne adulta em seu lugar.

— A espada de Fuso, Sorasa — Corayne disse, os olhos pretos como azeviche.

— Eu sei — Sorasa sibilou, abrindo depressa a fechadura da cela de Valtik.

— Acha que Charlie ainda está esperando? — Corayne seguiu a assassina de perto, exalando ondas de desespero.

— Realmente não sei — Sorasa se forçou a dizer, enquanto abria a última cela. Dom a olhava fixamente da parede, em uma disposição estranha devido às correntes. A assassina se aproximou dele empunhando os alfinetes como se fossem adagas. — Tente não morder, Ancião.

— Por que eu morderia? Seu sangue deve ser venenoso.

O primeiro pulso se soltou, depois o segundo. Com o pescoço foi mais difícil: ela teve que afastar o cabelo dele para encontrar o cadeado.

Sorasa riu sozinha enquanto soltava os pés dele.

— Só um pouco — ela disse, e Dom caiu no chão, um amontoado de músculos doloridos.

Corayne estava certa: não tinham tempo a perder. Mas Sorasa se pegou desejando estar nas celas mais profundas de Taltora, porque assim teria mais alguns segundos para pensar. Eles corriam rumo a um limbo, sem um plano e sem nenhuma esperança de encontrar a luz do outro lado. Já era noite avançada àquela altura, o que pouco significava enquanto estivessem na prisão. Passando pelas salas dos guardas, pela guarnição e pela fortaleza em si...

Sua mente girava, em busca de uma oportunidade.

Pela primeira vez na vida, Sorasa Sarn não encontrou nenhuma.

A porta surgiu, tábuas de cedro com faixas de ferro, as dobradiças grandes e pesadas. Ela a imaginou sendo destroçada pelo peso de Dom, abrindo-se para uma sala cheia de soldados armados até os dentes.

Nossa única esperança é o fator surpresa. Conseguir uma espada, uma adaga, qualquer arma que pudermos. Lutar até que os números estejam a nosso favor. Deixar que Dom faça o trabalho pesado. Posso cuidar do resto.

E, acima de tudo, manter Corayne an-Amarat viva, ela sabia.

Dom encarava a porta, a concentração visível no rosto. Sorasa sabia que ele estava ouvindo, tentando descobrir quem estava do outro lado, e quantos eram.

— Derrubarei quem conseguir — ele murmurou, olhando para os outros.

Até Valtik se colocou diante de Corayne, e Andry, diante das duas, com seus braços compridos abertos, para protegê-las.

O olhar do escudeiro encontrou o do Ancião, e ambos assentiram, muito sérios.

— Comigo — o garoto disse, determinado.

— Comigo — Domacridhan de Iona ecoou, afastando-se da porta tanto quanto ousava. Dois, três, dez passos. Até que longos metros se estendiam entre ele e a madeira.

Dom avançou, transformando-se em um borrão, correndo tão depressa que Sorasa sentiu o vento se agitar à sua volta. Ela se preparou, esperando que ele derrubasse a porta, obrigando-se a segui--lo de tão perto quanto um trovão seguia um relâmpago.

A porta cedeu ao ombro de Dom, quebrando-se pelas dobradiças e caindo como uma ponte levadiça. O Ancião manteve o equilíbrio, ficando de pé e avançando. Quase colidiu com uma mesa de carvalho, mas conseguiu passar por cima, girando, leve como um cervo na floresta.

Sorasa irrompeu na sala, reprimindo o medo que fazia seus dentes baterem. Esperou pela ponta das espadas, pelo corte das adagas, pelo golpe contundente de um escudo ou punho.

Que não vieram.

Sigil estava sentada a uma cadeira, suas botas enormes descansando na mesa, as pernas cruzadas na altura dos tornozelos. Tinha uma coxa de galinha na mão e seus lábios estavam engordurados. Uma madeixa escura caía sobre o olho. Seu olhar passou do Ancião para Sorasa com um sorriso, enquanto ela tirava toda a carne do osso.

— Duas horas para sair de uma cela — zombou. — Sarn, acho que você está perdendo o jeito.

As armas deles estavam espalhadas na mesa, a espada de Fuso segura na bainha. O sangue de Sorasa rugiu, tomado pela adrenalina. Sua máscara de indiferença fraquejou, revelando um sorriso verdadeiro.

— Poção do sono? — ela perguntou, erguendo o queixo.

— Você não é a única que conhece venenos e pós — Sigil respondeu. — Esses soldados bebem bem. Toda a guarnição está dormindo como um bebê.

— Foi bom ter recuperado o juízo, caçadora de recompensas. Trair-nos é trair a esfera e sua própria sobrevivência — Dom disse, recuperando suas armas da mesa.

Sigil se deleitou com o comentário dele.

— Não traí vocês, Ancião. Ou, pelo menos, não por muito tempo.

— E o que descobriu nas duas horas que passou com a guarnição da fortaleza? — Corayne perguntou, recolocando a espada de Fuso nas costas. Soltou um suspiro aliviado, abaixando os ombros, quando a arma voltou a seu lugar. — Esse era seu objetivo, não?

— Garota esperta. O capitão dos soldados gallandeses é bem falante, para não dizer idiota. Ficou feliz em conversar. Acho que queria que eu dividisse meus rendimentos com ele, ou minha cama. Eu não tinha o menor interesse em nenhuma dessas coisas, claro. — Sigil brincou com a ponta do machado. — Ele disse que essa não é a única tropa gallandesa em Ibal. Duzentos soldados chegaram há uma semana, mandados diretamente para cá.

Andry estranhou.

— A rainha não pode mandar tantos soldados para um reino estrangeiro, não sem declarar uma guerra.

— Duvido que ela se importe — Corayne murmurou. — Ele disse para onde estavam indo?

Sigil ergueu o queixo e olhou nos olhos de Sorasa. Depois de tantos anos, elas compartilhavam certo entendimento, certa familiaridade. A assassina viu relutância na caçadora de recompensas, talvez até medo.

— Um oásis na costa aljerana — Sigil disse. — Chamado Nezri.

Sorasa sentiu o mesmo medo e deixou que fosse seu guia.

Espelhos na areia.

Fazia anos que a filha de Ibal não atravessava seus desertos, montada em uma égua de areia, voando pelas dunas que eram seu lar. Não havia nada igual. Nem estar na proa de um navio, nem dentro de uma carruagem. Nem mesmo se inclinar para o vento na beirada de um penhasco, com a esfera inteira estendida diante de si como um cobertor verde e azul, com todo o mundo ao seu alcance. No coração de Sorasa Sarn, nenhuma emoção se equiparava à do deserto à noite, o deslocamento rápido sob as estrelas desimpedidas, o vento frio e limpo no cabelo, os únicos sons vindos de seus batimentos cardíacos e do movimento da areia ancestral.

Ela se deitou na sela, apertando bem as coxas para não cair, e esticou as costas no couro, o rosto voltado para o céu. A égua preta como piche estremeceu sob seu corpo, galopando em um ritmo perfeito, constante. Sentindo a brisa no rosto e olhando as estrelas, Sorasa esvaziou a mente, esquecendo Fusos e Anciãos, meninas com sangue do Cór e espadas encantadas. Era uma tática da Guilda, procurar clareza através da paz.

Ela nunca fora muito boa nessa parte.

Então voltou a se sentar e segurar as rédeas, as botas nos estribos. A égua avançou, correndo com avidez. As outras montarias responderam do mesmo modo, os cascos parecendo meteoros atravessando a areia.

Como Charlie havia conseguido sete éguas de areia, pretas, vermelhas e douradas, Sorasa não sabia. Mas tinha ficado contente. Não havia criatura mais rápida, mais resistente. Os quilômetros se passaram em um borrão, o céu voando até a alvorada.

Com as provisões certas e bom planejamento, os Areais de Ibal eram fáceis de atravessar. *É o sol que mata, não as estrelas.* Eles se guiavam pelas constelações, marcando uma linha reta nas dunas. Sigil ia à frente, com Dom ao lado. Eles cavalgavam pescoço a pescoço, um testando o outro, o cabelo dela colado à cabeça, o cabelo dele esvoaçando como uma bandeira bordada em ouro.

Eles corriam rumo ao Fuso aberto, que cuspia monstros de Meer.

A esfera dos oceanos, cercada por um mar de dunas de areia. Sorasa não conseguia compreender aquilo, mas recentemente muito escapava à sua compreensão. Ela se concentrava no que podia controlar e realizar. Outra tática da Guilda. *Tudo o que posso fazer agora é ca-*

valgar e ultrapassar a desgraça que se aproxima como o sol nascente. Ela a sentia agora, uma espada em seu pescoço. Taristan e o Porvir, suas mãos esticadas para tomar a esfera. Outra lâmina pairava sobre ela, aproximando-se a cada segundo.

Volte e tudo o que restará serão seus ossos.

Ela ouviu a voz de Lord Mercury na cabeça, clara como as estrelas no céu preto como tinta. A fortaleza ficava ao norte, longe demais para ser vista, a quilômetros de distância da costa, onde areia encontrava penhasco. Mas ela não ousava olhar em sua direção. A égua poderia se deslocar, o caminho poderia se alterar. Sorasa Sarn poderia perder todo o controle e levar seus ossos para casa.

A alvorada era uma cortina de calor, como um forno aberto. Sorasa continuou avançando até não poder mais, levando os forasteiros a seus limites. Até que o sol estivesse alto demais, forte demais, as sombras embolsadas pelas dunas, quase inexistentes. As éguas brilhavam de suor, o cansaço nítido mesmo em seu galope perfeito. Até Dom suspirou aliviado quando Sorasa ordenou que montassem acampamento.

Ela desmontou na areia quente o bastante para esquentar suas botas. Um punhado de pedras na base de uma duna fornecia uma boa sombra. Ainda era quente, mas suportável, e os outros usaram seus mantos para armar tendas e ampliar a sombra. Andry pegou no sono em um instante, começando a roncar assim que se deitou. Charlie logo se juntou a ele, enquanto Dom ficava de vigia, seu rosto enterrado na escuridão do capuz. Valtik revirou a areia até formar um ninho nas camadas inferiores, mais frescas, então acenou para Corayne se juntar a ela. Sorasa ergueu a sobrancelha para a velha, mas não se deu ao trabalho de perguntar como uma bruxa nortista sabia os costumes do deserto.

— Estarão vigiando o desfiladeiro — Sigil murmurou, tirando a armadura. Ficava igualmente grande sem ela, puro músculo. — Com arcos e bestas. Não vai ser bonito.

Sorasa protegeu os olhos com a mão e olhou o horizonte, o céu azul bem iluminado cintilando em dourado. Embora usasse roupas discretas, em preto, marrom e cinza-escuro, suas cores preferidas eram azul e dourado. O azul real da bandeira. O dourado da areia. O cerúleo-claro do céu infinito. O brilho amarelo da moeda. Eram as cores de Ibal. Eram seu lar.

O outono tinha começado. Os outros não sentiam a mudança no vento, a minúscula queda na temperatura. Mas uma filha de Ibal certamente sentia.

— Eu cuido do desfiladeiro — Sorasa disse, dando tapinhas no ombro de Sigil.

A caçadora de recompensas respondeu com uma risada seca.

— Ótimo. Não gostaria de ter que salvar sua vida de novo.

Conforme avançavam, eles dormiam no auge do calor do dia e despertavam antes do pôr do sol. Era exaustivo, até para Sorasa, que passara muito tempo longe. Os lábios de Corayne racharam a ponto de sangrar. Dom se protegia da cabeça aos pés, suando sob o manto e o capuz. O pobre Charlie quase desmaiava todas as manhãs, completamente corado. Sigil transpirava sob a armadura, o rosto brilhando. Andry não baixou o capuz por dias, para proteger os olhos. Só Valtik parecia não se afetar pelo calor e pelo sol: sua pele marfim nunca se alterava, mesmo com a cabeça exposta e os olhos bem abertos. *Maldito seja o Fuso, só pode ser algum truque*, Sorasa concluiu.

O sol minava suas forças, tornando as noites silenciosas e rápidas. Uma semana se passou quase em silêncio, seus odres cada vez mais leves, os estoques de comida se esgotando. As maçãs compradas em Adira tinham acabado havia muito, e sua doçura era apenas uma lembrança.

Sorasa não estava preocupada. O verão tinha acabado, e uma linha vermelha surgiu no horizonte, como era de esperar, crescendo com o passar das horas. O despenhadeiro lançava sombras compridas, banhando o deserto de ar fresco. A terra estava rachada onde ficava o lago sazonal — levaria meses até que as chuvas de inverno o trouxessem de volta. Algumas plantas resistentes ainda se esgueiravam por entre as fendas, sustentadas pelo fornecimento subterrâneo de água, infiltrando-se pela terra e pela areia. As éguas esfregavam o focinho de passagem, à procura de qualquer sinal de verde.

— Ou você pretende contorná-lo — Dom disse certa manhã, seu olhar imortal no despenhadeiro ainda a quilômetros de distância que se estendia por todo o horizonte, irregular de norte a sul, uma muralha de pedras avermelhadas. — Ou atravessá-lo.

— Contorná-lo levaria semanas. O Marjeja circunda o Aljer como uma lua crescente. Vamos pelo desfiladeiro. — O flanco da égua era macio sob sua mão, firmando-a como uma âncora. O animal estremeceu ao toque de Sorasa, contorcendo-se. — E não seremos os únicos.

Sorasa havia acabado de trançar o cabelo em um coque apertado na nuca. Ergueu os olhos para as éguas espalhadas sobre o leito de rio seco, o desfiladeiro uma abertura na parede de pedra quase um quilômetro à frente. Embora ela mesma não se mexesse, seu coração martelava no peito e seu estômago se revirava. Havia pelo menos duzentos shirans, de todas as cores, creme, areia, vermelho-sangue e até mesmo alguns pretos como obsidiana. Pastavam em meio à terra rachada, caçando na sombra cada vez maior do despenhadeiro. Havia apenas alguns garanhões, e o resto eram éguas inteligentes e potros desengonçados, ainda reconhecendo os próprios membros. Eram parecidos com as éguas de areia, mas qualquer ibalete os reconhecia como criaturas diferentes, mais fortes, mais rápidas e mais selvagens que seus primos domésticos. *Isso é errado,* Sorasa pensou, sentindo vergonha. *Isso é profano, um ataque aos deuses e à esfera.*

Os outros também olhavam, suando à alvorada.

— Vamos ficar admirando os animais o dia inteiro, ou...? — Charlie deixou a pergunta morrer no ar, com um meio-sorriso no rosto.

— São shirans. — A pele de Sorasa se arrepiou só de pensar no que precisavam fazer. — Depois dos deuses, não há nada mais sagrado em Ibal que aquelas manadas. São o vento personificado, mais rápidos que uma tempestade, mais ferozes que lobos de areia. Nos dias do Velho Cór, o império os roubou, atravessando o mar com os shirans selvagens aos gritos. A maior parte morreu, tão longe de casa. Não é mais assim. — Sua boca ficou seca. — Quem perturbar ou capturar um shiran selvagem é punido com a morte.

Corayne se ajeitou na sela.

— Mais um item a acrescentar aos cartazes — ela resmungou.

— Eles são testamento dos deuses, dos reis ibaletes, da grande e terrível glória de Ibal, que foi conquistada, mas nunca morta. — Sorasa se sentiu mal, mas seguiu em frente. *Preciso ao menos fazer com que entendam.* — Estas terras são deles, para que possam perambular livremente, da costa à margem do rio, por penhascos ou pastos, montanhas ao oásis. Eles são verdadeiramente livres — murmurou, sentindo o vento nos cabelos, o julgamento dos deuses em seus ossos. Dom mantinha o olhar esmeralda nela, mas dessa vez era um olhar brando, sem a raiva de sempre.

— Não vamos machucá-los — ele garantiu, baixando a cabeça. — Tem minha palavra.

Só restou a Sorasa assentir, porque sua boca estava seca demais. Dom instou a égua a seguir em frente, descendo as dunas com Sigil o seguindo de perto.

Saydin nore-sar.
Que os deuses me perdoem.
Saydin nore-mahjin.
Que os deuses nos protejam.

Ela se preocupava mais com os cavalos sagrados que com a maior parte de seus companheiros humanos. *De alguma maneira, a bruxa consegue sobreviver a tudo. Andry também ficará bem. É um bom cavaleiro, fica à vontade na sela. Charlie nem tanto, mas, se ele for pisoteado, paciência. Não precisamos do sangue dele para salvar a Ala em um futuro próximo.* Foi para Corayne que Sorasa olhou, identificando a tensão no ombro da menina, seus dedos apertando as rédeas da égua de areia, de pelagem vermelho-escura.

— Segure firme — Sorasa disse a ela. — O que quer que faça, não solte. Um braço por cima da sela, os dois pés em um estribo. Estarei bem ao seu lado, Dom também. Ninguém vai deixar você cair.

Corayne abaixou o queixo e assentiu, com firmeza. Seu rosto era a própria imagem da força. O tremor em suas mãos contava uma história diferente. A espada de Fuso não estava em suas costas, o que era incomum. Tiraria seu equilíbrio. Eles a tinham prendido à sela da égua, para que não atrapalhasse, tão apertado quanto ousavam.

Se perdermos a égua..., Sorasa pensou. Sua mente tentou considerar todas as conjunturas, todos os erros que poderiam cometer. Eram possibilidades demais para controlar, variáveis demais para prever. Não tinham tempo suficiente para planejar uma delas que fosse, muito menos todas.

Sigil sabia lidar com cavalos. Havia sido treinada nas estepes, entre os pôneis atarracados e robustos de Temurijon. Conduziu sua égua por entre as éguas shirans, tendo como objetivo um garanhão que estava deslocado do grupo, com o pescoço arqueado e as orelhas tremulando.

Nas dunas acima, Sorasa enrolou as rédeas nas mãos, os calcanhares e as coxas apertando a montaria com mais força.

O grito de batalha dos Incontáveis, o grande exército do imperador temurano, soou em meio à manada, lembrando o estrondo de metal e relâmpagos. Aliado aos galopes da égua de Sigil e ao brilho de seu machado, foi o suficiente para fazer o garanhão disparar. Músculos estremeceram sob seu flanco, como uma ondulação na água, lindo por um momento, como se ele fosse forjado em metal, e não de carne e osso. O animal tentou seguir para a planície, mas Dom bloqueou seu caminho, sua espada brilhando à luz do sol, e assustou o cavalo selvagem.

Juntos, eles conduziram o garanhão para o desfiladeiro, os gritos do animal ecoando sobre o leito do rio. A manada relinchava com ele, levantando poeira, pondo-se a seguir seu caminho trovejante.

— Não solte — Sorasa repetiu para Corayne, inclinando-se para bater no flanco da égua da jovem.

Eles correram pela areia, mergulhando em meio aos shirans, o cheiro de poeira e cavalo selvagem no ar. O coração de Sorasa saltava em sincronia com os cavalos, os cascos batendo a um ritmo similar à sua pulsação. Era como se juntar a uma tempestade, cair no meio da tormenta. Sorasa estremeceu enquanto sua égua de areia entrava no ritmo da manada, o corpo de ambas mais próximo um do outro para seguir o garanhão que avançava. Ela galopava com Corayne, seus joelhos quase se encostando. Quanto aos outros, não sabia. Estava concentrada em Corayne e na espada de Fuso, o flanco vermelho de seu cavalo como um farol no limite do campo de visão de Sorasa.

O penhasco assomava, o desfiladeiro era uma abertura estreita nas rochas. Todo o mundo se reduziu às paredes vermelhas e à batida de milhares de cascos, ao ritmo de sua pulsação, adrenalina se espalhando pelo corpo. Corayne se curvava, agarrada ao pescoço da égua, seus dentes à mostra, cerrados. Um tom familiar de dourado brilhava em algum lugar, acompanhado de um toque de verde-escuro. Dom se aproximou pelo outro lado de Corayne quando a sombra do despenhadeiro recaiu sobre eles, o ar fresco como uma cortina se fechando, o som da manada ecoando pela pedra, em um rugido ensurdecedor.

— Agora! — Sorasa tentou gritar, mas sua voz se perdeu no barulho. Só podia torcer para que os outros a vissem e a seguissem.

Com as mãos firmes nas rédeas e no apoio duro da sela, Sorasa tirou o pé esquerdo do estribo e passou a perna por cima da égua, em um arco suave. Seus músculos se contraíram, tensos, conforme ela se equilibrava com apenas um pé no estribo, apoiando o outro do lado como pôde. A égua não perdeu o ritmo, seguindo a manada. Séculos de criação não podiam superar instintos, e as éguas de areia tinham sido shirans em algum momento de sua linhagem. Não era fácil manter-se firme na lateral da égua, com a cabeça apoiada na sela. O chão de areia passava como uma correnteza de água, marcado por pedras irregulares e desgastadas. Sorasa tentou não olhar para baixo ou se imaginar sendo pisoteada. Olhava para a esquerda e para a direita, para a frente e para trás, procurando em meio às ondas de cavalos turbulentos.

Seu estômago se revirou quando ela viu os soldados no alto, sua silhueta bem delineada contra as pedras. Eram todos arqueiros, observando o desfiladeiro. Sorasa se encolheu, esperando uma onda de profunda dor a qualquer momento. Uma flecha atravessando seu pescoço. Nada aconteceu.

Está funcionando, ela pensou, o choque quase fazendo com que se esquecesse de se segurar. Isso fortaleceu sua determinação, e a assassina se projetou para mais perto da égua.

Primeiro, ela viu Andry, a cabeça pressionada contra as costelas do animal castanho-avermelhado. Ele era mais alto que Sorasa e tinha que curvar o corpo para não arrastar as pernas no chão. Seus olhares se encontraram, a égua dele entremeada aos shirans. O escudeiro não fraquejou, com uma única ruga marcada em sua testa. Sigil seguia atrás dele, também alta demais. Seu corpo envolvia a égua, um braço e uma perna jogados sobre o dorso, os outros por baixo. Sorasa não localizou Valtik e Charlie, perdidos em meio ao mar. Se não conseguia vê-los, os gallandeses tampouco conseguiriam.

Corayne continuava à direita dela, respirando rápido e pesado. Suas juntas estavam brancas nas rédeas e na sela, os dedos se esforçando para não soltar. Ela pendeu para perto de Dom, que se agarrava à própria égua com a mão gigante. A outra segurava a égua de Corayne pela sela, fazendo com que seguissem o mesmo ritmo. Ele sustentou a garota do Cór com o peito, sua graça imortal mantendo ambos firmes e protegendo-os da morte.

As éguas corriam a uma velocidade vertiginosa, suas crinas como bandeiras ao vento, seus cascos levantando pedra e poeira. Uma nuvem seguia a manada, nebulosa e rosada, obscurecendo o alto dos penhascos. As figuras desapareceram, os arqueiros perdidos na nuvem de poeira. Sorasa se permitiu uma breve expressão de triunfo. Se continuassem se segurando, a manada ia levá-los até o outro lado.

O desfiladeiro parecia se esticar, infinito. Alargava-se e estreitava-se a cada curva, forçando a manada a se reajustar, e as éguas deles também. Sorasa estremeceu quando outro cavalo a acertou, quase a esmagando. Ouviu-se um grito. Parecia Charlie. Sorasa tentou rezar, torcendo para que ele se segurasse, torcendo para que os soldados não ouvissem. Tudo o que podia fazer era cerrar os dentes e se manter firme, embora sua própria mão escorregasse da sela.

Enquanto a entrada do desfiladeiro era uma fenda escura, a saída brilhava como uma estrela, uma coluna branca de luz do dia. Ela apareceu na curva seguinte, e Sorasa quase gritou de alegria, seu corpo machucado cada vez mais fraco. Ela desejou que a manada fosse mais depressa, implorando a qualquer deus que pudesse escutar.

Dom e Corayne seguiram em frente, suas éguas correndo em uma formação próxima. O Ancião mantinha um pé no estribo de Corayne e as mãos nas duas selas. A garota se agarrava a seu peito, com o rosto afundado em seu manto. As costas dele estavam voltadas para a frente, de modo que o manto esvoaçava em torno deles e a mantinha escondida.

O que também o impedia de ver.

A assassina respirou fundo e quase gritou quando viu o caminho se dividir em torno de uma rocha, que se projetava como uma adaga. A manada se separou, desviando dela com facilidade. Mas as éguas de Dom e Corayne, cavalgando juntas, não fariam o mesmo. Estavam quase sem fôlego, o branco de seus olhos, furioso. Ambas investiram, relinchando, tentando se separar, mas Dom era mais forte, e enroscou os dedos sob a cilha de ambas as selas.

Sem nem pensar, Sorasa voltou a se sentar, afundando os calcanhares no dorso da égua. O animal relinchou e disparou, ultrapassando os shirans à sua volta, como uma flecha preta. Sorasa não se importava que os soldados pudessem vê-la.

— Venha comigo! — ela gritou, aproximando-se do Ancião e da menina do Cór.

Eles olharam para ela, em choque, o rosto de Dom vermelho do esforço. E de raiva.

— Você vai nos matar... — ele começou a dizer, mas Sorasa o ignorou e estendeu a mão.

A pedra ficava mais próxima a cada segundo, um martelo que os dividiria ao meio.

Ela olhou para Corayne, que levantou a cabeça, aterrorizada. Seus olhos se mantinham os mesmos. Mais pretos que o céu noturno. Olhos de outra esfera.

— VENHAM COMIGO! — Sorasa voltou a gritar, já sentindo o impacto da pedra nos ossos.

Ela esticou os dedos, roçando nada além de ar. Algo passou voando. *Uma flecha*, Sorasa concluiu. Conhecia muito bem aquele som.

Então a mão de Corayne pegou a dela. Dom gritou e Sorasa puxou o mais forte que pôde, os ombros gritando de dor sob o peso repentino. Por um segundo, o tempo pareceu suspenso, reduzindo-se a nada. Corayne veio em sua direção, com os braços abertos, os olhos tomados pelo terror enquanto a pedra passava a centímetros. Atrás dela, Dom era um borrão, abandonando uma égua para montar a outra, passando um braço sobre a espada de Fuso para impedir que se soltasse.

A pedra passou entre eles, sem que Dom desviasse os olhos. Tempestuosos e inflexivelmente verdes, eram como uma lança nas entranhas de Sorasa. Mas não se mostravam tão raivosos quanto ela estava acostumada a ver, nem tão repugnados. Eles cavalgavam separados, contornando o obstáculo antes de voltarem a se juntar, Corayne entre eles, estremecendo contra as costas de Sorasa.

Um grito soou acima, a voz vociferante de um soldado. Outra leva de flechas caiu sobre o rebanho, atingindo os animais em volta deles. Sorasa sentiu aquelas flechadas como se tivessem sido em sua própria pele. Seu coração sangrou pelos shirans, que sangravam por ela. Soltou um xingamento baixo e agitou as rédeas, levando a égua de areia ao limite.

— Mais rápido — ela sibilou, para si mesma e para o animal. — Mais rápido.

O desfiladeiro se abria para o deserto, a areia ali mais branca que o dourado das dunas. Eles continuaram cavalgando com os shirans, o maior garanhão puxando a manada. Os soldados iam segui-los. Provavelmente já desciam os penhascos ou sinalizavam para o restante da companhia. Qualquer elemento surpresa de que Sorasa esperasse se aproveitar tinha virado história.

Mas estamos vivos. E isso basta.

A água estava alguns quilômetros à frente, o golfo de Aljer tão próximo que ela achou que já sentia seu cheiro. Depois de dias no deserto, o gosto salgado da água do mar parecia impossivelmente pesado em sua língua. Mas o oásis estava ali entre eles, uma mancha escura pouco mais de um quilômetro à frente. A sombra sugeria palmeiras, água fresca, uma cidadezinha de parada para caravanas e peregrinos. Um lugar abençoado, tocado pelo Fuso.

E agora destroçado pelo Fuso.

— Em frente — ela gritou, para quem quer que pudesse ouvi--la, para quem quer que tivesse conseguido atravessar o desfiladeiro. Corayne moveu o braço na cintura de Sorasa, a pressão fugaz mas inconfundível. À direita delas, Dom estava com a espada. Sorasa quase chorou de alívio, sufocou um grito de triunfo.

Nós bastamos.

Não tinha coragem de olhar para trás, para não ver os outros feridos ou pisoteados.

No horizonte, o oásis cintilava. Uma estranha visão, como uma lâmina sobre a terra. Aço. Prata. Mercúrio.

Ela perdeu o ar.

Espelhos na areia. O Olho de Haroun.

E isso.

A areia se transformou em líquido, os cascos da égua passaram a levantar água em vez de poeira. Mas os animais seguiram em frente, os shirans jamais pararam, todos na água rasa que se estendia pelo mais árido deserto da Ala.

Era impressionantemente fria.

Sorasa tremia como nunca. O sol implacável de Ibal batia em seu rosto enquanto a água de Meer espirrava ao redor, molhando as pernas da égua.

— Acho que é aqui — Corayne disse, sem forças, no ouvido de Sorasa.

31

SANGUE E ESPADA

Corayne

CORAYNE SE ENCOLHEU QUANDO ÁGUA ESPIRROU EM SEU ROSTO, fazendo seus olhos arderem e entrando por seu nariz. Era gelada e um pouco cinzenta, deixando marcas em sua pele. Tentou limpar e manchou as mãos. Nunca tinha visto nada igual. O oásis estava inundado, um novo lago se formava na areia quente, transformando tudo em uma lama pesada. Corayne mal conseguia distinguir as leves colinas do oásis, as palmeiras se curvando em marrom e verde. A cidade se aninhava ali, pequena e modesta, suas construções pintadas de azul e decoradas com pedras brancas. Ela ouviu ondas quebrando em algum lugar, mas podia ser também uma cachoeira, ou ambas as coisas. *Não faz sentido*, Corayne pensou, piscando para a água brilhante, o reflexo do sol quase a cegando.

Mas não havia tempo para indagações. Os soldados gallandeses posicionados no desfiladeiro iriam atrás deles, e havia mais guardas em Nezri, para proteger o Fuso. Corayne se inclinou para a frente, pressionando a bochecha contra as costas quentes de Sorasa. Os batimentos cardíacos firmes e estáveis da assassina ancoraram a menina.

— Conseguimos? — Corayne perguntou, arfando, esforçando-se para ser ouvida acima dos cascos batendo na água.

Os shirans se espalharam, bufando e sacudindo a cabeça. Sua formação não era tão compacta sem o desfiladeiro, e Corayne sentiu que podia respirar de novo, uma vez que não estava mais cercada. Ela olhou para os cavalos, procurando por cavaleiros, sentados ou dependurados na sela.

Não havia ninguém atrás deles, só uma nuvem de poeira, mas um brilho perdido ali no meio revelava o sol refletido no aço. *O Leão já está vindo.* Corayne assoviou.

— Estamos aqui!

Andry ofegava quando surgiu entre as éguas, de volta à sela, seu rosto marcado pela poeira vermelha. Sangue de algum ferimento aflorava em sua manga. Os olhos de Corayne foram direto para esse ponto.

— Um dos cavalos me mordeu — ele disse, recuperando o fôlego. — Poderia ter sido pior.

Outra égua se juntou a eles, respirando com dificuldade sob o peso de Charlie Armont.

— Sem brincadeira. Quase *morri* — ele disse, o rosto roxo. Havia queimaduras feias em seus braços, causadas pelas rédeas. *Ele deve ter sido arrastado por toda a extensão do desfiladeiro.* — Quase perdi minhas *coisas*! Tinta, selos...

Sigil surgiu da areia espelhada, sua silhueta se materializando. O animal dançava sob ela.

— Uma criança superaria você, sacerdote — ela disse, seca. — E quanto à bruxa?

Corayne não sabia o que tomara conta dela, um instinto, um pressentimento ou algo mais profundo. Mas não se deu ao trabalho de procurar por Valtik, em meio à manada ou no horizonte.

— Valtik virá quando precisarmos dela.

Corayne sentiu Sorasa ficando tensa à sua frente. A assassina olhou para trás e disse:

— Acho que precisamos dela agora.

Soldados à frente, soldados atrás. Um Fuso entre eles.

Corayne olhou para Dom, que mantinha a mão nas rédeas e na espada de Fuso. Ele seguiu o olhar da menina e franziu a testa. De novo, ela o viu nos penhascos de Lemarta, ajoelhando-se na estrada e implorando pelo perdão dela. *Pedindo-me para salvar o mundo.*

Quanto mais se aproximavam de Nezri, mais profunda a água ficava, até que já estava na altura dos joelhos dos cavalos, forçando-os a reduzir a marcha a um trote. Os shirans empinavam, bufando e estranhando suas novas terras. Qualquer proteção que tivessem oferecido desapareceu quando as éguas de areia deixaram a manada para trás.

— Espelhos na areia — Sorasa murmurou, o sol refletido em seus olhos.

A água estranha salpicava suas bochechas. Ela levantou a mão para proteger os olhos e inspecionar o posto avançado mais à frente.

Corayne fez o mesmo, espiando por trás da assassina. Suas palmas cintilavam, marcadas por gotas escuras. Uma coluna de água jorrava para cima, como uma fonte gigante, chegando a uns trinta metros de altura e à largura de uma torre, um nascedouro impossível explodindo da bacia do oásis. Rugia, como cem ondas quebrando, e fazia chover na cidade abaixo. Como a água que atravessavam, tinha uma estranha cor acinzentada, de piche ou decomposição. Corayne a sentia na pele, formando linhas sujas em seu rosto e pescoço.

Nezri deveria ser vibrante, mas Corayne não via ninguém nos limites da cidade. Nenhum cidadão, nenhuma caravana mercante, nenhum peregrino se dirigindo ao templo no oásis. *Talvez o Fuso tenha afastado todos. Talvez os homens de Erida tenham matado todos.*

— Há pelo menos duzentos homens de Galland nesta cidade — Sorasa grunhiu, puxando a espada de bronze da bainha amarrada à sela. — Mantenham o ritmo, não parem. Encontrem o Fuso e levem Corayne até ele.

Lâminas foram sacadas. Um machado cortou o ar. Um gancho na ponta de uma corda traçou um círculo preguiçoso. Corayne levou a mão à adaga, que de alguma forma continuava em sua cintura. O punho não lhe era familiar, encaixava errado em sua mão, apesar do breve treinamento de Sorasa e Sigil.

Sete contra duzentos soldados de Galland, com um Fuso às suas costas. Impossível, como tudo o que os havia levado até aquele momento. *Já fizemos o impossível*, Corayne disse a si mesma, tentando acreditar naquilo, tentando ser corajosa. Por sua mãe, onde quer que estivesse, por seu falecido pai. Pelos amigos à sua volta, pela esfera que ameaçava desabar sobre todos eles.

— Dom, a espada? — ela disse, tentando não tremer.

Sua voz era hesitante, mas sua mão agiu, estendendo-se a céu aberto, com a palma para cima.

A espada de Fuso brilhou, suas gravuras preenchidas pelo sol do deserto. De novo, Corayne podia sentir o frio que irradiava da lâmina antiga, como se seu coração tivesse sido congelado, e não forjado. Dom a estendeu para ela, passando-a entre as éguas.

Os dedos de Corayne apertaram o punho, o couro macio.

Uma boca escancarada cheia de presas se ergueu entre as éguas, assustando-as profundamente. A serpente marinha era jovem, suas escamas de um branco turvo, seus olhos vermelhos, vertendo lágrimas pretas. Suas mandíbulas se fecharam a centímetros dos dedos de Corayne. Sorasa a puxou para longe do alcance da criatura.

Dom girou a espada para empunhá-la corretamente e atacar. Sua égua empinou e ele errou o golpe. A espada de Fuso cortou o ar, e não a carne da serpente.

As éguas se agitaram enquanto a água espumava e ondulava, espirrando não por causa de seus cascos, mas da massa trêmula de serpentes emaranhadas se movendo, brancas, pretas, vermelhas, cinza, verdes e azuis, suas escamas parecendo cristais iridescentes ou óleo escorregadio. Não paravam de chegar mais delas, atraídas para a comoção, em um ímpeto de caça.

Não há som como o grito de cavalos.

Corayne gritou também, quando presas se fecharam diante de seu rosto.

Os companheiros se separaram, sem objetivo, sem plano, à mercê das éguas e dos monstros submersos. Só restava a Corayne permanecer sentada, os braços firmes na cintura de Sorasa, enquanto a assassina se esforçava para manter a égua viva e de pé.

Apenas Sigil teve sorte, soltando o grito dos Incontáveis uma vez mais, que retumbou no ar, fazendo sua égua acelerar. Ela cavalgava com a fúria de um furacão, o machado em uma das mãos e a espada na outra, inclinando-se para a frente e para trás para usar ambos sem nem pensar. Cabeças de serpentes voavam em seu encalço, os pescoços cortados derramando sangue preto e manchando a água.

— Sigam-me! — Sigil gritou, abrindo caminho pelo oásis, deixando cadáveres de serpentes à deriva.

Embora morresse de medo da caçadora de recompensas, Charlie foi o primeiro a segui-la, com as pernas recolhidas dos estribos, para impedir que as serpentes pegassem seus tornozelos. Com o rosto vermelho, era uma visão curiosa.

— Por que concordei em vir? — gritou para ninguém.

A égua de Sorasa entrou em ação, recuperando o controle e se orientando. Ela acelerou pela água, chutando o que quer que se aproximasse rumo às palmeiras da cidade.

A assassina cantava para ela, acalmando-a com a língua ibalete, fazendo com que recuperasse o foco. A água espumava ao redor. Corayne balançava, empunhando a adaga com insegurança, desajeitada. Tentou mirar o dorso de uma serpente e quase perdeu o equilíbrio. Seu estômago se revirou.

— Só fique comigo, Corayne. Eu cuido do resto — Sorasa disse, guiando a égua para as palmeiras.

Mesmo inundada e vazia, Nezri era encantadora. O oásis tinha sido construído em torno de uma antiga piscina plácida e brilhante, e as palmeiras sombreavam ruas convidativas. Um templo com cúpula e pináculo, que embora pequeno cintilava entre as árvores com um padrão intricado em tinta verde e mosaico branco. O sino que convocava para a prece estava em silêncio. Havia uma praça grande, as pedras inundadas, as arcadas do bazar adjacente lotadas de detritos. Tapetes lindamente tecidos jaziam esquecidos, arruinados pela água. Como em Almasad, um passadiço se erguia em torno das margens originais do oásis, sustentado por colunas elaboradas de calcário, o topo esculpido na forma de animais régios. Era menor que os caminhos de pedra da cidade, e também estava abandonado.

O sol brilhava forte demais para um dia tão estranho, reluzindo na água cinza e na onda de serpentes marinhas revirando-se no leito arenoso.

Corayne se virou, procurando pelos outros, mas acima de tudo pelo Fuso. *Não sei nem o que estou procurando*, ela pensou. *Onde poderia estar, que aparência tem. Nada.*

Sorasa manobrava por entre as construções, descendo por uma rua estreita para fugir das serpentes. Portas pendendo das dobradiças, janelas abertas, casas e lojas havia muito abandonadas pelos proprietários.

Um homem se inclinou para fora de uma delas, usando uma boa armadura de aço, a espada reluzindo, sua túnica naquele horrível e odioso verde. O que manteve a cabeça delas sobre o pescoço foram os reflexos rápidos como raio de Sorasa. Ela puxou as rédeas da égua com tanta força que o animal tombou, relinchando.

Elas caíram, e Corayne afundou. Depois se esforçou para subir apesar do peso do manto molhado. Sorasa grunhiu em algum lugar. Corayne se virou e deparou com o soldado gallandês em cima da assassina, sua espada longa apontada para o pescoço dela.

Corayne só soube que podia se mover tão rápido ou com tanta força quando retraiu a adaga, vermelha, coberta até o punho de sangue fresco.

Ela congelou, abalada, esquecendo-se de como respirar ou formar pensamentos ao ver o soldado cair de joelhos, as mãos segurando as costelas. Ele olhou para Corayne, espirrando sangue enquanto tentava a todo custo respirar.

Seu rosto era jovem e sem rugas. *Ele não é muito mais velho que eu.* Corayne quis se desculpar, mas as palavras não saíram.

— Corra!

A assassina a puxou, atravessando a água rumo ao centro do oásis. Corayne não conseguiu se segurar e olhou para trás. Uma serpente com escamas de um vermelho oleoso engoliu o soldado, cujos olhos continuavam abertos, embora não visse mais nada.

— Domacridhan! — a voz de Sorasa ecoou, um rugido, um grito, uma súplica desesperada.

Elas atravessaram a enchente, mergulhadas em cinza até a cintura, os mantos flutuando em seu encalço. Sorasa caçava, a espada erguida, observando a água atrás de qualquer sinal de movimento que não fosse delas.

— Domacridhan de Iona, sei que pode me ouvir! — gritou de novo, implorando.

Corayne se recostou na parede de pedra de uma casa, ofegante. A adaga continuava em sua mão, que doía de tão forte que ela apertava. O sangue na lâmina parecia vibrar e brilhar cada vez mais. Sua respiração ora saía rápida demais, ora não saía. Sua garganta ameaçava se fechar e manchas se espalhavam por sua visão. O mundo girava.

— Defendam o Fuso. Defendam a rainha! — alguém gritou, e à voz se seguiram rugidos confiantes de uma dezena de homens.

O telhado acima delas estava cheio de soldados gallandeses, com lanças compridas e ameaçadoras. O sol brilhava por trás, reduzindo-os a silhuetas escuras, figuras sem rosto e sem nome. Inumanas. Soldados do Porvir, e não guerreiros de uma rainha mortal. Corayne se lançou à frente, disparando, tentando não perder o equilíbrio conforme as lanças caíam. A adaga escapou de sua mão e se perdeu na água.

Ela ouviu barulho de água batendo mais atrás, ao longo da rua inundada — se era uma serpente ou soldado, não sabia. Tudo o que podia fazer era correr, com Sorasa ao seu lado, para qualquer direção que conseguissem.

Até que braços fortes seguraram sua cintura, ergueram-na e a tiraram da água, como se ela fosse uma boneca. Corayne agitou os punhos, tentando acertar algo, mas acabou se vendo deitada de barriga para baixo na sela de Sigil. A mulher temurana assomava sobre ela.

— Calma, peguei você — a caçadora de recompensas disse, guiando a égua com seu quadril.

O animal corria o mais rápido possível, galopando rumo aos degraus do passadiço, saindo da água. Seus cascos chegaram às pedras, fazendo os dentes de Corayne baterem com tanta força que ela achou que fossem quebrar. O passadiço era uma construção para travessia de pedestres, e não de cavalos à toda, mas Sigil controlou a égua na mão, fazendo curvas bruscas.

O gêiser de Meer rugiu perto delas, espirrando a água cinza como gotas de chuva. Corayne ficou boquiaberta enquanto galopavam, com Sigil a segurando firme. Algo se agitava no coração do gêiser.

Mais serpentes, ela pensou a princípio. Até que uma das coisas ficou visível, a névoa se abrindo e revelando um tentáculo comprido e grosso, uma barriga cheia de ventosas, o extremo chato e pontiagudo. Outro se desdobrou na água, gigantesco, do comprimento de um pináculo de catedral. Eles se moviam juntos, um tom de roxo-claro doentio cortando o ar, destruindo palmeiras a cada golpe. Eram projetados para a frente, para fora, passando gradualmente de uma esfera para a outra.

Corayne ainda não via o Fuso, mas mesmo assim compreendeu.

— Preciso da espada — ela murmurou, incapaz de piscar, incapaz de fazer qualquer coisa além de olhar aquilo. Tudo o que não fosse a espada de Fuso sumiu de seu pensamento.

Foi isso que o navio da minha mãe encontrou no mar Longo. Foi isso que quase afundou a Filha da Tempestade, *quase matou a tripulação. Quase matou minha mãe.* Um monstro nascia diante de seus olhos. *Quantos navios afundará? Quantas mães vai roubar?*

Essas coisas vão dividir a Ala em duas.

— Preciso da espada, Sigil! — ela gritou, contorcendo-se, sua voz saindo mais forte.

— E o que você acha que estou fazendo? — Sigil grunhiu, conduzindo a égua pelo passadiço, os cascos uma chuva de granizo.

O que atraiu a atenção do kraken, Corayne não sabia. Mas os braços se contraíram, mudando de direção, enquanto seu corpo maciço saía do gêiser, os tentáculos se remexendo livres. O primeiro braço golpeou, depois o segundo, seu peso fazendo a passarela de pedra quebrar.

— Sigil! — Corayne gritou, quando a outra mulher afundou os calcanhares na égua, estalou as rédeas e soltou um "Arre!" agudo, tudo ao mesmo tempo.

Conforme a passarela se desfazia sob seus cascos, a égua deu um salto potente, enquanto a estrutura toda entrava em colapso, espirrando água. O impacto da aterrissagem foi forte. Elas escorregaram pelo telhado plano da casa mais próxima, repleto de vasos vazios e coberto de palha.

A pobre égua caiu de joelhos, estremecendo, respirando rápido demais, com os olhos revirando. Corayne se apoiou sobre as pernas trêmulas, com cada nervo de seu corpo aceso. Sigil foi mais graciosa e parou para dar um tapinha rápido no pescoço do animal. Ela murmurou uma palavra temurana que Corayne não conhecia, embora fosse capaz de imaginar o que queria dizer.

Obrigada.

Elas desceram os degraus da casa em disparada. Sigil abriu caminho quando elas voltaram à água, relutantes. Corayne finalmente tirou o manto, abandonando-o no oásis enquanto avançavam.

— Dom! — Corayne gritou, levando as mãos em concha à boca. Uma onda de medo ameaçou consumi-la. Se o Ancião não conseguia ouvi-la, se não vinha... *Só a morte poderia pará-lo. Só a morte o manteria longe de mim.* — DOMACRIDHAN!

Ela tentou não pensar nos outros ou em seu destino. Sorasa, do outro lado da cidade. Charlie, provavelmente escondido em algum telhado. *Andry.* O nobre escudeiro que havia traído seu país, abandonado seu dever, tudo pelo que havia trabalhado. Que havia deixado sua própria mãe para salvar a esfera, mesmo que isso partisse seu coração.

Andry.

Ele apareceu do outro lado da alameda, ainda montado. Sua espada gotejava sangue, seu rosto era uma mistura de fúria e pesar. Corayne conhecia aquela expressão. Sentira aquilo dentro de si, em suas mãos, em sua lâmina, ao tirar a vida de um homem.

— Corayne! — Andry gritou, sua égua lutando na água, mantendo o pescoço alto e as narinas bem abertas. Ele ficou de pé sobre os estribos e estendeu a mão enquanto cavalgava.

— É o gêiser! — Corayne ouviu Sigil gritar, já sentindo as mãos fortes da caçadora de recompensas em sua cintura. Com um grunhido, a mulher a lançou para cima, direto para os braços de Andry, à espera.

Ele a segurou com facilidade e a posicionou à sua frente na sela, envolvendo-a com os braços.

— Precisamos da espada — Corayne conseguiu dizer, segurando-se à crina da égua.

— Eu sei — Andry respondeu, conduzindo o animal mais para o alto.

A égua acelerou, circulando a cidade enquanto o eco dos silvos das serpentes e o clangor do aço aumentavam a ponto de rivalizar com o rugido do gêiser.

Nezri era um anel simples, suas ruas largas o bastante para que caravanas de camelo passassem — e largas o bastante para os monstros turbulentos de Meer. Com o coração nos dentes, Corayne procurava conforme cavalgavam. Seu estômago se revirou quando ela viu o rio, um dilúvio surgindo no oásis e descendo a colina, carregando consigo serpentes marinhas e o que mais pudesse sair do Fuso. Serpenteava pela areia, correndo rápido na direção de Aljer. Um caminho fácil para o golfo e para o mar Longo.

Andry notou o brilho dourado antes de Corayne, então guiou a égua por uma alameda abandonada e de volta às águas mais profundas. O animal tentou resistir, mas ele afundou os calcanhares nela, xingando bastante, embora baixo.

— Se sobrevivermos a isso, lembre-me de dar uma bronca em você pela linguagem imprópria — Corayne disse, cansada.

Ela sentiu o peito dele se movendo contra suas costas, subindo e descendo com uma gargalhada. Seu calor a pegou de surpresa.

— Farei isso.

Eles encontraram Dom cercado por soldados, com a espada de Fuso em uma das mãos e sua própria na outra, ambas borrões de aço reluzente. Os corpos caíam como trigo ceifado, o verde de Galland se manchando de vermelho conforme os soldados morriam. As serpentes se refestelavam, mantidas à distância pelo fornecimento constante de alimento.

— Pegue isto — Andry disse, apontando para a espada presa à sua sela. — Balance. Faça arcos suaves. Use o movimento da égua a seu favor.

Corayne queria vomitar só de pensar em matar outro homem, mas cerrou os dentes e desembainhou a espada de Andry, segurando com as duas mãos, inclinando-se enquanto cavalgavam, a lâmina já suja de vermelho.

A espada traçou um arco, como a lua crescente, e uma cabeça caiu, ainda dentro do elmo de ferro. Corayne se recusou a olhar enquanto Andry fazia a volta para uma nova investida. O Ancião mal os notou, ocupado em fazer picadinho dos soldados que o atacavam. Daquela vez, Corayne errou, mas a égua não, derrubando dois soldados, cujos corpos desapareceram na água cinza, que espumava de sangue. Atrás deles, Dom soltou o grito de guerra de Iona, sua língua estrangeira, a todos os presentes. Foi o bastante para fazer os sobreviventes fugirem, sangrando e pálidos, aterrorizados pela fúria do imortal.

O peito dele subia e descia, seu manto verde-escuro em farrapos, os bordados de cervos transformados em fios soltos. Havia sangue em seu cabelo dourado, em sua barba, em seus cotovelos. Corayne quase esperava que houvesse sangue em seus olhos também, mas eles continuavam daquele esmeralda constante e firme. Inalterados. A respiração de Dom saía entrecortada.

Estarrecida, Corayne embainhou a espada de Andry e desceu da sela, suas botas levantando água.

Dom ficou olhando para ela, atordoado, quase sobrepujado pelos corpos empilhados ao redor. Então deu de ombros, voltando a si, e estendeu a espada de Fuso.

— Sua arma — ele disse, a voz falhando.

Daquela vez, nenhuma serpente surgiu entre eles.

Tudo o que havia era o rugido do kraken, gosmento e infinito, tão grave que Corayne o sentiu nas costelas e dentro do peito. Ela queria cair de joelhos.

Em vez disso, no entanto, sua mão se fechou na espada, as joias da arma de seu pai brilhando em vermelho e roxo, o idioma de sua esfera perdida brilhando por toda a sua extensão. Ela não sabia ler as runas, nem precisava. Significavam pouco naquele momento. Havia apenas o Fuso, seu sangue e a espada em sua mão.

Eles seguiram em frente, os três: Andry e Dom destroçando serpentes enquanto Corayne cumpria seu caminho. Sigil soltou uma risada em algum lugar, seu triunfo ecoando enquanto dois soldados fugiam de seu machado. Outro caiu de um telhado, com uma adaga de bronze no pescoço e, das sombras, olhos de tigresa assistindo à sua morte.

A água deixava tudo mais lento, cada passo mais difícil. O corpo de Corayne doía; sua mente gritava. Ela queria se deitar e deixar que a água a levasse. Queria atacar, gritando como Dom, como Sigil, fazer a tempestade em seu peito sacudir o ar. Mas se contentou em dar outro passo. *E mais um. E mais um.*

Até que estavam no centro destruído de Nezri, a enorme coluna de água sendo cuspida para cima. A água que chegava a seus joelhos era preta e vermelha, o gêiser ainda jorrando, o kraken ainda forçando sua saída do Fuso, em um parto profano. Corayne apertou os olhos e viu um fio dourado brilhando em meio ao jato de água, os tentáculos do kraken se curvando para fora do portal finíssimo que levava a outra esfera. O corpo bulboso e viscoso se erguia, abrindo caminho, um único olho do tamanho de um escudo girando na órbita. As bordas eram vermelhas e amarelas, corrompidas, venenosas. A fera cheirava pior que peixes velhos sob o sol quente, estragados, já apodrecendo. Era gigante, maior que uma galé e não parava de crescer, não parava de sair. O kraken voltou a urrar, soprando um vento hediondo pelo oásis.

A espada de Fuso pesava nas mãos de Corayne, a ponta arrastando pela água. Ela mal conseguia erguê-la, quanto mais usá-la para abrir caminho em meio à floresta de tentáculos até o brilho dourado de onde saía o kraken. Seu coração fraquejou. Corayne sentiu o corpo tremer, seus membros ameaçando ceder. A exaustão caía como uma cortina pesada. Ela cerrou os dentes, lutando para se manter de pé, para continuar avançando.

Do outro lado do oásis, entre as palmeiras, uma figura cruzava a água, deixando que se agitassem na altura de sua cintura. Nenhum soldado ou serpente a seguia. Estava sozinha.

Água cinza, cabelo cinza, roupas cinza. Mãos como as raízes retorcidas de uma árvore branca. Olhos como o mais limpo céu.

Valtik.

A velha bruxa voltou-se para o kraken sem hesitar, inclinando o rosto para encará-lo. Suas tranças estavam desfeitas, os fios entremeados por ossos e folhas. Seu vestido velho e esfarrapado flutuava em seu encalço, comprido demais. O sol refletia na água, marcando a mulher com um brilho estranho. Suas mãos estavam abertas, os dedos espalmados como as pontas de uma estrela.

Valtik cantou, e a língua jydesa preencheu o oásis, em um zumbido agudo e visceral. Fez a fera estremecer, recolhendo seus tentáculos.

— Os deuses de Meer falaram — Valtik entoou, erguendo a voz e o queixo ao passar para a língua que todos compreendiam. — As feras de suas águas despertaram. — Embora a bruxa não se movesse, a água em volta dela ondulava, instigada por algo. — Esta não é sua terra. Por rito de sangue e rito de osso, está banido desta esfera.

O kraken uivou, o som entrecortado e ensurdecedor. Corayne manteve a espada firme na mão, lutando contra o instinto de proteger os ouvidos.

Ela mal pôde acreditar em seus olhos quando a fera obedeceu, ainda que contra a própria vontade. O kraken tremulou e se recolheu centímetro a centímetro, sua carne desaparecendo dentro do Fuso.

Corayne deu um passo à frente.

Valtik curvou os dedos até que suas mãos se tornassem garras, sem parar de falar, sua testa enrugada cada vez mais franzida com a careta que fazia.

— Suma, fera, suma, fera — ela grunhiu, aparentemente em todas as línguas que havia.

As palavras da bruxa eram como um furacão que assolava o monstro infernal. Ele se contorceu e lutou, seus tentáculos batendo contra o chão inundado, levantando aquela água hedionda.

Corayne seguiu em frente, com os outros ao lado. Notou o brilho das lâminas, sentiu o deslocamento de ar conforme avançavam, a água fluindo por entre seus joelhos. A areia sob suas botas tinha virado lama e puxava seus pés, agarrando seus tornozelos, tentando segurá-la.

— Esta não é sua terra! — Valtik repetiu.

Uma sombra passou diante do sol e um tentáculo caiu como uma torre em ruínas, o kraken dando seu último golpe mortal. Até que, com um movimento da espada de Dom, a carne fedorenta foi cortada e o membro decepado mergulhou na água ainda se debatendo.

O olho do kraken girou e desapareceu dentro do Fuso, seus últimos tentáculos contorcendo-se sem força e recolhendo-se.

— Por rito de sangue e rito de osso, está banido desta esfera.

O gêiser pareceu crepitar, jorrando água branca com força.

Corayne sentiu a pele e os músculos se abrirem quando passou a mão pelo gume da espada de Fuso. Seu sangue se juntou ao dos outros, um brilho carmim, carregando consigo a esperança da esfera. A esperança de seu pai. Sua própria esperança.

O corte doeu quando ela voltou a fechar a mão sobre o punho da espada, o sangue escorrendo por entre os dedos. Outro tentáculo se retorceu na direção dela, como uma vinha, mas Andry o decepou com um movimento da lâmina. Corayne continuou andando, a água fria, o vento frio, a espada fria.

O Fuso, fino como uma agulha, piscava como uma estrela. Tinha luz própria, forte demais para que ela conseguisse encará-lo por muito tempo. Corayne esperou vislumbrar outra esfera, os poderosos oceanos de Meer quebrando ao longe. Não havia nada além do kraken, ainda tentando entrar em Todala. Ele estava mais fraco, seus gritos ecoando distantes, o movimento dos tentáculos cada vez mais lento. Um chegou a deslizar pela bochecha de Corayne, lembrando ligeiramente o toque de um dedo. Ela ignorou. Não havia nada além do Fuso e seu chamado, um gancho no coração dela, puxando-a.

— Pela Ala — ela murmurou. *Por todos nós.*

A espada de Fuso subiu e traçou um arco, cortando a pele do kraken e o fio do Fuso, deixando um rastro de ouro e sangue preto, o gêiser fazendo chover sobre ela, como uma cachoeira. Desabou no nada, na terra inundada, deixando todos completamente encharcados. O kraken rugiu de novo, de algum lugar distante, e de repente ficou quieto, a abertura do Fuso sumindo no ar, como a fresta de uma cortina se fechando. Os tentáculos que restavam afundaram na água, de um corpo agora a esferas de distância.

Sem o fluxo constante do gêiser e o portal para Meer, a água foi baixando, sugada pela areia do deserto, ressecada por séculos.

Por todo o oásis, silvos ecoaram, as serpentes lamentando por sua esfera perdida. Corayne fraquejou, apoiando-se na espada. Esperava sentir a picada de uma presa a qualquer momento.

Mas não sentiu.

Sua cabeça desabou contra um ombro quente e braços envolveram seu corpo, segurando-a firme. De relance, ela viu olhos cor de âmbar escuro, uma boca bondosa, um rosto gentil.

Tentou não perder o foco e manter os olhos arregalados. Mas o céu escureceu, o sol perdendo o brilho. Silhuetas os cercavam, indistinguíveis. Se de inimigos ou aliados, ela não sabia.

— Acabou — Corayne ouviu Dom murmurar, sua voz distante e esvanecendo. — Acabou.

Ela sentiu Andry mais perto, a mão acariciando seu braço. Seu corpo estava contra o dela. Corayne tentou se agarrar a ele, mas não tinha forças.

— Fique comigo, Corayne. Fique comigo.

As pálpebras dela se fecharam. A espada de Fuso caiu de sua mão ferida.

— Um já foi — ela murmurou, caindo na escuridão.

32

OS ÓRFÃOS

Erida

PARA UM HOMEM CAPAZ DE ESMAGAR DIAMANTES COM AS MÃOS, seu toque era leve como uma pena, seus dedos, gentis nos dela.

A rainha Erida deixou que Taristan a escoltasse do cavalo até o palco que era o topo da colina, com a fronteira madrentina e o rio Rose se estendendo diante deles. Nas margens, a Primeira e a Terceira Legiões, em formação, pareciam besouros prateados enfileirados, avançando inexoravelmente até as pontes construídas às pressas, ancoradas na corrente. Apesar da presença do marido carrancudo ao lado dela, sem mencionar seus generais e conselheiros de guerra, Erida não conseguia tirar os olhos do rio. Vinte mil homens marchavam ali embaixo — cavalaria e infantaria, arqueiros, piqueiros, cavaleiros, escudeiros e camponeses alistados por seus senhores feudais. Homens e meninos, apaixonados pela guerra ou amedrontados por ela. Ricos, pobres ou em algum ponto intermediário. *Seu coração bate por mim esta manhã.* Ela respirou fundo, como se pudesse sentir o cheiro do aço. O momento cintilou em sua mente, já uma lembrança preciosa.

Quando eu for velha, uma imperatriz sem igual, vou me recordar deste dia. Quando tudo começou.

Erida sentiu o olhar de Konegin, tão familiar quanto seu próprio rosto. Ele não tinha motivo para estar bravo. Queria aquela guerra tanto quanto qualquer outro bom filho de Galland. Madrence era fraca, indigna de suas terras e de sua riqueza. Precisava de alguém mais forte no comando. *Konegin só queria estar no meu lugar, com minha coroa sobre sua cabeça.* E que coroa ela usava aquela manhã! A coroa de seu pai, feita para a batalha, um círculo de ouro martelado contra uma chapa de aço. Erida usava o cabelo solto, caído em ondas sobre os ombros. Não estava acostumada ao aço, mas sua armadura era leve, feita de metal precioso, projetada para cerimônias mais do que para a guerra. Ela não carregava uma espada, nem mesmo pelas aparências.

— É uma bela manhã, primo — Erida disse, inspirando novamente o ar fresco do outono.

Nos sopés das colinas, as folhas mudavam, as bordas ficando vermelhas e douradas.

Com a garganta, Konegin produziu um ruído grave e ranhoso.

— Pesarei a manhã quando cair a noite — ele respondeu, cruzando os braços sobre o peitoral dourado. Combinava com sua barba exuberante e perfeitamente penteada. Sua aparência era a de um rei.

Mas a de Taristan também, ela pensou, ainda segurando a mão do marido.

De novo, ele usava vermelho-sangue sob a armadura, que era carmim e escarlate, com o manto debruado em ouro. As cores refletiam estranhamente em seus olhos, fazendo com que brilhassem como rubis. Taristan puxava o cabelo para trás, alisando as mechas ruivas contra o couro cabeludo. Erida notou que uma das sobrancelhas dele tinha uma falha, uma mínima cicatriz branca.

Os cortes ainda eram visíveis em sua bochecha, finos, mas impossíveis de ignorar, no mesmo azul das veias nos pulsos dela. Erida queria traçá-los, passando um dedo por cada cicatriz.

— Terá perdido mil homens quando a noite cair — Taristan murmurou, sem desviar os olhos do rio. O feiticeiro não estava com eles, ocupado com suas coisas no castelo Lotha. — Os madrentinos estão protegidos em seus fortes. Suas trincheiras são tão profundas quanto as nossas. Mesmo que os superemos em cinco para um, haverá carnificina.

A voz dele saía desprovida de emoção ou acusação.

— Mil homens pela fronteira — Erida disse. — Mil homens por um caminho desimpedido para Rouleine, depois Partepalas, depois a costa.

Um caminho desimpedido.

Ambos sabiam o que aquilo significava.

Embora o Fuso estivesse nas ruínas, guardado por um destacamento de quinhentos homens, ela ainda podia ouvir seu rugido, a cascata arrepiante de pedras preciosas e dentes.

— Pela glória de Galland — Konegin entoou, levando o punho fechado ao coração.

Embora o desprezasse, a rainha não se importou em repetir as palavras dele, o grito de batalha que vivia nela desde o nascimento.

— Pela glória de Galland.

Os outros a seguiram, os grandes generais e lordes dando vivas por seu país. Suas vozes se transformaram em uma, estrondosa, à altura do primeiro choque ecoante de aço no rio.

Apenas Taristan permaneceu em silêncio, seus olhos avermelhados concentrados no rio, seus dedos suaves nos de Erida.

O quartel-general da campanha madrentina ficava em Lotha, o maior dos dois castelos mais próximos do primeiro ataque. Quando a terra fosse conquistada, eles iam descer mais um pouco o rio, mantendo o perigo do outro lado do Rose. Mais legiões se seguiriam, já marchando de todos os cantos de Galland para reforçar suas tropas na conquista dos vales de Madrence.

Erida nunca estivera em campanha, não de verdade. A manhã começara com a batalha e a noite se encerrava com um banquete, os grandes lordes brindando a si mesmos e a seu esplêndido desempenho no campo. Cerveja fluía e vinho era derramado ao longo das mesas do salão principal de Lotha, todas as cabeças girando por causa da bebida, da guerra ou de ambos. De fato, mil homens tinham sido perdidos naquele primeiro dia, mas quilômetros tinham sido conquistados. Os madrentinos haviam sido expulsos da floresta e obrigados a recuar para sua fortaleza em ruínas e aguardar pelo cerco. O dia havia sido um sucesso retumbante.

E isso vai se repetir amanhã, Erida pensou, levando o terceiro cálice de vinho aos lábios. Passou os olhos pelo salão à sua frente, sua própria versão do campo de batalha.

Lotha não era um palácio — fora construído para defender a fronteira, e não para entreter a realeza —, mas era confortável o bastante para abrigá-los durante dias. O salão era minúsculo em comparação ao que havia em Ascal, e estava repleto de nobres gallandeses, a maior parte tentando impressioná-la, mesmo àquela altura da noite. Muitos brindavam à rainha, proferindo bênçãos aos gritos, elogiando sua ousadia e coragem. Seu reino não conquistava nada havia anos. Ela estava sedenta. Estava pronta, como um cavalo ansioso batendo as patas contra o portão. Erida sentia aquilo dentro de si, assim como em sua coroa.

Seu marido não gostava de banquetes, ou de grande parte do que se esperava de um príncipe consorte. Ele ficava sentado em silêncio, comendo pouco, bebendo pouco, falando com poucas pessoas específicas, apenas quando obrigado. Não estava sendo diferente aquela noite. Ele mantinha os olhos no prato de javali selvagem à sua frente.

— Ronin vai se juntar a nós esta noite? — ela perguntou, atentando ao volume da voz.

Konegin nunca estava muito distante dela, no momento se encontrando poucos assentos adiante, e muitas vezes se intrometia nas conversas dos dois, aproveitando qualquer pretexto.

Os cantos da boca de seu marido se franziram.

— Ele virá em seu próprio tempo. — A sombra em seus olhos queimava vermelha. — Quando quer que seja.

Erida se aproximou dele, escondendo a boca com o cálice.

— Há algo errado?

— Não sei — ele disse, sua voz tão direta quanto seu olhar. Era a verdade, sem qualquer adorno. Taristan ergueu a sobrancelha, curvando os lábios. — Vai me repreender de novo? Me dizer para fazer amigos entre estes nobres sorridentes?

A rainha riu com desdém para o vinho, tomando outro gole. Tinha gosto de cereja.

— Aliados, não amigos. Não há amigos aqui — ela disse rapidamente, quase cantarolando. Aquela crença havia sido martelada em sua cabeça desde a infância. — Além disso, estou me acostumando a seu modo taciturno.

— Taciturno.

— Significa...

— Eu sei o que significa — ele disse, voltando a se recostar no assento e aumentando a distância entre os dois, o que Erida percebeu que não gostava. Taristan carregava um calor consigo, um conforto em meio às pedras frias do antigo e lúgubre castelo. Ela ficou olhando para ele, à espera do brilho vermelho em seus olhos, que revelaria sua raiva. Não veio. Taristan manteve o olhar de obsidiana no prato. — Órfãos podem ser inteligentes, mesmo os criados na lama.

A mão dela estava sobre a mesa, a centímetros dos dedos dele. Erida não ousou movê-la, nem para perto, nem para longe.

— Você esqueceu que também sou órfã? — ela disse, acalorada, sentindo a raiva já familiar que Taristan sempre fazia subir por sua coluna.

Suas bochechas coraram, e ela virou o rosto, escondendo o rubor. Se ele notou, não deu nenhum sinal.

Erida mordeu o lábio e passou de um assunto frustrante a outro.

— Recebi uma carta de Bella Harrsing hoje — ela disse, olhando-o de lado.

Embora Taristan fizesse de tudo para permanecer alheio ao funcionamento da corte real, ela viu um músculo tremular em sua bochecha. Ele se forçou a pegar outra garfada de javali.

— E o que isso me importa?

— Ela perguntou sobre nosso progresso. Em se tratando de um herdeiro.

Os olhos dele brilharam. Daquela vez, o vermelho ficou visível.

— Isso não me parece educado.

— Ela é uma conselheira — Erida disse, dando de ombros. — É seu trabalho perguntar. Assim como é nosso trabalho providenciar. — *"Providenciar", como se crianças simplesmente dessem em árvore.* Sim, era o dever de uma rainha dar à luz e era dever de uma monarca solidificar a cadeia sucessória. Eram fatos da vida, tão reais e inegáveis quanto o cálice em sua mão.

Taristan não disse nada. Seu próprio cálice permanecia intocado, cheio até a borda. Ele o contemplava, mas não bebia. Erida desejava poder abrir a cabeça dele para olhar lá dentro, o que era impossível em grande parte porque qualquer golpe provavelmente desviaria dele, graças às bênçãos de seu senhor demoníaco. Ela teria que ser direta. Sua pele se arrepiava só de pensar.

— Vai me visitar esta noite? — ela perguntou, baixo, odiando-se por ser tão descarada. *Não costumo me sair assim tão mal.*

E Taristan não costumava hesitar. Seus olhos se voltaram para os dela. A boca ligeiramente aberta quando ele arquejou, surpreso.

— Prefiro ir aonde me querem — ele finalmente disse, atento ao rosto dela.

Erida quase riu. Ela nunca tinha ouvido nada tão estranho. Mas... aquilo a fez pensar. Ainda podia sentir as mãos dele no cabelo dela, suas unhas em seu couro cabeludo. O arrastar dos dedos dele pelo colo dela, enquanto desarranjava sua veste e a fazia se sentar nos lençóis amarrotados. Suas bochechas voltaram a ficar quentes e as palavras lhe faltaram; as respostas morreram em sua garganta. Daquela vez, ela percebeu que não podia virar o rosto. O olhar dele a prendia, como se o Fuso queimasse nele, dourado e cintilante, inegável.

A rainha de Galland puxou o ar para se fortalecer e acalmar a mente.

— O mar se enche de monstros, as colinas, de esqueletos, o rio, de sangue. Estamos ficando mais fortes, Taristan — ela disse, imaginando tudo aquilo. Ele fez o mesmo, franzindo a testa e umedecendo os lábios. — Um império está ao nosso alcance.

— Por Ele — o marido dela respondeu. De repente, seus dedos estavam mais próximos sobre a mesa, ainda que a mão dela não tivesse se movido. — E por nós.

Quando o feiticeiro adentrou o salão, Erida queria atirar seu cálice na cabecinha branca dele. Sempre em suas vestes vermelhas, Ronin passou apressado pelas mesas cheias, retorcendo as mãos.

Taristan desviou o olhar da rainha, sentindo que ele havia chegado, e se pôs de pé.

Mas quem ele viu foi Konegin, assomando sobre eles. O primo da rainha pediu mais dois cálices de vinho, com um sorriso fraco e forçado sob o bigode. Ele abaixou a cabeça. Não usava nenhum diadema, o que lhe era raro, nem mesmo uma corrente de joias de ombro a ombro. Parecia menor que de costume.

Talvez, apesar de toda a bravata, ele não goste de guerra, Erida pensou, desfrutando da ideia. *Mas eu gosto.*

— Majestade — o homem disse, fazendo uma reverência curta, mas firme. — Muitos de nossos nobres amigos fizeram brindes esta noite, em honra da rainha e seu exército, assim como de nossa vitória no dia de hoje.

Os homens celebraram de suas mesas, pondo-se de pé e batendo cálices. Eles engoliram Ronin, obscurecendo suas vestes vermelhas e seu rosto branco.

— Pensei que seria apropriado que eu também fizesse, a sua alteza real, o príncipe consorte — Konegin prosseguiu, a mão estendida. Um criado de libré invertida, com o leão verde sobre dourado, levou um cálice ornamentado a sua mão, o vinho tinto bem escuro transbordando.

O criado ofereceu outro cálice para Taristan, que o aceitou com uma carranca obediente, seus lábios franzidos sobre os dentes em uma tentativa tenebrosa de sorrir. Uma mulher menos contida teria dado risada, mas Erida se segurou.

— Ao príncipe Taristan do Velho Cór, marido de nossa amada rainha, pai do futuro de Galland. Filho e senhor de impérios! — Konegin gritou, erguendo seu cálice para o salão.

Com um sorriso malicioso, olhou para o consorte de Erida, os olhos azuis faiscando. Como um homem morrendo de sede, tomou seu vinho.

— A Taristan!

O gritou se espalhou pela multidão, em meio à qual Ronin ainda se encontrava.

Erida pegou o próprio cálice e acenou com ele para o marido, parecendo achar graça.

— A Taristan — ela ecoou, então deu um belo gole.

O homem do Cór manteve a pegada firme no cálice, os dedos subindo pelo intricado padrão na haste metálica.

O sorriso de Erida perdeu força, seu deleite sendo superado pela exasperação. *Ele vai mesmo constranger a nós dois? Aqui? Sem motivo?* Ela quase o chutou por baixo da mesa. *Beba, seu tolo.*

Para alívio da rainha, Taristan cedeu, como se aquela fosse uma batalha que precisasse sacrificar.

Lord Konegin sorriu, revelando os dentes manchados de vinho, o bigode ainda molhado.

Taristan se forçou a tomar um belo gole e arrastou a cadeira para trás, levantando-se. Os dois tinham quase o mesmo tamanho, embora Konegin fosse mais velho e tivesse acumulado uma barriga. Eles ficaram se olhando, como dois arqueiros trocando flechas.

Os instintos de Erida entraram em alerta. Havia algo errado ali.

Ronin abriu caminho em meio à multidão, tirando os nobres da frente. Alguns se recusavam, enquanto outros assistiam à cena na mesa elevada, as vozes caindo no silêncio.

— Taristan? — a rainha o chamou, abaixando o cálice. O nome ecoou alto demais para um banquete.

Ele não reagiu. Só estendeu a mão, com o cálice firme nos dedos.

— Tome comigo, milorde — Taristan disse.

A luz de tochas refletia no cálice e no vinho, o vermelho escuro e denso brilhando.

Konegin deu uma risadinha e devolveu seu próprio cálice ao criado. O de libré invertida. *Um homem dele,* Erida sabia, sentindo uma onda de frio atingir seus membros.

— Já tomei o bastante, Taristan — ele respondeu, ainda sorrindo e com os dentes manchados. — Assim como vossa majestade.

— Muito bem — Taristan respondeu, virando o restante do cálice, o vinho escorrendo por seu queixo e seu peito. Ele não piscou, nunca rompendo o contato visual com Konegin.

Sob o bigode, o sorriso do primo da rainha se desfez.

— O que é você? — sua boca sibilou.

Erida se pôs de pé, com todas as peças se encaixando em sua cabeça. *Traição. Deslealdade. Veneno.* Ela derrubou o cálice das mãos do marido e apontou para o primo, com os dedos trêmulos.

— Prendam-no. — Erida quase gritava. — Levem Lord Konegin sob custódia. Acorrentem-no.

O homem tremia, ainda olhando para Taristan, seu rosto dividido entre a confusão e o medo.

— O que é você? — ele repetiu, descendo do estrado.

— Prendam-no! — Erida gritou, e todo o salão implodiu em ruídos. — Ele tentou envenenar o príncipe!

Seus cavaleiros se movimentaram, prontos a obedecer, mesmo que as ordens os desconcertassem. Konegin era amado por muitos, um rei em potencial para uma rainha jovem e sem experiência. Tinha apoio entre os nobres, muitos dos quais estavam presentes. Muitos dos quais estavam no exército. Erida sentiu seus joelhos fraquejarem enquanto o primo se misturava à multidão, seguido depressa pelo seu séquito. Até seu filho idiota conseguiu fugir, correndo atrás do pai tão depressa quanto suas pernas permitiam.

Veneno, ela pensou, voltando a si mesma.

Erida sentia um calor sob a mão e às costas. Quando tirou os olhos da confusão no salão, percebeu seus dedos sobre o manto de Taristan, apertados contra o peito dele. Piscou, confusa. O braço de Taristan também envolvia sua cintura, puxando-a.

Taristan olhou para ela, seus lábios e seu queixo vermelhos. Parecia uma fera, um predador se refestelando com a presa.

— Veneno — Erida disse em voz alta, erguendo o dedo trêmulo.

Taristan pegou a mão dela antes que ela pudesse levá-la aos lábios dele e a afastou.

— Sou imune — ele disse, entre dentes. — Você não.

A Guarda do Leão deu início à sua busca por Konegin e seus homens. Eles desapareceram pelas portas no outro extremo do salão, seguindo para o pátio e para os portões do castelo Lotha. Erida queria ir também. Encontrar Konegin pessoalmente e cortar sua garganta por traição.

Em vez disso, manteve-se à mesa, uma estátua para todos que a viam, embora seus ossos estivessem trêmulos.

Vou precisar explicar, ela pensou, olhando para o salão. Seus súditos estavam em frenesi, bêbados demais para compreender ou confusos demais para fazer qualquer coisa além de gritar. Os cavaleiros que restavam se posicionaram na base do estrado, afastando quem quer que tentasse passar.

Com exceção de Ronin.

Eles sabiam que deviam deixar o feiticeiro passar.

Seu cenho estava franzido, seu corpo contraído de uma maneira estranha, seu rosto mais branco do que Erida lembrava. Como neve fresca, como um cadáver desprovido de sangue. O branco de seus olhos estava marcado por vasos sanguíneos, alguns estourados.

Taristan limpou o rosto na manga, tirando o veneno de lá.

— O que foi? — ele rosnou, olhando para o feiticeiro.

Ronin baixou a cabeça, as mãos erguidas como um sacerdote implorando por perdão.

— Perdemos Meer — ele murmurou. — Perdemos um Fuso.

O cálice, feito de prata pura, se estilhaçou na mão de Taristan. Erida sentiu sua raiva, que espelhava a dela.

— Perdemos — Erida repetiu. *Como se apenas não soubéssemos onde está.* Ela ouviu seu sangue correndo acelerado nas veias e olhou para Taristan, segurando os punhos dele antes que ele pudesse destruir a mesa também. — Perdemos — ela rosnou.

Ele olhou para ela, o fogo queimando em seus olhos, um vermelho opaco com bordas douradas. Erida sentiu cheiro de fumaça vindo de algum lugar.

— Vou matá-la — Taristan sibilou.

— Eu ajudo — Erida garantiu.

AGRADECIMENTOS

Escrever este romance foi uma experiência catártica. Possibilitou uma fuga bem-vinda de um momento histórico cada vez mais frustrante, e espero causar a mesma sensação nos leitores. Mas o que se tornou escapismo começou como um passo para trás, um retorno à menina que eu era aos treze anos, quando me procurava nas histórias e nunca me encontrava. Tudo o que eu amava parecia não me corresponder. Espero que, com o passar dos anos, esse sentimento se torne cada vez mais raro, para todas as crianças.

Como sempre, devo agradecer primeiramente a meus pais, que ao longo de toda a minha vida me amaram e apoiaram. Eu nunca estaria aqui sem eles, que são o fundamento de tudo que construo. Meu irmão vai reconhecer muitas coisas neste livro e provavelmente saber apontar as inspirações exatas melhor que qualquer outra pessoa. Estou ansiosa por seus comentários, Andy. Espero ouvi-los pessoalmente. Vovô George, amo você, e logo mais nos vemos. À minha família estendida, incluindo tantos primos e tios, agradeço muito pelo apoio contínuo e pelo amor constante.

Tenho a sorte de contar com outra família aqui na Califórnia, composta de muitos, muitos amigos que se mantiveram juntos durante a estranha década que se passou desde a faculdade. Sou muitíssimo grata por esse grupo. Enquanto tantas coisas mudaram, nós não mudamos, seja isso bom ou ruim.

Nunca imaginei ter amigas como Morgan, Tori e Jen, minhas preferidas, que me animam e me acalmam sempre que preciso. Sou muito sortuda por ter vocês três e não sei o que fiz para merecer tanto amor. Morgan leu o primeiro rascunho de *A rainha vermelha*, e Tori foi a primeira a terminar *Destruidor de mundos*. Com sua reação imediata, pude finalmente respirar aliviada. *Alguém* havia gostado do livro. Meu trabalho estava feito. Mal posso esperar para estar sob a mesma lua com todas vocês de novo. Todo o meu amor e agradecimento a Jordan, por me ajudar a atravessar tudo isso. Fico feliz por compartilhar a lua com você.

De novo, tenho que acrescentar um agradecimento rápido a meu raiozinho de sol, Indy. Não tenho nenhuma vergonha de incluir minha cachorra nos agradecimentos, e nunca terei. Quase a perdemos durante o processo de escrita deste livro, e cada segundo a mais é uma dádiva.

Poucas pessoas têm colegas como os meus, que não apenas se tornaram amigos valiosos, mas são modelos incrivelmente talentosos de inspiração e das minhas tentativas frustradas de imitação. Não listarei todos, porque pareceria que estou me gabando. Mas tenho que agradecer às Patties — Susan, Alex e Leigh — pela amizade, conselhos, bom humor e comiseração. Soman, sob a sombra de quem fico radiante em viver. Jenny e Morgan, vejo vocês em Paris. Emma, estamos juntas nas trincheiras e espero que sempre seja assim. E Sabaa, minha constante nesta estranha viagem.

Fico feliz por ter diversos escudos e espadas nesta indústria, porque precisamos de muitos mesmo. A mais afiada é Suzie Townsend, que continua desbravando o mundo para que eu possa trilhar meu caminho. Todo o meu amor e agradecimento a ela e à equipe da New Leaf. De alguma forma, essas pessoas conseguem ser ao mesmo tempo as melhores e as mais fofas do ramo. Pouya, Jo, Meredith, Hilary, Veronica: espero nunca precisar parar de agradecer a vocês. Um obrigada especial a Dani, sem você tudo seria um caos. E eu nunca poderia esquecer o meu escudo, Steve Younger, também conhecido como meu advogado.

De novo, meu nome está em um livro publicado originalmente pela HarperCollins, e eu não poderia estar mais orgulhosa do que criamos juntos. É um enorme privilégio poder trabalhar com Alice Jerman e Erica Sussman, e espero que essa colaboração se repita muito no futuro. Obrigada pelo espaço para dar vida a esta história. E obrigada pelos incontáveis, incansáveis e incríveis membros da equipe de preparadores de texto, que de alguma maneira conseguiam se lembrar de tudo, quando eu mesma não conseguia. Alexandra e Karen, muito obrigada. Sempre esperei ansiosamente por suas planilhas, e dessa vez mais ainda. Obrigada aos magos do marketing da HarperCollins, aos especialistas do Epic Reads, aos artistas da divulgação — Ebony, Sabrina, Michael, Tyler, Shannon, Jennifer, Anna e tantos outros, que de alguma forma conseguem transformar algo que uma mulher das cavernas rascunhou em um objeto brilhante que as pessoas querem ter em casa. Um agradecimento especial para as designers de capa, que fizeram tanto por mim todos esses anos e continuam arrasando. Obrigada, Alison, Catherine e Jenna, por tornarem *Destruidor de mundos* tão deslumbrante.

Outro agradecimento a meus leitores sensíveis, que tiveram muita consideração e foram encorajadores, aprofundando este novo mundo de maneiras que eu nem imaginaria.

Meu mais profundo agradecimento vai para os leitores, blogueiros, professores, bibliotecários e livreiros, a qualquer pessoa que pega um livro e o passa adiante, ou o devora. As histórias não sobreviveriam sem vocês. Obrigada por darem vida a qualquer coisa que eu possa vir a carregar brevemente.

É aqui que eu deveria listar minhas inspirações, mas este rio tem divisores de águas demais. Só agradecerei a J. R. R. Tolkien aqui, por me levar à Terra Média e por me dar tanto — e ao mesmo tempo tão pouco. Por me fazer querer. Por atiçar minha sede.

    Sou grata pela oportunidade que minhas avós tiveram de me ver sendo uma autora publicada. Embora elas não estejam mais comigo, espero que esta história esteja com elas, de alguma maneira.

    Amo todos vocês,

    Victoria

1ª EDIÇÃO [2021] 2 reimpressões

ESTA OBRA FOI COMPOSTA POR OSMANE GARCIA FILHO EM BEMBO E IMPRESSA PELA GEOGRÁFICA EM OFSETE SOBRE PAPEL PÓLEN SOFT DA SUZANO S.A. PARA A EDITORA SCHWARCZ EM MARÇO DE 2022

A marca FSC® é a garantia de que a madeira utilizada na fabricação do papel deste livro provém de florestas que foram gerenciadas de maneira ambientalmente correta, socialmente justa e economicamente viável, além de outras fontes de origem controlada.